Für Oma Anne, Oma Christel und Opa Eugen,
weil ihr schon immer an mich geglaubt habt.

Dies ist eine Geschichte über das Leben.

Eine Geschichte über den Glauben, das Hoffen und Vertrauen.

Doch das Leben ist – ebenso wie zu glauben und zu hoffen – nicht immer leicht. Insbesondere nicht für Jack, den Hauptcharakter dieses Romans. Seine Gedanken kreisen um das Thema Suizid.

Ich möchte dich hiermit darauf aufmerksam machen, dass in diese Gedanken einzutauchen und zu fühlen, was Jack fühlt, für den einen oder anderen nicht geeignet sein könnte. Auch wenn Jack und Rose frei erfunden sind – ihre Gefühlswelt ist es nicht. Unter uns gibt es Menschen, die ähnliche Erfahrungen gemacht haben und diese nicht noch einmal erleben wollen.

Dies ist eine Geschichte über das Leben.

Ich möchte dich einladen auf eine Reise, die dir in besonderer Erinnerung bleiben soll. Ebenso möchte ich dich bitten, vorher in dich hineinzuhorchen, ob du für diese Reise und Jacks Gefühle bereit bist.

Sollte deine Antwort ›nein‹ lauten, bin ich sehr glücklich und froh, dass dieser Hinweis seinen Zweck erfüllt hat. Es ist gut, wenn du weißt, was für dich richtig ist.

Deine Antwort lautet ›ja‹? Mit nichts könntest du mir eine größere Freude bereiten. Mach es dir bequem, lehne dich zurück und folge mir in eine laue Sommernacht über dem Fluss von Hamborough …

KAPITEL 1

Wussten Sie schon?

NOCH 18 STUNDEN UND 4 MINUTEN

Die Aussicht von hier oben hatte Potenzial, fand Jack.

Er lehnte sich an das Geländer hinter ihm und ließ den Blick über seine angezogenen Knie hinweggleiten, über die im Mondlicht funkelnde Wasseroberfläche unter ihm bis ans Flussufer zu den Hochhäusern der Stadt. Wie ungleichmäßige Stapel pechschwarzer Schuhkartons ragten sie in den tiefblauen Nachthimmel. An ihren Fassaden glitzerten winzige Lichtpunkte, als wären einige Sterne auf die Erde geregnet und an den Hauswänden kleben geblieben. Die Wasseroberfläche reflektierte das Licht der Fenster und malte ein verzerrtes Spiegelbild der Skyline auf den Fluss.

Gar nicht mal so hässlich.

Jack zerrte ein zerfleddertes Notizbuch aus seiner hinteren Hosentasche, zog den Kugelschreiber aus der Ringbindung und begann, darin zu blättern. Bei seiner Liste mit der Überschrift *Top Ten Orte zum Sterben* hielt er an. Er musste da etwas korrigieren. Das Panorama, das sich ihm hier auf der *Pearly Gates Bridge* von der falschen Seite des Schutzzaunes aus bot, hatte eindeutig eine bessere Platzierung verdient. Akkurat strich Jack die kleine Sechs durch, hielt einen Moment inne und setzte dann eine Zwei daneben. Silber.

»Tut mir leid, *Pearly*«, murmelte er. »Keine Goldmedaille für dich. Scheint so, als wird das nichts mit uns beiden.«

Wenn er sich recht erinnerte, toppte der Ausblick von der Klippe über den *Hamborough Falls* die Brücke nämlich um Längen. Sein persönlicher Platz eins. Erst gestern war Jack dort gewesen und den mühseligen Pfad bis zum Ursprung des Wasserfalls hinaufgekraxelt. Einer der Felsen ragte bis über den größten der drei Wasserfälle, sodass einem feine Tröpfchen der tosenden Wassermassen bis an die Waden spritzten, wenn man sich an den Rand setzte und die Beine hinunterbaumeln ließ.

Jack sah vom Notizbuch auf und prüfte noch einmal das Bild, das sich ihm bot. Nein, mit der Klippe über dem Wasserfall konnten es die erleuchteten Wolkenkratzer und ihre verschwommenen Konturen auf dem Fluss nicht aufnehmen. Außerdem fühlte sich der Stahlträger, auf dem er saß, unbequem und im wahrsten Sinne des Wortes arschkalt unter seinem Hintern an. Dennoch war die *Pearly Gates Bridge* ein würdiger Kandidat auf der Liste.

Jack quetschte das Notizbuch samt Stift zurück in die Tasche seiner Jeans und prägte sich diesen Ort ganz genau ein. Seine Vorgänger hatten Geschmack bewiesen. Die Brücke trug ihren Namen nicht umsonst: *Pearly Gates*, eine Metapher für *Himmelspforte*. Bei der feierlichen Eröffnungszeremonie vor ein paar Jahren hatte man sie eigentlich *Hamborough Bridge* getauft. Doch dieser Name setzte sich nicht durch. Schon in der ersten Woche nach Eröffnung hatten zahlreiche Brückenspringer die neue Gelegenheit dankend angenommen, ihrem Leben schnell und schmerzlos ein Ende zu setzen. Jack wunderte das nicht. Brücken boten den Vorteil, dass zum Schluss niemand die Sauerei wegwischen musste. Außerdem durfte man bei einem Aufprall mit über einhundertzwanzig Stundenkilometern mit hoher Wahrscheinlichkeit vom Tod ausgehen, schon bevor ein Tröpfchen Wasser in die Lunge eindrang. Praktisch war außerdem, dass sich anspruchsvolle Springer kein Ticket mehr ans westliche Ende der USA zur *Golden Gate Bridge* leisten mussten. Einen todsicheren Absprung inklusive guter Aussicht bekam man dank der *Pearly Gates Bridge*, der größten Brücke Connecticuts, nun auch an der Ostküste.

Jack seufzte. Was für ein ausgemachter Blödsinn. In den vier Sekunden, die der Sturz dauerte, brauchte man genausowenig ein schickes Panorama wie Tote üppige Blumenkränze auf ihren Gräbern. Doch natürlich gestand sich niemand die unromantische Wahrheit ein. Ihr Leben lang lernten die Leute, dass man sich einen netten Ausblick gern etwas kosten ließ. Ein paar Dollar mehr für die Außenkabine auf dem Kreuzfahrtschiff. Zwölf Dollar für den Fahrstuhl zur zweiten Plattform des Eiffelturms, achtzehn bis zur dritten. Und wer sich traute, den ungesicherten Brückenvorsprung der *Pearly Gates Bridge* entlangzubalancieren, bekam die Skyline von Hamborough sogar gratis. Das ließ man sich doch nicht entgehen. Man hatte schließlich nichts zu verlieren!

Bei diesen Gedanken konnte Jack nicht anders, als die Augen zu verdrehen. Den Tod – ebenso wie das Leben – sinnlos zu romantisieren, damit würde die Menschheit, einschließlich ihm selbst, wohl niemals aufhören. Deshalb sprangen sie von der *Golden Gate Bridge* oder der *Pearly Gates Bridge* und die Politiker ärgerten sich über das Image ihrer Brücken.

Jacks bescheidener Meinung nach hatten es diese Sesselfurzer allerdings nicht anders verdient.

Wer hatte denn abgesegnet, dass noch *hinter* dem Geländer ein Steg verlaufen sollte? Der stählerne Brückenvorsprung war wie dafür gemacht, am Abgrund entlangzuspazieren. Eine totale Fehlkonstruktion. Niemand sollte sich über Springer beschweren, solange keiner auf die Idee kam, den Brückenrand etwas besser zu sichern als mit diesem popeligen Eisenzaun. Die Brüstung reichte Jack kaum bis über den Scheitel. Sie zu überwinden, war ein Kinderspiel gewesen. Gut, fairerweise musste er zugeben, dass die physikalischen Gesetze es den Architekten schwer machten, höhere Geländer zu bauen, die den Winden oben auf der Brücke standhielten. Aber warum besaß der Zaun ausgerechnet Quersprossen? Quersprossen! Da fand selbst der ungeübteste Kletterer bequem Halt für seine Füße und konnte den Zaun erklimmen, ohne sein sorgfältig gewähltes Sterbe-Outfit zu beschmutzen.

Wer das alberne Ding bezwungen hatte, durfte ungehindert auf dem schmalen Stahlträger entlangbalancieren. Oder natürlich, wie Jack, darauf sitzen und die Aussicht genießen. Im Rücken die Brüstung, vor der Nase der verführerische Abgrund. Das glich doch einer Einladung an alle Suizidgefährdeten, oder etwa nicht? Und dann das lächerliche Blechschild am Anfang der Brücke. Die Stadt hatte es auf Empfehlung der *San Francisco Suicide Prevention* Stiftung am Brückenpfeiler angebracht:

Krisenberatung
Für jeden gibt es Hoffnung
Brückensprünge enden tödlich

Darunter eine Nummer und ein altmodischer Telefonhörer unter einer durchsichtigen Plastikhaube. Ob schon jemals ein Springer die Nummer gewählt oder sich durch dieses Schild von seinem Vorhaben hatte abbringen lassen?

Guten Tag, Jack Raider mein Name. Ich stehe hier am Rand der Pearly Gates Bridge *und habe soeben über Ihre Infotafel erfahren, dass es für jeden Hoffnung gibt, was ja auch mich einschließt. Na, Gott sei Dank habe ich das rechtzeitig entdeckt. Gerade wollte ich in meinen Tod springen! Noch mal Schwein gehabt …*

Mal ehrlich. Wer ernsthaftes Interesse daran hatte, Menschen von ihrem Todessturz abzubringen, der musste sich etwas Schlaueres einfallen lassen. Wie wäre es zum Beispiel mit einem Auffangnetz unter der Brücke, wie es kürzlich für die *Golden Gate Bridge* beschlossen worden war? Gut, die Kosten würden sich auf knapp dreißig Millionen Dollar belaufen. Doch hieß es nicht immer, ein Menschenleben sei unbezahlbar? Die Strapazen, in ein Netz zu hüpfen und sich von dort aus bis zum Abgrund zu kämpfen, würde sicher niemand mehr freiwillig auf sich nehmen. Es nähme dem Ganzen seinen Charme.

Oder aber man schrieb etwas wirklich Relevantes auf das dumme Blechschild, wie:

Wussten Sie schon?

… dass die Wucht des Aufpralls Aorta, Leber, Milz und Herz zerfetzen kann?

… dass manche Suizidale durch gebrochene Rippen sterben, die sich in ihr Herz bohren?

… dass etwa zwei Prozent aller Brückenspringer den Sturz mit schweren körperlichen Beeinträchtigungen überleben?

… dass bis zum Eintritt des Todes Sekunden oder mehrere Minuten vergehen können?

… dass man Brückenleichen, die nicht beim Aufprall getötet worden, sondern ertrunken sind, an schaumigen Schleimblasen an den Nasenlöchern erkennen kann?

Sicherlich würde ein solches Informationsschild den ein oder anderen dazu bewegen, seine Entscheidung zu überdenken. Ihn selbst ausgenommen, versteht sich.

Jack stützte die Unterarme auf die Knie und wandte den Kopf in die andere Richtung. Auf der rechten Uferseite zeichnete sich die Kulisse der Grünen Insel schwarz vorm Horizont ab. Die Insel zählte zu den schönsten Stadtparks der USA. Tagsüber wurde sie von Spaziergängern, Joggern, Inlineskatern, Radfahrern und Touristen belagert, die sich am Strand der *Hamborough Bay* sonnten oder im Fluss badeten. Man konnte das fröhliche Lachen meist bis zur Brücke hören.

Eine dritte Suizid-Präventionsmaßnahme wäre wohl, die Idylle dieses Ortes zu zerstören, überlegte Jack. Man könnte an der Sicherheitsabsperrung Bilder von aufgedunsenen Wasserleichen anbringen. Wenn die Springer hinter dem Geländer balancierten, müssten sie daran vorbeilaufen. Klar, das wäre eklig. Aber nur dann würden sie den Zweck der Abschreckung erfüllen. Vielleicht konnte man die Aufnahmen mit ansprechenden Sprüchen versehen wie: *Wer wird dich identifizieren? Deine Freundin? Deine Mutter?*

Manche Menschen berührte so etwas. Sie wären geschockt von den Bildern und Gedanken an ihre Familie in einem Leichenschauhaus oder einer Pathologie. Bilder ihrer schluchzenden Geschwister auf ihrer Beerdigung.

Für Jack galt das nicht. Der Gedanke an Freunde und Angehörige, die seine Leiche anstarrten und mit zitternder Hand ihren Mund bedeckten, einen Klagelaut unterdrückend, bewegte ihn nicht. Es würde nicht passieren. Da war niemand, der seine sterblichen Überreste betrauern würde, denn …

Blinkendes Licht am Brückenbeginn riss Jack aus seinen Gedanken. Fuck. Ein herannahendes Auto. Bloß blinkten die Scheinwerfer normaler Autos für gewöhnlich nicht. Das tat lediglich das Warnsignal von Einsatzfahrzeugen – wie zum Beispiel von Polizeiautos. Scheiße, wer hatte die gerufen?

Sein Blick zuckte von links nach rechts auf der Suche nach einer Fluchtmöglichkeit. Seitlich von ihm erstreckte sich nur der Stahlträger, auf dem er saß. Vor ihm der gähnende Abgrund, hinter ihm die Absperrung zur Straße. Keine Möglichkeit zu entkommen.

So eine Kacke.

Für einen Plausch mit dem Polizeipsychologen fehlte Jack die Geduld. Floskeln wie »Es gibt für alles eine Lösung« und »Sir, bitte bewahren Sie mich davor, Ihrer Mutter heute sagen zu müssen, dass der Körper ihres Sohnes am Grunde des Flusses liegt!« brachten seinen Puls schneller zum Rasen als Menschen, die behaupteten, alles im Leben hätte einen Sinn.

Er fragte sich jedes Mal, für wie dumm ihn diese Psychologen halten mussten, wenn sie glaubten, ihn beraten zu können, ohne seine Situation zu kennen. Schon der Versuch, ihn umzustimmen, kam für Jack einer Beleidigung verdammt nah. Indirekt warfen sie ihm damit vor, unüberlegt zu handeln. Als hätte er seinen Willen zu sterben nicht gründlich durchdacht. Selbstverständlich hatte er das. Jack Raider traf keine Entscheidungen, die er vorher nicht von allen Seiten analytisch betrachtet hatte. Denn er wusste, was passierte, wenn man es versäumte. Er spürte die Konsequenzen noch immer in jeder Zelle seines Körpers, sobald er an diese eine Nacht im Herbst dachte. Was bedeutete: in jeder Scheißsekunde seines Lebens.

Jack machte sich ganz klein, zog die Beine eng an seinen Körper und presste den Rücken ans Geländer. Er wagte es nicht, sich umzudrehen.

Vielleicht waren sie ja gar nicht auf dem Weg zu ihm, sondern zu einem Einsatz, der sie über die Brücke führte. Vielleicht hatte er Glück. Oder aber das hier war wie in diesem Artikel, den er mal gelesen hatte: Kurz bevor Menschen wie er ihr Leben beenden wollten, litten manche von ihnen unter Halluzinationen, die wie aus dem Nichts auftauchten. So glaubte beispielsweise ein Mann, der kurz davorstand, aus dem siebten Stock zu springen, seine verstorbene Mutter zu sehen, die in der Zimmertür stand und ihm beruhigend zuredete. Man nannte das teleologische Halluzinationen. Jacks Vermutung nach eine vom Selbsterhaltungstrieb ausgelöste Reaktion auf die Angst vor dem Tod.

Vielleicht passierte ja gerade etwas Ähnliches und das herannahende Auto existierte lediglich in seiner Fantasie.

Pff. Wer's glaubte. Jack war suizidgefährdet, nicht durchgedreht. Und außerdem der rationalste Mensch auf diesem Erdball.

Jack hörte, wie das Auto auf seiner Straßenseite direkt hinter der Brüstung zum Stehen kam, und kniff die Augen zusammen. Die einzige Chance, einer nervtötenden »Tun Sie nichts Unüberlegtes«-Diskussion aus dem Weg zu gehen, war, tatsächlich zu springen. Das würde Jacks Planung allerdings zunichtemachen. Auf Platz eins der *Top Ten Orte zum Sterben* stand schließlich die Klippe über den *Hamborough Falls*, nicht diese Brücke. Jack hatte sich nicht umsonst die Mühe gemacht, jeden einzelnen Ort seiner Liste persönlich zu überprüfen.

Natürlich könnte er auch einfach klarstellen, dass er lediglich die Aussicht genossen hatte und nicht wirklich springen wollte. Letzteres entsprach sogar der Wahrheit. Allerdings würden sie ihn nach seinen Personalien fragen. Bei der Aussicht, seine Identität der Polizei preisgeben zu müssen, war es besser, es gleich durchzuziehen. Scheiß auf die Liste, scheiß auf seinen Plan.

Jack öffnete die Augen, robbte zum Rand des Vorsprungs und schwang die Beine über die Kante. Seine Füße baumelten im Nichts. Die Brücke war zu hoch, als dass er in der Dunkelheit die Wasseroberfläche erkennen konnte.

Von der Straße drang das Geräusch einer sich öffnenden Autotür zu ihm.

Das war's also. Jack holte Schwung, um sich vom Rand abzustoßen, als ohrenbetäubender Lärm die Stille der Nacht durchschnitt und ihm um ein Haar das Trommelfell zerfetzte. Der Schreck ließ ihn zurückfahren, unsanft stieß er mit dem Hinterkopf gegen das Geländer. Kurz setzte sein Sehvermögen aus, sein Herz raste wie nie zuvor.

Er runzelte die Stirn. Der Krach, der aus dem Auto drang, klang verdächtig nach Britney Spears' *Baby One More Time*. Polizisten im Einsatz hörten für gewöhnlich nicht Britney mit wummernden Boxen, das wusste Jack aus Erfahrung. Irgendetwas stimmte hier nicht.

Vorsichtig drehte Jack seinen pochenden Schädel und warf einen Blick zwischen den Gitterstäben hindurch auf die Straße. Der Wagen, der nicht mal zwei Meter hinter ihm unter dem schwachen Licht einer Laterne stand und die Fahrbahn blockierte, sah eher nach einem abgeranzten VW Polo aus als nach einem Streifenwagen. Außerdem war das rhythmische Blinken weder blau noch stammte es vom Autodach. Es war das Warnblinklicht. Kein Blaulicht.

Keine Polizei.

Jack atmete auf. Das bedeutete jedoch nicht, dass das Auto nicht trotzdem seinetwegen angehalten hatte. Auf der *Pearly Gates Bridge* gab es keinen Seitenstreifen. Es war gefährlich, mitten auf der Straße zu stoppen, selbst mit eingeschaltetem Warnblinklicht und obwohl die Brücke nachts wenig befahren wurde. Unwahrscheinlich, dass der VW Polo durch Zufall genau an der Stelle hielt, wo Jack auf dem Brückensims hockte.

Shit. Warum hatte eigentlich jeder das Gefühl, er müsste sich in anderer Leute Leben einmischen? Niemand würde an der Supermarktkasse seinem Vordermann auf die Schulter tippen und sagen: »Entschuldigen Sie, könnten Sie Ihre Gurke vielleicht gegen eine Zucchini eintauschen? Ich mag keine Gurken«.

Weder ging es die Menschen etwas an noch beeinflusste es ihr Leben, ob Jack eine Gurke oder eine Zucchini kaufte. Ebenso wenig hatte es die Leute zu kümmern, ob er seine Hirnfunktionen zum Erliegen bringen wollte oder nicht. Doch das verstanden sie nicht. Sobald er eine Entscheidung traf, die die Menschen nicht guthießen, rissen sie sämtliche Mauern der Privatsphäre ein, stürmten Jacks Privatgrundstück und entmündigten ihn. So war es schon immer gewesen. Sie zwängten ihm ihre Meinungen auf. Dabei hatte niemand eine Ahnung, was richtig war und was falsch. Ob er Gurken mochte oder Zucchini. Oder ob er auf beide allergisch reagieren und daran ersticken würde.

Ein dunkel glänzender Haarschopf tauchte aus der geöffneten Fahrertür auf und erhob sich über das Autodach. Lange Haare fielen über zwei nackte Schultern, ihre Besitzerin schüttelte sie zurück. Sie hatte eine auffällig aufrechte Haltung, locker und selbstbewusst zugleich.

Überrascht zog Jack die Augenbrauen hoch. Den Mut, einen Verrückten wie ihn vom Springen abzuhalten, hätte er einer jungen Frau wie ihr nicht zugetraut. Sie konnte nicht wissen, wer sie erwartete. Was, wenn er plante, sie mit in den Tod zu reißen? Jack beschloss, ihr Verhalten unverantwortlich zu finden. Unverantwortlich und dumm.

Versteckt hinter der Brüstung auf der anderen Seite beobachtete Jack, wie sie sich die Haare aus dem Gesicht strich, das im Schatten lag. In ihrer Aufregung hatte sie anscheinend vergessen, die Musik runterzudrehen. Ein Suizidaler, der sich vorher Mut angetrunken oder gespritzt hat, wäre nun mit Sicherheit in Panik verfallen und hätte sich bei Britneys Geplärre in die Fluten gestürzt. *Glück gehabt, Kleine. Bislang hast du mit deiner Schusseligkeit niemanden umgebracht.*

Durch die hinteren Scheiben sah Jack, wie sie hastig ihren Rock runterzog, der im Sitzen hochgerutscht war. Jeden Moment würde sie sich umdrehen, Jack aus schreckgeweiteten Augen anstarren und den Mund stumm wie ein Karpfen öffnen und schließen. Dann würde sie das obligatorische »Bitte spring nicht« hervorpressen und sich damit absolut lächerlich machen. Vielleicht sollte er einen dermaßen irren Gesichtsausdruck aufsetzen, dass sie ihren Hintern augenblicklich wieder in ihre Schrottkiste schwingen und mit quietschenden Reifen davonpreschen würde.

Jack konnte nicht anders, er musste sie anstarren, während sie unelegant ihre Kleidung zurechtzupfte. Warum zur Hölle ließ sie sich so viel Zeit? Hatte sie nicht ein Leben zu retten? Plötzlich ... Jack traute seinen Augen nicht.

Ungeniert, als würde niemand zusehen, griff sie hinter sich und pfriemelte durch den Rock hindurch ihre Unterhose aus ihrer Poritze. Sie trug also einen String. *Hat sie nicht getan.* Jack konnte sich nicht entscheiden zwischen Fassungslosigkeit und Belustigung. Hätten seine Lippen gewusst, wie das funktionierte, hätte er vielleicht sogar gelächelt.

Noch immer machte sie sich keine Mühe, ihm ihre Aufmerksamkeit zu schenken. Stattdessen wandte sie sich zum Kofferraum und tänzelte im Takt der Musik darauf zu. Als der Refrain einsetzte, schleuderte sie ihren Kopf hin und her, ihre Haare flogen um ihr Gesicht. Aus voller Kehle sang sie mit, eine helle Stimme, unfassbar schief. Als hätte sie alle Zeit der Welt, öffnete sie den Kofferraum, beugte sich vor, als müsste sie etwas in dem Gerümpel suchen. Dabei wackelte sie mit dem Hinterteil zum Beat. *Baby One More Time.* Das Warnblinklicht links und rechts von ihr war das Rampenlicht zu ihrer Showeinlage. Nach kurzer Zeit schnellte ihr Oberkörper zurück, aus dem Kofferraum heraus und sie hielt triumphierend ihr Smartphone in die Luft.

Für den Bruchteil einer Sekunde erhellte das Warnblinklicht ihre Gesichtszüge. Im Halbdunkel glaubte Jack große Augen zu erkennen und zu dichte, breite Brauen. Etwas zu volle Lippen und rosige Wangen. Waren das Grübchen auf beiden Seiten oder nur Schatten?

Sie erinnerte ihn an ein Mädchen, das er einmal gekannt hatte.

Genauso plötzlich, wie ihr Gesicht angeschienen worden war, kehrte sie ihm wieder den Rücken und hüpfte mit wirbelnder Mähne zum Fahrersitz. Als die Tür hinter ihr ins Schloss fiel, verstummte die Musik, das Warnblinklicht erlosch. Der Motor startete knatternd, der Wagen setzte sich in Bewegung und verschwand mit ihr hinter der Wölbung der Brücke auf der Stadtseite von Hamborough.

Es war totenstill auf der *Pearly Gates Bridge*.

Augenblicklich stürzte sich die Dunkelheit über Jack. Sie umhüllte ihn, brachte ihn innerlich zum Zittern, obwohl sich die Sommerluft auf seiner Haut warm anfühlte. Jack war länger als eine Minute abgelenkt gewesen. Um ein Haar hatte er einen Hauch von Normalität verspürt. Er hatte weder an den Tod gedacht noch an den Grund, warum es nötig war zu sterben. Immer wenn er einen Moment lang nicht daran dachte, war es umso schmerzhafter, wenn die Erinnerungen zurückkehrten. Die Erinnerungen, wie …

Jack verjagte die aufkommenden Bilder des grauen Herbsttages, der alles verändert hatte.

Jedes einzelne Mal, sobald sich die Erinnerung in seine Gedanken drängte, überrollte ihn die Finsternis wie am allerersten Tag. Sie zwang ihn in die Knie. Verhöhnte ihn, wie er so dumm sein konnte zu glauben, er könnte sie jemals verdrängen. Das Erlebnis und die eiskalte Hand, die sein Herz seit diesem einen Tag fest umklammert hielt. Sie ließ ihn nicht los. Sie würde ihn niemals loslassen. Sie alle nicht.

Die Angst. Die Erinnerung. Die Schuld.

Augenblicklich sprang Jack auf und klammerte sich an die Gitterstäbe. Er versuchte gar nicht erst, die stechende Kälte in seiner Brust niederzukämpfen. Das Mädchen, es hatte nicht seinetwegen am Straßenrand gehalten. Natürlich nicht. Warum auch? Sie hatte lediglich ihr Handy aus dem Kofferraum holen wollen. Vielleicht hatte sie gecheckt, was es Neues bei Instagram gab, oder sie wollte ein Foto der Aussicht von der *Pearly Gates Bridge* auf Snapchat posten. Irgendwas eben. Irgendwas, das wichtiger war als sein erbärmliches Leben. Er konnte es ihr nicht verübeln.

Wenigstens würde er nun sein ursprüngliches Vorhaben in die Tat umsetzen können.

Jack wandte sich in Richtung der mit Hochhäusern gesäumten Uferseite, zu der auch das Mädchen im Auto verschwunden war. Vorsichtig setzte er einen Fuß vor den anderen, darauf bedacht, auf dem schmalen Vorsprung das Gleichgewicht zu halten. Seine Knie zitterten leicht. Der Schreck der lauten Musik von eben saß ihm nach wie vor in den Knochen. Es wäre ärgerlich, wenn sein Plan, am perfekten Ort zu sterben, im wahrsten Sinne des Wortes den Bach runtergehen würde. Nur weil er zu blöd gewesen war, auf seinen zwei Füßen zu stehen.

Er hielt sich an den Gitterstäben der Sicherheitsabsperrung fest. Gut achthundert Meter musste er bis zum Ende der Brücke auf der Stadtseite von Hamborough zurücklegen. Dort würde er über das Brückengeländer auf die Straße klettern und seinen letzten Weg antreten. Bis zu den Wasserfällen waren es vielleicht zwei Stunden Fußmarsch.

Zwei Stunden noch.

Das bedeutete, er würde die Sonne nie wieder aufgehen sehen.

Gut.

Jack hatte keine drei Schritte in Richtung des Ufers gemacht, als zum zweiten Mal ein Geräusch die gespenstische Stille der Nacht durchbrach. Ein Knall, der charakteristische Lärm eines Autounfalls, gekommen aus der Richtung, in die Jack gerade lief. Der Lautstärke nach zu urteilen, ein paar Hundert Meter entfernt, wenn man mit einberechnete, wie das Flusswasser den Schall trug.

Jack hielt in der Bewegung inne und hoffte, es hatte nicht das Mädchen getroffen. Das wäre unfair. Sie war so … lebendig. *Er* hätte in dem Auto sitzen müssen, von dem mit Sicherheit nicht viel mehr übrig blieb als ein Haufen Schrott. Nicht sie … Ihr ganzes Leben hatte noch vor ihr gelegen.

Andererseits: Das Leben war scheiße.

Ein Glück, dass er sich damit nicht mehr allzu lange rumplagen musste.

Ob sie wohl dazu gekommen war, den Song zu Ende zu singen?

KAPITEL 2

In deinem Himmel

Sie hatte immer geglaubt, wenn sie einmal sterben musste, würde ihr ganzes Leben an ihr vorbeiziehen. All die glücklichen Erinnerungen an ihre Kindheit. Die Wasserbahnfahrt im Freizeitpark und das eine Mal am Strand, als sie ihrer Cousine eine Meerjungfrauenflosse aus Sand gebaut hatte. Man konnte mit den Beinen hineinschlüpfen und sich wie eine echte Sirene fühlen. Ihr Abschlussball, zu dem Corban Reed sie ausgeführt hatte. Der Kuss danach. Das Weihnachtsfest, an dem sie den süßen VW Polo von ihrer Oma geschenkt bekommen hatte.

Jenen VW Polo, der jetzt einen Laternenmast umarmte. Mist.

Gerade noch hatte sie Britneys Neunziger-Hit geschmettert, dessen genauer Titel ihr nicht mehr einfiel – *Hit me?* –, an den Songtext erinnerte sie sich dafür umso besser. Dabei hatte sie das Gefühl genossen, die *Pearly Gates Bridge* hinunterzurollen, rein in die schönste Stadt der Welt. Sobald sie die Brücke überquerte, überkam sie jedes Mal dieses unbeschreibliche Gefühl von Heimat. *Hamborough*. Hier gehörte sie her. Auf die asphaltierten Straßen von Downtown, unter die Neonlichter der Werbetafeln. An den Sea Wall, wo es im Sommer unerträglich war zu joggen, weil die verglasten Hochhäuser des Bankenviertels das Sonnenlicht reflektierten und so den Asphalt erhitzten. Ins historische Viertel mit seinen urigen Cafés.

Fast hatte sie auch das letzte Stück der Brückenrampe hinter sich gelassen, da spürte sie dieses kurze Stechen in der Brust. Ehe sie sich fragen konnte, was das zu bedeuten hatte, saß sie nicht mehr im Auto, sondern schwebte irgendwo darüber. Es hatte nicht einen Wimpernschlag gedauert, um sie vom Steuer des Fahrzeuges in die Vogelperspektive zu befördern. Als hätte ein Schleudersitz sie raus aus ihrem Wagen in die Lüfte katapultiert. Sie flog! Sie schwebte meterhoch über der Straße. *Was zum …?* Ihr blieb keine Zeit, sich darüber zu wundern.

Alles ging ganz schnell.

Aus luftiger Höhe musste sie mit ansehen, wie ihr geliebtes Auto das letzte Stück der Brücke ohne sie hinunterrollte, die Brücke hinter sich ließ, auf der befestigten Straße weiterfuhr, jedoch der ersten Kurve hinter der Brückenrampe nicht folgte. Wie auch, ohne Fahrerin? Schließlich flog die Fahrzeugführerin über ihrem Auto, anstatt hinterm Steuer zu sitzen, wie es sich gehörte. Ungebremst ruckelte der Polo über die Bordsteinkante des Bürgersteiges und traf mit einem ohrenbetäubenden Knall auf eine Laterne. Die Motorhaube schob sich zusammen wie eine Ziehharmonika, die Windschutzscheibe zersprang in Abermillionen Teilchen. In Zeitlupe konnte sie verfolgen, wie sich die Laterne in den Motorraum bohrte, die Teile darin quollen zu allen Seiten heraus. Das Vorderrad auf der Beifahrerseite drehte sich unnatürlich nach außen, sprang ab und flog meterweit durch die Luft. Der Aufprall verzog die Karosserie des Wagens, sodass die Beifahrertür aufsprang und ebenfalls dem Laternenmast zum Opfer fiel. Rauch stieg auf.

Könnte teuer werden.

Fassungslos starrte sie die kümmerlichen Überreste ihres geliebten Autos an, da verschwanden die Konturen des Wagens in gleißendem Licht. Sie musste die Augen zusammenkneifen und sie mit ihrem Unterarm abschirmen, denn auf einmal war es taghell. Als würde sie eine Armlänge von der Sonne entfernt stehen.

Zögerlich öffnete sie die Augen. Blinzelte. Drehte den Kopf in alle Richtungen. Es war, als stünde sie im Zentrum einer hell erleuchteten Kugel. Einer großen Kugel.

Der Wagen war weg.

Bitte nicht.

Sie blinzelte noch ein paar Mal gegen die Helligkeit an, bis sich ihre Netzhaut endlich an die neue Umgebung gewöhnte.

Augenblicklich begann ihr Herz zu rasen. *Nein, nein, nein.* Wenn es das war, was sie glaubte, konnte sie es überhaupt nicht gebrauchen.

Sie befand sich in einer Halle. Der leuchtende Boden reichte bis zum Horizont, sie sah kein Ende. Die Wände in der Ferne, wenn sie denn existierten, waren konturlos, bestanden aus purem Licht. Die Stille in der Halle war so vollkommen und ungewohnt, dass sie sich unangenehm in ihrem Kopf anfühlte. Das durfte einfach nicht wahr sein. Wie auf Kommando wurden ihre Hände schweißnass. Sie träumte. Man hatte ihr etwas ins Glas gemischt. Bestimmt gab es eine vernünftige Erklärung dafür, warum dieser Ort hier verdammt doll nach dem Jenseits aussah.

Sie atmete tief durch. Ein und wieder aus. Ein und wieder aus. Okay. Sie musste ehrlich zu sich sein, besser früher als später. Sie befand sich eindeutig im Jenseits. Wo sonst könnte es schon leuchtende Böden und Wände aus Licht geben? Und wenn nicht die Kollision ihres ungebremsten Autos mit einer Laterne, die sie mit eigenen Augen aus der Vogelperspektive beobachtet hatte, dafür sprach, dass sie soeben gestorben war, was dann? Es bestanden keine Zweifel: Sie befand sich wirklich und leibhaftig im Himmel.

Sie runzelte die Stirn. Allerdings hatte sie mit etwas mehr gerechnet als dem Klischee, das Hollywood ihr schon Tausende Male vorgesetzt hatte. Eine unendliche Halle. Dies sollte der Ort sein, den die Weltreligionen verehrten? Das Haus Gottes? Wenn er wirklich hier wohnte, musste er ganz schön aus der Puste sein, wenn er mal das Zimmer wechseln wollte.

Sie drehte sich um die eigene Achse. Nichts als Leuchten und Weite in allen vier Himmelsrichtungen. Selbst wenn sie ein paar Schritte vorwärtsging, änderte sich nichts an ihrer Umgebung. Als würde sie auf der Stelle laufen. Frustrierend.

Sie kniff die Augen zusammen und starrte in die Endlosigkeit, bis es wehtat. Hieß es nicht immer, im Himmel gäbe es keinen Schmerz, nur unendliche Liebe und ein Gefühl der Befreiung? Fehlanzeige. Zwar fühlte es sich seltsam vertraut an, hier zu sein, nahezu selbstverständlich. Jedoch stach ihr das Licht in den Augen und sie wurde zunehmend nervöser.

Ungeduldig verschränkte sie die Arme vor der Brust. Es wurde Zeit, dass jemand auftauchte, dem sie erklären konnte, weshalb hierzubleiben absolut keine Option darstellte. Sie wurde schließlich gebraucht auf Erden! Dafür musste sie sich eine Strategie zurechtlegen. Eine verdammt gute noch dazu. Wer auch immer hier gleich auftauchen würde, mit Sicherheit hatte er oder sie Erfahrung mit diskussionsfreudigen Jung-Verstorbenen, die glaubten, ihr Verhandlungsgeschick reiche aus, um mit dem Tod um ihr Leben zu feilschen …

»Ah, Rosalie! Da bist du ja.«

Sie fuhr herum und stolperte vor Schreck einen Schritt zurück. Dort, wo vor einer Sekunde lichte Leere geherrscht hatte, grenzte nun ein Büro an die Halle. Auf weißem Holzboden protzte ein schwerer weißer Schreibtisch. Auf der einen Seite begrenzte ein Bücherregal das Zimmer, auf der anderen Seite … nichts. Wo eine Wand stehen müsste, ging das Büro nahtlos über in eine endlose Wiesenlandschaft.

Ein junger Mann fläzte sich in einem Sessel am Schreibtisch, offenbar hatte er gelesen. Nun, da er Rosalie entdeckt hatte, pfefferte er das Magazin in eine Ecke des Raumes – hatte sie da gerade das Logo des Playboy gesehen? – erhob sich schwungvoll und lief um den Tisch herum. Seine langen Beine steckten in beigefarbenen Chinos, ein weißes T-Shirt spannte sich um seinen schlanken Oberkörper. Rosalie konnte die Situationen, in denen sie sprachlos war, an einer Hand abzählen. Diese hier zählte dazu.

Ein gutes Stück von ihr entfernt blieb er stehen. Seine Gestalt in voller Größe wirkte einschüchternd auf sie, fast schon Furcht einflößend. Ein Kloß bildete sich in ihrem Hals, ihre Hände schwitzten. Ihm zu erklären, dass sie auf die Erde zurückkehren musste, dürfte nicht leicht werden. Nachdem er ihr einen Moment ruhig in die Augen geblickt hatte, nickte er würdevoll.

»Sei gegrüßt.«

In Ermangelung einer besseren Reaktion nickte sie ebenfalls und hoffte, ausreichend respektvoll zu wirken. Wieso brachte einem niemand bei, wie man sich im Himmel zu verhalten hatte?

»Äh … Sie ebenso.«

Der junge Mann brach in schallendes Gelächter aus, überwand die letzten paar Meter zwischen ihnen und klopfte ihr freundschaftlich auf den Rücken.

»Warum zur Hölle glauben eigentlich alle, dass wir hier oben sprechen wie versnobte römische Kaiser? Hi.« Er legte ihr einen Arm um die Schulter und geleitete sie zu einem weißen Stuhl, den sie vorher gar nicht gesehen hatte. Und von dem sie sicher war, dass er vorher auch nicht dort gestanden hatte. »Setz dich, setz dich.«

Sie tat wie ihr geheißen und knetete ihre Finger im Schoß. Der junge Mann lief um den Tisch herum, schmiss sich wieder in den Sessel und verschränkte die Füße auf der Tischplatte.

»So. Rosalie ist doch in Ordnung?«

»Rose«, antwortete sie, bevor sie darüber nachdenken konnte, ob es Konsequenzen hatte, im Himmel zu widersprechen.

Der Mann schien unbeeindruckt. »Ah. Siehst auch nicht aus wie eine Rosalie.«

Überrascht blickte sie auf. Genau das fand sie auch, allerdings konnten das die wenigsten nachvollziehen. In ihrer Vorstellung waren Rosalies goldblond, trugen rosa Kleidchen, hinterließen Eindruck bei den Schwiegereltern und antworteten stets diplomatisch. Zu dieser Kategorie zählte sie eindeutig nicht. Dafür machte ihr loses Mundwerk ihr zu oft einen Strich durch die Rechnung. Ach, mehr noch, es zerriss die Rechnung in tausend Teile und verbrannte sie.

Da er keine Anstalten machte, weiterzusprechen, ergriff Rose die Initiative.

»Und … wer sind Sie?«

»Was glaubst du denn?«, schoss er zurück und ließ sie nicht aus den Augen.

»Wenn ich dort bin, wo ich denke …«

»Bist du.«

»Tja, ich kenne nur eine Person im Himmel. Und das ist Gott.«

Kaum hatte sie es ausgesprochen, schoss ihr das Blut ins Gesicht. Vielleicht war es keine gute Idee, gleich am Anfang hinauszuposaunen, was für eine schlechte Gläubige sie war. Die Bibel hatte sie nur im Religionsunterricht gelesen, die Kirche nur an Heiligabend besucht. Sie hatte keinen blassen Schimmer, wer und wie viele Personen nach christlichem Glauben im Äther residierten. Nur Gott? Oder auch Jesus? Seine Jünger? Moment, einer hatte ihn verraten, nicht wahr? Der würde bestimmt nicht in der Himmels-WG wohnen. Oh Mann, wenn es so etwas wie die Hölle gab, hatte sie gerade den Freifahrtschein dorthin gewonnen.

»Keine Sorge. Du schlägst dich gar nicht schlecht«, beruhigte der Kerl sie und verschränkte die Hände hinter dem Kopf. Rose fiel die Kinnlade herunter, seine blauen Augen funkelten belustigt.

»Jep, ich kann deine Gedanken lesen.«

Sie schloss den Mund wieder. Ihr Hirn ratterte förmlich. Herr im Himmel, es fiel ihr schon schwer, ihre Zunge im Zaum zu halten. Wie sollte ihr das mit ihren Gedanken gelingen? Unruhig rutschte sie auf ihrem Stuhl hin und her. Der Typ im Sessel musterte sie abwartend. Anscheinend war sie am Zug.

»Also bist du es? Gott, meine ich?«

»Wenn das der Name ist, den du der übergeordneten Instanz, an die du glaubst, geben möchtest, dann ja«, antwortete er. »Du kannst mich nennen, wie du willst. Allah, Brahma, Adonai, Jahwe, Herr, Vater oder Gott. Auch Liam wäre okay.« Er grinste. »Nicht mein Name bestimmt, wer ich bin. Dass du hier bist, zeigt, dass du an eine höhere Macht glaubst – das ist alles, worauf es ankommt. Wie du mich ansprichst, ist nicht bedeutsam.«

Sie musterte erneut seine freundlichen Augen und den Dreitagebart. Er wirkte so jung, spontan. Hatte den Schalk im Nacken sitzen. Er sah eher nach einem Liam aus als nach Gott.

Gott gluckste. »Wie ein Liam sehe ich aus, soso. Das ist in Ordnung. Es ist schließlich dein Himmel.«

Überrascht sah Rose auf, erinnerte sich aber wieder daran, was er ihr soeben offenbart hatte. Er las ihre Gedanken. Na großartig.

»Was genau bedeutet das? Mein Himmel?«

»Schön, dass wir gleich zum Punkt kommen. Es ist allerdings nicht leicht zu erklären, wie das Jenseits funktioniert, Rose.« Er seufzte, schwang die Beine vom Tisch und erhob sich. »Bitte werd nicht wieder ungeduldig, solltest du etwas nicht sofort verstehen. Wie gesagt, es ist kompliziert. Pass auf: Meine Mittel sind übermächtig und sie werden es immer sein. Dieser Ort hier ist eine Möglichkeit, mich für den menschlichen Verstand greifbar zu machen.« Er machte eine Sprechpause und gab Rose damit einen Augenblick, um die Informationen zu verdauen. »Lass mich dir ein Beispiel geben: Du denkst, du hörst meine Worte. Doch Hören ist nur der Vorgang, den du aus deinem Leben als Mensch kennst. Im Himmel brauchst du keine Ohren, keine feinen Härchen, die den Schall in deinem Gehörgang formen. Nicht mal ein Gedächtnis benötigst du, um zu verarbeiten, was du wahrnimmst. Im Himmel brauchst du nichts davon. Aber das geht über deinen menschlichen Verstand hinaus. Deshalb sagst du: Ich höre. Deshalb siehst du, was du siehst. Deshalb hast du meine Instanz in einen menschlichen Körper gesteckt, der«, er schmunzelte, »Liam Hemsworth nicht unähnlich sieht. Nebenbei bemerkt.«

Oh, wow. Rose riss die Augen auf, musterte ihn von oben bis unten. Er sah wirklich aus wie Liam Hemsworth. Darum hatte er diesen Namen vorgeschlagen.

»Tja, da bekommt die Beschreibung *göttlich* gleich eine ganz neue Bedeutung, was?«

Ihr Herz pochte schneller. Mein Gott, war das peinlich. Was hatte es zu bedeuten, dass sich ihr Gehirn Gott vorstellte wie einen ziemlich heißen Schauspieler? War das nicht ein wenig … krank? Sie schob den Gedanken beiseite. Darum musste sie sich später kümmern. Es war kompliziert genug, die Erklärungen des Mannes im Körper von Liam Hemsworth nachzuvollziehen.

»Das bedeutet«, setzte Rose an, »alles, was ich sehe, höre, fühle – die Halle, das Büro, die Blumenwiese hinter dir, du selbst –, nichts davon ist real?«

»Exakt. Es ist lediglich eine Projektion des Göttlichen in deiner menschlichen Vorstellungskraft. Das Göttliche selbst wäre zu groß, um es mit deinen eingeschränkten menschlichen Möglichkeiten zu erfassen. Deshalb formt es dein Verstand um in eine für dich begreifbare Wahrnehmung.«

Rose zog die Stirn kraus. »Mein Himmel entspringt meinen eigenen Gedanken. Er ist so, wie ich ihn mir vorstelle.«

»Ganz genau«, freute sich die Gestalt namens Gott, namens Allah, namens Liam und ließ sich wieder in den Sessel fallen.

»Das heißt«, Rose hatte das Gefühl, ihre Synapsen klappern zu hören, »jeder hat recht und unrecht zugleich. Die Muslime, die Christen. Sie haben recht mit dem, was sie glauben, in Bezug auf ihren eigenen Himmel. Sie haben unrecht in Bezug auf den Himmel der anderen. Weil jeder den Himmel bekommt, den er sich vorgestellt hat.«

»Rosalie, Rosalie.« Gott schnalzte bewundernd mit der Zunge. »Du kluges Geschöpf. Na ja, vielleicht hattest du auch nur einen guten Schöpfer und Lehrmeister.« Er klopfte sich selbst auf die Schulter. Sein Lächeln war ansteckend. »Vielen Dank übrigens, dass ich in deinem Jenseits ein humorvoller Gott sein darf. Und gut aussehend noch dazu. Die Rolle wird mir selten zuteil.«

Rose lächelte verunsichert. »Wie stellen sich die Leute dich normalerweise vor?«

Er zuckte mit den Schultern und ließ sich etwas tiefer in den Sessel sinken.

»Das hängt von ihren Erfahrungen auf der Erde ab. Von der Art, wie sie aufwachsen, von den Geschichten, die sie als Kinder hören. Von der Kultur und ihrer Religion. Manche Elemente überdauern schon seit Jahrhunderten in den Vorstellungen der Menschen. Meist sind es Elemente mit symbolischem Charakter. Vor eurem geistigen Auge bin ich alt, mit langem Bart und tiefen Falten, weil ihr in meine Weisheit und Erfahrung vertraut. Sieh dir die Bücherwand an.« Er ließ den Blick durch den Raum schweifen, das Bücherregal hoch, dessen oberes Ende im Licht verschwand. Rose folgte seinem Blick.

»Die Bücherwand ist deine Art, einen Glauben an einen allwissenden Gott auszudrücken. Wir sitzen in einem Büro – deine verbildlichte Vorstellung eines Gottes, der den Menschen ihren Weg weist. Der sie managt, um es moderner zu formulieren. Nur leider«, er lachte freudlos auf, »lassen sich die Menschen von Bildmedien gleichermaßen inspirieren wie von Geschichten. Mir waren die Zeiten lieber, in denen die Menschen noch ihre eigene Fantasie bemühten. Heute sitze ich tagtäglich unzählige Male in der gleichen Halle wie Bruce Allmächtig oder stehe an King's Cross wie Harry Potter und Dumbledore. Ich sehe auch häufig aus wie Dumbledore.«

Gott blickte so finster drein, dass Rose grinsen musste.

»Manchmal wünschte ich, jene Leute, denen die zehn Gebote geläufig sind, würden sich das dritte mehr zu Herzen nehmen: Du sollst Dir kein Gottesbildnis machen.« Er zwinkerte ihr zu. »Allerdings ist diese Bitte, wenn man sie wörtlich nimmt, eine Krux. Vergleichbar mit dem Auftrag: *Denken Sie jetzt auf gar keinen Fall an eine lilafarbene Kuh*.«

Rose musste lachen, gleichzeitig dröhnte ihr Schädel. Die Situation forderte ihr dermaßen viel Konzentration und Energie ab, dass ihr Gehirn für sämtliche Denkprozesse länger zu brauchen schien als gewöhnlich. Sie kam kaum hinterher, die vielen Eindrücke zu verarbeiten. Als würde sie mit dem Denkapparat einer Raupe die Erdkrümmung berechnen müssen.

Eigenartig. Die meisten Menschen, die berichteten, schon einmal tot gewesen zu sein, sprachen von grenzenlosem Wissen, das sich ihnen in dem Moment offenbarte, in dem sie starben. Sie erhielten Antworten, bevor sie Fragen stellten. Davon hatte Rose schon oft gelesen. Wie konnte sie an einem Ort namens Himmel auf die Fähigkeiten ihres menschlichen Körpers beschränkt sein? Müsste sie nicht irgendwie … körperlos sein?

»Genau genommen befindest du dich noch nicht im Himmel«, antwortete Gott auf ihre unausgesprochenen Gedanken. »Und du bist auch nicht tot. Deshalb hast du einen Körper, empfindest Schmerzen. Empfängst und verarbeitest Eindrücke mit dem Gehirn und nicht mit dem Herzen. Nennen wir diesen Ort eine Art Vorzimmer des Himmels. Hierher kommen all jene, die ihre Aufgabe noch nicht erfüllt haben.«

Sie horchte auf. Es gab die berühmt-berüchtigte große Aufgabe also wirklich.

»In deinem Himmel, ja.« Gott zog die Augenbrauen hoch. »Denk immer daran, deine Überzeugungen gelten nur für dich. In *deinem* Himmel gibt es einen Sinn, warum du lebst. Sieh dir die Natur an: Jedes einzelne Teil hat eine Aufgabe, macht den Organismus zu dem, was er ist. Kannst du dir vorstellen, dass Milliarden unterschiedlicher Menschen auf der Erde leben, ganz ohne Grund? Ohne eine Funktion?«

Sie schüttelte entschieden den Kopf.

»Ganz recht. Du hast seit jeher daran geglaubt, dass ihr Menschen eine Mission zu erfüllen habt. Drum ist es wahr. Jeder von euch verfolgt eine Aufgabe. In deinem Himmel. In deinem Universum.«

»Wie kann das sein?«, platzte Rose dazwischen. Eine Frage drängte sich ihr auf, die sie sich ihr Leben lang schon gestellt hatte. »Wenn der Himmel für jeden so funktioniert, wie man ihn sich ausmalt, was ist mit Atheisten? Was ist mit jenen ohne Vorstellungskraft aufgrund mangelnder Fantasie? Oder jenen mit gänzlich wirren Vorstellungen aufgrund einer Krankheit wie Demenz? Es würde bedeuten, für diese Leute gäbe es keinen Himmel. Was ist mit, Rose schluckte schwer, »mit Menschen, die sich ihr Leben lang nicht wie Menschen, sondern wie Monster verhalten haben? Massenmörder. Triebtäter. Kinderschänder. Was passiert mit ihnen? Kommen auch sie in einen Himmel, wenn sie nur daran glauben? Das wäre unfair.«

Gott beugte sich ein Stück über den Schreibtisch, sodass Rose ihn berühren konnte, wenn sie gewollt hätte. Er lächelte. »Es kommt nicht darauf an, was objektiv mit ihnen geschieht, Rose. Das Göttliche kennt keine Objektivität. Du als Mensch kannst nur wissen, was in *deinem* Himmel mit ihnen passiert. Nur bei dir funktioniert der Himmel so, wie man ihn sich vorstellt. Bei anderen Menschen funktioniert er anders. Es gibt keine objektive Wahrheit. Nichts ist allgemeingültig richtig. Und nichts kann jemals falsch sein.«

Rose schwirrte der Kopf. Hatte er damit ihre Frage beantwortet? Sie versuchte, seine Worte zu begreifen. Immer wenn sie das Gefühl der Erleuchtung überkam und sie glaubte verstanden zu haben, entglitt ihr die Erkenntnis wieder. Ein Raupenhirn. Oh ja, Rose fühlte sich ganz eindeutig so, als denke sie mit einem Raupenhirn. Wie früher im Chemieunterricht.

Frustriert warf Rose die Hände in die Luft und ließ sie danach wieder in den Schoß fallen. All die unbeantworteten Fragen machten sie fast wütend.

»Ganz ehrlich? Ich verstehe kein Wort. Ich bin noch nicht bereit für all den Kram hier.«

Aber Gott nahm sie nicht ernst, er lachte nur. Ein breites Lachen, bei dem seine weißen Zähne im Licht strahlten. »Es wäre auch vermessen zu glauben, du könntest das Göttliche verstehen, Rose. Zumindest nicht mit deinem menschlichen Denkapparat. Es reicht, wenn du aus unserem Gespräch mitnimmst, was du für deine Aufgabe benötigst.«

Oh. Ihr Blick erhellte sich. Hieß das etwa …

»Ja, du wirst auf die Erde zurückkehren. Ich habe dir doch gesagt, dass Besucher des Vorzimmers keinen Zutritt zum Himmel haben, ehe sie ihre Aufgabe nicht erledigen.«

Ein Stein fiel Rose vom Herzen, nein, vielmehr ein Felsen. Ein Felsen, von dem sie nicht gewusst hatte, wie schwer er war, bis er ihr

Herz erleichterte. Erst jetzt spürte sie, wie groß die Angst gewesen war, hierbleiben zu müssen. Die Angst, Marie auf Erden zurückzulassen. Ganz allein.

Marie.

Nun, da Rose sicher war zurückzukehren, kam ihr eine Idee.

»Du … Gott?«

»Jep.«

»Könnte ich den Himmel wenigstens schon mal sehen?«

Der Mann mit dem Wuschelhaar grinste und sprang auf.

»Ich dachte schon, du fragst nie.« Er schwang seinen Arm nach hinten und schloss mit dieser Geste alles mit ein, was sich hinter ihm befand. »Du siehst ihn doch die ganze Zeit.«

Ihr Blick glitt über seine Schulter, folgte seiner Hand und verlor sich in der grasgrünen Weite der Blumenwiese, die vom Fuße des Schreibtischsessels bis in die Unendlichkeit reichte. Kaum richtete Rose ihre Aufmerksamkeit auf die Tallandschaft, drangen die Geräusche des Himmels zu ihr durch. So pur, so rein, so wunderbar, wie man sie selbst am friedlichsten Fleck Erde nicht hören könnte. Wie eine Flut überrollten die himmlischen Eindrücke sie und zwangen Rose in die Knie. Wie hatte sie das bislang überhören können?

Sie sah das Gras in einer leichten Brise wehen und augenblicklich spürte sie seine seidigen Halme auf ihrer Haut, obwohl sie es gar nicht berührte. Rose roch die würzige Frische der Wiese, sie schmeckte den sanften Tau auf der Zunge, ohne den Mund geöffnet zu haben. Woran auch immer Rose dachte, sogleich hörte, roch und fühlte sie es in seiner ganzen Herrlichkeit. Nicht nur metaphorisch, sondern buchstäblich. Sie hörte das Gras rascheln, laut wie ein kleiner Käfer, der durch die Wiese wanderte, leise wie ein Schmetterling, der in den Lüften darüber hinwegflog. Egal, aus welcher Perspektive sie die Dinge wahrnehmen wollte, ob intensiv oder nur am Rande ihres Empfindens, sie konnte darüber entscheiden, ohne sich anzustrengen. Ihr Bewusstsein war da, wo sie es haben wollte.

Ihre Gedanken zogen weiter und sie schenkte ihre Aufmerksamkeit einem Bachlauf, der hinter dem Bücherregal entsprang und sich zwischen den Blumen hindurch zum Horizont schlängelte. Sein Plätschern klang wie ein Musikstück, komponiert von Mutter Natur höchstpersönlich. Wenn Rose sich darauf einließ, hörte sie jeden einzelnen

Tropfen, der von den Kieselsteinen perlte. Jede einzelne Welle, wie sie sich erhob und brach, hob und brach.

Das Wasser war angenehm kühl und es schmeckte sauber, so sauberes Wasser hatte sie sich nie zuvor auf der Zunge zergehen lassen.

All das wusste Rose, ohne es zu probieren, ohne dass sie das Wasser berührt hatte. Er war einfach da, der Geschmack, das Geräusch, der Geruch, der Anblick, das Gefühl. Ihre neuen Sinne zeigten ihr, was immer sie zu empfinden wünschte. Nacheinander, gleichzeitig, wie sie es wollte. Was es auch war, es war gut, es füllte ihr Herz mit Glück und Freiheit, bis es überlief.

Sie war im Himmel.

Rose schickte ihren Geist auf die Suche nach seinesgleichen. Ihre Seele sehnte sich nach menschlicher Nähe. Gab es andere Menschen in ihrem Himmel? Prompt erschienen zwei Personen auf der Wiesenfläche. An ihren Kleidern erkannte Rose schon aus der Ferne eine Frau und einen Mann. Sie rannten auf sie zu, die Röcke der Frau flatterten im Wind. Der Mann stolperte wieder und wieder, so überschwänglich rannte er. Doch es hielt ihn nicht auf, er näherte sich, sie beide näherten sich Rose.

Cara und Fynn. Das waren ihre Namen. Die Erkenntnis kam Rose, noch während sie die Frage danach in ihren Gedanken formulierte.

»Zeit, zurückzukehren, Rose.«

Die Personen rannten schneller. Caras Röcke schwangen heftiger hin und her. Fynn lief unruhiger, seine Arme schleuderten in alle Himmelsrichtungen. Aber sie kamen nicht näher. *Cara und Fynn.* Hatte Rose sie schon einmal gesehen? In ihren irdischen Gestalten? Rose kniff die Augen zusammen. Sie waren zu weit weg, um ihre Gesichter zu identifizieren. So klein, dass sie hinter ihrer ausgestreckten Hand verschwinden würden.

»Rose.«

Dort, wo das Büro soeben an das Tal angegrenzt hatte, erschien eine weiße Wand direkt vor Rose' Nase. Sie erschrak und rutschte auf den Knien ein Stück zurück. Nein. Wann war sie von ihrem Stuhl aufgestanden? Wann vom Schreibtisch an die magische Grenze gelaufen? Und wann davor zu Boden gesunken? Es spielte keine Rolle.

Rose wirbelte herum, weiterhin auf den Knien, und starrte Gott fassungslos in die Augen. Er blickte zurück, beruhigend, liebevoll, aber sie war zu aufgewühlt, um sich von seinen Blicken trösten zu lassen.

Ihr Herz fühlte sich an wie schockgefrostet, es schmerzte regelrecht in ihrer Brust. Sie hatte ein Stück Himmel in all seiner Pracht und Glorie kennengelernt. Nicht nur das, ihr war, als wäre der Himmel ein Teil von ihr geworden. Als wäre *sie* ein Teil von ihm geworden. Und dann hatte man ihn ihr wieder entrissen. Gott hatte sie ausgesperrt.

Erst durch den Verlust wurde Rose klar, was man ihr soeben genommen hatte. Zum ersten Mal hatte sie das Gefühl verspürt, angekommen zu sein. Dort zu sein, wo sie hingehörte. Heimzukommen nach einer langen Reise. Gefunden zu haben, wonach sie suchte. Sich fallen zu lassen nach einem Akt der Balance. Sie fühlte sich wie ein Kind, das man vor den Stadtmauern ausgesetzt hatte, kalt, nackt, schutzlos, allein. Ein Kind, das seine Wurzeln nie mehr erreichen konnte. Erschöpft vom bloßen Gedanken daran, ein ganzes Leben meistern zu müssen, ohne je wieder aus seiner ursprünglichsten Energiequelle schöpfen zu dürfen: der Heimat. Dem Familienzusammenhalt. Dem eigenen Himmel.

Rose öffnete den Mund und schloss ihn. Sie fand keine Worte, die groß genug waren für das, was sie soeben gesehen, gehört, gefühlt hatte. Zorn wütete in ihr, weil sie nicht hatte dableiben dürfen. Gleichzeitig trauerte sie über das, was sie verloren hatte.

»Ich bringe dich jetzt zurück.«

Wohin zurück? In den Himmel? Ein Hoffnungsschimmer wärmte Rose bei dem Gedanken, dorthin zurückzukehren. Doch ihre Hoffnung verwandelte sich sogleich in einen spitzen Eiszapfen, der sich in ihre Eingeweide bohrte, als ihr einfiel, wohin Gott sie wirklich bringen wollte: auf die Erde. Ins Leben. Zu Marie.

Letzteres war gut. Allerdings kostete es Rose alle Kraft, nicht dem Egoismus zu erliegen und Gott zu bitten, bleiben zu dürfen. Immer wieder wiederholte Rose die Worte im Kopf, um sich selbst zu erinnern: Marie wäre ohne sie verloren. Sie brauchte sie.

Gott legte ihr eine kräftige Hand auf die Schulter. »Bist du bereit?«

Nein! Um Himmels willen, nein, sie war alles andere als das. Ihr blieben so viele Fragen. Warum war sie hergekommen? Wie war das passiert? Wie sah ihre Aufgabe aus? Wie viel Zeit blieb ihr dafür?

Gott lächelte milde. »Hab keine Angst, Rose. Merk dir einfach: Es kann Minuten dauern, Tage oder Jahrzehnte – egal, wie lange es dauert, du wirst deine Aufgabe rechtzeitig erkennen.«

»Bitte«, flehte Rose, ohne zu wissen, was sie damit bezweckte. Vor Überforderung rann eine Träne ihre Wange hinunter. Rose wäre gern aufgestanden und auf Gott zugegangen, sie hätte sich gern an ihm festgehalten. Aber ihre Knie zitterten unaufhörlich, sie versagten ihr den Dienst.

»Sei kein Frosch, Rose«, tadelte Gott spielerisch und zwinkerte ihr zu. »Du musst das nicht allein schaffen. Ich bin in jeder Sekunde bei dir. Wie schon die letzten neunzehn Jahre.« Er tätschelte ihre Schulter. »Hab ein bisschen Vertrauen. Nur diese eine Aufgabe. Das wirst du doch wohl hinkriegen?«

Und wie eine versiegende Glühlampe, die einem Raum all sein Licht nahm, knipste Gott Rosalies Licht aus.

KAPITEL 3

Schutzengel

NOCH 17 STUNDEN UND 28 MINUTEN

Ihre Lider flatterten. Zögerlich öffnete Rose die Augen. Etwas Hartes, Kantiges bohrte sich in ihre rechte Seite, was das Einatmen unmöglich machte. Zu fest klemmte ihr Oberkörper zwischen der verbogenen Mittelkonsole ihres Polos, dem erschlafften Airbag und der sich nach innen wölbenden Fahrertür. Außerdem fesselte der Autogurt sie an den Fahrersitz und das Gurtschloss war irgendwo in den Trümmern der rechten Autohälfte verschollen. Es roch nach Benzin. Verdammter Mist. Was immer gerade geschehen war – darüber würde sie später nachdenken –, sie musste hier raus.

Rose mahnte sich zur Ruhe, musste sich Platz verschaffen, um richtig atmen zu können, und lehnte sich deshalb so weit wie möglich von der Mittelkonsole weg. Sie versuchte es, holte vorsichtig Luft.

Okay, das hatte schon mal geklappt.

Die silbernen Sternchen verschwanden aus ihrem Blickfeld. Dank des Sauerstoffs in ihren Lungen beruhigte sich ihr Herzschlag auf gefühlte einhundertachtzig Schläge pro Minute. Nicht gut, aber besser. Nun galt es, die Fahrertür zu öffnen, sich aus dem Gurt zu winden und sich dabei keine Glassplitter in irgendwelche Körperteile zu bohren. Ein Kinderspiel.

Rose schluckte die aufkommende Panikattacke herunter und konzentrierte sich darauf, ihren Arm zu befreien, der seitlich zwischen dem Lenkrad und der Fahrertür klemmte. Auch das gelang nach nur wenigen

Drehungen und Windungen ihres Handgelenkes. Großartig. Sie musste jetzt einfach nur Ruhe bewahren, dann würde alles gut gehen. Sie wagte einen zweiten zaghaften Atemzug, suchte nach dem verbogenen Türgriff und schloss die Augen. *Bitte, lieber Gott, lass diese Tür aufgehen,* schickte sie ein Stoßgebet an den Himmel und zog an dem Griff.

Nichts geschah.

»Scheiße!« Sie ruckelte ein paar Mal vergeblich am Griff, lehnte sich sogar mit der Schulter dagegen. Die Autotür gab keinen Millimeter nach.

Okay, bloß nicht die Nerven verlieren.

Rose schloss die Augen und ließ sich die möglichen Einstiege ihres Wagens Stück für Stück durch den Kopf gehen. Da waren die zwei Türen – hinten gab es keine. Wieso zur Hölle besaß sie keinen Fünftürer? Der Kofferraum, den man nicht von innen öffnen konnte. Die Fenster, so zersplittert, dass sie nicht hindurchsehen konnte. Das wäre eine Möglichkeit. Oder aber … das Faltdach.

Rose legte so weit es ging den Kopf in den Nacken. *Ja!* Der Aufprall hatte auch den Rahmen des Faltdachs verzogen. Über der Fahrerseite war es aus seinen Schienen gesprungen und eine Stoffecke hing schlaff ins Fahrzeuginnere. Es hatte sein Gutes, ein bald zwanzig Jahre altes, etwas marodes Auto zu fahren. Sie klappte das Dach zur Seite und blickte durch die dreieckige Öffnung in den Sternenhimmel.

Rose spürte Freudentränen aufsteigen. Schnell blinzelte sie sie weg, um den Moment auszunutzen, in dem ihr Körper zu beschäftigt war, um Schmerz zu empfinden. Sie drückte sich von dem Sitz nach oben, schlüpfte mit der Hüfte unter dem Gurt hindurch und stellte ihren Schuh auf das Polster, erst einen, dann den zweiten. Auf wackligen Beinen richtete sie sich auf und tauchte durch das Dreieck. Gierig sog sie die Nachtluft ein. Mit zusammengebissenen Zähnen brachte Rose all ihre Kraft auf, um sich auf dem Rahmen abzustützen und ihren Hintern auf den Dachbogen zu hieven. Sie zog die Beine durch das Loch, schwang sie über den Rahmen und glitt an der Fahrerseite vom Auto hinunter. Mit einem dumpfen Aufprall schlug ihr Körper auf dem Boden auf und mit letzter Kraft kroch Rose über den Grünstreifen auf den Bürgersteig, weg vom Fahrzeug.

Sie hatte es geschafft. Sie hatte sich aus dem Wrack ihres Wagens befreit.

Blitzartig schien Rose' Puls herunterzufahren, dafür überzog ein kalter Schweißfilm ihre Haut. Ein unkontrolliertes Zittern überkam sie. Es schüttelte sie heftig, sodass sie kaum geradeaus schauen konnte. Hemmungslos schluchzend lag sie in der Stille der Nacht. Horchte in sich hinein, überprüfte in Gedanken jedes Körperteil auf Unversehrtheit. Einmal, zweimal.

Doch sosehr sie sich auch konzentrierte, sie fand keinen Schmerz. Kein dumpfes Pochen, kein brennendes Stechen. Vielleicht befand sie sich in diesem Schockstadium, das Menschen nach schweren Unfällen oder in Notsituationen überkam. Die übermäßige Ausschüttung von Cortisol ermöglichte Unfallopfern, auf zwei gebrochenen Beinen zu laufen oder mit einem zertrümmerten Schädel den Notruf zu wählen. Eine uralte Überlebensstrategie des Körpers. Falls sich Rose gerade in dieser Situation befand, musste sie ihre Superkräfte unbedingt ausnutzen.

Oder sollte sie wirklich einen so tüchtigen Schutzengel gehabt haben, dass der Unfall ihr kein Haar gekrümmt hatte?

Rose drückte sich hoch. Sie gab sich zwei Versuche – erfolglos. Schließlich rollte sie sich auf den Rücken und versuchte es erneut. Sie schaffte es, sich langsam auf dem Asphalt aufzurichten und hinzusetzen, die Straße im Rücken. Ihr Blick fuhr über den Blechsalat, der sich gut zwei Meter von ihr entfernt auftürmte. Die Windschutzscheibe war nicht zu sehen, so hoch bäumte sich der zerfetzte Motorraum davor auf. Der Laternenmast hatte sich bis zu den Scheibenwischern in die Frontpartie gebohrt, als wollte er das Fahrzeug entzwei teilen. Von der Beifahrerseite war nichts mehr zu erkennen. Lediglich auf der Fahrerseite konnte man erahnen, wo der Fahrzeugführer ursprünglich Platz gefunden hatte. Unmöglich, dass dies mal ein funktionierendes Auto gewesen war. Unmöglich, dass sie diesen Aufprall überlebt haben sollte.

Rose musste die Überreste ihres Wagens ein weiteres und auch ein drittes Mal ansehen, bevor sie aus ihrem Gedankenstrudel ausbrach und in die Gegenwart zurückkehrte.

Ihr Körper hörte auf zu zittern. Weiterhin spürte sie keinen Schmerz, dafür aber einen Druck hinter ihren Schläfen. Dankbar lachte sie auf, ein krächzender Laut im Schweigen der Nacht. Das war der Beweis. Es gab sie noch. Sie hatte den Horror-Crash wirklich und leibhaftig überlebt! Ein hysterisches Kichern brach aus ihr hervor, verstummte aber im selben Moment, als die Erinnerungen auf sie einprasselten. Mit einem Mal wurde sie ganz ruhig.

Eine Halle aus Licht. Ein Schauspieler namens Gott. Eine Aufgabe. Ein Himmel gemacht aus purem Gefühl.

Rose schluckte und strich sich eine braune Haarsträhne aus der Stirn. Innerlich wappnete sie sich für die Emotionswelle, die sie jeden Augenblick erneut umwerfen, mit sich reißen und unter sich begraben würde. Das alles war zu viel – viel zu viel. Doch obwohl Kleinigkeiten Rose normalerweise zum Schluchzen brachten und obwohl ihre Augen brannten, floss diesmal keine Träne.

Sie schloss die Lider und rief ihre Erinnerungen wach. Selbst die kleinsten Details waren ihr so gegenwärtig, als würde sie nach wie vor dort stehen. Sie sah das Leuchten der Fliesen. Die Buchrücken in dem unendlichen Regal. Die Farbe des Grases, das Murmeln des Bachs. Schon bei dem Gedanken daran breitete sich ein Lächeln auf Rose' Lippen aus. All diese Bilder vor ihrem geistigen Auge, sie waren mehr als nur Erinnerungen. Sie hatten Rose etwas mitgegeben.

Sie hatte das Jenseits gesehen.

Und sie hatte nicht dortbleiben dürfen. Niemals würde jemand verstehen, was ihr widerfahren war.

Die Menschen würden die merkwürdigsten Erklärungen für Rose' Erlebnis finden. Hatte sie vielleicht geträumt? Hatte ihr Gehirn in der Extremsituation des Unfalls halluziniert? Litt sie unter Wahnvorstellungen, ausgelöst durch eine Kopfverletzung?

Zwei Sekunden lang zog auch Rose diese Begründungen in Betracht. Dann schüttelte sie lächelnd den Kopf. Nein, die Erfahrung war zu klar, zu schwerwiegend für eine Einbildung. Schon jetzt fühlte Rose, dass sich ihr Bild von der Welt, vom Leben und vom Sterben für immer verändert hatte. Sie spürte es in ihrem Inneren, war so sicher wie nie zuvor: *Das hier war echt.*

Rose richtete sich kerzengerade auf, während die Erkenntnis über sie hinwegschwappte. Es war echt!

Rose wusste plötzlich genau, was für eine Erfahrung sie da gemacht hatte. Unzählige Stunden hatte sie sich bereits mit diesem Thema beschäftigt. Kaum zu glauben, dass sie es erst jetzt verstand. Rose kannte jedes Buch, jede Erzählung, jeden Onlineartikel über Erlebnisse wie diese. Allerdings war ihr nie die Idee gekommen, dass es ihr einmal selbst widerfahren könnte. Bis jetzt.

Vor Aufregung wurde ihr die Luft knapp und Rose merkte, dass sie japste. Okay. Ruhe bewahren, das war jetzt wichtig. Sie zwang sich, gleichmäßig zu atmen und einen klaren Kopf zu fassen. Später würde genug Zeit sein, um ihre Gedanken zu sortieren, alles zu verarbeiten – und um Marie davon zu erzählen.

Als Rose wieder das Blut in ihren Ohren rauschen hörte, maßregelte sie sich selbst. Schluss jetzt! Niemand hatte etwas davon, wenn sie wieder ohnmächtig wurde. Erst mal galt es, das Chaos hier zu bewältigen.

Sie betrachtete die Schrottteile, die vereinzelt um sie herumlagen, und rutschte ein paar Meter auf dem Hosenboden nach hinten weiter zur Straße. Kieselsteinchen bohrten sich in ihre Handflächen. Aus der Entfernung sah der zertrümmerte Polo noch furchteinflößender aus. An ihrem kratzenden Hals spürte Rose, dass sie kurz davorstand, ein paar Tränen um ihr geliebtes Auto zu vergießen. Es war ein Geschenk gewesen! Sie schluckte die Tränen tapfer herunter, atmete tief durch und fasste einen Plan.

Als Erstes musste sie die Polizei und die Feuerwehr kontaktieren. Vielleicht wäre es nicht schlecht, wenn diese gleich einen Krankenwagen mitbrachten. Zwar ging es ihr den Umständen entsprechend hervorragend, jedoch durfte sie nicht ausschließen, dass sie innere Verletzungen davongetragen hatte, die behandelt werden mussten.

Direkt danach würde sie ihre Mama anrufen. Kaum dass sie an ihre Mutter dachte, überkam Rose der unbändige Wunsch, ihre Stimme zu hören und umarmt zu werden. Beim Gedanken daran, wie es sich anfühlte, wenn ihre seit jeher überfürsorgliche Mutter sie in die Sofadecke hüllte und ihr einen heißen Kakao brachte, wuchs ein dicker Kloß in ihrem Hals. Oh ja, ihrer Mutter würde definitiv Rose' zweiter Anruf gelten.

Die Sache hatte nur einen Haken. Um jemanden anzurufen, brauchte man ein Handy. Und das lag dummerweise gemeinsam mit ihrer Handtasche im zerquetschten Fußraum der Beifahrerseite. Warum auch hatte sie ihr iPhone mitten auf der Brücke aus dem Kofferraum holen müssen? Die Sprachnachricht an ihre beste Freundin Cat hätte Zeit bis zu Hause gehabt. Das hatte sie davon, wenn sie das Handy am Steuer benutzte. Zwar war sie nicht deshalb unaufmerksam gewesen und hatte die Kontrolle über den Wagen verloren, aber wenn sie wie ein gewissenhafter Verkehrsteilnehmer mit ihrer Sprachnachricht gewartet hätte, würde das blöde Ding nach wie vor im Kofferraum liegen. Und Rose könnte versuchen dranzukommen, um Hilfe zu holen. Ironie des Schicksals.

Sie stutzte. Wenn nicht ihre Unaufmerksamkeit zum Unfall geführt hatte, was war es stattdessen gewesen? Sie war sich sicher: Als sie wie durch Magie in die Vogelperspektive katapultiert worden war und den Unfall von oben beobachtet hatte, lagen ihr Smartphone und ihre Handtasche längst wieder im Beifahrer-Fußraum und ihre Hände am Lenkrad, wo sie hingehörten. Das Handy hatte sie nicht abgelenkt. Genau genommen hatte sie rein gar nichts abgelenkt. Sie war einfach geradeaus gefahren, den Blick auf die Straße gerichtet, als sie mehr oder weniger aus dem Fahrersitz in die Lüfte gerissen wurde. Ohne Grund. Den Rest der Brücke war das Auto ohne sie heruntergerollt. Es hatte die *Pearly Gates Bridge* hinter sich gelassen und war, kaum auf festem Boden angelangt, in einen der ersten Laternenmasten gerast.

Rose schüttelte den Kopf. Die Ursache für ihren Unfall war zunächst zweitrangig. Darüber konnte sie grübeln, nachdem sie Hilfe geholt hatte.

Rose inspizierte ihre Umgebung, obwohl sie schon wusste, dass es zwecklos war. Auf dieser Seite, der Stadtseite von Hamborough, endete die Brücke in einem Industriegebiet. Bei Nacht trieb sich nichts und niemand in dieser Gegend herum. Lediglich ein paar Bäume und Büsche säumten den Straßenrand. In der Ferne konnte man die von außen beleuchteten Lagerhallen erkennen. Mist, Mist, Mist!

Da kam Rose der rettende Einfall. *Rosalie, Rosalie. Du kluges Geschöpf.* Warum war sie nicht eher daraufgekommen? Erst kürzlich hatte sie sich über einen Beitrag von Radio Hamborough lustig gemacht. Der Lokalsender hatte darin den Vorsitzenden des städtischen Suizid-Präventionsausschusses interviewt, der das neue Krisentelefon an der *Pearly Gates Bridge* gefeiert hatte wie die Entdeckung eines Krebs-Allheilmittels. Rose konnte sich nicht vorstellen, dass ein angehender Selbstmörder jemals zu einem Telefonhörer greifen würde, über dem ein Blechschild die frohe Botschaft verkündete: *Brückensprünge enden tödlich*. Makaber. Doch dies war nicht der Zeitpunkt, um sich zu beschweren, denn es würde Rose in dieser Nacht retten.

Sie rappelte sich auf und wandte den Kopf in Richtung der Brücke. Wenn sie genau hinsah, konnte sie das gelbe Plastik-Ding am äußersten Pfeiler von hier aus erkennen. Sie schöpfte Hoffnung. Nur wenige Schritte trennten sie von der tröstlichen Stimme ihrer Mutter. Ab da würde alles gut werden.

Mit zittrigen Knien fixierte Rose das Krisentelefon am Brückenpfeiler und lief den Weg zurück, den sie gekommen war.

KAPITEL 4

Kehlkopfkrebs

NOCH 17 STUNDEN UND 27 MINUTEN

Jack zählte die Schritte. Auf dem Hinweg vom Ufer bis zur Mitte der Brücke hatte er zweitausendzweihundertvierundzwanzig gebraucht. Auf dem Rückweg, den er nun eingeschlagen hatte, von der Brückenmitte zurück zum Ufer, würden es ein paar mehr werden. Jetzt, da er mit Sicherheit wusste, dass es einen besseren Ort zum Sterben gab als die *Pearly Gates Bridge*, lief er vorsichtiger. Kein Risiko.

Seit Jack sechs Jahre alt war, zählte er alles, was ihm in den Sinn kam. Atemzüge, Sekunden, Menschen. Seiten und Worte beim Lesen. Wie häufig er während eines Kinofilms blinzelte. Wie oft sein Sitznachbar bei der Klassenarbeit den Stift absetzte. Jack konnte zwei Gedankengänge parallel verfolgen, einen zählenden und einen mit seinen übrigen Gedanken. Als hätte er zwei Arbeitsspeicher, die unabhängig voneinander funktionierten. Je mehr ihn seine gewöhnlichen Gedanken langweilten, desto stärker kam sein Zahlengedächtnis zum Einsatz. Irgendwann war Jack dazu übergegangen, nicht mehr nur zu zählen, sondern auch zu rechnen. Dann machte er sich an Gleichungen und schließlich an Funktionen, in denen mit jedem Jahr mehr Buchstaben die Zahlen ablösten. Jacks Hypothese nach versuchte sein Gehirn damit, das Maß an geistiger Erregung auf ein für ihn optimales Level zu stabilisieren.

Gerade war Jack bei Schritt zweitausendeinhundertsiebenundneunzig angelangt, dem Potenzwert aus dreizehn hoch drei, als ein Schatten seine Aufmerksamkeit erregte. Jack blieb stehen, schloss die linke Hand um einen Gitterstab und stierte in die Finsternis. Gut hundert Meter entfernt beim Brückenende in der Nähe des Krisentelefons wanderte eine Gestalt auf der Straße in seine Richtung. Klein, schmal, aber nicht zierlich. Sie sah irgendwie hilflos aus, so langsam und zögerlich wie sie lief. Sie stockte immer wieder, als hätte sie erst vor Kurzem das Gehen gelernt. Ihre wackligen Beine trugen die Gestalt unter eine Straßenlaterne. Augenblicklich zauberte das Licht aus den Konturen des Schattens eine junge Frau.

Verdammte Scheiße.

Jack hätte das Mädchen mit dem unangenehm sitzenden Höschen zwischen den Pobacken unter Tausenden wiedererkannt. Dass sie weit und breit der einzige Mensch war, vereinfachte das Ganze. Dass sie zudem der einzige war, an den Jack in den vergangenen Minuten gedacht hatte, machte die Sache noch leichter. Und dass Jack in den letzten zehn Minuten an rein gar nichts anderes gedacht hatte als an diese Frau, machte die Sache verdammt noch mal eindeutig. Sie war es. Die Tanga-Lady. Die Tanzmaus. Der Stimmbänder-Folterknecht. Offenbar war sie keinem Autounfall zum Opfer gefallen. Denn sie war auf dem Weg zu ihm – diesmal wirklich.

Jack stieß die miesesten Flüche aus, die er kannte. Nicht zu fassen, dass sie ihm nun doch die Laune verdarb. Er verstand nicht, warum ihm das Leben seine letzten Stunden so schwer machen musste. Was sprach dagegen, Jack in Ruhe den letzten Weg antreten und sterben zu lassen? Als hätte man ihm noch nicht genug Steine in den Weg gelegt. Er sank mit der Stirn gegen das Schutzgeländer.

Der Gedanke, eine Bitte-spring-nicht-Diskussion zu führen, ließ den Abgrund hinter ihm schlagartig attraktiver wirken. Wahrscheinlich hatte sie schon oben auf der Brücke seinetwegen angehalten und ihr Handy nur als Vorwand aus dem Kofferraum gekramt, nachdem sie gesehen hatte, was für ein abgefuckter Typ er war. Warum zur Hölle musste sie sich doch noch dazu entscheiden, ihn mit ihren sinnlosen Floskeln zu bombardieren?

Jack strich sich durch die kohlrabenschwarzen Haare. Früher, als er regelmäßig zum Friseur gegangen war, waren sie raspelkurz und seidig gewesen. Heute fielen ihm die Strähnen im Sprich-mich-nicht-an-Look in die Stirn. Wahrscheinlich würde diese Botschaft bei ihr auf Granit stoßen. Frauen wie sie kannte er in- und auswendig. Bei seinem Anblick malten sie sich in ihren Köpfen aus, wie sie dem verwegenen Typen mit der süßen Surferfrisur den richtigen Weg wiesen. Indem sie ihm zeigten, wie lebenswert das Leben war. Kotzen könnte er da, einfach nur kotzen.

Er spähte ein weiteres Mal durch die Gitterstäbe. Sie war auf ihren ungeschickten Storchenbeinen schon ein ganzes Stück an ihn herangestakst. Jack verdrehte die Augen. In dieser Zeit hätte sich ein überzeugter Suizidaler schon dreimal den Abgrund runtergestürzt. Er entschied, ihr weiter entgegenzubalancieren. Je näher sie sich am Ende der Brücke trafen, desto schneller konnte er sich an ihr vorbeidrängen und im Industriegebiet untertauchen. Er würde sich beeilen müssen. Wenn sie ihn erkannte, bestand die Möglichkeit, dass sie die Polizei rief, und er konnte den gemütlichen Spaziergang zu den *Hamborough Falls* vergessen. Seines Wissens nach suchten ihn die Bullen momentan im ganzen Land …

Zweitausendeinhundertachtundneunzig, Zweitausendeinhundertneunundneunzig … Schnellen Schrittes, den Blick auf den Stahlträger unter seinen Füßen geheftet, ging Jack bis zum Ende des Brückenvorsprungs. Er kam dem festen Boden immer näher, der Abgrund neben ihm wurde niedriger. *Zweitausendzweihundertachtundfünfzig, zweitausendzweihundertneunundfünfzig.* Einen Katzensprung vor ihm ragte der äußerste Pfeiler der Brüstung in die Luft. Hier endete die Brücke und der Bürgersteig der Straße begann. Unter ihm befand sich kein Wasser mehr, nur der Flussdamm und Geröll.

Unruhig linste Jack durch die Gitterstäbe auf die Fahrspur. Wo war sie? Keine Spur von einem torkelnden Schatten, dabei müsste sie mittlerweile ganz nah bei ihm sein. Er hatte sie aus den Augen verloren. Jack fühlte ein eigenartiges Kribbeln in seiner Brust wachsen. Fast so etwas wie Nervosität. Hier gab es nichts außer der Straße, ein paar Sträuchern am Fahrbahnrand und hin und wieder eine Laterne. Kein Ort, an dem sie sich vor ihm verstecken konnte. Niemand verschwand einfach so am Ursprung der *Pearly Gates Bridge*. Es sei denn …

Oh fuck. Jacks Augen weiteten sich. Sie war eine Springerin.

Es gab einen zweiten Grund, weshalb eine junge Frau mitten in der Nacht und mutterseelenallein auf wackligen Knien zur Brücke lief. Nicht zu irgendeiner Brücke, sondern zu den *Pearly Gates*. Zu den Himmelspforten.

Auf einmal ergab alles Sinn. Ihr fröhliches Herumgehüpfe am höchsten Punkt der Brücke – sie war nicht seinetwegen dort gewesen. Sie hatte das Ende ihres Lebens gefeiert!

Die ungenierte Geste, mit der sie ihr Höschen aus ihrer Poritze gezupft hatte – sie hatte nichts mehr zu verlieren, nicht wahr? Das Handy. Ob sie es schon ins Wasser geworfen hatte? Manche Suizidgefährdeten taten so etwas. Entweder, weil sie nicht geortet werden wollten, oder als Symbol für ihre endgültige Abkapslung vom Leben. Jack fand die Tatsache grotesk, dass die Leute ihre Existenz symbolisch an ein technisches Gerät banden. *Ich habe mich von meinem Smartphone getrennt – nun gibt es keinen Weg zurück!* Irrer Gedanke. Aber ihr traute Jack so etwas zu. Sie sah aus wie eines jener Mädchen, die ohne eine Navi-App nicht mal ihr eigenes Nasenloch fanden.

Er schaute über seine Schulter. Vielleicht war sie ja unbemerkt an ihm vorbeigelaufen und stand nun hinter ihm auf dem Vorsprung, klammerte sich an die Quersprossen und starrte in den schwarzen Schlund des Abgrundes.

Nein. Da war niemand.

Gut. Dann konnte er ja doch ungestört seinen Weg zu den Wasserfällen antreten. Ausgezeichnet.

Irgendetwas hielt Jack zurück. *Beweg deinen Arsch, Raider!* Es half nichts. Er stand regungslos vor der mächtigen steinernen Säule am Ende der Brücke und konnte seine Füße nicht überreden, das lächerliche Geländer zu erklimmen und zurück auf die Straße zu klettern.

Jack kratzte sich am Hinterkopf. Was, wenn ihre Zehenspitzen auf der anderen Straßenseite der Brücke schon über den Abgrund ragten und es nur eine Frage der Zeit war, bis sie sich überwand zu springen? Erforderte die Moral, dass er hinging und die Es-gibt-für-alles-eine-Lösung-Nummer abzog? Denn um ehrlich zu sein, sie war die schlechteste Selbstmörderin, die Jack je gesehen hatte. Für so was hatte er einen Blick. Ihre Augen glänzten zu sehr, als dass es keine Chance für sie gab. Andererseits, man konnte Menschen immer nur vor den Kopf gucken. Wenn die Dämonen nur ansatzweise so dunkel in ihr wüteten wie in Jack, würde er sich hüten, ihre Entscheidung infrage zu stellen. Im

Übrigen ging es ihn so oder so nichts an. Also sollte er nicht weiter darüber nachdenken und sie ihr Leben leben lassen. Oder auch nicht. Ganz wie sie wollte.

Ein gellender Schrei schoss Jack durch Mark und Bein.

Vor Schreck ließ Rose den gelben Hörer fallen. Er schlug gegen die Steinsäule der Brücke und baumelte ein paar Mal an seiner geringelten Schnur hin und her. Rose hatte gerade den Hörer aus der Gabel genommen und die ersten Ziffern des Notrufs ins Tastenfeld getippt, als sie eine Silhouette hinter dem riesigen Brückenpfeiler wahrnahm. Das musste Einbildung sein. Auf dieser Seite der Brücke befand sich nichts als der Abgrund. Vorsichtig trat sie ein paar Schritte um die Säule herum, an der das Krisenberatungstelefon befestigt war, sodass sie dahinterlinsen konnte. Da war etwas! Und tatsächlich: Aus dem Schatten hinter dem Zaun formte sich eine schwarze Gestalt. Ein Mann. Weil er genau auf der anderen Seite des Pfeilers stand, hatte sie ihn bisher nicht gesehen.

Ein weiterer Schrei bahnte sich seinen Weg über Rose' Stimmbänder, bevor sie darüber nachdenken konnte. Instinktiv stolperte sie zwei Schritte zurück. Weg von dem Krisentelefon, weg von dem dunkel gekleideten Typ, der ihr direkt gegenüber auf der anderen Seite des Pfeilers in der Finsternis gestanden haben musste, sodass sie ihn auf dem Weg vom Autowrack zum Telefon nicht hatte sehen können. Jetzt schaute er ihr durch die Gitterstäbe direkt in die Augen. Rose hörte das Blut in den Ohren rauschen. Er hatte ihr aufgelauert. Er hatte sich bis zur letzten Sekunde vor ihr versteckt, um … Ja, was eigentlich?

Der Mann stand regungslos da und hielt sich mit einer Hand am Geländer fest. Normalerweise stürmten die Bösewichte auf ihre Opfer zu, sobald diese schrien, oder etwa nicht? Er hatte sich bisher keinen Millimeter bewegt und starrte sie weiterhin an, nicht lüstern, sondern fassungslos, fast verunsichert. Mal davon abgesehen, dass er nicht wirkte wie ein potenzieller Entführer oder Vergewaltiger: Aufgelauert hatte er ihr wohl kaum. Er hatte schließlich nicht ahnen können, dass jemand einen Unfall bauen und zum Krisentelefon laufen würde.

Rose musterte den Typen von oben bis unten. Er trug Jeans, obwohl es zu warm war für lange Hosen, und ein schwarzes T-Shirt.

Dunkle Strähnen fielen ihm in die hohe Stirn und verdeckten seine Augen. Zweifelsohne kostete es ihn jeden Morgen eine Menge Zeit, den gekonnt zerzausten Look so perfekt und natürlich zugleich hinzubekommen. Er gehörte zu den Jungs, die bekamen, was sie wollten.

Da Rose ihn seit geraumer Zeit angestarrt hatte, als würde er sie im nächsten Moment fressen, klappte sie den Mund zu und räusperte sich. Sollte sie etwas sagen? Es wäre doch eigenartig, wenn sie ihn ignorierte und erneut die Nummer des Notrufs ins Krisenberatungstelefon tippte. Am Ende glaubte er noch, sie würde das Telefon seinem ursprünglichen Zweck entsprechend nutzen und im nächsten Moment von der *Pearly Gates Bridge* spring…

Rose riss die Augen auf, ihre Kinnlade fiel wieder herab. *Heilige Maria, Mutter Gottes!* Ihr Blick schnellte zwischen dem Stahlträger unter seinen Füßen, dem Zaun zwischen ihm und ihr, dem Abgrund in seinem Rücken und seinen Augen hin und her. Im Schatten seiner schwarzen Strähnen konnte sie erahnen, wie sich sein Blick verfinsterte. Scheiße. Er stand auf der falschen Seite des Brückengeländers. Der Grund, warum er hier war … er wollte … Rose schlug sich die Hand vor den Mund.

Vor ihrem geistigen Auge materialisierten sich Bilder von glitschigen weißen Körpern, die aus dem Wasser gezogen wurden, von weinenden Eltern, Geschwistern, Freunden. Das durfte sie nicht zulassen. Sie musste etwas tun!

Was sagte man, wenn man einen Suizidgefährdeten bei einem Selbstmordversuch erwischte? Irgendetwas Geistreiches. Etwas, womit sie ihn überraschte, damit sie seine Aufmerksamkeit gewann. Etwas, das er nicht bedacht hatte. Ein neues Argument auf der Pro-und-Contra-Selbstmord-Liste. Nur was? Ihre Kehle war wie zugeschnürt, ihr Kopf leer gefegt, ihre Beine drohten wegzuknicken. Zum zweiten Mal an diesem Abend hatte Rose das Gefühl, wirklich gar nichts im Leben gelernt zu haben.

Die Gesichtszüge des Mannes veränderten sich. Entsetzt beobachtete Rose, wie er die Augenbrauen zusammenzog und die Nasenflügel blähte. Seine Kiefermuskeln verspannten sich. Er wurde wütend. Oh nein. Damit wusste sie am wenigsten umzugehen. Sie musste handeln. Jetzt!

»Bitte spring nicht«, piepste Rose.

Großartiger Einstieg. Ganz toll gemacht. Kreativ. Im wahrsten Sinne des Wortes … mitreißend. Gedanklich verpasste sich Rose eine Ohrfeige. Es konnte doch nicht sein, dass sie kein überzeugenderes Argument auf Lager hatte. Sie versuchte es mit dem erstbesten, das ihr in den Sinn kam.

»Kannst du keine Tabletten nehmen oder dir was spritzen?«

Jack riss die Augen ebenso weit auf wie sie. *Hat sie nicht gesagt.* Diese verrückte Frau hatte ihm nicht vorgeschlagen, er sollte sich lieber auf eine andere Weise umbringen, oder? Ungläubig starrte Jack sie an. Wenn er wirklich springen wollte, hätte sie ihn mit ihrer Gedankenlosigkeit nun schon zum dritten Mal versehentlich in den Tod getrieben. Besaß dieses Mädchen kein bisschen Grips? Das Volumen eines menschlichen Gehirns lag bei Männern durchschnittlich bei eins Komma zwei sieben Litern, bei Frauen bei eins Komma eins drei Litern – ihres jedoch schien nicht mal eine Walnussschale zu füllen. Gleichzeitig spürte er einen Hauch von Bewunderung für ihren Mut zur Ehrlichkeit.

»Es ist nur weil …« Sie ruderte mit den Armen, als könnte sie damit die letzten Sekunden ungeschehen machen. Sogar im schwachen Schein der Brückenbeleuchtung konnte Jack sehen, wie sie pink anlief. »Ich meine das nicht so. Ich verstehe nur nicht, warum sich Menschen für Brücken entscheiden.«

Offenbar konnte sie selbst nicht glauben, welche Worte da aus ihrem Mund purzelten, denn ihre Augen wurden noch größer. Bemerkenswert, fand Jack. Entweder sie litt unter Exophthalmus, vom Volksmund Glupschaugen genannt, oder ihr fielen vor Schreck die Augen aus dem Kopf. Kurz überlegte Jack, was zu tun war, sollten ihre Augäpfel tatsächlich aus ihren Höhlen fallen. Wobei Nervenstränge, Sehnen und Muskeln dies verhinderten. Es sei denn, sie trug ein Glasauge. Aber das hielt Jack für unwahrscheinlich.

Er musterte sie ungerührt.

»Was ich sagen will, ist«, unternahm sie einen dritten verzweifelten Versuch. »Brückenspringer fügen ihren Mitmenschen so viel Leid zu. Die Ungewissheit, wenn man den Körper nicht findet. Der unschöne Anblick, wenn man ihn doch findet. Da gibt es rücksichtsvollere Wege, oder?«

Sie zögerte, schien abzuwägen, ob ihre Worte es nur verschlimmerten. Jack fand es interessant, dass sie den Begriff *rücksichtsvoll* zu ihrem Wortschatz zählte. War sie schließlich gerade in einen der intimsten Momente seines Lebens geplatzt wie der berühmte Elefant in einen Porzellanladen. Wobei auf sie in diesem Zusammenhang der Begriff Mammut besser zutraf.

»Ich finde es ja gar nicht verwerflich, wenn sich jemand ... Wenn jemand die Nase voll hat vom Leben. Jeder sollte selbst entscheiden dürfen, ob er leben möchte oder nicht.« Die letzten Worte sprach sie mit solcher Überzeugung, dass sie beinahe in Jacks Ansehen gestiegen wäre. Aber eben nur beinahe. Sie sah aus wie ein verschrecktes Eichhörnchen. Ein Senioren-Eichhörnchen auf wackligen Knien.

»Ich finde es nicht schlimm, wenn jemand sterben will.« Selbst ihre Stimme klang wie die eines Eichhörnchens. So etwas konnte doch niemand ernst nehmen. Da wurde ihre Stimme noch schriller. »Aber dass ich es unter manchen Umständen okay finde, sich das Leben zu nehmen, heißt nicht, dass du springen sollst!« Schwer atmend glupschte sie Jack an. Dabei stellte sie sich wahrscheinlich unbewusst in Position, bereit, notfalls durch die Gitterstäbe zuzupacken, sollte sich Jack tatsächlich fallen lassen. *Süß.* Wie stellte sie sich das vor? Wollte sie wie im Zeichentrickfilm nach seinem T-Shirt-Kragen greifen und ihn daran hochziehen?

Sie schloss ihre Lider ein wenig, sodass ihre Augen wieder menschliche Maße annahmen, und seufzte.

»Ich bin nicht besonders gut hier drin, oder?« Innerlich lachte Jack freudlos auf, äußerlich verzog er keine Miene. Das war nicht nötig. Miss Rücksichtsvoll wusste ja selbst, was für einen miserablen Job sie ablieferte. »Aber du«, fuhr sie fort, »scheinst mir auch kein sonderlich guter Springer zu sein.« Jack hob eine Braue. *Bitte?*

Sie lächelte, was bei ihren vollen Lippen nicht schlecht aussah, aber irgendwie regte es Jack wahnsinnig auf. Sie ging zu weit.

»Du hast dich entschieden, doch nicht zu springen, kann das sein?«

Woher wollte sie das wissen? War sie wirklich so naiv, zu glauben, sie hätte in den letzten zwei Minuten seine komplette Gedankenwelt in seiner

Mimik abgelesen? Jack überkam große Lust, sich den Abgrund hinabfallen zu lassen, nur damit sie einsah, dass ihr ein Fehler unterlaufen war.

Sie gestikulierte mit der Hand in seine Richtung und beantwortete seine stumme Frage. »Dass du es bis jetzt nicht dementiert hast, bestätigt mich in der Annahme, dass du tatsächlich in Erwägung gezogen hast, von dieser Brücke zu springen. Deiner Laufrichtung nach zu urteilen, weg von der Brückenmitte, scheinst du aber auf dem Rückweg zu sein. Du hast dich trotz meiner verfehlten Beschwichtigungsversuche nicht in den Abgrund gestürzt. Und du hältst dich fest. Sehr fest.« Aus dem Augenwinkel sah Jack seine um die Gitterstäbe des Geländers geschlungenen Finger. Seine Knöchel traten hervor. Natürlich hielt er sich fest. Er hatte ja auch nicht vor, *hier* zu sterben. Demonstrativ lockerte er den Griff und warf dem Mädchen einen vernichtenden Blick zu. Sie ignorierte ihn und setzte noch eins drauf.

»Ich glaube, du willst gar nicht wirklich sterben.«

Das reichte! Jack fühlte das Blut in seinen Adern brodeln. Wieder so eine, die glaubte zu wissen, ob er lieber Gurken oder Zucchini aß. Er hatte es satt. Gurken. Zucchini. Alles. Mit einem Scheppern stellte Jack den Fuß auf die dritte Sprosse des Geländers. Er musste hier weg, so schnell es ging. Weg von diesem Mädchen. Oder besser: weg von diesem Planeten. Er könnte es gleich hier erledigen. Doch sie war die Letzte, der er erlauben würde, während eines intimen Moments wie dem Tod in seiner Nähe zu sein.

Jack zog sich den Zaun mit einem Zug hoch. Erschrocken schnappte sie nach Luft und wich einen Schritt zurück. Vermutlich fürchtete sie, er würde auf sie losgehen. Mit einem Klimmzug überwand er die höchste Strebe der Brüstung, ohne seine Kleidung an den Pfeilspitzen zu zerreißen. Von oben sprang er auf die Fahrbahn, auf die *richtige* Seite des Geländers, und landete nur eine Handbreit von ihr entfernt. Kaum dass seine Füße den Asphalt berührten, wandte er sich von ihr ab und lief mit langen Schritten die Straße hinunter.

Ich glaube, du willst gar nicht sterben. Mit welchem Recht erlaubte sie sich, ihm ihre Meinung mitzuteilen? Die Entscheidung zu sterben gehörte nur ihm.

Jack spürte die Dunkelheit im Nacken. Um ein Haar hatte sie es zum zweiten Mal vollbracht, dass die innere Schwärze über ihn hereinbrach. Aber damit war jetzt Schluss. Jack biss die Zähne zusammen. Er würde es nicht mehr zulassen. Nie wieder. Nicht ein einziges Mal in den restlichen zwei Stunden seines Lebens.

»Wo willst du hin?«, rief diese nervige Frau aus der Ferne. Ihre Stimme zitterte. Aus irgendeinem Grund jagte sie Jack einen Schauder über den Rücken. Er beschleunigte.

»Hey!« Zu seinem Ärger schien sie näher zu kommen, obwohl er schneller lief. Was war so schwer daran zu verstehen, dass sie sich von ihm fernhalten sollte? Er überquerte die Straße am Fuße der Brücke, lief über den Bürgersteig und den Grünstreifen bis auf einen Parkplatz, der zu den Verbrennungsanlagen gehörte. Da spürte er eine Hand auf seinem Oberarm. »Hey. Warte mal einen Moment.«

Mit einem Ruck zerrte er seinen Arm los, drehte sich blitzartig um und feuerte seinen düstersten Blick auf sie ab, sie starrte zurück. Ihre Iris war so dunkel, dass sie beinah mit der Pupille verschmolz. Wenn man eine Sekunde zu lange hinschaute, hatte man das Gefühl, in diese Augen hineingezogen zu werden wie in einen Strudel, darin zu versinken, zu ertrinken. Schnell wandte Jack den Blick ab.

»Ich sag's nur einmal. Geh dahin, wo du hergekommen bist, und lass mich in Ruhe.«

Er hustete die Worte mehr, als dass er sie sprach. Seine Stimme klang so rau, als hätte er sie eine Woche nicht benutzt, was daran lag, dass dies zutraf. Mit wem hätte er auch reden sollen?

Sie wirkte verunsichert. In ihrem Gesicht blitzte etwas auf, das wie Bedauern oder Mitgefühl aussah. Kurz überlegte Jack, hinterherzukrächzen: *Nein, ich habe keinen Kehlkopfkrebs.* Er hielt sich zurück. Er hatte nicht vor, ein weiteres Wort mit ihr zu wechseln.

Aber sie ließ nicht locker. »Warum bist du auf einmal so sauer? Was genau hat dir nicht gepasst von dem, was ich gesagt habe?« Sie trabte neben ihm her und hatte dabei Mühe, Schritt zu halten. »Ich will dir doch nur helfen.«

»Nein«, brach es aus Jack hervor und seine Stimme überschlug sich. So fühlte es sich also an, wenn einem die Sicherungen durchbrannten. Er blieb plötzlich stehen, sodass sie zwei Schritte ohne ihn weiterstolperte. Jack ballte die Fäuste. »Du willst *dir* helfen. Wie alle anderen auch. Nur dir selbst.« Daran, wie seine Stimme über den Parkplatz hallte, merkte er, dass er die Worte herausgeschrien hatte. Jacks Herz hämmerte gegen seine Brust, während seine Zunge sich löste.

»Glaubst du eigentlich selbst, was du da sagst?«, blaffte er. »Glaubt ihr, die ihr Menschen bei ihren Freitodversuchen stört, ihr würdet *uns* damit helfen? Warum lässt sich dann niemand von euch je dazu herab, zu fragen, *wie* ihr uns helfen könnt? Warum ist das Einzige, was ihr tut, uns eure Meinung aufzudrängen?« Jack machte eine Pause, um Luft zu holen. »Ihr denkt nur an euch. Immer. *Du willst das doch gar nicht, Jack. Lass das sein, Jack. Das kannst du nicht tun! Komm da runter. Bitte spring nicht.* Ach, und wieso nicht? Etwa meinetwegen?« Er lachte trocken auf. »Oh nein. Jeder macht sich Sorgen. *Du* machst dir Sorgen, Miss Rücksichtsvoll. Allerdings nicht um mich. Sondern um deinen eigenen Seelenfrieden.«

Jack erinnerte sich gut an die Zeit vor ein paar Monaten, als eine Bekannte, die er auf seiner Reise getroffen hatte, die Blutkrusten an seinen Unterarmen entdeckte. Ihr Aufschrei, ihr Entsetzen war kein Ausdruck des Mitleids gewesen. Niemand hatte wegen des inneren Kampfes geweint, der Jack tagtäglich in die Knie zwang. Es war die Unzufriedenheit über die Belastung, mit einem Suizidalen im Umfeld leben zu müssen. Die Angst, nie zu wissen, ob die Welt noch heil war. Die Ritzen in seinen Armen machte ihr Herzen schwer. Er war ein dunkler Fleck auf ihrem farbenfrohen Weltbild. Das war es, was sie stöhnen ließ.

»Jack? So heißt du doch.« Das Mädchen, dessen Namen er nicht mal kannte, schob sich in sein Blickfeld und zerriss damit den Gedankenfaden. »Ich bin mir relativ sicher, dass du es schon einige Male gehört hast, aber ich probiere es trotzdem: Der Versuch, jemanden vom Selbstmord abzubringen, ist nicht eigennützig, okay? Für mich zumindest nicht. Natürlich ist es ein besseres Gefühl, nach Hause zu gehen in dem Wissen, ein Leben gerettet zu haben, anstatt mit der Bürde, dass man nicht helfen konnte. Aber …«

»Schon da beginnt euer Fehler«, unterbrach Jack. »Ist dir nie in den Sinn gekommen, dass ›retten‹ der falsche Ausdruck ist? *Du* hältst ein langes Leben für erstrebenswert. Deshalb gehst du, egozentrisch und selbstsüchtig wie du bist, davon aus, dass es auch für alle anderen stimmt.« Aus dem Augenwinkel sah er, wie sich eine winzige Zornesfalte zwischen ihren Brauen bildete. »Willst du wissen, was du übersiehst? Wenn du einen Suizidalen von seinem Freitodversuch abbringst, kehrt er nur dem Abgrund den Rücken, nicht aber seinen Problemen. Du gehst nach Hause, stolz auf deine Rhetorik und Überzeugungskraft. Er geht nach Hause und für ihn geht er weiter, der tägliche Kampf, die Schmerzen, jeder Tag eine Qual. Würdest du behaupten, du hättest diesen Menschen *gerettet?*«

Sie war nicht besser als alle anderen. Ja, sie hatte ihm eine alternative Sterbemethode vorgeschlagen, dabei jedoch nicht an sein Wohl gedacht. Ihre Sorge hatte anderen gegolten. Nicht ihm, sondern den Trauernden. Von denen sie nicht ahnte, dass sie in Jacks Fall nicht existierten. Aber darauf kam es nicht an. Wichtig war nur: Sie hatte keine Sekunde darüber nachgedacht, was für ihn das Richtige sein könnte, sondern was sie selbst für richtig hielt.

»Du hast recht«, meinte sie mit belegter Stimme. Jack überlegte, worauf sie sich bezog. Offenbar sah man es seiner Miene an, denn das Mädchen wiederholte: »Ich sagte, du hast recht.« Natürlich hatte er recht. Nur wusste Jack nicht, womit. Fragend zog er eine Braue hoch und merkte dabei, dass seine gesamte Gesichtsmuskulatur verspannt gewesen war. Sie verdrehte die Augen. Warum traute sie sich, die Augen zu verdrehen? Er war selbstmordgefährdet, verdammt.

»Du hast recht, dass Menschen, die versuchen, andere vom Selbstmord abzuhalten, gedankenlos reagieren. Ich glaube, vielen fällt in ihrer Überforderung nichts Besseres ein, als die Standardsprüche runterzuleiern, die jeder schon mal im Kino gehört hat. Allerdings hat das nichts mit Egoismus zu tun.« Sie stemmte die Hände in die Hüften und sah damit wie ein Oberlehrer-Eichhörnchen aus.

Jacks Augen verengten sich zu Schlitzen. Wie viel Spaß es machen würde, jetzt Anlauf zu nehmen, über das Brückengeländer zu hechten und in die Tiefe zu springen, nur um ihr loses Mundwerk in seine Schranken zu weisen. Dass er ihr verdattertes Gesicht dabei nicht sehen könnte, war der einzige Grund, der Jack zurückhielt.

Ehe er etwas Kluges erwidern konnte, fuhr sie fort. Ihre Stimme klang merkwürdig sanft.

»Wenn Menschen Suizidgefährdete zum Leben überreden, dann nur, weil sie versuchen, das Richtige zu tun in einer Situation, in der eine Menge schiefläuft, Jack.« Sie versuchte, hinter seine schwarzen Strähnen zu blicken. »Nichts ist allgemeingültig richtig. Und nichts kann jemals falsch sein. Das weiß ich.«

Ihre letzten Worte ließen Jack die Haare zu Berge stehen. Oh, wenn sie wüsste, *wie* falsch manche Dinge sein konnten. Sie hatte nicht den Hauch einer Ahnung. Die Dunkelheit holte Jack ein und umhüllte ihn wie ein Mantel. Er spürte die Finsternis als Gänsehaut auf seinem Rücken, als Schweiß unter den Achseln. Sie legte sich als schwarzer Schleier über sein Sichtfeld. *Nichts kann jemals falsch sein.* Eindeutig spielte sie damit nicht nur auf das Verhalten der Lebensretter-Dummköpfe an, sondern auch auf sein Leben, das sie noch nicht kannte. Moment, wieso *noch* nicht kannte? Jack korrigierte seine Gedanken: sein Leben, das sie nicht kannte und niemals kennenlernen würde. Ja.

Es sei denn, sie fand zu einem späteren Zeitpunkt etwas über ihn heraus. Nach seinem Tod.

Jack wünschte es ihr nicht. Es würde sie ihr ganzes Leben lang belasten.

KAPITEL 5

Wie man Leben rettet

NOCH 17 STUNDEN UND 2 MINUTEN

Der Mann mit den kohlrabenschwarzen Haaren gegenüber von Rose starrte an einen Punkt in der Ferne des Industriegebiets und rührte sich nicht. Unruhig tippelte Rose auf dem harten Boden des verlassenen Parkplatzes, löste die Fäuste von ihren Hüften und verschränkte die Arme vor der Brust. Sie fröstelte, doch es lag nicht an der Außentemperatur. Es war, als würde die innere Kälte des Typen namens Jack auf sie abstrahlen.

Nach wie vor hatte er nicht auf ihre letzten Worte geantwortet. Genauer gesagt auf Gottes Worte. Rose hatte nur weitergegeben, was sie vor nicht mal einer halben Stunde gelernt hatte. *Nichts ist allgemeingültig richtig. Und nichts kann jemals falsch sein.* Erst durch Jack hatte sie eine Ahnung beschlichten, was der Typ in den Chinos ihr damit hatte sagen wollen.

Bislang war Rose fälschlicherweise davon ausgegangen, dass einen Menschen vorm Selbstmord zu bewahren zu den Dingen gehörte, deren Richtigkeit unanzweifelbar war. Genauso, wie es nur richtig sein konnte, einen weinenden Menschen zu trösten oder einem Blinden ungefragt über die Straße zu helfen. Jack hatte ihr zu einem neuen Blickwinkel verholfen. Nur weil manche Handlungen eine abnorm hohe Zahl an Facebook-Likes einbrachten, waren sie noch lang nicht richtig. Die Richtigkeit lag stets im Auge des Betrachters – selbst in den scheinbar eindeutigsten Fällen. Vielleicht war es der Trost, der traurige Menschen unglücklich machte. Vielleicht bestätigte ungebetene Unterstützung den Blinden in seinem Gefühl, seine Selbstständigkeit verloren zu haben. Und vielleicht wollte der Brückenspringer seine Wünsche respektiert wissen, anstatt Empfehlungen zu erhalten, was er besser machen sollte. Nichts war jemals allgemeingültig richtig. Das Richtige ließ sich stets nur erahnen. Und genau das Gleiche galt für alles Falsche. Rose wünschte, sie könnte es Jack irgendwie zeigen.

Sie musterte den Mann, der weiterhin in seine eigenen Gedanken versunken schien. Die gerade Nase. Das kantige Kinn. Viele Leute werden ihn allein schon wegen seines Gesichtes mögen. Was war geschehen? Gab er sich für irgendwas die Schuld? Vermisste er etwas? Oder jemanden? Jack würde einen Teufel tun und ihr davon erzählen, da war sie sicher. Trotzdem beschlich Rose das Gefühl, als sollte sie ihn nicht allein lassen.

Sie war fest davon überzeugt, dass er nicht sterben wollte – nicht wirklich. Das hatte ihr das zornige Funkeln in seinen Augen verraten, als sie genau das behauptet hatte. Jack benahm sich wie ein wütendes Kind, das müde war, sich die Wahrheit aber nicht eingestehen wollte. In ihm steckte so viel Leben. Bloß konnte er es nicht sehen. Er brauchte jemanden, der es ihm zeigte. Genau das war Rose' Absicht gewesen.

Allerdings gab es da noch eine andere Möglichkeit. Was, wenn er unheilbar krank war? Sie schielte auf seinen vollen Haarschopf und die ansehnlichen Oberarme. Zwar machte er nicht den Eindruck, als hätte er schon unter Chemotherapien leiden müssen, doch das musste nichts heißen. Eine Diagnose war ausreichend, um den Wunsch entstehen zu lassen, allem Bevorstehenden zu entgehen. Niemand wusste das besser als Rose. Sie erinnerte sich an seine kratzige Stimme. Wie schwach sie geklungen hatte, bevor sie ihre Farbe wiederfand. Hatte das etwas zu bedeuten?

Sie schluckte einen dicken Kloß in ihrem Hals herunter. Von dieser Seite betrachtet, ergab sein Verhalten Sinn. Sein Ärger darüber, dass die Menschen Sterbewünsche nie zu hinterfragen schienen und dagegen anredeten. Wenn ihre Annahme stimmte … oh Gott, wenn sie stimmte, dann hatte sie ihm unter die Nase gerieben, wie sehr er an seinem Leben hing, während er versucht hatte, sich davon zu trennen – weil er es musste, nicht weil er wollte. Weil seine Krankheit ihm keine Wahl ließ.

Was hatte sie da angerichtet?

Rose öffnete den Mund, obwohl sie nicht den Hauch einer Idee hatte, welche Worte ihr Verhalten entschuldigen würden, als er plötzlich aus seiner Totenstarre erwachte. Dabei sah er ganz und gar nicht aus, als wären seine Tage gezählt. Nicht die Spur von Verzweiflung oder Verletzlichkeit. Stattdessen schienen seine Lebensgeister zurückzukehren, denn er drehte sich zu ihr und plusterte sich auf.

»Hör mir mal zu, du kleines Eichhörnchen.« *Eichhörnchen? Wieso Eichhörnchen?* »Ich freue mich für dich, dass in deiner heilen Welt nichts jemals falsch sein kann. Dein Gebrabbel mag im Philosophieunterricht an deiner Schule gut ankommen. Bei mir bist du damit an der falschen Adresse.« Er blinzelte feindselig in ihre Richtung, seine Muskeln spannten sich an. »Was machst du hier eigentlich? Karmapunkte sammeln? Jeden Tag eine gute Tat? Vielleicht fängst du erst mal mit den Kaninchen im Tierheim an. Leute wie ich sind eine Nummer zu groß für dich. Für den fachgerechten Umgang mit Durchgeknallten braucht man eine psychotherapeutische Ausbildung, weißt du? Außerdem ein gewisses Einfühlungsvermögen, Empathie und Taktgefühl. Mir scheint, du solltest das noch ein wenig üben.«

Er lächelte so spöttisch auf sie herab, dass sich Rose' Mitgefühl schlagartig in Luft auflöste. Wut köchelte in ihr hoch. Wie war sie daraufgekommen, dass er die Diagnose mit sich herumschleppte, nicht mehr lang leben zu dürfen? Warum noch mal hatte sie Mitleid empfunden? Wenn es diesem Kerl an einem nicht fehlte, dann war es Lebendigkeit. Er hatte eindeutig viel zu viel davon. Wenn er das nicht erkannte, war er nicht innerlich zerbrochen, sondern einfach nur dämlich. Hätte sie nur von Anfang an gewusst, was für ein Idiot er war, dann hätte sie längst ihre Mutter anrufen und in ihrem kuscheligen Bett sitzen können.

Rose schloss ihren Mund, der vor Entrüstung offen stand, drehte sich wortlos um und lief über den Parkplatz zurück zum Krisentelefon. Wer ihren Hilfeversuch derart durch den Dreck zog, durfte sich gern allein mit seinen Problemen herumschlagen. Wenn er denn überhaupt welche hatte. So überheblich wie er konnte nur jemand sprechen, der eine Menge auf sich hielt. Einen *Durchgeknallten* hatte er sich selbst genannt. Wahrscheinlich die einzig zutreffende Selbsteinschätzung.

Rose bezweifelte, dass es überhaupt etwas Beklagenswertes in seinem Leben gab. Sie wusste genau, wie Menschen aussahen, deren Herzen gebrochen waren und die die Hoffnung verloren hatten. In jedem Fall nicht wie Jack. Er war ein hervorragender Melodramatiker, nichts weiter. Es lohnte sich nicht, eine weitere Sekunde ihrer Zeit an ihn zu verschwenden.

Wütend stampfte sie im Gehen auf einen Ast, der ihr im Weg lag. Es gab Menschen, die brauchten Rose wirklich. Menschen, die nicht wussten, wie viel Zeit ihnen blieb, weil das Schicksal höchstpersönlich entschieden hatte, dass ihre Tage gezählt sein sollten. Bei diesem Gedanken traten Rose Tränen in die Augen und sie hob entschlossen das Kinn.

Jack war ein egozentrischer Wichtigtuer. Sie würde keinen einzigen Gedanken mehr an ihn verschwenden.

War er zu weit gegangen? Zugegeben, seine Worte klangen ausgesprochen etwas härter als beabsichtigt. Jack war wütend darüber gewesen, dass sie sich angemaßt hatte, ihn zu belehren. Die Dunkelheit hatte ihn mit ihren eisigen Klauen überrascht, obwohl er sich geschworen hatte, ihr nie wieder die Kontrolle zu überlassen. Nur wegen dieses Mädchens. Weil es seine Fingerchen in Wunden steckte und darin bohrte, bis sie aufrissen. *Nichts war jemals falsch.* Pff. Vielleicht sollte er ihr einfach erzählen, wie falsch manche Menschen zu handeln vermochten. Menschen wie er. Mal schauen, ob sie dann immer noch mit weisen Sprüchen um sich werfen würde. Sie hatte sich aufgespielt wie sein Guru und einen Dämpfer verdient. Eventuell einen weniger harten.

Das Eichhörnchen warf seine braunen Haare über die Schulter und drehte sich weg von ihm. Sie hob die Nase ein Stück und stolzierte erhobenen Hauptes in Richtung Brücke. Jacks Augenbraue schoss in die Höhe. So viel Noblesse hatte er ihr nicht zugetraut. Eher war er von einer Schimpftirade aus ihrem losen Mundwerk ausgegangen. Fehlanzeige. Sie verlangsamte ihre Schritte nicht einmal.

Er seufzte. Sie mit diesem Gefühl der Erniedrigung von dannen ziehen zu lassen, wäre unfair. Das wusste Jack. Sie würde den ganzen Abend darüber nachdenken, sich vielleicht sogar die Was-wäre-wenn-Frage stellen. Am Ende würde sie sich die Schuld dafür geben, wenn die Zeitung morgen von einem Suizid berichtete. Jack fand, er sollte wenigstens diese eine Sache in Ordnung bringen, bevor er sich verabschiedete. Dann könnte man auf seinen Grabstein gravieren: Er hat nicht alles falsch gemacht.

Der bestmögliche Gedenkspruch, den man über Jack Raider formulieren konnte.

»Hey, Eichhörnchen!« Eine Schrecksekunde musste Jack beobachten, wie sie nicht reagierte, dann blieb sie stehen. Okay, gut. Jetzt irgendwas, das sie aufhalten würde, damit er Zeit hatte, das hier geradezubiegen. »Eins noch: ›Bitte spring nicht‹ ist unter uns Brückenspringern wie ein Signalwort für hohle Nüsschen, die nichts Besseres im Sinn haben, als Springern ihre Vorstellungen vom Leben aufzuschwatzen. Merk dir das, ja? Falls du mal wieder einen Versuch startest, jemandem das Leben zu retten.« Hohle Nüsschen? Ernsthaft? Irgendwie hatte es das nicht viel besser gemacht. Oder?

Mit wehenden Haaren machte sie im Gehen eine halbe Pirouette und stampfte auf ihn zu. Seine Augen weiteten sich vor Staunen. Ob sie ihn schlagen wollte, so entschlossen wie sie lief? Das wäre interessant.

»Jetzt hörst du *mir* mal zu«, fauchte sie, als sie nur noch wenige Meter von ihm entfernt war. »Ich habe zu keinem Zeitpunkt versucht, dir meine Meinung aufzuzwingen oder dich vom Springen abzuhalten. Ich habe sogar wortwörtlich gesagt, jeder sollte selbst entscheiden dürfen, ob er leben möchte oder nicht. Das ist meine tiefste Überzeugung.« Ah, sie war nicht nur leichtsinnig, rücksichtslos und vorlaut, sondern besaß auch ein dysfunktionales Kurzzeitgedächtnis. Andernfalls würde sie sich erinnern, wie sie vor fünf Minuten »Bitte spring nicht« gequäkt hatte.

»Aber weißt du was?« Sie legte eine Vollbremsung vor seinen Füßen hin und pikste ihm den Finger direkt in den Solarplexus. »Dich vom Springen abzuhalten, wäre sowieso überflüssig gewesen. Und willst du wissen warum? Weil du es eh nicht tust. Dein Rumlungern hinter dem Brückengeländer ist nichts als Aufmerksamkeitshascherei. Wenn du die Energie findest, dir Spitznamen für mich auszudenken, wertvolle Tipps zu geben und zu überlegen, was ich in meiner Freizeit oder in der Schule tue, die ich übrigens nicht mehr besuche, kann es so schlimm nicht um dich stehen.«

Bitterböse funkelte sie ihn an, er funkelte zurück. Mit nur einem Satz hatte sie es schon wieder geschafft, seinen Puls im Nullkommanichts auf hundertachtzig zu treiben.

»Du solltest dich zurückhalten mit deinen Mutmaßungen«, knurrte Jack zwischen zusammengebissenen Zähnen. »Du maßt dir an, in mein Leben einzugreifen, obwohl es dich nichts angeht. Du fällst Urteile über Dinge, von denen du keine Ahnung hast. Und du erwartest, dass ich deine unqualifizierten Ansichten respektiere. Glaub mir, mit deinem überheblichen Palaver wirst du niemals einem Hoffnungslosen das Leben retten. Mir, nebenbei bemerkt, erst recht nicht.«

Jack schnaubte. Anstatt dass sie eingeschüchtert zurücktrat, vertiefte sich die Zornesfalte, sie sog scharf die Luft ein, dabei blähten sich ihre Nasenflügel auf. In einem Fantasyfilm würden jetzt Flammen aus ihren Fingerspitzen und Fußsohlen schießen und ihre Augen würden anfangen zu glühen.

»Erzähl du mir nicht, wie man ein Leben rettet«, schrie sie in ungeahnter Lautstärke. Zugegeben, damit brachte sie Jack leicht aus dem Konzept. Sie kniff die Lippen wütend zusammen, ihre Augen glitzerten gefährlich feucht. Oh nein, sie würde nicht zu weinen anfangen, oder? Verstohlen sah sich Jack um, in welche Richtung er in diesem Fall am besten flüchten konnte. Zu oft hatte er mit ansehen müssen, wie Frauen weinten. Seinetwegen. Die Dunkelheit kündigte sich zum dritten Mal als schmerzliches Ziehen in seiner Kehle an. Dass sie so häufig zu ihm durchdrang, hatte Jack nur in den ersten Wochen nach dem grauesten aller Herbsttage erlebt. Das war Monate her.

Er musste hier weg. Sie tat ihm nicht gut. Instinktiv wandte Jack sich von ihr ab, als ihre Zwergenhand so kraftvoll sein Handgelenk umklammerte, dass Jack zusammenzuckte. Und wirklich: Ihre Augen loderten.

»Es tut mir leid.« Sie spuckte ihm die Worte in Sarkasmus getränkt vor die Füße, sodass klar wurde, wie wenig leid es ihr wirklich tat. »Verzeih, dass ich nicht perfekt reagiert habe, als ich unerwartet jemandem begegnet bin, der vermeintlich kurz davorstand, in den Tod zu springen. Dass ich mein Bestes gegeben habe, dir Hoffnung und Mut zuzusprechen. Entschuldige. Meine letzte Schulung im Umgang mit cholerischen und undankbaren Selbstmördern ist schon einige Zeit her.

Aber.« Sie baute sich zu ihrer vollen Größe vor ihm auf. Nun reichte sie ihm bis zum Brustbein. »Ich werde mich auf keinen Fall von dir dafür kritisieren lassen, dass ich versuche, Menschen Lebensmut zuzureden. Das tue ich nämlich jeden einzelnen, verschissenen Tag. Und ob du's glaubst oder nicht: Manche wären nicht mehr unter uns, wenn es niemanden gäbe, der stellvertretend für sie an ihr Leben glaubt.« Sie hämmerte ihm ihren Zeigefinger in die Brust. »Was hat dich so sehr verbittert, dass du auf Leute herabsiehst, die das Leben schätzen? Du stehst hier, bemitleidest dich selbst, verhöhnst mich und alle anderen Menschen, die versuchen, an dich zu glauben. Denn genau das tue ich, wenn ich sage, dass es Menschen geben wird, die unter deinem Tod leiden. Ich glaube daran, dass du gebraucht wirst. Aber so scheiße wie du dich mir und dir gegenüber verhältst, wundert es mich nicht, dass du das vergessen hast.«

Uff. Hatte sie gerade gesagt, sie glaubte an ihn? Jack öffnete den Mund und hob die Hand. Dann schloss er die Lippen und ließ die Hand wieder sinken. Das hatte gesessen. Eins zu null für sie.

»Und Jack? Eins noch«, äffte sie ihn nach. »Menschen, die andere um jeden Preis bei sich behalten wollen, damit sie selbst keinen Verlust erleiden, sind egoistisch, ja. Aber du bist nicht besser. Du denkst ebenfalls nur an dich.«

»Einer muss es ja tun.« Jack zuckte mit den Schultern. Nun war es an ihr, den Mund zu öffnen und stumm wieder zu schließen. Eins zu eins. Alles andere hätte Jack sich auch nicht bieten lassen. Sie starrte ihn an, als würde ihm just in diesem Augenblick ein drittes Auge wachsen, und schüttelte den Kopf. Dann wandte sie sich wortlos um und marschierte steif wie ein Zinnsoldat zur Brücke.

Jack verdrehte die Augen. Musste sie es ihm so schwer machen, seine letzte Begegnung vor dem Tod in Frieden abzuschließen? Ehe er sich einen Schlachtplan überlegen konnte, trugen ihn seine Füße wie automatisch hinter ihr her.

»Eichhörnchen!« Sie blieb weder stehen noch verlangsamte sie ihre Schritte. »Warte mal!« Immer noch nicht. Shit. Jack verwandelte seinen Laufschritt in ein Joggen. Sie lief immer schneller, sodass Jack sie erst kurz vor dem Brückenpfeiler einholte. Da sie ihm weiterhin keine Aufmerksamkeit schenkte, lief er um sie herum und bremste haarscharf vor ihr ab. Um ein Haar rannte sie in ihn hinein, was sie zwang, ebenfalls eine Vollbremsung hinzulegen. Sie erdolchte ihn förmlich mit ihren Blicken, ihre Wangen leuchteten rosig im Schein der Laternen.

Jack legte sich die Worte zurecht. Alles, was er sagen musste, war ein schnelles ›Hey, ich bin nicht sauer auf dich. Hab's nicht so gemeint. Dir 'nen guten Abend, man sieht sich‹. Oder besser noch: ›Ich bin nicht *mehr* sauer auf dich‹. Daraufhin könnten sie sich im Guten trennen. ›Man sieht sich‹ musste er weglassen. Dass sie irgendwann bei einem Spaziergang an den Wasserfällen auf seine Luftballon-Leiche stieß, wünschte er ihr wirklich nicht.

Alles klar. Er würde also sagen: ›Hey, ich bin nicht mehr sauer auf dich. Hab's nicht so gemeint. Dir 'nen guten Abend.‹

»Hättest du mich wirklich springen lassen?«, fragte Jack. Moment. Das war nicht der Plan gewesen.

Das Eichhörnchen runzelte die Stirn. »Wie meinst du das?« Sie klang gekränkt.

»Du sagtest, jeder sollte selbst entscheiden, wann er sterben möchte. Heißt das, du hättest mich springen lassen, obwohl du es hättest verhindern können?« Irgendwie ging das hier in eine ganz andere Richtung als geplant.

Sie rieb sich mit der Hand über den Oberarm und schnalzte mit der Zunge. Das war irgendwie süß. »Ich denke schon. Zwar wären da die Reflexe, dich festzuhalten, aber … Ja. Jeder sollte sterben dürfen, wann er möchte.«

»Warum?« Jack versank in ihrem Blick, als würde er dort die Antwort finden. Er wusste nicht weshalb, aber er hatte sich seit Ewigkeiten nicht so brennend für etwas interessiert wie für … sie.

Sie trat von einem Fuß auf den anderen. »Na ja, manchmal, in ganz seltenen Fällen, ist es das Beste für den Betroffenen. Da muss man Menschen gehen lassen. Es ist nur schwer herauszufinden, wann der Zeitpunkt gekommen ist.« Ihr Blick glitt zwischen den Gitterstäben der Brüstung hindurch über das Wasser zu einem Containerschiff, das sich am Horizont abzeichnete. Es war hoch beladen, sodass die Container die Kommandobrücke überragten und dem Kapitän die Sicht nahmen. Sicher war es auf dem Weg zum Industriehafen in der Nähe der Lagerhallen.

Manchmal muss man Menschen gehen lassen.

Warum dachte sie das? Was hatte sie erlebt, dass sie zu dieser Erkenntnis gelangt war? Hatte sie schon mal einen Menschen gehen lassen? Oder gemeinsam mit jemandem herausfinden müssen, wann sein Zeitpunkt zum Sterben gekommen war? So viele Fragen schwirrten in Jacks Kopf, am liebsten hätte er ihr alle auf einmal gestellt. Er entschied sich für: »Sicher, dass der Tod manchmal das Beste ist?« Sie nickte. »Aber du weißt schon, dass es dort keine Britney Spears gibt und weder Snapchat noch Instagram.«

Sie riss die Augen auf, als wäre ihr der Messias höchstpersönlich erschienen. Gedanklich hämmerte Jack seinen Schädel gegen eine imaginäre Wand. Er war so ein Arschloch. Dieser Kommentar war wieder mal völlig überflüssig gewesen. Wären seine Eltern die fünf Minuten besser spazieren gegangen.

»Woher weißt du …«

»Und auch keine unbequemen Tangas.« Okay, jetzt laberte er wirklich Scheiße. Was tat er hier? Warum machte er nicht die Biege und trat den Weg an, von dem er mittlerweile schon die Hälfte hinter sich haben sollte?

Sie runzelte die Stirn. Offenbar hatte sie seine letzte Anspielung nicht verstanden. Glück gehabt.

»Glaub mir, Jack«, flüsterte sie dann, »im Himmel benötigen wir nichts davon.«

»Korrekt«, stimmte er zu. »Wo nichts ist, können wir nichts brauchen.«

»Im Gegenteil. Wo wir alles haben, fehlt es uns an nichts.«

Jack rümpfte die Nase. »An welcher Klotür hat denn dieser philosophische Hirnrotz gestanden?«

»An keiner. Ich hab's gesehen. Ich war dort.«

»Wo dort?«

»Im Himmel.«

KAPITEL 6

Einfaltshörnchen

NOCH 16 STUNDEN UND 52 MINUTEN

Rose versuchte, seine Gedanken von den Augen abzulesen, während Jack vor ihr stand und fassungslos auf sie hinabschaute. Momentan dachte er vermutlich darüber nach, ob sie ihn auf den Arm nahm und falls nicht, wie er am schnellsten hier wegkam.

»Du warst im Himmel.« Es klang nach einer Frage, deshalb nickte Rose. »Und auf welchem Trip warst du dabei? LSD?«

Sie lächelte müde und strich sich eine Strähne hinters Ohr. Es hatten sich schon ganz andere über ihren Glauben lustig gemacht. Ein paar von diesen spielten heute wieder mit ihren Enkeln Fußball, anstatt unter der Erde von Käfern zum Frühstück verspeist zu werden. Wenn es um ein Leben ging, hatte Rose noch nie die Hoffnung aufgegeben.

»Auf keinem Trip. Es war real.«

»Oh ja, wirklich?« Er nickte in Zeitlupe, so wie man einer Verrückten zunicken würde. »Und? Wie fühlt es sich an, über Wolken zu hüpfen? Wolken, die übrigens aus Wassertröpfchen bestehen und nur aufgrund eines Licht-Streuungs-Effekts sichtbar sind. Macht's Spaß?«

Rose spürte, wie ihre Mundwinkel zuckten. »In meinem Himmel tanzen wir nicht auf Wolken. Dort gibt es nur eine weiße Halle und ein Büro. Das Vorzimmer zum Himmel. Hinter dem Büro befindet sich der richtige Himmel, wo das Gras so grün ist wie nirgendwo sonst und das Wasser reiner als das der saubersten Quellen.«

»Interessant!« Jack nickte übertrieben und legte den Kopf schief, als versuchte er, sich ihre Worte bestens einzuprägen. Ganz klar, er ging davon aus, sie würde scherzen. Vorerst würde Rose ihn in dem Glauben lassen. Das war nicht nur im Sinne seines leicht reizbaren Nervenkostüms, vielleicht schaffte sie es dann auch, sich innerhalb der nächsten zehn Minuten ohne Diskussionen von ihm zu verabschieden. Ihr Blick huschte rüber zu dem an der Schnur baumelnden Krisentelefon ein paar Schritte entfernt. Sie musste endlich ihre Mutter, den Abschleppdienst und die Feuerwehr rufen. Auch wenn sie sich wundersamerweise so fit fühlte, dass ihr bleibende Schäden undenkbar erschienen.

»Wen hast du eigentlich so getroffen im Himmel?«, hakte Jack beiläufig nach, vergrub die Hände in den Hosentaschen und drehte die Fußspitze auf dem Boden, als würde er eine Zigarette ausdrücken.

»Ach, nur Gott und zwei weitere Personen«, antwortete Rose ebenso beiläufig und zupfte einen unsichtbaren Fussel von ihrem Ärmel.

»Gott.« Er schnaubte abfällig und trat demonstrativ einen Schritt nach hinten. Seine Stimme triefte vor Sarkasmus. »Wie ist er drauf, dieser Gott? Cooler Typ?«

»Total«, bestätigte Rose und nickte eifrig. »Er sieht Liam Hemsworth ziemlich ähnlich, lässt sich einen lässigen Dreitagebart stehen und mag seine witzige Seite, darf sie aber nur selten zeigen. Er ist genauso sarkastisch wie du. Nur freundlicher.«

Jacks Stirn kräuselte sich in endgültiger Verwirrung. »Wer ist hier durchgeknallt? Du oder ich?« Als sie nicht antwortete, mischte sich noch ein wenig Ärger dazu. »Du verarschst mich, oder?« Er kratzte sich an einer Stelle oberhalb der Brust. Wie aus dem Nichts spürte Rose ein feines Kribbeln in der Magengegend. Sie wollte etwas antworten, doch ihr Hals war wie zugeschnürt. Stressflecken breiteten sich auf ihrem Dekolleté aus. Seine Augen weiteten sich. »Du meinst es echt ernst, oder?«

»So ist es eben gewesen«, murmelte Rose und merkte selbst, wie unglaubwürdig sie klang. Also fügte sie hinzu: »Wie sieht's denn in deinem Himmel aus?«

Jack lachte kühl, drehte sich um und fuhr sich mit beiden Händen durch die Haare, als hätte Rose ihn vor ein unlösbares Problem gestellt.

»Nur damit ich das richtig verstehe«, setzte er an und wandte sich an Rose. »Du glaubst wirklich, dort oben im Himmel sitzt ein Mann namens Gott, der ein weißes Gewand trägt …«

»Er trägt Chinos.«

»… der Chinos trägt und über Gut und Böse richtet?« Rose war zu perplex, um zu antworten. »Gehörst du auch zu denjenigen, die Amen sagen, wenn der Pfarrer ihnen ein Stück Esspapier in die Hand drückt und verkündet, es sei der Leib einer vor knapp zweitausend Jahren verstorbenen Person?«

Rose spürte den Ärger in sich hochwallen. »Vielleicht solltest du deine Zunge hüten und respektvoller von Glaubensritualen sprechen.«

»Wieso? Fürchtest du, dass ich in ein paar Stunden in der Hölle schmoren könnte?« Seine Augen blitzten diabolisch auf. Er leckte sich provokativ über die Unterlippe, sodass Rose abermals dieses Gefühl der Schwerelosigkeit in ihrem Bauch kitzeln spürte.

In ein paar Stunden? Sollte sie sich mit ihrer Einschätzung seiner Suizidpläne geirrt haben? Wollte er etwa heute …

»Oder schlimmer noch: Verletze ich damit etwa deine Gefühle?«

»Nein«, ranzte Rose den Idioten an, der sich ein paar Meter vor ihr breitbeinig aufstellte und die Hände am Hinterkopf verschränkte. »Hast du denn kein Ehrgefühl? Durch deine Worte trittst du einen Glauben mit Füßen, der manche Menschen durchs Leben trägt.«

»Ach ja?« Er zuckte mit den Schultern. »Andere Menschen wiederum widmen ihr ganzes Leben der Wissenschaft. Wenn ein Pfarrer vor einem Evolutionsbiologen behauptet, dass ein Gott an sieben Tagen die Welt und die Menschen erschaffen hat, rastet doch auch niemand aus. Obwohl der Priester den Lebensinhalt des Biologen mit Füßen tritt. Warum ist die Glaubenswelt so ein Sensibelchen?«

Rose verdrehte die Augen. Wenn er so weitermachte, würde er sie in den Wahnsinn treiben.

»Das ist etwas anderes, Jack.«

»Nein, ist es nicht, Eichhörnchen«, wiegelte Jack ab. *Was hatte er nur mit seinem Eichhörnchen?*

»Komm, setz dich zu mir.« Er lief zum Brückengeländer an eine dunkle Stelle, genau zwischen die Lichtkegel zweier Laternen, lehnte sich mit dem Rücken an den Zaun und klopfte auf den Asphalt neben sich.

»Warum sollte ich?« Rose klang, als hätte er ihr soeben angeboten, seine Vogelspinne zu streicheln.

»Weil es mich als Wissenschaftler interessiert, die Ansichten einer Glaubensfanatikerin durch eine Primärquelle zu erfahren.«

Rose verschränkte die Arme vor der Brust und verlagerte ihr Gewicht auf ein Bein. »Erstens wüsste ich nicht, wer weniger an Glaubensfragen interessiert sein könnte als du. Zweitens bin ich keine Glaubensfanatikerin. Ich bin sogar eine ausgesprochen schlechte Gläubige.«

»Wie stehst du zu dem Esspapier?« Im Schatten der Laternen konnte Rose nur seine Konturen erkennen. Sie sah, wie Jack die Knie anzog und die Unterarme darauf stützte.

»Du meinst die Hostie.«

»Klar.«

»Ich gehe nicht oft in die Kirche, aber …«

»Du stehst mitten auf der Straße«, unterbrach Jack. »Komm zu mir.« Zwar hatte er recht mit seinem Hinweis, jedoch war es nicht viel besser, auf der Brücke am Straßenrand zu sitzen. »Nun mach schon.«

Widerwillig schlich Rose zur Brüstung zwischen den Laternen. Es wäre besser, wenn sie wenigstens im Licht sitzen würden, sodass ein herannahendes Auto sie sehen könnte.

»Wenn du magst, können wir auf die andere Seite des Geländers klettern. Dort besteht keine Gefahr, von einem Auto erfasst zu werden. Du müsstest dich allerdings gut festhalten. Je nachdem, wie es um die Druckverhältnisse bestellt ist, kann dich der Sog eines vorbeifahrenden Autos den Abgrund hinunterreißen. Mir wäre das ja einerlei, aber dir …«

Rose schüttelte entschieden den Kopf. »Wir können auch wie normale Menschen auf einer Bank vor der Brücke sitzen und nicht mitten auf der Straße.«

»Wo bliebe da die gute Aussicht?«

Rose folgte seinem Blick durch die Gitterstäbe der Brücke auf der anderen Straßenseite. Wo er recht hatte, hatte er recht. Es war beruhigend, das sich nähernde Frachtschiff zu beobachten, das die Fluten des Flusses auf seinem Weg zur *Pearly Gates Bridge* teilte. Rose ließ sich mit dem Rücken am Gitter entlang zu Boden gleiten.

»Außerdem würden wir herannahende Autos schon von Weitem sehen«, beruhigte Jack sie. »Wenn es so weit ist, können wir immer noch auf die andere Seite des Geländers klettern.« Ihr Kopf wirbelte zu Jack herum. »War nur ein Spaß.« Er lachte nicht.

Rose zog die Knie so nah es ging an ihren Körper. Einen Augenblick lang trat peinliches Schweigen ein. Rose' Beine begannen wieder zu zittern, ihre Gedanken glitten zu dem Autowrack. Sie würde sich lieber um ihr Problem kümmern als um den unverschämten Typen. Aber Weggehen war ausgeschlossen. Wenn ein potenzieller Selbstmörder das Gespräch suchte, wäre Ablehnung sein Todesstoß, nicht wahr? Ihr Wagen konnte warten, es würde dadurch niemand zu Schaden kommen.

In ein paar Stunden. Ein beklemmendes Gefühl schloss sich um Rose' Lunge bei dem Gedanken, dass der Freak neben ihr vorhatte, mitsamt seiner skandalösen Unverfrorenheit in zwei Stunden von diesem Erdball zu verschwinden. Jemand würde ihn vermissen. Ihn und seinen beißenden Sarkasmus. Unauffällig schielte Rose nach links und zuckte zusammen. Jack starrte sie unverhohlen aus seinen eisblauen Augen an. Sein Blick schien sie zu durchbohren wie zwei Laserschwerter.

»Du gehst nicht oft in die Kirche, sagst du«, nahm er das Gespräch wieder auf. »Und weiter?«

»Was hattest du noch mal gefragt?«, krächzte Rose und hustete die Heiserkeit weg.

»Das Esspapier.«

»Wenn ich die Kirche besuche, empfange ich die Heilige Kommunion, ja.«

»Sagst du Amen, wenn du das Oblaten-Ding empfängst?«, schoss er unvermittelt zurück.

Rose dachte kurz nach. »Ja, sicher.«

»Weißt du denn, was es heißt?«

Rose stutzte. Amen beendete die Gebete, das wusste jedes Kind, aber …

»Dachte ich es mir«, feixte Jack und streckte ein Bein aus, das andere ließ er angewinkelt. »Ich frage mich, wieso die Menschen nicht hinterfragen, was sie in der Kirche tun. Jeder bildet sich eine politische Meinung oder er macht sich nichts aus Politik. Jedoch prüfen nur wenige den Glauben, den sie als Kind kennengelernt haben. Ist das nicht eigenartig? Amen stammt aus dem Hebräischen und bedeutet ›So sei es‹ oder ›Das stimmt‹.«

»Ah«, machte Rose. Sie kam sich dumm vor, wie sie neben einem wildfremden Jungen auf einer Schnellstraße saß und sich belehren ließ. »Klingt, als könntest du solchen Ritualen nichts abgewinnen.«

»Ich kann der Tatsache nichts abgewinnen, dass Menschen Dinge nachplappern, die sie nicht verstehen. Sie gehen in die Kirche und wiederholen voller Inbrunst Sätze, die sie nicht erklären können.«

»Du beziehst dich auf das Glaubensbekenntnis.«

»Oder das Kreuzzeichen. Kennst du den Unterschied zwischen dem Vater, dem Sohn und dem Heiligen Geist?«

Rose verzog das Gesicht. »Ich habe ja schon gesagt, ich bin kein sonderlich guter …«

»Ich wette, es geht vielen wie dir. Sie können die Frage nicht beantworten und trotzdem bekreuzigen sie sich, wenn es die Situation verlangt. Die Antwort lautet: Es gibt keinen Unterschied.«

»Hm.« Rose hob die Schultern. »Ich kann dir da nicht weiterhelfen. Meine Bibelkenntnisse beschränken sich auf die Weihnachtsgeschichte und die Entstehungsgeschichte.«

»Die Schöpfungsgeschichte«, berichtigte Jack.

Rose warf ihm einen schiefen Blick von der Seite zu. »Warum nennst du mich eine Glaubensfanatikerin, wenn du über alles Bescheid weißt?«

Jack legte den Kopf in den Nacken, als wollte er die Sterne betrachten. Dabei traten die Muskeln seitlich seines Halses hervor.

»Wer hat denn hier behauptet, er hätte einen Plausch mit Gott in Chinos gehalten?«

Rose seufzte und lehnte ebenfalls den Kopf an den Zaun hinter sich. Dann traf sie eine Entscheidung. Sie würde es ihm erzählen. Er würde ihr nicht glauben, das war glasklar, sie wahrscheinlich sogar auslachen. Aber sie musste darüberstehen. Es bestand eine winzige Chance, dass er ihre Worte zwar niedermachen, aber im Stillen darüber nachdenken würde. Sie würde seinen Spott gern klaglos wegstecken, wenn er dadurch seine Meinung über das Leben änderte. Das war es ihr wert. Vielleicht, ganz vielleicht konnte sie einen Hoffnungsschimmer in ihm wecken. Rose atmete tief durch. »Hast du schon mal von Nahtoderfahrungen gehört, Jack?«

Ob er von Nahtoderfahrungen gehört hatte? Jack überkam wieder das Bedürfnis, sie kräftig durchzuschütteln. Hatte sie immer noch nicht zwischen den Zeilen herausgelesen, dass Jack ein Typ war, der alles über die Themen wusste, mit denen er sich beschäftigte? Der Tod war sein Spezialgebiet. Das schloss Nahtoderfahrungen selbstverständlich mit ein.

»Möchtest du, dass ich sie dir erkläre, du Einfaltshörnchen?«

Sie rümpfte ihr Stupsnäschen. »Einfalts… was?«

»Ob du möchtest, dass ich dir erkläre, wie Nahtoderfahrungen zustande kommen.«

»Das habe ich verstanden, aber …«

»Du bist einfältig, weil du meine Hinweise nicht interpretiert hast. Ich sagte, ich bin Wissenschaftler. Ich habe mich selbstverständlich mit Nahtoderfahrungen beschäftigt.«

Blitzartig setzte sie sich auf und drehte ihren Oberkörper in seine Richtung. »Bist du schon mal auf die Idee gekommen«, zwitscherte sie, »dass ich mitten in der Nacht Besseres zu tun habe, als deine Sätze auf versteckte Hinweise zu analysieren? Sprich mit mir, wenn du mir etwas mitteilen willst, oder lass es bleiben. Ich sitze hier schließlich deinetwegen.«

Sie ließ sich demonstrativ mit dem Rücken gegen das Geländer fallen und verschränkte die Hände im Schoß. Ihr säuerlicher Blick ließ Jack innerlich lächeln. Das Gefühl drängte die Dunkelheit in die hinterste Ecke seines Körpers zurück.

»Oh nein, du sitzt hier nicht meinetwegen«, widersprach er, »du bist deinetwegen hier. Du bist neugierig, was ich zu erzählen habe. Du willst hinter meine meterdicke Fassade blicken, um zielgerichtet deine Zaubersprüche auf mich abzufeuern. Und dann lebte er glücklich und zufrieden bis an sein Lebensende – so sieht deine kleine Traumwelt aus.« Jack beobachtete, wie die Stressflecken auf ihrem Brustansatz dunkler wurden. Auf sie war wirklich Verlass. Nun, da er die richtigen Knöpfe gefunden hatte, um sie zu provozieren, brauchte er sie nur immer und immer wieder drücken und sie ärgerte sich jedes Mal aufs Neue. Vielleicht war das sadistisch, aber es machte Spaß. Jack hatte seit Ewigkeiten an nichts mehr Spaß gefunden. Genau genommen seit dem Herbsttag vor neun Monaten.

»Ich bin dein Projekt«, setzte Jack eins drauf. »Deine Challenge gegen dich selbst: Werde ich es schaffen, den durchgeknallten Typen fürs Leben zu begeistern?« Dass ihr Gesicht dunkler anlief, bestätigte

Jack in seiner Annahme. Zufrieden strich er sich die Haare aus der Stirn. Wäre heute nicht sein Todestag, müsste er sie sich dringend abschneiden. »Möchtest du nun, dass ich dir ein paar Dinge über Nahtoderfahrungen beibringe?«

Ihre Augen blitzten erwartungsvoll auf und ein freches Grinsen stahl sich auf ihre Lippen. Ihre Haut nahm wieder einen normalen Farbton an.

»Nur zu«, forderte sie ihn auf. »Ich bin gespannt, was du mir beibringen kannst.«

Eine Sekunde lang verunsicherte ihn ihr selbstbewusstes Lächeln, doch er fing sich schnell.

»Nahtoderfahrungen«, begann er mit seiner Referatsstimme, die er schon seit Monaten nicht eingesetzt hatte, »nennt man Erinnerungsberichte von Menschen, die glauben, tot gewesen zu sein. Meist geben diese Menschen vor, paranormale Erfahrungen gesammelt zu haben – beispielsweise den Austritt aus dem Körper, das berühmte Tunnelerlebnis oder Begegnungen mit Verstorbenen.« Sie nickte und Jack gewann sein Selbstvertrauen zurück. »Nahtoderfahrungen entstehen meist infolge eines Herzstillstandes. Wenn Blutdruck und Atmung aussetzen, wird der Mensch bewusstlos. Es wird kein Blut mehr zum Gehirn gepumpt, was zu einer Anoxie führt, dem Totalausfall der Sauerstoffzufuhr zum Gehirn. Durch den Sauerstoffmangel fallen die Funktionen der Zellsysteme und Organe aus. Sämtliche Körper- und Hirnstammreflexe kommen zum Erliegen. Ab dem Zeitpunkt des Herzstillstandes dauert es knapp sechseinhalb Sekunden, bis sich erste Symptome des Sauerstoffmangels in der Hirnrinde zeigen. Nach zehn bis zwanzig Sekunden kommt es zum Ausfall jeglicher elektrischen Aktivitäten in der Hirnrinde. Das EKG zeigt keine Hirntätigkeit mehr an: Es kommt zum sogenannten Nulllinien-EKG. Der lange Piepton in den Arztserien. Früher hieß es, wer nicht innerhalb von fünf bis zehn Minuten wiederbelebt und mit neuem Sauerstoff versorgt wird, für den kann nichts mehr getan werden. Das Gehirn stirbt irreversibel ab. Dank der modernen Reanimationsforschung ist es aber bereits gelungen, Menschen zurück ins Leben zu holen, die eine Dreiviertelstunde lang klinisch tot waren.«

Sie zog anerkennend die Mundwinkel herunter. »Nicht schlecht, Professor Jack. Hausaufgaben gemacht. Woher weißt du all das?«

Er zuckte mit den Schultern. »Ich sollte verstehen, wie der Tod funktioniert, wenn ich mich ihm stelle.«

Sie schüttelte den Kopf. »Red dich nicht raus. Zum Sterben reicht es zu wissen, dass Wasser in den Lungen ungünstig ist und dass Köpfe platzen wie Melonen, wenn man sie eine Brücke hinunterwirft. Woher weißt du das wirklich?«

Jack wand sich und drehte das Gesicht in die andere Richtung. »Vielleicht habe ich den Kram studiert.«

Sie blieb hartnäckig, obwohl er ihren Blick mied. »Was genau hast du studiert?«

»Psychologie.«

»Und da lernt man, welche Folgen ein Herzstillstand hat?«

Jack glaubte, ihr Stirnrunzeln aus ihren Worten heraushören zu können. Alles in ihm wand sich, jeder Muskeln, jedes Organ. Sie war so verdammt neugierig, regelrecht aufdringlich. Dabei sollte sie froh sein, dass er überhaupt mit ihr sprach.

»Nein. Das lernt man im Medizinstudium«, quetschte Jack zwischen knirschenden Zähnen hervor.

»Du hast zwei Fächer studiert? Zwei so anspruchsvolle?«, staunte sie.

»Drei«, raunte Jack mehr zu sich selbst, doch sie hörte es trotzdem.

»Was war das dritte?«

»Biologie.«

»Biologie?«

»Ich habe es nur angefangen, nicht abgeschlossen.«

Endlich schwieg sie. Jack konnte sich nicht erinnern, in den letzten neun Monaten ein einziges Mal so viel am Stück geredet zu haben. Sein Herz raste und hinter seiner Kehle saß ein beklemmender Schmerz, der ihn daran erinnerte, wie falsch das hier war. Hier zu sitzen. Nicht zu sterben. *Noch* nicht zumindest.

»Ich hätte dich nicht als so intelligent eingeschätzt«, murmelte sie. Ihre Worte ließen Jacks Herz ein winziges bisschen hüpfen. Er drehte den Kopf in ihre Richtung. Links und rechts auf ihren Wangen bildeten sich kleine Grübchen.

»Vielleicht kannst du mir doch was über Nahtoderfahrungen beibringen«, überlegte sie. »Aber mach dir nicht allzu große Hoffnungen. Niemand kennt den Tod besser als ich.«

KAPITEL 7

Was uns ›wow‹ denken lässt

NOCH 16 STUNDEN UND 31 MINUTEN

Sie glaubte also, den Tod besser zu kennen als er. Wenn sie sich da mal nicht täuschte. Jack hatte Erfahrungen gemacht, die sie ihren Lebtag lang nicht sammeln würde – zu ihrem Glück.

»In der Wissenschaft gibt es mehrere Erklärungsansätze für sogenannte Nahtoderfahrungen«, begann Jack. »Der bekannteste ist die Sauerstoffunterversorgung des Gehirns. Wird das Gehirn nicht mit Sauerstoff versorgt, blockieren Rezeptoren im Gehirn. Dadurch werden Hormone, sogenannte Endorphine, freigesetzt. Endorphine können Schmerzen stillen und Halluzinationen und ein wohliges Gefühl auslösen. Man bezeichnet sie deshalb auch als natürliches Opium. Die Patienten halten diese Empfindung fälschlicherweise für den Himmel. Eine Wissenschaftlerin hat vermutet, dass durch den Sauerstoffmangel zuerst die Lichtrezeptoren in der Augennetzhaut zugrunde gehen, was das altbekannte Tunnelerlebnis erklären könnte.«

Das Lächeln des Mädchens neben Jack wurde breiter. Es setzte sich auf und beugte sich ein Stück zu ihm. Sie schien kein Parfum zu nutzen, dafür konnte Jack aber den Duft ihres Shampoos riechen. Vanille mit etwas Fruchtigem. Er befand ihn für okay. Sehr okay.

»Was würdest du sagen«, sprach sie gedehnt, »wenn ich kontere, dass deine Theorie aus mehreren Gründen nicht stichhaltig ist?« Sie hob eine Hand und zählte die Gründe an ihren Fingern ab. »Erstens: Nahtoderfahrungen finden nicht nur infolge von Sauerstoffmangel statt. Heutzutage treten die meisten Nahtoderfahrungen während einer Narkose auf, manche während eines Komas.« Sie streckte ihren Zeigefinger aus. »Zweitens: Die schmerzlindernde Wirkung von Endorphinen hält einige Stunden an, bei Nahtoderfahrungen aber kehrt der Schmerz sofort zurück, sobald die Betroffenen aus ihrer Bewusstlosigkeit erwachen. Die Endorphine können daher nicht der Grund für das wohlige Gefühl, wie du es nennst, sein. Mal davon abgesehen, dass ein *wohliges Gefühl* nicht ansatzweise an die Intensität bei Nahtoderfahrungen heranreicht.« Der Mittelfinger. »Drittens: Nahtoderfahrungen lösen klare Bewusstseinserfahrungen aus. Die Erlebnisse sind so deutlich, dass sich die Betroffenen danach sogar über Jahrzehnte, ja bis an ihr tatsächliches Lebensende, bis ins kleinste Detail daran erinnern können – wie an ein irdisches Erlebnis. Endorphine leisten das nicht.« Der Ringfinger. »Viertens: Bewusste Erfahrungen, wie sie bei Nahtoderlebnissen entstehen, benötigen eine noch funktionierende Hirnrinde, einen funktionierenden Hirnstamm und ihre Verbindungsbahnen. Jedoch hast du gerade selbst erklärt, dass diese während eines Ausfalls der Sauerstoffzufuhr zum Hirn nicht aktiv sind. Zu guter Letzt gab es sogar ein Experiment mit Düsenjägerpiloten. Man schleuderte sie so schnell herum, dass all ihr Blut in die Füße sackte. So konnte man eine Sauerstoffunterversorgung des Gehirns nachstellen. Die Düsenjägerpiloten reagierten darauf, jedoch nicht auf die gleiche Weise wie bei Nahtoderfahrungen.«

Jack fiel die Kinnlade herunter. Sie hatte seine wissenschaftliche Erklärung für Nahtoderfahrungen soeben in Grund und Boden gestampft. »Und woher weißt du …«

»Ich interessiere mich dafür«, wich sie aus. »Also: Was hast du zu deiner Verteidigung anzubringen? Wie erklärst du Nahtoderfahrungen, nun da deine Sauerstoffunterversorgungstheorie widerlegt ist?«

»Ich sagte ja bereits«, begann Jack gereizt, »es gibt mehrere Erklärungsansätze.« Er würde bestimmt nicht an eine göttliche Macht glauben, nur weil eine der wissenschaftlichen Erklärungen für Nahtoderfahrungen Lücken aufwies. Jack setzte sich aufrecht hin.

»Manche Psychedelika wie LSD, Meskalin und vor allem das Dimethyltryptamin, DMT genannt, verursachen viele verblüffend ähnliche Erlebnisse wie bei Nahtoderfahrungen.« Jack warf einen schnellen Blick in ihre Richtung, um zu überprüfen, ob die kompliziert klingenden Substanzen Eindruck bei ihr geschunden hatten. Zu seiner Empörung wirkte sie unbeeindruckt und starrte weiter durch das Gitter auf der anderen Straßenseite über den Fluss. Ärgerlich. »In ausreichend hoher Dosierung«, fuhr Jack fort, »erzeugt DMT auch das Gefühl, aus dem eigenen Körper auszutreten und schneller zu denken. Man begegnet Lichtwesen, hat das Gefühl, bedingungslos geliebt zu werden. Manche glauben sogar, dabei nonverbal mit einer Art immateriellem Wesen kommuniziert zu haben. DMT gilt als stärkstes Psychedelikum. Und weißt du was?« Er hielt inne, bis sie ihn erwartungsvoll ansah. »DMT wird bei Menschen in der Zirbeldrüse produziert und bei der Geburt, im Trancezustand und im Schlaf ausgeschüttet, aber während des Sterbens vollständig freigesetzt.« Triumphierend streckte Jack sein zweites Bein aus und verschränkte die Hände am Hinterkopf. Er hatte recht und das wussten sie beide.

Aus dem Augenwinkel sah Jack, wie sie nachdenklich nickte. Dann antwortete sie: »Der Erklärungsversuch ist nicht schlecht. Hier gilt jedoch Ähnliches wie für Endorphine: Wie soll ein bewusstloser Mensch seine Begegnung mit dem Himmel aufgrund von DMT halluzinieren, wenn die Maschinerie, die die Halluzinationen produziert, der auditive und visuelle Kortex, komplett lahmgelegt ist?« Sie zog die Augenbrauen hoch. »Wenn das Herz nicht schlägt, wird das Gehirn nicht mit Sauerstoff versorgt und hat seine Funktionen eingestellt. Wie soll es da Halluzinationen fabrizieren?«

Jack verdrehte die Augen. Wieso konnte sie nicht akzeptieren, dass ihre angebliche Begegnung mit Gott ein Hirngespinst war? Ihre Argumente … Na gut, sie machten Sinn. Aber gegen die Wissenschaft hatte der Aberglaube keine Chance. Es gab eine logische Erklärung für Nahtoderfahrungen, da war sich Jack sicher. Dass er sie nicht parat hatte, musste gar nichts bedeuten. Schließlich hatte er nur Psychologie und Medizin und ein paar Semester Biologie studiert und sich nicht etwa auf die Sterbe- und Reinkarnationsforschung spezialisiert.

»Und noch etwas«, fuhr sie fort. »Durch Drogen wie LSD oder DMT ausgelöste Halluzinationen haben keine objektive, reale Grundlage. Nahtoderfahrungen schon. Es gibt zahlreiche Geschichten, die belegen, wie Menschen Dinge wahrnahmen, die wirklich passiert sind und die sie theoretisch gar nicht hätten sehen können. Nur bei echten Nahtoderfahrungen geschehen außerkörperliche Erfahrungen, die später nachweisbar sind.«

Davon hatte Jack schon einmal gehört, aber er konnte diesen Geschichten keinen Glauben schenken. Sie waren eben nicht mehr als das: Geschichten, kein empirischer Beweis.

Sie drehte sich zu ihm und lehnte sich mit einer Schulter ans Geländer. »Da gab es diesen Mann, der mit einem Herzstillstand ins Krankenhaus gebracht wurde. Für die Beatmung mussten sie ihm das Gebiss rausnehmen. Der Pfleger legte es in eine Schublade. Der Mann überlebte, blieb aber im Koma und musste zur weiteren Beatmung auf die Intensivstation verlegt werden. Eine Woche später begegnete der Pfleger ihm erneut und der Patient kam ihm mit den Worten entgegen: ›Dieser Pfleger weiß, wo mein Gebiss liegt. Sie haben es mir aus dem Mund genommen und in die Schublade eines Wagens mit vielen Flaschen darauf gelegt.‹ Der Patient hatte nicht nur den richtigen Pfleger wiedererkannt, er hatte sogar den Ort seines Gebisses richtig beschrieben.« Sie suchte nach seinem Blick. Ihre Augen leuchteten. »Dabei hat er zu dem Zeitpunkt im tiefen Koma gelegen und konnte all das gar nicht wahrnehmen. Er gab an, während seiner Reanimation von oben auf sein Bett herabgesehen zu haben. Er konnte auch den Raum beschreiben und das Aussehen aller Anwesenden.«

»Hör mal, Einfaltshörnchen, das glaubst du doch wohl selbst …«

»Die Geschichte ging um die Welt. So etwas ist kein Einzelfall. Es gibt unzählige dieser Erlebnisse. Man schätzt, es waren fünfundzwanzig Millionen Nahtoderfahrungen in den letzten fünfzig Jahren.«

Fünfundzwanzig Millionen?

Sie fuhr unbeirrt fort. »Da gab es zum Beispiel diesen Mann, dessen Hirnfunktionen infolge eines Herzstillstandes ausgefallen waren. Er beschwerte sich nach seiner Operation bei seinem Arzt, dass dieser bei der OP weniger fluchen möge. Oder der Bericht eines Psychologen, der während seines Herzinfarktes aus seinem Körper gehoben und durch die Erdatmosphäre bis ins Universum getragen wurde. Er beschrieb die Weltansicht von dort in all ihren Details. Die silbern schimmernden Kontinente, die Schneeberge des Himalaja. Das Verrückte dabei:

Solche Bilder aus dem Weltraum ermöglichte die Technik erst rund zwanzig Jahre später.«

Das, musste Jack eingestehen, war ein verblüffender Zufall. Das machte die Geschichten allerdings noch lange nicht zu Tatsachen. Die Menschen hatten schon immer eine blühende Fantasie.

»Oder die Blinde, die ihren Lebtag lang nichts gesehen hat, aber während einer Nahtoderfahrung auf einmal klare, deutliche visuelle Eindrücke …«

»Ist ja gut«, ranzte Jack. »Deine Geschichten bringen niemanden weiter. Was du tust, ist mir egal, ich aber glaube keine unbestätigten Erzählungen.«

»Sie sind nicht unbestätigt. Einige von diesen Erlebnissen sind im Rahmen von Studien erhoben worden.«

»Die Fakten aus der Hirnforschung sagen etwas anderes«, widersprach Jack. »Hör zu, ich weiß von Studien mit Epilepsiepatienten, deren Hirnrinde man wie bei einem epileptischen Anfall stimuliert hat. Auch dabei entstanden einige Erlebnisse wie bei Nahtoderfahrungen …«

»Einige, aber nicht alle«, wandte sie ein. »Ich kenne diese Studie. Keiner der Probanden hat nachweislich eine außerkörperliche Erfahrung gemacht, wie es für Nahtoderfahrungen typisch ist. Tatsächlich konnten Forscher noch nie eine außerkörperliche Erfahrung hervorrufen, die diesen Namen verdient. Solche, die bei Erkrankungen wie Beispiel Epilepsie aufgetreten sind, waren lediglich Halluzinationen. Das Experiment erklärt das Phänomen nicht.«

In Jacks Magen rumorte es, so wie immer, wenn ihm eine logische Erklärung fehlte. Wieso konnte sie all seine Argumente widerlegen? Jack war Gegenwind nicht gewohnt, plausiblen erst recht nicht. Fieberhaft durchforstete er seine Erinnerungen danach, was er sich über Nahtoderfahrungen beigebracht hatte. Damals, als er sichergehen wollte, dass die wissenschaftlichen Erkenntnisse keinen Zweifel an der Endlichkeit des Lebens ließen. Dass nichts folgte, nachdem das Gehirn seine Arbeit einstellte.

Es würde vorbei sein. Für immer. Er wusste es einfach.

Das Mädchen rang die Hände und riss ihn damit aus seinen Gedanken. »Du musst eingestehen, dass es bislang keine stichhaltige Erklärung gibt, wie Nahtoderfahrungen entstehen. Wie jemand während einer Narkose die Ärzte hören oder im Koma auf sich herabblicken kann. Zumindest keine rationale Erklärung.«

»Vielleicht«, gab Jack knapp zu. »Der Nachweis diesbezüglich steht noch aus.«

Mit einem Mal sprang sie hoch und lief vor ihm auf und ab. »Wieso wollen die Menschen nicht anerkennen, dass nicht alles materialistisch erklärbar sein muss?« Sie blieb stehen und blickte anklagend auf ihn herab, als erwartete sie eine Antwort.

Die Situation, ihr zu Füßen zu sitzen, war Jack zuwider. Er erhob sich, bedeutete ihr mit einem Kopfnicken, ihm zu folgen, und spazierte die verlassene Brücke hinauf. Es war wunderbar still, wenn sie beide schwiegen. »Vielleicht hast du recht«, überlegte Jack, während er einen Kiesel durch das Geländer in den Abgrund kickte. »Vielleicht verschließt die Forschung ihre Augen vor bestimmten Phänomenen. Sie tut sie lieber als Spinnerei ab als einzugestehen, dass sie keine Erklärung dafür finden kann. Vielleicht ist das falsch. Allerdings darf die Wissenschaft genauso wenig etwas als göttlich deklarieren, nur weil sie noch keine Ursache gefunden hat.«

»Soll das heißen, nur weil die Wissenschaft mit ihren Methoden niemals die Herkunft der Seele oder die Ursache für ein Leben nach dem Tod erklären kann, müssen sie für immer als nicht existent gelten?«

»Möglicherweise.« Jack zuckte mit den Schultern. »Seit Dutzenden von Jahren versuchen Wissenschaftler, das Bewusstsein – du nennst es vielleicht lieber Seele – im Gehirn zu lokalisieren. Alles, was sie untersuchen, sind Zusammenhänge zwischen Hirnaktivitäten und Erfahrungen. Wir wissen, welche Gehirnareale aktiv sind, wenn wir uns an etwas erinnern wollen. Oder wenn wir traurig sind. Was wir messen, sagt aber nichts über den *Inhalt* und die Ursachen unserer Gedanken aus. Warum denken wir ausgerechnet dann ›wow‹, wenn wir in die Tiefen des Grand Canyon blicken oder zwischen zwei schillernde Korallenriffe tauchen? Warum tut es weh, wenn wir uns den kleinen Zeh stoßen?«

»Den hat Gott uns übrigens nur gegeben, damit er was zu lachen hat. Das weiß ich hundertprozentig«, warf sie ein.

Jack spürte ein Schmunzeln aus seiner Bauchgegend aufsteigen. Es kam nicht auf seinen Lippen an, sodass es für sie sichtbar gewesen wäre.

»Was ich sagen will, ist«, nahm er den Faden wieder auf, »zwar wissen wir, dass Signale von unserem Zeh ins Gehirn geleitet und dort verarbeitet werden. Doch niemand weiß, warum es wehtut. Wieso sind wir uns der Schmerzen bewusst? Das Gehirn übermittelt Dinge wie Schmerz, aber es produziert sie nicht. Der Gedanke ist deshalb zugegebenermaßen naheliegend, dass ein Bewusstsein außerhalb unseres Körpers existiert. Aber solange niemand einen Hinweis dafür liefert, fällt es der Wissenschaft schwer, diese Theorie ernst zu nehmen.«

»Das bedeutet«, ihre Stimme wurde ganz leise, »es wird auf ewig Menschen geben, denen die Welt des Glaubens verschlossen bleibt, weil eine Instanz – die Wissenschaft – ihre Existenz ablehnt. Menschen wie dich zum Beispiel.«

Jack stieß geräuschvoll die Luft aus und vergrub seine Hände in seinen Taschen. »Ich vertraue auf das, was sich beweisen lässt.«

»Und wenn ich dir sage, dass ich eine Nahtoderfahrung gemacht habe – wäre das Beweis genug?«

So etwas hatte er sich schon gedacht. Ihre Stimme klang so flehend, dass Jack eine Sekunde lang überlegte, ihr zuzustimmen, nur um das Grübchenlachen zu sehen. Gleich darauf kroch die Dunkelheit aus ihrem Verlies durch seine Eingeweide hoch zu seinem Herzen.

»Nein.«

Sie schwieg. Jack riskierte einen kurzen Blick auf sie herab. Je näher sie der Mitte der Brücke kamen, desto stärker blies ihr der Wind die Haare ins Gesicht. So konnte Jack ihre Miene nicht deuten. Sie liefen weiter, immer darauf bedacht, den Sicherheitsabstand zwischen sich nicht einreißen zu lassen.

Am höchsten Punkt der Brücke blieb sie plötzlich stehen und wandte sich ihm zu. »Jack.« Aus ihrem Mund klang sein Name wie ein Kompliment. »Wir sind zu dem Entschluss gekommen, dass es eine ganze Menge Hinweise auf die Echtheit von Nahtoderfahrungen gibt. Der Punkt ist: Es kommt nicht darauf an, ob wir jede Möglichkeit in Betracht gezogen haben. Sicher gibt es unzählige Wissenschaftler, die nach stichhaltigen Argumenten gegen die Existenz von Nahtoderfahrungen suchen. Und es gibt zahlreiche Forscher, die Belege dafür kennen. Alles, was zählt, ist die Entscheidung, wie du dein Leben führen willst. In dieser Frage und in sämtlichen anderen.«

Sie strich sich die Haare aus dem Gesicht. »Du musst nicht für die Welt entscheiden, was richtig oder falsch ist, Jack, sondern nur für dich selbst. Möchtest du in der Überzeugung leben, dass der Fund einer rationalen Erklärung für die Seele oder Nahtoderfahrungen noch aussteht? Willst du glauben, dass die Antworten existieren und bloß noch im Verborgenen liegen? Oder aber möchtest du glauben, dass die Wissenschaft an den Lösungen der großen Frage scheitert, weil sie zu groß ist für unsere menschliche Vorstellungskraft?« Sie verstummte, als wollte sie ihm einen Augenblick einräumen, ihre Worte zu verarbeiten. »Wir leben in einem freien Land, Jack. Es liegt bei dir, zu entscheiden, an welche der beiden Varianten du glauben möchtest. Ich hoffe nur, du wählst die, die dir die Kraft gibt, dein Päckchen im Leben zu tragen.«

Sie machte auf dem Absatz kehrt und lief die Straße zurück in Richtung Ufer. Jack fühlte sich, als hätte sie ihm gerade eine runtergehauen. Mit dem Baseballschläger.

»Jetzt warte doch mal«, rief er und wäre ihr gern hinterhergelaufen. Nur fühlte es sich an, als hätte sie seine Knie in Pudding verwandelt. Womöglich hatte er mit den Zaubersprüchen gar nicht so falschgelegen.

»Hey!« Das Rauschen des herannahenden Frachtschiffs verschluckte Jacks Worte. Es war schon ganz nah, Jack konnte von hier aus die einzelnen Container erkennen. In wenigen Minuten würde es unter der Brücke hindurchfahren. Ein Windstoß riss ihn um ein Haar von den Beinen. Was war auf einmal los auf der *Pearly Gates Bridge*?

So schnell er konnte, stakste Jack hinter ihr her.

»Wo willst du denn hin?«

»Zum Notfalltelefon.« Bevor er Einwand erheben konnte, ergänzte sie: »Keine Sorge, ich werde kein Wort über dich verlieren. Ich muss mich um meinen eigenen Kram kümmern.«

Was zur … Jack stutzte.

»Was hast du eigentlich hier oben auf der Brücke gemacht?« Er musste seine Stimme anheben, da er sie immer noch nicht eingeholt hatte.

»Einen Unfall.«

»Du hast einen Unfall gebaut?«

»Jep.«

Verdammt. Sie war es doch gewesen, der Knall. Endlich gelangte er auf ihrer Höhe an und konnte mit ihr Seite an Seite laufen, den Sicherheitsabstand wahrend.

»War die Polizei schon da?«

Dumme Frage. Das wäre ihm aufgefallen.

»Nein, ich wollte sie über das Notfalltelefon rufen, als mich ein durchgeknallter Möchtegern-Brückenspringer fast zu Tode erschreckt hat.«

Jack erwartete die Wut über ihre Ignoranz in sich aufsteigen zu spüren. Alles, was sich in ihm breitmachte, war dieses Kitzeln im Rachen, das früher ein Lachen angekündigt hatte. Es kribbelte beinahe bis in seine Wangen.

»Hast du den Song zu Ende gehört?«

Sie warf ihm einen kurzen fragenden Blick über die Schulter zu.

»Britney Spears. Baby one more time.«

»Ha!«, rief sie so laut, dass Jack zusammenzuckte, und sie stieß ihre kleine Faust in die Luft. »So lautet der Titel. Baby one more time.« Nun war es an Jack, die Stirn zu runzeln. »Hast du mich gehört, als ich über die Brücke gefahren bin?«, fragte sie mit einem Mal aufgeregt.

Wenn du wüsstest, kleines Eichhörnchen … Jack wandte den Blick ab. »Ich stand auf der anderen Seite des Geländers, als du ausgestiegen bist, um dein Handy zu suchen.«

»Oh.« Sie schlug die Lider nieder. »Du wolltest … Aber du bist umgekehrt. Ich habe dich unten am Brückenpfeiler getroffen …«

»Stopp.« Jack langte nach ihrer Hand, zuckte aber gleich zurück, als er merkte, dass er im Begriff gewesen war, sie anzufassen. Wie vom Donner gerührt blieb er stehen. Er hatte etwas gehört.

»Was ist denn los?«

Jack kniff die Augen zusammen. Einmal hatte er sich in dieser Nacht bereits geirrt. Es würde ihm kein zweites Mal passieren. Doch diesmal bestand kein Zweifel. Aus seiner erhöhten Position von der Brücke aus konnte Jack sehen, wie sich ein paar Hundert Meter entfernt Wagen mit Blaulicht näherten. Nicht einer, sondern mehrere. Sie rasten auf den verlassenen Straßen zwischen den Lagerhallen entlang direkt auf sie zu.

»Fuck! Hast du die Polizei gerufen?«

»Äh, nein.« Sie schüttelte verwirrt den Kopf. »Vielleicht hat jemand meine Schrottkarre an der Laterne kleben sehen und … warum regst du dich so auf?«

»Verarsch mich nicht! Hast du die Bullen gerufen?« Er feuerte einen fuchsteufelswilden Blick in ihre Richtung und presste die Kiefer zusammen. Sie erwiderte seinen Blick aufrichtig. Scheiße. Jack glaubte ihr. Sie hätte sich in der vergangenen Stunde ganz sicher anders verhalten, wenn sie ihn erkannt und die Polizei gerufen hätte. Alles andere ergab keinen Sinn. Andererseits: Woher kamen auf einmal die Polizeiautos? So viele? Hier war niemand, der den Unfallwagen entdeckt und die Polizei informiert haben könnte. Waren sie auf dem Weg zu ihm? Scheiße, wenn sie Jack in Begleitung einer weiblichen Person aufgriffen, würde er die nächsten Monate kein Tageslicht mehr sehen.

»Ich sage die Wahrheit, ich habe nicht die Polizei gerufen. Was ist denn los?«

Hektisch sah sich Jack nach einem Fluchtweg um. Wie beim ersten Mal, als er geglaubt hatte, die Polizei hätte ihn aufgespürt, gab es auf der Brücke kein Entkommen. In welche Richtung er auch rannte, sie würden ihn einholen. Was blieb, war der Abgrund. Er musste es tun. Jetzt. Vielleicht sollte dies sein Schicksal sein. Jacks Beine bewegten sich keinen Millimeter.

»Jack?« Auf einmal klang ihre Stimme ängstlich. »Warum hast du solche Angst vor der Polizei?«

Ihm blieb keine Zeit, ihr das zu erklären. Zu kompliziert. »Es war nicht schlecht, dich kennenzulernen, Eichhörnchen«, wisperte er, im herannahenden Heulen der Sirenen, dem Wind auf der Brücke und dem Rauschen der sich am Bug des Frachters brechenden Wellen gingen seine Worte unter. Er setzte einen Fuß auf die erste Querstrebe des Schutzzauns und zog sich hoch.

»Heiliger, Jack, was machst du da?«, kreischte sie, da schwang er ein Bein über den Zaun. »Komm sofort da runter!«

Sein Fuß fand Halt auf der anderen Seite des Geländers und er zog das zweite Bein nach. Er krallte die Finger um die Streben. Wenn, dann wollte er aus eigener Kraft springen und nicht vom Wind hinuntergestoßen werden. Er warf einen Blick hinter sich. Die beiden Schlepper links und rechts vom Schiff verschwanden unter der Brücke aus seinem

Blickfeld, unmittelbar darauf unterfuhr das Containerschiff die Brücke. Wenn er es richtig anstellte, konnte er direkt hinter dem Heck ins Wasser springen und würde, falls der Aufprall auf der Wasserfläche ihn nicht tötete, vom Sog angezogen und von der Schiffsschraube zerfetzt werden. Ihm drehte sich der Magen um, am liebsten hätte er gekotzt. Doch dafür blieb keine Zeit. Es war vorbei. Das Herz schlug Jack bis zum Hals, schwarze Flecken waberten in seinem Sichtfeld.

Plötzlich spürte er, wie das Geländer unter ihm erzitterte. Jack drehte den Kopf zurück Richtung Straße und zuckte zusammen, weil er direkt in ihre braunen Augen blickte. Sie hing am Zaun auf der anderen Seite und setzte den zittrigen Fuß auf die vierte Sprosse.

»Ich glaube an dich, Jack«, flüsterte sie nur Zentimeter von seinem Gesicht entfernt. Er spürte ihren warmen Atem auf seiner Oberlippe. Sie schwang sich nach oben und kletterte ebenfalls über die verdammte Brüstung. Einen Fuß stellte sie auf seiner Seite des Sicherheitsgeländers ab. Der Gedanke schoss Jack durch den Kopf, sie zurück auf die Straße zu schubsen, aber es war zu spät. Sie hing bereits neben ihm auf der falschen Seite des Geländers und zitterte wie Espenlaub. Das Heulen der Sirenen kam näher und näher.

»Ich habe zwar keine Ahnung«, keuchte sie mit bebender Stimme, »warum wir so dringend vor der Polizei fliehen müssen. Aber ich vertraue dir.«

Nein. Scheiße, nein! Heute war kein Tag für sie zum Sterben. Ehe Jack etwas einwenden konnte, stieg sie vom Zaun auf den Stahlträger. Sie drehte sich vorsichtig um. Dann lehnte sie sich mit dem Rücken an die Brüstung, krallte sich daran fest und stierte in den Abgrund.

»Ich habe eine Idee, wie wir hier wegkommen, ohne zu sterben.«

Sie ging in die Hocke, setzte sich auf den Vorsprung und schwang die Beine über die Kante. »Wir springen auf die Container des Frachters.«

KAPITEL 8

Mythos der Lemminge

NOCH 16 STUNDEN UND 10 MINUTEN

Niemand bringt sich gern um, Rose. Was fehlt, ist die Fähigkeit, das Leben zu spüren.

Während Rose fassungslos in die schwarze Tiefe des Abgrundes starrte, kamen ihr die Worte in den Sinn, mit denen ihre Stationsleiterin Maud ihr vor einiger Zeit ein Buch überreicht hatte. *Endloses Bewusstsein: Neue medizinische Fakten zur Nahtoderfahrung*, so lautete der Titel. Bis heute zählte dieses Buch über die Existenz von Nahtoderfahrungen zu Rose' wertvollstem Rüstzeug im Kampf gegen die Hoffnungslosigkeit.

Was fehlt, ist die Fähigkeit, das Leben zu spüren.

Wenn es das war, was Jack den Tod herbeisehnen ließ, würde Rose es heute ändern. Spätestens wenn er vom Rand der *Pearly Gates Bridge* baumelte, würde Jack das Leben in jeder Zelle seines Körpers spüren. Oh ja, das würde er.

Rose atmete tief durch und löste beide Hände vom Geländer. Falls sie jetzt das Gleichgewicht verlor, würde sie nach vorn kippen in den schwarzen Schlund der Dunkelheit. Eine Gänsehaut überzog ihren gesamten Körper. Ihr Herz hämmerte gegen ihre Brust.

Auf die Container zu springen war Wahnsinn, das wusste Rose. Aber immer noch besser, als Jack fünfzig Meter auf die harte Wasseroberfläche stürzen zu lassen. Ihn aufzugeben. Ihn fallen zu sehen. Nie wiederzusehen. Ihre Eingeweide zogen sich bei dem Gedanken schmerzhaft zusammen.

Sei kein Frosch, Rose. Du musst das nicht allein schaffen. Ich bin in jeder Sekunde bei dir. Wie immer.

Gottes Stimme hallte in ihrem Kopf nach, als würde er neben ihr stehen und dabei mit der Hand durch seine Wuschelmähne fahren. Nein, sie war nicht allein. Sie konnte es schaffen. Mit Liams Hilfe. Zuversicht flutete Rose' Herz, Adrenalin ihre Adern und verwandelten ihre Angst in Wagemut.

Die Kommandobrücke, die den Frachter in zwei Hälften unterteilte, glitt unter ihren Füßen hinweg. Gut, von nun an würde sie niemand auf dem Schiff mehr sehen können, wenn sie auf den Frachter sprangen. Er war so hoch beladen, dass die Container die Sicht von der Kommandobrücke über das hintere Ladedeck versperrten.

Der hintere Teil des Schiffes verschwand ebenfalls unter der *Pearly Gates Bridge*. Rose konnte schon das Schiffsende sehen. Jetzt mussten sie schnell sein.

»Na los!«, johlte sie übermütig und rutschte mit dem Hintern ein Stück vor an die Kante. Hoffentlich würde sie nicht in den Lücken zwischen den einzelnen Containerstapeln aufkommen. Hoffentlich konnte niemand auf dem Schiff sehen, was sie im Begriff waren zu tun.

»Bist du übergeschnappt?«, brüllte Jack zurück. »Bis zu den Containern sind es mindestens vier Meter in die Tiefe! Du brichst dir das Genick!«

»Nicht, wenn wir uns an den Vorsprung hängen und daran herunterlassen. Dann fallen wir nur knapp zwei Meter.«

Sie drehte sich wie ein Robbenbaby auf den Bauch und krallte sich ans Geländer, ihre Füße ragten über den Abgrund.

»Komm sofort da weg«, herrschte Jack sie an. »Das Schiff ist zu schnell. Du landest ganz anders, als wenn du aus zwei Meter Höhe kontrolliert auf eine stillstehende Fläche springst.«

»Es ist nicht schnell«, widersprach Rose und beglückwünschte sich innerlich zu ihrer Kombinationsfähigkeit. »Es bremst bereits, weil es hinter der Brücke in den Industriehafen einlaufen wird. Komm schon!«

Erleichtert beobachtete Rose, wie Jack in die Hocke ging und sich auf den Bauch legte. Seine Beine hingen nun über dem Abgrund. Er zitterte ebenfalls.

»Wenn du springst, dann springe ich auch«, verkündete Rose lächelnd, klammerte sich an die Streben und schob ihren Körper Stück für Stück über den Rand des Abgrunds.

»Du bist völlig verrückt«, fluchte Jack und tat es ihr gleich.

»Vielleicht hast du ja Glück und stirbst hierbei«, keuchte Rose. »Das geht schneller als zu ertrinken.«

»Du solltest beten, dass *du* hierbei abkratzt. Wenn nicht, werde ich dich nämlich höchstpersönlich auf den Containerdächern umbringen.«

»Erzähl mir nicht, du fändest es besser, direkt zu sterben, anstatt erst auf einem Schiff einzubrechen. Alle Jungs finden Einbrüche cool.«

»Ich werde dich umbringen.«

Jack und Rose waren am Ende angelangt. Fast bis zur Taille hingen sie über dem Abgrund, ihre Fingerspitzen klammerten sich noch an die unterste Sprosse des Geländers.

»Bei drei?«, fragte Rose atemlos vor Anstrengung, Aufregung und Angst.

»Ich meine es ernst. Ich werde dich wirklich umbringen«, blaffte Jack.

»Was hast du denn?«, spottete Rose. »Todesangst?«

Ehe Jack etwas erwidern konnte, schrie sie: »Drei!«, löste die Fingerspitzen und rutschte mit dem Bauch über die Kante der Brücke.

Rose flog. Sie ruderte mit den Armen in der Luft, riss den Mund auf, um zu schreien, doch kein Ton kam hervor. Sie war schwerelos, im freien Fall. Rose blickte nach unten, um den Punkt zu suchen, an dem sie aufkommen würde, um Haltung anzunehmen für eine halbwegs sichere Landung. Da kam sie schon mit einem ohrenbetäubend blechernen Knall auf den Containern auf. Es ging so schnell, dass sie nicht mal spürte, welches Körperteil zuerst aufprallte. Von Adrenalin durchflutet rappelte sie sich auf und sah sich um. Wo war er? Wo war Jack? Sie konnte ihn nirgends entdecken.

»Scheiße«, brüllte jemand aus Leibeskräften über ihr. Rose wirbelte herum und sah Jack, wie er mit den Armen rudernd von der Brücke fiel und mit einem ebenso lauten Scheppern wie sie hinter ihr auf dem Blech aufkam.

»Jack!« Auf wackligen Beinen tapste sie über die Spalten zwischen den Containern auf ihn zu.

»Aaah«, stöhnte Jack.

»Hast du dir wehgetan?«

Mist. Rose hatte sich nicht überlegt, wie sie vorgehen würden, falls einer von beiden sich ernsthaft verletzte. Oder falls man sie entdeckte. Streng genommen hatte sie sich rein gar nichts überlegt. Wie auch? Es war kaum Zeit gewesen, um Jack davon abzuhalten, in die Fluten des Flusses zu stürzen, geschweige denn einen Plan auszuarbeiten. Dass es ihr überhaupt gelungen war, Jack lebendig von der Brücke zu manövrieren, grenzte an ein Wunder.

»Jack! Bist du verletzt?«

Er grunzte ein paar unverständliche Worte und hielt sich den Knöchel.

»Lass mal sehen«, bat Rose und schob seine Jeans ein Stück nach oben.

»Ich sagte, ich bringe dich um«, knurrte er deutlicher und zog das Bein zurück. »Finger weg.«

Er bedachte sie mit einem bitterbösen Blick, rappelte sich auf und schaute nach links und rechts, als hätte er keine Ahnung, wie er hergekommen war. Einen Moment zu lang blieb er am offenen Fluss hängen.

»Oh nein, jetzt sind wir hier, du wirst dich nicht das Schiff runterstürzen wie ein verdammter Lemming«, befahl Rose und verschränkte die Arme vor der Brust.

Er schwieg beängstigend lang, sodass Rose fürchtete, sie hätte ihn verloren.

»Dass Lemminge Massensuizid begehen, ist ein Mythos«, spie er dann aus und drehte sich um, als gäbe es eine Möglichkeit, von Rose zu verschwinden. Die Container waren aufgetürmt wie Treppenstufen. Jack lief zu einem Container, der ein paar Meter weiter auf ihrer Ebene stand, und rutschte mit dem Rücken an der Wand hinunter. Demonstrativ vermied er es Rose anzusehen und starrte auf den Fluss.

Erst da brach das Glücksgefühl über Rose herein. Es ging Jack gut. Er hatte sich nicht nur zu dem Schiffssprung überreden lassen, er hatte ihn auch überstanden. Ein Grinsen stahl sich auf ihre Wangen, als Jack ruckartig den Kopf zu ihr drehte. Er sah wütend aus, aber wütend war gut, denn es bedeutete, er lebte. Rose' Grinsen wurde breiter und breiter.

»Was mache ich hier eigentlich?«, röhrte er, während Rose kichernd auf ihn zuschlenderte. »Warum verfolgst du mich, du … du verrückte

Frau?« Ihr Kichern verwandelte sich in ein Lachen und ihr Lachen in einen Lachanfall, der all ihre Sorgen und Beklemmungen davonspülte. »Mal schauen, ob du noch lachst, wenn du meine Todesanzeige in der Zeitung liest.«

Rose ließ sich neben Jack auf den Container sinken und wischte sich die Tränen aus den Augenwinkeln.

»Tut mir leid«, heulte sie und prustete abermals los. »Du bist einfach der schlechteste Selbstmörder, den ich je kennengelernt habe.«

In seinem Gesicht blitzte erst Überraschung auf, dann verzog es sich zu einer wütenden Grimasse. Rose kümmerte es nicht. Wenn sie in der kurzen Zeit eins über ihn gelernt hatte, dann, dass sie keine Angst um ihn haben musste, wenn er sich ärgerte. Genau genommen hatte sie sogar das Gefühl, mit jedem seiner Wutanfälle würde das Leben ein Stück mehr in ihn zurückkehren. Gleichgültigkeit musste sie fürchten, ebenso Schmerz oder Entschlossenheit. Aber wenn Jack wütend war, konzentrierte er sich viel zu sehr darauf, verletzende Worte für sie zu finden, statt sich in die Fluten zu stürzen.

Er knirschte mit den Zähnen und rutschte ein Stück von ihr weg. »Du bist der Albtraum eines jeden Selbstmörders. Treibst alle in den Wahnsinn und lässt niemanden seinen wohlverdienten Tod sterben.«

»Genau so ist es«, entgegnete Rose und zog ihren Rock runter. Langsam klang das Hochgefühl in ihr ab und die Sorgen bahnten sich ihren Weg zurück in ihr Bewusstsein. Wie hatte es passieren können, dass sie innerhalb einer Stunde von einer harmlosen WG-Party-Heimfahrerin zu einer Schiffseinbrecherin geworden war? Konnte man ihr Verbrechen als Jugendsünde verbuchen, auch wenn sie beide längst aus dem Highschool-Alter rausgewachsen waren? Dazu kam, dass niemand darüber informiert war, wie Rose ihre Rostlaube in eine Schrottlaube verwandelt hatte – nicht mal ihre Mutter, die sich mittlerweile vermutlich fragte, wo ihre Tochter abgeblieben war.

Galt es als Unfallflucht, wenn man sich vom Unfallort entfernte, um einen Suizidalen vor sich selbst zu schützen? Was würden die Polizisten denken, wenn sie den zerstörten Polo leer vorfinden würden? Dass sie auf dem Weg zu ihrem Auto und nicht etwa zu Jack gewesen waren, bezweifelte Rose. Was sie wiederum zu Problem Nummer drei führte: Der Typ, der gemeinsam mit ihr auf dem Dach eines Containers hockte, hatte nicht nur versucht sich umzubringen. Er hatte auch wahnsinnige Angst vor der Polizei. Dafür musste es Gründe geben. Ein Schauder kroch Rose den Nacken hinab. Sie musste Jack schnellstmöglich nach seinem Handy fragen.

Rose schielte nach rechts. Jack – wenn er ihr seinen richtigen Namen verraten hatte – hielt das Gesicht weiterhin von ihr abgewandt und umarmte seine Knie. Besonders gefährlich wirkte er nicht. Doch welcher Straftäter tat das schon, bevor er sein Messer zückte, um blutrote Muster in die Haut seiner Opfer zu schnitzen? Rose fühlte, wie ihre Handflächen schwitzig wurden.

»Warum hältst du mich für einen schlechten Selbstmörder?«, fragte Jack auf einmal über das Dröhnen des Schiffsmotors hinweg.

Rose zuckte mit den Schultern, obwohl er es nicht sehen konnte. »Du hast dreimal den Absprung nicht geschafft.«

Endlich drehte er den Kopf in ihre Richtung.

»Sprich dich aus.«

»Beim ersten Mal hast du mitten auf der Brücke gestanden und bist lieber umgekehrt, als zu springen.« Sie zählte die einzelnen Male an ihren Fingern ab, eine ihrer Lieblingsgesten, um ihre Gedanken zu sortieren. »Beim zweiten Mal hättest du es um ein Haar getan, aber du hast dich von mir überreden lassen, über das Geländer zu klettern und auf die Container zu springen. Und beim dritten Mal«, ein feines Schmunzeln umspielte ihre Lippen, »beim dritten Mal hast du dich nicht mal getraut, dich die paar Meter aufs Schiff fallen zu lassen. Oder wie muss ich das Fluchen und die Tatsache deuten, dass du erst losgelassen hast, als ich schon unten war?«

Wieder einmal erwiderte Jack nichts und starrte auf ihren Mund, seinen eigenen leicht geöffnet. Augenblicklich stellten sich die Härchen an ihrem gesamten Körper auf. Es war unglaublich. Kaum hatte sie das Gefühl, einen Teil seiner Persönlichkeit verstanden zu haben, zerstörte er es, indem er anders reagierte als erwartet. Sie hatte ihn provozieren wollen. Doch anstatt wütender zu werden, glätteten sich seine Stirnfalten, seine Muskeln entspannten sich und er sank noch tiefer an der Containerwand hinunter. Als würde er ernsthaft über ihre Behauptungen nachdenken – was nicht sein konnte. Schließlich war es Jack, mit dem sie da sprach.

»Also«, sagte Rose, um den Gesprächsfaden nicht reißen zu lassen, »hast du vor, es zu tun?«

»Springen oder sterben?«

»Beides.« In Rose' Magengegend grummelte es. Vielleicht wollte sie die Antwort gar nicht hören. Sie hielt den Atem an.

»Nein und ja.«

»Ja, du möchtest sterben?«, krächzte Rose. Sie fühlte sich, als drehte sich ihr der Magen um. »Aber … wie?«

Jack hielt einen Moment inne.

»Scheiß drauf«, murmelte er, kramte in seiner Hosentasche und zog ein winziges Notizbuch hervor. Ein kleiner Kugelschreiber steckte in der Ringbindung. Er zog ihn heraus, blätterte im Buch herum und warf es Rose aufgeklappt in den Schoß. Sie musste es in den Schein des Mondlichtes halten, um zu sehen, was darauf stand.

»*Top Ten Orte zum Sterben*«, las Rose vor. Mit jedem Wort weiteten sich ihre Augen mehr. »Ist es das, was ich glaube?«

Er zuckte mit den Schultern. »Bei dir bin ich mir da nicht sicher. Du glaubst abgefahrenen Kram.«

Lächelnd schüttelte Rose den Kopf. Wenn er seine besten Schamlosigkeiten auf sie abfeuerte, erinnerte sie das an einen Spruch ihrer Mutter: *Er ärgert dich, weil er dich mag.* Im Kindergarten hatte Rose nicht gewusst, wie genau sie sich das vorstellen musste. Jack gab ihr das Gefühl, die mütterliche Lebensweisheit zum ersten Mal zu verstehen.

»Und die Zahlen dahinter sind die Platzierungen?« Sie warf ihm einen fragenden Blick zu, kehrte aber gleich zurück zur Liste. Sie faszinierte und gruselte Rose zugleich. »Golden Gate Bridge: Platz sechs. Wasserfall Salto Ángel: sieben.« Sie stutzte. »Nie gehört. Wo soll der sein?«

»Venezuela. Der höchste Wasserfall der Welt. Die Fallkante liegt bei neunhundertneunundsiebzig Meter.«

»Fallkante?«

»So nennt man den höchsten Punkt – wahrhaftig. Kein Insider unter Selbstmördern oder so.«

»Ah.« Eine Wolke schob sich vor den Mond, sodass Rose das Buch näher ans Gesicht halten musste. »Space Needle: zehn. Oh, da war ich schon mal. Das ist doch dieser Aussichtsturm in Seattle.« Sie runzelte die Stirn. »Zehn? Der letzte Platz? Was gefällt dir nicht daran?«

Jack setzte sich in eine bequemere Position. »Zu stressig. Ich käme nicht ungestört rauf und es wäre ein Wunder, wenn niemand versuchen würde, mich aufzuhalten. Da oben wimmelt es von Weltverbesserern wie dir. Eindeutig der Ort mit der größten Schattenseite.« Jack warf ihr einen vielsagenden Blick zu, was Rose geflissentlich ignorierte.

»Daeley Plaza: Platz neun.« Sie zog eine Augenbraue hoch.

»Ein Platz in Dallas mit historischer Bedeutung. Das Attentat auf John F. Kennedy fand 1963 dort statt.«

»Originell.« Rose rümpfte die Nase. »Warum nur Platz neun auf deiner Liste?«

»Daeley Plaza ist eine Selbstmörder-Hochburg. Man kommt sich vor wie ein Suizidtourist.«

Obwohl ihr Magen rumorte, musste Rose auflachen. »Sprichst du aus eigener Erfahrung?«

»Ja.«

Oh. Eigentlich hatte Rose einen Scherz machen wollen. Er konnte es schließlich kaum ausprobiert haben, wenn er noch immer neben ihr auf den Stahlcontainern saß, oder? Seine Gesichtszüge waren so hart, dass Rose besser das Thema wechselte. »Platz acht ist der Schriftzug auf den Hollywood Hills. Wie soll das funktionieren?«

»Was meinst du?« Jack warf ihr einen herausfordernden Blick zu. Sie wusste genau, dass er sie nur dazu bringen wollte, es auszusprechen.

Sie schluckte schwer. »Na ja … wie kann einen der Schriftzug umbringen?«

»Er ist dreizehn Komma sieben Meter hoch.«

»Und ein Sturz aus der Höhe tötet einen ganz sicher?« Der Gedanke, einen solchen Sturz zu überleben, ängstigte Rose fast mehr als der Gedanke, dabei zu sterben.

»Niemand kann das sicher sagen.«

»Und deshalb steht der Hollywood-Schriftzug nur auf Platz acht.«

»Nein«, flüsterte Jack und fuhr sich mit einer Hand durchs Haar. »In Hollywood ist alles nur Show. Das hier ist echt.« Im selben Moment riss er die Augen auf, als könnte er nicht glauben, dass er ihr einen so intimen Gedanken anvertraut hatte.

Rose lachte in sich hinein. Sie hatte die ganze Zeit geahnt, dass Jack ganz und gar nicht der abgebrühte, rational denkende Typ war, der er vorgab zu sein. Sie überging seine Aussage, als wäre sie zu vertieft in die Liste gewesen, um ihn zu hören.

»Eins musst du mir erklären«, setzte sie in ungezwungenem Ton an. »Wie kann es sein, dass die *Golden Gate Bridge* – Platz sechs – gegen *Pearly Gates* – Platz zwei – verliert? Und wie können die popeligen *Hamborough Falls* besser sein als der höchste Wasserfall der Welt? Oh!« Rose hielt die Liste näher an ihr Gesicht und versuchte, einen Mondstrahl als Sichthilfe einzufangen. »Die *Hamborough Falls* sind ja sogar auf Platz eins.«

»Ich muss dir überhaupt nichts erklären«, schnappte Jack auf einmal ungehalten. »Außer sterben muss ich rein gar nichts.«

»Und atmen.« Rose ließ die Liste in den Schoß sinken und suchte seine eisblauen Augen unter seinen Haaren. Sie senkte besänftigend die Stimme. »Solange du lebst, musst du atmen.«

Rose hätte gern eine Hand auf seinen Arm gelegt. Nein, um ehrlich zu sein, hätte sie ihn einfach gern berührt. Doch sie wusste, er würde sich dadurch nur weiter von ihr entfernen.

Plötzlich holte Jack tief Luft, als würde er sich ihren Rat zu Herzen nehmen. Sein Brustkorb dehnte sich aus und sein Atemzug so nah an Rose' Ohr übertönte sogar das Röhren des Schiffsmotors. Pustend atmete er aus wie jemand, der eine Entscheidung getroffen hatte. Zum ersten Mal erwiderte er ihren Blick, ohne dabei auszusehen, als wollte er sie erdolchen.

»Ich will, dass es da zu Ende geht, wo es angefangen hat«, gab er zu.

Erst jetzt fiel es Rose wie Schuppen von den Augen. Sie schoss zwischen der *Top-Ten-Orte-zum-Sterben*-Liste und Jacks zusammengekniffenen Lippen hin und her. Auf Platz zwei stand die *Pearly Gates Bridge*, Platz eins belegten die *Hamborough Falls*. Da hatte sie die Antwort auf die Frage, weshalb Jack auf der Brücke umgekehrt war. Nicht etwa, weil er am Leben hing oder weil ein Teil von ihm wusste, dass es Menschen gab, die ihn liebten. Die Brücke war lediglich der falsche Ort gewesen. Und Rose war zur falschen Zeit dort aufgetaucht. Hätte sie ihn nicht gestört, hätte er wahrscheinlich seinen Weg zu den *Falls* angetreten und würde in diesem Moment vom Rand der Klippe in die reißenden Fluten starren. Er wollte es wirklich durchziehen.

Es fühlte sich an, als fiele Rose in ein Loch, etwas in ihr zerbarst in tausend Teile. Es war die Hoffnung, die Rose für Jack aufrechterhalten hatte. Die Hoffnung, die mit jeder Minute gewachsen war, weil Jack keine Anstalten gemacht hatte, sich die Brücke runterzustürzen. Was Rose als Lebenswillen interpretiert hatte, war in Wirklichkeit nur Abwarten darauf, sie loszuwerden, damit er seinen letzten Weg antreten konnte. So gesehen konnte sie seine Anfeindungen auch nicht länger als Sticheleien interpretieren. Seine Worte drangen in ihr Bewusstsein: *Glaub mir, mit deinem überheblichen Palaver wirst du niemals einem Hoffnungslosen das Leben retten. Mir, nebenbei bemerkt, erst recht nicht.*

Es tat weh. Sie kannte den Jungen mit den langen Beinen, dem ansehnlichen Oberkörper in dem schwarzen T-Shirt und dem verbissenen Gesichtsausdruck nicht einmal zwei Stunden. Und trotzdem tat es verdammt weh!

Bestürzt sah Rose in seine Augen. Er wandte den Blick ab, als schämte er sich davor, ihr die Wahrheit zu gestehen. Eine Wahrheit, die er ihr vor einer Stunde nicht oft genug hatte beteuern können.

»Warum?«, krächzte Rose. Ihre Stimme klang heiser und belegt.

»In Hamborough bin ich geboren«, antwortete Jack, der ihre Frage falsch verstand. »Ich habe vierundzwanzig Jahre meines Lebens hier verbracht. Die anderen Orte auf der Liste sind großartig, aber ich gehöre nicht dorthin. Ich gehöre nirgendwohin. Wenn es einen Ort gibt, an den ich am ehesten gehöre, dann ist es Hamborough. Es ist nur sinnvoll, es hier zu beenden.«

»Nein«, wisperte Rose. »Ich meine, warum musst du es überhaupt beenden, Jack? Was ist der Grund, weshalb du sterben willst?«

KAPITEL 9

Kerngesund

NOCH 15 STUNDEN UND 38 MINUTEN

Sie war der Teufel. Der Teufel mit walnussbraunen Eichhörnchenaugen. Es konnte nicht anders sein, da war Jack überzeugt. Ihre Bosheit war beispiellos. Sie nahm seine Seele in ihre beiden kleinen Hände und wrang sie aus bis auf den letzten Tropfen. So lange, bis auch das letzte bisschen Privatsphäre in die Pfütze zu ihren Füßen tropfte und sein Innerstes vor ihr blank lag. Sie hatte ihn nicht nur dazu gebracht, sein selbst auferlegtes Schweigegelübde zu brechen und seine streng geheime *Top-Ten-Liste* zu enthüllen, nein. Mit ihrer manipulativen Art brachte sie ihn dazu, die unmöglichsten Sachen zu sagen und die unmöglichsten Dinge zu denken, wie: Vielleicht hat sie ja recht.

Bei diesem Gedanken hatte er sich erwischt, als sie behauptete, er sei ein schlechter Selbstmörder. Verdammt, sie verhexte ihn. Und zu allem Überfluss plauderte sie ihn so von der Rolle, dass er nicht anders konnte, als an ihren Lippen zu hängen. Versessen darauf zu erfahren, welche durchgedrehten Ideen ihr wirrer Kopf als Nächstes ausspucken würde. Als würde ihre grässliche Neugier auf ihn abfärben. Und was war das da eben gewesen? *In Hollywood ist alles nur Show. Das hier ist echt.* So ein Satz passte vielleicht in ein melodramatisches, schleimiges Liebesdrama, aber gewiss nicht in sein Leben.

Das Schlimmste war dieses Ziehen in seiner Magengegend, das sie verursachte und das ihn dazu drängte, die Frage nach dem Grund, weshalb er sterben wollte, zu beantworten. Wahrheitsgemäß. Es war wie ein Fluch, den sie über ihn gelegt hatte. Am liebsten würde Jack seine gemeinsten Schimpftiraden auf sie loslassen, weil sie ihn in ihren Bann zog. Doch alles, was er für sie übrig hatte, war ein böser Blick, den er nicht einmal ernst meinte.

»Was mein Leben zur Hölle macht, kann niemand ändern«, antwortete Jack auf ihre Frage und hoffte, sie bemerkte das leichte Beben in seiner Stimme nicht. Sie bebte, weil das Gefühl der Dunkelheit seine Kehle zuschnürte. »Mehr musst du nicht wissen.«

»Bist du krank?«, flüsterte sie mit so viel Mitgefühl, dass Jack um ein Haar in Tränen ausgebrochen wäre. Glücklicherweise waren die Tränen vor noch längerer Zeit versiegt als sein Lachen.

»Wenn ich krank wäre, würdest du mich endlich meinen Weg gehen lassen?«, fuhr er sie an.

Jack merkte, wie sie neben ihm verspannte und wie sich ihre Züge zu einer verkniffenen Miene formten. Fuck. Das hatte er nicht gewollt. Und irgendwie hatte er es doch gewollt. Sie lächelte traurig.

»Vielleicht. Ich könnte deinen Weg besser verstehen.«

Jack atmete pustend aus und lenkte sich von diesem leidigen Gespräch ab, indem er sich mit einer Hand in seinen Haaren festkrallte und daran zog. »Ich bin nicht krank«, sagte er schließlich.

»Das ist gut«, schloss sie, sparte sich aber weitere Kommentare. Sie würdigte ihn keines Blickes, schlang die Arme um die Knie und betrachtete die näher kommenden Lichter des Industriehafens.

Gut. Vielleicht hatte sie endlich verstanden, dass er nicht mit ihr darüber reden wollte. Niemand, abgesehen von den Menschen, die es betraf, würde je den wahren Grund erfahren. Nicht einmal sie.

»Schuld«, hörte Jack sich sagen. *Ach, verflixt.* Wenn man *Idiot* googelte, dachte Jack, würde sein Gesicht gewiss als Erstes in der Bildersuche erscheinen.

Ihr Kopf wirbelte zu ihm herum. »Wofür trägst du die Schuld?«

Er schwieg, was sie als stille Verweigerung zu verstehen schien. Einen Ausdruck wie den, der sich daraufhin auf ihr Gesicht zeichnete, hatte Jack nie zuvor gesehen. Sie wirkte bestürzt und erleichtert gleichermaßen.

»Ich kenne da einen Weg, der ganz gut funktioniert«, behauptete sie. Die Bestürzung wich mehr und mehr der Erleichterung, bis sie ihn mit glänzenden Augen anlächelte. »Wenn die Schuld zu schwer ist, um sie allein zu tragen, und man fast darunter zerbricht, sollte man einen Teil davon abladen.«

Sie lächelte ihm voller Zuversicht entgegen, als hätte sie wirklich einen Lösungsweg zur Sprache gebracht, den Jack noch nicht kannte. Bullshit. Schuld ist nichts, das man einfach abladen und ändern kann. Sie hatte nicht den Hauch einer Ahnung davon. Jack spürte, wie das Blut in ihm hochkochte. Wie konnte es sein, dass eine Person abwechselnd so kluge und so naive Dinge sagte?

»Ach? So leicht ist das? Einfach einen Teil der Schuld abladen, ja?«, presste Jack zwischen zusammengebissenen Zähnen hervor.

»Es ist nicht *einfach*, Jack«, widersprach sie. »Aber Schuldgefühle sind ein Monster, das man mit hohen Erfolgschancen bekämpfen kann. Im Gegensatz zu Krebs.«

Jack hatte das Gefühl, dass etwas hinter seinem linken Augapfel explodierte. Sie waren wieder an genau dem gleichen Punkt wie vor einer Stunde. Sie glänzte mit ihrer Unwissenheit und Ignoranz und weckte damit den Wunsch in Jack, sich an Ort und Stelle die Kehle aufzuschlitzen. Ihre Worte waren kaum zu ertragen! Da es keine Möglichkeit zu fliehen gab, erhob sich Jack und lief vor ihr auf und ab, um seiner Aufregung Luft zu machen. Seine schweren Schritte hallten auf dem Stahlblech unter seinen Füßen wider.

»Sag mir, was zur Hölle«, fauchte er, »macht Schuld zu etwas anderem als eine Krebserkrankung? Wieso versteht niemand in diesem verdammten Land, dass nicht nur Krankheiten einen Sterbewunsch rechtfertigen?« Er holte tief Luft, damit nicht wirklich eine Ader in seinem Auge platzte. Es wäre nicht das erste Mal.

»Jack …«

»Scheiße, hör endlich auf, meinen Namen zu benutzen wie ein Beschwörungsmantra. Wenn du Krebs hast und deine Ärzte prognostizieren dir noch sechs Monate, von denen fünf qualvoll sind und beherrscht werden von Schmerz, stellt niemand den Wunsch nach Erlösung infrage. Das Problem der Schuld liegt darin, dass du an ihr auch nach sechs Monaten nicht stirbst. Dabei sind die Qualen die gleichen. In manchen Ländern leisten sie Sterbehilfe, damit die Menschen dem Schlimmsten entgehen können. Ich bin schon lang dort. Ich stecke mittendrin im Schlimmsten. Ich kämpfe mich jeden Tag da durch. Aber weil mein Körper intakt ist, weil meine Organe funktionieren, wird mich niemand befreien.« Er blieb vor ihr stehen und ballte die Fäuste. »Könnte man mein Empfinden messen wie Schmerzen, dann hätten sie die lebenserhaltenden Geräte längst abgestellt. Aber seelische Schmerzen sind nicht messbar und werden niemals messbar sein. Das, was von mir übrig ist, sind ein Körper und die Fähigkeit, mich selbst zu zerstören. Wer sagt, dass ich je geheilt werden kann?«

Ihr Mund stand offen, ihre Hände lagen kraftlos neben ihr. Eine Zeit lang sagte niemand etwas. Nur der angestrengte Motor des Schiffs und das Plätschern der sich brechenden Wellen störten die Stille auf dem Fluss.

Sie brach das Schweigen als Erste. »In Ordnung.« Ihre Augen sahen glasig aus.

»In Ordnung?«, rief Jack. Sollte das alles sein?

Sie holte rasselnd Luft, dabei stockte sie zweimal. »Ja. In Ordnung. Ich verstehe deine Entscheidung. Mir bleibt nichts übrig, als sie zu akzeptieren.«

Weinte sie oder trieb ihr nur der übers Wasser fegende Wind die Tränen in die Augen?

»Ich dachte, das tust du schon die ganze Zeit.«

»Ja, natürlich.« Sie nickte und rieb sich blitzschnell mit der Hand über die hohen Wangenknochen. »Aber bislang war ich nicht bereit, dich in dieser Entscheidung zu unterstützen.«

Jack verschluckte sich an seiner eigenen Spucke, hustete kurz und blieb wie versteinert vor ihr stehen. »Du willst mich dabei unterstützen, mich umzubringen?«

»Ja.«

Er rang fassungslos die Hände, als hätte sie soeben vorgeschlagen, aus einem Wurf Welpen einen Pelzmantel zu nähen. Er konnte sich nicht erinnern, wann ihm das letzte Mal jemand seine Hilfe angeboten hatte. Sollte er tatsächlich jemandem begegnet sein, der mit sämtichen gesellschaftlichen Konventionen und Moralvorstellungen brach, um zu tun, was für ihn das Beste war? In seinem Bauch flatterten Schmetterlinge wie auf Speed.

»Warum willst du mir helfen?«

Unruhig rutschte sie auf ihrem Hintern hin und her und fixierte dabei ihre Hände. Dann schien sie sich zu besinnen, denn sie hob entschlossen das Kinn und sah zu ihm auf. »Weil ich glaube, dass du recht hast.«

Er zog spöttisch einen Mundwinkel hoch. »Na klar.«

»Ich meine, was ich sage. Nur du lebst mit deinem Schuldgefühl. Also kannst auch nur du einschätzen, ob es sich lohnt, damit weiterzuleben. Wenn du sagst, du erträgst es nicht, bleibt mir nichts, als dir zu helfen, die Konsequenzen daraus zu ziehen.«

Er verschränkte abschätzig die Arme. »Und wie willst du das anstellen? Willst du dich mit Pompons aus dem Cheerleading-Verein neben mich auf die Klippen der *Falls* stellen und jubeln?«

»Nein.« Sie rappelte sich auf und versuchte, ihre Körpergröße wettzumachen, indem sie sich gerade hinstellte und ebenfalls die Arme vor der Brust verschränkte. Es wirkte, als würde eine Feldmaus versuchen, den Respekt eines Löwen zu gewinnen. »Ich werde dir zur Seite stehen. Es gibt nur ein paar Bedingungen.«

»Pah!« Jack nahm einen tiefen Atemzug und baute sich vor ihr auf, sodass sie wieder lächerlich klein vor seiner breiten Brust wirkte. »Ich schätze, du hast dein Clownskostüm in der Reinigung vergessen. Erstens, wie kommst du auf die Idee, dass ich deinen Beistand will? Und zweitens, aus welchem Grund sollte ich deinen Bedingungen folgen?«

»Ganz einfach.« Sie lächelte siegessicher. »Wenn du meinen Bedingungen nicht zustimmst, rufe ich die Polizei.«

Das Blut gefror in seinen Adern. Jack kniff die Augen zusammen. »Du versuchst nicht wirklich, mich zu erpressen? Ich habe nichts mehr zu verlieren, hast du das vergessen?« Fuck, warum reimte sich das? Es ließ seine Worte albern klingen. Jack beugte sich zu ihr herunter. »Da unten siehst du den Rand der Reling. Wenn ich wollte, könnte ich dich mit einer Hand darüber ins Wasser werfen. Wann genau bist du auf deinen kleinen Schädel gefallen?«

Sie reckte die Stupsnase höher in die Luft. »Du bist nicht witzig, Jack.«

»Es ist mein Ernst«, knurrte er. »Ruf die Polizei und ich pfeife auf die *Top-Ten-Liste*. Bloß bin ich in diesem Fall nicht der Einzige, der im Fluss ertrinkt.«

Sie lächelte noch immer. »Sei nicht albern. Wir wissen beide, dass du mir kein Haar krümmen wirst.«

Das hatten andere auch schon gedacht. Und mussten feststellen, dass sie sich irrten.

Wie auf Kommando schloss die Dunkelheit ihre kalte Hand um Jacks Eingeweide. »Wenn du nur den Hauch einer Ahnung hättest, wofür man mich schuldig spricht, würdest du etwas anderes sagen.« Seine Stimme klang kehlig. Sie machte ihn schwach, anstatt ihn Furcht einflößend wirken zu lassen.

Ihre Stimmung schien umzuschwenken, zumindest geriet sie in Zweifel. Das Mädchen rieb sich die Oberarme, als würde es mit einem Mal frieren.

»Dann verrat's mir doch endlich«, drängte sie. »Was soll schon passieren?«

Jack malte sich ihre Reaktion aus, wenn er sein dunkles Geheimnis preisgeben würde. Wie ihr die Gesichtszüge entgleiten würden und ihre Ratlosigkeit Anspannung wich. Dann Ekel. Angst. Sie würde panisch nach ihrem Rockzipfel greifen und ihn herunterziehen, um ihre sonnengebräunten Beine zu bedecken. Sie würde einen Schritt zurücktreten und aus purem Instinkt die Hände in Abwehrhaltung heben. Etwas stottern wie ›Bitte nicht‹. Bei dieser Vorstellung zogen sich Jacks Inneres schmerzhaft zusammen.

»Ich werde dir genauso wenig verraten, was passiert ist, wie ich deinen Bedingungen folgen werde. Oder wie du die Polizei rufen wirst«, grollte er.

Sie seufzte schwer. »Das habe ich mir schon gedacht. Willst du dir meine Bedingungen wenigstens anhören?«

Er grunzte. »Ganz bestimmt nicht.«

»Alles klar.« Sie hob die Schultern und ließ sie resigniert fallen. »Da bleibt mir nur eins.«

Ehe Jack verstand, was geschah, flitzte sie an ihm vorbei und rannte mit donnernden Schritten über die Dächer der Container. Die blechernen Boxen auf dem Frachter waren angeordnet wie Tetrisblöcke. Am Rand der Containerebene, auf der sie sich befanden, legte sie eine Vollbremsung hin, ging in die Hocke und hangelte sich an der Kante hinunter einen Container tiefer.

»Hey!«, brüllte Jack und nahm die Verfolgung auf. Sobald er aus dem Schatten des Containers trat, stockte er und sah sich hastig um. Er war den Polizisten auf der Brücke nicht entkommen, um sich auf diesem vermaledeiten Schiff erwischen zu lassen.

Niemand zu sehen. Er lief weiter.

Als Jack am Rand des Containers ankam, war sie auf dem Container darunter bereits dabei, weiter herabzuklettern.

»Was machst du da?«

»Du bist ein Fall für die Polizei. Wenn du mir nicht verraten willst, was du angestellt hast, muss es echt übel sein.« Sie ließ los und fiel eine Etage hinunter. Nun trennten sie bereits zwei Containerebenen.

»Mir reicht's, du irres Teufelsmädchen«, schrie Jack ihr zu. »Du hast's verbockt! Viel Spaß mit deinen Schuldgefühlen.« Abrupt machte er eine Viertelwendung und stolzierte zum Rand der Container in Richtung Wasser. Er meinte es wortwörtlich: Ihm reichte es. In ihrer Gegenwart klopfte sein Herz dauerhaft in Achterbahn-Frequenz. Sie spannte seine Nerven bis zum Äußersten, machte ihn wahnsinnig. Wenn sie wirklich vorhatte, die Polizei zu kontaktieren … Jack wollte sich nicht ausmalen, wie die kommenden Wochen, Monate, Jahre für ihn aussehen würden. Vorausgesetzt, man würde ihm so viel Zeit lassen. Er musste dem Ganzen ein Ende setzen. Von dem Gedanken, sich an seine *Top-Ten-Liste* halten zu können, hatte er sich eh verabschiedet. Sollte der abschließende Befund in der Pathologie doch Tod durch Ertrinken lauten. Was soll's.

»Du springst eh nicht!«, hörte er ihre Stimme aus der Ferne. Sicher war sie schon einen weiteren Container hinuntergekraxelt. »Bevor du an der Reling ankommst, würde dich ein Matrose aufgabeln oder wie auch immer die Arbeiter auf dem Frachter heißen.«

Jack gelangte an den Rand der Container und sah hinab. Sie hatte recht – mal wieder. Die stählernen Boxen waren nicht bis zum Rand des Schiffs gestapelt. Ein überdachter Gang umrundete den Frachter und trennte den Containerberg von der Reling. Würde er hier herunterspringen, landete er auf dem Dach über dem Deck, nicht im Wasser. Und sterben würde er davon ebenfalls nicht. Jack sah sich um. Auf der Backbordseite am Ende der Container befand sich eine Aussichtsplattform. Er musste die Container erst wie eine überdimensionale Treppe hinabklettern, um über diese Aussichtsplattform an Deck zu gelangen. Und bevor er das geschafft hatte, würde ihn unten eine Offiziersbrigade empfangen.

»Fuck!« Er raufte sich die Haare und warf einen Blick in ihre Richtung. Von hier aus konnte er sie nicht sehen. Wenn sie bereits am untersten Container angelangt war, war sie nur einen Katzensprung davon entfernt, auf jemanden von der Besatzung zu treffen. Und dann wäre er geliefert. Sie auch, er aber um einiges mehr. Jack stieß ein wütendes Schnauben aus und riss sich zusammen. »Okay!«

»Okay was?«, rief sie zurück. Sogar über die Entfernung konnte er das triumphierende Lächeln in ihrer Stimme hören. Weil der Wind um seine Ohren pfiff, lief Jack zurück in ihre Richtung und sah über den Rand des äußersten Containers. Sie war gar nicht weiter runtergeklettert, sondern saß mit einem provokanten Grinsen im Schneidersitz auf dem Container zwei Ebenen tiefer. Anscheinend hatte sie aufgehört zu klettern, sobald er sich umgedreht und entfernt hatte. »Okay *was?*«, hakte sie noch einmal nach.

»Du kannst mir deine verdammte Bedingung nennen, wenn du hierbleibst.«

»Bedingungen«, korrigierte sie. »Plural.«

»Dann deine Bedingung*en*«, zischte Jack, ging in die Hocke und sprang zwei Container runter auf ihre Ebene. Das Metalldach erbebte unter seinen Füßen.

»Oh, Gott sei Dank«, seufzte sie, streckte die Beine aus und ließ sich mit einem Scheppern auf den Rücken fallen. »Ich habe keine Ahnung, was ich getan hätte, wenn du wirklich von da oben aufs Deck gesprungen und wie eine Wassermelone geplatzt wärst.«

»Ich bereue, es nicht getan zu haben«, brummte Jack, war jedoch froh, während dieser Aussage nicht an einen Lügendetektor angeschlossen zu sein. In Wahrheit war er ganz zufrieden damit, an einem Stück neben ihr zu sitzen, denn er platzte beinah wirklich – vor Neugier darüber, wie ihre Bedingungen lauteten. Er ließ sich neben ihr an der Wand des Containers nieder. Ein Déjà-vu. Wieder mal lehnten sie an der Containerwand und wieder mal waren sie keinen Schritt weitergekommen.

Sie setzte sich ihm gegenüber auf. »Ich werde dich während deiner letzten paar Stunden auf dieser Welt begleiten und dir beistehen bis in den Tod«, verkündete sie feierlich und legte die Hände auf die Brust, als würde sie ihr Ehegelübde ablegen. »Unter den folgenden beiden Bedingungen. Erstens: Ich darf dein Handy benutzen, um meine Mutter anzurufen. Ich muss ihr endlich Bescheid geben, dass es mir gut geht.«

Jack blickte sie aus misstrauischen Schlitzaugen an. »Ich habe kein Handy.«

Ihre Kinnlade fiel herunter. »Jeder hat ein Handy.«

»Ich nicht. Nicht mehr.« Jack zuckte die Schultern. »Wofür auch?«

Sie schwieg. Anscheinend musste sie die Nachricht erst mal verdauen. »Na klar«, stöhnte sie dann. »Natürlich hast du kein Handy. Wer flieht schon mit einem Handy vor der Polizei.«

»Wir hätten nicht auf diesen Frachter springen müssen. Dann könntest du jetzt deine Mutter anrufen.«

»Stimmt, wir hätten nicht springen müssen. Bloß würden dann die Fische deine sterblichen Überreste als Mitternachtssnack genießen.« Sie bedachte ihn mit einem strafenden Blick.

»Also ist es meine Schuld, dass …«

»Ja«, unterbrach sie und hob die Hand, um ihn zum Schweigen zu bringen. »Wir können es nicht mehr ändern. Ich muss meine Mutter sofort anrufen, sobald wir von diesem Frachter runterkommen.«

Mit ein bisschen Glück, dachte Rose, hatten die Polizisten das Kennzeichen ihres Wagens noch nicht entziffert. Und ihre Mutter würde friedlich schlafen in dem Glauben, sie würde immer noch auf Cats WG-Party feiern, obwohl Rose am Nachmittag keine Lust auf Musik, Gedränge und Alkohol gehabt hatte. Denn letzten Endes bewahrheitete sich der Lieblingsspruch ihrer Mutter jedes Mal: Wenn man keine Lust hat, wird es am schönsten.

Rose schickte ein Stoßgebet in Richtung Himmel, dass ihre Mutter tief und fest schlief. Schon der Gedanke, sie könnte sich sorgen, bereitete ihr Bauchkrämpfe. Rose achtete, seit sie denken konnte, darauf, ihre Mutter nicht zu beunruhigen. Nicht eine Sekunde lang sollte sie das Gefühl haben, auch um ihre zweite Tochter bangen zu müssen. Rose schluckte den Kloß in ihrem Hals herunter. Kein Grund zur Sorge. Ihr ging es gut und ihrer Mutter mit Sicherheit ebenfalls.

»Das bedeutet, Bedingung Nummer eins ist hinfällig«, riss Jack sie aus ihren Gedanken, ein Anflug von Hohn in der Stimme.

»Dafür wird dir Bedingung Nummer zwei genauso wenig gefallen«, konterte Rose.

Sein Mundwinkel zuckte. »Das interessiert mich wenig. Schließlich liegt es in meiner Macht, zu entscheiden, ob ich dir den Gefallen tun werde.«

»Denk dran«, erinnerte sie ihn und überprüfte gespielt beiläufig etwas an ihren Fingernägeln. »Ich habe jederzeit die Möglichkeit, die Polizei auf dich zu hetzen, sobald dieses Schiff im Hafen anlegt. Es sei denn, du kidnappst und knebelst mich vorher. Aber wir beide wissen, dass du das nicht tun wirst. Außerdem gehe ich davon aus, dass dir eine Menge daran liegt, an den *Hamborough Falls* abzukratzen, weil du gerade ein viertes Mal den Absprung verpasst hast. Was bedeutet, dass ich dir so oft mit der Polizei drohen kann, wie ich will, ohne dass du springst.«

Jack schüttelte den Kopf. Ihr ungefiltertes Mundwerk war ohnegleichen. Sie trat nicht etwa in Fettnäpfchen. Sie machte eine Arschbombe hinein, schöpfte mit vollen Händen daraus, schleuderte die schleimigen Fettmassen auf ihn und zielte dabei genau auf sein Gesicht.

»Wie lautet Bedingung Nummer zwei?«

Sie korrigierte ihren Sitz und faltete die Hände im Schoß. »Ich sag's dir. Bist du bereit?« Jack verdrehte die Augen. »Okay.« Sie nickte. »Ich verlange, dass du mir achtundvierzig Stunden Zeit gibst, dir einen Teil deiner Schuld abzunehmen.«

»Nur über meine Leiche.«

»Tu dir keinen Zwang an.«

»Ich meine es ernst. Du abgebrühtes Erpresser-Hörnchen.«

»Netter Kosename.«

»Versteh es als Diskriminierung, nicht als Kosename.«

»Du darfst mich weiter so nennen, wenn du einwilligst. Achtundvierzig Stunden musst du am Leben bleiben. Danach kannst du tun und lassen, was du willst. Ich würde sogar über die Sache mit den Pompons nachdenken, wenn es dir Freude bereitet.«

»Wie gesagt, es steht nicht zur Debatte.«

Wieder einmal verschränkte sie die Arme vor der Brust und reckte ihr Kinn in die Luft. Ihre Kämpferhaltung, das hatte Jack inzwischen begriffen. Fehlte nur, dass sie sich einen Umhang umschnallte, der im Wind flatterte.

»Neun eins eins«, bemerkte sie.

»Was?«

»So lautet die Nummer der Polizei.«

»Blöd, dass du kein Handy hast«, erwiderte Jack.

»Aber ein lautes Organ. Für gewöhnlich bequemt sich irgendwer, die Polizei zu rufen, wenn eine Frau um Hilfe schreit. Da niemand mit uns hier oben rechnet, steigt die Wahrscheinlichkeit sogar, dass jemand die Polizei alarmiert.«

»Gut kombiniert.«

Sie legte den Kopf schief, ohne den Blick abzuwenden. »Ich weiß. Also?«

»Welchen Zauberspruch willst du auf mich loslassen, der genau achtundvierzig Stunden benötigt?«, versuchte es Jack mit einer Gegenfrage und verschränkte die Hände am Hinterkopf. Die Wand des Containers war kalt an seinem Handrücken und er fühlte sich nicht ansatzweise so entspannt, wie seine Haltung suggerierte. Doch er musste um jeden Preis den Eindruck erwecken, als besäße er die volle Kontrolle über die Situation. Auch wenn er das nicht tat. Sie hatte ihn in der Hand wie eine Marionette.

»Keine Zaubersprüche, im Gegenteil«, berichtigte sie ihn. »Du sagst, niemand könne dich von deiner Last befreien. Ich glaube, ich kann es schaffen. Nicht in achtundvierzig Stunden, versteht sich. Diese Zeit dient nur dafür, dir zu zeigen, dass es möglich ist.«

»Wie willst du das anstellen?«, fragte Jack und scheiterte daran, die Verblüffung in seinem Ton zu kaschieren. *Sie hat dich voll an den Eiern,* gackerte eine gehässige Stimme in seinem Kopf. Das Problem: Es stimmte. Seinen Tod zugunsten zweier Tage mit ihr aufzuschieben, klang … scheiße, es klang verlockend. Wie war es dazu gekommen? Und wann?

Zwischen ihren Brauen bildete sich ein kleines V.

»Ich werde dich mit deinen eigenen Waffen schlagen.«

KAPITEL 10

36 Fragen

NOCH 15 STUNDEN UND 26 MINUTEN

Ihr schlug das Herz bis zum Hals. Mit jeder verstreichenden Sekunde erschien Rose ihre Idee richtiger. Es waren doch die irren, völlig verrückten Einfälle, die einen aus den verkorkstesten Situationen halfen. Wie damals, als sich Cat auf ihrem Kindergeburtstag die Batterie von Rose' neuer Kinderarmbanduhr in die Nase gesteckt hatte. Rose hatte ihre kleine Freundin gerettet, indem sie ihr den Pfefferstreuer unter die Nase gehalten und Cat damit zum Niesen gebracht hatte. Die Kindergartenmamis konnten nicht oft genug versichern, dass Rose mal eine großartige Ärztin würde. Alle, bis auf Cats Mum – die war überzeugt, Rose hätte einen schlechten Einfluss auf ihre Caitlyn. Schließlich hätte Cat die Batterie der Armbanduhr gar nicht erst eingeatmet, wenn Rose nicht zuvor auf die Idee gekommen wäre, das Brausepulver durch die Nase zu essen. Pfeffer sei Dank war letztlich alles gut gegangen. So würde es auch diesmal sein.

»Ich kann es kaum erwarten, zu erfahren, was das für Waffen sind, mit denen du mich schlagen willst«, höhnte Jack. Sein Tonfall gab ihr zu verstehen, dass ihn ein halb abgeknibbelter Aufkleber eines Footballvereins auf der Containerwand mehr interessieren würde als Rose' zweite Bedingung.

»Wissenschaft«, verriet Rose. Vor Nervosität fürchtete sie, in ihre Unterhose zu pinkeln. Jack musste einfach zustimmen, er musste, weil … Herrgott, einfach weil sie wollte, dass dieser Junge lebte. Mal lachte. Sie anlachte. Nur einmal.

»Deine Waffe ist also die Wissenschaft.«

»Äh, genau.«

»Eine der besten Waffen, die es gibt.«

Augenblicklich breitete sich ein Grinsen auf ihren Lippen aus. »Vielen Dank.«

Rose beobachtete, wie ihn der Richtungswechsel ihrer Unterhaltung aus dem Konzept brachte. Oder war es die Tatsache, dass er ihr versehentlich zugestimmt hatte? Wie auch immer, es wäre zu schade, seine Verunsicherung nicht ein wenig zu schüren.

»Ich werde dir gleich verraten, was ich damit meine«, versprach Rose. »Aber dafür musst du dich erst hinlegen.«

»Hinlegen.« Er hob die Brauen, sodass sich horizontale Falten wie Meereswellen auf seiner Stirn bildeten.

»Ja. Auf den Rücken.«

»Meine Geduld ist endlich«, warnte er. Könnte er Rauch ausstoßen wie ein Drache, dachte Rose, würden zwei wutgraue Wolken aus seinen Nasenlöchern dampfen.

»Ich weiß. Deshalb leg dich lieber schnell hin.«

Er grunzte, tat aber wie ihm geheißen und rutschte von der Containerwand, an der er lehnte, zur Mitte. Lautlos ließ er sich zurücksinken, seine Bauchmuskeln verhinderten, dass er mit einem Scheppern auf das Stahldach knallte.

Rose spürte das Blut in ihre Wangen steigen. »Sehr gut. Jetzt mach's dir bequem.«

Auf allen vieren krabbelte Rose neben ihn, streckte die Beine aus und legte ihren Kopf neben seinen. Dabei schätzte sie den Sicherheitsabstand zwischen ihnen falsch ein. Ihre Handkanten berührten sich federleicht. Rose wollte ihre Hand wegziehen, doch dann würde er merken, dass ihr die Berührung aufgefallen war. Sollte er seine zuerst wegziehen.

Sie spürte, wie er sich neben ihr verspannte. Jack zog nicht weg.

»Hör mal«, bat Rose, um Zeit zu schinden, bevor sie ihr Versprechen einlösen musste. »Möwen.« Ihr Blick glitt hinauf zum nachtblauen Himmelszelt über Hamborough. Man sah die Möwen nicht, aber man hörte ihr Geschrei. Es passierte in letzter Zeit häufiger, dass sie sich vom nahe gelegenen Atlantik an den Fluss verirrten.

Die Sterne leuchteten herrlich ungleichmäßig, Rose suchte nach dem größten. Als sie ein Kind war, hatte ihre Mutter ihr beigebracht, dass ihre verstorbenen Familienmitglieder am hellsten strahlten. Ein Gedanke, den Rose entgegen jeder Logik nicht gegen die Wahrheit einbüßen wollte.

Wenn sie den Kopf in den Nacken legte, konnte sie die gelbe Mondsichel sehen. Sie erinnerte Rose an Jack. Die Sichel gaukelte der Welt vor, sie wäre schmal und scharf wie eine Klinge mit zwei spitzen Enden. Dabei lag der Großteil ihrer selbst lediglich im Schatten verborgen. Sie war weder scharf noch spitz noch eine Sichel. In Wahrheit war sie groß, rund, hell und wunderbar.

Rose hob die Hand über die Stirn und machte den Daumentest. Wie immer konnte sie den Mond vollständig mit ihrer Fingerkuppe überdecken. Nie war er größer. Die beständigste Konstante in Rose' Leben.

»Das Leuchten der Sterne ist nichts anderes als Energie, die durch die Verschmelzung von Wasserstoffatomen freigesetzt wird«, hörte Rose Jack sagen. Sie wandte den Kopf in seine Richtung und erschrak, denn Jack starrte sie an und sie wusste nicht, wie lange schon. Ihre Nasenspitzen trennte lediglich eine Handbreit Nachtluft.

Rose hielt den Atem an. »Ach ja?«

»Ja«, bestätigte Jack ungerührt. Selbstgefälligkeit schwang in seinen Worten mit, wahrscheinlich weil er sich freute, der Situation jegliche Romantik zu entziehen. Das dachte er zumindest. »Sterne entstehen aus nebelartigen Gaswolken im Universum. Weil die Schwerkraft auf die Gasteilchen wirkt, ziehen die Teilchen einander an. Die Wolke verdichtet sich und die Teilchen werden zusammengequetscht, sodass Druck entsteht. Durch den Druck steigt die Temperatur. Es wird so heiß, dass Kernfusionen stattfinden. Das heißt, die Atomkerne der Teilchen verschmelzen miteinander. Diese Reaktion setzt so viel Energie frei, dass die zusammengedrückte Nebelwolke als Stern zu leuchten beginnt.«

Rose formte den Mund zu einem stummen O. Sie spürte seinen Blick auf ihren Lippen. »Warum nimmst du deiner Welt andauernd ihre Magie?«

»Tue ich nicht. Ich bringe Licht ins Ungewisse.«

Rose schüttelte den Kopf. »Ich weiß, dass die meisten Sterne zu neunundneunzig Prozent aus Wasserstoff und Helium bestehen.« Jacks

Augen weiteten sich kurz, wahrscheinlich überrascht von ihren Astronomiekenntnissen. Tja, da konnte er mal sehen. »Aber ich glaube«, fuhr Rose fort, »dass jedes Leuchten am Himmel eine verstorbene Seele ist. Ich weiß es nicht, aber ich glaube daran. Und meine Ungewissheit leuchtet strahlend hell. Viel heller als deine Gewissheit.«

Rose kehrte sich von ihm ab, schaute zum Horizont und wappnete sich gegen eine Protestattacke. Sie würde nicht aufhören, ihm ihre Sicht der Dinge zu verdeutlichen. Und wenn sie sein Nervenkostüm noch so oft auf die Probe stellen musste. Vielleicht würde er sie irgendwann verstehen.

Rose spürte, wie er neben ihr alle Muskeln anspannte, aber er sagte kein Wort. Zu gern würde sie in seinem Gesicht lesen, ob er über ihre Sichtweise nachdachte oder nur des Beleidigens müde wurde. Sie traute sich nicht. Rose wollte nicht riskieren, ihn doch zu verlieren. Aus dem Augenwinkel beobachtete sie, wie Jack den Kopf hob, ihn ebenfalls mit dem Gesicht in Richtung Himmel drehte und den Schädel mit einem demonstrativen Rumsen zurück aufs Containerdach fallen ließ. Das blecherne Geräusch hallte in ihren Ohren nach.

Jack schnaubte. »Wie lautet nun der Rest deiner zweiten Bedingung? Und warum musste ich mich dafür hinlegen?«

Rose seufzte. »Zu deiner zweiten Frage: Weil ich dich in liegender Position besser aufhalten kann, solltest du Anstalten machen, Anlauf zu nehmen und dich runter an Deck zu stürzen, wenn ich es dir erzähle.« Innerlich gab Rose sich einen Schulterklopfer für die gelungene Ausrede. Dass sie es romantisch fand, den Sternenhimmel zu beobachten, konnte sie vor dem Gefühlsgrinch neben sich wohl kaum zugeben. Rose atmete tief ein.

»Zu deiner ersten Frage: Bitte lass mich ausreden, bevor du dich in *Angry Hulk* verwandelst, okay?«

Jack grunzte.

»*Okay?*«

»Jetzt spuck's aus.«

»Also schön. Denk dran: erst ausreden lassen.« Abermals holte Rose Luft. »Vor anderthalb Jahren gab es diesen Artikel in der *New York Times*. Er berichtete von einer Studie, die daraufhin um die Welt ging. Zeitungen aller Herren Länder rezitierten den Artikel. Und überall auf der Welt probierten Menschen die Studie selbst aus. Mit überraschenden Ergebnissen.«

»Komm zum Punkt.«

»Die Studie hat ein amerikanischer Psychologe namens Arthur Aron durchgeführt. Er bildete nach bestimmten Auswahlkriterien Paare aus seinen Versuchspersonen und ließ sie einander sechsunddreißig persönliche Fragen beantworten. Und … na ja. Die *Times* betitelte ihren Artikel darüber mit ›36 Fragen, die zur Liebe führen‹.« Rose machte eine ängstliche Pause und wagte einen Seitenblick. Als sie spürte, wie die Empörung durch Jacks Körper zuckte, fügte sie hinzu: »Allerdings ist der Titel eine Fehlinterpretation der Studie.«

»Kann es sein, dass du bei dem Sprung von der Brücke auf den Kopf …«

»Du hast versprochen, mich ausreden zu lassen«, unterbrach Rose. »Das Experiment verfolgte in Wirklichkeit ein anderes Ziel, als Menschen ineinander verliebt zu machen. In Wahrheit sollte ein temporäres Gefühl von Verbundenheit erzeugt werden. Nicht etwa der Beginn einer langfristigen Beziehung oder gar Liebesbeziehung. Diesen Teil unterschlugen die meisten Medien. ›36 Fragen zum Verlieben‹ liest sich ja auch schöner als ›Ein Experiment, das kurzfristig Nähe herstellt‹.« Unauffällig wischte Rose ihre schweißnassen Hände an ihrem Rock ab. »Für die Studie haben die Forscher sechsunddreißig Fragen entwickelt, die in der Intensität steigen. Bedeutet, die ersten Fragen zu beantworten, kostet wenig Überwindung. Die letzten sind dagegen sehr persönlich und erfordern ein hohes Maß an Selbstoffenbarung. Ein großer Teil der Probanden hat nach dem Experiment zumindest für kurze Zeit Kontakt gehalten. Mindestens ein Paar hat sich verliebt und sogar geheiratet.« Rose spürte Jacks skeptischen Blick auf ihren Wangen brennen, weshalb sie schneller sprach. »Jedenfalls geht es bei diesem Experiment nicht um Liebe, sie kann aber daraus resultieren.« Mist, sie machte es nicht besser. »Was ich sagen will, ist: Es ist dadurch möglich, das Gefühl von Verbundenheit zu erschaffen. Kurzfristig zwar, dafür erwiesenermaßen. Wissenschaftlich bewiesen.«

Rose hielt die Luft an und zählte. *Einundzwanzig, zweiundzwanzig* …

Jack war weder aufgesprungen noch hatte er begonnen rumzupöbeln. Vorsichtig setzte sie sich auf und sah auf den Mann herab, der die Hände hinterm Kopf verschränkt in den Sternenhimmel starrte, die Kieferknochen zusammengepresst, die Gesichtszüge hart.

»Und jetzt meinst du, weil eine Studie nachgewiesen hat, wie man künstlich Verbundenheit erzeugen kann, wirst du damit meine harte Schale durchbrechen und auf den weichen Kern stoßen, den du dir so sehr wünschst«, spottete Jack, ohne sie eines Blickes zu würdigen. »Damit du doch noch dein Happy End bekommst.«

Schon wieder spürte Rose, wie die Hitze ihre Wangen hinaufkroch. Besser, sie würde gleich dortbleiben, dann musste sie nicht jedes Mal aufs Neue erröten.

»Du drückst es vielleicht etwas stumpfsinnig aus, sodass es sich ... verrückter anhört, als es eh schon ist. Aber im Grunde genommen stimmt es, ja. Ich möchte, dass wir einander diese Fragen beantworten. Ich will dir beweisen, dass es für dich möglich ist, zu jemandem Vertrauen aufzubauen. Wenn du mir nicht glaubst, soll die Wissenschaft es beweisen. Damit du siehst, dass eine Chance besteht, dich eines Tages jemandem anzuvertrauen. Dass du einen Teil deiner Schuld von anderen Schultern tragen lassen kannst. Nicht innerhalb der nächsten achtundvierzig Stunden. Aber irgendwann.«

»Und wer sagt, dass dein Experiment auch bei jemandem funktioniert, der völlig abgefuckt ist?« Mit einer fließenden Bewegung setzte Jack sich ebenfalls auf und fuhr sich mit beiden Händen durch die Haare. Sie standen in alle Richtungen ab.

»Mein Instinkt. Und mein Vertrauen.«

»Vertrauen worin?«

»In dich. Und in Gott.«

»Ach, der Typ mit den Chinos. Logisch. Welche Rolle spielt er denn bei dem, was du dir in deinem hübschen Köpfchen ausgedacht hast?«, fragte Jack.

Rose hielt mitten in der Bewegung inne. Hübsches Köpfchen? So charmant hatte er sie bisher nicht beleidigt. Jack wandte den Blick ab und starrte stur in Richtung der Grünen Insel.

»Vertrau mir einfach, Jack. Du musst. Andernfalls ...«

Rose wollte gerade ihre Drohung, die Polizei zu rufen, wiederholen, als er ihr mit voller Wucht die flache Hand vor den Mund schlug. Rose fiel hintenüber in Jacks Arm. Obwohl die Haut um ihren Mund von seinem Klaps schmerzhaft kribbelte, flammte eine Hitze in ihrem Bauch auf, die sie nie zuvor gespürt hatte. Wie benebelt gab sie den Widerstand auf und ließ sich tiefer in Jacks Arm sinken, der sie bereits über den Boden in eine schattige Ecke zwischen zwei aneckende Container schleifte. Er lehnte sie an die Wand der stählernen Box und drückte seinen eigenen Rücken ebenfalls an das Blech.

»Kein Wort und nicht bewegen«, beschwor Jack sie, fesselte ihren Blick und nahm, als sie keine Anstalten machte, sich zu wehren, vorsichtig die Hand von ihrem Mund.

»Was soll das?«, keifte Rose und rieb sich über die kribbelnden Lippen – vor Schmerz, vor Aufregung, vor Hitze.

»Pscht«, zischte Jack und stieß den Rand seines Zeigefingers gegen seine Lippen. »Da!«

Rose folgte seinem ausgestreckten Finger mit den Augen zu einer Plattform unten an Deck. Ein Lichtkegel zuckte zwischen den Containern hin und her. Rose verfolgte ihn zu seinem Ursprung und entdeckte die Umrisse zweier schwarz gekleideter Männer. Der eine ließ das Licht eines mobilen Fluters über die Stahlkammern schweifen. Als würde er auf den obersten Containern etwas suchen.

Etwas oder jemanden.

Das Dröhnen des Schiffsmotors verschluckte ihre Stimmen. »Heilige Scheiße«, quietschte Rose, schlug sich die Hand vor den Mund und erstarrte.

»Wie dumm, zu glauben, niemand auf dem Schiff würde uns bemerken, während wir direkt vor ihrer Nase von der Brücke baumeln. Zieh das Bein ein«, zischte Jack an ihrem Ohr. So nah, dass sie seinen warmen Atem spürte. *Gänsehaut.* Rose zog das Bein an und presste sich dichter in die Schattenecke. Ihr Oberarm berührte Jacks. Er war härter, als Rose gedacht hätte.

»Wir müssen hier verschwinden«, fiepte sie so hoch, dass eine Ahnung sie überkam, warum Jack sie hin und wieder mit einem Eichhörnchen verglich.

»Was du nicht sagst.«

»Wir können uns in einem Container verstecken«, schlug Rose vor.

»Du bist ein Trottelhörnchen«, entgegnete Jack und reckte den Hals, um über die Container hinweg mehr vom Heck erkennen zu können. »Die Plombe, mit der die Container verschlossen sind, kann man nur mit einer Zange und unter hohem Kraftaufwand öffnen. Die sind top gesichert. Meinst du, irgendwer riskiert, dass die Dinger auf hoher See aufgehen?«

Trottelhörnchen? Rose warf ihm einen ärgerlichen Blick zu, sah aber gleich wieder runter zu den Männern, die die Containerdächer ableuchteten. Gerade waren sie mit den Containern am hinteren Ende zugange. Jack und Rose hockten in einer Ecke auf der Mitte des Schiffs.

»Dann sollten wir an Deck gehen und uns dort verstecken, bis wir im Hafen sind.« Ihre Stimme überschlug sich vor Aufregung. »Wir verschwinden so schnell wie möglich. Sobald wir anlegen, klettern wir über die Reling, bevor irgendwer das Schiff verlässt.«

»Nein«, murmelte Jack nachdenklich. »Um unbemerkt über die Reling an den Kai zu gelangen, herrscht zu viel Trubel am Anleger. Der Frachter muss dort vertaut werden, an acht bis zehn Stellen, schätze ich. Die Hafenarbeiter erwarten das Schiff bereits und ein Hafenlotse klettert an Deck, noch bevor der Frachter anlegt. Wir kommen nicht unbemerkt vom Schiff.« Er kratzte sich konzentriert am Schlüsselbein. »Aber du hast recht. Wir müssen von den Containern runter.«

Rose starrte ihn mit offenem Mund an. Wie konnte er in dieser Situation nur so besonnen bleiben? Rose bereute ihre Idee, aufs Schiff zu springen, bereits zutiefst.

»Denk schneller«, drängte sie Jack, aber alles, was aus ihrem zugeschnürten Hals kam, war ein unverständliches Keuchen. Der Lichtkegel kam näher und näher.

»Wenn ich mich recht erinnere, ist eine der ersten Handlungen nach dem Anlegen, dass die Lascher hochgefahren werden, um die Sicherungen der Container zu lösen«, überlegte Jack.

»Die was?«

»Lascher. Hafenarbeiter mit der Aufgabe, die Twistlocks zu öffnen.«

»Twist… was? Jack, hör auf mit dem Schwachsinn.«

Sogar im Dunkeln erkannte Rose, wie er die Augen verdrehte. »Twistlocks sind bestimmte Schlösser, dank derer die Container auch bei starkem Seegang aneinander gesichert sind. Bevor der Frachter gelöscht, also von einem Kran entladen wird, muss jemand diese Schlösser lösen. Das machen die Lascher. Sie werden mit dem Ladekran auf die Container gehoben.«

Rose' Unterkiefer sank weiter herab. Fassungslos schüttelte sie den Kopf. »Wer bist du? Wikipedia?«

Jack runzelte ebenso argwöhnisch die Stirn. »Hast du nie eine Hafenrundfahrt gemacht?«

»Schon, aber da war ich betrunken«, entgegnete Rose. Ungeduldig wippte sie mit angezogenen Knien auf und ab. »Was ist jetzt mit deinen Laschern?«

»Sie werden direkt nach dem Anlegen auf die Containerstapel gefahren. Wenn sie uns dort oben entdecken, sind wir geliefert. Das heißt, wir müssen an Deck, bevor wir anlegen. Aber wir dürfen nicht von dort aus über die Reling an Land klettern. Das wäre zu auffällig. Wir müssen warten, bis die Gangway anliegt – die Zugangsbrücke«, erklärte Jack mit einem genervten Blick in ihre Richtung. »Erst dann können wir versuchen, in aller Ruhe mit der übrigen Besatzung an Land zu marschieren.«

»Hört sich kinderleicht an«, entgegnete Rose und lachte nervös. Die hintere Hälfte der Containerstapel hatten die Männer erfolgreich abgeleuchtet. Der mit dem Fluter kletterte eine Plattform höher und arbeitete sich von dort aus vor zu den Containern mittig des Schiffs.

»Okay, Superhirn, verrate uns mal, wie wir unbeobachtet von hier nach unten gelangen und wo wir uns verstecken. Aber schnell!«

Jack legte den Kopf in den Nacken. »Nichts lieber als das. Aber beschwer dich nicht über meine Methode, solange du keinen besseren Vorschlag hast.« Er musterte sie skeptisch. »Bereit?«

Rose nickte übertrieben. Sie wäre zu allem bereit, wenn er nur endlich diese bescheuerte Gelassenheit ablegen und sich der Situation angemessen aufregen würde.

»Gut.« Jack erhob sich mit der Geschmeidigkeit einer Raubkatze und faltete die Hände vor den Kniescheiben zu einer Schale. »Dann hoch mit dir.«

»Was?« Ihre Stimme überschlug sich.

»Besser, du beeilst dich, Angsthörnchen.«

»Ich soll … Ist das eine Räuberleiter?«

»Na, da haben sich die Abenteuerromane anscheinend gelohnt. Ja, das ist eine Räuberleiter.«

»Ich dachte, wir wollten nach unten an Deck? Vergiss es.« Trotzig presste Rose die Lippen zusammen und verschränkte die Arme vor der Brust. »Ich werde da nicht hochklettern.«

»Okay.« Jack zuckte die Schultern. »Wer hätte gedacht, dass es so einfach ist, dich loszuwerden. Dann bleib hier und lass dich entdecken. Ich werde mich eine Ebene höher verstecken. Zwischen zwei Containern, dort gibt es einen Spalt. Da können unsere beiden Kollegen da vorn nicht reinleuchten.« Er zog seine Jeans hoch. »Überleg dir besser schnell, wo du dich hier verstecken möchtest. Die Jungs haben für die erste Hälfte des Containerberges gut zweihundertsechzig Sekunden gebraucht. Heißt, dir bleiben noch etwa zweieinhalb Minuten, bis sie mit dem Licht der Wahrheit bei dir ankommen.«

Jack wandte sich dem Container in Rose' Rücken zu, setzte einen Fuß auf die Querstrebe der Türverriegelung und schwang sich hoch. Er streckte die Arme über den Kopf und griff nach dem oberen Rand des Containers. Scheinbar mühelos zog er sich mit einem Klimmzug hinauf. Sein T-Shirt rutschte hoch und entblößte den Bund blau-weiß karierter Boxershorts.

»Na schön«, jammerte Rose und erhob sich mit zittrigen Knien.

Jack ließ sich lautlos wieder herunter und formte die Hände ohne zu zögern zu einer Räuberleiter. Rose setzte einen Fuß hinein und hielt sich an den vertikalen Türstangen fest.

»Wehe, deine Füße stinken«, warnte Jack, als er sie mit Schwung nach oben katapultierte, ihren Fuß auf Höhe seines Gesichts. Rose stieß einen spitzen Schrei aus, doch ehe sie das Gleichgewicht verlor, krallte sie sich am Dachquerträger fest. Ein Glück, dass Jack so groß war. Allein hätte sie ihn niemals erreicht.

»Zieh das andere Knie aufs Dach und robb vorwärts«, wies Jack sie zwischen zusammengebissenen Zähnen an.

»Nein!«

»Wie, nein?«

Rose' Schädel glühte heiß wie der Kopf eines Streichholzes. »Dann kannst du unter meinen Rock sehen.«

»Eichhörnchen! Ich zerreiße deinen Rock und werfe ihn über Bord, wenn du dich nicht zusammenreißt.«

Ein Gefühl der Schwerelosigkeit strömte durch Rose' Eingeweide und hinterließ ein wohliges Kribbeln in jeder Zelle ihres Körpers.

Würde er ihr wirklich den Rock vom Leib reißen? Aus dem Augenwinkel erkannte sie den nahenden Lichtkegel. Sie zog das Knie an und landete wie durch Geisterhand mit dem Oberkörper und einem Knie auf dem Dach des Containers. Sie hatte es geschafft! Schnell rutschte sie bäuchlings vorwärts, um ihr Höschen vor neugierigen Blicken zu schützen. Es war ein sehr minimalistisches Höschen.

Kaum hatte sie sich aufgerichtet, erschien Jacks Oberkörper am Containerrand. Seine sehnigen Hände griffen um, damit er sich das letzte Stück hochdrücken statt ziehen konnte, stützte sich hoch und schwang einen Fuß aufs Dach. Rose griff nach seinem Oberarm, um ihn zu halten, doch er hatte schon die andere Hand frei, um sie fortzuschieben. »Weg da.« Sein zweites Bein fand seinen Weg auf die höhere Ebene. Unmittelbar darauf nickte Jack in Richtung zweier Container. Zwischen ihnen befand sich eine schmale Lücke. »Dazwischen.«

»Und wenn der Container verrutscht und uns einklemmt?«

»Ich bezweifele, dass auf den letzten Metern zum Hafen so hoher Wellengang herrscht, dass der Container verrutscht«, blaffte Jack und schob sie vorwärts in den engen Spalt.

»Oh mein Gott, ist das kalt«, stöhnte Rose, als sie sich seitwärts zwischen die Stahlblechwände quetschte. Die Lücke war so schmal, dass das kühle Blech Rose an fast jeder Stelle ihres Körpers berührte. »Ich bin mir nicht sicher, ob ich Platzangst habe.«

»Ich hoffe es«, entgegnete Jack, der sich hinter ihr in den Spalt drängte. »Dann weißt du mal, wie ich mich in deiner Gegenwart fühle.«

»Atemlos?«, entschlüpfte es Rose, bevor sie darüber nachdenken konnte. Heiliger Kuhmist. Ihre Synapsen waren unter Adrenalineinfluss ein Fall für die Tonne. Dass sie nicht noch dunkler anlief, lag lediglich daran, dass der Großteil ihres Blutes sich bereits in ihren Wangen befand. Rose hielt die Luft an, da sie fürchtete, Jack könnte an ihrem stoßweisen Atem bemerken, dass ihre Aufregung nicht nur dem Lichtkegel galt.

»Atemlos macht mich deine Anwesenheit nur in gewissen Augen*blicken.*« Weil ein Mondstrahl in ihre Lücke fiel, konnte Rose sehen, wie Jack vielsagend die Augenbrauen hob. Im nächsten Moment tat er, als wäre nichts geschehen. »Wir warten hier, bis die beiden Typen mit ihrer Spielzeuglampe abzischen. Dann klettern wir runter an Deck und verstecken uns dort, bis die Zugangsbrücke anliegt und alle zu beschäftigt sind, um auf uns zu achten.«

KAPITEL 11

Katz und Maus

NOCH 14 STUNDEN UND 59 MINUTEN

Das Mädchen neben Jack legte den Kopf in den Nacken und schaute rauf in den Nachthimmel. Der Spalt reichte drei Container hoch und war stockfinster. Vermutlich wollte sie etwas anderes sehen als Schwärze. Innerlich schüttelte Jack den Kopf. Frauen hatten Nerven wie Garnfäden. Hätte sie ihn in den vergangenen Wochen auf seiner Rucksackreise zu allen zehn Orten zum Sterben begleitet, wäre sie wahrscheinlich schon am ersten Stopp an einem Herzkasper verreckt.

»Unten an Deck verstecken klingt gut«, wisperte sie. Die Nervosität ließ sie im Rhythmus einer Luftballonpumpe atmen. »Was meinst du, wie lang dauert es noch?«

Jack spähte über ihren Kopf hinweg durch die Spaltöffnung auf die andere Seite zu den Lichtern des Industriehafens. Sie waren so nah, dass Jack die Umrisse umhereilender Hafenarbeiter erkennen konnte. Auch nachts herrschte hier geschäftiges Treiben. Vier Kräne waren dabei, ein angedocktes Frachtschiff zu entladen. Die Containerbrücken am Kai verfrachteten die bunten Boxen auf Autos, die aussahen wie auf Stelzen. Hochhubportalwagen. Diese fuhren die Container scheinbar willkürlich zu einer der unzähligen Containerreihen im Hafen und luden sie darauf ab. Aus der Ferne sahen die Blocklager aus wie akkurate Balken, gebaut aus Hunderten von Legosteinen. Es wirkte chaotisch und planlos, aber Jack wusste genau, welch ausgeklügeltes System hinter dieser Logistik steckte.

»Eine halbe Stunde vielleicht.«

»Bitte was?« Ihr Kopf wirbelte zu ihm herum. »Wenn es in dem Tempo weitergeht, sind wir doch in drei Minuten am Pier. Wir waren schon ganz nah!«

»Es nennt sich Kai. Und nein, sind wir nicht. Der Frachter muss erst wenden, um anzulegen.«

»Wieso das?«

Jack gelang es, in der Enge der Lücke seinen Arm zu heben und sich die Haare aus der Stirn zu streichen. »Weil es anders nicht funktioniert. Wir machen gleich ein Drehmanöver, ähnlich einem U-Turn. Dabei steuert der Frachter mit dem Bug, also dem vorderen Teil des Schiffes, an den Anleger. Stell dir vor, als würde es dann mit dem Hinterteil immer näher an den Anleger herangleiten, bis das Schiff parallel zum Kai parkt.«

»So lange halte ich es hier drin nicht aus«, japste sie. So wie sie klang, war ihr damit eine ziemlich treffende Selbsteinschätzung gelungen. Die Abstände, in denen sie nach Luft schnappte, wurden kürzer. Wenn sie nicht bald diesen Spalt verließen, würde sie ohne eine Tüte zum Hyperventilieren wegklappen. Scheiße, musste sie denn wirklich jeden Moment seines Lebens verkomplizieren, seit sie auf der Bildfläche aufgetaucht war?

»Beruhige dich. Wir verschwinden von hier, sobald die Besatzung in dem Glauben schwebt, sie hätte sich das mit den aufs Schiff fallenden Menschen nur eingebildet«, versicherte Jack ihr.

Wie auf Kommando gelangte der Strahler der Matrosen zu den Containern, zwischen denen sie sich versteckten. Jack sah den Lichtkegel auf dem Boden vor dem Eingang ihrer Öffnung tanzen. Prüfend glitt er erst über den Boden und dann die Außenwände entlang. Als der Strahl in ihre Lücke fiel, kniff Jack die Augen zusammen. Sie konnten ihn nicht sehen, versuchte er sich zu beruhigen. Die Matrosen mit ihrem Fluter standen zu weit entfernt und er hatte sich zu tief in den Spalt geschoben, als dass der Lichtstrahl ihn enttarnen würde. Plötzlich spürte Jack, wie sich etwas Kaltes um sein Handgelenk schloss. Instinktiv wollte er seinen Arm wegziehen, doch es war, als hätte der Klammergriff des Mädchens ihm gleichzeitig lähmendes Gift in die Adern gespült. Paralysiert. Sein Herz wummerte, aber Jack konnte sich keinen Millimeter bewegen. Ihre Hand war klein und zitterte, trotzdem hatte sie ihn damit voll unter Kontrolle.

»Ich habe echt Schiss, Jack.«

»Das merke ich«, ächzte er und hoffte, sie würde das Kratzen in seiner Stimme der Aufregung über den Lichtkegel zuordnen. Sie musste nicht wissen, dass ihn das Katz-und-Maus-Spiel mit der Schiffsbesatzung völlig kaltließ, verglichen mit dem Körperkontakt an seiner Schlagader. Ihre Berührung war es, die ihn sich fühlen ließ wie eine winzige Maus in den Krallen einer hungrigen Katze. Eine masochistische Maus wohlgemerkt, denn trotz der Panik, mit der ihr Griff ihn erfüllte, konnte er sich keinen netteren Zeitvertreib vorstellen, als von der Katze genervt, geärgert, gequält zu werden.

»Sie haben uns nicht entdeckt«, presste Jack nach einer gefühlten Ewigkeit hervor, nachdem der Lichtkegel über die Container hinter ihnen geglitten und schließlich vollkommen erloschen war.

»Gott sei Dank«, seufzte sie. »Können wir endlich hier raus?«

Sie lockerte ihren Griff um seinen Unterarm nicht, im Gegenteil. Stattdessen zuckte ihr Daumen, sodass er über seine Haut strich. Die winzige Berührung sandte hundert Blitze in seinen Unterleib. Jack versteifte sich. »Nein. Es wäre zu riskant. Dass sie nicht länger die Container ableuchten, bedeutet nicht, dass sie uns nicht beobachten.« Dennoch trat er einen Schritt weg von ihr in Richtung Spaltöffnung. Ihre Hand löste sich von seinem Arm und Jack atmete auf. An der Stelle, an der sie ihn berührt hatte, schien seine Haut zu brennen wie bei einer allergischen Reaktion. Jack fühlte in sich hinein, in der Erwartung der Dunkelheit, die ihn mitriss, fortschleppte an einen Ort, der niemandem zugänglich war außer ihm. Körperkontakt sprengte eindeutig die Grenze zwischen ihm und der hässlichen Macht, die immerzu versuchte, über ihn zu dominieren, sobald er eine Sekunde lang unaufmerksam war.

Aber sie kam nicht. Schon wieder nicht. Stattdessen hörte Jack, wie das Mädchen neben ihm die Luft einsog wie eine Ertrinkende und stockend ausatmete, als hätte es stundenlang geheult.

»Jack? Jetzt bist *du* es, der sich entspannen sollte. Ich finde das auch nicht witzig, aber die halbe Stunde halten wir jetzt durch«, sagte sie mit fester Stimme, den Kopf in den Nacken gelegt, als würde sie sich mit dem Blick an den Sternen festhalten.

Oh. Nicht sie war es, die atmete wie eine Ertrinkende, sondern er selbst. Sofort kontrollierte Jack seinen Atem und nahm wieder Haltung an. Fuck, sie musste ihn für das letzte Weichei halten.

»Angenommen, du dürftest mit jemandem ein gemeinsames Abendessen verbringen, ganz gleich mit wem, tot oder lebendig, berühmt oder nicht. Wen würdest du wählen?«, fragte sie und riss sich endlich los vom Himmelszelt, um ihm in die Augen zu schauen.

»Was zum ...«

»Irgendwie müssen wir uns die Zeit bis zum Anlegen vertreiben, nicht wahr?« Ob sie es absichtlich tat oder unbewusst, für diesen Augenaufschlag sollte ihr jemand ein Denkmal bauen. Obwohl Jack keinerlei Interesse mehr an Frauen und ihren Reizen hatte, verursachte sie ihm damit weiche Knie.

»Da es niemanden gibt, der mein zeitnah endendes Leben verändern könnte, wäre mir gleichgültig, wer mir am Tisch gegenübersitzt.«

»Britney Spears oder Gauß?« Klar, dass sie nicht lockerließ.

»Britney hat sich eine Glatze schneiden lassen. Carl Friedrich Gauß nicht. Daher Gauß, schätze ich.« Obwohl Jack erneut die Stahlblechwand vor seiner Nase anstarrte, glaubte er, sie aus dem Augenwinkel kichern zu sehen.

»Ich würde einen Burger mit Buddha essen«, ließ sie ihn wissen und trat von einem Fuß auf den anderen, um eine bequemere Position zu finden.

»Meinst du, Buddha würde es bei *einem* Burger belassen?«

Sie prustete los. »Jack, ich verabscheue Blasphemie.«

»Was willst du von Buddha?«

»Ich mag die Idee von der Lehre des Karmas.« Sie lehnte den Hinterkopf an der Stahlwand an.

»Karma.«

»Ja. Findest du den Gedanken nicht faszinierend, dass jede noch so kleine Handlung ihre Folgen nach sich zieht – sei es in diesem oder im nächsten Leben?«

»Du würdest Buddha also ein, zwei Fragen zur Lehre des Karmas stellen. Und wenn dir seine Geschichte gefällt, dann glaubst du daran, ja?«

Sie zuckte die Schultern. »Kann sein. Wenn der Glaube daran mein Leben verbessert, warum nicht?«

Jack knallte den Kopf ein wenig zu fest an die Blechwand hinter sich, sodass das Scheppern in dem Spalt widerhallte. Das Mädchen neben ihm zuckte zusammen. Verdient. Vielleicht war es ja das Karma, das sie für ihre naiven Gedanken strafte. Ha!

Sie war eine verdammte Träumerin. Nur musste Jack widerwillig eingestehen, dass ihr Talent zum Träumen seine Aufmerksamkeit erregte. Aus rein wissenschaftlichem Interesse, versteht sich. Fähigkeiten, an denen es ihm selbst mangelte, fand Jack stets interessant. Heilen. Träumen. Hoffen. Glauben.

»Ich weiß, dass dich meine Ansichten auf die Palme bringen«, gestand sie. »Vielleicht versuchst du mal, es so zu sehen: Wenn ich an die Lehre des Karmas glaube, bin ich der Überzeugung, dass ich mehr geben, schenken und danken sollte, weil diese Handlungen mit Gutem belohnt werden. Außerdem umfasst der Glaube an Karma, dass Gier, Hass und Verblendung sowie alle anderen schlechten Taten mit Schlechtem gestraft werden. Es zählt nicht, ob dieser Glaube richtig ist oder ob wissenschaftlich nachweisbar ist, dass Gutes auf Gutes folgt und Schlechtes auf Schlechtes. Worauf es ankommt, ist, was mein Glaube aus mir macht. Das Vertrauen in die Lehre des Karmas macht mich zu einem besseren Menschen, weil es mich dazu bringt, mehr Gutes zu tun und das Schlechte zu meiden. Was kann daran falsch sein?« Sie schluckte. »Ich werde nicht aufhören, an Dinge zu glauben, die meine Welt zu einer besseren machen. Das ist meine persönliche Religion.«

Im schwachen Mondlicht sah Jack, wie sich das V der Entschlossenheit zwischen ihren Brauen bildete. In Rhetorik würde er ihr die volle Punktzahl geben. Sie konnte überzeugend wirken. Allerdings reichten schöne Worte nicht aus, um Jack weiszumachen, es wäre legitim, sich irgendwelchen Glaubenshumbug vorzuheucheln, nur weil es sich damit angenehmer leben ließ. Punkt.

»Denk darüber nach«, verlangte sie und ehe er etwas erwidern konnte, wechselte sie das Thema. »Wärst du gern berühmt?«

Berühmt? Bei dem Gedanken schauderte es Jack und lief ihm eiskalt den Rücken hinunter. Scheiße, er hatte schon genug Mühe damit, Leuten, die ihn kannten, aus dem Weg zu gehen. Die Zahl der Menschen, die wussten, was für ein Arschloch ihnen tagtäglich ihren kostbaren Sauerstoff wegatmete, war groß genug. Außerdem machte

Berühmtheit es um einiges schwerer, vor der Polizei unterzutauchen. Die Antwort lautete eindeutig: Nein, auf keinen Fall.

Aber Moment. Sogar für ihr verrücktes Hirn war diese Frage bemerkenswert unpassend in ihrer aktuellen Situation. Sie war doch nicht etwa dabei …

»Kann es sein, dass du gerade versuchst, mir dein perfides 36-Fragen-Spielchen aufzuzwingen?«, fragte Jack, ohne auf ihre Frage einzugehen. Prüfend kniff er die Augen zusammen und sah auf sie herab.

Sie verzog keine Miene. »Eventuell. Ich hatte keine Ahnung, worüber ich sonst eine halbe Stunde mit dir hätte reden sollen.«

Als ob! Sie log. Und das nach allen Regeln der Kunst. Vor ihrem Pokerface würden die erfahrensten Spieler niederknien. Wenn sie glaubte, ihn so leicht zu ihrem Experiment überreden zu können, hatte sie sich geschnitten. Tief und blutig.

»Na schön«, hörte Jack sich zustimmen. Mist.

Das Eichhörnchen hob seine geschwungenen Brauen. »Du bist dabei?«

Jack hatte das Gefühl, die Wände würden näher kommen und ihn noch enger an das Mädchen neben ihm drängen. Er spürte ihre Wärme. Irritiert entfernte er sich einen Schritt von ihr. »Ja. Du darfst mir deine sechsunddreißig Fragen stellen.«

Aber warum? Jedes Atom in Jack sträubte sich, schrie danach, dass er endlich die Beine in die Hand nahm und die Flucht ergriff. Er durfte sich nicht auf sie einlassen. Sie brachte ihn nur von seinem wohldurchdachten Plan ab. Doch Jacks Mundwerk gehorchte ebenso wenig den Empfehlungen seines Verstandes wie seine Beine.

»Allerdings brauchst du für sechsunddreißig Fragen keine achtundvierzig Stunden – ich gebe dir vierundzwanzig.«

Sogar in der Dunkelheit konnte Jack ihre Augen vor Freude glitzern sehen. Sie strahlte bis über beide Wangen. »Deal.«

Er war eine gottverdammte, masochistische Maus. Am liebsten würde Jack sein Angebot wieder zurückziehen, bloß würde sie das niemals akzeptieren. So, wie er sie in der vergangenen Stunde kennengelernt hatte, würde sie diese lästige Klettennummer abziehen, bis ihm der Geduldsfaden riss und er sich auf ihre Forderungen einließ. Dieses Mädchen war das Grauen!

»Du schuldest mir noch eine Antwort«, erinnerte sie ihn.

»Nein.«

»Wohl, nämlich auf meine Frage, ob du gern berühmt wärst.«

»Das war meine Antwort. Nein.«

»Okay ...« Sie kreiste mit zwei Fingern an ihrer Schläfe. »So ganz scheinst du das Prinzip noch nicht begriffen zu haben. Es geht darum, dass wir uns einander öffnen.«

»Du klingst wie eine Esoterikerin. Oder wie ein Chirurg.«

»Jack«, jammerte sie und ließ die Hand fallen, sodass sie gegen die Wand in ihrem Rücken polterte. »Du weißt genau, wie ich das meine.«

»Du könntest mir zeigen, wie du meine Antworten gern hättest, damit sie dich zufriedenstellen«, triezte Jack sie. »Wie sieht's aus, Eichhörnchen: Wärst du gern berühmt?«

Mit einem Mal drehte sie sich in der schmalen Lücke. Es gelang ihr nicht, sich Jack ganz zuzuwenden. Sie klemmte schräg zwischen den Blechwänden, konnte Jack nun aber besser mit Blicken durchleuchten – so fühlte es sich zumindest an.

Sie seufzte. »Ich wäre nicht gern berühmt, nein. Ich wünschte nur, ich hätte die Mittel, meine ... Erfahrungen mit der Welt zu teilen.« Sie machte eine Pause, schien zu überlegen. »Ich meine das nicht im übertragenen Sinne. Im Internet könnte ich mein Anliegen rein theoretisch in die ganze Welt tragen. Praktisch klappt das nicht. Ich wünsche mir, dass jeder, oder zumindest eine große Menge an Leuten, gezwungen wäre, mir zuzuhören – nur ganz kurz.«

»Muss ja enorm wichtig sein, was du zu sagen hast«, spöttelte Jack.

»Allerdings«, entgegnete sie schnippisch und schwieg.

Ach Shit. Er hatte sie verärgert. Im Grunde genommen brauchte ihn nicht interessieren, was sie zu sagen hatte. Was machte es schon für einen Unterschied? Selbst wenn sie die Lösung des Nahostkonflikts gefunden hatte, ihn würde es kaum betreffen, wenn seine Überreste in den Fluten der *Hamborough Falls* blubberten.

»Wenn du mit der Welt reden willst, brauchst du doch nur dein Thema auf Facebook zu posten«, machte Jack einen Versöhnungsversuch. »Was den Leuten wichtig ist, verbreitet sich von ganz allein.«

»Nicht, wenn es niemand sieht«, widersprach sie, noch immer leicht eingeschnappt. »Der Algorithmus würde mein Posting heutzutage kaum jemandem von meinen siebenhundert Freunden anzeigen.«

Siebenhundert? War das nicht ganz schön wenig? Bis zu dem einen Tag im Herbst hatte Jack viertausendeinhunderteinunddreißig Freunde auf Facebook gehabt. Und mit ziemlich hoher Wahrscheinlichkeit wusste auch jeder davon, wer er war. Spätestens seitdem man ihn als Fachschaftsvorsitzenden der Bio-Fakultät für den Wasserschaden in der Aula in Höhe von dreizehntausend Dollar verantwortlich erklärt hatte, der verursacht worden war durch den nicht fachgerechten Einsatz einer Schaumkanone. Dass niemand ihn zwangsexmatrikulierte, hatte jedoch nicht an seinem viertausendeinhunderteinunddreißig Mann starken Gefolge gelegen, sondern an seiner Leistungsübersicht und den Forschungsergebnissen, an denen er mitgewirkt hatte.

Seine Facebook-Fans zählten mittlerweile einen Freund weniger, denn Jack hatte sein Profil gelöscht. Schon vor einer ganzen Weile. Zum ersten Mal bereute Jack seinen Entschluss. Es wäre interessant gewesen zu erfahren, wie das Eichhörnchen sich online präsentierte. Gehörte sie zu den Frauen, die jedes Mal, bevor sie rausgingen, seitlich vor ihrem Ganzkörperspiegel posierten und ein Bein anwinkelten? Das konnte Jack sich nicht vorstellen. Teilte sie vielleicht jeden Beitrag von PETA? Schon eher.

»Und von denen, die meinen Text sehen, würde sich kaum jemand die Mühe machen, ihn zu Ende zu lesen. Geschweige denn zu teilen«, fuhr sie fort. »Die Menschen liken, teilen und kommentieren weniger, wenn das Thema kontrovers, aber nicht radikal ist.«

»Tja«, sagte Jack gedehnt, »dann bleibt dir wohl nichts anderes, als deinem Text das Bild eines Kekse essenden Einhorns anzuhängen, damit die Leute dein Zeug lesen. Oder halt! Ist der Flamingo schon wieder an der Macht? Oder die Ananas?«

Sie lachte bitter auf. »Warum sind für die meisten Menschen die unsinnigsten Dinge sehenswert? Ein Hund mit einem Wellensittich auf dem Kopf. Ein Känguru, das sich mit einem Oberstufenschüler boxt. Anstatt der wichtigen Themen geht so ein … so ein *Schrott* viral.«

»Oh, Miss Toleranz zeigt ihre dunkle Seite.«

»Ist doch wahr«, spie sie aus. »Im Gegensatz zu dir versuche ich wenigstens, einen Unterschied zu machen.«

»Ach, wirklich? Sortierst du Gutmensch etwa jedes Jahr zu Weihnachten ein paar abgekuschelte Stofftiere aus deinem Prinzessinnenzimmer aus und schickst sie an arme Kinder in Äthiopien?«

Da Jack im Licht des Mondes beobachten konnte, wie ihr die Gesichtszüge entglitten und sie empört die Luft einsog, bereit für einen Verteidigungsangriff, kam er ihr zuvor. Auf diese Diskussion würde er sich nicht einlassen. »Ich denke, die Luft ist rein. Wir können versuchen, runter an Deck zu klettern.«

KAPITEL 12

Im Wandschrank

NOCH 14 STUNDEN UND 50 MINUTEN

»Tritt dort auf den Vorsprung, danach über die Absperrung«, wies Jack Rose an. »So ist's gut.« Ungeduldig schob er sie vor sich her und half ihr über den niedrigen Metallzaun, der die Containerfläche vom Deck der Besatzung trennte. Sie waren kurz davor, die Ladeebene zu verlassen und den Bereich des Personals zu betreten. Nachdem Jack und Rose aus dem Containerspalt geflohen waren, hatten sie nur eine Etage tiefer klettern müssen, um sich auf einer Ebene mit dem A-Deck zu befinden. Von dort waren sie durch das Containerlabyrinth bis zum Deck balanciert.

Rose hob erst das eine, dann das andere Bein über den Trennzaun. Jack folgte ihr unverzüglich, indem er sich mit einer eleganten Bewegung über den Zaun schwang. Sein Aufprall donnerte auf dem Stahlboden und Rose zuckte zusammen. Sie schwitzte bereits Blut und Wasser, nun entfloh ihrer Kehle zu allem Überfluss ein leidiges Fiepsen. Was zur Hölle hatte sie sich nur dabei gedacht, auf einem Schiff einzubrechen?

»Dort hinten die Niedergänge runter«, befahl Jack. »Beeil dich! Wir müssen nach unten zur Reling.«

»Wo runter?«, wisperte Rose.

»Die Treppen runter! Meine Güte, Eichhörnchen. Reiß dich zusammen.« Er packte Rose bei der Hand und zog sie hinter sich her. »Pass auf, es ist glatt hier.«

Hintereinander stürzten sie die schmale Eisentreppe hinunter, dann noch eine und noch eine. Rose fühlte sich, als wären sie blitzschnell gewesen – selbst jemand, der sie gesehen hatte, würde vermuten zu halluzinieren. Am Fuß der letzten Treppe sah Rose sich panisch um. Sie standen irgendwo auf einem überdachten Teil des Schiffes, Boden und Wände bestanden aus Stahl. Der beißende Geruch von Motoröl stieg ihr in die Nase. Ein Maschinenraum vielleicht. Es war so laut, dass Rose ihren keuchenden Atem kaum hörte. Das Dröhnen des Schiffsmotors vermischte sich mit dem Rauschen der Wellen.

Bevor sich Rose einen Überblick verschaffen konnte, riss jemand sie nach hinten und drückte ihren Kopf herunter. Ehe sie sichs versah, hockte sie gemeinsam mit Jack unter der Treppe, die sie heruntergekommen waren.

»Erst mal einen Überblick verschaffen«, murmelte Jack mehr zu sich selbst. Vorsichtig linste er von seinem Versteck aus in den Raum, den sie betreten hatten. Rose lugte durch den Spalt zwischen zwei Treppenstufen hindurch.

Inmitten des Raumes standen zwei Rollen. Sie sahen aus wie gigantische Spinnräder, statt mit Garn mit Ketten umwickelt. Die Ankerketten. Drum herum waren wie willkürlich Poller angeordnet, um die sich dicke Leinen schlangen. Durch Luken überall in den Bordwänden konnte Rose das weiße Flusswasser sehen. Es schäumte kaum zwei Meter unter ihnen. Offenbar befanden sie sich fast auf einer Ebene mit dem Meeresspiegel. Und offenbar bildete der Raum die hinterste Spitze des Schiffs.

»Fuck«, murmelte Jack und deutete in Richtung eines besonders großen Lochs in der Wand. »Das da ist die Panamaklüse, da werden beim Festmachen die Leinen rausgereicht. In wenigen Sekunden dürfte es hier von Besatzungsmitgliedern nur so wimmeln.«

Trotz ihrer Angst kam Rose nicht drum herum, ihn fassungslos anzustarren.

»Sicher, dass du nicht doch Schiffbau und maritime Technik studiert hast?«

»Ich höre zu bei Schiffsrundgängen, anstatt mich zu besaufen. Man weiß nie, wofür es gut ist. Die Luft ist rein.« Jack glitt unter der Treppe hervor und riss Rose unsanft am Oberarm hoch. »Achtung, hier könnte es ölig sein, wegen der Ketten.«

Rose schlitterte hinter Jack her, der mit seinen Sneakers eindeutig im Vorteil gegenüber ihren Ballerinas war. Nun, da sie aufrecht stand, konnte Rose sehen, dass der spitz zulaufende Raum nicht abgeschlossen, sondern links und rechts offen war.

»Wenn ich richtigliege, müssten diese Ausgänge zu einem Gang führen, der das gesamte Schiff umrundet«, überlegte Jack laut und zog Rose ohne zu zögern rechts rum. Wieder standen sie vor einer Treppe, die nach oben führte.

»Der Hafen ist auf der anderen Seite des Schiffes«, wandte Rose ein.

»Ich weiß, ich habe dir doch erzählt, dass der Frachter erst wendet und dann anlegt.«

Rose blieb nichts, als ihm zu vertrauen. Kaum stolperte sie aus dem Ankerkettenraum die Treppe hinauf, stand sie in der kalten Nachtluft. Über ihr der Himmel, unter ihr der Fluss. Zu Rose' Überraschung sah sie nicht nur das Wasser hinter der Reling brausen, sondern auch einen Teil des leuchtenden Industriehafens. Der Frachter hatte seinen Wendevorgang begonnen.

»Scheiße, scheiße, scheiße*!*«, fluchte Jack. »Leg einen Zahn zu, Eichhörnchen, wir haben nicht viel Zeit!«

Zeit wozu, wollte Rose fragen, aber Jack war schon vorgerannt und stützte sich dabei immer wieder an der Brüstung ab.

»Verflucht, warte!« Auf dem Boden sammelten sich Pfützen, als hätte es geregnet. Über die Schiffswände zu ihrer Rechten zogen sich grau lackierte Metallrohre, handtellergroße Schrauben, Leitern, die zu irgendwelchen Luken führten. Darüber türmten sich die Containerstapel in den Himmel auf. Hier und da warf eine Neonröhre ihr kaltes Licht auf die Reling. Jack und Rose duckten sich darunter hinweg und rannten das Deck entlang.

Jack legte so plötzlich eine Vollbremsung hin, dass Rose um ein Haar in ihn hineingeschlittert wäre. Er stoppte vor einer mannshohen Luke in der Wand. Das ovale Loch reichte Rose ungefähr vom Knie bis zum Kinn, dahinter nur Schwärze. Als ihre Augen sich ein paar Sekunden an die Dunkelheit gewöhnt hatten, erkannte Rose einen winzigen Hohlraum dahinter. Der Raum schien gähnend leer zu sein und gerade so hoch, dass Jack aufrecht darin stehen konnte. Wofür er wohl gebaut worden war?

»Sofort rein da und keinen Laut«, befahl Jack und stürzte sich gleich hinter Rose in die dunkelste Ecke der eisernen Höhle.

»Was hast du …«

»Still!«

Rose schloss den Mund und starrte ängstlich zum Ausgang ihres Unterschlupfes. Die Sekunden verronnen unendlich langsam.

Irgendwann hörte Rose den Grund für Jacks Panik: Schwere Schritte stampften über den Gang. Einen Augenblick später liefen zwei Besatzungsmitglieder mit Werkzeugkoffern an ihrem Wandschrank vorbei. Sie machten nicht mal Anstalten, einen Blick hineinzuwerfen.

»Aufnahmetest bestanden. Das Versteck ist nicht übel. Wir bleiben hier, bis wir anlegen«, flüsterte Jack an Rose' Ohr.

Erst jetzt bemerkte sie, weshalb sich die Wand in ihrem Rücken so warm anfühlte. Und weich. Rose lehnte an Jacks Brust gepresst, seine Hände umschlossen ihre Oberarme und zogen sie noch näher an ihn heran. Jack schien zu spüren, wie sich all ihre Muskeln anspannten, denn er lockerte seinen Griff.

»Äh, du kannst mich als deinen Schutzschild jetzt loslassen«, piepste Rose.

»Klar«, krächzte Jack und hüstelte. Er schob sie von sich und Rose stellte sich neben ihn, darauf bedacht, den schützenden Schatten nicht zu verlassen.

»Tja …«, wisperte Rose.

»Irgendwie kommen wir nicht davon weg, an Blechwände oder -zäune gelehnt auf irgendwas zu warten.«

»Irgendwie nicht«, stimmte Rose zu. »Wie lautet dein Plan?«

»Mein Plan. Richtig.« Als hätte Rose ihn an etwas erinnert, trat Jack plötzlich aus der Dunkelheit und wankte auf den Eingang zu.

»Spinnst du?«, quietschte Rose. »Bleib hier!«

Er verschwand durch die Wandluke und lief aufs offene Deck hinaus.

Kurz entschlossen wagte Rose sich ebenfalls aus dem Schatten und spähte um die Ecke. Jack stand ein paar Meter entfernt vor einer metallenen Kiste, die an der Reling klemmte und mit dem Warnsymbol beschriftet war. Er riss den Deckel hoch, verschwand zur Hälfte in dem Kasten und wühlte darin.

»Was machst du da?«

»Keine Ahnung. Was Hilfreiches«, entgegnete Jack. Der Hall in der Kiste verstärkte seine Stimme. »Vielleicht ist hier irgendwas … ha!« Triumphierend zog er zwei Stofffetzen in Neon-Orange hervor. Sie erinnerten Rose an Warnwesten.

»Zieh das an.« Jack wagte einen Blick über seine Schulter und warf Rose daraufhin eine Jacke zu. Die andere zog er selbst über. Rose faltete das hässliche Ding auseinander und schlüpfte hinein.

»Die Ähnlichkeit mit einer Boje ist verblüffend«, kommentierte Jack und verschwand hinter Rose in der Höhle. »Komm nach hinten, damit dich niemand sieht.«

»Mit diesem Ding wird man mich auch aus fünf Kilometer Entfernung erkennen«, protestierte Rose. »Warum müssen wir das tragen?«

»Wirst du schon sehen. Und jetzt sei leise. Jeden Moment geht's los.«

»Was geht los?«

»Der Anlegevorgang.«

Rose spürte förmlich, wie er die Augen verdrehte. »Und bis dahin verstecken wir uns hier?«

»Ein Geniestreich, ich weiß.«

»Geht so.«

»Gemessen an der Kniffligkeit der Situation, in die du uns gebracht hast, ist mein Fluchtplan bis hierher beispiellos«, schnappte Jack.

Rose hatte etwas entgegnen wollen, doch sie klappte den Mund widerstandslos zu. Wo er recht hatte, hatte er recht.

Schritte wurden wieder laut. Rose hörte sie auf dem Gang poltern, diesmal waren es mehr Menschen. Am Horizont erkannte Rose, dass sich der Frachter fast vollständig gedreht hatte und mit einem Mal, als die Schritte schon ganz nah klangen, fiel unerwartet ein Lichtstrahl in ihren Unterschlupf.

»Oh scheiße«, japste Rose und presste sich in eine Ecke, die das Licht des Mondes noch nicht erreicht hatte. Unsanft stieß sie an Jacks feste Brust.

»Mehr Abstand, Eichhörnchen«, knurrte er und Rose erkämpfte sich ihr eigenes Stück Stahlwand. »Ich denke mal, die sind auf dem Weg zu den Ankerketten.«

Rose nickte, obwohl er es nicht sehen konnte.

»Jack«, flüsterte sie dann. Er antwortete nicht. »Bitte sag mir, warum du dich umbringen willst.«

Rose hielt die Luft an. Der Zeitpunkt war beschissen für eine Frage wie diese, allerdings hatte sie das Gefühl, mit Jack gab es nur beschissene Zeitpunkte für Fragen. Außerdem blieben ihr nur gut dreiundzwanzigeinhalb gemeinsame Stunden. Vorausgesetzt, man schnappte sie nicht doch noch auf dem Schiff und steckte sie in getrennte Zellen.

»Eichhörnchen«, flüsterte Jack zurück. »Nein.«

»Bitte, Jack. Ich möchte nicht umsonst auf diesem dämlichen Schiff erwischt werden.« In einer spontanen Eingebung fügte sie hinzu: »Im Gegensatz zu dir müsste ich mich danach nämlich mit dem Papierkram der Staatsanwaltschaft herumplagen, wenn die Anzeige reinkommt.«

»Ach, darum geht's dir. Eine gute Entschuldigung, wenn sie dich verhören.«

»Nein«, widersprach Rose. »Es geht mir um Gerechtigkeit. Du musst es mir einfach verraten. Denn während du ganz entspannt tot bist, werde ich verklagt. Sollte ich da nicht wenigstens wissen, wofür?« Rose fragte sich, woher der Anfall von verbittertem Sarkasmus kam, als Jack plötzlich mit einem lauten Schnauben nieste. Sie zuckte zusammen. »Gesundheit.«

»Nein, ich …« Im Schatten der Dunkelheit sah Rose, wie er sich mit einer Hand übers Gesicht rieb.

»Ja?«

»Ich«, erwiderte Jack gedehnt, »ich glaube, ich habe gelacht. Oder es zumindest versucht.«

Moment. Dieses schnoddrige Prusten sollte ein Lacher gewesen sein, kein Niesen?

»Du hast gelacht? Jetzt?« Rose schüttelte verwirrt den Kopf.

Jack verbarg sein Gesicht vor ihr. »Vergiss es. Ich habe genau genommen keine Ahnung, was das war.«

»Nein, nein, nein«, widersprach Rose und huschte um Jack herum auf seine andere Seite, zu der er den Kopf gewandt hielt. »Das kannst du nicht zurücknehmen. Du hast gelacht!«

»Nein.«

»Doch, du hast gelacht!« Ein Lächeln breitete sich auf ihren Wangen aus.

»Nein, ich …«

»Du amüsierst dich gern auf meine Kosten, kann das sein?« Ihr Strahlen nahm ihr gesamtes Gesicht ein. Oh, wenn es das war, was er brauchte, würde sie in den nächsten dreiundzwanzigeinhalb Stunden nichts anderes tun, als sich zum Affen zu machen!

Jack starrte sie mit halb geöffneten Lippen an und drehte den Kopf in die andere Richtung. »Du solltest dir nicht so viel darauf einbilden«, antwortete er hart. »Ein Geräusch, das sich ein bisschen anhört wie ein Lachen, ändert nichts an meiner Entscheidung. Im Übrigen solltest du dir lieber überlegen, wie du unentdeckt von diesem Schiff runterkommen willst. Wir legen gleich an.«

Rose blickte zur Luke hinaus. Die Kräne des Frachthafens leuchteten orange am heller werdenden Nachthimmel. Dahinter stapelten sich Container kunterbunt auf wie Spielzeugklötzchen, seltsame Autos trugen die Boxen von den Kränen zu ihren Blocklagern. Nun, da Rose ihre Konzentration auf den sich nähernden Hafen legte, hörte sie das geschäftige Treiben und die Rufe der Hafenarbeiter. Plötzlich begann der Boden unter ihr zu ruckeln, als hätte sich ein überdimensionales Zahnrad in seinem Getriebe verkeilt.

»Der Motor oder die Ankerketten vielleicht«, erklärte Jack. Er schob sich an der Wand ihrer Höhle entlang bis zum Ausgang, lehnte sich vor und blickte hinaus. »Ich vermute, es dauert sieben bis neun Minuten, bis wir anlegen.«

Rose spürte, wie ihr das Herz in die Hose rutschte. Alles in ihr begann zu kribbeln und sie musste dringend aufs Klo. So war es immer, wenn sie extrem nervös war. Damals bei den letzten Klausuren an der Highschool zum Beispiel oder am Tag der Abschlussprüfung. Unruhig nestelte sie am Saum ihrer Warnweste herum.

»Egal, was du vorhast: Ich vertraue dir«, presste Rose aus ihrer zugeschnürten Kehle hervor.

»Musst du auch. Ich hätte dir in dieser Angelegenheit bestimmt nicht vertraut, Eichhörnchen.« Bevor Rose die Stirn runzeln konnte, fügte er hinzu: »Es kann nur einen Anführer geben. Und Operation

Blinder Passagier benötigt einen gewissen Grad an Genialität. Der mir glücklicherweise zu eigen ist.« Er warf Rose einen raschen Blick zu, seine Augen funkelten. Belustigt oder überheblich? Rose konnte sich nicht entscheiden.

»Dabei sind Operationen mein Spezialgebiet«, wisperte sie, doch Jack schien es nicht mitzubekommen. Er schlüpfte zurück in den blechernen Raum.

»Nur noch ein paar Minuten die Nerven behalten, Eichhörnchen.« Er zog sein T-Shirt an Saum und Ärmeln zurecht und strich die Warnweste glatt.

»Hm.«

Mit seiner Empfehlung, die Nerven zu behalten, hatte Jack ins Schwarze getroffen. Hätte Rose einen Herzschrittmacher, er wäre mittlerweile sicher explodiert, so stark klopfte ihr Herz. Sie war kurz davor *durch-zu-dre-hen*. Ablenkung, sie musste sich ablenken!

»Wenn du jemanden anrufst, legst du dir manchmal die Worte zurecht?«, fragte Rose.

Jack rümpfte die Nase. »Nie.«

»Warum nicht?«

»Entweder man handelt automatisch richtig oder eben nicht.«

»Ich hätte dich nicht für einen intuitiven Menschen gehalten.«

»Das bin ich auch nicht. Ich entscheide mit nichts anderem als dem Verstand. Da gibt es keine Intuition.«

»Aber du machst Fehler.«

»Kein Verstand arbeitet fehlerfrei.«

»Ich sehe das anders«, verkündete Rose. »Wer von vornherein glaubt, er würde rationale Entscheidungen treffen, ohne sie vorher zu durchdenken, der … Du bist ein Bauchmensch, Jack. Ein Bauchmensch im Kostüm eines Kopfmenschen.«

Jacks Haare wirbelten um sein Gesicht, als sein Kopf zu Rose herumflog. »Ich bin kein Bauchmensch.« Er spuckte den Begriff aus, als hätte er bei Bertie Botts Bohnen den Popelgeschmack erwischt. »Ich gebe meinem Gehirn eben nicht mehr als eine Chance.«

»Und weißt du, was das bedeutet?« Rose hielt die Luft an, als zwei Besatzungsmitglieder an ihrer Luke vorbeiliefen und sich lautstark unterhielten. Sie sprach im Flüsterton. »Es bedeutet, dass du es magst,

Gründe zu finden, dich über dich selbst zu ärgern. Deshalb forderst du Fehler heraus. Du bestrafst dich selbst. Was weiß ich, warum.«

Sogar im Schatten konnte Rose erkennen, wie er aschfahl wurde. »Und was ist mit dir, Eichhörnchen?« Er klang heiser. »Legst du dir die Worte am Telefon zurecht?«

»Klar.« Rose zuckte mit der Schulter. »Manchmal hat man eben nur eine Chance, etwas richtig zu machen.«

Im nächsten Moment flog Rose voller Wucht gegen die kalte Wand am anderen Ende des Raumes. Sie fing sich mit den Händen ab, ihre Schläfe schlug trotzdem mit einem leichten Rums gegen das Metall. *Autsch!* Das Motorrattern erstarb. Im selben Moment füllten aufgeregte Stimmen und der Lärm undefinierbarer Maschinen am Anleger die Stille. Mühselig schälte sich Rose von der Wand und sah zu Jack, der noch immer dort stand, wo sie ihn verlassen hatte. Rose glaubte, ein spöttisches Glänzen in seinen Augen auszumachen.

»Unelegant angelegt«, bemerkte Jack. »Der Hafenlotse sollte ein paar Übungsstunden nehmen. Wenigstens wissen wir nun eins.« Jack rückte erneut das orangefarbene Westen-Ding zurecht und strich sich mit beiden Händen die Haare nach hinten. »Wir sind da. Showtime, Zitterhörnchen.«

KAPITEL 13

Blinde Passagiere

NOCH 14 STUNDEN UND 29 MINUTEN

Jack spähte aus der Luke, um Zeit zu schinden. Es ging los. Auf der anderen Seite des Gangs befand sich die Reling und gut zehn Meter darunter die Kaimauern des Hafens. Sie hatten es geschafft. Sie hatten es wirklich geschafft, die gesamte Fahrt über unentdeckt zu bleiben. Jack hatte selbst nicht daran geglaubt, doch das hatte er dem Eichhörnchen nicht sagen dürfen. Andernfalls wäre es vielleicht in eine Totenstarre verfallen.

In diesem Moment war es zugegebenermaßen er selbst, der kurz davorstand, tot umzukippen. Der Schock über ihre Analyse seiner Person saß ihm in den Knochen, obwohl er natürlich wusste, dass sie falschlag. Er und ein Bauchmensch? Mitnichten. Jack lag nichts ferner, als unvernünftig und undurchdacht zu handeln. Dass er sich nicht auf Gespräche vorbereitete, hatte nicht zu bedeuten, dass er aus dem Bauch heraus entschied. Eher damit, dass Jack sein Gehirn als äußerst verlässlichen Apparat kannte, dessen Arbeitsergebnisse man ungeprüft verwenden konnte. Er musste sich keinen Einkaufszettel schreiben, Argumente zurechtlegen, ein Referat üben. Informationen sowie die Eloquenz, sie zu benutzen, hielt Jacks Gedächtnis stets parat. Und wenn er einmal einen Fehler beging, glaubte Jack, hatte er die Konsequenzen auch verdient – die guten wie die schlechten.

Jack fuhr mit der Hand in seine Hosentasche und kramte das Notizbuch hervor. Er löste den Stift heraus, blätterte auf eine leere Seite und hielt beides dem Mädchen hin, das mit dem Rücken an der Wand auf der anderen Seite des winzigen Raumes klebte.

»Was soll ich damit?«

»Zeit fürs große Finale«, antwortete Jack.

»Willst du mich vielleicht in deinen Plan einweihen?« Sie zog die Weste vor ihrer Brust zusammen, als könnte sie sich so gegen die Gefahren schützen, die außerhalb der blechernen Höhle lauerten.

»Wir werden das nicht planen«, bestimmte Jack. »Sobald andere Menschen im Spiel sind, kommt sowieso alles anders, als man denkt, und dann passt der Plan nicht mehr zur Situation. Ich vertraue darauf, dass mein Denkapparat spontan die bestmögliche Lösung für sämtliche Umstände bereithalten wird.« Weil sie nur schweigend auf ihrer Wangeninnenseite kaute, fügte Jack hinzu: »Es kann nicht schaden, so geschäftig wie möglich auszusehen. Nimm den Block.« Skeptischen Blickes nahm sie ihm Stift und Notizbuch ab. »Und jetzt los! Schultern nach hinten, aufrecht und selbstbewusst laufen. Wenn wir jemandem begegnen, was sehr wahrscheinlich ist, höflich grüßen und weitergehen.«

Jack packte ihr Handgelenk und zog sie aus der Höhle, bevor sie sich wehren konnte. Schon standen sie mitten auf dem Gang und linsten über die Balustrade. Von hier auf den Kai zu springen, würde ihren sicheren Tod bedeuten. Der Gang des Frachters befand sich viel höher über dem Boden, als es aussah, bestimmt so hoch wie die Dachrinne über einem Einfamilienhaus.

»Scheiße«, keuchte das Eichhörnchen und klang so atemlos wie in dem Spalt eben, als die Klaustrophobie kurz davor gewesen war, sie zu überwältigen. Das konnte Jack jetzt nicht gebrauchen. Er schleifte sie erbarmungslos hinter sich her zur Mitte des Schiffes. Noch gut einhundertdreißig Schritte und sie würden an der Zugangsbrücke ankommen, die bereits heruntergelassen worden war. Die ersten Besatzungsmitglieder hatten das Schiff verlassen, die Lascher den Frachter bereits betreten.

In diesem Moment war die Gangway unbenutzt.

»Da, siehst du die Treppe? Dort kommen wir runter zum Hafen.« Jack drückte die Hand des Mädchens, um es zu ermutigen, weiterzulaufen. Es klappte nicht. Ein Ruck ging durch Jacks Arm. Sie war stehen geblieben und starrte wie schockgefrostet in Richtung der Treppe. Jack folgte ihrem Blick. Schon registrierte er, was das Eichhörnchen erschrocken hatte: Der einzige Zugang zum Frachter wurde bewacht.

»Nichts anmerken lassen, einfach laufen«, raunte Jack und zog sie weiter, verlangsamte seinen Schritt aber dabei. »Überlass mir das Reden. Und denk dran: geschäftig wirken.« Ein Blick in ihre weit aufgerissenen Augen verriet ihm, dass sie alles andere als geschäftig wirkte. Eher wie ein Eichhörnchen auf dem Weg zu seiner Kreuzigung, seine Verurteilung in Form des Notizbuchs zwischen den Pfoten haltend.

»Das ist einer der Matrosen«, murmelte Jack zu sich selbst. Hautfarbe und Gesichtsform des Wachmanns ließen darauf schließen, dass er Filipino war, vielleicht auch Thailänder. Mit etwas Glück sprach er nur gebrochenes Englisch. Außerdem wirkte er jung und unerfahren, sodass er möglicherweise keine Fragen stellte. Erst recht nicht, wenn jemand das Schiff verlassen und nicht betreten wollte.

Für die letzten paar Schritte hob Jack das Kinn, spannte die Schultern an und löste seine Hand aus der Klammer des Mädchens. »Jetzt kannst du mir zeigen, ob eine Hollywoodschauspielerin an dir verloren gegangen ist«, stachelte er sie an, da drehte sich der Wachmann in ihre Richtung. Sein Einsatz. Jack wandte sich an das Eichhörnchen und setzte seine Dozentenmiene auf. »Hier sind wir an der Landungsbrücke, der sogenannten Gangway. Sie kann hydraulisch bewegt werden. Hierüber werden wir das Schiff wieder verlassen. Guten Morgen!« Jack setzte ein charmantes Lächeln auf, als wäre ihm der Wachmann erst jetzt aufgefallen, und hob zum Gruß zwei Finger an die Schläfe. Jack machte Anstalten, sich an ihm vorbeizuschieben, doch der stellte sich ihm in den Weg.

»Können Sie sich ausweisen?«, brummte der Wächter in gebrochenem Englisch.

»Ich bin ein Mitarbeiter des Hamborougher Hafens«, erklärte Jack und lüftete seine orangefarbene Warnweste, als wäre dies Beweis genug. »Ich erteile dieser reizenden Dame einen Rundgang über den Frachter. Besser gesagt wir haben unseren Rundgang soeben beendet. Ich hoffe, Ihnen hat es gefallen, Miss?«

Mit aufmerksamem Blick, der an Übertreibung grenzte, wandte Jack sich an das Mädchen an seiner Seite. *Jetzt bloß nicht die Nerven verlieren, Eichhörnchen.*

»Ja, sehr.« Zu seiner Erleichterung strahlte sie über beide Wangen und prostete ihm mit ihrem Notizbuch zu, als wäre dies ebenfalls ein Beleg ihrer ehrlichen Absichten. Dann wandte sie sich an den Wachmann und schenkte ihm einen koketten Augenaufschlag. Shit, was hatte sie denn nun vor? Das mit den Reizen einer Frau klappte immer nur im Film, das wusste doch jeder.

»Mein Name ist Elena Mirror von Radio Hamborough. Ich schreibe einen Artikel über die Abläufe an Containerterminals für das *Radio Hamborough Kids Onlinemagazine*. Schiffe, Autos und Maschinen sind genau das, wofür sich unsere kleinen Leser begeistern.« Sie kicherte so täuschend echt, dass Jack einen Moment überlegte, ob sie wirklich als Journalistin beim Radio arbeitete.

»Momentan möchten meine Jungs später Matrose werden. Ihr Beruf würde sie vor Freude zum Quietschen bringen. Vielleicht dürfte ich ja ein Interview …«

»Vergessen Sie nicht, dass wir bald die Löschung der Ladung begleiten wollen, Miss Mirror. Wir sollten uns beeilen«, unterbrach Jack, bevor sie sich zu tief in Lügen verstrickte. Bei der Ablenkungsstrategie galt stets die goldene Regel: So viel wie nötig, so wenig wie möglich. Und sie schoss gerade eindeutig über das nötige Maß an Lügen hinaus. Das schien auch der Wachmann zu bemerken, denn er runzelte die Stirn und lispelte: »Ich habe gar nicht mitbekommen, wie Sie das Schiff betreten haben.«

»Oh, wir sind auch nicht über die – wie sagt man? – Gangway an Bord gekommen, sondern gemeinsam mit den Hafenlotsen«, klärte das Eichhörnchen ihn auf, noch immer mit einem strahlenden Lächeln. »Ich habe nicht gewusst, dass beim Einlaufen eines so großen Schiffes die Kenntnisse von ortskundigen Lotsen nötig sind, die schon vor dem Anlegen aufs Schiff gebracht werden«, plapperte sie das nach, was Jack ihr kurz zuvor erklärt hatte. »Äußerst spannend, die Leser werden begeistert sein. Wer weiß, vielleicht wollen ja bald alle Kinder Hafenlotsen werden und keine Matrosen mehr?« Sie zwinkerte dem Matrosen verschwörerisch zu. Der sah Jack an, als hätte er kein Wort von alldem verstanden. Anscheinend traute er sich nicht, ihr in die Augen zu schauen, denn er fixierte andauernd einen Punkt an Jacks Hals.

»Das reicht jetzt«, unterbrach Jack ihren Redeschwall und hoffte, sie würde seine Botschaft verstehen. Er hatte die ihre ja auch verstanden: Ja, verdammt, sie war tatsächlich eine gute Schauspielerin.

»Nun, Sie hören es, ich muss mich beeilen. Wir dürfen die Fahrt mit dem Ladekran nicht verpassen«, bestätigte sie und schleuderte zum dritten Mal ein umwerfendes Lächeln auf den Wachmann.

Trotz ihrer Bemühungen verzog er keine Miene und fragte noch einmal: »Können Sie sich ausweisen?«

Im selben Moment erschütterten Schritte die Zugangstreppe, das Sicherheitsnetz unter dem Geländer begann zu wackeln. Jack fuhr herum. Ein Hafenmitarbeiter stampfte die Stufen hoch, den Helm in die Stirn gezogen. Ein grauer Dreitagebart wucherte über sein pralles Doppelkinn, sein runder Bauch drohte, die Knöpfe seiner Jacke jeden Moment zu sprengen. Eine Zigarette wippte stilecht in seinem Mundwinkel. Dem Klischee eines waschechten Seemanns machte er alle Ehre.

»Gin!«, rief er mit röhrendem Bariton die Stufen hinauf. »Wie läuft's bei dir?«

Jack warf dem Wachmann einen bitterbösen Blick zu und begann, umständlich in seinen Hosentaschen zu wühlen. Jetzt konnte sie nur ein Wunder retten.

»Oh, brauchen Sie meinen Presseausweis?«, fragte das Eichhörnchen fröhlich, doch Jack hörte das Zittern in ihrer Stimme. Sie hatte den Hafenmitarbeiter ebenfalls gesehen. »Ich hoffe, ich habe ihn dabei. Ich … ich hätte nicht gedacht, dass ich ihn brauchen würde …«

Wie Jack begann sie, ihre Taschen abzutasten, einschließlich der imaginären Innentaschen ihrer Weste. Auf einmal zog sie den Ausschnitt ihres Oberteils nach vorn und schob eine Hand in ihren BH. »Wenn ich keine Tasche dabeihabe wie heute, verwahre ich meinen Ausweis manchmal hier, wissen Sie. Das ist wirklich praktisch …«

Jack fielen fast die Augen aus dem Kopf. Endlich zeigte auch der Matrose eine Reaktion. »Ist okay«, stammelte er und drehte sich nervös um.

»Gin!«, wetterte der Seemann jetzt lauter. »Was machst du da schon wieder?«

»Danke schön«, flötete das Eichhörnchen. Diesmal war sie es, die Jack bedeutete zu gehen und sich die Treppe der Gangway runterstürzte. In ihrem blinden Aktionismus versuchte sie, sich an dem Walross von einem Seemann vorbeizuquetschen, der die schmale Treppe hinaufkraxelte.

»Immer langsam mit den jungen Pferden«, knurrte der Seemann und beäugte sie aus argwöhnischen Schlitzaugen. »Alter vor Dreistigkeit.«

Seelenruhig wartete er ab, bis Jack und sie mit klopfenden Herzen die Gangway rückwärts wieder raufgelaufen waren. Dann stapfte er schwerfällig die Treppe hoch, einen Schritt nach dem anderen.

»Wer ist denn der Vogel?«, fragte er und nickte dem Matrosen zu, der am Saum seiner Jacke nestelte.

»Ich weiß nicht«, nuschelte der Typ namens Gin.

»Hast du nach dem Ausweis gefragt?«, donnerte der Seemann. Dabei schien ihn mehr zu interessieren, ob er Gin eine Standpauke halten konnte, als dass er herausfinden wollte, wer Jack und das Mädchen mit den unnatürlich weit aufgerissenen Augen waren.

»J-ja?«, stotterte Gin und schien sich selbst zu fragen, ob seine Antwort stimmte.

Jacks Blick sauste hin und her. Der Seebär. Die Wache. Die Gangway. *Sein Mädchen.*

»War das eine Frage oder eine Antwort?«, röhrte der Seemann und zog an seiner Zigarette, dass sein Bauch sich aufblähte und die Knöpfe an seiner Jacke vor eine noch größere Herausforderung stellte. Er blockierte beinahe den gesamten Treppenabgang. Ein Schritt nach hinten und es gäbe kein Durchkommen mehr.

»Los«, raunte Jack und glücklicherweise verstand sie gleich, worum er bat. Die vermeintliche Elena Mirror schob sich so unauffällig wie möglich an dem Fettwanst vorbei und setzte einen Fuß auf die erste Treppenstufe. Jack drängte sich gleich hinter sie.

»Einen Moment«, dröhnte der Kerl, ohne sie eines Blickes zu würdigen. »Hast du nun die Papiere geprüft oder nicht, Gin?«

»Lauf«, flüsterte Jack in ihr Ohr. Sie zögerte nicht eine Sekunde. Auf sein Kommando stürmte Jacks tapferes Eichhörnchen die Treppe runter, als würde es fliegen. Ihr Haar wehte Jack ins Gesicht, ihre Hände glitten über das Geländer und sie nahm keinerlei Rücksicht auf den Lärm, den ihr Getrampel auf dem Aluminium verursachte.

»Hey!«, bellte der Fettwanst, als die beiden schon die Hälfte der Treppe hinter sich gelassen hatten. Die Stufen unter ihnen bebten, als der Seemann den ersten Fuß auf die Treppe donnerte. Jack sah nicht nach, ob jemand auf sie aufmerksam geworden war, er rannte nur hinter dem Mädchen her, vor dem er seit dem ersten Moment am liebsten geflohen wäre.

»Hey! Blinde Passagiere von Bord!«, brüllte der Seebär. Jack sah vor seinem geistigen Auge förmlich, wie er mit seinen Wurstfingern auf sie zeigte.

»Nicht hochschauen, nur laufen!«, befahl Jack und abermals gehorchte das Eichhörnchen. Ihre Schritte knallten auf den Stufen wie Peitschenschläge. Gerade als Jack dachte, die Treppe würde kein Ende nehmen, trat er auf Asphalt. Sein Blick schoss hin und her, innerhalb einer Sekunde verschaffte er sich einen Überblick: Ein paar Hafenarbeiter standen unschlüssig in der Gegend herum und starrten sie an, als würden sie darüber nachdenken, ob sie festzuhalten in ihrem Zuständigkeitsbereich lag. Geradeaus reihten sich die Blocklager auf, Gänge fädelten sich zwischen die Reihen, so lang, dass ihre Enden am Horizont verschwanden. Wenn sie sich in eine der Gassen begaben, würde es kein Entkommen geben, denn die Hafenarbeiter könnten sie von zwei Seiten einpferchen. Es blieb nur die Flucht über die Straße, die am Ufer entlangführte – zurück in die Richtung, aus der sie auf dem Schiff gekommen waren. Zurück zur Brücke.

Sein Blick fuhr über das Mädchen, es schien immer noch in Fassungslosigkeit gefangen. Sie stand mit leerem Blick am Fuß der Treppe, zupfte geistesabwesend an ihrem Rockzipfel und drehte den Kopf von einer Seite zur anderen.

»Weiter!«, gellte Jack, packte sie erneut am Arm und riss sie hinter sich her. Jacks Berührung schien die Lebensgeister in ihr zu wecken, sie wirbelte herum und folgte ihm auf dem Fuße. Sie rannten die befestigte Straße entlang, ließen rechts den Fluss, links die Containerreihen an sich vorbeiziehen, wichen den Hochhubprotalwagen, Hafenarbeitern und Ladekränen aus.

In der Ferne erkannte man die beleuchtete *Pearly Gates Bridge*, die sich von dieser Seite über den Fluss zur Grünen Insel beugte. Jack fixierte die Brücke, als könnte er sich mit Blicken an sie heranziehen.

Er beschleunigte. Das Eichhörnchen hielt mühelos Schritt. Jack würde sich später erkundigen, woher ihre Sportlichkeit rührte – und wie zum Teufel sie es schaffte, in diesen Schuhen zu rennen.

Über den in seinen Ohren sausenden Wind hinweg hörte er, wie das Geschrei der Hafenarbeiter anstieg. So etwas wie »Haltet sie fest« schallte durch das Hafengebiet. Jack wagte einen Blick über seine Schulter. Ja. Ja! Er fühlte etwas aus seiner Lunge hochrollen, etwas Kribbelndes, etwas Gutes. Etwas wie einen Jubelschrei!

Ein Teil der Besatzung und der Arbeiter lief ihnen halbherzig hinterher. Sie hatten keine Chance. Das Eichhörnchen und er, sie waren zu schnell. Mit jedem Schritt ließen sie ihre Feinde weiter hinter sich. Die Arbeiter, an denen sie vorbeijagten, schauten ihnen verdutzt hinterher und kratzten sich nachdenklich unter ihren Schutzhelmen. Sie hatten noch nicht begriffen, was soeben Spektakuläres auf dem Frachter geschehen war. Eine gelungene Flucht. Blinde Passagiere, die dem Wachmann entkamen, ohne eine Spur zu hinterlassen.

»Wir haben es geschafft!«, jubelte das Mädchen übermütig und schrie damit heraus, was Jack in der Kehle feststeckte. »Da! Das Ende.«

Sie zeigte auf eine Stelle, wo ein niedriger Zaun den Asphaltboden von einem Grünstreifen trennte. Hinter dem Gitter befand sich ein flacher Graben, der das Hafengebiet von einem Hain abgrenzte. Und dahinter: der Deich, die Brücke. Der Rest der Welt.

»Endspurt«, keuchte Jack, dessen Muskeln brannten und dessen Lunge schmerzte, als hätte sie jemand von innen vereist. Trotzdem rannte er weiter. Das Mädchen mit den wehenden Haaren überholte ihn, als würde ihm das Laufen gar keine Mühen bereiten.

»Komm schon, Jack!« Sie lachte übermütig, schwang sich über den Zaun in den Graben, landete auf beiden Sohlen und kletterte mit flinken Füßen auf der anderen Seite wieder hinauf. Jack forderte seinen Muskeln noch mal alles ab, hechtete ebenfalls über die Absperrung und sprang beinah über die gesamte Grube. Er kam neben ihr auf der Schräge auf.

»Nicht schlecht«, lobte sie und erklomm den Rest des leichten Gefälles, bis sie in die Schatten der Baumkronen gelangte.

»Halt«, herrschte Jack sie an und gab sich Mühe, seine Schnappatmung zu unterdrücken. Seine Brust hob und senkte sich mit einer

Heftigkeit, als würde seine Lunge gegen das Ersticken ankämpfen. Was war mit diesem Mädchen los, dass es nicht einmal keuchte? »Du kannst jetzt normal laufen. Wir haben sie abgehängt.« Am liebsten hätte er sich auf seinen Knien abgestützt, doch vor ihr wollte er sich das nicht anmerken lassen. Also blieb er aufrecht stehen.

»Aber sie werden weiter nach uns suchen«, widersprach das Eichhörnchen und tippelte auf der Stelle. »Hier sind wir nicht sicher.« Jack atmete so flach es ging in seine brennenden Lungen. Die Atemnot raubte ihm die Sinne. Das Rattern und Piepen der Hafenmaschinen in der Ferne konnte er hinter dem Rauschen in seinen Ohren kaum hören. Sein Gleichgewichtssinn geriet ins Wanken.

»Jack, beeil dich!«, drängte sie.

»Sie werden nicht nach uns suchen.« Jack schleppte sich schwerfällig die Grube hinauf. Ihm war unbegreiflich, wie sie die Kondition einer Marathonläuferin an den Tag legen konnte. »Niemand sucht nach zwei harmlosen Studenten. Wahrscheinlich denken sie, wir hätten uns einer Mutprobe gestellt oder waren betrunken oder so.« Er konnte das Risiko nicht eingehen, ihr noch einmal folgen zu müssen. Noch einmal ihrem Schatten hinterherzujagen und sie doch nicht einzuholen. Wenn er sie so anschaute, wie sie aufrecht vor ihm stand, die Hände in die Hüften gestemmt, die Wangen vor Leben sanft gerötet, würde genau das passieren: Er konnte sie nicht einholen.

Das Mädchen musterte Jack unschlüssig.

»Mag sein. Vielleicht interessiert sich tatsächlich niemand für uns. Trotzdem können wir nicht hierbleiben.« Sie legte den Kopf schief. »Kommst du nun oder machst du schlapp?«

Die Fältchen um ihre Augen kräuselten sich. Könnte ihr Blick Funken sprühen, würde er es in dieser Sekunde tun. Jack sah es in ihren Augen, in ihren Mundwinkeln: Die Euphorie über ihre Flucht ließ sie innerlich beben vor Glück. Sie waren blinde Passagiere gewesen, verdammt. Sie hatten die Besatzung, ach was, sie hatten den ganzen Industriehafen an der Nase herumgeführt. Sie sollten auf dem Boden liegen und sich die Bäuche halten vor Lachen. Sie sollten ihr Erlebnis in seine Einzelteile sezieren, zweimal, dreimal, bis die Sonne aufging, um ihre Jugendsünde unvergesslich zu machen. Sie sollten ein Geheimnis teilen und verschwörerisch grinsen, jedes Mal, wenn Worte wie

›Schiff‹ und ›Flucht‹ und ›Einbruch‹ fielen. Dies war ein Zeitpunkt zum Glücklichsein. Und es war kein Kunststück zu erkennen, dass sie genau das gern gemeinsam mit ihm wäre: glücklich.

Jack jedoch fühlte sich für nichts davon bereit. Wie er dort an der Kante des Hangs hinunter zum Graben stand, keuchend, schwitzend, waren seine Füße schwer wie Blei. Ein unsichtbares Gewicht zog ihn nach hinten. Vielleicht würde er es nicht mal das letzte Stück hinauf zu ihr schaffen und stattdessen rückwärts in den Graben purzeln. Scheiße, ihm fehlte sogar die Kraft, seine Mundwinkel zu heben.

In jeder Zelle seines Körpers fühlte Jack, wie die Energie aus ihm herausfloss. Das Adrenalin, das ihn eben noch angetrieben hatte, wich der Erschöpfung. Der Jubelschrei über ihre gelungene Flucht in seiner Kehle fiel in sich zusammen. Müdigkeit übermannte Jack mit einer Gewalt, die er nie zuvor erlebt hatte. Und er war erfahren mit Müdigkeit, seit jenem Tag im Herbst. Immer wieder hatte ihn die Erschöpfung in den letzten Monaten an den Füßen nach unten gezogen, sodass Jack fürchtete, nie mehr an die Oberfläche zu gelangen. Aber noch nie so tief wie in diesem Moment.

Jack wusste genau, was in ihm vorging. Er war aufgezehrt, nicht dumm. Die Zeichen waren eindeutig: Seine Lungen brannten nicht mehr, trotzdem hörte Jack sich keuchen. Sein Energiehaushalt war längst wieder aufgefüllt, trotzdem pumpte sein Herz wie wild. Obwohl sich seine Muskeln längst regeneriert hatten, konnte er sich kaum auf den Beinen halten. Erschöpft vom Denken. Müde vom Atmen. All diese Symptome führten Jack unweigerlich zu der Diagnose, dass es ihm nicht etwa an körperlicher Stärke mangelte. Sein Körper hatte eine Art Energie verbraucht, die sich nicht erneuern ließ. Eine Energie, deren Verlust es anstrengend machte, *da* zu sein. Eine Energie, mit der Jack sich noch besser auskannte als mit dem Tod.

KAPITEL 14

Die Glücksglas-Metapher

NOCH 14 STUNDEN UND 3 MINUTEN

An der psychologischen Fakultät hatte man Jack so umfangreiches Wissen über jene Form von geistiger Erschöpfung zugesprochen, dass der Dekan ihn einmal gebeten hatte, in einer Vorlesung darüber zu referieren.

Das Problem: Je näher die Woche dem Freitag kam, desto schwerer fiel es Studenten, komplexe Inhalte aufzunehmen. Am Tag von Jacks Vortrag befand sich der Freitag im fortgeschrittenen Stadium. Noch dazu hatte man ihm Erstsemester in die hölzernen, mit Kaugummi beklebten Klappstuhlreihen gesetzt. Deshalb hatte Jack seine Erläuterungen in eine Metapher verpacken müssen, die man sogar mit Restalkohol im Blut verstand. Jack glaubte daran, dass Menschen nichts lernen mussten, wenn man ihnen die Chance gab, es zu verstehen.

»Stellt euch vor, wir tragen ein imaginäres Behältnis in uns, in dem wir unser Glück aufbewahren«, hatte er seinen Vortrag eröffnet und augenblicklich sämtliche Aufmerksamkeit auf sich gezogen. So war das halt, wenn man Jack war. »Unsere Hoffnung und positiven Gefühle, jedes subjektiv freudige Erlebnis verwahren wir in diesem Behälter. Der Mensch ist so konzipiert, dass er sein Gefäß intuitiv füllt. Er möchte Glück empfinden, er braucht es, um kognitive Dissonanzen zu relativieren. Was das bedeutet? Mit dem Inhalt unseres Glücksglases können wir schlechte Gefühle ausgleichen. Für jedes Unglück, jeden Moment der Trauer, Stress oder Schmerz schöpfen wir einen Tropfen aus diesem Gefäß. Ihr habt die letzte Klausur verhauen? Dafür war die Party am Vorabend saugeil. Ihr habt einen Leckt-mich-doch-alle-Tag? Netflix-and-chill wird's schon richten.« Albernes Gekicher im Hörsaal. »Unbewusst stellen wir das Gute gegen das Böse«, fuhr Jack fort. »Wir wiegen das Negative mit Positivem auf. So können wir unsere Umwelt und ihre Negativität ertragen. Doch manchmal«, Jack machte eine bedeutungsschwere Pause und senkte die Stimme, »manchmal scheint dieses Gefäß ausgeschöpft. Wir sind verzweifelt, sehen keinen Ausweg. Kein Tropfen Glück mehr übrig, mit dem wir unsere Wunden heilen können. Mit dem wir die Enttäuschung bekämpfen können, erneut verlassen worden zu sein. Mal wieder. Oder um den Schmerz zu lindern, etwas verloren zu haben.« Im Hörsaal wurde es mucksmäuschenstill und Jack lächelte in sich hinein. Er musste nicht lang warten, bis eine motivierte Erstsemester, der acht Jahre Schuldrill noch in den Knochen saßen, die Hand im Hermine-Granger-Style in die Höhe schnellen ließ.

»Ja?«

»Wie kann man ein leeres Glücksgefäß wieder füllen?«

»Entscheidend ist nicht, ob das Glücksglas leer ist«, schoss Jack zurück. »Jeder hier kennt das Gefühl, in einem schwarzen Loch zu sitzen, aus dem er sich nicht befreien kann. Los, Hände hoch, Leute, wer hatte schon mal einen melodramatischen Jetzt-ist-alles-verloren-Moment?« Augenblicklich stieg der Murmelpegel an. Die ersten Mädchen wandten sich beschämt kichernd zu ihren Freundinnen und hoben zaghaft die Hände.

»Wer die Hand nicht gehoben hat«, würgte Jack das Gemurmel ab, »lügt. Wer hier studiert, hat schon mindestens einen Nervenzusammenbruch oder hysterischen Lachanfall erlitten, als Professor Tanner ›klausurrelevant‹ genuschelt hat.«

Jack warf seinem Doktorvater, der in der ersten Reihe saß und in seiner Kladde Notizen machte, ein freches Grinsen zu, während der Hörsaal in Gebrüll ausbrach. Jack zog die Aufmerksamkeit zurück auf sich.

»Das Gute ist: Alle, die hier sitzen, haben seine Folterfragen überlebt. Ihr habt euch aus eurem schwarzen Loch der Lernzettel und Karteikarten gehievt und den Weg zurück in ein normales Studentenleben gefunden – ich rieche eure Fahnen bis hierher. Glückwunsch.

Die meisten finden wie ihr einen letzten Tropfen, der sie am Leben hält. In eurem Fall war es vielleicht der Gedanke an die Semesterabschlussparty. Andere Menschen finden die Motivation weiterzumachen in ihren Kindern, einer sozialen Verantwortung, der Liebe zu einem Menschen. In einem Land oder einer persönlichen Hingabe. Oder in einer Therapie. Meist füllt sich das Gefäß irgendwann wieder. Deshalb, Hermine«, Jack wackelte mit einem Stift in Richtung des Mädchens, das die Ausgangsfrage gestellt hatte, »kommt es nicht auf die an, deren Glas leer ist. Worauf wir unsere Augen und unsere Herzen richten müssen, sind die Menschen, deren Glücksglas zerbrochen ist.«

Im Hörsaal wurde es totenstill.

»Es gibt«, begann Jack und die Studenten hingen regungslos an seinen Lippen. »Es gibt Personen, deren Gefäße lecken. Ganz gleich, wie viel Glück, Liebe und Freude ihr hineinfüllt, die positiven Gefühle verschwinden genauso schnell durch den rissigen Boden des Glases, wie sie hineingelangt sind. Das Glas bleibt leer. Diese Menschen haben nichts, mit dem sie negative Erlebnissen aufwiegen können. Mit einem Mal wird die kleinste Zurückweisung zur Qual. Es fehlt das Selbstwertgefühl, um zu erkennen, dass die spitze Bemerkung des Kommilitonen spaßhaft zu verstehen war. Stattdessen fühlt sich jede Neckerei an wie ein Dolchstoß. Jeder Hauch von Negativität zieht sie tiefer ins schwarze Loch, weil kein Glücksgefühl in ihrem zerstörten Gefäß sie zurück an die Oberfläche hangeln lässt. Selbst eine Flut an positiven Erfahrungen könnte sie nicht retten, weil Glück durch das zerbrochene Gefäß hindurchfließt und verdunstet. Es wird nicht gespeichert, nicht angenommen und ist damit nutzlos. Das ist das Gefährliche an zerbrochenen Glücksgefäßen: Manchmal hat das schwarze Loch jene Menschen am tiefsten in sich hineingesogen, die den ganzen Tag lachen. Ihr Problem liegt nämlich nicht darin, dass sie keine glücklichen Erfahrungen *machen*. Ihr Problem ist, dass sie das Glück nicht konservieren und im Kampf gegen negative Gefühle einsetzen können.« Die Studenten wichen Jacks Blick aus, als wären sie selbst verantwortlich für die zerbrochenen Gläser auf dieser Welt. Vielleicht waren es einige von ihnen auch.

Nur Hermine wagte einen weiteren Vorstoß. Ihre dünne Stimme hallte im Hörsaal wider. »Wie können wir kaputte Glücksgläser reparieren?«

Jack nickte anerkennend. »Die Herausforderung ist folgende: Wir können das innere Glas eines Menschen nicht sehen. Manchmal mag es nur von einem Haarriss durchzogen sein, manchmal ist ein Stück herausgebrochen. Dass wir die Art des Schadens nicht sehen können, macht es schwierig, ihn zu behandeln. Wir können nur versuchen, das Ausmaß des Defekts zu spüren und zu erfragen. Dann können wir einschätzen, ob wir das Glas mit Watte polstern müssen, um den Austritt des Glücks hinauszuzögern, oder ob wir ein Loch mit einem Keil versiegeln müssen.«

Jack sah aus dem Augenwinkel, wie ihn der Doktorvater über den Rand seiner Brille musterte und die Brauen hochzog. Damit hatte Jack gerechnet. Ab hier musste er seine Sprechgeschwindigkeit um mindestens dreißig Prozent erhöhen, wenn er dem Kurs mitgeben wollte, was er zu sagen hatte. Denn was Jack plante zu dozieren, würde dem Professor ganz und gar nicht gefallen.

Jack holte Luft. »Sie fragen, wie Sie das Glas reparieren können, Miss Granger. Sie erwarten, dass ich Ihnen nun verschiedene Methoden der Diagnose und Therapie präsentiere, wie es der Lehrplan von Professor Tanner für heute vorsieht. Vergessen Sie's. Ich sage Ihnen eins: Nichts auf der Welt kann ein inneres Glücksgefäß heilen. Ihr könnt es flicken, stopfen, kitten, kleben. Aber niemals kann eine Therapie die Zeit bis zu dem Moment zurückdrehen, als das Glas noch ganz war.«

Im Hörsaal brandete Raunen auf. Hätte Stirnrunzeln ein Geräusch gemacht, müsste man sich die Ohren zuhalten. Professor Tanner schnappte nach Luft und schlug seine Kladde zu. »Mr Raider, ich muss …«

»Viele von euch sind hier in der naiven Hoffnung, Menschen den Weg zurück ins Leben zu zeigen. Das mag dort funktionieren, wo das Glas leer ist. Ein zerbrochenes inneres Glücksgefäß jedoch ist unheilbar. Ich halte jeden von euch dazu an, sich für seine Zukunft als Psychologe folgende Frage zu stellen: Wenn ihr niemals wieder die Chance hättet, glücklich zu sein – ist der Tod nicht vielleicht doch eine sinnvolle Entscheidung?« Jack hob die Stimme, um Tanner und die tuschelnden Studenten zu übertönen. »Stellt euch diese Frage und versucht dabei zu verstehen, wie sich ein Suizidgedanke anfühlt. Er fühlt sich an, als wäre der Behälter kaputt, in dem man Glück konserviert. Das ist alles, was ich heute von euch verlange.«

Jack hatte seinen Stift genommen und den Schwung leerer Blätter, die den Eindruck erwecken sollten, er hätte für heute ein Skript vorbereitet. Er sprang vom Pultpodest, Tanner stellte sich ihm in den Weg. Jack machte einen geschickten Bogen um den rot angelaufenen Was-zur-Hölle-ist-in-Sie-gefahren-Professor und verließ den Raum. Es war, als würde jeder seiner Schritte die Aufregung der Erstsemester befeuern. Selbst als die schwere Feuerschutztür hinter Jack ins Schloss gefallen war, konnte er die Studenten noch aufbegehren hören. Ohne dass ihm jemand nachlief, spazierte er aus der Glastür der Fakultät zum Mitarbeiterparkplatz, öffnete den Kofferraum seines Autos und nahm den militärgrünen Backpacker-Rucksack heraus.

Es war der letzte Vortrag, den Jack an der psychologischen Fakultät gehalten hatte. Das letzte Mal, dass er seinen Doktorvater getroffen und eine Universität betreten hatte. Das letzte Mal, dass jemand Jack gesehen hatte, bevor ihn die Polizei zur Fahndung ausschrieb. Der letzte normale Tag seines Lebens.

KAPITEL 15

Definition von Wahnsinn

NOCH 14 STUNDEN UND 1 MINUTE

»Jack?«, fragte das Mädchen und machte einen vorsichtigen Schritt in seine Richtung. »Alles okay?«

Jack rang nach Luft. Vor seinem geistigen Auge flimmerte es. Der Uniparkplatz verblasste. Langsam drängten sich die Schatten der Bäume, das graugrüne Gras und der erdige Abhang des Hains zurück in Jacks Blickfeld. Und ein paar Meter entfernt das Mädchen, dessen braunes Haar in einer salzigen Windböe wehte und an ihren Lippen kleben blieb. Sie strich es sich aus dem Gesicht und trat einen zögerlichen Schritt auf ihn zu wie auf ein verwundetes Wildtier. Wie lang hatte er dort am Rande des flachen Abgrundes gestanden und sie angestarrt?

»Du siehst nicht gut aus«, murmelte sie. Endlich eine Frau, die die Wahrheit aussprach. Die Wahrheit über sein Inneres zumindest. »Herrgott, Jack. Was ist auf einmal in dich gefahren?«

»Ich habe mich an etwas erinnert«, antwortete Jack tonlos und erschrak über den blechernen Klang seiner Stimme.

»Okay …« Sie warf einen ungeduldigen Blick über seine Schulter zum Hafen und rieb sich die Handflächen an ihrem Rock. »Könntest du mir später davon erzählen?«

»Nein, kann ich nicht.«

»Und warum nicht?« Allmählich schlug ihre Ungeduld in Ärger um.

»Weil mir die Erinnerung etwas klargemacht hat.«

Die Gewissheit überkam Jack in dem Moment, als er es aussprach. Auf einmal wurde er ganz ruhig. Sein Körper hörte auf, gegen den Tornado aus Gedanken zu rebellieren. Jacks Lunge entkrampfte und seine Beine zitterten nicht mehr. Als wollte ihn sein Körper darin bestätigen, dass er mit seiner Erkenntnis richtiglag.

Zielstrebig steuerte Jack auf das Mädchen zu. Vielleicht wirkte das bedrohlich, denn sie wich die paar Schritte zurück, die sie gerade auf Jack zugegangen war, bis ihr Rücken gegen einen dicken Baumstamm stieß. Jack baute sich vor ihr auf und stützte sich neben ihren Schläfen an der Rinde ab. Seiner Erfahrung nach wirkte dies wie eine dominante Geste, aber Jack suchte einfach nur Halt. Der Stamm fühlte sich rau und feucht unter seinen Handflächen an.

Sie schnappte erschrocken nach Luft, dabei streifte ihr Atem sein Kinn. »A-ach ja? Was ist dir denn klar geworden?« Wenn Jack nur früher gewusst hätte, dass es lediglich etwas Körpernähe benötigte, um sie aus dem Konzept zu bringen. Nun war es leider zu spät.

»Ich habe verstanden, dass etwas ziemlich Wichtiges in mir zerbrochen ist«, erklärte er.

»Na, dein Ego ist es jedenfalls nicht.« Ihre Augen formten sich zu zwei belustigten, aber verunsicherten Halbmonden. »Hättest du mich mal früher gefragt. Für diese Erkenntnis hättest du nicht drei Minuten wie schockgefrostet im Graben stehen müssen. Ich hab kurz befürchtet, dir hätte ein Hafenarbeiter einen Betäubungspfeil in den Hintern gejagt.«

Seine Lippen verzogen sich zu einem nachsichtigen Lächeln. Sie verstand nicht. Wie sollte sie auch? Bis eben hatte Jack es selbst nicht verstanden. Er war bislang davon ausgegangen, dass er den Freitod lediglich wollte. Dass ihn die Schuld trieb und ein Versprechen. Aber Jack war nicht klar gewesen, dass er gar keine andere Möglichkeit besaß, als sein Leben zu beenden. So lächerlich es auch klang, er hatte erst bei der Erinnerung an seinen Vortrag im Hörsaal durchschaut, was ihn an seinem letzten Tag an der Uni getrieben hatte, den Erstsemestern von seiner Glücksglas-Metapher zu erzählen. Worin der Grund lag, dass ihn die Flucht niederschmetterte, anstatt zu beflügeln. Warum ihn all das aufzehrte, woraus seine Begleiterin Kraft schöpfte.

Jacks eigenes Glücksgefäß war zerbrochen. In tausend Einzelteile zerborsten. Irreparabel zerstört.

So einfach war das.

Selbst wenn Jack noch so schnell rannte; wenn er sein Lachen wiederfand; wenn er sich öffnete, obwohl er geschworen hatte, seine Gedanken mit ins Grab zu nehmen; wenn er Gefallen an jemandem fand, obwohl er geglaubt hatte, er würde sich nie wieder für etwas begeistern – Jack konnte das Gute nicht in sich bewahren. Er würde es niemals gegen die Dunkelheit einsetzen können. Denn das Glück entrann ihm in dem Moment, in dem er es verspürte.

Die Finsternis würde ohne Unterlass mit ihren klebrigen Fingern nach seinen Knöcheln langen und ihn in die Tiefe reißen, bis er glaubte zu ertrinken. Ihn an die Oberfläche strampeln lassen, damit er in der Illusion schwebte, er hätte sie besiegt. Sie würde ihm helle Tage vorheucheln, leuchtende Tage, nur um im glücklichsten aller Momente ihren Griff zu festigen und mit einem unbarmherzigen Ruck an seinen Knöcheln zu zerren, bis er im finsteren Sumpf verschwand. So wie jetzt, wo sie ihm im wahrsten Sinne des Wortes die Kraft raubte, weiterzulaufen.

Er würde die Dunkelheit niemals loswerden – so wie ein Fisch im Netz nicht frei war, nur weil er etwas Platz zum Schwimmen fand. Genauso würde Jack kein glücklicher Mensch werden, nur weil dieses zauberhafte Mädchen mit der frechen Zunge, dem bildhübschen Gesicht und dem wehenden Haar ihn mit Glück übergoss. Es wäre zu schön, wenn sie seine Seelenfolter mit ihrer Leichtigkeit in die Schranken weisen könnte. Aber sie konnte es nicht. Das erkannte Jack, während sie schwer atmend zwischen seinen Armen eingesperrt am Baumstamm lehnte. Ihre Pupillen zuckten hin und her im Versuch, seine Gedanken von seinen Augen abzulesen. Ihre Wärme strahlte bis zu Jacks nacktem Schlüsselbein am Halsausschnitt. Sie brachte sein Herz zum Klopfen – aber nicht aus nervöser Vorfreude. Es fühlte sich an, als würde es gerade stranguliert. Die dunkle Iris des Mädchens zog ihn wie magisch an, sie verschlang ihn beinahe mit ihrem Blick. Doch anstelle eines wohligen Flatterns in der Magengegend spürte er, wie die Finsternis unheilverkündend als Gänsehaut über seinen zum Zerreißen gespannten Körper strich.

Verdammt, er musste es sich endlich eingestehen! Dieses unfassbar nervige, viel zu vorlaute, unreflektierte, überemotionale, vollkommen unvollkommene Mädchen hatte alles, was er sich je von einer Frau gewünscht hatte. Trotzdem spielte es keine Rolle. Wenn nicht mal eine Frau wie sie die Schwärze in ihm zähmen konnte, würde es keiner schaffen.

Damals hatte Jack etwas verloren, das ihm niemand wiedergeben konnte. Kein Psychologe, kein Geld und keine Liebe dieser Welt. Nicht einmal ihre. Und deshalb musste er sein Leben endlich selbst in die Hand nehmen: Er musste hier weg. Nicht nur weg von ihr und von diesem Ort, sondern weg von diesem Erdball. Der einzige Ausweg aus einem zur Dunkelheit verdammten Leben lag in dessen Beendigung. Es gab keinen Weg, der daran vorbeiführte.

Jack hob das Kinn, biss die Zähne zusammen und ballte die Hände zu Fäusten. Er konnte diesen Scheißschatten vielleicht nicht entfliehen und dieses Mädchen konnte sie nicht vertreiben. Aber für ein paar Stunden konnte Jack es vielleicht schaffen, die Finsternis hinzuhalten. Sie war stark, aber schwer und träge. Vielleicht schaffte er es bis zur Klippe an den *Hamborough Falls,* bevor sie ihn erwischte. Und von da an, oh, von da an würde er die Finsternis endgültig abhängen.

Alles würde ein Ende haben.

Die Schuld, das Gewissen, die innere Zerrissenheit. Die Hetzjagd nach seelischer Erleichterung.

Jack lächelte das erste ehrliche Lächeln seit langer Zeit. Es bestätigte ihn darin, dass er diesmal den richtigen Entschluss gefasst hatte. Er musste ihn nur noch in die Tat umsetzen.

»Sag mir, was los ist«, flüsterte sie. Ihre Worte rissen Jack aus seinem Gedankenstrudel. Er zuckte zusammen, öffnete den Mund und schloss ihn wieder. Plötzlich war ihre Nähe zu viel. Jack stieß sich vom Baum ab, machte eine Kehrtwendung, entfernte sich ein paar Schritte und fuhr sich mit beiden Händen durchs Haar.

Was sollte er ihr sagen? Sollte er etwas sagen?

Nein.

Schon ihr aufrichtiger Blick aus diesen tiefdunklen Augen, mit denen sie ihn musterte, während sie regungslos zwischen den Baumwurzeln stand, war schwer zu ertragen. Bei dem Gedanken daran, wie sie ihm erklärte, dass sich zerbrochene Glücksgefäße reparieren ließen, zog sich Jacks Brust so schmerzhaft zusammen, als hätte man ihm Gift injiziert. Nein. Mit *ihr* seinen Tod zu diskutieren, wäre beinahe so qualvoll wie die Dunkelheit, wenn sie ihren Schatten auf seine Seele warf. Außerdem durfte er das Mädchen nicht mit reinziehen. Ihr Herz war rein, gesund, unberührt. Er wollte um nichts auf der Welt, dass sein Tod auf ihren Schultern lastete. Deshalb war es nun an der Zeit, sich zu verabschieden. Er ließ die Hände sinken und drehte sich entschlossen in ihre Richtung.

»Ich schlage vor, du gibst mir mein Notizbuch zurück und wir sind quitt«, knurrte Jack. »Du hast mir geholfen, vor der Polizei zu fliehen, ich habe dich vom Schiff gelotst. Das war's.«

Das Mädchen schien nicht überrascht von seinem plötzlichen Sinneswandel. Es lachte nur leise, spürte anscheinend nichts von der Kälte, die Jack umgab, und strich sich eine Strähne hinters Ohr.

»Oh nein, keine Chance. Du hast mir vierundzwanzig Stunden für mein Experiment versprochen und ich bestehe darauf.«

»Sonst was?« Jack schlich langsam auf sie zu, die kleinen Äste am Boden knackten unter seinen Sneakers. Vor ihr blieb er stehen und sah auf sie herab. Dabei hoffte er, dass sie nicht hörte, wie sein Herz in seiner Brust hämmerte, denn sie könnte es missinterpretieren. Sie könnte denken, sein Herz hämmerte ihretwegen. Wegen ihrer Lippen. Oder wegen des Dufts ihrer Haare, der zu ihm herüberwehte. Wegen dieses Blicks, der ihn sich ganz nackt fühlen ließ. Oder wegen ihres Rocks, der manchmal so hochrutschte, dass er ein Muttermal an ihrem Innenoberschenkel entblößte, das sicher erst wenige Menschen zu Gesicht bekommen hatten. Dabei stimmte das gar nicht. Ihre Anziehung, sie war Jack vollkommen gleichgültig.

Vollkommen gleichgültig.

Das Mädchen verschränkte die Arme vor der Brust. »Wenn du jetzt kneifst, rufe ich die Polizei«, verkündete sie mit einem leicht genervten Unterton. »Das hatten wir doch schon.«

Er sollte gehen. Mit ihr zu diskutieren war sinnlos. Es machte alles nur noch schwerer. Er sollte sich umdrehen und nie wieder zurückschauen. Stattdessen fragte Jack: »Ach ja? Und mit welchem Handy?«

»Ich finde schon eins, früher oder später. Glaub mir, ich weiß, was du vorhast. Die Cops sind vor dir an den Wasserfällen.«

Jack schluckte einen düsteren Fluch hinunter. Welcher Teufel hatte ihn geritten, ihr seine *Top-Ten-Liste* zu zeigen? Er funkelte sie wütend an. »Deine Erpressung geht mir auf den Sack«, fauchte er.

»Dann hau doch ab«, schlug sie vor und grinste. »Versuch nur, vor mir wegzulaufen. Wir wissen beide, dass ich schneller bin als du.«

»Glaub mir, ich hätte meine Methoden, dich von mir fernzuhalten«, stieß Jack hervor. Er hatte keine Ahnung, warum er sagte, was daraufhin seinen Lippen entwich. Er wusste nur, dass er es nie wieder zurücknehmen konnte. »Es wäre nicht das erste Mal, dass ich eine Frau verletze.«

Für einen kurzen Augenblick entglitten ihre Gesichtszüge. Nicht mal eine Sekunde hatte sie ihr Entsetzen durchscheinen lassen, Jack hatte es trotzdem gesehen.

»Du kannst mir keine Angst einjagen«, behauptete sie und er hörte den leisen Zweifel in ihrer Stimme.

»Ach, wirklich nicht?«, fragte Jack und überlegte, wie er ihr das Gegenteil beweisen konnte, um sie endlich loszuwerden. Er musste. Um sie zu schützen. Um sie beide vor ihm zu beschützen. Er wollte nicht an ihr wiederholen, was er schon einmal getan hatte. Nicht an ihr.

Am einfachsten wäre es, die Hand zu erheben. Er musste sie nicht schlagen. Das Eichhörnchen würde auch so vor Angst das Weite suchen. Er brauchte sie nur anschauen, um zu wissen, dass man ihr zu Hause beigebracht hatte, vor dem Bösen zu fliehen. Allerdings brachte Jack es nicht einmal übers Herz, sie verbal zu verletzen. Im Grunde genommen würde er lieber vermeiden, ihr Angst einzujagen. Und wenn er ganz ehrlich war, krampfte sich bei dem Gedanken, sie könnte ihn fürchten, sein Herz zusammen, als müsste es kotzen.

Fuck.

Die Vorstellung schmerzte ihn körperlich. Deshalb stand Jack nur regungslos da, seine lahme Frage schwebte zwischen ihnen in der Morgenluft.

»Hör zu, Jack.« Sie hob beschwichtigend die Hände. »Ich weiß, du willst mich loswerden, indem du mir Angst machst. Du könntest mich nie verletzen.« Empört blies Jack seine Wangen auf. »Nein, lass mich ausreden. Du möchtest dich vor den sechsunddreißig Fragen drücken und noch weiß ich nicht, warum. Gerade ist dir etwas eingefallen, bei dem dir der Arsch auf Grundeis gegangen ist. Du wirst mir nicht erzählen, was, schon klar. Willst du wissen, was ich glaube? Ich glaube, *du* hast Angst. Wovor? Davor, dich deiner Schuld zu stellen. Davor, dich jemandem zu öffnen. Davor, dass ich dich verurteilen könnte. Das sind meine Vermutungen. Vielleicht verrätst du mir ja irgendwann, was wahr ist.«

In einem Affekt führte sie die Hand an sein Gesicht. Jack erstarrte. Sie würde doch nicht … Kurz bevor ihre Handfläche seine Wange berührte, besann sie sich. Wie in Zeitlupe zog sie die Hand zurück und hielt dabei seinen Blick fest.

»Anfassen verboten«, flüsterte sie lächelnd, als müsste sie sich selbst an eine von Jacks Regel erinnern, die er ihr nie genannt hatte. Sie seufzte leise. »Hab keine Angst und mach weiter. Ich passe auf dich auf.« Ihr Lächeln wurde ein bisschen breiter. »Dreiundzwanzig Stunden und nur noch dreiunddreißig Fragen. Manchmal muss man sich seinen Aufgaben stellen. Und kämpfen. Hab ein bisschen Vertrauen, Jack.«

KAPITEL 16

Memories To Do

NOCH 13 STUNDEN UND 57 MINUTEN

Rose hatte es von Anfang an geahnt. In dem Moment, als Jacks schwarze Silhouette vor gut einer Stunde auf der falschen Seite des Brückengeländers in ihr Blickfeld getreten war, hatte sich eine leise Vermutung in ihrem Kopf eingenistet. Und gerade als Jack Anstalten machte, ihr Experiment aufzugeben, war ihre Ahnung zur Gewissheit herangereift: Jack war ihre Aufgabe.

Rose schluckte. Dass Jack ihr Experiment hinschmeißen wollte, hatte ihr gezeigt, worin ihre Herausforderung lag. Sie musste ihn dazu bringen, die Fragen zu beantworten. Sie musste sein Leben retten. Ihn überzeugen, vom Himmel, von einer höheren Macht, einem Leben nach dem Tod. Es war nicht leicht, natürlich nicht, aber es war wichtig. Warum? Das wusste sie nicht. Doch wie hatte Liam es ihr erklärt? ›Es wäre auch vermessen zu glauben, du könntest das Göttliche verstehen, Rose.‹

Mit dieser Aufgabe wog ihr Herz auf einmal furchtbar schwer. Sie trug die Verantwortung für etwas, das zu groß war für ihren menschlichen Verstand. Was, wenn sie dem Auftrag nicht gerecht werden konnte?

Rose schüttelte innerlich den Kopf, sie musste Vertrauen haben. Sie sah auf.

Noch immer stand Jack über ihr, mächtig wie der Baum in ihrem Rücken. Er stierte auf sie herab, als lieferten sie sich ein Blickduell. Sie konnte es förmlich hinter seinen Schläfen rattern hören: bleiben oder gehen?

Wenn er sie verließ, überlegte Rose, würde er seine Drohung wahr machen? Er hatte angeblich schon einmal eine Frau verletzt. Wenn er die Wahrheit sagte …

»Gib mir das Notizbuch zurück«, brummte Jack.

»Wenn unser Experiment beendet ist, gern«, erwiderte Rose, das Zittern in ihrer Stimme unterdrückend. »Vorher gibt es ein paar Sachen zu klären. Dafür kann ich das Buch gut gebrauchen. Komm mit. Ich zeige dir, was ich meine.«

Ohne eine Antwort abzuwarten und um Jacks einnehmender Aura endlich zu entfliehen, schlüpfte Rose an ihm vorbei. Sie stapfte über Äste und Blätter zur anderen Seite des Hains, der hier an die Hafenzufahrtsstraße grenzte. Schnurgerade zog sich die Straße über den Deich, an den das Flusswasser brandete. An der *Pearly Gates Bridge* verlief sie in einer Biegung ins Landesinnere. Wer dem Asphalt lange genug folgte, würde bis ins Zentrum von Hamborough gelangen.

Entschlossen übertrat Rose die Grenze zwischen dem morgenfrischen Gras und der taubedeckten Straße und wanderte am Straßenrand entlang. Abgesehen von den Transportern und Lkw, die den Hafen belieferten oder Ware abtransportierten, begegnete man zu dieser Zeit kaum einer Menschenseele.

Rose spürte Jacks stechenden Blick in ihrem Rücken. *Bitte,* schickte sie ein Stoßgebet in den Himmel, *sei nachsichtig, Liam, und mach es mir nicht so schwer. Lass ihn mir folgen.* Rose linste über ihre Schulter.

»Ach, scheiße«, schnaubte Jack, der noch immer zwischen den Bäumen stand. Er warf die Hände theatralisch in die Luft und vergrub sie gleich darauf in den Hosentaschen. Wutschnaubend stampfte er hinter Rose her.

»Okay!«, rief er ihr zu. Der Wind, der über den Deich fegte, trug seine Stimme Rose entgegen. Sie schmunzelte. »Okay, du Erpresserin! Aber ich sag's dir von vornherein: Sobald du eine Sekunde nicht hinschaust, bin ich weg, verstanden? Ist das klar?«

»Glasklar«, murmelte Rose so leise, dass er sie nicht hörte, und lächelte in sich hinein. Geschafft.

Jack holte sie ein und verlangsamte seinen Schritt in ausreichendem Trotzabstand zu ihr. »Hast du überhaupt ein Ziel?«, schnaubte er.

Ja. Ich möchte, dass du für immer bei mir bleibst, formte sich die Antwort in Rose' Gedanken, doch sie sprach sie nicht aus. Zum einen, weil Rose darüber erschrak. Zum anderen, weil Jack sie falsch verstehen würde. Wie sollte sie ihm erklären, dass sein Leben ihr nicht *ihretwegen* am Herzen lag, sondern wegen einer göttlichen Bestimmung? Dass Gott bevorzugte, Jack eines Tages selbst zu sich zu rufen, aber noch nicht jetzt. Und dass es Rose' Aufgabe war, dafür zu sorgen, dass dies geschah. Sie würde klingen wie eine Fanatikerin. Die Zeit mit ihm war so fragil. Sie durfte ihm nicht von ihrer Erkenntnis erzählen, wenn sie ihn nicht verlieren wollte.

»Ja, habe ich«, antwortete Rose deshalb wahrheitsgemäß. Sie hatte tatsächlich ein Ziel. »Du wirst früh genug davon erfahren.«

»Ich werde nicht zweieinhalb Stunden mit dir nach Hamborough wandern, ehe ich weiß, was du in deinem verrückten Kopf ausheckst«, hielt er dagegen und blieb demonstrativ am Fahrbahnrand stehen.

Rose seufzte. Warum war er so anstrengend?

Okay, Planänderung.

Rose lief zur bewachsenen Grenze der Fahrspur und schlitterte ein Stück den Deich hinunter. Dem Fluss zugewandt ließ sie sich ins Gras fallen, zog die Knie an und schlang die Arme darum. Augenblicklich durchweichte der Morgentau ihren Rock.

»Gut. Wenn du dich weigerst weiterzulaufen, komm her. Du kannst hier Wurzeln schlagen, während wir den Sonnenaufgang genießen, bis sich deine hochwohlgeborenen Beine bereit erklären, mich zu begleiten«, rief sie ihm zu.

Sie deutete den Abhang hinunter auf die schwarzen Silhouetten der Schilfpflanzen. Am Horizont zwischen Hamborough und der Grünen Insel erhob sich die Sonne wie eine glühende Münze aus dem Fluss. Sie tauchte ihr Rundherum in ein violett-goldenes Licht und vertrieb die dunklen Schatten der Hochhäuser auf dem Fluss überall dort, wo sie ihre Strahlen ausstreckte.

Jack zog verständnislos die Oberlippe hoch und schüttelte den Kopf. »Was ist denn auf einmal los mit dir? Du hast einen schweren Unfall gebaut und bist einfach abgehauen, verdammt. Du solltest dich bei der Polizei melden, anstatt Verbrechen mit einem Selbstmörder zu begehen, der nichts mehr zu verlieren hat. Und falls der letzte kümmerliche Rest

Empathie in mir auch ein Wort dazu sagen darf: Vielleicht solltest du endlich deiner Familie Bescheid geben, dass du in Ordnung bist, anstatt ›den Sonnenaufgang zu genießen‹«, äffte er sie nach.

Ah, die Nummer mit dem schlechten Gewissen, sehr raffiniert.

Rose stöhnte auf, ließ sich ungeachtet der Tauperlen rückwärts ins Gras fallen und streckte die Arme aus. Wenn sie den Kopf in den Nacken legte, konnte sie ihn kopfüber sehen. »Es ist niemand zu Schaden gekommen, Jack. Die Polizei wird schon die richtigen Schlüsse daraus ziehen, wenn sie das Auto leer vorfinden. Ich werde mich melden, sobald ich ein Telefon habe, okay? Und meine Mum … entweder schläft sie noch oder sie glaubt, ich würde bei Cat feiern. Oder sie steckt gerade vor Wut mein Kinderzimmer in Brand. Alles Dinge, die ich verkraften kann, im Gegensatz zu der Vorstellung, die nächsten vierundzwanzig Stunden mit dem Versicherungsfall einer niedergemähten Laterne zu verbringen, anstatt mit dir.« Sie stützte sich umständlich auf ihre Ellbogen und wandte den Kopf in seine Richtung. »Seit wann ist es für dich überhaupt okay, sich in fremder Leute Angelegenheiten einzumischen?«

»Du begehst Fahrerflucht, das ist dir klar, oder?«

»Jap. Darf ich nicht auch mal unvernünftig sein?«

»*Mal?*«

Auch ohne sich umzudrehen, spürte Rose seinen bohrenden Blick auf ihrem Körper. Sie wartete.

Einen Moment später raschelten seine Schritte im Gras und Jack ließ sich neben ihr nieder. Rose unterdrückte ein Grinsen und setzte sich auf. Schweigen breitete sich zwischen ihnen aus. Gespannt wartete sie, dass Jack es mit einer Frage brach. Dies wäre die Gelegenheit, von ihrer Vergangenheit zu erzählen. Was sie zu dem Menschen gemacht hatte, der sie heute war. Warum sie sich mit den Sternen auskannte und mit Nahtoderfahrungen. Warum sie glaubte, aber nicht religiös war. Von ihrer Zukunft. Maries Zukunft. Und der vieler anderer Menschen.

Doch Jack hakte nicht nach.

»Also, schieß los. Wo geht's hin?«, fragte er stattdessen und wandte den Kopf ab, um ausgiebig zu gähnen. Sein Desinteresse versetzte ihr einen Stich. Es war ein seltsames Gefühl, wenn jemand kein Interesse zeigte, obwohl man sich zu interessieren bemühte.

»Wir müssen die Hafenstraße runter, zurück bis zur Brücke. An der *Pearly Gates Bridge* biegen wir dann ab, weg von der Brücke in Richtung Stadtkern, und laufen bis knapp hinter Willow Tree Hill. Mehr kann ich dir nicht verraten.«

»Eichhörnchen, ich gehe keinen Schritt mehr mit dir, wenn …«

»Das gehört zu meinem Vierundzwanzig-Stunden-Plan, den ich ganz allein gestalte«, unterbrach Rose. »›Den Sonnenaufgang genießen‹ ist übrigens ein Teil davon.«

»Das wird jetzt aber nicht so eine Hundert-Dinge-die-ich-tun-will-bevor-ich-sterbe-Nummer, oder?«, fragte Jack alarmiert.

»Nein«, gab Rose zu. »Um ehrlich zu sein, öffnet der Ort, den wir besuchen werden, nicht vor acht Uhr. Die Zeit bis dahin können wir am besten hier verbringen. Hast du eine Uhr?« Rose' Blick schweifte über das leuchtende Himmelszelt.

»Ich brauche keine Uhr.«

»Richtig.« Rose verdrehte die Augen und zog ihren Rock über ihre Knie. Selbstmörder scherten sich nicht um U-Bahn-, Aufsteh- und Zubettgeh-Zeiten.

»… aber es dürfte ziemlich genau fünf Uhr sieben sein. Vielleicht fünf Uhr acht.«

Rose riss die Augen auf. »Woher …«

»Der Sonnenaufgang hat heute um vier Uhr sechsundvierzig stattgefunden. Seitdem sind einundzwanzig, höchstens zweiundzwanzig Minuten vergangen.«

»Einundzwanzig, höchstens zweiundzwanzig?«, wiederholte Rose wie ein Papagei.

»Ich war ungenau«, nuschelte Jack, als müsste er sich dafür schämen. »Hab viel anderes im Kopf gehabt.«

Rose lachte hysterisch auf. »Das bedeutet, du zählst die Minuten? Ganz nebenbei?« Jack nickte. »Kein Wunder, dass du nicht auf dein Herz hören kannst«, schnaubte sie. »Wenn jemand die ganze Zeit Zahlen in meinem Kopf aufsagen würde, könnte ich auch kein Wort von dem verstehen, was mein Bauchgefühl mir rät.«

»Ohne die Zählerei hätte man uns entweder im Scheinwerferlicht auf den Containern erwischt oder spätestens beim Verlassen des Schiffes«, gab Jack zurück.

»Touché, du Freak.« Rose lächelte. »Jedenfalls bleiben uns knapp drei Stunden bis zum Einlass. Genug Zeit, um zu besprechen, was es bei deinem Abgang zu bedenken gilt.« Entnervt rieb sich Jack mit der Handfläche über die Stirn. Rose klappte das Notizbuch auf, blätterte auf eine freie Seite und räusperte sich. »Fangen wir damit an: Hast du alles erledigt, deine Vorbereitungen getroffen, um dem Erdball getrost den Rücken zu kehren?«

»Ich wüsste nicht, was dich das angeht«, blaffte Jack, »aber ehe du keine Ruhe gibst: Hinten in meinem Notizbuch steckt der Spenderausweis für meine Körperspende an die *UHA*. Und es ist … jemand ist darüber informiert.« Er wandte den Blick ab.

Rose hielt einen Moment inne. Dann blätterte sie zum Ende des Buches. Aus einer papierenen Innentasche zog sie eine zerkratzte Plastikkarte. *Jack Raider* stand in Druckbuchstaben darauf. *Spenderausweis.* Darunter das Logo der *University of Hamborough* und ein Passfoto von Jack, damals noch mit raspelkurzen Haaren. Beinahe hätte Rose ihn nicht erkannt. Seine Konturen wirkten viel kantiger, auf dem Bild strahlten seine Augen. Als wäre sein Gesicht seitdem unter dem Kummer eingefallen.

»Du willst Organspender werden?« Rose strich eine dünne Staubschicht mit dem Daumen fort.

»Nicht Organspender. Ich spende meinen Leichnam der Wissenschaft.«

Sie versuchte, gegen den Kloß in ihrer Kehle anzuschlucken. Sie scheiterte. »So etwas geht?«, fragte sie, dabei hätte sie hundert andere Fragen lieber gestellt. Zum Beispiel, warum er anscheinend schon seit Monaten seinen Tod plante. Oder wie er gedachte, seine sterblichen Überreste zu spenden, während seine Leiche irgendwo am Grunde der Hamborough Wasserfälle blubberte.

»Besser, die Medizinstudenten rutschen bei einem Toten mit dem Skalpell aus als bei einem Narkotisierten, was?«

»Wer ist darüber informiert?«

»Das werde ich dir garantiert nicht verraten.«

Sie senkte den Blick und schob das Kärtchen vorsichtig zurück in seine Lasche, vor eine Zehndollarnote und ein unbenutztes Löschpapier. »Ursprünglich hatte ich mit meiner Frage auch etwas anderes gemeint.«

»Ach ja?«

»Ja. Ich meine … Hast du alles getan, was du im Leben erleben wolltest?« Ohne Vorankündigung schossen Rose die Tränen in die Augen. Schnell blinzelte sie sie weg, legte das Notizbuch in ihren Schoß und begann, mechanisch das Gras neben sich auszurupfen.

»Wovon redest du?«

»Na ja, ich frage mich, ob deine Aufgaben im Leben erfüllt sind. Hast du deine *Memories-To-Do*-Liste abgearbeitet?«

»Meine was?«

»Sag bloß, das hast du nicht mitbekommen.« Rose lächelte traurig und teilte ein Grasbüschel entzwei. »Da gab es diese Frau in Wisconsin, eine ehemalige Journalistin, vor vier Jahren ungefähr. Wegen einer besonderen Form von Amnesie hat sie ihr halbes Leben vergessen und weder ihren Ehemann noch ihren Sohn noch das Haus, in dem sie lebte, erkannt. Daraufhin hat sie die *Memories-To-Do*-Liste erfunden: eine Liste mit allen Erinnerungen, die sie schon zu den ihren zählte oder die sie im Laufe ihres Lebens noch sammeln wollte. Ich erinnere mich an drei Dinge besonders gut: ›in ein Schwimmbad einbrechen, zu einem Candle-Light-Dinner eingeladen werden‹ und – kurioserweise – ›mich an meine Hochzeit erinnern‹.«

»Du hattest versprochen, dass wir diesen Bucket-List-Scheiß lassen.«

»Es standen auch ganz alltägliche Erinnerungswünsche darauf«, fuhr Rose unbeirrt fort und zählte die Punkte an ihren Fingern ab. »›*Etwas renovieren. Einen Tannenbaum kaufen. Blut spenden. An einem Flashmob teilnehmen. Fifty Shades of Grey lesen* …‹«

»Das Sadistische an *Fifty Shades of Grey* ist, dass sich ein Verlag bereit erklärt hat, diesen Schund zu veröffentlichen«, maulte Jack.

»… und weißt du, was außerdem auf dieser Liste stand?«, fuhr Rose fort.

»Spuck's aus.«

»›Mich unsterblich verlieben‹.«

KAPITEL 17

Leben wollen

NOCH 13 STUNDEN UND 14 MINUTEN

Erythrophobie. So lautete der medizinische Begriff für die panische Angst vorm Erröten. Das wusste Jack, weil er sich alles merkte, was er einmal gelesen hatte – unnützes Wissen mit Vorliebe. Hätte er jetzt eine Diagnose stellen müssen, wäre es diese gewesen.

Das Gesicht des Eichhörnchens leuchtete mit der Morgenröte um die Wette und sie sah aus, als würde sie sich am liebsten die Haut von den Knochen schälen. Woher das plötzliche Schamgefühl? War sie etwa peinlich berührt wegen ihrer eigenen Worte? Höchst aufschlussreich, dass es sie nervös zu machen schien, in seiner Gegenwart an Verliebtheit zu denken. Nicht dass es Jack freute. Er fand diese Tatsache lediglich … interessant.

»Wie auch immer«, fiepte das Eichhörnchen und räusperte sich. »Hast du alles erlebt, was du je vorgehabt hast? Deine *Memories To Do* abgehakt?«

»Ich habe eine Menge erlebt in den letzten Monaten.«

»Und?«

»Nichts und. Es gibt keine hochromantische Sehnsucht in mir, der wir in den nächsten dreiundzwanzig Stunden nachjagen könnten. Das suchst du doch, oder?« Er blähte herausfordernd die Nasenflügel auf. »Am liebsten hättest du es, dass ich einen lang gehegten, möglichst kitschigen Herzenswunsch äußere. *Noch einmal im Meer baden. Ein letztes Mal unter dem Sternenzelt tanzen. Einem Helden aus meiner Kindheit die Flosse schütteln. Einen Fallschirmsprung machen.* Diesen Wunsch möchtest du mir erfüllen und in deiner perfekten Märchenwelt stimmt mich dieses Wahnsinnserlebnis, Simsalabim, einfach um – und da ich nicht gestorben bin, leben wir noch heute.«

»Zugegeben, ein letzter Wunsch wäre das I-Tüpfelchen auf meinem Plan«, erwiderte sie, strich über den Einband des Notizbuches, zog den winzigen Kugelschreiber aus der Ringbindung und klickte die Mine heraus. »Macht aber nichts, dass dir kein netter Lückenfüller für heute einfällt. Wenn du keine *Memories To Do* hast, nehmen wir eben meine.«

»Bitte was?«

Sie antwortete nicht, kritzelte stattdessen auf der freien Seite hinter der *Top-Ten-Orte-zum-Sterben*-Liste herum.

»Was machst du da?«, fuhr Jack sie an und riss ihr das Notizbuch aus der Hand.

»Glück gehabt. Bin gerade fertig geworden.«

Jacks Blicke flogen über die fünf gleichmäßig geschriebenen Zeilen. Sie hatte eine wunderschöne Handschrift.

1. Die Nordlichter sehen
2. *Das letzte Abendmahl* betrachten
3. Mit einem Hundeschlitten fahren
4. Sich verlieben
5. Einen Unterschied machen

»Was soll das sein?«, blaffte Jack sie an und räusperte sich gegen das Kratzen, das in seinem Hals feststeckte.

»Na, was wohl?« Sie verdrehte die Augen und schnappte sich das Notizbuch zurück. »Fünf Punkte meiner *Memories-To-Do*-Liste.«

»Das ist wirklich die mit Abstand unkreativste, langweiligste, lächerlichste Liste, die ich in meinem ganzen Leben je gesehen habe.«

»Es ist die echteste Liste«, widersprach sie. »Sie ist echt. Weißt du, Jack, die meisten Menschen sind gar nicht besonders und kreativ und aufregend. Wir wären gern individueller als all die anderen, aber wir sind es nicht. Wir lieben es zu behaupten, wir wären völlig verrückt, weil wir Angst davor haben zu sagen, *ich bin normal.* Weil wir Angst haben, dass unser *Normal* nicht dem der anderen gleicht. Wir sind aber gar nicht so ausgeflippt. Gar nicht so anders. Wir sind langweilig, manchmal lächerlich. Das ist echt. Wie diese Liste hier.«

»Ich hatte nie Angst davor, dazu zu stehen, wer ich bin.«

»Nein, du nicht«, entgegnete sie trocken. »Du bist der Coolste, Jack.«

Er unterdrückte ein Zucken in seinen Mundwinkeln. »Aber dir ist wirklich nichts Besseres als die Nordlichter eingefallen? Ernsthaft?«

Sie zuckte die Schultern. »Es ist wichtig, eine Aufgabe im Leben zu haben. Irgendeine. Solange sich unsere Bestimmung nicht zu erkennen gibt, sollten wir uns selbst Aufgaben stellen, bis wir unser Dasein auf Erden verstehen. Dieser Gedanke bringt mich durch den Alltag, ohne dass ich durchdrehe.«

Jack sah sie zweifelnd an. »Du meinst, Ziele setzen wie: einmal so hart gegen eine Wand boxen, dass der Putz bröckelt?«

»Ich meine es ernst«, beharrte sie. »Die Verfasserin hat die *Memories-To-Do*-Liste angelegt, weil sie ihre Erinnerungen durch eine Amnesie verloren hatte. Kürzlich habe ich auf ihrer Facebook-Seite gelesen, dass sie die Liste immer noch fortführt. Kannst du dir vorstellen, warum?«

»Weil sie mit dieser grandiosen PR-Story einen Haufen Kohle scheffelt?«

»Sie hat mit der Liste nicht nur Tagebuch geführt, ihr ging es darum, sich auch nach ihrer Amnesie selbst herauszufordern. Sie hat erkannt, dass sie nicht länger in den Tag hineinleben und warten will, bis ihr in einem Heureka-Moment bewusst wird, was sie auf Erden zu suchen hat. Es geht darum, sich selbst herauszufordern – bis zu dem Zeitpunkt, an dem das Schicksal es tut.«

»Und warum zur Hölle sollte man seine Zeit damit verschwenden?«

»Weil es mutig ist. Du kannst rumsitzen und abwarten, bis was passiert. Oder aber du jagst deiner eigenen Mission hinterher, indem du dir selbst Aufgaben auferlegst.« Sie tippte mit dem Kugelschreiber auf die fünf Stichpunkte. »Du hast nicht verstanden, dass du immer noch hier bist, weil du einen Job zu erledigen hast. Solange du diese Bestimmung nicht erfüllst, lasse ich dich keinen Kopfsprung zwischen die Felsbrocken am Fuß der Wasserfälle machen.«

»Und woher will Miss Durchblick wissen, dass eine höhere Macht eine Glanzleistung von mir erwartet, ehe ich den Abgang mache?« Jack zog ein finsteres Gesicht und rückte demonstrativ von ihr ab.

Sie rang die Hände. »Ich schätze mal, wenn ich dich nicht von deinem Selbstmordplan abhalten sollte, wäre ich dir nicht begegnet, oder?« Jack verdrehte die Augen, bis es wehtat, doch sie würdigte seine Verachtung nicht mal mit ihrer Kenntnisnahme.

»Sieh dir meine Liste an«, wies sie ihn stattdessen an. »Welchen Punkt könntest du in deine eigene *Memories-To-Do*-Liste aufnehmen, wenn du eine erstellen würdest?«

»Den mit der Wand und dem bröckelnden Putz. Von deiner Liste: keinen.«

»Du hast gar nicht hingeschaut.«

»Brauche ich auch nicht. Sei nicht blöd, Eichhörnchen. Welcher Punkt davon lässt sich in weniger als einem Tag umsetzen?«

Ihr Blick huschte über die Wörter, mit jeder Zeile errötete sie mehr. »Unter der Voraussetzung, dass uns nicht mal dreiundzwanzig Stunden für die Umsetzung bleiben, sind die Punkte ... optimistisch«, gab sie zu. »Ein Wunsch ist trotzdem dabei, der sich innerhalb dieser Zeit erfüllen ließe.«

Jack ertappte sich, wie er auf die Liste in ihrem Schoß linste. Verdammte Neugier. Welchen Wunsch meinte sie? Er flog über die Stichpunkte. *Die Nordlichter sehen.* Nein. *Das letzte Abendmahl betrachten.* Das Kunstwerk hing in Mailand. Nein. *Mit einem Hundeschlitten fahren.* Wohl kaum. *Sich verlieben ...*

Jack stockte. Sein Kopf wirbelte zum Eichhörnchen herum, sein Herz begann augenblicklich im Rhythmus einer feuernden Kalaschnikow zu schlagen. Der Schweiß brach ihm aus, mit einem Mal war Jack hellwach. Meinte sie etwa ... Schlug sie wirklich vor, dass sie versuchten, sich ... *Dass sie beide ...*

Das Eichhörnchen starrte weiterhin auf ihre Knie. Kamen ihre Atemstöße schneller als vor ein paar Sekunden oder bildete er sich das ein?

»Angenommen«, begann Jack mit rauer Stimme, »ich würde mich auf dein bescheuertes *Bucket-List*-Spielchen einlassen.« Er musste sich räuspern, um sich nicht zu verschlucken. »Dann wäre dein Vorschlag, dass wir ... Also, du meinst ...« Scheiße, was war denn in seinem Sprachzentrum los? »Du willst mir sagen, dass du und ich ...«

»›Einen Unterschied machen‹.« Noch immer konnte sie den Blick nicht von ihren nackten Knien reißen. Sie hielt das Notizbuch fest umklammert. »Punkt fünf meiner Liste. Wir könnten versuchen, ihn zu erfüllen.«

»Oh. *Oh!*« Jack riss die Augen auf und fuhr sich mit der Hand durch die Haare. »Ja. Richtig. ›Einen Unterschied machen‹.« Shit. Das klang dümmlich.

Sie drehte den Kopf zu ihm und sah überrascht und gleichzeitig ein wenig verlegen aus. »Du stimmst mir also zu?«

»Nein«, antwortete Jack. »Äh, ja!«, als ihm einfiel, dass er sonst zugegeben hätte, an einen anderen Punkt ihrer Liste gedacht zu haben. »Wenn sich etwas in kurzer Zeit umsetzen ließe, wäre das lediglich ›einen Unterschied machen‹«, ergänzte er.

Moment. Wie war es dazu gekommen, dass er ihre bescheuerte Memories-To-irgendwas-Idee unterstützte?

Das Mädchen reagierte nicht. Sie starrte ihn nur nachdenklich an, ihr sanfter Blick glitt über seinen gefühlten Hunderttagebart und seine Haut bis zu seinen Augen. Es fühlte sich an, als würde sie direkt in ihn hineinschauen und seine Gedanken lesen wie ein Werbeplakat. *Konnte sie bitte damit aufhören?* Eine Gänsehaut jagte Jacks Nacken und Arme herunter und er rutschte unruhig auf der feuchten Wiese hin und her.

»Ja«, flüsterte sie irgendwann nachdenklich, ohne die Augen von ihm zu lassen. »Einen Unterschied zu machen, ist das Einzige, was bleibt.« Sie klang, als würde sie ganz und gar nicht glauben, dass es das Einzige war, was blieb.

In einer fließenden Bewegung erhob sie sich, klopfte das Gras von ihrem Rock, strich ihn glatt und plusterte ihn dort auf, wo er an ihrer Haut klebte. *Ihrer nackten Haut …* Jack schüttelte unmerklich den Kopf. *Schluss jetzt!* Doch er konnte den Blick nicht von ihr reißen. Die glänzende Lichtreflexion auf ihren Schienbeinen und ihre etwas zu knubbeligen Knie zogen ihn wie magisch an. Und wenn er den Blick noch ein Stück höher über ihre Beine gleiten ließ, was sehr gut funktionierte, weil er im taufeuchten Gras zu ihren Füßen saß, traf er auf dieses Muttermal. *Dieses Muttermal.*

Sein Herz klopfte schneller. Jack wusste nicht, wann es geschehen war. Er wusste nicht einmal, was *es* war. Warum er sich so seltsam fühlte. Warum er überhaupt fühlte! Nur eins war ihm klar: Das mit dem Sterben würde gar nicht mehr so einfach werden, wegen all dem hier.

Das Mädchen legte den Kopf schief und sah stirnrunzelnd auf ihn herab. »Wäre Ihre Majestät jetzt bereit, mich zu begleiten?«

KAPITEL 18

Brückensprünge enden tödlich

NOCH 13 STUNDEN UND 2 MINUTEN

Mit einem Mal fühlte es sich komisch an. Neben ihm zu laufen war komisch. In seine Richtung zu schauen war komisch und Geräusche zu machen war ebenfalls komisch. So als hätte jemand eine Spannung zwischen ihnen angeknipst, die bei dem geringsten Zeichen gegenseitiger Wahrnehmung in Flammen aufgehen würde.

Rose lief rasch und zielstrebig, den Blick auf den Asphalt gerichtet, überallhin, nur nicht in seine Richtung. Jack ging mit einer Armlänge Abstand neben ihr und Rose spürte jeden Zentimeter nahezu körperlich. Auch das war komisch.

Die Monotonie ihrer Schritte hätte etwas Meditatives, wäre da nicht dieser Kloß in ihrem Hals. Gemacht aus all den heruntergeschluckten Worten, seit sie den grasbewachsenen Damm verlassen hatten und ihren Weg auf der Hafenstraße gen Stadtkern fortsetzten. Rose würde den Widerstand gern wegräuspern, doch sie ahnte, dass die Stille zu brechen diesmal eine Bedeutung haben würde. Eine von der Sorte, bei der man sich nicht in die Augen schauen konnte, ohne schnell wieder wegzusehen.

Der Kloß in ihrem Hals ließ sich nicht länger zurückhalten. Rose hustete leise, Jack sah zu ihr herüber. Mist. Nun sah es aus, als hätte sie gehüstelt, um seine Aufmerksamkeit zu erregen. Dabei wollte sie weder das eine noch das andere: weder Aufmerksamkeit noch erregen. Auf gar keinen Fall erregen. *Oh Gott!*

»Was überlegst du?«, erkundigte sich Jack nach ihren Gedanken und es war, als würde sich ihr Innerstes motiviert fühlen, gleich doppelt so schnell ihre Wangen zu erhitzen. Fantastisch.

»Ich habe über die nächste Frage nachgedacht«, log Rose.

Aus dem Augenwinkel sah sie, wie Jacks Miene sich zu verfinstern drohte.

»Und? Ist sie dir eingefallen?«

»J-ja«, piepste Rose und hatte keinen Schimmer, ob ihr auch nur eine einzige Frage der übrigen dreiunddreißig einfallen würde, geschweige denn die nächste.

»Und?«

Rose wagte erneut einen flüchtigen Blick in Jacks Richtung und erhaschte dabei seinen von Adern durchzogenen Handrücken. Ihr Herz machte einen Satz und mit einem Mal erinnerte sie sich doch an eine Frage. »Stell dir vor, du wirst neunzig Jahre alt. Würdest du lieber deinen Geist oder deinen Körper ab deinem dreißigsten Geburtstag behalten?«

»Körper«, schoss Jack wie aus der Pistole.

»Warum?«

Er überlegte kurz. »Dreißig wäre ich in sechs Jahren. Fühlt sich nicht an, als könnte meine gedankliche Haltung zu dem Zeitpunkt so wünschenswert sein, dass ich sie weitere sechzig Jahre mit mir herumschleppen möchte.«

Rose nickte knapp und speicherte die Information, dass Jack vierundzwanzig Jahre alt sein musste, in ihrem Hinterkopf ab. »Geht mir ebenso«, stimmte sie zu. »Körper. Im Grunde genommen ist die Lebenserfahrung eines Neunzigjährigen sehr erstrebenswert, finde ich. Ich könnte sie schon jetzt mit neunzehn manchmal gebrauchen.«

»Absolut. Das könntest du.«

Rose funkelte böse in seine Richtung. »Nächste Frage. Was ist der größte Erfolg deines Lebens?«

»Du bist dran mit Antworten.«

Rose zögerte und kickte einen Kieselstein den Damm hinunter. »Ich … ich vermute, ich habe noch nicht sonderlich viel im Leben geschafft. Mein Abschluss vielleicht?« Kurz glaubte sie zu sehen, wie Jacks Augenbrauen sich neugierig hoben. *Frag mich. Frag mich, worin ich meinen Abschluss gemacht habe.* Aber er fragte nicht. Jack schwieg und lief, die Hände in den Hosentaschen vergraben, geradeaus.

Der Kloß in ihrem Hals wuchs erneut. Aber es ergab keinen Sinn, enttäuscht von seinem Desinteresse zu sein. Er hatte ihr nun oft genug gezeigt, dass er nicht vorhatte, ihr mehr entgegenzukommen, als ihre Erpressung verlangte. »Und du?«, fragte Rose deshalb resigniert und ärgerte sich, dass ihre Stimme leicht erstickt klang. »Was war dein größter Erfolg?«

Er schnaubte. »Besser wäre die Frage, ob es etwas gibt, das ich im Leben nicht verkackt habe. Da würde ich die Antwort kennen: nein.«

»Das ist doch Unsinn. Wer bitte schön schafft es, mit vierundzwanzig Jahren zwei Hochschulabschlüsse und ein angefangenes …«

»Meine Güte, Eichhörnchen! Ich habe Bücher gelesen und mir gemerkt, was darin steht. Wieso sollte man darauf stolz sein, verdammt? Unter meinen Voraussetzungen war das keine Herausforderung. Meine Mutter hat mir ein Studentenzimmer und meinen Lebensunterhalt finanziert.«

Rose schnappte nach Luft und beobachtete, wie sich Jack im gleichen Moment neben ihr versteifte. »Deine Mutter?«

Ein seltsamer Schatten huschte über sein Gesicht und seine Miene verfinsterte sich so sehr, dass es Rose eiskalt den Nacken hinunterlief. Binnen Sekunden wurde der Mensch neben ihr zu jemand anderem. Aus grimmig wurde aufgewühlt. Aus undurchschaubar … bedrohlich?

Er verlangsamte seinen Schritt, als hätte er sich noch nicht ganz entschieden, wie er auf dieses Eindringen in seine Privatsphäre reagieren wollte.

Verteidigung. Oder Angriff?

»Ja, ich habe eine Mutter«, knurrte er nach einer Weile, erhöhte sein Tempo und zog an Rose vorbei.

Sie nahm all ihren Mut zusammen. »Nein, ich meine … Das ist eine der Fragen.« Was sogar stimmte. »Vielmehr eine Aufgabe. *Beschreibe die Beziehung zu deiner Mutter.*«

»Rot.«

»Was?« Rose musste fast rennen, um mit Jack mitzuhalten, der mit immer längeren Schritten über die Hafenstraße rauschte.

»Rot. Das ist mein Safeword. Müsste dir bekannt sein, wenn du *Fifty Shades of Grey* gelesen hast. Ich werde diese Frage nicht beantworten, Punkt.«

»Ich weiß, was ein Safeword ist«, keuchte Rose und wusste nicht, ob es an der Geschwindigkeit lag oder an Jack, der ihr fast die Luft zum Atmen nahm. »Und genau darum geht es bei diesem Experiment. Darum, aus seiner Komfortzone herauszugehen. Seine Beklommenheit zu überwinden. Sag mir, was mit deiner Mutter ist.«

Seine Gesichtszüge verzogen sich zu einer schmerzverzerrten Fratze und er beschleunigte seine Schritte weiter, sodass Rose nun wirklich hinter ihm herrennen musste. »Jack!«

Er antwortete nicht. Rose' Herz klopfte ihr bis zum Hals. Sie spürte, dass sie an einem entscheidenden Punkt angekommen waren. Dass sie kurz davorstand, Jacks Geheimnis zu lüften. Seine Mutter schien der Schlüssel zu sein. Der Schlüssel zu seiner Schuld? Jacks Worte kamen ihr in den Sinn: *Es wäre nicht das erste Mal, dass ich eine Frau verletze.*

Rose sog scharf die Luft ein. Sie blieb so abrupt stehen, dass Jack zu zögern begann, stehen blieb und sich zu ihr umdrehte. Rose spürte, wie sich das Zittern ihrer Stimme auf ihren gesamten Körper übertrug. Ihre Worte ergaben nicht mehr als ein vibrierendes Flüstern. »Was hast du mit ihr gemacht, Jack?«

Und in dem Moment wusste Rose, dass sie seine Achillesferse gefunden hatte. Jack riss die Augen auf, als hätte ihn eine Kugel ins Herz getroffen. All seinen Muskeln entwich die Anspannung zugleich, sein Körper sank in sich zusammen, obwohl er aufrecht stand, sein Kopf kippte auf seine Brust.

Nein, nein, nein, nein … Rose wiederholte das Wort in ihrem Kopf, als könnte sie so die Ahnung abwehren, die sich mit jeder seiner Reaktionen nur bestätigte. Jack hatte ihr seine Antwort gegeben.

Die Wahrheit, sie war grausam.

Wie auch immer sie aussah, sie war grausam.

»Hör zu«, krächzte Jack, »ich würde sagen, es ist nicht so, wie du denkst, aber wahrscheinlich ist es genau so. Ich habe …« Er stockte und fixierte Rose mit erschrocken blickenden Augen, als würde ihm selbst in diesem Moment klar werden, was er getan hatte. Seine Stimme klang so rauchig, als wären seine Stimmbänder verkohlt. »Ich habe keine Mutter mehr, okay?« Instinktiv schüttelte Rose den Kopf. »Aber du musst keine Angst vor mir haben, wirklich nicht. Ich würde dir nicht ... Also, du musst keine Angst haben«, stammelte Jack.

Erst da merkte Rose, dass sie ihm in Fluchtposition gegenüberstand. Sie hatte wie er die Augen aufgerissen und hielt die Luft schon so lange an, dass schwarze Flecken in ihrem Blickfeld tanzten. Rose füllte ihre Lungen mit Luft und schlang die Arme um ihren Oberkörper. Sie hatte sich in ihm getäuscht. Es fühlte sich an, als hätte sie die ganze Zeit mit einem störrischen, wütenden Kater gespielt, von dem sie erst jetzt erkannte, dass er in Wirklichkeit ein Raubtier war. Und das, obwohl Jack all die Zeit versucht hatte, ihr das klarzumachen.

Alles in Rose sträubte sich dagegen, noch eine einzige Sekunde in seiner Nähe zu bleiben. Etwas in ihm war böse. Doch gleichzeitig zeigte Jack ihr in diesem Moment, dass er es *nicht* war: Sein Blick, er war zum ersten Mal *nicht leer*. Zum ersten Mal ließ er Rose erkennen, dass ihm etwas *nicht egal* war.

»Bitte, Eichhörnchen«, flehte Jack. »Hab ...« Er sprach so leise, dass Rose erst dachte, sie hätte sich verhört. Bis Jack ein zweites Mal ansetzte, lauter, sodass kein Zweifel mehr daran bestand, dass er wirklich gesagt hatte, was Rose zu hören geglaubt hatte. »Hab ein bisschen Vertrauen.«

Rose' Kopf schoss in die Höhe. »Wie?«, schlüpfte das Wort zwischen ihren Lippen hindurch, ehe sie darüber nachdenken konnte. »Wie soll ich dir vertrauen? Und warum?«

Jack hob die Schultern und ließ sie wieder fallen. »Weil ...«

»Weil ...?«

»Weil ich dich mag. Ich will es nicht, aber ich mag dich, okay? Ich habe es nicht verdient, dich zu mögen. Ich habe deine Aufmerksamkeit nicht verdient. Ich bin ätzend zu dir. Ich verdiene dein Lachen nicht. Und trotzdem stehe ich hier vor dir und infiziere dich mit all der Scheiße, die an meinen Händen klebt ...« Rose entwich ein ungläubiges Keuchen. »Scheiße im metaphorischen Sinne. Mit jedem Schritt, den wir gemeinsam gehen, watest du tiefer in den Morast, weißt du das? Ich tue nichts dagegen aus dem einfachen Grund, weil ich ein Arschloch bin. Weil es sich besser anfühlt, zu zweit zu verrotten. Der Unterschied zwischen uns: Ich weiß, dass es keinen Ausweg aus dem Sumpf gibt. Nicht für mich und nicht für dich. Du glaubst, du kannst irgendwann einen Haken hinter diese Nacht machen und damit abschließen. Aber das kannst du nicht und ich weiß das. Unsere Begegnung wird dich ein Leben lang begleiten. Sie wird sich in deine Träume schleichen und dich nachts schreiend hochschrecken lassen, weil du ein Gesicht siehst, das nicht mehr da ist. Ich bin nicht der, für den du mich hältst! Und wenn du erst mal die ganze Wahrheit über mich weißt …« Die Worte stoben haltlos aus Jack heraus. »Es wird dir Angst machen, dich verfolgen. Ich *weiß* es. Und ich hasse diesen Gedanken. Ich habe das nicht gewollt. Aber du lässt mir keine Wahl, weil du mich erpresst. Und das, all das ist der Grund, weshalb ich möchte, dass du wenigstens eins weißt: Ich könnte dir niemals mehr antun als das, was ich jetzt schon tue. Es ist nicht viel, aber es ist alles, was ich dir versprechen kann.« Er machte drei Sekunden Pause, um zu Atem zu kommen. »Und ich bitte dich, mir zu glauben.«

Eine Zeit lang sprach keiner von beiden ein Wort. Rose musterte Jack aus der Entfernung von oben bis unten, als würde sie in seiner steinharten Miene oder an seinen kraftlos herabhängenden Armen eine Antwort auf ihre Fragen finden. Erst danach glitt ihr Blick über seine Schulter. Hinter Jack lief die Hafenstraße immer schmaler zusammen, bis sie sich vor der *Pearly Gates Bridge* in einer Kurve am Horizont verlor.

Und in genau dieser Kurve machte Rose eine Entdeckung, die den Knoten ihrer Gedanken auf einen Schlag entwirrte. Von hier sah ihr Fund wie ein winziger schwarzer Zahnstocher aus. Sie konnte kaum erwarten, ihn aus der Nähe zu betrachten.

Rose löste ihre verschränkten Arme und vergrub die Hände in den Taschen ihres Rocks. Dabei ertastete sie das winzige Notizbuch und schloss die Finger darum. Der Morgenwind pfiff über den Deich und Rose hob die Stimme, um dagegen anzureden.

»Du glaubst also, ich bin in deinem Strudel gefangen?«

Jack verzog keine Miene. »So tief, dass du nie wieder zurück an die Oberfläche finden wirst.«

»Nun, vielleicht steckst du ja auch in meinem.«

Die Worte des Mädchens fühlten sich an wie eine Ohrfeige. Etwas in Jacks Kopf begann zu klingeln, während alles andere dumpf wurde.

Einen Patienten hätte er jetzt auf Tinnitus untersucht, der bekanntlich durch Stress ausgelöst wurde. Doch Jack hatte keinen Stress. Er hatte einen Totalausfall.

Was tun, wenn man nicht leben will und es einen so sehr zu einem Menschen zieht, dass man auch nicht sterben kann? Und wie sagt man einem Menschen, dass es trotz all dem nicht zum Leben wollen reicht?

»Komm jetzt«, drang ihre Stimme zu ihm durch.

»Was?« Jack schüttelte den Kopf.

»Ich sagte, komm endlich!« Das Mädchen legte den Kopf schief, sodass sein karamellbraunes Haar auf seiner Schulter Wellen schlug. Sie sah entschlossen aus, nicht ängstlich. Ihre Schultern sanken herab. »Ich glaube dir, Jack. Und was immer du getan hast, ich werde nicht davor weglaufen wie du. Keine Vorwürfe. Keine Polizei. Oder glaubst du, das Schicksal sieht für uns vor, dass sich unsere Wege hier trennen?« Sie nickte mit dem Kopf in Richtung von etwas, das sich in der Ferne befand, und er drehte sich um. Vor der Brücke befand sich etwas, das aussah wie ein kleiner Stecknadelkopf.

»Glaubst du wirklich, ich habe den Unfall durch Zufall heute ein paar Hundert Meter entfernt von der Stelle gebaut, an der du in den Abgrund geschaut hast?« Sie setzte sich in Bewegung, stampfte an Jack vorbei und machte sich nicht mal die Mühe, zu überprüfen, ob er ihr folgte. »Du forderst mich auf, ein bisschen Vertrauen zu haben«, rief sie in den Wind hinein. »Okay. Dann hab du es auch.«

Das Mädchen lief die Hafenstraße schnurstracks bis zur Kurve, sodass es völlig außer Atem an der Straßenlaterne am Ende der *Pearly Gates Bridge* angelangte. Der Pfahl beugte sich am unteren Ende sanft in eine Richtung, als wäre er im vierten Monat schwanger. Davon abgesehen stand die Laterne kerzengerade auf dem Bürgersteig. Der Beweis dafür, dass sie das kurze Gefecht mit der Motorhaube des VW Polo vor ein paar Stunden als Siegerin verlassen hatte.

»Ich hätte nicht gedacht, dass die hier so schnell aufräumen«, murmelte das Eichhörnchen und schluckte. Vergeblich sah sie sich nach Hinweisen darauf um, dass der Unfall nicht ihrer Fantasie entstammte. Bis auf den unnatürlich gewölbten Laternenmast deutete nichts darauf hin, dass hier jemand verunglückt war. Dass *sie* hier vor wenigen Stunden verunglückt war.

»Schnell ist relativ«, erwiderte Jack nüchtern und hakte die Daumen in seine Hosentaschen. »Der Unfall ist locker fünf Stunden her.«

Sie wirbelte zu ihm herum. »Niemals! Fünf Stunden?«

Jack zuckte die Schultern. »Es ist gleich halb sieben.«

»Wow.« Auf ihrem Gesicht lag Besorgnis. Das Mädchen suchte den Grünstreifen ab und blieb an einer Stelle im Gras hängen. Mit zwei Schritten war sie dort und bückte sich nach einem Gegenstand, der in der Morgensonne aufblitzte.

Die Augen auf ihre Hand gerichtet, trat sie zurück zu Jack auf den Asphalt und streckte die Hand in seine Richtung. Auf ihrer Handfläche lag eine kleine, dreckverkrustete Herzhälfte aus Silber. Sie hing an einem Karabinerhaken, dessen Bolzen offenbar klemmte, denn er stand offen. Nach einem raschen Blick in ihr Gesicht und ihre geröteten Augen schluckte Jack seinen Kommentar darüber, wie kitschig er diese Herzhälftenanhänger fand, hinunter.

Jacks Begleiterin starrte einen Moment wie gebannt auf ihre Handfläche. Dann tastete sie ihre Taschen ab. »Das ist unmöglich«, flüsterte sie und schüttelte den Kopf. Sie schaute auf zu ihm. »Das ist mein Schlüsselanhänger. Er hakt manchmal, sodass er nicht aufgeht. Und ganz selten hakt er auch, wenn ich ihn schließen will. Dann bleibt er offen stehen, wie jetzt. Zum Glück ist es mir bisher immer aufgefallen.« Sie schüttelte noch einmal den Kopf. »Ich hatte ihn an meinem Schlüssel. Und der Schlüssel …« Sie strich erneut über ihre Schenkel und ihr Hinterteil, sodass Jack schnell wegsah. »Der Schlüssel war heute Nacht in meiner Rocktasche. Jetzt ist er weg.«

»Vielleicht hast du ihn bei dem Unfall im Auto verloren. Oder er ist dir beim Aussteigen aus der Tasche gefallen und sie haben ihn bei den Aufräumarbeiten gefunden.«

»Vielleicht.« Sie nickte nachdenklich und kniff die Augen zusammen.

»Was ist los, Eichhörnchen?«

»Nichts«, antwortete sie einen Tick zu schnell. Zu gern hätte Jack gewusst, was sie beschäftigte. Doch sie hatte sich schon wieder abgewandt, die Faust fest um ihren Silberanhänger geschlossen. »Wir sollten uns beeilen. Ich muss ihnen sagen, dass es mir gut geht. Unbedingt. Sie werden sich furchtbare Sorgen machen und sich fragen, wo ich bin.«

»Sag bloß.«

Entschlossen stiefelte sie los in die Richtung, in der Hamborough lag.

»Eichhörnchen!« Sie wandte sich um. Mit dem Daumen deutete Jack hinter sich, wo die steinernen Brückenpfeiler der *Pearly Gates Bridge* in den morgenroten Himmel ragten. Die prachtvolle Kulisse wurde nur von einem gelben Kasten gestört, der am ersten Pfeiler hing. Mit einem Schild darüber.

»Oh mein Gott!«, quietschte das Mädchen. »Natürlich! Das … das hatte ich in der Aufregung ganz vergessen.«

Sie stürmte an ihm vorbei. Jack nahm nur aus dem Augenwinkel wahr, wie sie vor dem Pfeiler eine Vollbremsung hinlegte, den Hörer, der noch immer an seiner Schnur baumelte, hochnahm und auf das Tastenfeld hackte. Jacks Blick war an dem Schild über dem gelben Kasten hängen geblieben.

Krisenberatung
Für jeden gibt es Hoffnung
Brückensprünge enden tödlich

Das Gefühl in seiner Magengegend war unbeschreiblich. Er konnte sich nicht vorstellen, dass er vor nicht einmal sechs Stunden diese Zeilen gelesen und am liebsten darauf gerotzt hätte. Als er hier gewesen war, um es an der Brücke zu beenden. Seitdem hatte sich alles verändert – und gleichzeitig nichts. Er riss den Blick von dem Blechschild los und schaute über die blanke Wasseroberfläche, auf der sich die Hochhäuser dank der Morgensonne spiegelten. *Brückensprünge enden tödlich.* Der Gedanke, da runterzuspringen, verursachte ihm mit einem Mal eine Gänsehaut.

»Was für eine verdammte Scheiße!«, zeterte das Eichhörnchen und knallte den Hörer mit Wucht gegen die Steinmauer. Wie eine Furie stürmte sie zurück zu Jack. »Das kann doch nicht ihr Ernst sein! Da beklatschen sich diese verdammten Politikerärsche im Radio für ihre grandiose Leistung, ein Telefon an eine Brücke nageln zu lassen, über dem ein völlig hirnverbranntes Schild Suizidgefährdeten verspricht, dass der Brückensprung sie umbringen wird. Und dann funktioniert dieses verfluchte Telefon nicht einmal?« Sie starrte Jack so verwurfvoll an, als hätte er höchstpersönlich die Wartung des Krisentelefons vernachlässigt. »Hast du das gewusst?«

»Ich hab's nicht ausprobiert«, antwortete Jack trocken.

Im Nullkommanichts verstummte das Mädchen. »Oh, Mist. Richtig. Sorry. Dann ...« Sie nickte und wandte sich ab, sicherlich, damit er ihre rot glühenden Wangen nicht sah. »Dann lass uns einfach weitergehen. Gleich ist es acht, ich kann telefonieren und wir können ...« Sie hielt inne, als fiele ihr ein, dass sie Jack bislang nicht verraten hatte, wohin ihr Weg sie führen würde. »Um acht können wir einen Unterschied machen.« Sie warf ihm ein geheimnisvolles Lächeln zu.

KAPITEL 19

C57

NOCH 10 STUNDEN UND 48 MINUTEN

Der triste, graue Gebäudeblock mit den langen Fensterreihen ragte so hoch in den Himmel, dass er die Morgensonne verdeckte und seinen Schatten über Jack warf, der auf dem Innenhof wie angewurzelt stehen blieb. »Vergiss es, Eichhörnchen.«

Am Ascheneimer neben der Drehtür zum Gebäude stand ein klappriger Kerl im Bademantel, der seine Kippe kaum halten konnte und Jack einen warnenden Blick zuwarf: *Wenn ich du wäre, würde ich da auch nicht reingehen.*

Das Eichhörnchen hopste auf den Eingang zu, als wäre das gelb angelaufene Plastik der Drehtür weißer Marmor und als würde man sie im Inneren mit einem Cocktail begrüßen, statt mit einer Infusion. Die aufgedruckten Buchstaben auf den bodentiefen Fenstern vor dem Foyer waren so stark abgeblättert, dass ein Unwissender die Aufschrift niemals erraten konnte. Aber Jack wusste genau, was hier vor Jahren einmal gestanden hatte. Er wusste es besser, als ihm lieb war. *St. Anne's Memorial Hospital.*

»Nicht schon wieder, Jack«, rief das Eichhörnchen kurz vor dem Durchgangsbereich der Drehtür. Diese verschluckte einen Bademanteltrager nach dem anderen mit einem unheilvollen Flapp-flapp-flapp. Das Mädchen sah Jack vorwurfsvoll an.

Diesmal hatte sie sich geschnitten. Bislang hatte Jack klein beigegeben, aber damit war Schluss. Selbst wenn er gewollt hätte, seine

Füße zitterten so sehr, sie trugen ihn keinen Schritt weiter. Wenn er sich jetzt bewegte, würde er den Ascheneimer wirklich bis oben hin vollkotzen. Sein Magen rebellierte und die Dunkelheit schnürte ihm, begeistert von den aufkommenden Erinnerungen, die Kehle ab. Die schlimmsten Erinnerungen von allen.

Nein.

Dieser Innenhof.

Der Linoleumboden, den er durch die Scheiben sah.

Das hässliche Flapp-flapp-flapp.

Dieser Geruch, der bis nach draußen strömte: Desinfektionsmittel, billiger Kaffee, Urin und entzündete Wunden. Tiefe Wunden. Tödliche Wunden.

Die Plastikschalensitze, die schon nach kurzer Zeit mit dem Hinterteil verwuchsen, so sehr schmerzte es, darauf zu sitzen und zu warten. Zu warten.

Der Getränkeautomat. Er war kaputt. Beim ersten Mal hatte Jack dagegen getreten, um seine Coladose zu befreien. Später hatte er in regelmäßigen Abständen dagegen getreten. Und wieder später hatte er so lang und so fest dagegen getreten, bis sich das Blech wellte und die graue Feuerschutztür endlich aufschwang.

Der Kittel. Die Schweißperlen auf der Stirn des Mannes, der aus der Tür trat. Zu erschöpft, um seine Gedanken vor Jack zu verbergen. Er brauchte die Worte nicht aussprechen, damit Jack sie verstand.

Wir können nichts mehr tun, Mr Raider. Es tut mir leid.

»Nein!« Als Jack die Augen öffnete, stand das Mädchen so dicht vor ihm, dass sein braunes Haar sein Kinn kitzelte.

»Schon gut«, flüsterte sie und hob die Hand, als wollte sie sie auf seine Wange legen. Sie verharrte einen Zentimeter über seiner Haut und nahm die Hand langsam wieder herunter. »Du warst schon einmal hier«, stellte sie fest.

Jack nickte und krampfte die Hand um sein T-Shirt auf Höhe seines Herzens. Ein paar Meter weiter reckte der Alte den Hals und klopfte beiläufig die Asche von seiner Zigarette. Sein Blick sagte: *Alle bekloppt hier. Was schreit der so rum.*

»Wir müssen nicht reingehen«, versicherte sie. »Wenn es etwas mit deiner … deiner Vergangenheit zu tun hat, müssen wir nicht …«

»Nein«, unterbrach Jack sie mit kontrollierter Stimme. »Wir gehen da jetzt rein.«

Überrascht hob sie die Augenbrauen. »Aber …«

»Du hast gesagt, wir müssen einen Unterschied machen. Punkt fünf deiner Liste. Fangen wir damit an, dass ich aufhöre, wegzulaufen.« Ihre Augen weiteten sich mehr und Jack glaubte, einen Funken Bewunderung darin zu erkennen. Vielleicht war es auch nur die Erkenntnis, dass er sie nicht alle stramm sitzen hatte. »Du machst wieder diese erschrockenen Eichhörnchenaugen. Nicht dass sie rausfallen«, warnte Jack und malte kleine Kreise mit dem Finger in die Luft auf Höhe ihres Gesichts.

Sie schien zu perplex für eine bissige Antwort, denn sie entspannte lediglich ihre perfekten Gesichtszüge und schüttelte den Kopf. »Ich werde dich nie verstehen, Jack Raider.«

Er zuckte die Schultern. »Das hat in vierundzwanzig Jahren niemand getan. Aber für jetzt ist es ganz einfach.« Er wankte mit weichen Knien und klopfendem Herzen an ihr vorbei auf die Drehtür zu. »Ich will aufhören, wegzulaufen.«

Das Gefühl der Ohnmacht hatte sich mit jedem Erinnerungsschub fester an ihn gekrallt. Die Dunkelheit ließ keine Gelegenheit aus, ihn in die Knie zu zwingen. Sie schlang sich um seinen Hals, drückte in seiner Brust, verschleierte seinen Blick. Nur gab es einen Unterschied zu all den Malen, in denen die Finsternis Jack bereits überwältigt hatte.

Zum ersten Mal begegnete Jack seinem Horror nicht nur in seinen Gedanken. Er stand ihm höchstpersönlich gegenüber. Die gelbliche Drehtür war sein persönliches Tor zur Hölle. Eines, in dessen Nähe er nach dem einen Tag im Herbst niemals wieder gelangen wollte – bis *sie* kam.

Heute musste Jack nicht vor der Dunkelheit flüchten: Zum ersten Mal bot sich ihm die Gelegenheit, seiner Angst in die Augen zu sehen, direkt auf sie zuzulaufen und ihr die Stirn zu bieten. Er atmete durch. »Eins noch. Kann ich mein Notizbuch wiederhaben?«

Ohne zu zögern zog sie es aus der Rocktasche und reichte es ihm. Als seine Finger über den vertrauten Einband strichen, brach ein winziger Brocken von dem Stein ab, den Jack auf dem Herzen trug. »Danke. Und jetzt komm schon, Eichhörnchen.«

Zielstrebig steuerte das Mädchen sie durch die verwinkelten Flure, nahm eine Abzweigung nach der anderen, als wäre sie im *St. Anne's* zu Hause. Ihre Schritte hallten von den kahlen Wänden wider. Jack atmete durch den Mund, um den stechenden Phenolgeruch nicht riechen zu müssen.

»Wohin führst du uns?«, fragte er schon zum zweiten Mal. Auch diesmal antwortete sie nur: »Nicht so ungeduldig.«

Sie bogen um eine weitere Ecke und liefen den Gang entlang. Jack klopfte das Herz bis zum Hals. Glücklicherweise hatten sie bislang nicht den Bereich des Krankenhauses passiert, in dem er sich auskannte. Er traute sich nicht, auch nur daran zu denken, was geschehen würde, wenn …

Eine Glastür schwang vor ihnen auf und ehe Jack sichs versah, eröffnete sich ihm eine neue Welt.

Anstelle von Raufasertapeten bedeckten hier Fingerfarben, tierische Bordüren und Kinderzeichnungen die Flurwände. Von den Halogenlampen an der Decke baumelten gebastelte Papp-Mobiles. Links und rechts standen winzige Kommoden, aus denen Papier, Stifte, Bücher, Bauklötze, Wolle und Perlen quollen. An den Türen der Krankenzimmer hafteten bunte Holzbuchstaben. Es roch weniger schrecklich, immer noch nach Desinfektionsmittel, aber auch, als hätte hier jemand vor Kurzem Kuchen gebacken.

Jacks Blick glitt zu der Leuchttafel, die über der Empfangstheke des Stationszimmers angebracht war.

Station C5F
Kinderstation akute myeloische und lymphatische Leukämie

Einen Moment lang vergaß Jack zu atmen, sein Herz kam aus dem Rhythmus. Die Übelkeit machte sich erneut bemerkbar. Leukämie. Sein Magen zog sich zusammen. Leider verstand Jack dieses Wort besser als der Durchschnittsmensch. Es gehörte nicht zwischen Pappgirlanden und Kinderzeichnungen. Und erst recht nicht in einem Atemzug genannt mit dem Wort *Kinder*. Es war scheußlich.

»Hey. Kann ich Ihnen helfen?«, fragte jemand mit tiefer Stimme und Jack wirbelte herum. Hinter der Theke war aus dem Nichts ein Typ aufgetaucht, der sich hastig durch die blonden Haare wuschelte, ungefähr so alt wie Jack selbst. Sein Gesicht war mit Sommersprossen übersät und er stützte sich mit einer Hand auf der lackierten Holztheke ab. Um seine Mundwinkel kräuselten sich feine Lachfalten. Das Namensschild an dem weißen, etwas zu engen Kittel verriet, dass er Tom hieß.

Jack sah über seine Schulter in Erwartung, dass das Eichhörnchen endlich erklärte, was sie hier suchten – doch der Gang hinter seinem Rücken war leer. Jack drehte sich um die eigene Achse, aber sie war nirgends zu sehen. Wie vom Erdboden verschluckt.

»Alles klar, Mann?«, fragte der Pfleger stirnrunzelnd und beugte sich vor. »Du siehst ein bisschen verwirrt aus – nimm's mir nicht übel, ist nicht böse gemeint.«

»Ja …«, antwortete Jack gedehnt. »Ich suche … ähm … ich suche eine Freundin.«

»Oh ja, ich auch«, stöhnte Tom und verdrehte die Augen. Als Jack ihn nur verständnislos anstarrte, grinste er. »Nee, im Ernst. Wer soll das denn sein?«

Eine hervorragende Frage. Verblüfft merkte Jack, dass sie ihm nach all den Stunden noch immer nicht ihren Namen genannt hatte. Besser gesagt, er hatte sie nicht danach gefragt. Sie brauchte keinen Namen. Sie war sein Eichhörnchen. Nur würde er Tom bei der Beschreibung ihrer walnussbraunen Augen gewiss daran zweifeln lassen, dass er nicht aus der psychiatrischen Station ausgebrochen war. Toms Stirn schlug tiefere Falten und er kniff die Augen leicht zusammen. »Äh, sie arbeitet hier«, behauptete Jack, um die unangenehme Stille zu füllen. Vielleicht war das gar nicht so falsch. Wenn er darüber nachdachte, könnte das ein plausibler Grund sein, weshalb sie unbedingt um acht Uhr hatte im Krankenhaus sein wollen. Vielleicht begann ihre Schicht.

Toms Gesicht erhellte sich. »Ah! Dann kommen eigentlich nur Rose und Caitlyn infrage.«

»Rose«, wählte Jack intuitiv und atmete auf, weil Tom ihn nicht für geisteskrank hielt. Er ließ sich den Namen seiner Wahl auf der Zunge zergehen. *Rose.* Jack und Rose. Eine der berühmtesten Filmlegenden. Na klar. Allerdings ließ sich nicht abstreiten, dass der Name zu ihr passen würde.

»Rose arbeitet heute nicht«, erklärte Tom nach einem kurzen Blick in einen Tischkalender. »Sorry.«

Shit. »Aber sie ist trotzdem hier«, behauptete Jack und sah sich erneut zu beiden Seiten um. Auf keinen Fall durfte sie ihn in diesem Höllenhaus allein lassen. Ohne sie würde er das nicht schaffen. »Sie wollte jemanden besuchen«, setzte Jack hinzu. Vielleicht stimmte ja auch das.

»Oh Mann!«, stöhnte der Pfleger und lief mit langen Schritten um die Theke herum. »Das ist so typisch für sie. Komm mal mit, ich bringe dich hin.«

»Wohin?«, fragte Jack, während seine Beine wie ferngesteuert Tom folgten.

»Zu Rose natürlich.« Er lief so schnell den Krankenhausflur entlang, dass Jack beinah hinter Tom herjoggen musste. Sicherlich hatte er sich das in seinem Krankenpflegeralltag angewöhnt. »Bist du der Typ, den Rose heute Mittag mitbringen will?«, rief Tom über seine Schulter, ohne langsamer zu werden.

Wohin mitbringt? Hatte sie heute noch etwas vor? »Äh, ja«, bestätigte Jack. Alles andere würde weitere Fragen aufwerfen. Bloß keine Aufmerksamkeit erregen. Tom hatte wachsame Augen. Auf keinen Fall konnte Jack riskieren, dass er hinter die schwarzen Strähnen blickte und womöglich den Kerl erkannte, dessen Foto auf Facebook momentan viral ging. Nicht auszudenken, was passierte, wenn die Polizei ihn in einer Kinderstation erwischte …

»Du bist ein verdammter Glückspilz«, fluchte Tom fröhlich und schob einen Reinigungswagen, der den Gang blockierte, zur Seite. »Ich hab's schon hundert Mal versucht, aber mit mir will sie einfach nicht ausgehen. Genieß es, Mann. Rose ist der Wahnsinn!«

Was wollte er denn bitte damit sagen? *Der Wahnsinn.* Hatte er etwa schon mal … Und was für einen Typen wollte sie heute Nachmittag mitnehmen? Wohin überhaupt?

Kurz spürte Jack einen Stich in der Brust bei der Vorstellung, dass Rose sich mit einem anderen treffen könnte. Natürlich, warum auch nicht? Der Gedanke war Jack bislang gar nicht gekommen. Vielleicht war sein Eichhörnchen ja bis über beide Ohren in irgendeinen Kerl mit vielen Freunden und einer Fitnessstudio-Mitgliedschaft verliebt. Und sie waren sogar zusammen. Vielleicht war *genau* dieser Fitnessstudio-Hengst die Person, die sie gerade besuchte und zu der Tom ihn führte. *Vielleicht*... war diese Rose überhaupt nicht sein Eichhörnchen und sie sprachen von zwei völlig verschiedenen Personen. Das war sogar am wahrscheinlichsten. *Reiß dich zusammen, Raider!*

»Da wären wir«, verkündete Tom und schwang den Arm in Richtung einer Krankenzimmertür. »Viel Spaß später. Man sieht sich. Und hey!« Jack wandte den Kopf in Toms Richtung. »Sag Rose, sie soll aufhören, sich an mir vorbeizuschleichen. Ich krieg's am Ende doch immer mit.« Tom lächelte schief, drehte sich um und verschwand zurück ins Pflegerzimmer.

Unschlüssig musterte Jack die weiße Tür mit dem abgerundeten Plastikgriff. *M. Porterville* stand auf dem weißen Schild daneben. Im Grunde genommen konnte Jack da jetzt nicht reingehen. Die Wahrscheinlichkeit, dass sein Eichhörnchen wirklich Rose hieß, dass er richtig geraten hatte, dass sie hier arbeitete, und auch dass sie jemanden besuchte, war gering. Diese Rose war höchstwahrscheinlich eine Fremde. Andererseits musste er sie unbedingt wiederfinden. Und nur der Suchende findet.

Jack klopfte an die Krankenzimmertür und trat ein.

KAPITEL 20

Mädchenhaare

NOCH 10 STUNDEN UND 38 MINUTEN

Das Fenster stand offen. Die gräuliche Gardine, die in den Raum wehte, verursachte die einzige Bewegung. Von den zwei nebeneinanderstehenden Krankenbetten war eins ordentlich gemacht und mit durchsichtiger Plastikfolie überzogen. Offenbar wurde es nicht genutzt. Auf dem anderen türmte ein riesiger Deckenberg. Das Zimmer war offensichtlich leer. Gerade wollte Jack die Tür wieder hinter sich schließen, als ihn eine glockenhelle Stimme zusammenfahren ließ.

»Wer bist du?«

Jack ließ den Blick durch den Raum gleiten und blieb an einem Paar schwarzer Kopfhörer hängen, das zwischen den Decken hervorlugte. Das Kind, das im Schneidersitz auf dem Bett saß und die Kopfhörer auf den Ohren trug, war so klein und zart und blass, dass man es ohne die schwarzen Ohrmuscheln glatt übersehen hätte. Man musste aufpassen, dachte Jack unvermittelt, dass man es nicht versehentlich mit in die Wäsche steckte.

»Kannst du nicht sprechen?«, fragte das Kind und schaute Jack aus moosgrünen Kulleraugen an. Mit ungeschickten Fingern rupfte es sich die Kopfhörer vom Kopf und er erschrak ein zweites Mal, obwohl er damit hätte rechnen müssen.

Der Kopf des Kindes war kahl. Im ersten Moment hatte Jack das völlig übersehen.

Er sah genauer hin und in dem sanften Moosgrün ihrer Augen erkannte er ein kleines Mädchen. Es trug ein rosa berüschtes Trägerhemdchen und ein buntes Perlenarmband um das knochige Handgelenk. Wahrscheinlich, um von dem Krankenhaus-Plastikarmband abzulenken. Alles an ihrem aufgezehrten Leib schrie: *Hallo, mein Name ist Leukämie.*

»Schon okay«, flüsterte das Mädchen. Ihre Stimme klang seltsam fest für ihr Alter. Als wäre sie es gewohnt, Menschen zu trösten. Sie fügte hinzu: »Murphy kann auch nicht sprechen. Aber wir sind die besten Freunde! Nicht wahr, Murphy?«

Der Stoffesel mit den Schlappohren und der abgeriebenen Nase neben ihr nickte.

Seltsam, wie schwer es war, das Alter eines Kindes ohne Haare und Wimpern zu vermuten. Jack schätzte sie anhand ihrer hellen Stimme und der Art, wie sie sich bewegte, auf sechs oder sieben. Um ihrem durchdringenden Blick auszuweichen, sah er sich im Raum um.

»Suchst du was?«, fragte das Mädchen und ließ den Esel in Zeichensprache kommunizieren: Sie legte ihm einen Huf an die Stirn, sodass es aussah, als würde er nach etwas Ausschau halten.

»Äh, mein Name ist … Jack.« Er räusperte sich. »Ich suche …« *Ja, wen eigentlich?* »Ich suche Rose.«

»Oh, Rosy!«, quietschte das Mädchen und begann, auf ihrem Po auf und ab zu wippen. Nach nur drei Hüpfern blieb sie jedoch still sitzen und stützte sich erschöpft auf Murphy ab. »Rose ist da«, erklärte sie außer Atem. »Sie ist immer da. Auch wenn ich sie nicht sehe. Jeden Tag. Obwohl sie das eigentlich gar nicht darf.«

Jack bemühte sich, nicht die Stirn zu runzeln. »Ah. Weißt du, wo ich sie finde?«

»Ich habe Leukämie.« Auf einmal wurde ihre Miene ernst. »Deshalb habe ich keine Haare.«

»Das … das tut mir leid.«

»Aber Rose sagt, ich muss nicht sterben.« Sie machte es sich zwischen ihren Kissen bequem und beugte sich gespannt nach vorn. »Was glaubst du? Muss ich sterben?«

Uff. »Wir alle müssen irgendwann sterben«, antwortete Jack unverbindlich. Hierbei war er definitiv kein geeigneter Gesprächspartner.

»Hm.« Sie nickte nachdenklich und kratzte sich mit dem Zeigefinger an der Schläfe. »Das ist eine lahme Antwort, sagt Rose. Das antworten nur Leute, die keine Ahnung vom Sterben haben. Du hast wohl keine Ahnung.«

Okay, das wurde definitiv zu gruselig. Aus Reflex machte Jack einen Schritt nach hinten und war schon fast an der Tür angelangt, als das Mädchen ihn aufhielt.

»Setz dich ruhig!« Sie beugte sich vor und fiel dabei halb aus ihrem Bett, sodass Jack nach vorn hechtete, um sie aufzufangen. Doch sie hatte lediglich das andere Bett erreichen wollen, auf das sie nun mit ihrer winzigen Hand klopfte.

»Eigentlich ist es Murphys Bett. Aber du darfst da ruhig sitzen. Es ist eine Folie darüber. Damit es *hygienisch* bleibt.«

»Nein, schon gut, ich muss …«

»Bitte, bleib noch etwas.« Sie sah ihn aus so großen, bettelnden Augen an, dass Jack keine Wahl blieb. Ohne eine Sekunde darüber nachzudenken, machte er zwei Schritte auf das zweite Bett zu und setzte sich auf die äußerste Kante. Das Mädchen lächelte zufrieden.

»Bist du auch krank?«, fragte sie.

»Nein. Äh, ja.« Was denn nun?

»Tut mir leid.« Sie sah resigniert aus. »Du hast schöne Haare.«

Automatisch fuhr sich Jack durch seine viel zu lange Wuschelmähne. Es war unfair. »Du kannst sie haben«, hörte er eine Stimme sagen.

Moment. War das seine Stimme gewesen?

»Wirklich?« Ihre Augen begannen zu leuchten.

»Klar. Sind doch eh Mädchenhaare. Schau mal, wie lang die sind.« Er zupfte an seinem Pony und das Mädchen kicherte.

»Stimmt eigentlich.« Sie streckte ihren Arm in seine Richtung und ehe er sichs versah, hatte Jack den Kopf nach vorn gebeugt und sie griff in seine wuschelige Mähne.

»Okay«, willigte sie ein und nickte ernst. »Ich würde sie nehmen.«

»Soll ich dir eine Schere bringen, Marie?« Das kam aus Richtung Tür. Jack drehte ruckartig den Kopf, nur hielt das Mädchen seine Haare noch immer fest im Griff, weshalb er kopfüber hängen blieb.

»Rosy!«, jauchzte die Kleine und vergaß seine Haare im selben Augenblick. Endlich konnte Jack seinen Kopf schmerzfrei drehen. Im Türrahmen stand sein Mädchen. Sein Eichhörnchen.

Rose.

Das konnte nicht wahr sein. Sie trug einen weißen Schwesternkittel, der ihren Rock verdeckte, und legte zwei Gegenstände auf Maries Kommode ab. Der eine sah von Weitem aus wie ein Klemmbrett, wie es die Medizinstudenten bei *Scrubs* mit sich führten.

»Jack schenkt mir seine Haare«, erklärte Murphys Besitzerin stolz.

»Wirklich? Ihr habt einander also schon vorgestellt«, schlussfolgerte das Mädchen im weißen Kittel, das anscheinend Rose hieß und ebendiesen Duft ins Krankenzimmer getragen hatte. Mit einem Mal wirkte der Raum überhaupt nicht mehr trist.

»Ja.« Das kranke Mädchen nickte überschwänglich.

»Gut.« Rose nickte. An Jack gewandt fügte sie zwinkernd hinzu: »Marie vergisst nämlich manchmal, sich mit ihrem Namen vorzustellen.«

Jack brachte etwas wie ein zustimmendes Hüsteln hervor und beobachtete Rose, die mit unglaublicher Leichtigkeit um das Bett herum schwebte. Sie machte den Eindruck, als spürte sie überhaupt nicht, dass der Tod in jeder Ecke dieses Zimmers lauerte. Jacks Magen fühlte sich an wie ein einziger steinharter Knoten.

Rose setzte sich aufs Bett neben Marie, die vor Freude rosige Wangen bekommen hatte.

»Wie geht's Murphy heute?«, fragte sie und fühlte die plüschige Eselstirn.

»Er hat kein Fieber«, schilderte Marie fachmännisch. »Aber er ist immer so müde. Ich glaube, er könnte bald sterben.«

Jack zuckte zusammen, aber Rose verzog keine Miene. »Darf ich ihn mir mal anschauen?«

Rose unterzog Murphy einer genauen Untersuchung, wackelte an all seinen Gliedmaßen, sah stirnrunzelnd in seine Schlappohren und leuchtete mit einer Lampe in seine Knopfaugen. Dann lächelte sie. »Fehlalarm. Ich glaube, er wird noch eine ganze Weile in deinem Bett rumhopsen.« Rose ließ den Stoffesel Anlauf nehmen und einen spektakulären Salto in den Deckenhaufen vorführen. Als hätten sie sich abgesprochen, sahen beide, das große und das kleine Mädchen, Jack an und grinsten verschwörerisch, als hätte Jack einen Insider verpasst.

»Guck nicht so schockiert«, beschwichtigte Rose.

»Weißt du, Murphy stirbt nicht *wirklich* bald«, erklärte Marie geduldig. »Er ist nicht echt!«

»A-ach so«, entgegnete Jack und hätte sich am liebsten geohrfeigt, weil Rose sich das Lachen verkniff.

Marie hatte weniger Erfolg und kicherte hinter vorgehaltener Hand. »Weißt du, was er noch gesagt hat, Rosy?« Sie gluckste. »Er hat Du-weiß-schon-was übers Sterben gesagt.« Dann senkte sie die Stimme und tuschelte viel zu laut: »Er hat überhaupt keine Ahnung davon.«

»Ich weiß«, flüsterte Rose ebenfalls viel zu laut zurück. »Deshalb habe ich ihn ja mitgebracht. Ich muss dir unbedingt etwas Wichtiges erzählen. Und Jack sollte ebenfalls zuhören, er kann ein bisschen was dabei lernen.«

Marie horchte auf. »Wieso? Musst du auch sterben, Jack?«

Zumindest innerlich hatte Jack das Gefühl, dass in diesem Moment etwas in ihm starb. Ob er *auch* sterben musste, hatte sie ihn gefragt. *Auch.*

Rose sah ihn mindestens so abwartend an wie Marie. Wahrscheinlich hatte sie es genau auf diese Situation abgesehen. Wie konnte man einer Sechs- oder Siebenjährigen, die ihren nächsten Geburtstag vielleicht nie erleben würde, gestehen, dass man kurz davorstand, sein Leben in den Altglascontainer zu werfen?

»Ich weiß es nicht«, flüsterte Jack beinah tonlos und wich Rose' Blick aus.

KAPITEL 21

Murphy

NOCH 10 STUNDEN UND 32 MINUTEN

Ungeduldig rutschte Marie auf ihrem knochigen Hintern hin und her und zupfte an Rose' Kittel. »Was musst du mir denn erzählen?«

Rose lächelte und wischte sich die schweißnassen Hände unauffällig an ihrem Kittel ab, den sie aus ihrem Spind geholt hatte. Sie hatte einen halben Herzinfarkt erlitten, als Jack aus dem Krankenhausflur verschwunden war, nachdem sie nur kurz etwas im Stationsbüro erledigen musste. Und als Jack dann ganz unvermittelt bei Marie gesessen hatte, als Rose ihr Zimmer betrat, hatte sie der zweite Herzinfarkt ereilt. Ihr Herz klopfte noch immer im Staccato-Takt.

Jack und Marie zusammen zu sehen war, als würden zwei Welten aufeinandertreffen. Schwarzes Chaos und weiße Harmonie. Dunkelheit trifft Lichtblick. Schuld trifft Unschuld. Kraft Ohnmacht. Vergehen Hoffnung.

Der Gegensatz war so krass, dass Rose einen Moment wie paralysiert in der Tür gestanden und die beiden beobachtet hatte, bevor sie auf sich aufmerksam machte. Und selbst da fühlte es sich an, als störte sie einen Moment, in den sie nicht reingehörte. Es war merkwürdig, aber das kleine Mädchen und dieser gebrochene Mann wirkten, als würden sie einander auf bizarre Art ergänzen. Rose wusste, dass auch Jack das spürte. Seit er mit Marie in einem Raum war, sah er aus, als wäre er soeben aus seinem schlimmsten Albtraum erwacht. Als hätte er etwas verstanden.

»Es ist schwer zu beschreiben, vielleicht sogar unmöglich«, antwortete Rose auf Maries Frage. »Ich wünschte, ich könnte es dir so erklären, als wärst du selbst dabei gewesen. Aber das geht nicht. Deshalb musst du, so gut es geht, versuchen, meine Worte zu verstehen, okay?« Marie nickte unbändig und Rose holte Luft. »Ich habe den Himmel kennengelernt, Rie.«

Marie rümpfte auf eine wirklich unhöfliche Weise die Nase. »Das geht nicht!«, herrschte sie und verschränkte die Arme vor der Brust. »Du sagst das nur, um mich aufzumuntern.«

»Das stimmt nicht«, erwiderte Rose. »Ich weiß, wie absurd das klingt. Und trotzdem ist es wahr. Ich war dort. Ich hatte einen Autounfall, das kannst du Jack fragen. Deshalb bin ich bis zu den Sternen geflogen. Und zurück auf die Erde geregnet.«

»Kannst du das auch beweisen?«

Rose seufzte schwer. Sie hatte keine Ahnung, wie sie es Marie erklären sollte. Die Bilder in ihren Gedanken waren so lebendig, dass sie die Zeit in der weißen Halle vor ihrem geistigen Auge noch einmal erleben konnte, sobald sie nur daran dachte. Aber sie fand keine Worte, um sie zu beschreiben. Als wäre ihre Erfahrung in ihr Bewusstsein gesperrt, nicht dafür gedacht, in die Welt getragen zu werden. Wie hatte es Gott ihr erklärt? ›Das Göttliche selbst wäre zu groß, um es mit deinen eingeschränkten menschlichen Möglichkeiten zu erfassen‹. Ja, das traf den Nagel auf den Kopf. Keine Worte schienen der Erfahrung gerecht zu werden.

»Marie«, sagte Rose und hielt dem Mädchen ihren kleinen Finger hin. »Vertraust du mir oder nicht?« Marie starrte die Hand eine Sekunde lang mürrisch an, überlegte und hakte skeptisch ihren kleinen Finger ein.

»Okay. Schwur ist Schwur. Du gibst mir die Chance, dir etwas zu erzählen, und ich schwöre, ich erzähle dir die Wahrheit. Trotzdem darfst du am Ende entscheiden, ob es nur eine Geschichte war oder ob ich die Wahrheit sage. Okay? Du hast nichts zu verlieren.« Marie nickte wieder, noch nicht ganz überzeugt. »Für dich gilt das Gleiche«, sagte Rose an Jack gewandt, der den beiden leichenblass auf der Bettkante gegenübersaß. »Bitte hör mir zu.«

Dann erzählte Rose alles. Von dem Licht, der weißen Halle, dem Schreibtisch, der grünen Wiese, dem Fluss, dem Gefühl, nicht mehr auf seinen Körper beschränkt zu sein. Sie erzählte von dem Typen in den Chinos mit den braunen Augen und dem strahlenden Lächeln.

»Gott heißt also in Wirklichkeit Liam?«, hakte Marie nach. Sie kam aus dem Stirnrunzeln gar nicht heraus.

Rose schüttelte den Kopf. »Nein, er heißt, wie auch immer du möchtest. Seine Existenz hat nichts mit seinem Namen zu tun. So wie du immer der gleiche Mensch bist, wenn ich dich Marie oder Riri oder Rie oder Herzblatt oder nerviges kleines Hühnchen nenne, ist auch Gott immer der gleiche. Egal, wie du ihn nennst. Egal, ob du mit ihm sprichst. Egal, wie häufig du in die Kirche gehst. Was ist schon ein Name gegen Gott? Er könnte … Murphy heißen. Er könnte Murphy *sein.*«

»Gott ist ein Esel?«

»Vielleicht? Dein Himmel ist so, wie du ihn dir vorstellst. Alles, was du dir vorstellst, ist richtig – für dich. Nichts ist jemals falsch. Dein Himmel gehört dir. Und mein Himmel ist ganz der meine.«

»Das heißt, der Himmel ist in meinem Kopf«, rief Marie empört. »Du gibst also zu, dass es ihn nicht wirklich gibt!« Frustriert schlug sie mit ihrer kleinen Faust auf die Matratze. Es machte kaum ein Geräusch.

Rose strich ihr tröstend über den kahlen Kopf. Ein vertrautes Gefühl, so unglaublich warm und weich.

»Ein kluger Mann hat mal so etwas gesagt wie: Warum sollte es nicht real sein, nur weil es in deinen Gedanken stattfindet?«

Marie zog Murphy auf ihren Schoß und umklammerte ihn mit beiden Armen. »Ich glaub dir nicht. Und Jack glaubt dir auch nicht.«

»Es geht nicht darum, ob du *mir* glaubst, Marie. Es geht darum, ob du glaubst.«

Rose strich ihren Kittel glatt und erhob sich. Ein Blick in Jacks Gesicht verriet, dass er sich wieder verschlossen hatte. Und dass Maries Verkündung ins Schwarze getroffen hatte: Jack glaubte ihr ebenso wenig.

»Wir müssen leider los, Kleines«, sagte Rose und strich Marie noch einmal über den Kopf, die Wange, den Rücken.

»Wirklich?« Traurig sah Marie aus ihren waldgrünen Augen zu ihr auf. »Aber du kommst wieder, oder?«

»Immer.« Rose lächelte.

»Gleich?«

»Morgen. Jack und ich haben leider etwas Wichtiges zu erledigen. Ich komme morgen. Versprochen. Und bis dahin überlegst du dir, ob ich dir eine Geschichte oder die Wahrheit erzählt habe.«

Marie nickte tapfer und schloss die Arme fester um Murphy.

Jeder kleine Abschied von Marie tat weh. Nie konnte man ganz sicher sein, ob sie bei ihrem nächsten Besuch noch lachen würde. »Und denk dran …«, setzte Rose an.

»Du bist immer da«, vollendete Marie gelangweilt den Satz, den sie offenkundig schon häufig gehört hatte.

»Ich bin immer für dich da«, bestätigte Rose. »Was auch immer geschieht.«

Sie langte nach dem Klemmbrett auf der Kommode. Hieran haftete das Wichtigste für die übrigen gemeinsamen Stunden mit Jack. Auf keinen Fall durfte sie es vergessen. Rose riss das Blatt von dem Brett, faltete es zweimal und steckte es in ihre Rocktasche unter dem Kittel. Dann nahm sie Maries Gesicht in beide Hände und drückte ihr einen langen Kuss auf die runzlige kleine Stirn. »Tschüss, mein geliebtes kleines Hühnchen.«

»Nicht immer so nass!«, protestierte Marie.

KAPITEL 22

Morgen

NOCH 10 STUNDEN UND 17 MINUTEN

Rose stand bereits im Türrahmen, als Jack registrierte, was hier gerade geschah.

»Kommst du, Jack?« Rose warf Marie ein letztes Lächeln zu und verschwand mit wehendem Kittel durch die Tür.

Steif wie ein Roboter stand Jack auf. »Nun …«, sagte er an Marie gewandt.

»Was glaubst du?«, piepste diese und er beobachtete, wie sich ihre spindeldürren Fingerchen in ihren Kuschelesel bohrten.

Jack rang mit sich. Die Wahrheit, oder das Richtige tun. Die Wahrheit oder das Richtige. Nur was war eigentlich was? »Ich weiß nicht, ob es eine Geschichte war«, gestand er und fand, dass seine Stimme viel zu dunkel für dieses zierliche Mädchen klang. Darum bemühte er sich um einen sanfteren Ton. »Wenn es eine Geschichte war, dann eine ziemlich schöne.«

»Nein«, winkte Marie ab. »Das meine ich nicht. Das war keine Geschichte, das merke doch sogar ich und ich bin noch ein Kind! Ich meinte: Glaubst du, dass ich sterben muss?«

»Ja«, gab Jack tonlos zu und beobachtete, wie ihren Augen aller Glanz entwich. Schnell fügte er hinzu: »Aber nicht heute. Und nicht morgen. Irgendwann.« Die Mundwinkel des Mädchens zuckten. »Wie gesagt. Irgendwann müssen wir eben alle sterben.«

Nun grinste Marie und entblößte dabei eine große Zahnlücke. Erleichtert drückte sie ihr Gesicht in Murphys Fell und flüsterte: »Gut.«

Jack merkte, wie etwas in seinen Lippen eigenartig kribbelte. Schnell wandte er sich ab. »Also dann.«

»Warte!«

Jack machte eine halbe Wendung. Marie zeigte in Richtung der Kommode. »Rose hat das da vergessen.«

Er griff nach dem glänzenden Objekt, das auf dem Klemmbrett gelegen hatte. Es musste vom Brett gerutscht sein, als Rose es beim Hinausgehen an sich genommen hatte. Es war der silberne Herzhälftenanhänger. Jack strich mit dem Daumen darüber.

»Rose braucht es. Versprich mir, dass du ihn ihr gibst.«

»Mach ich.«

»Versprich es mir!«

»Ich verspreche es.«

»Braver Jack.«

Jack zog einen Mundwinkel hoch, in der Hoffnung, dass es freundlich aussah. Er hob die Hand zum Gruß und wandte sich ab.

»Jack?«

Bereits an der Tür angelangt, drehte er sich noch einmal um.

»Aber du kommst wieder, oder?«

Jack schluckte schwer. »Ja«, sagte er dann, ohne zu wissen, ob es stimmte.

»Gleich?«

»Morgen.«

Marie zögerte. »Gut. Du musst mir nämlich noch deine Haare geben.«

KAPITEL 23

Wenn wir zu Sternen werden

NOCH 10 STUNDEN UND 11 MINUTEN

Jack konnte den trostlosen grauen Klotz von *St. Anne's* nicht schnell genug hinter sich lassen, er musste sich konzentrieren, um die Barlow Street nicht wie von der Tarantel gestochen hinunterzurennen. Wie war das noch mal mit *er wollte nicht mehr weglaufen*? Was kümmerte ihn sein Geschwätz von vor einer Stunde! Alles, was er wollte, war *weg, weg, weg*.

Je kleiner das Hospital am Horizont wurde, desto weiter konnte Jack die Geister der Vergangenheit hinter sich lassen. Trotzdem musste er seine Schritte zügeln und an die von Rose anpassen. Rose, die mittlerweile ohne ihren Kittel neben ihm herlief. Jack versuchte es mit einer List. »Wir haben nicht viel Zeit, Eichhörnchen«, drängte er und beschleunigte.

Sie lächelte. »Von jetzt an haben wir alle Zeit der Welt. Neunzehn Stunden und dreißig Fragen. Das passt perfekt.«

»Du hast mir schon sechs der Fragen heimlich untergejubelt?«

»Exakt. Und du wirst keiner der übrigen entkommen.« Sie zog den Zettel aus ihrer Rocktasche, entfaltete ihn und wedelte damit vor Jacks Nase herum.

»Was hast du …«

»Ich bin auf der Station kurz ins Büro geschlüpft, um die 36-Fragen-Liste auszudrucken. Ich kenne nämlich nicht alle auswendig. Und ich habe einen Stift geholt, mit dem ich die Fragen abhaken kann.«

Wirklich sorgfältig, das musste man ihr lassen. »Danach habe ich meine Mum kontaktiert. Ich konnte sie nicht erreichen, habe aber auf ihren Anrufbeantworter gesprochen, auf die mobile Mailbox und ihr über den Messenger geschrieben. Mehr kann ich nicht machen. Sobald sie sich sorgt, hängt sie sowieso die ganze Zeit am Smartphone und wird meine Nachrichten sehen. Kurzum: Ich war fleißig, während du im Gang herumgestanden und dich mit Tom unterhalten hast.« Ihre Augen funkelten belustigt.

»Du arbeitest dort, hoffe ich?«, fragte Jack.

»Klar. Ich bin Stationsschwester. Daher das Klemmbrett und der Kittel, Superhirn.«

»Den du weshalb genau angezogen hast?«

Rose zuckte die Schultern. »Offiziell darf ich Marie nur als ihre Pflegerin besuchen. Und auch nicht außerhalb meiner Arbeitszeiten. Also sorge ich dafür, dass ich offiziell aussehe, wenn ich bei ihr bin.«

Deshalb hatte sie sich also an Tom vorbeigeschlichen. Jack nickte knapp. »Und Tom ist dein Kollege«, ergänzte er halb fragend, halb feststellend und bemühte sich, möglichst unbeteiligt zu wirken. Jack fand, dass ihm das meisterhaft gelang. Rose sah das offenbar anders, denn ihr Lächeln wurde breiter. Sie antwortete nicht.

Erst als das *St. Anne's Memorial Hospital* nur noch ein grauer Punkt am Horizont war, brach Rose die Stille. »Marie hat akute Leukämie.«

»Und das so jung. Das Durchschnittsalter liegt bei siebzig Jahren«, entgegnete Jack.

Rose nickte. »Die Chemotherapien schlagen nicht an, schon seit einem Jahr nicht. Sie wartet auf einen Stammzellenspender. Ohne geht es nicht. Sie kann kaum mehr laufen.« Stille. »Irgendein Trottel da draußen scheint noch nicht kapiert zu haben, dass es bei dem Stäbchen-im-Mund-Ding um das Leben eines echten Menschen geht. Wir finden keinen passenden Stammzellenspender für sie.« Pause. Rose schnaubte. »Erinnerst du dich daran, dass ich gesagt habe, ich wäre gerne berühmt, damit die Leute gezwungen wären, mir zuzuhören?«

»Ja.«

Sie zuckte die Schultern. »Jeder sollte sich typisieren lassen.« Sie liefen ein paar Meter schweigend. »Hast du dich registriert?«

Jack schüttelte den Kopf. Sie warf ihm einen langen Blick zu, kommentierte es jedoch nicht weiter. Das war schlimmer als eine Standpauke.

Sie sah zu ihm herüber. »Eine Stammzellspende kann einen Unterschied machen. Einen großen.«

Jack nickte. Jetzt verstand er vollends, warum sie ihn ins *St. Anne's* geschleift hatte. Sie wollte ihn nicht von ihren Glaubensgeschichten überzeugen, nicht nur. Es ging darum, einen Unterschied zu machen, die ganze Zeit schon. So wie Rose mit nur einem kurzen Besuch einen gewaltigen Unterschied für ein kleines Mädchen gemacht hatte. Jack nickte erneut, er hatte einen Kloß im Hals. So viel Unterschied, wie sie in den letzten paar Stunden in sein Leben gebracht hatte, war kaum zu ertragen. Und so wenig, wie er in der Vergangenheit gemacht hatte, eigentlich auch nicht. »Besuchst du sie oft?«, fragte er.

»Jeden Tag.«

»Auch wenn du frei hast.«

»Auch wenn ich frei habe.«

»Sie bedeutet dir viel.«

Rose lächelte erneut. In den letzten Stunden brachte er sie oft zum Lächeln. Jack mochte das. Schon wieder eine Sache, die er mochte. So langsam schlug er wirklich über die Stränge.

»Marie ist … Ich weiß nicht. Ich betreue sie seit ihrem allerersten Tag, als sie eingeliefert wurde – an meinem ersten offiziellen Arbeitstag als Festangestellte. Da wusste sie schon, dass sie unter Leukämie leidet. Sie hat mich gefragt, ob ich glaube, dass sie sterben muss. Ihre Eltern haben es kaum ertragen und versucht, sie zum Schweigen zu bringen. Aber Marie war anders. Sie … Sie versucht mit allen Mitteln, die Wahrheit über das Sterben herauszufinden, es ist ihr Lebenssinn. Seit sie auf der Station liegt, verbringen alle viel Zeit damit, herauszufinden, was sie erwartet, *wenn sie zu Sternen werden*. So hat Marie es genannt. Das Sterben.«

»Alle?«

»Die Kinder auf der Station. Seit Marie da ist, weht dort ein neuer Wind. Es ist fast beängstigend. Obwohl sich die Kinder einig sind, dass sie noch keine Sterne werden wollen, sind sie von der Möglichkeit, dass es etwas anderes als das Leben gibt, fasziniert.« Vor Aufregung sprach Rose schneller. »Sie reden gern darüber, was nach dem Leben passiert.

So makaber es klingt, Marie hat ihnen die Angst genommen, an den Tod zu denken. Mehr noch: Sie hat die anderen Kinder gelehrt, positiv über den Tod zu denken, wenn er einmal eintritt.«

»Das nennt man Realitätsflucht, Hörnchen.«

»Eichhörnchen bitte.«

»Was?«

»Spitznamen muss man sich erarbeiten, Jack.« Sie senkte das Kinn und wenn sie eine Brille getragen hätte, würde sie ihn nun über den oberen Rand tadelnd mustern. Tadelnd und ein wenig verschmitzt.

Jack hob ergeben die Hände. »Gut, dann: Was deine Stationskinder tun, nennt man Realitätsflucht, *Eichhörnchen*. Sie lenken sich mit ihren Wunschvorstellungen ab.«

»Über das Sterben nachzudenken, lenkt sie nicht ab. Es bringt sie dazu, ihre Situation zu akzeptieren. Manchmal denke ich, sie sind schlauer als wir Erwachsene.« Rose warf ihm einen vielsagenden Blick zu und konzentrierte sich wieder auf die Straße.

»Du hast zu Marie gesagt, du wärst bis zu den Sternen geflogen.«

»Ja.« Rose strich sich eine Strähne hinters Ohr. »Es ist eine Vorstellung vom Tod, die die Kinder verstehen. Sterben, das ist der Prozess, wenn wir zu Sternen werden. Die Sterne sind unerreichbar und doch jederzeit da. Man sieht sie nicht immer, aber man weiß, dass sie am Abendhimmel strahlen werden. Du kannst sie nicht berühren, aber ihr Licht berührt dich. Wenn du nicht weiterweißt, musst du nur aufmerksam hinschauen und sie leiten dir den Weg.«

»Poetisch«, spöttelte Jack. »Und pädagogisch wertvoll, schätze ich.«

»Und die Wahrheit. Wenn man der Forschung glaubt, standen die Sterne ganz am Anfang der wissenschaftlichen Schöpfungsgeschichte. Oder genauer: ihre Bestandteile, Wasserstoff und Helium. Aus ihnen entstand vor vier Komma sechs Milliarden Jahren das erste Leben. Gewissermaßen bestehen wir also alle zu einem winzigen Teil aus gestorbenen Sternen. Klingt gut, oder?« Ihre Augen bogen sich zu zwei amüsierten Halbmonden. »Und wer weiß, vielleicht gehen wir nach unserem Tod ja wirklich dahin, wo wir hergekommen sind. Asche zu Asche, Staub zu Staub.«

»Spinner zu Spinnern«, ergänzte Jack und verdrehte die Augen. »Glaubst du wirklich daran? Wenn du dein Wunschdenken ausschaltest und es mit den Augen einer Wissenschaftlerin betrachtest: Glaubst du an ein Leben nach dem Tod?«

Rose setzte eine konzentrierte Miene auf und kaute auf ihrer Unterlippe. »Der Energieerhaltungssatz ist ein physikalisch bewiesenes Gesetz. Wenn ich mich nicht irre, sogar das wichtigste Prinzip aller Naturwissenschaften. Es besagt, dass sich Energie weder erschaffen noch vernichten lässt. Das muss doch bedeuten, dass auch die Energie in uns nicht zerstört werden kann. Die Energie, die uns leben lässt. Unsere Seele. Ist der Energieerhaltungssatz damit nicht der Beweis der Unsterblichkeit?«

Jack faltete die Hände über dem Scheitel zusammen und legte den Kopf in den Nacken. »Ganz ehrlich? Keine Ahnung.«

»Na also. Vielen Menschen schenkt der Gedanke auf Erden Hoffnung. Erweist er sich als Irrtum, erleben wir das eh nicht mehr. Du hast nichts zu verlieren, wenn du daran glaubst. Was hält dich davon ab?«

»Ich hasse Lügen. Und Selbstbetrug.«

Rose bog an einer Kreuzung ab und Jack folgte ihr blindlings. Aus dem Augenwinkel sah er, wie Rose den Mund öffnete und wieder schloss, als überlegte sie, ob sie es wirklich aussprechen sollte. Dann setzte sie an: »Ich habe eine Theorie, warum du nicht an den Himmel glauben kannst.«

»Her damit.«

»Wie stellst du dir den Himmel vor?«

»Was?« Jack runzelte die Stirn.

»Na, wie sieht der Himmel deiner Vorstellung nach aus?«

»Es gibt ihn nicht«, antwortete er nüchtern.

»Schon klar. Aber *was* gibt es nicht? Eine Welt in den Wolken? Den Mann mit Bart? Das Paradies mit zweiundsiebzig Jungfrauen?«

»Nichts davon.«

»Oh bitte, Jack«, stöhnte Rose, »du wolltest meine Theorie hören. Dann musst du kooperieren. Zähl mir einfach alles auf, was du dir unter dem Himmel vorstellst und was es nicht gibt.«

Er verdrehte die Augen und kickte einen Kieselstein über die Straße. »Na schön. Es gibt keine harfespielenden Engel, die in der Gegend umherschwirren. Keinen Graubart mit Zepter. Kein weißes Wolkenschlösschen, keine unendliche Blumenwiese. Kein oberstes Gericht, das mit mir bespricht, wie oft ich die Uni geschwänzt habe. Keinen Garten der Lüste und keine nackten Menschen mit Ahornblatt vor ihrem *Membrum virile.*«

»Vor ihrem was?«

»Ihrem Penis.«

»Ah!« Rose sah ihn triumphierend an. »Hab ich's doch gewusst.«

»Warum fragst du dann?«

»Ich meine nicht die Sache mit dem *Membrum.* Ich meine deine Vorstellung vom Himmel. Was du dir ausmalst – und ablehnst –, kommt mir eher wie die Hölle vor. Ich zum Beispiel könnte mich mit dem Ahornblättchen auch nicht anfreunden.«

»Na und?«

»Dein Himmel ist nichts, woran es sich zu glauben lohnt. Nicht im Geringsten erstrebenswert. Da will man nicht hin, im Gegenteil: Die Vorstellung, nackig in einem Gerichtssaal zu sitzen, mit auf Harfen fiedelnden Flatterwesen überall um mich herum, erschreckt mich zu Tode. Wer würde da nicht zweifeln? Welchen Grund solltest du haben, daran zu glauben?«

»Und was sollte ich deiner Meinung nach machen? Mir etwas anderes überlegen? Mir einen begehrenswerteren Himmel ausmalen und schon geht's mir besser?«

»So einfach ist es nicht. Natürlich kannst du dir nicht etwas überlegen.« Die letzten Worte setzte sie mit den Fingern in Anführungszeichen. »Niemand kann an etwas glauben, wovon er nicht überzeugt ist. Ich zum Beispiel bin überzeugt, dass die Kirche eine Teilschuld daran trägt, weshalb die Menschen nicht mehr an den Himmel glauben.«

»Ausgerechnet die Kirche.«

»Ja. Die Hoffnungsbilder der Kirche schenken keine Hoffnung mehr. Da ist von Schuld die Rede, von Vergebung der Sünden. Gruselig. Da wird gepredigt von unvorstellbarer Herrlichkeit, von der man gar nicht erst versuchen sollte, sich ein Bild zu machen. Da liegt das Problem: Vielen Menschen fällt es schwer, an etwas zu glauben, was sie sich nicht vorstellen können. Und sie wollen es auch nicht. Vielleicht bringt das die Zeit der Aufklärung und der hohen Bildung mit sich, wer weiß. Wenn du mich fragst, ist es an der Zeit, den Menschen auf eine neue Art zu zeigen, was der Himmel und die Auferstehung wirklich sind.«

»Hast du nicht gesagt, dass keiner das wissen kann?«

»Stimmt. Ich korrigiere mich: Die Kirche sollte den Menschen Hilfestellung dabei geben, sich ein Bild vom Himmel zu machen. Ohne den antiquierten Du-sollst-dir-kein-Bild-machen-Vergebung-der-Sünden-Kram.«

»Okay, Eichhörnchen. Für mich klingt es immer mehr danach, als machst du dir die Welt, wie es dir gerade passt. Aber«, schnitt Jack ihr das Wort ab, »bevor du mich zu Tode plapperst, lass es raus: Wie muss ich mir den Himmel vorstellen?«

Rose überlegte. Dann sagte sie mit belegter Stimme, mit einem Mal sehr ernst: »Weißt du, Jack, der Begriff der Auferstehung klingt so abstrakt in unseren Ohren, dass uns gar nicht mehr klar ist, dass sie uns jeden Tag begegnet. Jeden Tag stehen wir auf. Aus unserem Kummer zum Beispiel, dem Missmut, den Sorgen, der Trauer oder einer stressigen Phase. Wir erheben uns aus der Faulheit und machen endlich den Hausputz. Wir stehen aus der Melancholie auf und tun etwas, das uns Freude bereitet. Ins Kino gehen zum Beispiel. Als ich mal auf dem Spielplatz hingefallen und mit dem Reißverschluss am Klettergerüst hängen geblieben bin, hat mich mein Papa befreit und ich konnte wieder aufstehen – im wahrsten Sinne des Wortes. Es ist wie Hinfallen und Aufstehen. Es ist wie …« Rose rang die Hände. »Stell dir den Himmel nicht wie einen Ort oder Raum vor, sondern wie ein Gefühl, Jack. Wie das Gefühl, nach langer Zeit einen geliebten Menschen wiederzusehen. Das Gefühl, wenn du ein Kind zum Lachen bringst. Eine richtig gute Rede. Ein cleverer Schachzug. Eine helfende Hand. Verklingende Schmerzen.« Rose zählte ihre Vorschläge an den Fingern mit, sie kam dabei kaum hinterher. »Wie das Gefühl des ersten Lachers nach dem Weinen. Ein köstliches Mahl. Eine fesselnde Geschichte. Ein bewegendes Lied. Ein positiver Schwangerschaftstest – für die meisten zumindest. Eine Zusage der Uni. Ein passender Schuh – bei Cinderella zum Beispiel. Eine Raststätte, wenn der Tank knapp ist. Kaminfeuer im Winter. Kerzen auf dem Geburtstagskuchen auspusten. Nach Hause kommen. Jemandem verzeihen. Ein Anruf, wenn man einsam ist. Verständnis, wenn's einem dreckig geht. *Verliebtsein.*« Sie warf ihm einen schnellen Blick zu. »Nimm all das Gute, das Wunderbare, das dir je im Leben widerfahren ist und filtere das Schlechte heraus. Das ist der Himmel.«

Jacks Hals war wie zugeschnürt. »Wow. Um ein Haar hätte ich dir geglaubt.«

»Vielen Dank.« Sie schmunzelte.

»Was macht dich in dieser Überzeugung so sicher?«

»Ich weiß, dass der Gedanke in meiner Welt richtig ist, weil ich nur so meinen Alltag bewältigen kann.«

»Indem du dich selbst blendest.«

»Indem ich hoffe, anstatt aufzugeben. Indem ich die Fäuste balle, anstatt zu sagen, alles ist scheiße.«

»Überleg mal, warum die Menschen seit Ewigkeiten an etwas glauben, für das es keinen stichhaltigen Beweis gibt«, erwiderte Jack. »Viele Menschen brauchen ihren Aberglauben. Voltaire hat mal gesagt: ›Wenn es keinen Gott gäbe, müsste man ihn erfinden‹. Die Menschen benötigen ihn als Erklärung für ihre Existenz, weil sie die Unwissenheit nicht aushalten. Sie nutzen ihn als Stütze, wenn sie Angst haben oder einsam sind. Lieber einen eingebildeten Freund als gar keinen, nicht wahr? Und sie brauchen ihn zum Trost. Wenn sie jemanden verlieren, ertragen sie es besser, sich einzureden, alles im Leben hätte einen Sinn. Gott ist der Weg der Schwachen. All jener, die der Realität nicht ins Auge schauen und nicht die nötigen Konsequenzen daraus ziehen können.«

»So wie du?«

Jack wandte den Blick ab, von dem er gar nicht gemerkt hatte, dass er gebannt an Rose' Lippen gehangen hatte. Er zog die Schultern hoch und beobachtete seine gleichmäßigen Schritte. »Vielleicht. Ich gehöre nicht zu denen, die Ausflüchte machen. Ich sehe der Realität ins Auge.«

»Dann ist jetzt die Zeit, um genau das zu beweisen.«

Jack sah fragend auf.

Und obwohl er es nie, nie, niemals für möglich gehalten hatte, stiegen ihm auf einen Schlag die Tränen in die Augen und seine Knie gaben nach.

KAPITEL 24

Puzzleteile

NOCH 9 STUNDEN UND 31 MINUTEN

Jacks Beine zitterten ein letztes Mal, bevor er einknickte, zu Boden ging und Halt suchte an der kniehohen Sandsteinmauer, die das blütenweiße Haus mit den Sprossenfenstern umrundete. Er hievte sich daran hoch, ließ sich auf der Mauer nieder und sprang im nächsten Moment wieder auf, als würde der Sandstein glühen wie Lava. Jack stolperte nach vorn bis kurz vor die Straße. Dann wirbelte er herum und starrte Rose wie vom Donner gerührt an.

»Was … woher …«

»Ich habe im Computer auf der Station nach deinem Nachnamen gesucht«, erklärte Rose, ihre beruhigende Krankenschwesternstimme kaum mehr ein Flüstern. »Und ihn gefunden. Ich weiß, warum dir das *St. Anne's* etwas bedeutet.« Jack schüttelte den Kopf, immer und immer wieder, stoisch, als könnte er ihre Worte nicht begreifen. »Es ist kein Zufall, Jack«, fuhr Rose fort. »Es gibt einen Grund, weshalb wir uns begegnet sind. Es gibt einen Grund, weshalb ich genau in dem Krankenhaus arbeite, in dem du jemanden verloren hast. Einen Grund, weshalb mir der Computer deinen Nachnamen ausgeworfen hat. Weshalb wir jetzt hier stehen.«

»Du machst alles noch viel schlimmer«, spie Jack aus und Rose war sich nicht sicher – schluchzte er? Er krallte seine Finger in seine Haare. »Was willst du eigentlich?«

»Dich wieder zusammensetzen. Und mein Gefühl sagt mir, dass wir hier ein großes Stück von dir finden könnten.« Sie richtete ihre

Aufmerksamkeit auf das Haus, das mit seinem wild bepflanzten Vorgarten und der Schaukel dahinter so viel Wärme ausstrahlte.

»Du findest hier gar nichts«, widersprach Jack.

»Ich habe schon was gefunden.« Er entgegnete nichts, forderte sie nur mit lodernden Augen auf, weiterzusprechen. »Dich.« Rose blieb vollkommen reglos stehen. »Den Jack mit noch einem anderen Gefühl als Wut.« Dann, leiser: »Du bist so wütend, Jack. So wütend, dass du immerzu rennen und weglaufen musst. Aber deine Wut ebbt nicht ab. Vielleicht musst du einfach nur stehen bleiben.«

»Ich kann nicht.«

»Du wolltest aufhören, wegzulaufen. Es waren deine Worte, du wolltest deinen Geistern ins Gesicht spucken. Wenn du stehen bleibst, tu es hier. Du bist hier *zu Hause.*« Sie wies auf das weiß leuchtende Stadthaus. Von außen wirkte es perfekt, doch ein Blick durch die Fenster gab Rose den Eindruck, dass innen auch Spielzeug herumliegen und einzelne Spaghetti vom gestrigen Abendessen am Spülbeckenrand kleben könnten, dass der Esszimmertisch einsam stand, weil jemand die Stühle für eine Höhle gebraucht hatte. Es war kein Haus – es war ein *Zuhause.*

Jack stieß ein irres Lachen aus, sein *erstes* Lachen, es riss Rose aus ihren Überlegungen und sie zuckte zusammen. Er rang die Hände. »Du verstehst es echt nicht, oder, *Rose?*« Er spie den Namen scharf aus, dass ihr auf einen Schlag eiskalt wurde. Eher hätte er sie mit einem Schimpfwort verletzen dürfen als damit, ihren richtigen Namen auf diese Weise zu benutzen. Zum ersten Mal. So viele hässliche erste Male. Jack fuhr unbeirrt fort. »Du verstehst es nicht. Denkst du wirklich, ich fliehe ausschließlich vor meinen eigenen Gedanken? Hast du immer noch nicht die Puzzleteile zusammengesetzt, die ich dir zugeworfen habe?« Er sah sich um, als lägen jene Puzzleteile auf dem Bordstein verstreut. »Rose, meine Gedanken reichen dazu aus, mich umbringen zu wollen, ja. Es sind die nie aufhörenden Erinnerungen an meine Schuld, die mich auf eine Brücke treiben oder zu den Hollywood Hills. Das, was sich in meinem Kopf und in meinem Körper abspielt, ist verantwortlich dafür.« Er klopfte sich auf die Hosentasche, in der sich das Notizbuch mit der *Top-Ten-Orte-zum-Sterben*-Liste befand. »Aber ist dir nicht aufgefallen, dass ich in den letzten achteinhalb Stunden zusätzlich vor etwas anderem davongelaufen bin?«

Rose Gedanken rasten, aber sie konnte keinen davon fassen. Ihr schwirrte der Kopf. Die Welt schien sich um sie zu drehen, während sie die Puzzleteile zusammensetzte, alles, was sie über ihn wusste:

Jack Raider war schuld.

Er hatte Angst vor der Polizei. Wahnsinnige Angst.

Es wäre nicht das erste Mal, dass ich eine Frau verletze.

Ich habe keine Mutter mehr, okay?

Ja, er hatte ihr Hinweise gegeben. Irgendwo in ihrem Inneren hatte Rose die Hinweise bereits zu einem Bild zusammengefügt. Doch es stand mit dem Gesicht zur Wand, sie wollte dieses Bild nicht sehen. Es passte nicht zu dem Jack, den sie kennengelernt hatte.

Dann sagte er etwas, das keinen Zweifel mehr ließ. »Du meinst, ich muss aufhören, wegzulaufen.« Obwohl seine Haut unversehrt war, sah er geschunden aus, geprügelt, geschlagen. Hilflos. »Aber wenn du in dich reinhörst, weißt du, dass es nicht geht, Eichhörnchen. Ich muss rennen. Ich muss.« Bis in die Fasern erschöpft flüsterte Jack: »Was soll man denn sonst tun, wenn einem die Todesstrafe droht?«

Kein Blatt in der Krone der Eiche über ihr bewegte sich, kein Vogel zwitscherte, kein Mensch weit und breit. Die Welt hielt den Atem an und zwischen Jack und ihr tobte ein Monsun.

Jack war schuld.

Er hatte Angst vor der Polizei.

Es wäre nicht das erste Mal, dass ich eine Frau verletze.

Ich habe keine Mutter mehr.

Todesstrafe.

Atmen. Für Rose fühlte es sich an, als würde jemand der hübschen Allee, in der sie standen, alle Luft entziehen. Ihre Brust war wie zugeschnürt, die Bäume kamen näher. *Atmen.*

Die Bilder in ihrem Kopf wirbelten durcheinander, setzten sich zusammen, zersprangen und verschmolzen erneut, aber am Ende bildeten sie jedes Mal das gleiche Wort: *Mörder.*

Atmen.

Rose schnappte nach Luft. Das konnte nicht sein. Doch nicht Jack. »Alles, was du mir über dich verraten hast …«, begann sie tonlos. »Da bleibt nicht viel Platz für Fantasie.« Ihre Stimme vibrierte, als würde sie sich darauf vorbereiten, jeden Moment einen Schrei auszustoßen. Vorsichtshalber schlug sich Rose die Hand vor den Mund.

»Ich weiß.«

»Was hat all das mit Fynn zu tun?«

Sein Kopf schoss hoch, seine Augen wurden zwei messerscharfe Schlitze. »Woher kennst du seinen Namen?«, stieß er hervor. Damit hatte er offensichtlich nicht gerechnet. Anscheinend hatte er gedacht, Rose würde die Puzzleteile zusammensetzen, die er ihr hinübergeschoben hatte. Doch das würde sie nicht tun, weil er ihr kein ganzes Bild gereicht hatte. Teile fehlten.

Deshalb hatte Rose ihre eigenen Puzzleteile gesammelt.

»Die Krankenakte«, antwortete Rose zittrig. »Er erschien im Computer. Ich habe auf gut Glück nach Leuten mit deinem Nachnamen gesucht, die in den letzten drei Jahren im *St. Anne's* gestorben sind. Da fand ich Fynn. Deshalb hat es im Stationsbüro länger gedauert. Ich habe gelesen, was ihm zugestoßen ist. Fynn Raider hatte einen Autounfall. Mit ihm im Wagen saßen eine Freundin und sein Bruder.« Und noch am selben Tag war Fynn seinen Verletzungen erlegen. »Du saßt in dem Wagen, richtig? Der Bruder warst du.«

Er war wie versteinert. Sogar seine Augen schienen tot. So tot wie Fynn. Rose spürte es, ihre Vermutung stimmte. Und sie war kurz davor, ihn zu verlieren. *Was ist damals passiert?*

»Was ist mit der Freundin?«, schob Rose hinterher. Über sie hatte Rose in der Kürze der Zeit nichts in den Akten finden können. Jack schüttelte mechanisch den Kopf, nur einmal hin und her. Ein globales, unmissverständliches Zeichen über alle Sprachen und Kulturen hinweg. Nein. Sie war ebenfalls gestorben, wahrscheinlich noch am Unfallort. Deshalb hatte sie den Weg ins Krankenhaus gar nicht erst angetreten, wurde nicht in den gewöhnlichen Patientenakten genannt.

Rose schluckte. »War sie … deine Freundin?«

Das Leben kehrte in Jacks Blick zurück. Er riss die Augen auf, als würde ihn die Frage bis ins Mark erschüttern. »Nein«, beteuerte er. »Himmel, *nein, nein, nein.*«

»Okay.«

»*Nein, nein, nein …*«, murmelte Jack weiter und in Rose' Ohren klang es wie: *Ja, ja, ja.* Zu sehen, was Jack mit sich herumtrug, schmerzte. Und, so egoistisch es klang, zu hören, wie er unter dem Verlust einer anderen Frau litt, schmerzte ebenfalls.

»Jack«, versuchte Rose es vorsichtig und verstummte doch wieder, weil die Worte fehlten. »Während meiner Ausbildung zur Krankenschwester habe ich ein paar Wochen in der Unfallchirurgie verbracht. Ich habe den Großteil der Erlebnisse aus meinem Gedächtnis verbannt. Aber eine Lektion ist mir geblieben: Gegen Unfälle sind wir machtlos. Für etwas so Grausames die Verantwortung zu tragen, übersteigt die Fähigkeiten eines jeden Menschen. Du kannst keine Schuld tragen. Unfälle passieren aus einem Grund, der zu hoch ist, als dass wir ihn begreifen könnten.« Und als er nicht antwortete: »Du trägst keine Schuld, Jack.«

Erneut stieß er sein trockenes Lachen hervor, das nur aus Ton bestand und nicht aus Mimik.

»Der Unfall war der Anfang«, raunte er. »Du weißt noch immer nichts über meine Schuld. Und du hast nicht ansatzweise eine Vorstellung davon, wozu ich fähig bin. Du bräuchtest nur meine *Mutter* fragen. Oder besser gesagt das, was von ihr übrig ist.«

Er sagte es so voller Abscheu über sich selbst, dass Rose das Blut in den Adern gefror. Jack deutete auf das Stadthaus, ihr Blick folgte ihm. Seine Hand zitterte, aber Jack hielt sie erbarmungslos oben. Er wies auf das Haus, in dem Rose finden sollte, ›was von seiner Mutter übrig war‹.

Carolina. So lautete ihr Name. Auch das hatte Rose in Fynns Krankenakte gelesen. Mit einem Mal fiel ihr die steinerne Rampe auf, die neben den drei Treppenstufen zur Flügeltür hochführte.

Er konnte das nicht wörtlich meinen, nicht physisch. Oder?

Rose sah zurück, sah direkt in sein angespanntes Gesicht. »Ich habe dich so oft gewarnt, Eichhörnchen«, hauchte Jack erschöpft und ließ den Arm sinken. »Aber du hörst nicht auf mich. Deshalb sag ich's dir jetzt, weil ich aufhören muss, egoistisch zu sein. Weil ich dich nicht weiter in den Strudel hineinziehen darf. Damit du endlich die richtigen Entscheidungen treffen kannst.«

Rose nickte, die Augen schreckgeweitet.

Jack verharrte einen Augenblick, kostete die letzten Sekunden aus, bevor es nur noch ein Vorher und ein Nachher gab. »Ich habe jemanden umgebracht, Rose. Auf eine schreckliche, niederträchtige Art und

Weise. Ich könnte mir die Schuld daran niemals vergeben. Selbst wenn ich es könnte: Die Justiz wird es nicht. Wenn nicht ich mich töte, wird es der Staat tun. Ich habe keine Wahl, verstehst du? Es ist nicht so, wie du denkst: Solange ich weglaufe, fliehe ich vor dem Leben und meinen Problemen. So ist es nicht. Die Wahrheit lautet: Solange ich weglaufe, lebe ich noch.« Da hörte Rose' Welt zum allerersten Mal auf, sich zu drehen. »Und wenn wir schon bei der Wahrheit sind, willst du noch eine hören?«, fragte Jack traurig. »Ich hätte viel früher aufgehört zu rennen. Vielleicht an der Brücke, vielleicht wenig später. Aber dann habe ich dich getroffen. Nur deinetwegen renne und renne ich, und obwohl mich jeder Schritt ein Stückchen mehr zerreißt, obwohl es sich anfühlt, als würde ich aus jeder Pore bluten, will ich, dass wir niemals damit aufhören.«

KAPITEL 25

Du und Ich

NOCH 9 STUNDEN UND 22 MINUTEN

Was man nicht tun sollte, nachdem jemand einen Mord gestanden hat:

1. *Stehen bleiben, obwohl man weglaufen könnte.*
2. *Das Geständnis verleugnen, weil es nicht in das Bild passt, das man sich von der Person ausgemalt hat.*
3. *Sein Gegenüber behandeln, als wäre das hier völlig normal.*
4. *Sich weiterhin sicher in seiner Gegenwart fühlen.*
5. *Die Polizei nicht informieren.*
6. *Glauben, irgendwie würde sich alles zum Guten wenden.*
7. *Glauben, es wäre nur ein Irrtum.*
8. *Dem Mörder bei der Flucht helfen.*

Egal, in welcher Lebenslage man steckte, an Möglichkeiten, Fehlentscheidungen zu treffen, mangelte es fast nie. Bislang hatte Rose sich erfolgreich durchs Leben geschlagen, indem sie einen Bogen um alles machte, was nur nach Fehlentscheidung roch. Heute jedoch traf Rose sämtliche Fehlentscheidungen, ohne eine einzige auszulassen. Das Gehirn funktionierte manchmal nicht rational. Ihres erst recht nicht. Nicht bei Jack. Außerdem, wer sagte, dass rational immer richtig war?

Rose traf die Entscheidung im Bruchteil einer Sekunde. »Lass uns weiterrennen. Wir hören nicht auf, wir hauen ab. Bis wir eine Lösung finden. Auch wenn«, sie schob die letzten Zweifel beiseite, »auch wenn die Lösung ein halbes Leben auf sich warten lässt.«

Jack starrte sie noch immer schmerzverzerrten Gesichtes an, als am Haus gegenüber auf der anderen Straßenseite die Haustür aufschwang. Durch den offenen Spalt flitzte ein weißes Wollknäuel aus der Tür und schoss kläffend über den geschnittenen Rasen in Richtung Gartenzaun. Eine Frauenstimme zerschnitt die Stille in der Allee. »Flower!«

Jack wirbelte herum.

Passend zu der Stimme schob sich durch den Türspalt eine Frau, die vielleicht so alt war wie Rose' Mutter. Über der fliederfarbenen Jogginghose trug sie einen Bademantel. Die mit grauen Strähnen durchzogenen Haare hatte sie zu einem zotteligen Dutt auf dem Kopf zusammengebunden, er wippte beim Gehen. Sie sah müde aus. »Flower, aus! Muss das sein?«, rief die Frau über ihren Vorgarten. Der kleine Hund war indes am Gartentor angelangt und knallte mit lautem Scheppern dagegen. Offenbar empfand er Abbremsen als reine Zeitverschwendung. Der Aufprall hielt ihn nicht auf, er purzelte zurück und begann, mit jedem Kläffer wie ein Flummi auf und ab zu hüpfen. Rose' Blick schwang zu Jack. Er starrte den weißen Hund an, seine Lippen bewegten sich, aber kein Wort kam heraus.

Mit einem unguten Gefühl sah Rose wieder zu der Nachbarin hinüber, die mit gerunzelter Stirn auf ihren Hund zustapfte. »Flower, du weckst hier einfach *alle* auf. Hast du mal auf die Uhr geschaut?« Doch Flower störte sich nicht daran. Er sprang weiterhin auf den Pfoten auf und ab, seine Schlappohren rotierten um seinen puscheligen Kopf. Er fixierte etwas zwischen den Zaunlatten. Etwas oder jemanden. Jack.

Als hätte jener es im gleichen Moment bemerkt, schien Jacks innere Versteinerung zu zersprengen. »Scheiße. Wir müssen hier weg«, zischte er und sah sich hektisch um. Da war nichts, um sich zu verstecken. Die Mauer seines eigenen Hauses war zu niedrig, um dahinterzuknien, die hohen Eschen, deren Blätterkronen ein Dach über die Allee spannten, standen zu weit entfernt.

Rose' Puls begann zu rasen. »Hast du einen Schlüssel?«, fragte Rose alarmiert und deutete auf das Haus in ihrem Rücken. Jacks Haus. Der Eingang war ebenfalls weit entfernt, allerdings standen im Vorgarten Bäume und Büsche, zwischen denen sie vielleicht verschwinden konnten.

Ehe Jack den Kopf schütteln konnte, zerriss ein entsetzlicher Schrei die Ruhe des Sonntagmorgens. Der Schrei barst so instinktiv aus der Brust der Frau, dass Flower mit einem Japsen verstummte und die Vögel aus den Baumkronen der Eschen stoben. Ein Schmerzensschrei.

Die Welt schien sich einen Augenblick in Zeitlupe zu drehen. Rose' Herzschlag hämmerte in ihren Ohren, bevor die Geräusche zurückkehrten, laut und schnell und hektisch. Die Frau auf der anderen Straßenseite schrie ein zweites Mal, dieses Mal ein Schluchzen, ein Wimmern unverständlicher Vorwürfe. Sie schlug sich die Hand vor die Brust und geriet ins Straucheln. Ihr Bademantel verfing sich in einem Busch, sie stützte sich am Briefkasten ab, doch das hinderte ihre Beine nicht daran, unter ihr wegzuklappen. Sogar von hier drüben sah Rose, wie Tränen ihre Augen fluteten. Die Frau schien kaum etwas zu sehen, trotzdem haftete ihr Blick ununterbrochen auf Jack.

»Verstehst du jetzt, warum ich nicht stehen bleiben kann?«, fragte Jack tonlos und starrte die Frau an, die an ihren Briefkasten geklammert zusammenbrach.

»Jack«, drängte Rose. »Entscheide dich.«

Die Haustür der Nachbarin flog mit einem Knall auf. Ein Mann mit kurzem grauen Haar und einem dünnen Wollpullover stürmte in den Garten. Flower verstand dies als Signal, seine Sirene einzuschalten, er warf den Kopf in den Nacken und jaulte, so laut es seine kleinen Lungen vermochten.

»Em!«, rief der Mann, der auf seine Frau zusprintete, in seinem rauen, entschlossenen Tonfall hörte Rose ... *Angst.*

Sie sah sich um, überall in den umliegenden Häusern begannen Gardinen zu rascheln, Fenster öffneten sich einen unauffälligen Spaltbreit, Gesichter lugten halb versteckt durch die Scheiben. Im Nachbarhaus der Frau, die anscheinend Em hieß, wurde eine weitere Haustür aufgerissen. Ein junges Pärchen in den Dreißigern stolperte besorgt auf Em zu, deren Mann sie kaum halten konnte. Und der nun ebenfalls über die Straße hinweg in Jack und Rose' Richtung sah. Genau wie das junge Pärchen.

»Jack, *bitte*«, flehte Rose. Jack bewegte sich kein Stück, er schien durch die Menschen auf der anderen Seite hindurchzusehen.

»Hey!«, gellte ein Schrei wie ein Donnergrollen über die Allee. Rose' Kopf flog herum zu den vier Erwachsenen, die wie versteinert zurückstarrten. Nein, nicht vier. Drei. Ems Ehemann hatte die Fäuste geballt, die Schultern hochgezogen und sein Gesicht verzog sich zu einer zornigen Fratze. »Ihr da!«

»Jack!«, quiekte Rose. In ihr kribbelte der Fluchtinstinkt, doch etwas anderes hielt dagegen: Wer davonlief, machte sich schuldig. Vor allen Dingen, wenn er schuldig *war*.

Rose hatte keine Ahnung, welche Entscheidung die richtige war, aber sie hatte Angst. Angst, Jack zu verlieren. Selbstsüchtige, zerstörerische, überwältigende Angst. Bevor sie darüber nachdenken konnte, platzten die Worte aus ihr hervor. »Du hast es mir versprochen!«

Jacks Kopf drehte sich langsam in ihre Richtung. Als sein Blick ihren traf, flackerte etwas im Eisblau seiner Augen auf. »Was versprochen?«, fragte er, als würde er die Antwort schon kennen und müsste sie nur noch einmal aus ihrem Mund hören. Als wollte er sie hören.

»Du hast gesagt, du würdest mir niemals wehtun«, sprudelten die Worte über ihre Lippen. »Du hast versprochen, mir nichts anzutun. Aber du *tust* mir etwas an, wenn du dich jetzt aufgibst. Wenn wir hierbleiben …« *Untersuchungshaft. Mord. Todesstrafe.* Rose sprach es nicht aus. »Du hast mir sechsunddreißig Fragen überlassen, von denen ich dir erst sechs gestellt habe. Es ist noch nicht vorbei. Bitte, lass uns rennen.«

Jack gewährte sich noch einen weiteren Augenblick, in dem er sie wortlos ansah.

Dann traf er eine tonnenschwere Entscheidung in nicht mal dem Bruchteil einer Sekunde.

Konnte das Zufall sein?

Gründe, warum Jack fand, dass er endlich stehen bleiben und sich stellen sollte:

- *Er war ein verschissener Feigling. Nur Feiglinge flohen.*
- *Jack hatte die Konsequenzen seiner Taten verdient. Er erinnerte sich genau daran, mit welchen Worten seine Mutter früher den Fernseher aus seinem Kinderzimmer geschleppt hatte: Strafe muss sein.*
- *Vielleicht würde er sich bei seiner Henkersmahlzeit einreden können, indem er sich gestellt hatte, hätte er ein Staubkorn seiner Würde behalten.*
- *Vielleicht könnte er, wenn er sich stellte, diesen Spruch auf seinem Grabstein beantragen: Er hat nicht alles falsch gemacht.*
- *Em, Richard, Hazel und Antonio, der Rest der Nachbarschaft, seine Familie, Fynn, die ganze Welt verdiente Gerechtigkeit.*
- *Manche Dinge waren richtig. Andere waren falsch. Sich zu stellen war richtig. Und daran gab es keinen Zweifel.*

Gründe, die dagegensprachen, sich endlich zu stellen:

- *Rose.*
- *Sonst nichts.*

Eigentlich ging es im Leben immer nur darum, zu rennen. Manchmal rannte man vor dem Leben davon. Manchmal rannte man um sein Leben. Manchmal, weil Rennen sich lebendig anfühlte. Und manchmal rannte man für das Leben eines anderen.

»Komm!« Jack griff nach Rose' Hand. Ein Stromstoß fuhr durch seinen Körper und er schnappte nach Luft. Überrascht sah er in ihr Gesicht. Rose erwiderte seinen Blick, sie hielt ebenfalls den Atem an. Sie hatte es anscheinend auch gespürt.

Das Kreischen seiner Nachbarin hallte in seinen Ohren nach. Jack festigte seinen Griff und jagte los. Seine Füße traten den Boden unter seinen Sohlen weg, der Wind peitschte ihm ins Gesicht, aber es war egal.

Ja verdammt, er war schuld.

Ja verdammt, er hatte es verdient zu leiden.

Ja verdammt, das gerechte System verlangte sein Lebensende.

Trotzdem lief er davon und ja, es fühlte sich gut an und er würde sich nicht dafür entschuldigen. Nicht um seinetwillen. Sondern für sie. Für Rose. Weil sie es verdient hatte, bei allem, was sie in der kurzen Zeit für ihn getan hatte. So viel mehr als andere Leute in vierundzwanzig Jahren.

Das hier war für sie.

Sie sprintete neben ihm und Jack fühlte ihr Adrenalin durch seine Adern rauschen wie vor nicht mal fünf Stunden, als sie vor den Hafenmitarbeitern davongelaufen waren – nur anders. Als schlügen ihre Herzen diesmal im gleichen Takt. Es war so … *echt*.

Sie fegten an den Häusern der Allee vorbei wie ein Sturm. Staubwellen wogen unter ihnen hinweg, sie ließen den Bäcker hinter sich, den Inder, einen Kiosk, die kleine Pizzeria mit der grünen Markise auf der Ecke.

»Schneller, Jack«, spornte ihn das Eichhörnchen an, er hörte sie atmen. Doch diesmal zog Rose nicht an ihm vorbei. Er sah ihre fliegenden Haarspitzen am Rande seines Blickfeldes. Er war mit ihr gleichauf.

Kopf an Kopf.

»Schneller«, japste sie wieder und Jack bemerkte, dass sie zurückfiel. Außerdem war ihre Hand seiner entglitten. Er verringerte sein Tempo und drehte sich um. Da endlich erkannte er, dass sie ihn nicht etwa ansporne, um ihn zu motivieren.

Sondern weil jemand sie jagte.

Über Rose' Schulter sah er am Ende der schnurgeraden Allee das blau-rote Licht zweier Polizeiwagen.

»Scheiße!«, brüllte Jack und boxte in die Luft. *Nicht jetzt, nicht jetzt, bitte nicht jetzt.*

»Wir müssen weiter«, keuchte Rose, schickte mit einem Griff nach seinem Unterarm einen erneuten Stromstoß durch seine Adern und riss ihn mit sich. »Wohin?«

»Keine Ahnung«, gab Jack zurück. Sie waren zu Fuß, die Polizei motorisiert. Vor ihnen mündete die Allee in eine Kreuzung, an der die Autos als Schemen vorbeirasten. Die Brewster Road, die die Allee kreuzte, verwandelte sich wenige Kilometer weiter in den Highway Richtung Süden. Wenn die Ampeln auf Grün standen, nahmen die meisten hier bereits Fahrt auf. Jack verringerte sein Tempo und blieb schließlich stehen.

»Was machst du da?«, rief Rose alarmiert. »Weiter!«

Jack schüttelte den Kopf. »Nicht gemeinsam, Eichhörnchen.«

»Was redest du denn da?« Ihre Stimme überschlug sich.

»Wir müssen uns trennen, Rose. Ich lasse nicht zu, dass sie dich zusammen mit mir schnappen oder auch nur mit mir sehen. Es ist zu gefährlich.«

Ihre Lippen formten aufgeregte stumme Worte im Versuch, die richtigen unter den Tausenden zu wählen, die sie ihm in der kurzen Zeit an den Kopf knallen konnte. Sie entschied sich für: »Bist du jetzt völlig durchgedreht?«, und stampfte mit den Füßen auf den Boden. »Ich bin für dich vier Meter tief auf ein fahrendes Schiff gesprungen, ich fliehe für dich, obwohl du sagst, dass du ein verdammter Mörder bist, ich habe dir versprochen, bei dir zu bleiben, obwohl du dich wie der letzte Mensch benimmst, und du wagst es, mich jetzt wegzustoßen?« Sie nutzte den Augenblick, in dem Jack zögerte. Ihre Augen loderten. »Den Moment, in dem du mich vor dir hättest beschützen können, hast du dreifach verpasst. Es ist zu spät für eine Heldennummer. Also hör auf zu trödeln und schwing deine blöden Hufe!«

Jack zögerte. Machte Weiterlaufen nicht alles noch viel schlimmer? Anderseits: Konnte er jetzt ernsthaft aufgeben?

»Na dann, los!«, brüllte Jack über das Tosen der vorbeirasenden Autos.

Rose wirbelte herum. Sie lief direkt auf die Kreuzung zu, wo die Autos lauter entlangdonnerten.

»Hey«, herrschte Jack und machte einen Satz nach vorn. Rose war bereits am Rand des Bürgersteiges angelangt, ihr Kopf zuckte hektisch von links nach rechts. »Rose, *stopp!*«, wetterte Jack, denn er sah im Vibrieren ihrer nackten Beine, dass sie kurz davorstand, loszustürmen auf die Straße – und die Lücke zwischen den tödlichen Autos unterschätzen würde. Sie würden sie erfassen.

Ohne zu wissen, wieso er diese Worte wählte, brüllte Jack: »Nicht um alles!«, hechtete nach vorn, bereit, die Arme um ihren Oberkörper zu schließen und sie festzuhalten, ganz fest, und nicht mehr loszulassen. Seine Füße lösten sich vom Boden.

Zu langsam.

Als Jack am Rand des Bürgersteiges aufkam, spurtete Rose nach vorn. Instinktiv schoss Jacks Kopf nach links. Beim Anblick des herannahenden Fahrzeuges verkrampfte sein Überlebensinstinkt sämtliche Muskeln. Schwankend erstarrte Jack auf der Kante des Bürgersteiges und die Welt mit ihm.

Sein Blick glitt zurück zu Rose. Sie stand mitten auf der Fahrspur, die Augen schreckgeweitet, reglos wie ein Reh. Jack verfolgte, wie die silberne Limousine nur Zentimeter vor seiner Nase vorbeischoss. Wie in Zeitlupe wehten Jacks Haare nach hinten. Wie in Zeitlupe hob Rose die Unterarme vors Gesicht und beugte sich nach hinten, als könnte sie so der Motorhaube entkommen, die ungebremst auf ihren Körper zuhielt. Wie in Zeitlupe traf die Limousine Rose' Körpermitte, die sich dem Aufprall nach krümmte. Doch anstatt nach hinten geschleudert zu werden, schien das Auto Rose' Körper unter sich zu saugen, schien sie zu verschlucken. Rose ging zu Boden. Ihre Füße verschwanden unter dem Fahrzeug, dann ihre Schienbeine, ihre Schenkel …

Als würde jemand die Welt wieder an den Stromkreis anschließen, verlor sie auf einen Schlag ihre Trägheit. Alles um Jack herum passierte wieder rasend schnell. Seine Haare wehten nicht, sie flogen, der Sog brannte in seinen Augen, aber Jack kniff sie nicht zusammen. Er musste Rose sehen. Und er sah sie – wie sie in nicht mal einem Wimpernschlag unter die Karosserie gesogen wurde. Die silberne Limousine begrub sie und raste vor Jacks Nasenspitze vorbei.

Sie war fort.

Es ging so unbedeutend schnell.

Der Wagen zog vorüber, hinterließ nichts als Abgase, das nächste Auto folgte. Jacks Augen flirrten zwischen rotierenden Reifen und Unterböden hin und her, er suchte die Fahrbahn ab. Das nächste Auto schoss ungebremst vorbei, das nächste und das nächste. Rot, schwarz, wieder silbern. Ein weißer Transporter. Ein Lkw.

Sie begruben den Körper seines Mädchens, das irgendwo zwischen den Fahrzeugen lag und aus dem das Leben langsam heraussickerte. Ohne dass jemand sie bemerkte. Ohne dass Jack sie ein einziges Mal in den Armen gehalten hatte.

Die Schwärze legte sich über Jacks Blickfeld wie ein Vorhang.

KAPITEL 27

Wenn der Himmel hinabstürzt

NOCH 9 STUNDEN UND 12 MINUTEN

Mit einem leichten Ruck kam die silberne Limousine vor Rose zum Stehen.

Geschickt schob sie sich daran vorbei und hob eine Hand zum Dank. Sie wich einem blauen Kleinlaster aus und einem genervt dreinblickenden Motorradfahrer, der auf der Gegenfahrbahn für sie stehen blieb und Gas gab, kaum dass sie vorbeigelaufen war. Sein Auspuff röhrte, als er sich durch die Rettungsgasse zwischen den stehenden Autos schlängelte.

Rose bewegte sich wendig und flink wie ein Eichhörnchen. Sie wollte keine Zeit verlieren. Im Laufen hielt sie eine Hand nach hinten ausgestreckt, in Erwartung, jeden Moment zu spüren, wie sich eine warme, große, sehnige Hand in ihre fügte. Doch selbst als sie auf der anderen Seite der Brewster Road angelangt war, griff ihre Hand ins Leere. Irritiert drehte sie sich um. Jack war nicht da. Weder direkt hinter ihr noch zwischen den stehenden, die Brewster Road blockierenden Autos. Stattdessen stand er am Rand des Bürgersteiges auf der anderen Straßenseite und – starrte ins Leere. Zwischen den Autos auf den sechs Spuren, die Jack und Rose trennten, wirkte er wie ein verlorener Junge.

Ein mulmiges Gefühl explodierte in Rose' Magengegend. Sie hatte sich zwar daran gewöhnt, dass Jack hin und wieder in seinen Gedanken versank. Aber diesmal war es anders. Denn was Jack auf ihrer Seite der Straße sah, schockierte selbst Menschen, die kein traumatisches Autounfall-Erlebnis hinter sich hatten.

Rose wagte einen Blick über die Schulter zu der Stelle, auf die sich Jacks leerer Blick richtete und die Jack so sehr aus dem Konzept brachte. Sie wandte sich gleich wieder ab, obwohl sie zwischen den kreuz und quer stehenden Fahrzeugen und Menschen nur die Hälfte erkennen konnte. Der Anblick war dennoch furchtbar. Doch als Stationsschwester in der Unfallchirurgie hatte sie schon Schlimmeres gesehen – deshalb war es an ihr, sich jetzt zusammenzureißen. Für Jack.

Eilig huschte Rose zwischen den stehenden Autos zurück, bis sie auf Jacks Straßenseite stand. Behutsam hob sie die Hand, Jack wich zurück, die Augen im Schock aufgerissen.

»Ich hab gesehen, wie ... Ich verstehe nicht ... Du bist ... Das Auto hat dich überfahren«, stammelte Jack und schüttelte den Kopf.

Rose runzelte die Stirn und schüttelte den Kopf. »Wenn es so wäre, wüsste ich davon. Denke ich.«

»Rose«, hauchte Jack, als würde er ihren Namen ausatmen. »Aber der silberne Wagen ... Er ist über dich rübergerollt, du bist unter dem Auto ... Die Polizei ... Ich hab es doch *gesehen!*«

»Du stehst unter Schock. Die silberfarbene Limousine hat mich nicht überfahren, sie hat angehalten«, widersprach Rose geduldig und machte einen Schritt auf ihn zu. »Du irrst dich. Dein Gehirn hat dir einen Streich gespielt. Ich bin um die Autos herumgelaufen. Sie stehen im Stau, schau. Sie bilden eine Rettungsgasse, damit die Polizei und der Krankenwagen über die Kreuzung kommen. Sie wollten zu dem Unfall dort vorn.« Rose deutete auf die andere Straßenseite. »Niemand war hinter uns her.«

»Aber der silberne Wagen ...«

»Er stand bereits, als ich auf die Straße getreten bin. Es ist alles in Ordnung, Jack«, versicherte Rose und streckte ihm die Handflächen entgegen. »Mit mir ist alles okay. Versprochen.«

Jack musterte sie von oben bis unten, trat einen Schritt zur Seite, als wollte er prüfen, ob ihr rechts oder links etwas fehlte. Allmählich entspannten sich seine Gesichtszüge und er fuhr sich durch den Pony.

»Es tut mir leid«, sagte Jack distanziert und Kälte mischte sich wieder in seinen Tonfall. Er kräuselte die Stirn. »Ich weiß nicht mehr, was ich gesehen habe ...«

»Ich denke, ich weiß es.«

Jack hob eine Braue.

»Es war genau wie damals, oder?« Rose drehte den Kopf und sein Blick folgte ihrem. Gemeinsam sahen sie zwischen den stehenden Autos hindurch auf die andere Seite der Kreuzung. Unweit von der Ampel entfernt, wenige Meter hinter einer Bushaltestelle, war ein waldgrüner Kleinwagen an einer Litfaßsäule zerschellt. Der Motorraum war aufgeplatzt, Fahrzeuginnereien drangen zwischen der Motorhaube hindurch, die sich nach oben schälte wie der Deckel einer Thunfischdose. Feuerwehr, Polizei und Krankenwagen flankierten den Unglücksort. Menschen schrien durcheinander. Die ersten Schaulustigen stiegen aus ihren Autos und spähten über die Dächer nach dem Grund, weshalb es nicht weiterging.

Dies war das Ziel der Sirenen gewesen, von denen Jack und Rose angenommen hatten, sie würden sie verfolgen. Es hatte sich nicht um zwei Polizeiautos gehandelt, sondern um Polizei und Notarzt. Letzterer kniete zwischen den Autos auf dem Straßenpflaster über etwas, das unter einer Decke verborgen lag. Etwas oder jemandem.

»Du hast es gesehen und du hast dich erinnert«, flüsterte Rose. »Was sich in deinem Kopf abgespielt hat, waren die Bilder von damals. Sie haben sich vermischt mit dem, was hier geschehen ist.«

»Genau wie damals«, bestätigte Jack und hing einen Augenblick gebannt an der Unglücksstelle. »Nur aus einer anderen Perspektive. Ich hatte sogar den Geruch jener Nacht in der Nase. Alkohol und Regen und Angst.« Seine Hand schloss sich um Rose' Unterarm, eiskalt und schweißnass. »Ich hatte so eine Scheißangst, Rose.«

Sie ließ die Hand hochgleiten und erwiderte seinen Griff. »Die hab ich immer noch«, entgegnete sie und es wurde dem, was sie fühlte, nicht im Geringsten gerecht. Alkohol und Regen und Angst … Irgendwann würde er so weit sein, ihr davon zu erzählen.

Einen Moment standen sie da und starrten in Gedanken verloren auf die Unfallstelle. Da wurde Rose bewusst, was sie da tat – sie hielt Jacks Hand! Ein paar erwartungsvolle, irre, wunderbar hitzige Herzschläge lang bewegte sich keiner von ihnen. Dann räusperte Jack sich und an dem winzigen Zucken in seiner Hand erkannte Rose, dass er sich ihr entziehen wollte. Sie öffnete die Finger und seine Finger glitten aus ihren, sein Daumen strich über ihren Handrücken. Ein sanftes Prickeln floss durch ihre Adern, Jack trat einen Schritt zurück.

»Ich glaube, das eben war die Auswirkung einer posttraumatischen Belastungsstörung«, diagnostizierte er und riss sich los von den umhereilenden Sanitätern, von dem monoton blinkenden Blaulicht und den Feuerwehrmännern, die mit einer Kreissäge in der Hand auf den Rest des Fahrzeuges zuhechteten. »Autounfälle sind … etwas schwierig für mich. Tut mir leid.«

»Du solltest mit jemandem darüber reden«, entgegnete Rose. »Aber wem sage ich das.« Sie verschränkte die Arme vor der Brust und rieb ihre Schultern, die eine Gänsehaut überzog – nicht vor Kälte. »Komm. Wir sollten uns nicht länger hier sehen lassen.«

Schweigend schlüpften sie zwischen den parkenden Autos hindurch auf die andere Straßenseite. Sie vermieden es, zu dem Unfall zu schauen, und bogen stattdessen in einen Waldweg ab, der das friedliche Wohngebiet mit dem Stadtwald verband. Der Boden unter ihren Füßen verwandelte sich von Kopfsteinpflaster in festgetretene Erde. Zweige raschelten bei jedem Schritt. Die Morgensonne glitzerte zwischen den Blätterdächern durch, es war beinahe vollkommen ruhig.

»Frag mich etwas, Eichhörnchen«, bat Jack so leise, als wollte er die kostbare Stille bewahren.

»Warum nennst du mich eigentlich Eichhörnchen?«

Jacks Lippen zuckten – mehr nicht. Für ein Lächeln reichte es nicht. »Weil du nie aufgibst.« Rose warf ihm einen fragenden Blick zu. »So wie ein Eichhörnchen seine Nuss niemals aufgeben würde. Selbst wenn der Habicht kommt, selbst wenn ein Sturm die Bäume entwurzelt. Wenn der Himmel hinabstürzt, du lässt nicht los. Nicht, wenn die Lawine geradewegs auf dich zurollt und nicht, wenn das Eis bricht. Du bist Scrat von Ice Age. Und ich bin die Nuss.«

Rose warf den Kopf in den Nacken und lachte schallend, der fröhliche Klang hallte von den Bäumen und Sträuchern wider. Zwei Vögel stoben mit flatterndem Flügelschlag aus einer Baumkrone. Unsicher hob Jack einen Mundwinkel, um seine Lippen ebenfalls in die gesellschaftlich anerkannte Form eines Lächelns zu bringen. »Hör auf damit«, tadelte Rose. »Das ist nicht echt.«

»Frag mich noch etwas.«

»Auf einmal so mitteilungsbedürftig?«

»Die Sache mit den sechsunddreißig Fragen war doch deine Idee.«

»Ich wundere mich nur, seit wann sich Jack Raider kooperativ zeigt.«

»Nur so.«

»Lüge.«

»Vielleicht habe ich ja entschieden, dass ich mich früh genug totstellen kann, wenn ich es wirklich bin.« Er senkte Blick und Stimme. »Vielleicht möchte ich versuchen zu leben. In der Wunschvorstellung schwelgen, ein bisschen Fragen beantworten könnte alles wiedergutmachen.« Die Stille breitete sich wie dichter Nebel zwischen ihnen aus. Rose schluckte, Jack sah ihre Gedanken arbeiten an den Furchen in ihrer Stirn. Da verdrehte er theatralisch die Augen.

»Meine Güte, Eichhörnchen«, stöhnte Jack. »War klar, dass ich dich mit so einem sentimentalen Blabla an die Angel kriege!«

Rose' Wangen wurden warm. Sie schlug nach ihm, verfehlte ihn jedoch. Etwas in Jacks Magengrube flammte auf.

»Na schön! Du hast es so gewollt«, schnappte sie. Mit der einen Hand strich sie sich eine braune Locke von den Lippen, ihre andere Hand versank in ihrer Rocktasche und förderte den zerknitterten Zettel zutage. »Frage vier: Mr Raider, auf einer Skala von eins bis zehn, was schätzen Sie, für einen wie großen Blödmann Sie Ihr Gegenüber hält.«

»Du hältst den Zettel falsch herum.«

»Ihre Antwort lautet also zehn? Ding-ding-ding, die Antwort ist richtig!«

Fast musste Jack ein Grinsen unterdrücken. »Willst du die Wahrheit wissen?«

»Nein, ich liebe es, wenn du mich anlügst.«

»Ich will die Fragen beantworten, weil ich auf jede Frage auch deine Antwort erfahren werde. Es ist doch ein Gegenseitigkeitsding.« Jack fing ihren überraschten Blick auf und hielt ihn fest. Die Intensität traf Rose vollkommen unerwartet. Sie schloss die Finger fester um den Zettel in ihrer Hand, er raschelte.

»Okay«, piepste Rose und strich den Zettel im Gehen glatt. Sie konnte sich von den Worten aus Druckerschwärze kaum lösen. »Dann lass uns loslegen.« Sie räusperte sich. »Noch mal Frage vier. *Wie sieht für dich ein perfekter Tag aus?*«

»Wie denn für dich?«, entgegnete Jack. »Vielleicht ein Tag mit deinem *Geliebten*?« Verdammt, sein bissiger Unterton wäre einem Tauben aufgefallen. Rose offenbar auch, sie versteifte sich. *Shit.* Welcher Teil seines bescheuerten Gehirns war bitte für diese Frage verantwortlich?

»Was meinst du damit?«, fragte Rose, die Lippen zu einem schmalen Strich zusammengekniffen.

Kluger Schachzug. Jack hatte in einem Schlagfertigkeitsseminar an der Uni einmal erklärt, dass Rückfragen wie »Was meinen Sie damit?« hilfreich waren, denn im Grunde genommen ging es nicht darum, geistreich zu antworten, sondern schnell zu sein. Wer innerhalb von fünf Sekunden antwortete, war schlagfertig.

Jack war nicht schlagfertig. »Vergiss es«, raunte er zehn unangenehme Sekunden zu spät und lief schneller, damit sie sein Gesicht nicht sah.

»Nein, nein, Jack. Was meinst du mit ›einem Tag mit meinem Geliebten‹? Was soll das heißen? Spuck's aus.«

Kacke, Kacke, Kacke. *Los, Raider, frag sie.* Es war doch gar nicht schwer: *Tom hat angedeutet, du hättest einen Freund, Rose – stimmt das?* Zehn Worte, vierzehn Silben, zwei Atemzüge. Wieso eine Frage hinauszögern, die er früher oder später sowieso nicht bei sich behalten konnte?

Wegen der Millionen Worte, die zwischen den Zeilen jener Frage lagen. Worte, die Türen öffneten, welche besser verschlossen blieben. Zum Beispiel die Es-gibt-einen-Grund-warum-mich-interessiert-ob-du-einen-Freund-hast-Tür. Oder die Eventuell-empfinde-ich-mehr-für-dich-Rose-Tür. Er wusste, Rose würde blindlings hindurchtreten. Doch was sie dahinter erwartete, würde sie enttäuschen. *Er* würde sie enttäuschen.

Das kam nicht infrage. Dieses Fass würde er nicht aufmachen.

»Was ist das überhaupt für eine sterbenslangweilige und stupide Frage, ›wie sieht dein perfekter Tag aus‹?«, lenkte Jack deshalb ab, in der Hoffnung, Rose würde glauben, dass sein Gesicht vor Ärger rot angelaufen war und nicht vor Aufregung. »An einem perfekten Tag ist *Ben & Jerry's* gratis, die Pats gewinnen den Superbowl, niemand trägt

Hosen, außerdem herrscht Weltfrieden. Oh, und mein Bruder lebt. So. Noch Fragen? Dann weiter.«

Rose hob beschwichtigend die Hände. »Ist ja gut! Sei doch nicht gleich so rüpelig.«

»Rüpelig«, wiederholte Jack, ohne eine Miene zu verziehen. »Wer zum Teufel benutzt dieses Wort?« Auch dieses Mal wich er geschickt aus, als Rose versuchte, ihn gegen den Oberarm zu boxen.

»Ich schwöre dir, irgendwann bringe ich dich um, Jack.«

»Würde ich eine *Top-Ten-Szenarien-zum-Sterben*-Liste eröffnen, verspreche ich dir, wärst du ganz oben mit dabei. *Platz 1: gekillt von einem Eichhörnchen.*«

»Nicht mal töten kann ich dich, ohne dir einen Gefallen zu tun. Nächste Frage. Besser gesagt eine Aufgabe: *Sing deinem Gegenüber etwas vor.*«

»Das steht da niemals.«

»Spielverderber. Hast aber leider recht. Frage fünf: ›Wann hast du zum letzten Mal für dich selbst oder jemand anderen gesungen?‹«

»Ich hab vor dem Unfall ständig gesungen«, antwortete Jack freiheraus und erntete damit einen überraschten Seitenblick. »Unter der Dusche, im Auto, im Haus. Mein Vater hat früher mal gesagt: ›Achte auf die Menschen, die glücklich sind, wenn sie singen. Wer singt, hat auch ein tanzendes Herz‹. Ich glaube, irgendwo stimmt das. Alle Menschen, die ich kenne und die es hin und wieder rausschmettern wie Kelly Clarkson, sind irgendwie voller Lebensfreude. Fynn zum Beispiel. Im Gegensatz zu mir hat es sich bei ihm nett angehört. Seit dem Unfall kann ich es nicht mehr, singen meine ich.«

»Wow.« Rose nickte und pflückte im Vorbeigehen ein welkes Blatt von einem Strauch. »Kluger Mann, dein Vater.«

»Ziemlich. Hat schon vor fünfzehn Jahren die Lunte gerochen, dass etwas in unserer Familie faul ist. Wohnt jetzt mit seiner Neuen an der Westküste.«

»Wo genau?«

Jack wartete einen Herzschlag und vier Schritte lang. »Seattle.«

Der Moment, in dem Rose ihre Antwort hinauszögerte, knisterte so laut, dass Jack bereits wusste, was sie als Nächstes sagen würde.

»Die Stadt, in der die *Space Needle* steht.«

»Richtig.«

»Welchen Platz belegt die *Space Needle* noch mal?«

»Platz zehn.«

»Hm.« Rose zerpflückte das Blatt in seine Fasern und ließ sie im Gehen fallen. Die Einzelteile tanzten in Pirouetten zu Boden. »Und hast du deinen Vater besucht, als du deine *Top-Ten*-Liste bereist hast?«

»Er war nicht da.«

»Wo war er?«

»Hier in Hamborough. Bei meiner Mutter. Wegen … Fynn.«

Rose hielt inne, schien zu überlegen, wie weit sie gehen konnte. »Hat es etwas mit deinem Vater zu tun, dass die *Space Needle* auf der Liste so weit unten steht?«

»Vielleicht«, antwortete Jack. »Das reicht jetzt. Wann hast du zum letzten Mal gesungen?«

»Kurz bevor ich den Unfall gebaut habe.« Sie seufzte. »*Baby One More Time* von Britney Spears. Und zwar richtig laut und so schief, dass Britney beleidigt wäre. Aber daran erinnerst du dich ja noch.«

»Besser, als du denkst.« Der Kontrast zwischen dem fröhlich singenden Mädchen auf der Brücke und dem Geräusch, als der VW Polo die Laterne geküsst hatte, war scheußlich gewesen.

Mit einem Mal lief Jack wie aus dem Nichts ein eiskalter Schauder den Nacken hinunter. Er legte sich wie ein düsterer Schleier über seine Gedanken. Die Haare in seinem Nacken stellten sich auf. Ihn überkam der unbezwingbare Instinkt, sich umzusehen. Unauffällig schaute Jack über seine Schulter.

Da war nichts.

Nur der schmal zusammenlaufende Waldweg und begrünte Zweige, die sich über den festgetretenen Pfad beugten. Keine Menschenseele. Es war kein Mucks zu hören, außer ihren Schritten. Jack nahm die Hand aus der Hosentasche und rieb sich den Nacken. Er verstrich einen dünnen Schweißfilm.

Jack kannte diese Art von Schauder. Sie überrollten ihn meist, wenn sein Unterbewusstsein bereits etwas wusste, das er selbst noch nicht verstand.

»Nächste Frage?«, schlug Rose vor.

Die Erinnerung an die Straßenkreuzung schob sich in sein Aufmerksamkeitsfeld. Und da begriff Jack, welche beunruhigende Erkenntnis sein Unterbewusstsein ihm mitzuteilen versuchte.

KAPITEL 28

Trigger

NOCH 8 STUNDEN UND 58 MINUTEN

Es war seltsam gewesen, wenn er genauer darüber nachdachte: Jack hatte genau gesehen, wie das silberne Auto Rose überrollt hatte. Aber Rose lebte noch, natürlich. Rose war nicht wirklich getroffen worden, sein Gehirn hatte ihm einen üblen posttraumatischen Streich gespielt. Der Unfall auf der Allee war ein Trigger zu einem Flashback gewesen.

Fynns Unfall. Rose' Unfall. Der Unfall mit dem grünen Pkw gerade eben.

So viele Unfälle.

Zu viele Unfälle.

Das war es, was sein Unterbewusstsein ihm mitzuteilen versuchte.

Wie wahrscheinlich war es, dass er an nur einem Tag mit drei verschiedenen Unfällen konfrontiert wurde? Konnte das Zufall sein?

Andererseits hatte Jack keine Ahnung, was er mit dieser Information anfangen sollte.

Er schielte zu Rose. Sie bemerkte nichts. Gerade war sie dabei, den Zettel auseinanderzufalten und über die Zeilen auf der Suche nach der nächsten Frage zu huschen. Als sie sie gefunden hatte, zuckten ihre Lider kurz. Sie rümpfte die Nase und kräuselte die Oberlippe.

»Gefällt dir die nächste Frage nicht?«, hakte Jack nach.

»Nummer sechs hatten wir schon. Und sieben … sieben ist genauso dämlich wie die Frage nach dem perfekten Tag. Lass uns bei acht weitermachen, sonst kommen wir hier nie durch.«

»Wie lautet Frage sieben?«

»Wirklich nicht der Rede wert.«

»Du machst einen unheimlich neugierig, indem du versuchst, einen nicht neugierig zu machen.« Blitzschnell zog Jack den Zettel zwischen ihren Fingern hindurch und suchte.

»Gib das wieder!«

Er las die Frage. Einmal. Zweimal. Schaute zu Rose.

Sie hatte die Schultern hochgezogen, als würde sie sich auf alles gefasst machen. »Wir müssen das wirklich nicht beantworten. Bitte, Jack.« In ihrem Tonfall schwang ein wenig Traurigkeit mit. Vorsichtig griff sie nach dem Zettel, darauf bedacht, dass sich ihre Finger nicht berührten. Jack ließ sie gewähren. Mit einem leichten Ruck nahm sie den Zettel an sich, faltete ihn zusammen und ließ ihn zwischen ihren Handflächen verschwinden.

»O nein«, sagte Jack und verschränkte die Arme vor der Brust, die Zungenspitze in seine Wangeninnenseite gedrückt. »Wir werden diese Frage auf jeden Fall beantworten. Nur fängst du diesmal an.«

»Herr, steh mir bei«, stöhnte Rose und drehte die Augen theatralisch gen Himmel, der nur ab und zu zwischen den Blätterdächern durchblitzte. »Muss das wirklich sein?«

»So schlimm ist die Frage doch gar nicht. Für mich zumindest.« Seine Augen funkelten.

»Na ja, ich finde sie in der aktuellen Situation etwas … unpassend?« Rose atmete durch. »Na gut. Mach mir den Questionmaster.« Sie hielt das Blatt Papier mit der bedruckten Seite vor sein Gesicht. Er räusperte sich. »Miss Rose, Frage sieben für Sie: ›Hast du eine geheime Vorahnung, wie du einmal sterben wirst?‹«

»Weiter.«

»Du kannst die Frage nicht überspringen.«

»Wenn ich sie beantworte, musst du mir versprechen, nicht wieder einen verbalen Eimer voll Spott und Schmach über mir auszukippen. Okay?«

»Deal.«

Rose atmete erneut ein und sprach, ohne Luft zu holen. »Ich hatte eine Nahtoderfahrung. Ich habe den Himmel gesehen. Ich habe nicht den Hauch einer Ahnung, wie ich sterben werde. Dafür weiß ich eines ganz sicher: Was auf das Leben folgt, wird atemberaubend schön. Jetzt du.«

Jack legte eine Kunstpause ein. Sollte sie doch zappeln, ob er ihre Ausführungen in der Luft zerreißen würde – vielleicht tat er das ja noch. Aber nicht jetzt. Achselzuckend sagte Jack: »Der Stuhl oder die Giftspritze. Ich werde nicht ewig fliehen können, wenn wir mal realistisch sind, was?«

»Jack«, jammerte Rose und verzog das Gesicht. »Deine Endzeitstimmung zerstört dieses Spiel wie eine Dampfwalze ein zartes Pflänzchen. Gib mir diesen Zettel. Du hast den Sinn hinter der Sache überhaupt nicht verstanden.« Als sie ihm das Papier diesmal aus der Hand schnappte, berührten seine Finger ihre und hinterließen so etwas wie ein unsichtbares prickelndes Brandmal auf Jacks Haut. Dass Rose dabei trotz des Ernstes der Lage ein Schmunzeln unterdrücken musste, entging ihm nicht. Bei dem Gedanken, dass er der Grund für ein Lächeln von ihr sein könnte, schlug Jacks Herz prompt schneller. Das klang so lahm, dass es eigentlich nur dahergesagt sein konnte, war aber wirklich so. Als hätte er einen kleinen Sprint hingelegt. Ihre Körperwärme grenzte an seine und das reichte aus. Ihre bloße Anwesenheit in Spürweite genügte, um Jacks System aus dem Rhythmus zu bringen.

Doch gleichzeitig wurde er einen beklemmenden Gedanken nicht los. Jedes Mal, wenn Jack ein gutes Gefühl zuließ, flüsterte eine leise Stimme in seinem Hinterkopf: *Irgendetwas stimmt nicht mit ihr.* Nur hatte Jack keine Ahnung, was. Der eisige Schauder kroch diesmal quälend langsam sein Rückgrat hinab. Jack schlenderte weiter den Waldweg entlang, ohne sich etwas anmerken zu lassen.

»Frage acht«, kündigte Rose an, den Zeigefinger über die Zeilen gleitend. Ihre Hand zitterte dabei so leicht, dass nur sie selbst es merkte. Trotzdem fürchtete sie sich davor, Jack könnte mitbekommen, wie viel Angst ihr die nächste Frage bereitete.

Es war so weit.

Rose hatte Nummer acht auserkoren, um Jack zu sagen, was ihr seit ihrer Flucht vom Frachtschiff auf der Seele brannte. Seit er nicht fragte, weil er zu sehr mit sich selbst beschäftigt war, um zu bemerken, dass auch ihr Leben seine Schattenseiten hatte. Bislang wusste nur eine Handvoll Personen in Rose' Leben davon und er sollte von nun an dazuzählen. Rose schluckte. Diesmal würde sie keinen Rückzieher machen. »Frage acht. ›Benenne drei Dinge, die dein Partner und du deiner Meinung nach gemeinsam haben‹. Du fängst an.«

Jack überlegte. »Krass«, stellte er nach einiger Bedenkzeit fest. »Wir zwei haben wirklich gar nichts gemeinsam.«

»Dann fange ich an: das Gefühl, den Sinn des Lebens noch nicht gefunden zu haben.«

»Uff«, schnaubte Jack. »Die Schiene willst du also? Okay. Wir sind beide nicht bereit, unsere Weltanschauung aufzugeben – in meinem Fall – beziehungsweise zu korrigieren – in deinem Fall.«

In den sanften Fältchen um seine Augen erkannte Rose, wie früher mal ein feixendes Grinsen bei Jack ausgesehen haben musste. Arroganter Mistkerl. Attraktiver Mistkerl, leider. Rose war dran. »Wir sind verletzlich.«

Jack fiel die Kinnlade auf die Brust. »Verletzlich? *Ich?*« Ein hysterisches Lachen entfuhr ihm. Rose hob wortlos die Brauen.

»Schon gut«, ruderte Jack zurück. »Es ist deine Meinung. Willst du meine hören? Gemeinsamkeit vier: Wir beide haben einen krankhaften Hang dazu, den Tod herauszufordern.«

Rose stutzte. So hatte sie bislang nie darüber nachgedacht. Zwar beschäftigte sie sich viel mit dem Sterben, aber hieß das automatisch, dass der Tod sie anzog?

»Das trifft vielleicht auf dich zu«, widersprach sie. »Ich versuche zwar, den Tod zu verstehen, aber im Gegensatz zu dir bin ich ganz und gar nicht scharf darauf.«

»Ach nein? Keine Lust, Mr sexy Liam Hemsworth wiederzusehen?«

»Du hast versprochen, es nicht ins Lächerliche zu ziehen«, gab Rose scharf zurück. »Und nein, fürs Totsein bleibt nach dem Leben noch immer genug Zeit.«

»Ich finde, du forderst dein Glück ziemlich heraus, indem du mit einem suizidgefährdeten Mörder ganz allein in einen Wald hineinläufst. Ich tendiere dazu, es als hirnrissig zu bezeichnen.«

»Hör auf, Jack«, gebot Rose und es klang erschöpfter als beabsichtigt. »Ich glaube dir nicht. Mit der Mördergeschichte willst du mich von dir fernhalten. Ich hab das verstanden. Du kannst aufhören.«

»Wäre ganz schön blöd, wenn sich am Ende herausstellen würde, dass du irrst, was?«

»Lass das meine Sorge sein. Immerhin habe ich dein Versprechen, mir nichts anzutun. Fürs Erste ist das Absicherung genug.«

»Gutes Argument. Du bist dran.«

Rose hatte schon zwei Antworten auf Frage acht genannt. Dies würde ihre letzte Gemeinsamkeit sein. Sie brachte allen Mut auf, der in ihr steckte.

»Gemeinsamkeit drei. Wir beide haben unsere Geschwister verloren.«

KAPITEL 29

Ich bin immer da

NOCH 8 STUNDEN UND 42 MINUTEN

Manchmal war Stille unglaublich laut. Rose schluckte, obwohl ihr Mund wie ausgetrocknet war, holte Luft, um etwas zu sagen, um die Worte in ihrem Kopf zum Schweigen zu bringen. Kein Ton wollte über ihre Lippen kommen.

»Tut mir leid«, raunte Jack. Die Stille zerbrach und der Sturm in ihrem Kopf legte sich. Weil sie noch immer keinen Anfang fand, schob er hinterher: »Was ist passiert?«

Rose wandte den Kopf ab, betrachtete die Formen und Farben der Sträucher, Blätter, Wurzeln, Stämme. Am schwersten waren jene Geschichten zu erzählen, die am wildesten in einem wüteten, alles zerrütteten, einen von innen verbrannten.

»Es ist schon lange her, über dreizehn Jahre«, begann Rose, um der Geschichte ihre Wucht zu nehmen. »Aber ich erinnere mich daran wie an nichts anderes in meinem Leben. Ich war sechs, als es passierte. Ungefähr so alt wie meine Schwester, als bei ihr akute myeloische Leukämie festgestellt wurde.« Rose wagte einen Blick zu Jack, aber der starrte konzentriert auf den Gehweg, ohne eine Regung zu zeigen. »Sie haben es schnell gemerkt. Gerade bei Kindern fallen die Krankheitszeichen deutlich auf. Cassandra war ständig müde, fehlte häufig im Kindergarten, weil sie krank war. Sie aß zu wenig und war die meiste Zeit leichenblass.

Als sie es merkten, wurde sie sofort therapiert. Meine Eltern sind beide Ärzte und das Krankenhaus hat alles Denkbare für sie getan. Bei

Patienten mit günstigen Prognosefaktoren liegen die Heilungschancen mittlerweile bei über siebzig Prozent. Heutzutage werden moderne Untersuchungsmethoden und intensive Kombinations-Chemotherapien eingesetzt. Dank denen können fünf Jahre nach der Diagnose über siebzig Prozent der an AML erkrankten Kinder und Jugendlichen leben.

Am Anfang sah es gut aus, die Therapie hatte angeschlagen. Cassandra durfte wieder nach Hause und als ich geboren wurde, exakt an ihrem sechseinhalbten Geburtstag, hat sie mich im Krankenhaus besucht. Auf unserem ersten gemeinsamen Foto hält sie mich auf ihrem Schoß. Wir haben ungefähr gleich lange Haare.« Das Blätterdach über dem Waldweg und die Sonnenstrahlen verschwanden hinter dem Vorhang aus Rose' Erinnerungen an die Fotoalben. An die Male, in denen ihre Mutter ihr von Cassandra erzählt hatte – anfangs mit Unterbrechungen, Atempausen, abgebrochenen Sätzen und zu hoher Stimme. Je häufiger sie erzählte, desto mehr hatten sich die Geschichten in ein liebevolles, aber distanziertes Hörbuch verwandelt. Als würde Cassandra bei jeder Anekdote etwas mehr verschwinden – und mit ihr die Emotionen ihrer Mutter, wenn sie von ihr sprach. Erst viel später hatte Rose verstanden, dass dies dazugehörte, wenn man einen schlimmen Verlust verarbeitete.

»Der erste Rückfall kam, als ich drei war. Es wären nur noch ein paar Monate gewesen, dann wären fünf Jahre seit der Diagnose verstrichen. Die Wahrscheinlichkeit wäre hoch gewesen, dass Cassandra geheilt war. Der Rückschlag traf jeden von uns. Ich erinnere mich, in dieser Zeit nichts anderes getan zu haben als im Auto zu sitzen und zum Krankenhaus zu fahren und wieder zurück, Koffer ein- und auszupacken, Cassandra zu Hause willkommen zu heißen, mit Ballons und Kuchen, und sie wieder wegzubringen, mit nicht mal Musik im Auto. Ich war zu klein, um all das zu verstehen. Deshalb fühlen sich die wenigen Erinnerungen an sie trotzdem schön an.

Wenn es ihr gut ging, haben wir gespielt wie normale Kinder, haben gelacht und sind gerannt wie sie. Dass Cassandra nie schneller, besser war als ich, hat uns nur zusammengeschweißt. Wenn es ihr nicht gut ging, haben wir gemeinsam im Elternbett gelegen und Kassetten gehört. Sie ist jedes Mal vor mir eingeschlafen.

Als ich fünf war, wurde es schlimm. Eines Tages brachten wir Cassandra ins Krankenhaus und sie blieb dort. Erst habe ich sie nicht mehr so häufig gesehen, später auch meine Eltern immer seltener. Mama und Papa kamen erst nachts nach Hause, wenn ich schon schlief. Oma und Opa zogen bei uns ein und passten auf mich auf. Alles wurde komisch. Eine Zeit lang fühlte ich mich wie in einer Blase, abgeschottet von der Außenwelt – um mich herum geschah das Leben, ich ging in den Kindergarten bis spät nachmittags, alle waren aufgeregt, gehetzt, aber nichts davon betraf mich.

Irgendwann änderte sich das und ich weiß noch, wie ich mir wünschte, sofort wieder in meine Blase zurückzukehren. Auf einmal behandelte man mich, als wäre ich aus Porzellan. Wenn ich im Kindergarten frech war, wurde ich weniger ausgeschimpft als die anderen und das nutzte ich aus. Einmal war es so schlimm, dass meine beste Freundin Cat von ihren Eltern ein Spielverbot mit mir bekam. Was sich im Übrigen nie durchsetzte.

Meine Eltern verbrachten wieder mehr Zeit mit mir, aber ihre Gesichter waren so traurig, dass ich nicht gern in ihrer Nähe war. Sie baten mich, Cassandra in einem Bild aufzumalen, wie lieb ich sie hatte. Ein paar Wochen später schenkte Papa mir ein Diktiergerät und schlug vor, ich könnte Cassandra eine Geschichte darauf erzählen und sie würden sie mit zu ihr ins Krankenhaus nehmen. Ich dachte mir die beste, spannendste Geschichte der Welt aus und malte Cassandra die wichtigsten Szenen auf. Ich fragte, ob Cassandra die Geschichte gefallen habe, und Mama bejahte. Ich fragte, ob meine Schwester auch mir eine Geschichte darauf erzählen könnte, Mama und Papa könnten die Kassette dann mit nach Hause bringen. Ich bekam das Diktiergerät nie zurück.

Mama und ich lasen eine Geschichte namens *Elchi und Twinkle verabschieden sich*. Sie hatte sie aus dem Internet heruntergeladen und auf schneeweißem Papier ausgedruckt, was damals etwas Besonderes war. Außerdem lasen wir *Die Brüder Löwenherz* von Astrid Lindgren. Papa sah immer zerknitterter aus. Mama weinte viel. Irgendwann tat ich das auch. Ich malte mir die schlimmsten Dinge aus, die mit meiner Schwester passieren könnten, und hatte so viel Angst, wie eine Sechsjährige nur haben konnte.

Irgendwann, und ich weiß bis heute nicht, wieso es genau dieser Zeitpunkt war, holte Mama mich früher aus dem Kindergarten ab.

Sie wirkte seltsam fröhlich und sagte, dass ich Cassandra von nun an wieder mitbesuchen darf. ›Schwestern müssen doch zusammenhalten‹, sagte sie und zwinkerte mir zu, was ich seit Monaten nicht gesehen hatte. Wir fuhren ins Krankenhaus und Papa war auch schon da – er lächelte sogar. Und das Beste: Cassandra saß dort, meine Schwester.

Ich war unendlich erleichtert, denn meine wilden Vorstellungen bewahrheiteten sich nicht. Cassandra war weder an Schläuche angeschlossen, wie man es hin und wieder im Fernsehen mitbekam, noch war sie in einen Dornröschenschlaf gefallen, wie es ein Junge aus dem Kindergarten behauptet hatte. Sie hatte sogar ein paar Haarfusseln auf dem Kopf und das war in der Vergangenheit immer ein gutes Zeichen gewesen. Sie wirkte lediglich ziemlich schlapp und kraftlos. Aber ihre Augen strahlten, als sie mich sah, weshalb es nicht so schlimm sein konnte. An der Wand gegenüber von Cassandras Bett hingen die Bilder, die ich ihr in den letzten Monaten gemalt hatte. Jedes einzelne. Damals dachte ich, es müssten mindestens tausend sein.

Wir haben den ganzen Nachmittag das Flohspiel gespielt, Cassandras Lieblingsspiel. Dabei musste man Karten ziehen und Tasten auf den Pfoten eines Plastikhundes drücken, bis ein Floh aus dem Rücken des Hundes sprang, den man auffangen sollte. Cassandra hat die Tasten nur ein paar Mal gedrückt, danach habe ich das für sie übernommen. Ich habe auch die Karten für sie gezogen und bin dem Floh hinterhergejagt, musste dafür unters Bett kriechen. Cassandra gewann jedes einzelne Spiel, obwohl sie gar nicht wirklich teilnahm. Mama und Papa saßen am anderen Ende des Raumes an einem Tisch und Mama weinte den gesamten Nachmittag über, nur diesmal lachte sie dabei und ich hatte im Kindergarten gelernt, dass Menschen manchmal auch vor Freude weinten.

Und dann … Irgendwann meinte Mama, es wäre Zeit zu gehen. Ich sollte mich von Cassandra verabschieden. Meine Schwester sah aus, als ob sie schlief. Da überkam mich eine Vorahnung, die sich nicht greifen ließ, ich wusste nur, ich konnte jetzt nicht gehen, es würde etwas Schlimmes, etwas Schreckliches passieren. Plötzlich fühlte ich all die Angst der letzten Monate auf einmal. Ich schrie, hoch, laut und lang, und weigerte mich, von Cassandra wegzugehen. Ich krabbelte in ihr Bett, kuschelte mich an ihren Körper, der dünner war als meiner, dabei war ich erst sechs und Cassandra schon zwölf. Ich drückte sie an mich und meine Eltern schrien auf. Aber Cassandra lächelte nur, sie schlief überhaupt nicht. Ganz langsam hat sie sich zu mir rumgedreht, ihre Lider geöffnet und ihren Arm über mich gelegt.

Da lagen wir, Nasenspitze an Nasenspitze auf dem nassen Fleck auf dem Kopfkissen, den meine Tränen hinterlassen hatten. Ich zog die weiße Bettdecke über unsere Köpfe, bis nichts als mein Scheitel und Cassandras braune Flusen rausguckten. Ihr Arm zuckte an meinem Rücken, was hieß, dass ich näher kommen sollte. Ich rutschte noch enger an sie. Ich konnte ihre warme Haut riechen, sie roch nach Bett und Sonntagmorgen, komisch und gut. Und in der Dunkelheit war es leicht, sich vorzustellen, wir wären zwei ganz normale Kinder in ihrer Höhle.

Eine Zeit lang lagen wir unter der Decke und atmeten gemeinsam. Cassandras Atem ging viel schneller als meiner. Ich versuchte mitzuhalten, aber ich konnte gar nicht so schnell ein- und ausatmen wie sie. Trotzdem fühlte es sich an, als gäbe es hier im Dunkel nur uns zwei. Auf der anderen Seite der Decke konnte die Erde sein oder Nangijala oder Disney World oder das Universum, es war egal.

Ich war fast eingeschlafen und dachte, Cassandra wäre es bereits, als sie zum ersten Mal an diesem Tag – und wie ich später erfuhr, zum ersten Mal seit Wochen – etwas sagte. Sie flüsterte meinen Namen. Rosy. Ich erstarrte, weil sich ihre Stimme fremd anhörte, als wäre sie aus einer anderen Welt. Cassandra spürte das, denn ihr Arm zuckte erneut an meinem Rücken und sie flüsterte: ›Keine Angst haben‹. Wir blieben reglos liegen, bis sich mein klopfendes Herz beruhigt hatte. Dann hauchte Cassandra: ›Du musst mir etwas versprechen‹. Ich nickte, meine Wange strich am Kopfkissen entlang. ›Eins darfst du nie vergessen‹. Sie sagte so lange nichts, dass ich glaubte, das wäre schon alles gewesen. Nach einer Ewigkeit wisperte sie: ›Ich bin immer da, Rosy. Auch wenn du mich nicht siehst. Vergiss das nie‹.

Meine Tränen tränkten das ganze Kissen, mein Körper bebte. Ich sagte Cassandra, wie lieb ich sie habe, aber sie antwortete nicht mehr. Wir lagen dort und hielten einander fest, bis wir beide den Schlaf nicht mehr abwehren konnten.

Was danach passierte, weiß ich nur schemenhaft. Als Mama mich weckte, war es draußen stockfinster, lediglich das Mondlicht erhellte das Krankenzimmer. Ich war noch schlaftrunken und ließ mich widerstandslos aus dem Bett geleiten. Cassandra schlief weiter, sie war so reglos, ihr Körper hob und senkte sich nicht mal vom Atmen. Meine Mutter beteuert, dass ich Cassandra einen Abschiedskuss gegeben und gesagt habe: ›Tschüss, Schwesterchen‹. Aber ich erinnere mich nicht.

Das nächste Mal bin ich in meinem Kindersitz auf der Rückbank aufgewacht. Papa ist gefahren. Er sagte, Mama ist da geblieben, was mir als Erklärung gereicht hat. Zu Hause haben Oma und Opa uns aufgemacht. Oma im Morgenmantel, ihr Gesicht sah aus wie Kuchenteig, den man zu fest geknetet hatte. Sie umarmte Papa zur Begrüßung, viel, viel länger als sonst. Ihr Körper bebte und ich weiß noch, wie ich im Halbschlaf dachte, vielleicht lacht sie ja auch. Opa hat mich ins Bett getragen. Am nächsten Morgen, als ich aufwachte, saßen Mama und Papa an meinem Bettrand und haben mir erklärt, dass Cassandra ein Sternchen geworden ist. Wie Twinkle aus *Elchi und Twinkle verabschieden sich*. Aber irgendwie wusste ich das bereits.«

KAPITEL 30

Alte Freunde

NOCH 8 STUNDEN UND 24 MINUTEN

»Ich bin nicht gut darin, wenn es drauf ankommt, die richtigen Worte zu finden«, gab Jack zu. »Deshalb weiß ich nicht, ob ich mich bedanken oder entschuldigen soll.«

Rose fasste nach rechts an den Wegrand und zupfte ein ganzes Bündel Blätter von einem Busch. Eines der Blätter drückte sie an ihre Lippen und ließ es zu Boden wirbeln. Die anderen zerrupfte sie in kleine Stückchen.

»Danke, dass du mir all das erzählt hast«, fuhr Jack fort. »Entschuldigung, weil zu meiner Arschlochigkeit auch gehört, dass ich nicht nachgefragt habe.«

»Wer nachfragt, bekommt für gewöhnlich nicht mal einen Bruchteil all dessen zu hören«, erwiderte Rose. »Deshalb war es letzten Endes wahrscheinlich richtig so.«

»Und du kannst dir sicher sein, ich werde dein Geheimnis mit ins Grab nehmen.« Jack sah zu Rose herüber und schien zu bemerken, dass sie nicht lachte. »Oh Mann, tut mir leid.«

»Nein, schon gut.« Nun lächelte Rose doch. »Ich fand's witzig.«

»Gemeinsamkeit drei«, murmelte Jack. »Manchmal, ganz selten, aber hin und wieder haben wir einen ansatzweise ähnlichen Humor.«

Ihr Lächeln wurde eine Spur breiter und Jacks Schultern lösten sich. »Wie ist es dir nach … Cassandras Tod ergangen? Falls du darüber reden magst?«

»Schon okay.« Rose holte tief Luft, sog den Duft von Erde, Rinde, Moos und Tanne ein. »Eigentlich habe ich all das schon lange verarbeitet. Nur wenn ich mich recht erinnere, habe ich es noch nie so ausführlich erzählt. Hatte ich auch eigentlich nicht vor.« Sie zog geräuschvoll die Nase hoch. »Es hört sich komisch an, aber besser als bei uns hätte es nach dem Tod eines Kindes wohl nirgends laufen können. Ich habe eine fantastische Familie und sehr starke Eltern. Als Ärzte haben sie beide vielfach miterlebt, wie Hinterbliebene den Weg zurück ins Leben nie wieder fanden. Und sie wussten, wie hilfreich Reden sein kann. Wir haben unser Bestes getan, um Cassandras Tod zu verarbeiten und sie gleichzeitig weiterhin Teil unseres Lebens sein zu lassen. Wir waren in Familientherapien. Ich glaube, dass meine beiden Eltern leben *wollten*, dass ihnen zu jedem Zeitpunkt bewusst war, dass es ein zweites Kind gab und dass es sie jetzt brauchte. Mama hat mir von Cassandra erzählt, immer und immer wieder, wenn die Erinnerungen in meinem Kinderhirn drohten zu verblassen. Und sie wurde nie müde, mir zu versichern, dass alles Wichtige gesagt worden war.

Bis ich elf war, habe ich jedem erzählt, ich hätte eine Schwester. Einige Klassenkameraden wussten natürlich, dass das nicht stimmte, weshalb es eine Zeit lang schwer für mich in der Schule wurde. Sie nannten mich Psycho. Ein paar Kinder verbreiteten das Gerücht, ich würde nachmittags auf den Friedhof gehen und mit den Toten sprechen. Meine Eltern nahmen mich von der Schule und rieten mir, in der neuen Klasse die Formulierung ›ich hatte eine Schwester, bis ich sechs war‹ zu benutzen. Es fühlte sich falsch an, aber es klappte.

Meine Mutter sorgt sich in jeder freien Sekunde um mich. Sie fragt sich bis heute, ob es gut war, mich in Cassandras letzten Lebensmonaten von ihr fernzuhalten. Damals fühlte es sich für sie richtig an. Sie wollte, dass ich meine Schwester in guter Erinnerung behielt und nicht unter dem Anblick des langsamen Sterbeprozesses litt. An dem Tag, als Cassandra achtzehn geworden wäre, hat sie sich schrecklich betrunken und mir gestanden, dass es noch einen anderen, egoistischen Grund gegeben hatte: Immer wenn sie vom Krankenhaus nach Hause zu mir kam, konnte sie sich einreden, ihre Familie wäre fröhlich und intakt und die Welt in Ordnung. Sechs Jahre hat sie das mit sich rumgetragen. Ich glaube, sie hat erst an jenem Abend mit allem abschließen können.« Rose ließ den letzten Blattschnipsel zu Boden rieseln.

Die nächste Frage brannte Jack auf den Lippen, aber er hielt sich zurück, falls Rose weiterreden wollte. »Und dann bist du Krankenschwester geworden«, sagte er letztlich doch, weil es keine direkte Frage war und somit erlaubt.

»Ich habe mich selbst oft gefragt, warum genau ich Krankenschwester werden wollte. Es gab da mal einen Vorfall an meinem Kindergeburtstag mit meiner Freundin Cat, einer Uhrbatterie in ihrer Nase und einem Pfefferstreuer, der mich auf die Idee gebracht hat. Vielleicht hat auch die Tatsache dazu beigetragen, dass Caitlyn ebenfalls Krankenschwester geworden ist.« Rose runzelte die Stirn. »Vielleicht ist der Grund aber auch, dass ich mich dem Tod immer näher gefühlt habe als andere. Es ist, als hätten wir uns schon einmal getroffen, als wären wir alte Freunde. Ich wollte Menschen begleiten, die Auge in Auge mit dem Tod standen. In meinen letzten Sommerferien an der Schule habe ich ein Praktikum im Kinderhospiz gemacht. Dabei habe ich festgestellt, dass ich ein zu hoffnungsvoller Mensch für einen Ort bin, an dem man vor vollendeten Tatsachen steht. Also wurde ich Krankenschwester.

Zur Station C5F, wo Kinder mit akuter myeloischer und lymphatischer Leukämie behandelt werden, habe ich mich bereits während meiner Ausbildung hingezogen gefühlt. Im Flur hängt ein Bild von Cassandra aus ihren Anfangszeiten dort. Ich durchlief auch andere Stationen, aber mir war schnell klar, dass ich nach meiner Ausbildung dortbleiben wollte – was meinen Eltern gar nicht gefiel. Aber diese Entscheidung trafen nicht sie.

Der erste Arbeitstag fühlte sich ein bisschen an wie heimkommen. Zu meinen Aufgaben gehörte, eine neue Patientin aufzunehmen. Ich hatte erwartet, sie an der Anmeldung abzuholen, doch auf einmal stand sie vor mir, ein kleines Mädchen mit blonden Schillerlocken, sieben Jahre alt. Sie trug einen Stoffesel im Arm und ihr Blick war so stechend, dass ich ihre Eltern im ersten Moment gar nicht bemerkte. ›Du musst Marie Porterville sein‹, habe ich wie eine totale Anfängerin gekrächzt und sah dabei zwischen ihr und ihren Eltern hin und her. ›Ja. Und das ist Murphy‹, antwortete Marie damals.« Rose ahmte Maries Stimme perfekt nach. »Ich habe ihnen erklärt, dass ich Marie zuerst auf ihr Zimmer bringen würde. Mr und Mrs Porterville stürmten mit ihrem riesigen Koffer voraus, Marie und ich hinterher. Plötzlich merkte ich, dass Marie sich etwas zurückfallen lassen hat. Als ihre Eltern uns einige Schritte voraus waren, zupfte sie an meiner Hand, ich beugte mich zu ihr runter. Sie fragte: ›Was glaubst du? Muss ich sterben?‹ Ich war so perplex, dass ich sie stumm wie ein Fisch anstarrte. Dann schaute ich auf und da standen ihre Eltern, die Augen schockgeweitet, Mrs Porterville eine Hand auf der Brust. ›Marie‹, japste sie und ihre Stimme bebte, allerdings wusste sie nicht, was sie außerdem sagen sollte. Also verlangte sie: ›Komm jetzt!‹ und Marie setzte sich schlendernd in Bewegung. Als sich ihre Eltern wieder umgedreht hatten, flüsterte sie mir zu: ›Sag es mir später‹. Und das habe ich. Wir haben seitdem nie aufgehört zu debattieren, ob sie sterben musste – und wenn ja, wie es wohl sein wird. Das ist meine erste Erinnerung an Marie.«

»Kommt mir irgendwie bekannt vor«, entschlüpfte es Jack. »Kriege ich eine letzte Frage? Oder sagen wir, zwei?«

»Da ich noch achtundzwanzig Stück bekomme, wäre das nur fair.«

Jack kratzte sich im Nacken. Einige Hundert Meter vor ihnen machte der Weg eine Gabelung und er musste die Frage unbedingt loswerden, bevor sie diskutierten, welche Richtung sie nehmen würden. »Es heißt doch, Leute mit Nahtoderfahrungen sehen häufig«, Jack machte eine kurze Pause, schluckte das *angeblich* hinunter, »sehen häufig verstorbene Verwandte. Genau genommen treffen Menschen mit Nahtoderlebnissen ausschließlich auf Verstorbene. Hast du … hast du eigentlich Cassandra im Himmel gesehen?«

Rose sah ihn lange an.

Dann antwortete sie leise: »Ich weiß es nicht.«

An der Stelle, wo sich der Weg gabelte, blieb Jack stehen. Er wusste von beiden Richtungen, wohin sie führten. Er räusperte sich. »Zu meiner zweiten Frage: Wohin gehen wir eigentlich deiner Meinung nach?«

»Etwas essen«, entgegnete Rose und steuerte zielsicher an ihm vorbei auf den linken Weg zu.

»Oh, gut«, rief Jack ihr zu. »Da gehe ich auch hin. Allerdings rechts entlang.«

»Wir gehen links rum. Es wird dir gefallen.«

»Rechts, Nervhörnchen.«

»Wann wirst du verstehen, dass du hier nicht die Führung hast?« Ihre Stimme klang weit weg. »Meine vierundzwanzig Stunden. Meine Entscheidung. Frage neun.« Jack verdrehte die Augen und schleppte sich im Protestmarsch hinter ihr her.

»›Wofür in deinem bisherigen Leben bist du am dankbarsten?‹«

»Ernsthaft?« Er holte Rose ein und schnappte ihr, seine neue Lieblingsbeschäftigung, den Zettel aus der Hand. »Steht da auch was Spannendes drauf? Lass mal sehen. Ah.« Jack senkte die Stimmlage. »Das ist interessant. Frage zweiundzwanzig: ›Sagt euch abwechselnd, welche positiven Charakterzüge ihr an eurem Gegenüber bereits erkannt habt. Jeder nennt fünf Stück.‹ Schaffst du niemals. Fang an.«

»Jack Raider will Komplimente?«, fragte Rose mit hochgezogenen Brauen und fügte, ehe Jack sich wehren konnte, hinzu: »Entschlossenheit.«

»Beharrlichkeit«, nannte Jack.

»Intelligenz.«

»Optimismus.«

Rose verzog das Gesicht. »Aus deinem Mund klingt das wie eine Beleidigung.«

»Ich finde, ich habe *völlige Verblendung* damit äußerst höflich umschrieben.«

Sie ignorierte ihn. »Liebevoll.«

Jack lachte freudlos auf. »Eindeutig Sinn für Humor!«

»War das jetzt eine meiner positiven Eigenschaften?«

»Jep.«

Sie rollte mit den Augen. »Fällt dir nicht einmal etwas wirklich Nettes ein?«

»Du bist sehr sarkastisch.«

»Ich meinte das ernst.«

»Ich auch.«

Weil er nicht weitersprach, nahm Rose den Faden noch einmal auf. »Du bist einer der liebevollsten Menschen, die mir je begegnet sind, Jack. Du hast Fynn geliebt. Sehr.«

Jack schwieg einen Moment. Dann erwiderte er: »Und du einer der naivsten.« Er sagte es, so sanft er nur konnte.

Nach der Weggabelung veränderte sich die Umgebung. Die Kanten des erdigen Pfades wurden schärfer, das Gras links und rechts gleichmäßiger, die Sträucher ragten nicht in den Weg. Man merkte, dass sich hier mindestens einmal im Jahr jemand Mühe gab, den Pfad in Form zu bringen.

»Okay, von jetzt an nur die coolen Fragen«, beschloss Jack.

»Die Coolen?«

»Klar. Ich will keine *wertvolle Lebenszeit* verschwenden.« Seine Stimme triefte vor Sarkasmus. »Frage siebenundzwanzig. ›Wenn du mit deinem Gegenüber eng befreundet sein wolltest, was müsste er oder sie unbedingt über dich wissen?‹ Okay: Es wäre eine sehr kurze Freundschaft.«

»Ich gebe meine Freunde niemals auf«, konterte Rose.

Jack hob anerkennend die Brauen. »Interessant. Frage vierunddreißig. ›Dein Haus mit allem, was dir gehört, fängt Feuer. Nachdem du deine Liebsten und deine Haustiere gerettet hast, bleibt dir noch Zeit, um genau einen Gegenstand zu holen. Was würdest du retten und warum?‹«

»Mein Diktiergerät.«

»Ich dachte, das wäre …«

»Meine Eltern haben es mir vorletztes Jahr zu meinem achtzehnten Geburtstag geschenkt. Sie haben es mir damals nicht gegeben, weil sie glaubten, ich könnte das, was drauf war, nicht ertragen. Sie hatten recht. Selbst mit achtzehn war es schwer. Und das wird es immer bleiben.« Rose sah auf, Jack direkt in die Augen. »Meine Schwester hatte eine Geschichte für mich aufgenommen. *Elchi und Twinkle verabschieden sich.* Meine Mutter hat sie damals abgetippt und mir vorgelesen, als Vorbereitung auf unseren Abschied. Aber mit Cassandras Stimme ist es … noch mal was anderes.«

Jack nickte und würdigte Rose' Geständnis mit einer respektvollen Pause. »Ich trage meinen Gegenstand schon bei mir«, offenbarte er dann. »Mein Notizbuch. Der Grund … Es ist einfach sehr wichtig für mich.«

Rose nickte und hakte ebenfalls aus Respekt nicht nach. Dennoch fragte sie sich zum ersten Mal, was auf den Seiten stand, die sie überblättert hatte, um zur *Top-Ten-Orte-zum-Sterben*-Liste zu gelangen.

»Weiter geht's«, forderte Jack.

Die nächste Frage las Rose vom Zettel ab. »Frage zweiunddreißig: ›Worüber sollte man keine Witze machen?‹«

»Suizid«, schoss Jack hervor. »Wenn ich in meinem Leben noch einen Suizidwitz höre, bringe ich mich um.«

»Wow. Der war so schlecht, dass er fast wieder lustig war.«

»Flach liegt mir.« Fast automatisch hüpfte Jacks rechte Augenbraue in die Höhe, nur die eine. »Aber mal ehrlich«, sagte Jack. »Diese Fragen sollen zwei Menschen ineinander verliebt machen? Das allein grenzt ja schon an einen Witz. An einen sehr flachen.«

»Vielleicht stellst du nicht die richtigen Fragen«, gab Rose zu bedenken und zog ihren Rocksaum so tief nach unten wie möglich.

»Okay. Nehmen wir eine von den Ernsteren. Fünfundzwanzig. ›Jeder von euch macht drei wahre Wir-Aussagen. Zum Beispiel: Wir sind beide in diesem Raum und fühlen uns …‹ Das ist einfach. Erstens: Wir haben keine gemeinsamen Ansichten.«

»Trotzdem kommen wir gut miteinander aus.« Rose lächelte.

»Wir werden nicht mehr viel Zeit miteinander verbringen.«

»Wir wissen beide, dass dies keine Tatsache ist, sondern eine Entscheidung, die man ändern kann.«

»Wir wissen außerdem«, Jack schluckte, »dass meine Entscheidung feststeht.«

»Wir …« Ihr Satzbeginn hing lose in der Luft. Wie ferngesteuert blieben sie stehen, starrten einander an. Blut rauschte in ihren Ohren. Rose' Mund stand offen, als kämpften die Worte noch in ihrer Kehle. In ihrer Lunge staute sich Luft, die ihren Brustkorb aufblähte.

»Ich will, dass du bei mir bleibst!«, platzte es so laut aus ihr heraus, dass der Wald schwieg. Schon wieder schien die Welt aufzuhören, sich zu drehen.

»Doch nicht *so* ernst, Eichhörnchen«, raunte Jack heiser.

KAPITEL 31

7 Sekunden

NOCH 8 STUNDEN UND 9 MINUTEN

Hochroten Kopfes machte Rose auf dem Absatz kehrt und raste los. Die Ästchen brachen unter ihren hastigen Schritten. »Oh mein Gott, ich habe keine Ahnung, was in mich gefahren ist«, nuschelte sie in ihre Handflächen.

»Der Heilige Geist?«, schlug Jack vor.

»Vielleicht ist alles ein bisschen viel gerade. Vergiss das Letzte einfach, ja? Vergiss es.«

Dass Jack nicht antwortete, machte die Sache nur unangenehmer. Er lief ein paar Schritte hinter ihr und hielt peinlich genau eine Armlänge Abstand, egal wie schnell Rose lief. Er würde ihr nicht gönnen, die Sache im Sande verlaufen zu lassen, so viel stand fest.

»Du wusstest es bereits, oder?«, seufzte Rose.

»Wovon sprichst du, Eichhörnchen?«

»Du wusstest, dass es mir nicht nur darum geht, dir zu zeigen, dass du dich jemandem anvertrauen kannst. Dass du dein Leben nutzen könntest, um einen Unterschied zu machen. Du weißt, dass es hier um mehr geht als um vierundzwanzig Stunden, oder? Um viel mehr.«

»Ich bin nicht dumm, Rose«, antwortete Jack nüchtern und wenn Rose sich nicht täuschte, fast schon bissig.

»Mir ist klar, dass das alles hier nur eine große Ausrede ist. Du willst nicht zugeben, dass du letztlich nichts anderes als eine klassische Überzeugen-wir-den-Selbstmord-Freak-davon-wie-schön-das-Leben-ist-Nummer abziehst. Aber weißt du, das ist okay für mich. Mir ist schließlich bewusst, worauf ich mich einlasse. Und das tue ich, weil du die Sache spannend gestaltest.« Sein Tonfall war mit einem Mal umgeschlagen. Frost zog sich über seine Stimmbänder.

Rose runzelte die Stirn, ihre Hände sanken langsam herunter. »So siehst du das hier?«

»Klar. Du hast dir vorgenommen, mich am Leben zu halten. Dauerhaft. Die vierundzwanzig Stunden waren lediglich ein Vorwand, weil ich den Spaß sonst niemals mitgemacht hätte.«

»Den Spaß?«

»Dann eben deinen Plan. Alles hier gehört zu deiner Strategie. Und die ist ziemlich gut. Um dein Ziel zu erreichen, musstest du mich erst mal an den Haken kriegen. Dafür hast du dich auf meine Ebene begeben und so getan, als wärst du auf meiner Seite, als fändest du Suizid okay. Dein nächster Schachzug war das 36-Fragen-Experiment. Dass du mich mit dem Begriff *wissenschaftlich* kriegst, hast du ziemlich schnell rausgehabt. Schritt Nummer drei war die zeitliche Begrenzung. So hast du deinen Plan in einen machbaren Bereich gerückt, denn vierundzwanzig Stunden mehr oder weniger sind für einen Suizidalen kurz vorm Absprung kein großes Opfer.«

Rose schüttelte ungläubig den Kopf. »Okay, was ist in den vergangenen drei Minuten passiert, Jack? Was hab ich verpasst? Warum bist du auf einmal so … so … kalt? Was habe ich Falsches gesagt? Außer dass ich will, dass du bei mir bleibst.«

»Ich bitte dich, Eichhörnchen«, spottete Jack. Beim Klang seiner Worte lief Rose ein eisiger Schauder den Rücken hinunter. »Wir wissen beide, wie du das gemeint hast.«

»Ach ja? Wie denn?«

»Dass du willst, dass ich hierbleibe, bedeutet, dass du Schiss kriegst, dein Plan könnte nicht aufgehen. Du hast Angst, ich könnte es am Ende durchziehen. Angst zu versagen. Daher auch die Geschichte mit deiner Schwester, oder? Gehörte das auch zur Strategie?«

Rose fuhr herum, sie riss die Augen auf. »Nimm das zurück.«

»Ich …«

»Du ekliger Mistkerl«, platzte es aus Rose hervor und sie hasste, dass sie mehr aufheulte als schrie. Aber genau so fühlte sie sich in diesem Moment: wie ein angefahrenes, aufheulendes Tier.

»Was soll das? Ich habe dir das anvertraut, Jack. Ich frage mich selbst, wie ich auf so eine Schnapsidee kommen konnte, aber ich habe es getan. Weil ich dir vertraut habe! Du kannst dir nicht vorstellen, dass mir etwas an dir liegt, das ist das eine. Okay. Aber dass du mir vorwirfst, ich würde all das hier aus einem falschen Ehrgeiz heraus tun, um auf Teufel komm raus einen Plan umzusetzen, wobei meine einzige Angst ist, zu versagen – das ist das Letzte. Dass du die Geschichte meiner Schwester in den Dreck ziehst, ist das Letzte. Du bist der erste Mensch, Jack, dem ich davon erzählt habe, der erste! Nicht mal meine Mutter weiß, wie Cassandras letzte Worte an mich gelautet haben. Gerade noch hast du dich dafür bedankt. Und jetzt?« Die Frage schwebte zwischen ihnen, scharf wie Messers Schneide. »Dein Leben ist kein krankes Spiel für mich! Natürlich nicht! Und ich habe auch keinen Plan. Nur mit einer Sache hast du recht: Tief in meinem Innersten hatte ich gehofft, du würdest mir mehr Zeit schenken. Aber mittlerweile bin ich mir nicht mehr sicher, ob ich das wirklich will.«

»Wow, es tut mir leid, okay?« Ohne Ankündigung legte Jack die Hände auf ihre Oberarme. Rose atmete geräuschvoll ein. Daraus wurden vier stockende Schluchzer. »Es tut mir leid, Rose.«

»Außerdem habe ich nie gesagt: Ich will, dass du *hier*bleibst«, fuhr Rose unbeirrt fort. »Ich habe gesagt: Ich will, dass du bei *mir* bleibst. Das ist was anderes! Und weißt du was, Jack? Ich habe es auch so gemeint!«

»Und dann hast du gesagt, ich solle es wieder vergessen«, erwiderte Jack leise. Mit einem Mal wirkte er unglaublich verletzt.

Rose stockte der Atem. »Ja … Es war ja auch peinlich.«

»Was ist daran peinlich?«, fragte er und machte zum ersten Mal den Anschein, die Antwort auf eine Frage tatsächlich nicht zu kennen.

»Jack, du kannst doch nicht auf meine wundesten Punkte einprügeln und das, was mir am meisten auf der Welt bedeutet, zerstören, wegen so einem … Pipikram!«

»Eines.«

»Hm?«

»Wegen so ein*es* Pipikrams. Genitiv. Und es ist kein Pipikram. Dieser Satz war … das Schlimmste.«

Rose strich sich energisch über die Wange, als würden die Tränen so aufhören zu fließen. »*Vergiss es* ist das Schlimmste, was je einer zu dir gesagt hat?«

»Denk nach. Du hast damit die sieben Sekunden beendet, in denen es einen Menschen gab, der mich in seiner Nähe wollte. Das hast du getan. Du hast gesagt: Du willst, dass ich bei dir bleibe. Und dann sollte ich es wieder vergessen, es war … das Schlimmste.«

Rose' Blut gefror, ihre Muskeln blockierten, sie blieb stocksteif stehen. Jack war derjenige, der Angst hatte. Angst vor jeder noch so kleinen Verletzung, die ihm den Rest geben könnte. Und Rose hatte es gewagt, sein Herz zu attackieren, nachdem sie es Sekunden zuvor eigenhändig enteist hatte.

»Ich habe etwas gefühlt, Rose, und das ist nicht alles. Es hat sich *gut* angefühlt«, erklärte Jack. »Gib mir nie wieder etwas, das ich nicht behalten darf.«

Damit drehte er sich um und ließ sie stehen.

KAPITEL 32

Träume

NOCH 8 STUNDEN UND 2 MINUTEN

Dinge, die Jack in den vergangen zehn Stunden und zwölf Minuten zu Rose gesagt hatte:

- Geh dahin, wo du hergekommen bist, und lass mich in Ruhe.
- Du willst dir helfen. So wie alle anderen auch. Nur dir selbst.
- Was machst du hier eigentlich? Karmapunkte sammeln?
- Leute wie ich sind eine Nummer zu hoch für dich.
- Glaub mir, mit deinem überheblichen Palaver wirst du niemals einem Hoffnungslosen das Leben retten. Mir, nebenbei bemerkt, erst recht nicht.
- An welcher Klotür hat denn dieser philosophische Hirnrotz gestanden?
- Wer ist hier durchgeknallt? Du oder ich?
- Bist du völlig übergeschnappt?
- Ich werde dich umbringen.
- Ich meine es ernst. Ich werde dich wirklich umbringen.
- Ich schätze, du hast dein Clownskostüm in der Reinigung vergessen.
- Nein.
- Das ist wirklich die mit Abstand unkreativste, langweiligste, lächerlichste Liste, die ich in meinem ganzen Leben je gesehen habe.

- Deine Erpressung geht mir auf den Sack, Nervhörnchen.
- Sobald du eine Sekunde lang nicht hinschaust, bin ich weg, verstanden? Dann bin ich weg!
- Sei doch nicht blöd, Eichhörnchen.
- Du machst alles noch viel schlimmer.
- Daher auch die Geschichte mit deiner Schwester, oder? Gehörte das auch zur Strategie?

Dinge, die Jack bereute, gesagt zu haben:

- Geh dahin, wo du hergekommen bist, und lass mich in Ruhe.
- Du willst dir helfen. So wie alle anderen auch. Nur dir selbst.
- Was machst du hier eigentlich? Karmapunkte sammeln?
- Leute wie ich sind eine Nummer zu hoch für dich.
- Glaub mir, mit deinem überheblichen Palaver wirst du niemals einem Hoffnungslosen das Leben retten. Mir, nebenbei bemerkt, erst recht nicht.
- An welcher Klotür hat denn dieser philosophische Hirnrotz gestanden?
- Wer ist hier durchgeknallt? Du oder ich?
- Bist du völlig übergeschnappt?
- Ich werde dich umbringen.
- Ich meine es ernst. Ich werde dich wirklich umbringen.
- Ich schätze, du hast dein Clownskostüm in der Reinigung vergessen.
- Nein.
- Das ist wirklich die mit Abstand unkreativste, langweiligste, lächerlichste Liste, die ich in meinem ganzen Leben je gesehen habe.
- Deine Erpressung geht mir auf den Sack, Nervhörnchen.
- Sobald du eine Sekunde lang nicht hinschaust, bin ich weg, verstanden? Dann bin ich weg!
- Sei doch nicht blöd, Eichhörnchen.
- Du machst alles noch viel schlimmer.
- Daher auch die Geschichte mit deiner Schwester, oder? Gehörte das auch zur Strategie?

Dinge, die Jack gern stattdessen gesagt hätte:

- *Küss mich.*

Irgendwann war es an der Zeit, seine Träume in die Tat umzusetzen. Insbesondere, wenn man von beidem nicht besonders viel hatte.

KAPITEL 33

Tanzen

NOCH 8 STUNDEN UND 3 MINUTEN

Wild entschlossen stapfte Jack den Waldweg entlang. Noch im Gehen vollführte er eine halbe Drehung und marschierte den gleichen Weg genauso energisch wieder zurück.

»Ich hab mich umentschieden«, keuchte Jack und blieb eine Handbreit vor Rose stehen, so nah, dass sie dieselbe Luft atmeten. Wenn einer sich bewegte, würden sich ihre Nasenspitzen streifen. Jacks Blick strich über ihre Oberlippe, in deren Kuhle sich eine Träne gesammelt hatte, über ihre fleckigen Wangen, die Falten auf ihrer gekräuselten Stirn. Die zusammenklebenden Wimpern. »Ich hab mich umentschieden«, wisperte Jack noch einmal und obwohl er stehen geblieben war, zog sich der Knoten in seiner Brust strammer und strammer. »Ist mir egal, ob ich es behalten darf. Gib mir einfach alles, was du hast.«

Rose hatte genaue Vorstellungen davon, wie ein erster Kuss sein musste. Eine unausgesprochene Frage, bevor sie sich berührten. Ein kurzes Innehalten. Dann der Entschluss, der von beiden Seiten kommen musste. Es sollte sanft sein, zaghaft und bestimmt zugleich. Wie ein vorsichtiges »Hallo, wer bist denn du? Darf ich mich zu dir setzen?«.

Danach ein bisschen wie ein Tanz. Es mussten nicht beide das Gleiche tun, aber sie sollten miteinander synchronisieren, reagieren, kooperieren. Der Song musste ein ruhiger sein, vielleicht *I see fire* von Ed Sheeran, und niemand durfte aus dem Takt geraten oder zu groß in seinen Schritten werden. Denn danach würden sie nicht mehr zueinanderfinden und der Tanz wäre zerstört.

Und wenn sie sich voneinander lösten, sollte das sehnsüchtig geschehen, bedauernd. Zwei ausgestreckte Arme, deren Fingerspitzen sich fast berührten. Wie bei Michelangelo.

Jack war nichts davon.

Er hielt nicht inne. Er betrat ihren Tanzbereich, ohne zu fragen, weil er die Antwort schon kannte. »Gib mir einfach alles, was du hast«, verlangte er und brachte den Sturm über Rose.

Jack hatte nie Tanzunterricht gehabt. Als er seinen Arm um ihre Taille schlang und sie an sich zog, synchronisierten ihre Körper trotzdem zu einem einzigen Organismus. Sie sogen scharf die Luft ein, hielten den Atem an, Brust an Brust. Hielten kurz inne. Drei Herzschläge aneinander. Ihre Köpfe neigten sich zur Seite und bewegten sich aufeinander zu, nicht fragend, nicht zaghaft, nicht sanft.

Kein ›Hallo, wer bist du?‹, eher ein ›Wo zum Teufel warst du all die Zeit?‹.

Zuerst verschmolz die Luft, die sie in kurzen Stößen ausatmeten. Dann die Wärme ihrer Körper. Und dann, endlich, berührten sich ihre Lippen, *berührten sich*. Sie sanken ineinander, wie ein Tanzpaar in eine Figur. Hände in Haaren. Wimper an Wimper. Ihre Zunge streifte seine. Jack erstarrte. Und im nächsten Moment verlangten ihre Münder nacheinander, als würde es keinen neuen Sonnenaufgang geben.

Rose' Lippen federten Jacks leises Stöhnen ab. Sie öffnete den Mund und nahm ihn auf, versuchte mit aller Macht, ihm die Verzweiflung von seinen Lippen abzulesen.

Jack presste sie enger an seinen Körper, *sein Mädchen*, spürte sie an seiner Brust, in den Armen, am Bauch, in den Lenden. Ihre Zungen umschlangen einander. Jeder Quadratzentimeter, an dem sein Körper mit ihrem verbunden war, brannte. Er zog die Füße zusammen, weil ihre Beine zwischen seinen standen, und schloss sie so zwischen sich ein. Wie von einer fremden Macht gesteuert fuhren seine Hände von ihrem Rücken über ihre Seiten, nicht behutsam, sondern fest, als müsste er sie zusammenhalten. Ihre Fingerspitzen tanzten federleicht an seinem Hals hinunter und krümmten sich in seine Brust. Voller Hingabe, fast schon verzweifelt. Er nahm ihr Gesicht in die Hände, ihre feinen Konturen, die weiche, glühende Haut. Sammelte all die Worte auf, die er in den letzten Stunden heruntergeschluckt hatte, und goss sie in die Bewegungen seiner Lippen.

Manchmal – immer wenn mich dein Frohsinn zur Weißglut getrieben hat, wenn dein Licht meine Schatten verprügelt hat, immer wenn ich eingeatmet habe und immer wenn ich ausgeatmet habe – wollte ich eigentlich sagen, dass ich dich mag.

Ihre Körper wiegten und wanden sich umeinander. Rose' Zunge strich mit nie gekannter Zartheit über seine, als würde sie ihm die Worte abnehmen, die er nicht sagen konnte. Und sie verstehen. Sie spürte, wie Jack unter ihren Händen erschütterte. Gänsehaut überzog seinen Körper. Sie versuchte, sie wegzustreichen, doch überall, wo ihre Hände über seine nackte Haut fuhren, an Hals, Armen, Schultern, stellten sich die feinen Härchen nur höher auf. Rose verschränkte die Finger in seinem Nacken und zog ihn heran.

Vielleicht, irgendwann, wenn er sie nur fest genug an sich drückte, könnten sich ihre Körper verbinden. Und für immer eins bleiben. Das wäre gut.

Jack ließ seine Hände durch ihre langen Haare gleiten. Wie konnten Haare so weich sein? Kurz bevor er die Spitzen erreichte, schloss er seine Finger, als würde das Ende zu erreichen bedeuten, dass auch sie ein Ende finden mussten. Seine Lippen suchten sich ihren Weg über Rose' Mundwinkel, erkundeten ihre Wangen. Sie schmeckten salzig von den Tränen. Er strich die glühend heiße Stelle unter ihrem Ohr entlang, ihren wunderbar geschwungenen Hals bis zu ihrem Schlüsselbein. Ein unverständliches Seufzen entwich ihrer Kehle. Er hielt inne. »Was sagst du da?«, flüsterte er in ihre Wärme.

»Jack«, hauchte sie, diesmal deutlicher, begehrend, verletzlich. Das eine Wort schoss augenblicklich in seinen Unterleib.

Er stöhnte in ihre Halsbeuge, Rose presste ihren Bauch an seinen. Er war fest und hart. Hatte die Muskeln angespannt, sie fühlte seine Kontraktionen. Ihre Münder suchten einander vor Heißhunger, als wäre der kurze Moment der Trennung zu viel gewesen. Lippen und Zungen tanzten, ein Kuss wie ein Sturm, ein Kampf. Wer hatte mehr zu zeigen, mehr zu sagen, mehr zu fühlen?

Sie tanzten schneller, heftiger, tiefer, näher, alles drehte sich.

Da löste Rose ihre Umarmung. Sie zog sich zurück, ließ die Hände auf seinen Unterarmen liegen und lehnte die Stirn gegen seine Lippen. Federleicht atmete sie an seinen Hals und schickte leise Schauder über seine Haut. Rose spürte Jacks schwere Atemzüge in ihrem Haaransatz. Dann strich sie voller Milde und Intensität zugleich über seinen verkrampften Nacken, den gespannten Bizeps, die stahlharte Brust. Mit einem Mal fiel auch die Anspannung von Jack. Was dann folgte, hatte nichts mehr mit einem Kuss zu tun. Es war ein Versprechen.

KAPITEL 34

Wie oft man durchschnittlich am Tag floh, wenn man Jack Raider hiess

NOCH 7 STUNDEN UND 59 MINUTEN

Jack hörte Stimmen.

Langsam und zäh drangen die Geräusche raschelnder Schritte und unbeschwerter Unterhaltungen in sein Bewusstsein. Der Versuch, sich von Rose' roten Lippen und ihrem warmen Körper loszureißen, gelang ihm erst nicht. Sie lullte ihn ein. Weil die Stimmen lauter wurden, blieb Jack dennoch nichts anderes übrig. Er löste sich von Rose und sie stoben voneinander weg, als wäre plötzlich ein unsichtbares Kraftfeld zwischen ihnen gewachsen. Was war das …?

Sie tauschten die letzten Abschiedsworte mit umherzuckenden Blicken, Rose sichtlich berührt, er … keine Ahnung. Irgendetwas zwischen zutiefst erschüttert, in tausend Teile zerbrochen, entblößt und glücklich wie nie zuvor.

»Da kommt jemand«, verkündete Jack das Offensichtliche. Nun, da der Gedanke in seinen Verstand sickerte, begriff auch sein Körper, dass es an der Zeit war, in Panik zu verfallen. Jacks Herzschlag veränderte sich, er klopfte rasend schnell auf eine unangenehme Weise. Er sprang einen Schritt zurück und krallte sich in seinen Haaren fest. »Da ist jemand!«, rief er mit aufgerissenen Augen. »Rose, was machen diese Leute hier?«

»In einem Wald mit Wegen in den frühen Morgenstunden? Spazieren, schätze ich«, antwortete Rose matt, selbst noch benommen von dem, was eben geschehen und genauso schnell wieder vorbei gewesen war.

»Ich kann keine Menschen treffen. Das geht nicht.«

»Geht schon«, widersprach Rose und für Jack klang eine Spur von schlechtem Gewissen mit. »Sie sollten dich nur nicht erkennen.«

»Ich bin hier aufgewachsen«, stöhnte Jack.

»Ja. Und hast nicht mehr viel gemein mit dem Jack von früher. Guck dir das Foto in deinem Spenderausweis mal an. Und dann in einen Spiegel.«

Rose musste sich alles abverlangen, um diese Diskussion zu führen. Zwar hatte sie sich auf dem Weg hierher darauf vorbereitet, dass Jack bockig sein würde, wenn er schlussendlich erfuhr, wohin es ging (und dass der ein oder andere Mensch auch vor Ort sein würde). Allerdings hatte sie mit weniger aufwühlenden Umständen gerechnet. Ein Augenblick wäre schön gewesen, um zu verarbeiten, dass sie vor nicht mal einer Minute den besten, ergreifendsten und ehrlichsten Kuss ihres Lebens erhalten hatte. Im Grunde genommen fand er immer noch statt. Nach Rose' Regeln eines guten Kusses gehörten die zehn Sekunden danach nämlich der gemeinsamen Stille, ein stummes Überwältigtsein.

Dafür war anscheinend keine Zeit. Sie fühlte sich kaum in der Lage, mit Jack zu diskutieren. Sie war so … nackt. Sie hatten doch gerade erst ihre Panzer abgelegt. Wie hatte Jack seinen so schnell wieder überziehen können?

»Die Leute, die hier leben, waren einmal meine *Freunde*, Rose, meine Klassenkameraden, meine Studenten, meine Bäckerin, mein Zahnarzt. Die lassen sich nicht von langen Haaren und ein paar Kilos weniger täuschen«, protestierte Jack.

»Wir müssen niemanden täuschen, wenn sie dich nicht sehen.«

»Oh, gut. Her mit dem Tarnumhang, Magierhörnchen. Bekanntlich stehen damit die Chancen höher, dem Tod zu entkommen.«

»Letztendlich liegst du gar nicht so daneben«, murmelte Rose und trat hinter einen Baum am Wegrand, da die passenden Gestalten zu den Schritten und Stimmen in einer Kurve sichtbar wurden.

»Oder hast du keinen dabei? Los, suchen wir ein Büschel Tierfell in den Ästen! Dann brauen wir einen Vielsaft-Trank«, schlug Jack vor und lachte freudlos und ein winziges bisschen hysterisch.

»Ich erklär's dir gleich«, versprach sie. »Jetzt komm hinter die Bäume, oder willst du, dass sie dich entdecken?«

»Gib's zu, Eichhörnchen. *Verdammte Muggel können sich nicht einfach in Luft auflösen.*« Jack begann, an einem Ast auf und ab zu laufen. Erst als Rose nicht reagierte und ihn nur stumm anblinzelte, wurde Jack bewusst, was er da gerade tat. Wow. Er war wirklich völlig durch. Sie hatte ihn um den Verstand gebracht. Den wenigen Verstand, den er überhaupt besaß. *Diese Lippen, diese warme, weiche Haut …*

»Komm jetzt, du nerviger Muggel«, zischte Rose. Mit einem Satz hechtete Jack ins Geäst am Wegrand zu dem dicken Stamm, hinter dem Rose sich versteckte. Aus seiner Gesäßtasche zog er knisternd den Zettel hervor, von dem er selbst nicht mehr wusste, wann genau er ihn dort reingesteckt hatte. Er lehnte sich mit dem Rücken gegen den Stamm und las.

»Frage zwanzig. ›Wen hast du zuletzt geküsst und warum?‹«, flüsterte Jack.

»Wen, dürfte klar sein«, antwortete Rose. Sie ließ die herannahenden Personen nicht aus den Augen. »Und warum …« Sie schwieg, bis die Gestalten auf dem Waldweg so nah gekommen waren, dass sie einen Jungen und ein Mädchen erkannten, so unbekümmert, dass sie dem echten Leben mit Sicherheit noch nie ins Gesicht sehen mussten. »Der Grund ist, dass ich mich schon seit der ersten Minute auf der Brücke frage, wie Jack Raider küsst. Und ich hätte es mich immer gefragt. Auch wenn wir uns woanders begegnet wären.«

»Kein verzweifelter Versuch, mich zu zwingen, am Leben zu bleiben?«, hakte Jack so leise nach, dass Rose es von seinen Lippen ablesen musste.

»Nein«, bekräftigte sie, ohne den Blick von seinem Mund abzuwenden. »Übrigens war das nicht wirklich Frage zwanzig.«

»Ich weiß.«

»Du kannst mich auch so Dinge fragen, weißt du?«

»Dann müsste ich ja zugeben, dass ich mich für etwas interessiere.«

»*Du* interessierst mich«, wisperte Rose.

»Die Frage ist«, entgegnete Jack gedehnt, »ob das an mir liegt oder an dem Experiment, das wir gerade durchführen. Das wissenschaftlich erwiesen ein Gefühl von Verbundenheit zwischen zwei Menschen herstellen kann. Vielleicht hat das Experiment ja auch nur bei dir gewirkt.«

»Nicht nur.«

»Was?«

»Es hat auch bei dir gewirkt.« Ehe Jack etwas erwidern konnte, stieß Rose den ausgestreckten Zeigefinger gegen ihre Lippen und deutete ein Zischen an. Der Junge und das Mädchen waren fast auf ihrer Höhe angelangt. Mucksmäuschenstill beobachteten Jack und Rose um den Baum herum, wie sie kichernd und gibbelnd von links nach rechts torkelten, sich gegenseitig berührten, auswichen, in die Büsche stolperten, empört taten, den anderen als Rachefeldzug in die Seite kniffen.

»Hör auf«, kreischte das Mädchen und lachte herzlich. *Grenzenlos albern.* Jack rollte mit den Augen und ließ sich wieder mit dem Rücken gegen den Stamm fallen.

»Kein Wort«, flüsterte Rose, deren Wangen sich vor Aufregung dunkelrosa färbten. Sie zog den Kopf zurück, das Paar lief nun genau an ihnen vorbei und verschwand hinter dem Baum. Jack und Rose wandten den Kopf, um an der anderen Seite des Stammes vorbeizuschauen. Niemand war mehr da, niemand kam.

Jack zählte die Sekunden. Es dürfte eigentlich keine zwei dauern, den Baum auf der Wegseite zu passieren. Sie müssten längst in seinem Blickfeld auftauchen. Er hielt den Atem an, prompt begann sein Herz zu rasen. *Was war hier los? Warum sah er es schon zum zweiten Mal? Dinge, die nicht sein konnten?*

»Wo bleiben die?«, formten Rose' Lippen.

Er schüttelte den Kopf.

Wie in Zeitlupe beugte sich Rose am Stamm vorbei und spähte dahinter. Blitzschnell zuckte sie wieder zurück, riss die Augen auf und drückte sich enger an den Stamm, ihr Oberarm berührte dabei seinen.

Was ist los?, gestikulierte Jack, doch sie schien unmöglich ausdrücken zu können, was sie gesehen hatte. Stattdessen lief sie noch dunkler an und wedelte mit den Händen, um Jack zum Schweigen zu bringen.

Und da hörte Jack es auch.

Rascheln, knistern, *atmen.* Es war unverkennbar, was auf der anderen Seite des Baumstamms geschah.

»O scheiße!«, japste Jack leise und hielt sich im letzten Moment zurück, die Hand gegen die Stirn zu klatschen. Dabei stieg das Stöhnen und Seufzen mittlerweile so laut an, dass die beiden brünstigen Jugendlichen höchstwahrscheinlich eh nichts mitbekommen hätten.

»Was jetzt?«, fragte Rose mit Augen so groß, dass Jack erneut überlegte, mit seinen Händen ein Schälchen vor ihrem Gesicht zu formen, falls ihre Augäpfel herausfallen sollten. Er verlagerte sein Gewicht, wobei sich der Druck ihrer Berührung erhöhte. Jack erschauderte. Ihn überkam der Drang, ebenso schwer auszuatmen wie die beiden auf der anderen Seite, die einander gerade das Gesicht abschlabberten. Wobei, nein. Jack konnte an den affektierten vorgetäuschten Seufzern – ihre: Marke *Nicholas Sparks*, seine: Marke *YouPorn* – bis hierhin hören, dass es zwischen ihnen nichts gab. Rein gar nichts. Was sie taten, war so verdammt bedeutungslos. Fast schon eine Beleidigung an das, was er mit Rose hatte.

Okay, das reichte.

Jack pikte mit dem Zeigefinger in seine eigene Brust. *Ich.*

Er deutete auf den Waldboden. *Hier.*

Ruckartig ließ er die geöffneten Handflächen parallel zum Boden hin und her zucken. *Auf gar keinen Fall!*

»Ich will auch nicht hierbleiben«, presste Rose hervor und löste die Berührung ihrer Oberarme. »Aber …«

»Na dann«, unterbrach Jack sie in Zimmerlautstärke, was auf Rose ohrenbetäubend wirkte. Sie zuckte zusammen, da schoss Jack wie ein Pfeil an ihr vorbei, am Baum vorbei, auf den Waldweg. Jemand auf der anderen Seite des Baumstamms kreischte. Es war der Junge. Rose machte einen Satz nach vorn und sah noch, wie das Paar auseinanderhechtete, die Lippen rot und geschwollen, fassungslos Jack anstarrend, der einfach an ihnen vorbeipreschte.

»Warte!«, rief Rose und fügte, an das Paar gewandt, »Entschuldigung« hinzu. Dann fuhr sie herum und rannte wehenden Rockes hinter ihm her. »Hey!« Rose seufzte innerlich. Das Ganze entbehrte nicht einer gewissen Ironie. Wie oft man wohl durchschnittlich am Tag floh, wenn man Jack Raider hieß?

»Ach Mann«, murmelte Rose zu sich selbst und legte einen Zahn zu. Nicht mehr lang. Dann würde Jack von ganz allein stehen bleiben. Wenn er erst einmal erkannte, wohin dieser Weg führte.

KAPITEL 35

Es könnte mein Leben sein

NOCH 7 STUNDEN UND 51 MINUTEN

Jack rammte seine Hacken mit aller Kraft in den Boden, sodass Erdbröckchen in die Luft spritzten. Wäre er eine Trickfilmfigur gewesen, wäre Jack in dieser Position noch ewig weitergerutscht und hätte eine meterhohe Staubwolke hinter sich aufgewirbelt. Vielleicht hätten seine Fußsohlen auch Funken geschlagen, so scharf bremste er. »Nein«, keuchte Jack.

Dort, wo er stand, wurde aus dem Weg ein Gefälle. Jack hatte genau an der Kante angehalten, dem höchsten Punkt des Pfades. Vor ihm ging es abwärts. Man konnte meilenweit in die Ferne sehen und verfolgen, wie sich der dichte Wald am Wegesrand mit jedem Meter mehr lichtete, bis er am Fuß des Pfades, einige Höhenmeter unter ihm, in der größten Wiesenfläche Hamboroughs mündete. Jack war schon Tausende Male dort gewesen. Hatte gegrillt, Baseball gespielt, Football oder Soccer, oder mit irgendeinem Mädchen geturtelt. Die meisten Einwohner Hamboroughs nannten die Fläche *The Meadows*, obwohl *Graslandschaft* doch etwas übertrieben war. Normalerweise sah die Wiesenfläche an schönen Sommertagen von oben aus wie ein giftgrüner, sonniger Farbklecks inmitten von dunklen, blattgrünen Baumkronen und Büschen. Heute sah nichts an der Fläche hell aus, rein gar nichts.

Jack hörte, wie die Schritte des Eichhörnchens näher kamen und sich verlangsamten. Anstatt neben ihm stehen zu bleiben, lief sie vorbei und streckte den Arm aus. Bevor sie nach seinem Handgelenk greifen und ihn mitzerren konnte, packte er ihren Unterarm und bremste sie aus.

»Im Grunde genommen wundert es mich nicht einmal mehr«, grollte Jack, »dass du grundsätzlich das Gegenteil von dem tust, was man von dir verlangt, Eichhörnchen. Aber mussten es direkt alle sein? Wie viele sind das?« Anklagend deutete Jack in die Ferne zu der Wiese, von der kaum ein Fleckchen Grün zu erkennen war.

»Fünfzehntausend«, informierte ihn Rose und zog ihren Arm mit einem Ruck aus seinem Griff. »Ohne die Show-Acts, die Standbetreiber und das Personal.«

»Fünfzehntausend Menschen? Auf den *Meadows?*«

»Ja.«

»Wieso …«

»Wie wird eine einzelne Ameise am besten unsichtbar? Zwischen fünfzehntausend anderen Ameisen«, platzte Rose hervor, als hätte sie nur darauf gewartet, Jack ihr Totschlagargument um die Ohren zu hauen. Tatsächlich entbehrte diese Aussage so sehr jeder Vernunft, dass Jack kein einziges Gegenargument einfiel. Er öffnete den Mund – und klappte ihn wieder zu.

»Siehst du«, schloss Rose zufrieden und packte ihn beim T-Shirt-Zipfel. »Machen wir dich unsichtbar. Die fünfzehntausend Besucher sind dein Tarnumhang.«

»Was ist das überhaupt für ein Event?«, murrte Jack, als sie die Hälfte des Gefälles hinter sich gebracht hatten. Rose hing immer noch am Saum seines Shirts, vorgeblich damit sie nicht ausrutschte. Der Stoff leierte aus. Irgendwie gefiel es Jack trotzdem.

»Ein Wohltätigkeitsfestival«, antwortete Rose knapp und schloss die Finger fester um die Nähte.

Jack verstand sofort, was ihre leicht belegte Stimme bedeutete. »Zugunsten von Leukämie-Erkrankten?«

Ihr Mundwinkel hob sich zu einem leichten Lächeln. Sie nickte. Jack ließ den Blick über ein weißes Zelt unter ihnen schweifen, die Bühne, und über die vielen bunten Zelte und Trucks. Foodtrucks. Dazwischen tummelten sich die Menschen tatsächlich wie Ameisen. »Du hast es nicht organisiert, oder?«

»Nein. Oh Gott, nein. Zumindest nicht das komplette Festival.« Nun grinste sie über beide Wangen. »Nur weil ich nicht die Hauptperson bin, heißt das aber noch lange nicht, dass wir keine wichtige Aufgabe haben.«

»Die da wäre?«

»Erfährst du früh genug.«

Jack rümpfte die Nase und senkte die Lider. Er hatte schon wieder den Zettel auseinandergefaltet.

»Eine seichte Frage für den Weg. Nein, eine Aufgabe. Nummer sechsundzwanzig. *Vervollständige folgenden Satz:* ›Ich wünschte, ich hätte jemanden …‹« Er räusperte sich. »Wie dich gehabt.«

»Hm?«

»Meine Antwort. Ich wünschte, ich hätte jemanden wie dich gehabt.«

Rose versteifte sich und im darauffolgenden Moment wurden ihre Muskeln ganz weich. Erkenntnis: Man konnte wahrhaftig im wahrsten Sinne des Wortes zerfließen.

»Aber du *hast* mich«, wandte sie sanft ein.

»Nur hätte ich dich früher gebraucht. Vielleicht wäre …«

»Ja?«

»Vielleicht wären die schlimmen Dinge dann nie passiert.«

Die Fragen in Rose kochten hoch, alle auf einmal. Doch sie besann sich und streckte Jack die Hand entgegen. *Gib ihm Zeit.* Er warf ihr so etwas wie einen dankbaren Blick zu und ergriff sie.

Während Jack über das Festgelände lief und sich durch Menschenmassen schob, fühlte er sich ein bisschen wie ein dösendes Zebra: stets auf dem Sprung, die Muskeln leicht gespannt, jederzeit bereit, das Weite zu suchen. Was ihn davon abhielt, war Rose' Hand. Sie navigierte ihn zielsicher durch die Mengen. Der Duft von gebrannten Mandeln, Zuckerwatte, Popcorn, Alkohol, frischen Pulled-Pork-Burgern mit abgefahrenen Indie-Saucen und Süßkartoffel-Pommes schlug Jack in die Nase. Wie auf Kommando krampfte sich sein Magen zusammen. »Ich muss was essen, Wohltätigkeitshörnchen«, verkündete er.

Ihre Augen blitzten auf, anscheinend verhielt sich ihr Magen ähnlich wie seiner und brüllte mit einem Mal aus vollem Hals nach Nahrung. »Ich habe kein Geld dabei.«

Jack griff in seine Gesäßtasche, zog das Notizbuch hervor und blätterte zu der Papierlasche auf der Innenseite des Buchrückens. Wortlos reichte er ihr den Notfallzehner.

Er lehnte sich seitlich an einen der Trucks im Schatten. Dabei blieb sein Blick an Rose' nackten Beinen hängen, die auf Zehenspitzen die Bestellung aufgab und wenig später zwei Pappschalen mit saftigen Burgern entgegennahm. Für Fritten hatte das Geld nicht gereicht. »Eine Frage sollte lauten«, bemerkte Jack kauend, »was ist dein Lieblingsessen? Ich könnte schwören, gemeinsame Essensvorlieben sind elementar für eine intakte Beziehung.«

»Nur ist das Experiment nicht direkt zum Verlieben gedacht«, gab Rose mit vollem Mund zu bedenken.

Jack schwieg eine Sekunde zu lang. »Stimmt.« Ihr Ziel befand sich auf der anderen Seite der *Meadows.* »Da ist es.« Unter einem weißen Pavillon reihten sich lange Tafeln aneinander, an denen niemand sitzen konnte, weil die Fußräume mit Pappkartons zugestellt waren. Irgendwie schafften es die Menschen in weißen Poloshirts dahinter mit Schweißperlen auf der Nase und verdrehten Knien trotzdem.

In einem scheinbar heillosen Durcheinander stapelten sich Formulare auf den Tischen. Die Poloshirtfraktion bekritzelte die Zettel in Rekordgeschwindigkeit, zwischen den Wörtern schnellten ihre Köpfe immer wieder hoch, um der Person auf der anderen Seite des Tisches Fragen zuzuwerfen, deren Antworten sie auf den Zetteln notierten. Lediglich die zwei äußersten Poloshirts durften ihre Handgelenke schonen: Sie schrieben nicht, sondern reichten den Menschen in der Schlange auf der anderen Tischseite kleine durchsichtige Gegenstände an.

An der Krempe des Pavillons war das Logo des Veranstalters aufgedruckt:

St. Anne's Memorial Hospital

Jacks Glieder versteiften sich. Er hasste diesen Namen, hasste ihn so sehr. Fynns Gesicht erschien vor seinem geistigen Auge. Jack wartete auf die Dunkelheit, wartete, wartete. Doch sie griff nicht an. Vorsichtig wagte er, seine Muskeln zu entspannen.

»Bevor wir loslegen, solltest du dich vielleicht selbst anstellen«, schlug Rose vor und stellte sich auf Zehenspitzen, um das Ende der Schlange abzusehen.

»Loslegen womit?«

Rose kräuselte die Stirn. »Ist das nicht offensichtlich?« Sie langte unter einen der Tische, zog ein Plastikreagenzglas mit einem Wattestäbchen darin hervor und wedelte damit vor Jacks Nase herum. »Mit deiner Registrierung natürlich?«

»Oh, nein, nein, nein«, wiegelte Jack ab und trat einen Schritt zurück. »Nein. Kommt nicht infrage. Ich kann meine Kontaktdaten dort nicht angeben. Sie würden mich finden.« Reflexartig sah er sich um. »Außerdem wäre es eine ziemliche Unverschämtheit, wenn ich mich registriere, sich möglicherweise jemand freut, weil meine Gewebemerkmale mit seinen übereinstimmen, und er feststellen muss, dass ich schneller war als er – und schon tot bin.«

»Ja, das wäre eine ganz schöne Verschwendung, nicht wahr?«, konterte Rose und verschränkte die Arme. »Du bist tot, während woanders jemand gern leben würde. Deine schönen Stammzellen schwimmen am Grunde des Flusses anstatt … einem Mädchen wie *diesem dort* zu helfen.« Sie zeigte auf die Rückseite des Zeltes, an der unzählige Plakate mit Porträtbildern hingen. Jung, alt, hübsch, vom Leben gezeichnet. Auf jedem Plakat die gleiche Unterschrift: *Ob ich weiterleben werde?* Und etwas kleiner: *Du entscheidest. Registrier dich. Es könnte mein Leben sein, das du rettest.*

Jack fuhr die Gesichter entlang.

Der alte Mann mit den buschigen Brauen und den freundlichen Augen.

Es könnte mein Leben sein, das du rettest.

Die Studentin mit den schwarzen Korkenzieherlocken.

Es könnte mein Leben sein, das du rettest.

Das kleine Mädchen ohne Haare mit einem Stoffesel im Arm.

Jack fuhr zurück.

»Ganz richtig«, murmelte Rose. »Es könnte ihr Leben sein. Ziemlich egoistisch, was?« Jack schluckte, seine Kehle war staubtrocken. »Stellst du dich nun an?«

»Hey!«, dröhnte jemand gebieterisch über die Geräuschkulisse auf der Festwiese. »Wo in Teufels Namen steckt Rose? Wenn jemand sie sieht, sagt ihr, sie soll endlich die Lippen von ihrem Lover losreißen und ihren Job machen.«

Jack fuhr herum. Aus einem weißen Transporter, der hinter dem Pavillon stand, trat ein Typ mit Haut wie dunkle Schokolade und einem Afro. Der Boden der Kiste in seinen Armen bog sich gefährlich durch, aber der Kerl trug sie, als wäre nur Luft darin. Sein Bizeps war zu zwei Hügeln angeschwollen. Missmutig erinnerte sich Jack, dass seine Arme auch mal so ausgesehen hatten und er mit einem spöttischen Lächeln die gleiche Selbstzufriedenheit ausgestrahlt hatte. Irgendwann, in einem früheren Leben.

»Sag das nicht zu laut, Keith«, rief ein Typ vom anderen Ende des Standes, während er in einer Kiste mit Abstrichröhrchen wühlte. Sommersprossen, kräftig, breites Lachen. »Wenn sie dich hört, bist du erledigt.«

»Es ist ihre eigene Typisierungsaktion!«, empörte sich der Kerl namens Keith und stellte die Kiste mit einem extralauten Knall auf dem Tisch vor einem Mädchen ab, das seufzte, als hätte es nichts anderes erwartet. »Finger schneller wegziehen, Kitty Cat«, riet Keith und lächelte sie freundschaftlich an. »Außerdem, seit wann können kleine Röschen mit ihren zarten Dörnchen einem schwarzen Panther etwas anhaben?«

»Du bist sooo nervtötend, Keith«, stöhnte Kitty Cat und zog kopfschüttelnd ein Formular von einem der Stapel.

»Aber auch sehr erheiternd. Und schlau. Und schön.«

»Und bescheiden«, ergänzte der mit den Abstrichröhrchen.

Jack sah zu Rose und stellte zu seiner Überraschung fest, dass sich ein Grinsen quer über ihr Gesicht zog. Sie zuckte entschuldigend mit den Schultern.

»Du hast es gehört. Meine Kompetenz wird verlangt. Und deine auch.«

»Warte«, hielt Jack sie zurück. Ein nervöses Flattern machte sich in seiner Magengegend breit. »Du … du hast das hier organisiert?«

»Wie ich sagte, nicht das ganze Wohltätigkeitsfestival. Ich habe dafür gesorgt, dass die Station mit einem Registrierungsstand dabei ist.«

Sie sagte es ohne jeden Anflug von Stolz. »Und jetzt brauchen sie uns. Zeit, einen Unterschied zu machen.« Sie lächelte und deutete zu den Plakaten. Es war, als würde das kahlköpfige Kind mit dem Kuschelesel Jack direkt in seine Seele schauen.

Rose drehte sich um, Jack bekam gerade rechtzeitig ihr Handgelenk zu fassen.

»Eichhörnchen«, zischte er. »Ich kann nicht hierbleiben.«

»Ach nein? Kennst du jemanden aus meinem Team?«

Jack überflog die Gesichter. Kitty Cat mit den mandelförmigen Augen, den scharfen Wangenknochen und den tiefbraunen hochgebundenen Locken hatte er noch nie gesehen. Ebensowenig Keith, dessen Humor genauso schwarz zu sein schien wie sein im Sonnenlicht reflektierender Teint. Abstrichröhrchen-Mann mit dem blonden Schopf und den Millionen Sommersprossen auf Nase, Wangen und Stirn hingegen … »Den da.«

Rose folgte seinem Blick. »Oh! Ja, richtig. Hey, Tom!«, rief sie und winkte erhobenen Armes in seine Richtung.

»Nicht, Rose.«

Tom hörte sie nicht. Er reichte gerade ein Abstrichröhrchen an eine Studentin, die mit ihren zwei Freundinnen kicherte, und schien für nichts anderes Augen zu haben. »Ich würde dir jederzeit mein Röhrchen anvertrauen«, versicherte Tom ihr todernst. Jack verdrehte die Augen. Ach du Scheiße. Wenn Tom eine Freundin suchte, wie er ihm auf dem Krankenhausflur verraten hatte, brauchte er dringend Hilfe. Es sei denn, er wollte Rose zur Freundin. Das ging leider nicht.

»Tom!«, rief Rose noch einmal. Endlich riss sich Tom los und schaute irritiert über die Menge. »Hier drüben!«

Er blieb an Jack hängen und Toms Gesicht erhellte sich.

»O nein«, ächzte Jack.

»O ja«, freute sich Rose.

»Du bleibst schön bei mir, Eichhörnchen«, knurrte Jack zwischen zusammengebissenen Zähnen.

»Ah, Freund von Rose!«, rief Tom und winkte nicht weniger überschwänglich als Rose gerade eben. »Hier rüber, Kumpel!«

»Terrorhörnchen, dafür werde ich dich später mit in den Tod reißen«, drohte Jack und warf ihr einen wütenden Seitenblick zu.

Doch da stand niemand.

KAPITEL 36

Abstrichröhrchen

NOCH 7 STUNDEN UND 28 MINUTEN

Jacks Herz setzte auf einen Schlag aus. Leider nicht lang genug, als dass er daran hätte sterben können, denn kaum dass er Rose in der Menge entdeckte, klopfte sein Herz weiter. Rose schlängelte sich durch die Menschen und steuerte auf Keith zu, der gerade im Laderaum des Transporters verschwand.

»Heeey«, rief Tom lang gezogen und winkte, als wäre er im vierten Stock eines brennenden Hochhauses gefangen. Die Leute drehten sich schon zu ihm um. Und dann in die Richtung, in die Tom winkte. Die Studentinnen hatten aufgehört zu kichern und starrten Jack aus großen Glupschaugen an. Die eine malte nervöse Kreise mit der Fußspitze auf den platt getrampelten Rasen. *Verdammte Kacke.* Kannte sie ihn? Vielleicht von der Uni?

Ehe Tom sich seinen Arm auskugelte, eilte Jack in dessen Richtung. Die Hände in den Hosentaschen vergraben, die Schultern hochgezogen, lief er um den Tisch herum auf Toms Seite und positionierte sich hinter einem der vier Zeltmasten.

»Hi. Was gibt's?«

»Du bist wirklich gekommen«, ereiferte sich Tom.

»Klar.« Jack wich seinem Blick aus.

»Ernsthaft, Mann? In der Klinik hatte ich kurz Zweifel, ob du mich hinters Licht führst. Sahst mir ein bisschen, sagen wir, durch den Wind aus.« Er lachte.

»War ich auch«, antwortete Jack unverbindlich. »Die Nacht war … nicht ganz einfach.«

»Kann ich mir vorstellen.« Weil Tom nichts weiter erwiderte, sah Jack auf – und musste mit ansehen, wie er von einem Ohr zum anderen vielsagend grinste.

»Nee, so war das nicht gemeint …«

»Schon klar, Freund von Rose. Schon klar«, unterbrach Tom und wandte sich wieder seiner Kiste zu. »Bevor ich in Tränen ausbreche, lass uns lieber weitermachen. Registrierungsbogen, Einverständniserklärung oder Abstrichröhrchen?«

»Was?«

»Was möchtest du übernehmen? Beziehungsweise wie viel weißt du über den Kram hier? Bei den Abstrichröhrchen brauchen wir jemanden, der den Prozess der Untersuchung der Proben im Anschluss erklären kann. Viele von denen haben Fragen.«

»Von denen?«, wiederholte Jack.

»Na, den Spendern.« Tom zeigte überdeutlich auf die andere Seite des Tisches. Dort reichten die Menschenschlangen bereits zum nächsten Stand. Dutzende Augenpaare taxierten Jack erwartungsvoll.

»Ja, Freund von Rose«, äffte eine Kaugummi kauende Göre mit Kreolen vorn in der Warteschlange Tom nach. »Registrierungszettel, Einverständnis-Blabla oder Abstrichdings? Entscheid dich.«

»Einverständniserklärung«, gab Jack zurück, um diese Blicke loszuwerden, diese unzähligen, misstrauischen Blicke.

»Gut!« Tom klatschte in die Hände. »Dann setz dich mal an unsere bequeme Tafel. Ich hoffe für dich, du hast keine Knie, denn die Kisten bleiben dadrunter stehen.«

»Hab keine Knie.«

Tom lachte begeistert. »Du bist mein Mann! Hier kommt die Einarbeitung. Und du da, mit den Armreifen an den Ohren, du kannst gleich zuhören, denn ich wette, du bist die Erste, die es falsch macht. Regel Nummer eins: Jeder füllt eine Einverständniserklärung aus. Jeder. Egal, aus welcher Richtung er kommt, und auch wenn du hier fünf Reihen gleichzeitig hast, und auch wenn derjenige gar nicht einverstanden ist. Jeder, okay? So geht der Prozess. Wenn einer ohne Einverständniserklärung bei Kitty dort hinten ankommt, klingeln wir an der Glocke dahinten, du musst dich auf den Tisch stellen und öffentlich verkünden, dass du es vergeigt hast.«

»Ob Freund von Rose das hinkriegt?«, frotzelte die Göre und verschränkte grinsend ihre Arme vor der Brust.

Jack brauchte sich gar nicht nach der Glocke umsehen, er glaubte diesem Typen auch so, dass er verrückt genug war, eine Versagerglocke am Stand zu befestigen.

»Regel Nummer zwei: Ausweise kontrollieren bei allen, die jünger aussehen als achtzehn. Diese charmante Dame hier zum Beispiel ist eindeutig nicht älter als zwölf.«

»Pff!«, schnaubte die Kaugummigöre. »Ich bin siebzehn und werde in ein paar Wochen achtzehn.«

Tom lächelte teuflisch in Jacks Richtung. »In diesem Fall brauchen wir eine Einverständniserklärung der Erziehungsberechtigten, Kumpel. Auch wenn die Eltern nicht dabei sind, weil Miss Teenage Dirtbag hier zu cool für ein Festival mit Mummy ist. Und auch wenn sie nörgeln, weil sie über eine Stunde angestanden haben – was natürlich sehr löblich ist für die gute Sache hier.«

Kaugummimädchen unterdrückte ein Lachen.

»Pass schön auf, Dalmatiner«, warnte sie.

»Dalmatiner? Das sind Schönheitsflecken!« Tom strich sich über die Wangen. »Marilyn Monroe hatte nur einen. Kannst dir jetzt selbst überlegen, was es bedeutet, dass ich hundertmal so viele habe wie sie.«

»Wie auch immer.« Sie verdrehte die Augen und kramte in ihrer winzigen Ledertasche. Wenige Sekunden später knallte sie einen knittrigen Zettel auf den Tisch vor Jack. »Das hier ist wichtig«, erklärte sie ernst. »Von Mummy höchstpersönlich zu Hause unterschrieben. Ich hab schließlich auch keinen Bock, wegen so 'nem Scheiß morgen zu sterben. Aber wem sag ich das. Freund von Rose ist ja der Profi hier. Hattest du schon mal eine Übereinstimmung?«

»Was?«

»Ob du schon mal gespendet hast«, betonte sie jedes Wort wie für einen Schwerhörigen. Jack schüttelte den Kopf. »Aber du hast dich registriert.« Er überlegte. Und schüttelte erneut den Kopf. Kaugummimädchen wich einen Schritt zurück. »Hast du das gehört, Dalmatiner?«

»Allerdings«, erwiderte Tom streng. Er warf Jack ein Röhrchen zu, das er reflexartig auffing. »Mund auf, Stäbchen rein«, wies Tom ihn an. »Kreuzchen auf die Einverständniserklärung, deinen Namen draufkrakeln und weg damit.«

Welche Weigerung hätte Jack schon anbringen können? *Tut mir leid, ich werde mich morgen aller Voraussicht nach eh umbringen und würde nichts als Enttäuschung beitragen?* Eher hätten die beiden ihn geknebelt und im Keller eingesperrt, bis sicher war, dass seine Gewebemerkmale mit niemandem aus der Kartei übereinstimmten. Darum drehte Jack das Röhrchen auf, wischte damit in seiner Mundhöhle herum und nahm ein Registrierungsformular von Tom entgegen.

»So ist's brav.« Zufrieden fächerte sich Kaugummimädchen mit ihrer unterschriebenen Einverständniserklärung Luft zu. Jack wollte den Zettel von ihr entgegennehmen, da schnappte sie sich den Zettel wieder zurück.

»Du sollst die Dinger doch nicht annehmen! Ich muss die Einverständniserklärung bei Kitty abgeben. Da drüben. Du sollst nur checken, ob sie unterschrieben ist. Hast du denn überhaupt nicht zugehört? Ich gebe die hier für dich ab.« Mit einem viel zu koketten Lächeln für eine Siebzehnjährige schnappte sie sich Jacks Röhrchen, den Registrierungsbogen und seine unterschriebene Einverständniserklärung, machte auf dem Absatz kehrt und stellte sich an der nächsten Schlange an.

»Sie sind einfach so jung heutzutage«, jammerte Tom und reichte einer Frau mittleren Alters ein Plastikreagenzglas. »Da geht Mann mit jedem Annäherungsversuch das Risiko ein, sich strafbar zu machen.«

»Ich schicke einfach alle hübschen Frauen, deren Ausweise ich kontrolliert habe, für eine Einführung zu dir rüber«, hörte Jack jemanden sagen, der klang wie er selbst.

»Weißt du was? Du bist echt in Ordnung«, antwortete Tom. »Das macht unsere Schicht viel erträglicher. Bei der Hitze.« Er wischte sich mit dem Ärmel einen dünnen Schweißfilm von der Nase. »Danke übrigens, dass du hilfst. Ohne dich hätten wir hier Land unter.«

»Wie lang geht die Schicht?«, erkundigte sich Jack.

»Nur noch vier Stunden.«

Manchmal war es, als fesselten uns unsichtbare Kräfte an einen Ort, eine Person, eine Tätigkeit. Wir würden gern aufhören oder Nein sagen, uns losreißen, aber es ging nicht. Schwer vorstellbar, dass diese unsichtbaren Kräfte, die so stark erschienen, nichts anderes waren als unser eigenes Gewissen.

Jack konnte nicht Nein sagen, obwohl er glaubte, an keinem Ort weniger sein zu wollen als unter einem Plastikpavillon, der die Hitze staute, an einem Tisch ohne Fußraum, wo ihm ein Mensch nach dem anderen gegenübertrat. Mit jedem stieg die Chance, dass er zu den viertausendeinhunderteinunddreißig Menschen gehörte, die Jack kannten.

Trotzdem blieb er. Mit der Zeit entwickelte er ein System. Als Allererstes fragte er mit gesenktem Kopf nach dem Ausweis, sodass ihm seine Haare ins Gesicht fielen wie ein Vorhang. Erst wenn er sichergehen konnte, dass er weder Name noch Gesicht je zuvor gesehen hatte, wagte er es, zwischen den Strähnen hindurch und dem Menschen ins Gesicht zu blinzeln. Jeder Blick, der seinen traf, fühlte sich an wie ein sanfter Elektroschock. Jack hatte so lange niemanden mehr angeschaut. So lange war er nicht mehr gesehen worden. Als hätte er wochenlang in einem Paralleluniversum gelebt, wo er für die Menschheit unsichtbar war. Und nun hatte jemand die Schalter umgekippt. *Klack, Jack war wieder da!* Gesehen werden ist ein Gefühl von Nacktheit. Und es wurde auch nach hundert Begegnungen nicht besser.

Wohl aber nach zweihundert.

Der Mensch konnte sich an alles gewöhnen. Sogar Jack, der manchmal glaubte, ihm fehlten einige Eigenschaften eines typischen Menschen. Bei Nummer zweihunderteinunddreißig schaute Jack nur flüchtig auf den Ausweis und der Person sofort ins Gesicht, wenngleich auch nicht in die Augen. Bei Person zweihundertsiebenundsiebzig strich er sich die Haare aus der Stirn, ehe er die Identität seines Gegenübers überprüft hatte. Bei angehendem Spender Nummer dreihundertzwei versäumte Jack komplett, erst den Ausweis zu überprüfen. Und bei Toms Geplauder nach Spender vierhundertdreiundfünfzig vergaß Jack, dass er gar kein Interesse daran hatte, mit Tom zu reden. Tom fragte, ob seine Chancen bei den Frauen steigen würden, wenn er sich die Haare so lang wachsen lassen würde wie Jack. Jack erklärte, dass es nichts mit seiner Haarlänge zu tun habe, mehr mit dem Gesicht, und erntete eine politisch inkorrekte Beleidigung von Tom.

Nach Spenderanwärter Nummer vierhundertsiebzig wurde es allmählich ruhiger. Für Jack fühlte es sich an, als würde er nach Stunden zum ersten Mal von seiner Arbeit aufsehen. So ging es ihm sonst nur, wenn er anspruchsvollen Tätigkeiten nachging. Häufig musste er danach auf die Uhr schauen, weil das Maß an Konzentration auch die Kapazitäten seines sonst zählenden Arbeitsspeichers beansprucht hatte. Ähnlich fühlte er sich jetzt, obwohl er lediglich Kreuzchen, Unterschriften und Geburtsjahre auf Ausweisen kontrolliert hatte, wobei er sich manchmal den Spaß erlaubt hatte, auszurechnen, wie viele Jahre, Monate und Tage die Person alt war.

Jack fragte sich, wie spät es wohl war, da knallte jemand ein Wasserglas auf seinen Tisch. Es schwappte über und durchweichte die Ränder einiger Einverständniserklärungen. *Wasser.* Der Anblick kitzelte Jacks Lebensgeister wach. Er nahm das Glas, setzte an und prüfte erst, als das kühle Wasser bereits seine Kehle hinunterrann, wer der Überbringer war. Seine breite Gestalt warf einen Schatten über Jack und sein skeptischer Gesichtsausdruck übertrug selbigen Schatten auf Jacks Empfinden. Vielleicht war es das Wasser, das seine Gedanken aufklarte, vielleicht aber auch Keiths Auftritt: Etwas sagte Jack, dass es Zeit war, das Feld zu räumen.

»Danke«, sagte Jack knapp, prostete Keith mit dem leeren Glas zu und erhob sich.

»Ich vermute, das war's dann hier.« Als Antwort zog Keith die Brauen hoch. »Hast du … Rose gesehen?« Es war eigenartig, ihren Namen vor anderen Personen auszusprechen. Als würde er sie kennen. Dabei kannten diese Menschen sie so viel besser. Kannten ihre Eigenheiten, wussten, was sie mochte, hasste, traurig machte. Im Gegensatz zu ihm.

»Nein«, entgegnete Keith gedehnt und wuschelte durch seinen Afro. »Ich wollte dich das Gleiche fragen. Du bist ihr Freund?« Jack nickte knapp. »Keith«, sagte Keith und streckte ihm die Hand entgegen.

Instinktiv zuckte Jack zurück. *Eine Berührung. Das wäre krass.* Da er nicht länger zögern konnte, ergriff er die Hand und erwiderte Keith' Händedruck.

»Und du bist …?«, bohrte Keith.

Jack wählte den ersten Namen, der ihm einfiel. »J-Jonah.« Immerhin das J am Anfang stimmte.

»Okay.« Keith nickte, als würde er sein Einverständnis zu diesem Namen geben. »Und Rosalie ist mit dir hergekommen?« *Rosalie. Interessant.* Jack nickte abermals. »Echt komisch, sie hat sich kein einziges Mal bei mir blicken lassen. Nicht mal jetzt. Wo ist sie?« Eine Falte vertiefte sich zwischen seinen dichten Brauen.

»Es war ziemlich voll«, setzte Jack an. Er hatte das Gefühl, Rose verteidigen zu müssen.

»Schon, aber es war ihre eigene Typisierungsaktion. Sie hätte überall gleichzeitig sein müssen, wie ich sie kenne.«

Vielleicht kennst du sie einfach nicht.

»Krieg dein verletztes Ego in den Griff, Keith«, spottete Tom gut gelaunt und klebte eine Kiste Abstrichröhrchen mit Tape zu. »Ich hab sie hinten beim Transporter gesehen.« Er zwinkerte Jack zu. »Außerdem hat Rosy jetzt nur noch Augen für Surferboy hier.«

Keith musterte Jack und kaute nachdenklich auf seiner Unterlippe. »Kann sein. Also, wenn du sie siehst, sag ihr *coole Aktion* und sie soll sich bei mir melden.«

Auf gar keinen Fall, dachte Jack und sagte: »Klar.«

Keith nickte zum Abschied und verschwand in Richtung zweier breiter Typen, die abseits des Standes auf ihn warteten.

»Hast du sie echt hinten beim Transporter gesehen?«, fragte Jack in Toms Richtung.

»Bin mir nicht sicher. Glaub schon. Sah zumindest aus wie Rosy.«

Rose hätte Jack am liebsten korrigiert, schluckte den Kommentar aber herunter.

»Man sieht sich«, sagte er stattdessen und zog als Zeichen seiner Sympathie seine Mundwinkel nach oben.

»Bis dann. Und Jonah!« Jack drehte sich zu ihm um. »Erstick nicht an deiner Fröhlichkeit, ja?« Tom grinste bis über beide Ohren.

Jacks rechter Mundwinkel zuckte noch ein Stückchen mehr. Er lief um den Tisch herum, an den Menschenschlangen vorbei, über den platt getretenen Pfad zwischen den Ständen bis hinter das Zelt.

KAPITEL 37

Dort, wo nur Worte berühren können

NOCH 3 STUNDEN UND 10 MINUTEN

Die Rückseite des Registrierungsstandes des *St. Anne's* bot einen Vorteil und einen Nachteil.

Vorteil: Die Festivalbesucher hatten keinen Zugang hinter die Stände und es war schattig. Keine brennenden Sonnenstrahlen auf seiner Haut und erst recht keine brennenden Blicke. Jack stand in der Mitte zwischen Ständen, Lieferwagen und Bäumen und dachte über den Nachteil nach: Rose war nicht hier.

Dieses scheinbar geringe Hindernis entwickelte sich zum handfesten Problem, wenn man über die Konsequenzen dessen nachdachte: Falls Rose nicht mehr auftauchte, hatte er nicht den Hauch einer Ahnung, was er mit seinem Leben anfangen sollte. Und damit meinte er nicht eine Entscheidung zwischen Ort A und Ort B, sondern die zwischen Leben oder Sterben. Eine relativ entscheidende Entscheidung. Vor nicht einmal vierundzwanzig Stunden hätte Jack sie genauso sicher getroffen, wie er jetzt an ihr zweifelte.

Rose hatte schlichtweg die ganze Welt auf den Kopf gestellt. Seine Welt. Von der er nicht mal gewusst hatte, dass es sie gab.

Jack wägte seine Optionen ab. Er könnte zu den *Hamborough Falls* gehen und da weitermachen, wo er aufgehört hatte. Dies erachtete er jedoch als dumm. Kein Wissenschaftler stieß auf Variablen, die seine Hypothese beeinflussten, und ignorierte diese dann in seiner Forschung. Dem Ganzen ein Ende zu setzen, ohne Rose' Argumente und

Sichtweise zu berücksichtigen, käme einem unlauteren Forschungsprozess gleich. Dies würde er nicht dulden. Alternativ könnte Jack auf dem Absatz kehrtmachen, nach Hause gehen und sein Leben dort fortsetzen, wo er es Wochen zuvor zurückgelassen hatte. Oder aber er setzte sich hier auf den Boden, bewegte sich ohne Rose keinen Zentimeter von der Stelle und starb einen langsamen, einsamen und qualvollen Hungertod.

Gerade hatte sich Jack für Option drei entscheiden wollen, da hüstelte jemand hinter seinem Rücken.

»Na, heute ein paar Leben gerettet?«

Jack fuhr herum. *Gott – den es nicht gab – sei Dank.* An der Wellblechwand des Nachbarstandes lehnend lächelte ihm Rose entgegen, die Wangen von der Sonne gerötet, mit dunklen Halbmonden unter den Augen. Die vergangene Nacht machte sich bei ihr bemerkbar, trotzdem wirkte sie überglücklich.

»Meinst du, wir können ›Einen Unterschied machen‹ auf deiner *Memories-To-Do*-Liste abhaken?«

»Übertreib es nicht wieder gleich, Eichhörnchen.«

»Oh, keineswegs«, widersprach Rose. »Wer weiß, vielleicht wären ohne deine Hilfe heute, sagen wir, drei Typisierungen weniger gelungen. Oder zwei Mädchen hätten das Stäbchen nicht angesabbert, wenn dieser sexy Typ mit der verwegenen Frisur nicht dort gestanden hätte.« Sie schmunzelte. »Und genau eines dieser beiden Mädchen ist es, das von jemandem gebraucht wird, um zu überleben. Es war deine Anwesenheit an einem unbequemen Tisch am heutigen Tag, die einem Menschen am anderen Ende der Welt zu einem Spender verholfen hat. Stell dir das vor.« Rose drückte sich von der Wellblechwand ab. »Vielleicht hat dein bisheriges Leben nur stattgefunden, um dich an genau diesen Punkt zu bringen. Jeder verpasste Bus, jedes vergessene Paket Salz, für das man ein zweites Mal in den Supermarkt laufen musste. Das Schicksal hat das so geplant. Alles hat seinen Sinn. Und irgendwann wird es so weit sein, dass du denkst: Ach, deswegen. Deswegen habe ich all das mitgemacht.«

»Sag mir nur eins: Werde ich auch mal eine Stunde ohne deine Gandhi-Allüren erleben?«

»Da du mir zwar Partialbruchzerlegungen erklären könntest, dafür aber das kleine Einmaleins des Lebens nicht beherrschst: nein.«

»Woher weißt du, was Partialbruchzerlegungen sind?«

»Willst du wissen, was der häufigste Fehler kluger Menschen ist, Jack?«, antwortete sie mit einer Gegenfrage. »Zu glauben, sie seien die Klügsten.« Sie marschierte an ihm vorbei zur Vorderseite des Standes. »Auf geht's.«

»Genug der Überraschungen, Eichhörnchen.« Jack nahm die Verfolgung auf. »Ich habe heute fast fünfhundert Menschen begegnen müssen und bin dabei fast fünfhundert Tode gestorben. Du spielst jetzt mit offenen Karten.«

»In Ordnung. Da du heute so hart gearbeitet hast, genießen wir jetzt die schönen Seiten des Festivals.« Aus einer Kiste am Rand des Zeltes zog sie zwei Flaschen Wasser und warf eine Jack zu. »Wir schauen uns das Konzert an.«

Ihr Strahlen ließ ein flaues Gefühl in Jacks Magengegend aufflammen. Schnell drehte er die Flasche auf und nahm einen Schluck. »Wo bist du die ganze Zeit gewesen?«

»Dinge auf dem Festival erledigen. Dich beobachten«, antwortete Rose und drehte ihre eigene Flasche wieder zu. »Ich wurde hier nicht gebraucht.«

»Du hättest mir helfen können.«

»Erst, wenn du lernst, dir selbst zu helfen.«

»Hast du schon mal überlegt, dich bei diesen Spruchkalender-Herstellern zu bewerben? Tolstoi im Juni, Gandhi im Juli, Jobs im August und Rose im September.«

»Nicht ich bewerbe mich bei den Spruchkalendern, die bewerben sich bei mir.« Ihre Augen funkelten vor Vergnügen.

»Und wenn sie angemessen zahlen, erhalten sie das Exklusivrecht auf *Nichts ist allgemeingültig richtig und nichts kann jemals falsch sein*?«

»Genau«, entgegnete Rose und streckte ihm die Zunge heraus. »Warte. Ist das Keith?«

Schon von Weitem konnte Jack den Afro erkennen, der über den Köpfen der Menge wippte. »Nein, Rose ...«

»Gib mir nur eine Minute, ja? Ich muss mich bei ihm bedanken, er hat mir bei all dem hier geholfen.« Ohne seine Antwort abzuwarten, schob sie sich zwischen schwitzigen Körpern hindurch in Richtung des Afros. Als Jack den Mund öffnete, um zu protestieren, hatte er Rose beinahe aus den Augen verloren.

Kalte Panik stieg in Jack auf, er stürzte hinterher.

Sie und Keith? Zu zweit? Nur über seine bald existierende Leiche!

Jacks Herz überschlug sich. So viele Berührungen, warme Körper. Es war egal, solange er Rose nicht verlor. Was sollte er schon ohne sie machen? Er kämpfte sich haltlos durch die Massen, immer Rose' glänzenden Wellen nach, die alle paar Meter zwischen nackten Schultern und bemalten Oberarmen aufblitzten. Jack rempelte gegen eine Schulter und taumelte zurück. Auch das war egal. Er wollte sich vorbeischieben, durfte Rose nicht verlieren – doch die Person hielt ihn fest und zerrte ihn brutal zurück.

Der Kerl, dessen gewaltige Pranke sich in Jacks Fleisch krallte, kniff die Augen zusammen wie ein lauerndes Raubtier. Sein Gesicht, kantig und verbittert, kam immer näher. Jack konnte den Mann schon riechen – er hätte ihn unter Tausenden erkannt. Ganz gleich, ob er aus dem Freibad oder vom Footballtraining kam oder ob er sechs Tage nicht geduscht hatte. Gerade roch er nach frischem Männerduschgel, billigem Alkohol und zu vielen Sorgen für jemanden, der nur zur Uni gehen und sein Leben genießen sollte. Das Silberkreuz an der feingliedrigen Kette, die er zu jeder Tages- und Nachtzeit um den Hals trug, war in seinen Nacken gerutscht. Normalerweise bemerkte er es sofort und fädelte das Kreuz wieder nach vorn.

»Nicht dein Ernst, hier aufzutauchen«, presste der Typ hervor, als müsste er jedes Wort einzeln daran hindern, aus ihm herauszubersten. »Ich wüsste nicht, dass Abschaum wie du frei herumlaufen darf.« Spucketröpfchen landeten auf Jacks Stirn.

»Darf ich nicht«, erklärte Jack ruhig und versuchte, sich aus dem Griff zu winden. Der andere packte nur noch fester zu und zog Jack näher.

»Du … ich … ich hab ganze Listen geschrieben mit Gründen, warum du das größte Stück Scheiße auf Erden bist«, platzte der Typ hervor. Die hervortretenden Adern ließen ihn älter wirken, als er war. »Du solltest dich nicht trauen, in unseren Straßen herumzulaufen, du …« Er rang nach Worten, die ihn die Wut nicht finden ließ. Sein Gesicht lief dunkler an. Am Rande bekam Jack mit, wie um ihn herum Aufregung hochkochte, die Leute wichen zurück, riefen nach Sicherheitspersonal. Würden sie den Mann kennen, der aussah, als wollte er

Jack gleich ins Gesicht beißen, wüssten sie, dass sie es nicht brauchten. Dann wüssten sie, dass er im Kindergarten immer die Rolle des Schiedsrichters erhalten hatte, wenn die Jungs heimlich in der Puppenecke rangen, denn er hatte sich nicht mal, wenn man ihn angriff, gewehrt, aus Angst, jemandem wehzutun.

»Es tut mir leid«, flüsterte Jack, seine Stimme vibrierte.

»Es tut dir *leid*?« Der Kerl hustete ein hysterisches Lachen. »Weißt du was, Raider? Ich hasse jeden Tag, an dem du noch atmest. Ich hasse jeden Moment, den ich mit meinen Gedanken an dich verschwende. Aber am meisten hasse ich dich, wenn du versuchst, eine Entschuldigung zu finden für das, was du getan hast. Was spielst du überhaupt für ein krankes Spiel? Redest dir ein, du könntest einfach weitermachen wie vorher? Ein kurzes *Sorry*, eine Wohltat für die Leukämiekranken und alle tun so, als wäre nichts gewesen?« Der Typ stieß ihn nach hinten, sodass Jack mit einem Scheppern gegen die Wellblechwand des Typisierungsstandes knallte. Die Menge japste nach Luft.

»Jack!«

Er drückte sich an der Wand hoch und drehte sich zu der Stimme herum. Am anderen Ende des Pavillons stand Rose. Ihre Lippen bildeten ein erschrockenes O, sie stand auf Zehenspitzen. Über die Köpfe der Leute hinweg scannte sie Jacks Gegenüber von oben bis unten. Als würde sie darüber nachdenken, ob sie es mit ihm aufnehmen konnte. Was lächerlich war. Wenn Jack gewollt hätte, würde der Typ längst irgendwo zwischen seinen Füßen liegen, wahlweise mit dem Gesicht im Matsch oder auch nach oben, sodass er seine Niederlage mit ansehen musste.

»Ich weiß genau, was du getan hast«, zischte der Mensch, der einmal sein Freund gewesen war, in Jacks Ohr. »Ich weiß alles. Ich habe die Nachrichten gelesen. Ich habe mit deiner Mum gesprochen. Und was Carolina angeht«, Jack zuckte beim Namen seiner Mutter unmerklich zusammen, »du bist das größte Arschloch von Sohn, das sich eine Mutter vorstellen kann. Sie hätte dich gebraucht, verdammt. Ich hasse, dass es so ist, aber sie hätte dich gebraucht. Und du … *Scheiße!*« Er wich von Jack zurück, als hätte er einen Stromschlag bekommen. »Du bist es einfach nicht wert, Raider. Ich hoffe, sie haben recht und du bringst dich bald um.«

Er wirbelte herum. Die Leute stoben auseinander und er stürmte genau durch die Mitte. Nach ein paar Metern stoppte er und drehte sich wie in Zeitlupe zurück zu Jack. Ihm war etwas eingefallen. Etwas, mit dem er Jack den Todesstoß verpassen konnte, ohne sich die Finger schmutzig zu machen. Jack sah es in seinen Augen, noch bevor die Worte ausgesprochen waren.

Der Typ zog die Brauen zu einer tiefen Zornesfalte zusammen, bevor er Jack einen Satz vor die Füße schleuderte wie den Kadaver eines toten Tieres. Acht Worte. Es war das Schlimmste, was man zu Jack Raider hätte sagen können. Es war das Letzte, was Jack Raider je hätte hören wollen. Es war das Dunkelste, das tief in Jacks Seele geschlummert hatte und nun nach außen gestülpt wurde. Als hätte man ihn auf einen Fingerschnipp gehäutet. Die acht Worte zogen sich über Jacks Körper wie eine Schicht entzündetes Öl. Er versuchte gar nicht erst, es abzustreifen, denn es war überall. Erst außen. Dann innen, wo nur Worte berühren konnten. Acht Worte verbrannten ihn aus allen Himmelsrichtungen.

KAPITEL 38

Wahrheit

NOCH 2 STUNDEN UND 47 MINUTEN

Ein anderer Waldweg, eine neue Richtung. Und immer noch der gleiche Albtraum.

Jack stürzte sich direkt hinter dem Registrierungsstand des *St. Anne's Memorial Hospital* in die Büsche und genoss die Äste, die ihm die Hände aufschlitzten. Das verblüffte Raunen der Menschen, die sich nicht vorstellen konnten, dass man auch abseits der festgetrampelten Pfade einen Wald durchqueren konnte. Dass manchmal keine Zeit blieb, um einen Weg zu suchen, weil man wegmusste, einfach weg.

Jack war entlarvt worden. Nur acht Worte hatte es gebraucht, um ihm die Maske vom Gesicht zu reißen. Acht Worte, die bewiesen, dass er nicht schlau war. Dass er nicht rational dachte, nicht sinnvoll handelte. Dass er alles andere war als der, der zu sein er behauptete.

»Bitte«, flehte Rose. Ein klangloses Keuchen in seinem Nacken. Sie verfolgte ihn schon seit Hunderten von Metern, seit er rannte, wohin seine Füße ihn trugen. Sie ließ sich Zweige ins Gesicht peitschen, war umgeknickt und weitergelaufen, hatte sich den Rock zerschlissen. Aber sie ließ sich nicht abwimmeln. Das Astwerk knackte unter ihren Tritten wie Knochengerippe, brechende Genicke.

Er lief in ein Spinnennetz. Es machte nichts, denn die Weben blieben auf nasser Haut nicht kleben. Jack wischte sich über das Gesicht, die Tränen wollten nicht aufhören zu fließen. Sie sammelten sich an seinen Wangenknochen und tropften in seinen Kragen. Eine materialisierte Stressreaktion, nichts weiter. Und gleichzeitig so viel mehr. Was weinen bedeutete, daran erinnerte man sich immer erst, wenn man es tat.

»Du kannst nicht für immer wegrennen.« Rose japste an seinem Ohr, kaum eine Armlänge hinter ihm. »Aber wir können es natürlich versuchen«, keuchte sie und gab sich dem Rhythmus seiner Schritte hin. »Vielleicht geht es ja doch.«

Es gab keinen Grund, ihn in der Nähe haben zu wollen.

Jack hatte heute schon einmal geglaubt, dass jemand das Schlimmstmögliche zu ihm gesagt hatte. Als Rose den Wunsch, dass er bei ihr blieb, zurückgezogen hatte. Pff. Dass er nicht lachte. Verglichen mit den acht Worten war das nichts gewesen.

Gar nichts.

Seine Füße wurden langsamer. Jack sah sich um. Wo sein Instinkt ihn hingetragen hatte, überraschte ihn nicht im Geringsten. Wenn der Himmel hinabfällt und die Welt zerbricht, treibt es die Menschen wie Herdentiere an einen Zufluchtsort, an dem sie sich geschützt wähnen. Ein sicherer Hafen. Für Jack kam da nur ein Ort infrage. Dieser hier.

Er konnte sie noch nicht sehen, aber Jack hörte das Tosen der Wassermassen, die sich überschlugen, über Felsbrocken hinwegstürzten. Vor Jahrhunderten hatte sich der *Dingotia River* durch den Wald von Hamborough geschoben wie ein gefräßiger Wurm – und bis heute blieb er so gierig wie bei seinem Entstehen. Er riss alles mit, was keine Wurzeln in den Boden geschlagen hatte, und nahm sich jedes Jahr ein paar Zentimeter mehr vom Wald. Seinen Höhepunkt erreichte der Strom in den *Hamborough Falls*. In diese ergoss er sich und wurde am Fuße des Wasserfalls zu einem Teil des Flusses von Hamborough. Von dort floss er unter der *Pearly Gates Bridge* her und mündete letzten Endes in den Atlantischen Ozean.

Mit jedem Schritt stieg das Getose an. Man spürte die Feuchtigkeit schon, winzige Wassertröpfchen in der Luft. Über die befestigten Waldwege gelangte man nie so nah an die Fallkante der Wasserfälle wie Jack in diesem Moment. Absperrungen verhinderten, dass übermütige Teenager oder verrückte Hundebesitzer, deren Tiere aus dem Fluss trinken wollten, dem reißenden Strom zu nah kamen. Jack wusste, wo die

Absperrungen endeten. Er wusste, wo Sicherheit aufhörte und Lebensgefahr begann. Genau diese Grenze ergab seinen sicheren Hafen. Einen Ort, an dem alles möglich war. Leben oder sterben binnen Sekunden. Je nachdem, in welche Richtung er abspringen wollte.

In der Nähe der Fallkante hielt Jack an. Er konnte die Kraft der Wogen durch die Bäume hören. Mehr noch, er spürte ihren Herzschlag. Ihr gleichförmiges Rauschen beruhigte augenblicklich seine Seele. Er schloss die Augen und atmete ein. Endlich versiegten die Tränen. Sie waren aufgebraucht.

»Du hast dich also entschieden, ja?«

Jack schlug die Lider auf. Zwischen den Baumstämmen, ein paar Schritte entfernt, wartete Rose. Sie wirkte fast unwirklich, so wie das Abendlicht in ihrem Haar fluoreszierte. Ihr Gesicht zeigte sich ausdruckslos, er konnte keine Gefühlsregung darin lesen. Ebenso wenig löste ihr Anblick etwas in ihm aus. Taub und stumm und blind – wie nannte man es, wenn man seine Gefühle nicht spürte?

»Oder was ist der Grund, weshalb wir an den *Falls* sind?«

»Ich brauchte das Rauschen. Es ist wie ein Störsignal für meine Gedanken, wenn sie zu laut werden.«

»Was war so schlimm an deinen Gedanken?«

»Du hast es nicht gehört? Was er zum Schluss gesagt hat?« Rose schüttelte den Kopf.

»Tja. Da hast du wohl den großen Showdown verpasst.« Es war ihm genauso gleichgültig, wie er es sagte. Ob sie es gehört hatte oder nicht, spielte keine Rolle mehr. Jetzt, da er sich selbst nicht länger belügen konnte, musste er es ihr gegenüber auch nicht.

»Wer war der Typ? Und was hat er behauptet?« Die Sorge blitzte durch ihre Fassade. Sie machte einen Schritt auf ihn zu und hob die Hände, als wollte sie ihn umarmen. Instinktiv wich er zurück. »Hör zu, es ist meine Schuld«, begann Rose. »Wir hätten nicht in Hamborough bleiben sollen, ich hätte wissen müssen, dass früher oder später jemand daherkommt, der sich auf dich stürzt und …«

»Der Fehler lag nicht bei ihm«, unterbrach Jack. Wahrscheinlich spürte Rose gar nicht, dass sie den Kopf noch immer schüttelte. Sie tat es intuitiv, als könnte sie so die gesamte Situation ungeschehen machen. »Er hatte recht mit jedem einzelnen Vorwurf. Das Problem ist, ich muss mich damit abfinden. Ich muss dem standhalten können, wenn ich weitermachen will. Und ich habe es versucht, Rose. Ich habe es wirklich für dich versucht. Aber es geht nicht. Verstehst du?«

»Nein, ich verstehe nicht. Sag mir, was passiert ist«, bat sie und ihre nächsten Worte gingen in Schluchzern unter. »Ich kann dir sonst nicht helfen. Bitte, Jack, sag es mir endlich.« Es war der letzte Satz, der ihn schaudern ließ.

Er musste es sich endlich eingestehen. Die Lügen mussten ein Ende finden. Rose gegenüber und vor allem sich selbst gegenüber. Er musste aufhören, sich etwas vorzumachen. Er musste sie aussprechen, die Wahrheit. Wenn Robin das konnte, würde er es auch schaffen.

»Dieser Typ … Robin.« Jack zögerte.

»Ja?«

»Ich kenne ihn schon mein Leben lang.«

»Und weiter?«

»Ich habe seine Schwester umgebracht.«

Ihre Mimik entglitt Rose. Aus ihren Zügen formte sich ein Gesicht, das Jack noch nie gesehen hatte. Sie verbarg es unter ihren Händen, als könnte sie es nur so zusammenhalten. Dann sank sie mit dem Rücken am nächstgelegenen Baumstamm herab.

»Das ist noch nicht alles.« Die acht Worte geisterten in seinem Kopf, wiederholten sich in einer Endlosschleife, gesprochen von Abermillionen Stimmen. Jede einzelne trug Robins Schmerz in sich, als er seine Verachtung in den Dreck gespuckt hatte:

Du wirst niemals so gut sein wie Jack.

Acht Worte, die so viel mehr bedeuteten, als Robin ahnte.

»Ich heiße nicht Jack.« Die zweite Hälfte des Satzes ging fast unter in dem unkontrollierten Zittern, das seinen Körper schüttelte. »Mein Name ist … mein Name ist Jonah. Jonah Raider.«

KAPITEL 39

Die Besonderheit von Namen

NOCH 2 STUNDEN UND 29 MINUTEN

Was hatten Namen an sich, dass sie uns so viel bedeuteten?

Menschen trugen ihre Namen wie Etiketten, fand Rose. Als würde ihre Identität darin in einem Wort zusammengefasst. Der Daumenabdruck, der sich in Konversationen einbinden ließ. *Ich bin Anna. Ich bin Sophie.* Und dann nickten die Menschen, als wäre es das Offensichtlichste der Welt, als wäre dieser Name keine beliebig austauschbare Information. Eine Information, die sie schon Sekunden nachdem sich jemand vorstellte, vergessen hatten.

Über Kontinente und Kulturen hinweg stellte niemand infrage, dass Lebewesen Namen brauchten. Jedes nur einen, mal kurz, mal lang. Namensgebungen waren Zeremonien. Wir schworen auf den Namen unserer Mutter. Es gab eine eigene Wissenschaft, die sich mit der Namenforschung beschäftigte.

Warum änderten Menschen ihren Namen fast nie? Befürchteten sie, einen Teil ihrer Persönlichkeit zu verlieren? Welches Atom des Charakters könnte so schwach und haltlos sein, dass es in einem Namen verankert war?

Machte es einen Unterschied, ob wir Hannah hießen oder Savannah, Cat oder Rose, Jack oder Jonah? Nein. Trotzdem fühlte sich ein neuer Name an wie ein ganz neues Leben.

Und die wichtigste Frage: Warum brachte es uns so sehr aus dem Konzept, wenn jemand die Unwahrheit über seinen Namen sagte?

Man bekam das Gefühl, den anderen nicht mehr zu kennen. Alles, was er unter dem falschen Namen gesagt oder getan hatte, wurde zur Lüge. Denn es hatte nie ein Jack Raider auf der *Pearly Gates Bridge* gestanden. Kein Jack war mit Rose auf ein fahrendes Frachtschiff gesprungen und nie hatte Jack Hunger gehabt. Er hatte Rose nie verletzt – und sie hatte Jack Raider niemals geküsst.

Das war Jonah gewesen. Ein Fremder, der aussah wie jemand, den sie zu kennen glaubte. Über den Rose nichts wusste und dessen letzte dreizehneinhalb Stunden sie trotzdem bis auf die letzte Sekunde nacherzählen konnte.

Jo-nah.

Der einzige Unterschied war ein zweisilbiger Name. Warum fühlte sich das hier dann so falsch an?

Rose sah vom Waldboden hoch, auf dem sie saß, an einem Baumstamm gelehnt, die Knie angezogen. Jack – nein, Jonah – stützte sich an einem Baum gegenüber und atmete schwer. Er war kalkweiß. Er sah aus wie jemand, der alles und sich selbst verloren hatte. Trotzdem rutschte er an der Rinde runter, klaubte seinen letzten Atem zusammen und flüsterte: »Sag etwas.«

Die eisblauen Augen. Die Dunkelheit dahinter. Das schwarze Haar, wirr wie seine Gefühlswelt. Es fiel über die Zornesfalte zwischen seinen Brauen, die wie für immer in seine Stirn gekerbt war. Ein Gesicht, das sie sich eingeprägt hatte. Mehr noch. Sein Gesicht, in das sie sich so oder so verliebt hätte. Egal, welchen Namen es trug.

»Bitte, Rose.«

Und deshalb beschloss sie, auch Jonah zuzuhören. So wie sie Jack zugehört hatte. Den es nicht mehr gab. Und den sie aus einem völlig verqueren, unerklärlichen Grund so sehr vermisste, dass es wehtat. Denn Jack war fort.

»Okay«, wisperte Rose.

»Okay?«

»Erzähl mir alles.«

»Es ist verrückt. Und kompliziert. Und düster und … vielleicht unerträglich für dich.«

»Ich schaff das schon.« *Lüge.*

»Sicher?«

»Sicher.«

»Okay.« Er holte Luft.

KAPITEL 40

Jonah

NOCH 2 STUNDEN UND 24 MINUTEN

»Ihr Name war Bee und sie und Robin wohnten gegenüber, seit ich denken konnte. Wir waren Nachbarskinder, die im Sandkasten miteinander gespielt und beim Schulabschluss miteinander gesoffen haben. Sie hieß Bee, weil ihre Mutter sie *kleine Biene* nannte, bis zum Schluss, obwohl sie da schon achtzehn war. Du hast ihre Mutter kennengelernt. Em. Em und Richard. Der kleine weiße Hund, der dir heute am Zaun entgegengerannt ist, war Flower. Er ist … Er war Bees Hund. Sie hat ihn zum zehnten Geburtstag bekommen und mindestens ein halbes Jahr der gesamten Nachbarschaft erzählt, dass er Flower hieß, weil sie nie mehr ohneeinander sein konnten – wie Blumen und Bienen.

Bee war lebhaft, bunt, laut. Das genaue Gegenteil von Fynn. Er gehörte zu der Sorte Menschen, die man als Ruhepol beschrieb. Er dachte mehr nach als andere und wusste stets, wie sich sein Gegenüber fühlte. Vielleicht haben Fynn und Bee deshalb so perfekt zueinander gepasst. Sie waren unzertrennlich, seit sie gemeinsam zur Grundschule gegangen sind. Mit fünfzehn wurden sie ein Paar. Fynn und Bee haben nie einen Hehl draus gemacht. Jeder wusste es, seit sie sich in der ersten Klasse an Halloween als Indianerhäuptling und Indianerfrau verkleidet hatten. Das Foto hängt noch heute in unserer Diele.

Letztes Jahr an einem verregneten Herbsttag waren wir alle, Fynn, Bee und ich, auf einer Hausparty bei einer alten Schulfreundin eingeladen. Robin war schon dort, er ist mit Freunden hingefahren. Die

Gastgeberin wohnte außerhalb der Stadt, deshalb gab es am Abend Diskussionen, wer fährt. Fynn hatte keinen Führerschein und ich ... ich wollte trinken. Also fiel die Wahl auf Bee. Meine Mutter war dagegen, weil es draußen neblig war und die Straßen glitschig. Bee hatte vor nicht allzu langer Zeit die Fahrprüfung eher schlecht als recht bestanden. Aber ich wollte lieber den Alkohol, als ... als sie sicher zu fahren. Mums Protest zählte nicht, denn wenn es darum ging zu trinken, protestierte sie jedes Mal.

Wir bekamen Richards silbernen Mercedes. Der Hinweg war kein Problem und die Party der totale Abriss. Bis auf Bee blieb kein Einziger nüchtern. Sogar Fynn war total dicht. Wir mussten ihn auf dem Rückweg von zwei Seiten stützen. Ich glaube, er ist eingeschlafen, bevor er auf den Rücksitz fiel. Ich weiß noch, wie Bee ihn angeschnallt hat und sein Kopf auf ihre Schulter gekippt ist. Ich saß auf dem Beifahrersitz.

Die Rückfahrt war schlimmer als der Hinweg. Auf den Straßen lag Raureif, der Himmel war stockfinster und der Regen kam so plötzlich und heftig, als hätte jemand einen Eimer über der Windschutzscheibe ausgekippt. Ich wollte Musik hören, aber Bee blieb eisern. Keine Musik. Trotzdem sah sie den Mann zu spät, der ein paar Meter weiter hinter einer Bushaltestelle auf die Straße trat. Als sein Gesicht im Nebel sichtbar wurde, erschreckte Bee so sehr, dass sie das Gaspedal durchtrat. Der Wagen röhrte auf. Ich habe irgendwas gebrüllt. Als Bee das Bremspedal endlich fand, war es zu spät. Sie wusste es. Deshalb ist sie ohne zu zögern nach links ausgeschert. Auf der nassen Straße begann der Wagen sofort zu rotieren. Ich erinnere mich an den dumpfen Aufprall, als ein Körper von außen gegen das Heck schlug. An das Knacken, als die Räder über etwas rumpelten. Jemand draußen im Regen schrie. Bee schrie wie am Spieß. Dann folgte ein einziger lauter Knall. Kein knirschendes Blech, nur ein Knall. Im Auto war es ruhig. Draußen schrie immer noch jemand. Ich sah durch das Beifahrerfenster, aber es war voller Blut von innen, von außen rannen Regenschlieren hinunter. Ich konnte nichts sehen bis auf ein paar Lichtpunkte. Die Schreie klangen irgendwie dumpf. Ich dachte es nicht, ich fühlte es: Mein Bruder ist tot. Und dann wurde alles schwarz.«

Rose und Jonah saßen sich gegenüber an Baumstämme gelehnt, als wären sie der Spiegel des jeweils anderen. Ihre zitternden Hände drückten sie zwischen ihre Oberschenkel, ihre Lippen vibrierten, ihre Augen waren verquollen. Sie froren.

»Ich habe es später im Krankenhaus aufgeschnappt. Ermittler und Schwestern haben sich über den Unfall unterhalten. Ein junger Mann war auf die Straße getreten, sagten sie, weil er Bees Auto erkannt hatte. Er wollte es anhalten, damit er und sein Freund, der so geschrien hat, mitfahren konnten. Er hatte den Nebel unterschätzt und nicht damit gerechnet, dass Bee Bremse und Gas verwechseln würde. Das Auto schleuderte seitlich gegen seinen Körper und brachte ihn zu Fall. Er wurde überrollt und ist am Unfallort gestorben. Vor den Augen seines Freundes, der nicht aufhören konnte zu schreien.«

Jonah wandte den Blick von Rose ab, weil er ihren Schmerz nicht auch noch ertrug. »Ich hab den Kram, den man sich über Zwillinge sagt, früher nie geglaubt, Rose. Aber da habe ich es einfach gewusst. Es waren nicht Robins Schreie, die mir Gewissheit gaben. Ich habe den Moment *gespürt*, als die letzte Luft den Lungen meines Bruders entwichen ist. Obwohl die Beifahrerseite zu dem Zeitpunkt von seinem Körper abgewandt stand. Ich sah durch die Scheibe, durch mein eigenes Blut in den Wald hinein, die Dunkelheit packte mich bei der Kehle und drückte zu. Es war, als würde sich eine Eisschicht über mein Herz ziehen. Ich wusste es so, wie wenn man Dinge versteht, wenn man eine Erkenntnis erlangt: Mein Bruder ist tot. Überfahren. Ich habe meinen Zwillingsbruder verloren. Jack war tot.«

»Weiter«, forderte Rose erstickt, als Jonah nicht weitersprach. »Wir ziehen das jetzt durch.«

»Jack war … Jack war wie ich, abzüglich alles Schlechten. Äußerlich glichen wir uns wie ein Ei dem anderen, aber Jack hatte nur eine Freundin statt zwei. Weniger Sachbeschädigungen, weniger gecrashte Partys, weniger Abstürze, Strafzettel, Klassenkonferenzen, Protestaktionen, Getuschel. Dafür hatte er mehr Geld, weil er stets nebenbei gearbeitet hat. Er hat gekellnert und wurde zum Schichtleiter befördert. Er hat überlegt, sein eigenes Restaurant aufzumachen, sobald er das Studium beendet hatte. Ständig hat er versucht, mich zu überreden, für die Zahlen und das Marketing in seine Pläne einzusteigen. *Wir könnten Double J sein*, so hat er mich immer gelockt. Ich habe ihn dafür ausgelacht. Jonah Raider war zu etwas Höherem geboren, als

Buchhalter eines mittelmäßigen Restaurants zu sein, dachte ich. Dafür hat Jack mich wiederum ausgelacht und ich habe damals nicht geahnt, wie richtig er damit lag.

Plötzlich war er tot. Sie haben ihn nicht mal ins Krankenhaus gebracht, so tot. Er wurde vom Unfallort direkt ins Krematorium gefahren. Ich lag ganz allein auf der Intensivstation des *St. Anne's*. Zwar war Bee dort, doch sie hatte nicht einen Kratzer abbekommen, und verweigerte alle Untersuchungen, weil sie Fynns Hand halten wollte. Er lag im Nebenzimmer. Sie ließ ihn nur kurz allein, um auf die Toilette zu gehen, auf dem Rückweg kam sie an meinem Zimmer vorbei. Ich fragte mit geschlossenen Augen nach Fynn und sie antwortete, er sei nebenan. Irgendwie wusste ich das bereits. Vielleicht hatte mein Unterbewusstsein Gesprächsfetzen auf der Station aufgeschnappt. Dann fragte ich nach Jack und öffnete endlich blinzelnd die Lider. Ich kam gar nicht dazu, mir über die rasenden Schmerzen in meinem Schädel Gedanken zu machen, denn ich sah in Bees Augen, dass etwas nicht stimmte. Dann schüttelte sie langsam den Kopf. Hat dir gegenüber schon jemand den Kopf geschüttelt, Rose?«

Intuitiv wollte Rose mit einem Kopfschütteln auf die Frage antworten. Sie unterdrückte es und antwortete ein heiseres *Nein*.

»Es ist, als würdest du fallen und feststellen, dass du nie wieder Halt finden wirst. Für den Rest deines Lebens wirst du nicht mehr aufrecht stehen, wirst dich immer nur winden und versuchen, diese grässliche Übelkeit nach draußen zu kotzen, aber es geht nicht. Das Gefühl bleibt in dir. Ich war wie paralysiert. Plötzlich stand meine Mutter vor mir. Sie strich mir übers Haar, aber sah dabei über mich hinweg. Ich weiß noch, wie seltsam ich es fand, dass sie nicht jeden Zentimeter meines Gesichts mit dem Blick abtastete, wie sie es früher sogar getan hatte, wenn ich nur vom Klettergerüst gefallen bin. Als wäre ich gläsern. Sie sagte: ›Jonah, mein Schatz‹. Mehr brachte sie nicht heraus. Und ehe ich darüber nachdenken konnte, entgegnete ich: ›Ich bin nicht Jonah‹.

Ich kann dir nicht sagen, warum ich es getan habe. Ich war kopflos, verwirrt, überfordert mit der Situation. Ich befand mich mitten in der ersten Trauerphase irgendwo zwischen Schock und Abstreiten. Ich wollte es nicht wahrhaben. Ich fühlte mich verantwortlich für das, was passiert war. Alles, nur weil ich den verfickten Alkohol trinken wollte. Ich fühlte mich schuldig, weil er tot war und ich lebte. Und außerdem«, er schluckte, »außerdem war es leichter, mich selbst zu verlieren, als meinen Bruder.

Meine Mutter war ebenso wie ich gefangen in Verzweiflung und Überforderung. Sie hat bitterlich angefangen zu weinen und sich Vorwürfe gemacht, weil sie glaubte, ihr eigenes Kind verwechselt zu haben. Sie glaubte, sie hätte sich geirrt und hätte mich anstelle von Jack verloren. Sie hat mich in den Arm genommen. Und dann … dann …« Er vergrub das Gesicht in den Händen und wurde geschüttelt von einem Weinkrampf ohne Tränen. »Sie hat gesagt: ›Ich bin so froh, dass du lebst, Jack‹. Kannst du dir vorstellen, wie das ist, Rose? Sie sagte ›Jonah, mein Schatz‹. Aber als sie dachte, ich wäre Jack, sagte sie: ›Ich bin froh, dass du lebst, *Jack*‹. Sie hat nie gesagt: ›Ich bin froh, dass du lebst, Jonah‹. Verstehst du? Ich bin ihr Schatz, aber Jack sollte leben! Der gute Sohn. Mein Bruder …« Er stieß etwas aus, das klang wie das Stöhnen eines sterbenden Tieres.

»Jack … Jonah?«, flüsterte Rose. »Du weißt, dass sie es so nie gemeint hat. Du hast es selbst gesagt, sie war verwirrt und überfordert …«

»Nicht«, schnitt er ihr das Wort ab. Seine Stimme klang verrotzt. »Das ist jetzt egal. Ich erzähle es dir so, wie es war.«

Rose schwieg.

»Meine Mutter ist zurück zu Fynn gegangen. Sie muss geahnt haben, dass etwas nicht stimmte, aber es war ihr zu dem Zeitpunkt egal. Ihr Jüngster schwebte in Lebensgefahr. Ich konnte gar nicht an Fynn denken. Immerhin lebte er noch. Meine Gedanken waren bestimmt von Jack, der es nicht tat.

Ich hielt es nicht mehr im Krankenhaus aus. Ich entließ mich selbst, ohne irgendwem Bescheid zu geben. Bis auf eine heftige Gehirnerschütterung hatte ich keinen Kratzer abbekommen. Ich glaube, die Kopfschmerzen benebelten meinen Verstand zusätzlich. Erst als ich in unserer Haustür stand – vermutlich hatte mich ein Taxi heimgebracht –, wurde mir klar, was ich getan hatte. Was wollte ich daheim, während mein einziger lebendiger Bruder um sein Leben kämpfte? Ich musste bei ihm sein.

Ich erinnere mich noch daran, wie meine Finger zitterten, als ich die Nummer des Taxidienstes erneut wählte. Ich musste ausgesehen haben wie ein Irrer. Minuten später klingelte es an der Tür. Ich riss sie auf, doch davor stand kein Taxifahrer. Es war die Polizei. Sie brachten uns Jacks Sachen.

Ich saß auf dem Boden im Flur und umklammerte das Bündel wie ein Ertrinkender einen Rettungsring. Keine Ahnung wie lange. Alles brach aus mir heraus, Tränen, Schreie, Wut. Ich bekam nicht mit, ob ein Taxi vorfuhr, um mich abzuholen. Ich saß nur dort und drückte das Gesicht in Jacks Jacke, die nach ihm roch, und seinen Schirm, obwohl der ihm gar nicht gehört hatte. Irgendwann ging die Sonne auf, im Flur wurde es hell. Ich saß in einer Pfütze, die aus Jacks nassen Sachen getropft war. Ich überlegte, ob ich aufstehen sollte, und strich seine Jacke glatt. Dabei fiel Jacks Portemonnaie aus der Jackentasche. Ich starrte lange, lange Zeit darauf. Ich kann dir nicht sagen, was ich dabei dachte, Rose, es waren Gedanken eines Menschen, der durchgedreht war. Ich klappte sein Portemonnaie auf, stahl seinen Personalausweis und steckte meinen eigenen hinein. Ich wartete einige Zeit, prüfte, wie sich mein Entschluss anfühlte. Wartete, ob mir das Ticken der Wanduhr verraten würde, ob es richtig war. Und dann stahl ich sämtliche andere Karten, auf denen sein Name stand. Krankenkasse, Studentenausweis, Fitnessstudioausweis, Treuepunktekarte vom Inder. Ich raubte die Identität meines eigenen Bruders und ich hasste mich dafür. Gleichzeitig linderte es den Schmerz, denn irgendwie verließ Jack mich so nicht ganz. Ich war jetzt er – und ich atmete noch.

Erst dann machte ich mich wie paralysiert auf den Weg zurück ins Krankenhaus. Als ich ankam, befand sich Fynn im OP-Saal. Alles, was ich tun konnte, war, davor zu warten. Als der Oberarzt wieder rauskam …« Er vergrub das Gesicht in den Händen. »Fynn hat es nicht geschafft, okay? Unsere Mutter war bei ihm gewesen, seine Freundin – aber nicht ich. Ich hatte in einem Hausflur auf den Fliesen gesessen und mich selbst bemitleidet, dem es bis auf die Kopfschmerzen, die ich kaum spürte, gut ging. Ich hatte mir lieber eingeredet, ich wäre mein toter Zwilling, während Fynn gestorben war, ohne sich an mir festhalten zu können. Während Fynn gestorben war, weil ich den Alkohol dem Leben meiner Brüder vorgezogen hatte. Während das Leben unserer Mutter in Scherben zerbrach, weil ihr dümmster Sohn es zerstört hatte und als einziger noch lebte.

Meine Mutter kam an diesem Abend spät nach Hause. Ihre Augen waren verquollen und hatten tiefe Ränder. Sie kam in Jacks Zimmer, in dem ich saß, und sagte: ›Ich muss mit dir reden, Schatz‹. Wieder dieses *Schatz*. Natürlich ahnte sie bereits, dass ich nicht Jack war. Womöglich hatte sie kurz daran gezweifelt, aber schon bald hatte sie der Realität ins Auge gesehen. Doch sie hat meinen Spleen auf irgendeine Art und Weise toleriert. Vielleicht, weil sie im Gegensatz zu mir an die besondere Verbindung zwischen Zwillingen geglaubt hatte. Weil sie wusste, dass ich Zeit brauchte, um ihn gehen zu lassen. Ich wollte nicht reden, ließ sie gar nicht erst anfangen, und sie schloss die Tür hinter sich unerträglich leise.

Wir verließen eine Woche lang nicht das Haus. Ich musste so gut wie nie aufs Klo. Wir waren zu zweit und doch immer allein – wir wollten es beide so. Nachbarn und Freunde kamen vorbei, brachten Essen, das wir nicht anrührten, trugen unsere Wäsche aus dem Haus, obwohl wir sie noch hatten anziehen wollen, warfen Müll weg, der uns nicht störte, und lüfteten Räume, obwohl es draußen kalt war und düster. Wir ignorierten sie.

Nach einer Woche hielt meine Mutter es nicht mehr aus. ›Wir müssen miteinander reden, Schatz. Vielleicht auch nicht nur miteinander, wir sollten uns professionelle Hilfe suchen. Ich weiß nicht wohin mit meinen Gedanken, Gefühlen, ich weiß nur, dass Jack mir genau das raten würde, wäre er hier‹. Ich antwortete: ›Ich bin hier‹. Ich weiß nicht, ob ich es als Widerspruch meinte, dass Jack tot war, oder um sie zu erinnern, dass ein Sohn übrig war. Ein Sohn, dem sie die ganze letzte Woche nicht in die Augen gesehen hatte. Nicht mal jetzt sah sie mir in die Augen. Und da kam es wieder, dieses widerwärtige *Schatz*. Sie sagte: ›Ich vermisse deinen Bruder auch. Beide Brüder. Aber wir müssen versuchen, es zu akzeptieren. Jack ist … Fynn …‹ Ihr versagte die Stimme und ihr Gesicht verzog sich zu einer Grimasse, so schmerzerfüllt, und sie schrie. Stumm zwar, aber alles in ihrem Gesicht schrie. Sie stützte sich am Türrahmen ab, erst mit einer Hand, dann mit der anderen. Ihr Rücken sank im Rahmen herab. Sie vergrub das Gesicht in den Händen und ihr Körper wurde geschüttelt von Schluchzern. Und ich stand nur da und tat nichts. Ich konnte sie nicht trösten, weil es meine Schuld war. Ich hatte sie so verletzt. Ich musste hier weg.

›Wohin willst du?‹, fragte sie.

›Keine Ahnung, weg.‹

›Jonah, bitte.‹

›Mein Name ist Jack.‹

Und plötzlich schrie sie wie ein Orkan. ›Hör. Auf! Hör verdammt noch mal damit auf, Jonah! Jack ist tot! Du musst das akzeptieren! *Ich* muss das akzeptieren. Und das ist schon schwer genug, weil du genauso aussiehst wie er und jedes Mal, wenn ich dich ansehe …‹ Sie unterbrach sich und sah mir schockiert in die Augen. Zum allerersten Mal seit einer Woche. ›Es tut mir leid. Oh Gott, es tut mir leid, mein Schatz. Ich meinte nicht …‹ Aber ich schnappte mir nur meinen Rucksack. Als hätte irgendetwas in mir bereits gewusst, was passieren würde, stand er seit einigen Tagen gepackt in der Ecke. Ich drängte mich an ihr vorbei durch die Tür. ›Jonah! Es tut mir leid. *Es tut mir leid!*‹, rief sie, dann fiel die Haustür hinter mir zu.

Ich fuhr blind, einfach dorthin, wohin mein Instinkt mich trug. Ich kam an, wo es mich bis zu jenem Tag in neunzig Prozent aller Fälle hingetrieben hatte: an die Uni. Mir fiel ein, dass ich in einer anderen Welt heute diesen Vortrag gehabt hätte. Eine Gastvorlesung. Wie ferngesteuert stieg ich aus dem Wagen und lief zum Büro meines Vorgesetzten, Professor Michael Tanner. Als er mich entdeckte, sprang er vom Schreibtisch auf. ›Mr Raider … Jonah … Sie hätten nicht kommen brauchen.‹

›Ich wollte es aber. Ich muss‹, erwiderte ich kratzig. Ich hatte meine eigene Stimme über eine Woche keine zwei Sätze hintereinander mehr sprechen gehört.

›Nun gut‹, entgegnete Professor Tanner, lief um den Schreibtisch herum und klopfte mir auf die Schulter. ›Man muss weitermachen, Junge‹, sagte er. ›Du machst das gut‹.«

Jonah schluckte. Professor Tanner war immer gut zu ihm gewesen. Und Jonah hatte ihn enttäuscht. Er hoffte inständig, der Professor hatte die Meute wilder Erstsemester nach seiner Glücksglas-Metapher wieder unter Kontrolle bekommen.

»Ich hielt meinen letzten Vortrag am Lehrstuhl der Psychologie. Wieder im Auto holte ich meinen Rucksack aus dem Kofferraum und kramte nach meinem Handy. Ich hatte einen Plan. Ich schrieb meiner Mutter: *Ich brauche Zeit. Gib mir Zeit, um an sie zu denken.* Danach tippte ich die zweite Nachricht: *Ich hasse dich dafür, dass du sie umgebracht hast. Ich hoffe, du wirst dir nie verzeihen. Nur das wäre gerecht.*

Ich schrieb sie an mich selbst. Aber ich schickte sie an Bee. Wahrscheinlich, weil ich die ganze Schuld allein nicht ertrug und sie teilen wollte. Geteiltes Leid ist halbes Leid, nicht wahr? Ist das nicht so? Ist es nicht das, was Arschlöcher tun, ihr Leid mit anderen teilen?

Ich wusste schon damals, dass es falsch war, aber es war mir gleich. Bee war die Einzige, die mich verstand und die in der gleichen Situation war wie ich. Sie hatte Fynn geliebt.

Ich fuhr raus aus Hamborough. Mitten auf der *Pearly Gates Bridge* machte ich halt, stieg aus und schmiss mein Handy in den Fluss. Dann verfolgte ich meinen Plan. Irgendwo ein paar Hundert Kilometer von Hamborough entfernt an einer Tankstelle kaufte ich ein Prepaidhandy, zwölf Donuts und ein Notizbuch. Ich saß in meinem Auto auf dem Rastplatz, die Knie hinters Lenkrad geklemmt, und legte eine Liste an. Ich nannte sie *Top Ten Orte* und machte mich auf den Weg.

Ich reiste, um zu vergessen – und um nicht zu vergessen zugleich. Ich fuhr zwei Tage durch wie ein Irrer und schlief zwischendurch auf zurückgeklapptem Fahrersitz. Als Erstes besuchte ich die *Space Needle*, weil Jack, Fynn und ich als kleine Jungen mit unserem Vater da gewesen waren. Dort gedachte ich meiner Brüder. Ich kletterte auf die Buchstaben auf den *Hollywood Hills*, weil wir an einem sturmfreien Abend zu dritt den Film *Freunde mit gewissen Vorzügen* geschaut hatten. Jeder ein Bier in der Hand, die Beine auf dem Schoß des anderen, über der Rückenlehne oder der Armstütze. Wir hatten lamentiert, wie langweilig unser Leben war und dass wir eigentlich genau jetzt losfahren sollten, um auch auf dem Hollywood-Schriftzug zu sitzen und unser Bier dort auszutrinken.

Die Reise dauerte fast fünf Monate. Fünf Monate, an denen ich sie im Geiste jeden Tag aufs Neue beerdigte. An jedem Ziel machte ich ein Foto und schickte es an Bee, deren Nummer ich als einzige in das Prepaidhandy eingespeichert hatte, obwohl ich sie auch auswendig kannte. Immer schrieb ich etwas dazu, das ich eigentlich an mich selbst adressierte. Sätze wie: *Meine Theorie: Das Einzige, was ein Mörder verdient, ist der Tod. Was meinst du?*

Es war leichter, es mit Bee zu teilen. So wie es leichter war, in Jacks Haut zu leben als in meiner eigenen. Es war, als könnte ich gegen die ersten Fasern des Vergessens ankämpfen, die sich schon durch meine Erinnerungen webten. Jetzt, wo es drauf ankam, war es auf einmal unheimlich schwer, mir sein Gesicht vorzustellen, obwohl es aussah wie meines. Immer wenn ich meinen Ausweis vorzeigen musste, nutzte ich deshalb seinen. Weil Jacks Konto gut gedeckt war, sponserte er mir meinen Trip. Irgendwie fand ich das nur fair. Was verpisste er sich auch einfach von diesem Erdball?

Am vorletzten Ziel schickte ich Bee ein Foto. Es waren die *Hamborough Falls*. Ich erinnere mich an die Nachricht Wort für Wort: *Weißt du, was Fynn mir erzählt hat? Eines Tages wollte er dir einen Heiratsantrag an den Hamborough Falls machen. Ich wünschte, er hätte es gekonnt.*

Diese Nachricht war anders. Traurig, aber so was wie ein Friedensangebot. Das Eingeständnis, dass ich sie nicht hassen konnte, weil Fynn sie geliebt hatte. Dass ich gewollt hatte, dass sie und Fynn zusammen waren. In meinem kranken Hirn ergab das Sinn. Ich setzte mich etwas abseits der Felsen an die Wasserfälle und wartete, ob Bee auftauchen würde. Schließlich hatte ich ihr mit dem Foto meinen Aufenthaltsort verraten. Aber Bee kam den ganzen Tag nicht.

Ich lag in meinem Zelt, in dem ich häufig übernachtete, als mein Handy am nächsten Tag klingelte. Bis dahin hatte Bee mich noch nie angerufen. Sie war es auch diesmal nicht. Am anderen Ende der Leitung hing Robin, ihr Bruder. Du weißt, was jetzt kommt, oder, Rose?«

Jonah hatte so lang geredet, dass sie einen Augenblick brauchte, um zu verstehen, dass er sie ansprach. »Nein«, keuchte Rose, obgleich sie es wohl tat.

Bee war tot.

Robin hasste Jonah.

Jonah hatte eine Frau ermordet …

»Robin wusste bereits, dass die Nummer mir gehörte. Er hatte die Nachrichten an Bee gelesen. Alle. Und er rief an, um mir mitzuteilen, dass … dass sich Bee das Leben genommen hatte. Meinetwegen. Das ist jetzt knapp drei Monate her.« Jonahs Tränen vermischten sich mit dem Rotz, eine einzige feuchte Masse, die sein Gesicht herunterrann. Es war so was von egal. »Ich habe sie umgebracht. Bee hat die Schuldgefühle und die Trauer um Fynn nicht ertragen. Und meine Nachricht an den *Hamborough Falls* war es, die sie die tödlichen Medikamente schlucken ließ. Ich habe sie in den Tod getrieben, Rose, weil ich sie zum Ventil meiner Wut gemacht habe. Ich habe sie zum Suizid angestiftet mit meinen Nachrichten. Ich war so verflucht dumm! Sie hatte niemandem davon erzählt. Robin hat die Mitteilungen erst auf ihrem Handy gefunden, da war sie schon nicht mehr da. Sie hat sich geschämt. Sie hatte … Ich wollte das nicht. Scheiße, ich hab das nicht gewollt! Natürlich wollte ich gemein sein und ein hässlicher Teil von mir hat sich gewünscht, dass sie ihre Schuld nicht vergisst. Dass sie sie fühlte, wie ich jeden Tag, und sich nicht damit rausredete, dass es ein Unfall war. Aber das … Ich hatte diesen Ausgang nicht einkalkuliert. Ich wollte verletzen, nicht umbringen. Ich hatte nicht damit gerechnet, dass Bee es so aufnehmen würde, wo doch jeder wusste, dass es meine Schuld war, *meine*. Hätte ich nicht getrunken und wäre gefahren, wäre all das nie passiert. Ich … *Ich* war das alles. Bee ist … sie war …«

Plötzlich wurde Jonah ganz still. Das Schluchzen und Schlucken und Stöhnen, die Worte, alles verschwand so urplötzlich, dass Rose auffuhr. Als Jonah weitersprach, war da nichts Menschliches mehr. Wie ein Roboter, der ein Textdokument vorlas.

»Ich erinnerte mich an meine allererste Nachricht an Bee. Und da wusste ich, was zu tun war. Ich lief wie ferngesteuert zu einem Busbahnhof und fuhr raus aus der Stadt. Irgendwo in Port Orchard saß ich die gesamte Nacht in einem 24-Stunden-Diner und dachte darüber nach, ob ich mich auf der Stelle umbringen sollte. Im Morgengrauen ging ich in eine Bar und begann, mich zu betrinken. Als ich rausflog, flossen die ersten Tränen und schwemmten den Alkohol aus meinen Venen. Ich nüchterte auf einer Parkbank aus wie ein Obdachloser und machte mir nicht mal die Mühe, mein Zelt aufzuschlagen oder mir ein Hostel zu suchen. Am nächsten Morgen hatte ich meinen Entschluss gefasst. Ich kramte mein Notizbuch hervor. Hinter *Top Ten Orte* schrieb ich *zum Sterben*. Ich tippte meiner Mutter eine SMS: *Ich liebe dich. J.* Damit war alles gesagt und ich begab mich erneut auf den Weg.

Die gleiche Reise ein zweites Mal zu erleben, diesmal mit dem Ziel, den besten Ort zum Sterben zu finden, hatte etwas Meditatives. Niemand kann das nachvollziehen, der nicht in meinem Kopf steckte zu diesem Zeitpunkt. Wenn du am Boden bist, ergeben andere Sachen Sinn, als wenn du aufrecht stehst. Kriechen zum Beispiel.

Ich wollte mich als Hommage an Bee an einem Ort umbringen, der ihrer würdig war und dem Tod meiner Brüder. Der Ort musste perfekt sein, um ihr mein Leben zu schenken, da ich ihres genommen hatte. Und ich wollte es machen wie sie. Bee hatte sich ein letales Medikament besorgt, mit dem Menschen bei einem Schweizer Freitodhilfeverein schmerzlos und legal in den Freitod gehen dürfen. Ich hatte es online gelesen. Ich bestellte mir das Barbiturat im Darknet und ließ es zu einer Packstation liefern. Alles war vorbereitet. Für den Tag meines Ablebens hatte ich eine E-Mail an die Polizei und meine Mutter entworfen, damit mein Körper innerhalb eines Tages gefunden werden kann. Das ist wichtig für die Konservierung bei Körperspenden, die ich Jack zu Ehren leisten wollte. Er hätte es so gewollt, wäre sein Ausweis am Unfallort gefunden worden. War er aber nicht. Stattdessen hatte ich den Ausweis unter seinen EC-Karten entdeckt und eingesteckt. Nun wollte ich dafür sorgen, dass er seinen Zweck erfüllte. Jack hätte da Wert drauf gelegt als Biologiestudent – das war übrigens sein Fach, nie meins. Ich habe Psychologie und Medizin studiert, aber nie Bio. Dieser Teil gehörte zu Jack.«

»Wie soll das funktionieren?«, flüsterte Rose, ihr Hals war zugeschnürt. »Wie sollen sie deinen Körper finden, wenn du die Wasserfälle runter … aus der Höhe … oder die Brücke …«

»Ich habe nie behauptet, springen zu wollen, Rose. Das hast du gesagt. Es geht mir um den perfekten Ort zum Sterben. Ich habe das Barbiturat. Alles, was ich tun muss, ist, es zu schlucken. Ich schlafe innerhalb weniger Minuten ein und sterbe. Ob auf dem Vorsprung der Brücke, auf der Klippe über den Falls, Hauptsache am perfekten Ort. Mit einem intakten Körper, frei von Mängeln für die Forschung.«

»Das ist …«

»Ich weiß«, fuhr er scharf dazwischen. »Aber darum geht es nicht.« Und Jonah fuhr fort.

»Ich ahnte, dass sich das Reisen nicht mehr so einfach gestalten würde, nun, da man nach mir als Mörder fahndete. Das fand ich durch eine Googlerecherche in einem Internetcafé heraus. Ich fand außerdem heraus, dass sie die Fahndung nicht nach mir ausgeschrieben hatten, sondern nach Jack. Sie hatten durchschaut, dass ich seinen Namen missbrauchte. Gegenüber der Öffentlichkeit ergab es Sinn, den Namen anzugeben, unter dem ich reiste. Ich hasste mich dafür, dass sie seinen Namen meinetwegen durch den Dreck zogen.

Die ausländischen Orte meiner *Top-Ten-Liste* hatte ich schon auf meiner ersten Reise besucht, bevor sich Bee umgebracht hatte. Flugreisen waren fortan undenkbar. Daher bereiste ich auf meiner zweiten Tour nur die amerikanischen. Dabei wurde mir etwas klar. Vom ersten Tag meiner Reise an, seitdem ich den Vorlesungssaal, Professor Tanner und das Fakultätsgebäude hinter mir gelassen hatte, hatte ich unterbewusst mit Suizidgedanken gespielt. All die Zeit hatte ich versucht, mit mir selbst auszumachen, ob ich den Verlust verkraften konnte oder nicht – aber ich war nicht entschlossen genug für den letzten Schritt gewesen. Mittlerweile verschuldete ich mehr als den Tod zweier Menschen. Ich litt nicht nur unter einem schweren Schicksalsschlag – ich hatte das Schicksal selbst gelenkt. Auf eine ganz und gar abscheuliche, unverzeihliche Weise. Sie sind alle drei tot. Und das kann ich nicht verkraften. Definitiv nicht.

Ich besuchte sie alle, die *Space Needle, Daeley Plaza, Golden Gate*, die *Hollywood Hills*. Ich verlieh ihnen Platzierungen, korrigierte das Ranking an jedem Ort neu. Platz eins erhielten die *Hamborough Falls*, die ich als Vorletzte geprüft hatte. Gestern.« Jonah holte tief Luft. »Ich habe dir erzählt, ich hätte diese Entscheidung getroffen, weil ich hierhergehörte. Das ist nicht wahr. An den *Falls* hatte meine Reise begonnen.« Das Rauschen und Tosen der Wellen und Fluten drang zurück in Rose' Bewusstsein. Sie hatte sie in der letzten Stunde völlig ausgeblendet und spürte, wie sie langsam ins Jetzt zurückglitt. »Hier habe ich Bee die letzte Nachricht geschickt. Die allerletzte. Genau hier. Da, wo du sitzt, Rose. Ich habe die Buchstaben getippt und nicht einen Moment überlegt, was sie anrichten würden.

Die *Pearly Gates Bridge* war das letzte Ziel meiner Reise. Ich steuerte sie nach den *Falls* an, das war gestern Abend. Ich hoffte, dass sie eine noch bessere Bewertung erhalten konnten. Die Aussicht war perfekt. Ich verbesserte ihre Bewertung trotzdem nur auf den zweiten Platz, denn mich verband nichts mit ihr. Ich machte mich also auf den Weg zu den *Falls*, zählte die Schritte, meine letzten Minuten.

Und dann kamst du um die Ecke. Ich befürchtete, du könntest eine verkappte Springerseele sein und wir trafen aufeinander. Du bist in mein Leben gestolpert. Hast versucht, mich zu überreden, nicht zu springen. Was ich nie vorhatte.« Jonah hielt inne. Er stellte fest, dass sich seine Lunge seltsam eingeschnürt anfühlte, und atmete langsam aus. Etwas in seiner Brust löste sich. Er zog die Nase hoch, wischte über seine Wangen, auf denen die Tränen bereits getrocknet waren.

»All das«, wisperte er und seufzte. »Das ist meine Geschichte, Rose. Was hältst du davon? Was hältst du von mir?« Sie antwortete nicht. »Ich dachte, die Geschichte zu erzählen, würde mich vor Kummer umbringen. Und jetzt? Will ich trotzdem leben. Trotz all dem. Deinetwegen. Ist das verrückt? Was denkst du?«

KAPITEL 41

Und. Ich. Dich.

NOCH 1 STUNDE UND 32 MINUTEN

Über-
for-
de-
rung.

Ein Wort, das viel zu mechanisch klang, zu rational für das, was es mit Menschen machte. Überforderung sollte Gefühlssturm heißen.

Oder Gedankenkrieg.

Oder Seelenkampf.

Manche Dinge waren zu heftig, um sie rational zu verarbeiten. Manchmal mussten wir reagieren, ohne zu wissen, was gerade passiert war. Unsere Entscheidungen ergaben sich dabei nicht aus Argumenten, sondern aus tiefstem Instinkt. Vielleicht waren gerade deshalb meist diese Entscheidungen so richtig.

Rose stieß sich vom Baum ab und krabbelte über den piksenden Waldboden rüber zu Jonah. Er war an dem Baumstamm herabgesunken, als wäre sein Oberkörper von Patronen durchlöchert. Ähnlich fühlte es sich an. Zwischen seinen halb gespreizten Beinen blieb sie knien und hob ihre zitternden Hände. »Nicht«, flüsterte er wie aus einem anderen Universum und sie verharrte wenige Millimeter über seiner Haut. Bis Jonah sie entgegen seiner eigenen Worte doch mit einem Arm an sich drückte. Die Hand des anderen Arms presste er über ihre Finger an sein

Gesicht. Sie waren warm und zogen den Schmerz aus seinen Adern. Er sog die Luft ein und der Sauerstoff floss bis in seine Zehenspitzen. *Frei.* Nichts drückte auf seiner Brust. Er konnte atmen. Jonah wagte es noch einmal und erneut blockierte ihn nichts. In seinem Rücken kratzte nur die Baumrinde. Die Dunkelheit blieb fort.

»Hallo«, hauchte er in Rose' Hände, seine Stimme verschwand in ihren Lebenslinien. »Ich bin Jonah.«

»Hi«, wisperte Rose erstickt zurück und schlang die Arme um seinen Hals.

Da war er wieder, der Klammergriff um alles, was ihn am Leben hielt, Herz, Lunge, Verstand. Aber diesmal war es anders. Jonah versteifte sich erst, aber dann zerfloss er unter ihrer Umarmung. Behutsam legte er die Arme um ihren bebenden Körper, ihre Hände glitten auf seine Brust und verhärteten sich zu Fäusten. Er inhalierte den Duft ihrer Haare, sog ihn bis in seine Seele. Wieso war das so gut?

Er schloss den Griff fester um sie, so wenig Luft wie möglich sollte ihren Körper berühren, denn er war eifersüchtig auf die Luft, oh, er hasste die Luft. Hasste alles und jeden, das Rose berührte, wenn nicht er selbst. Seine Lippen streiften ihre Schläfe und ein Schauder durchzuckte sie. Er war süchtig nach ihr. Ja, das würde es sein. Süchtig nach ihr und ihrer bittersüßen Stimme, die so nervige Worte formte, ihn forderte; nach ihrem Gesicht, in dem mehr passierte als in einer Zirkusmanege; ihrem Körper, der alles wollte, nur nicht verführerisch sein, und deswegen genau das war. Süchtig, aber nicht wie nach Drogen. Mehr wie nach Wasser.

»Es tut mir so leid«, flüsterte sie immer wieder, »es tut mir so leid.«

Sie streckte ihm ihr tränenüberströmtes Gesicht entgegen und sein genauso nasses bewegte sich vor. Sanft stieß er mit der Stirn an ihre, schloss die Augen und lehnte sich an. Ein komisches Gleichgewicht, zwei, die ohne einander zusammenbrechen würden nach allem, was sie durchgestanden hatten.

Er umklammerte Rose noch enger, aber es war nicht genug. Seine Hand fuhr an ihren Hinterkopf, schützte sie, *es war nicht genug.* Nichts war nah genug. Am liebsten würde er in sie reinkriechen, in ihre Haut schlüpfen, bei ihr sein.

In ihr sein.

Scharf zog Jonah die Luft ein, als sich Bilder in seinem Kopf formten, ehe er sie aufhalten konnte. Gleichzeitig spürte er Rose' Finger, die seine Brust runterrutschten, am Saum seines T-Shirts fummelten und die Haut unterhalb seines Bauchnabels streiften. Nein, das ging nicht. Oder? Das ging nicht. Er hatte ihr gerade erzählt …

Er hatte …

»Ich will nicht länger getrennt von dir sein«, wisperte Rose. »Es ist irgendwie alles … zu viel.« Ja, das war es. »Jeder Zentimeter ist zu viel. Ich will …« Sie zögerte.

»Was, Rose?«, raunte Jonah. Ihre nackte Hand lag auf seinem Bauch und er gab sich gar keine Mühe, sein Zittern zu unterdrücken. Seelisch war er eh schon splitterfasernackt. Was kümmerte ihn da noch, ob sie seine Verzweiflung sah, seine Unsicherheit oder sein … Verlangen. Das war es. Sie musste es spüren, denn sie saß an ihn gepresst zwischen seinen Beinen. Im Gegenzug fühlte er ihre Nervosität an ihrer Kurzatmigkeit und ihrem bebenden Körper.

»Ich will …«, flüsterte Rose.

»Ja?«

»Ich will dich, Jonah.«

Und ich denke, ich liebe dich, flüsterte Jonahs innere Stimme, doch er sprach es nicht aus. Die Worte klemmten in seinem Mund fest. Zu sperrig, um freigelassen zu werden, nicht in der richtigen Form, um durch seine Lippen zu passen. Ein Gedanke kämpfte sich in den Fokus seiner Aufmerksamkeit. Einer, von dem Jonah geglaubt hatte, er wäre längst auf der Strecke geblieben.

Etwas stimmte nicht.

Oh nein, bitte nicht jetzt. Die Stimme wollte nicht schweigen. Aber was, *was* zur Hölle gab es, das Jonah noch nicht gesagt hatte? Jeder beschissene Zentimeter seiner Seele lag blank. Sein inneres Glücksgefäß lag in Abermillionen Splitter zerbrochen auf dem Boden, es kümmerte Jonah nicht. Würde er eben kein Glück speichern. Würde er es einfach jedes Mal aus dem Duft ihrer Haare saugen, aus der sanften Rundung ihrer Schultern, wenn er welches brauchte. Dafür hatte er sie gefunden, nicht wahr? Sie war sein neuer Glücksspeicher.

Etwas stimmte nicht.

Nur was? Was?

Jonahs Gesicht verharrte über ihrem. Da kam ihm ein Geistesblitz. »Was ist …« Er stockte. »Was ist mit deinem Freund?«

»Es gibt keinen.«

»Dieser Typ, Tom … Und der Kerl auf dem Konzert.«

Rose stieß sich einen winzigen Fingerbreit von ihm ab, Jonah spürte es wie einen Dolchstoß.

»Hey«, murmelte sie. »Ich sagte, da ist niemand. Keith weiß nichts über mein Liebesleben. Ich habe gesagt, ich bringe meinen Freund mit, damit Tom sich keine Hoffnungen macht. Er ist der Beste, aber nur ein Freund.«

Jonah hatte die Luft angehalten und atmete nun geräuschvoll aus.

»Glaub mir. Es gibt keinen«, beharrte Rose. Und hielt inne. »Na ja. Einen.«

Jonah sah auf. Ihr Blick antwortete auf die Gedanken, die Jonah sich nicht getraut hatte auszusprechen und die auch ihr nicht über die Lippen kamen.

Und.

Ich.

Dich.

Genau so, mit den Punkten dazwischen, eindringlich und irgendwie verzweifelt, als hätte sie Angst, er könnte ihre Bedeutung missinterpretieren. Aber Jonah verstand.

Im selben Moment, als ihre Hand unter seinem Shirt nach oben wanderte, überwand auch Jonah die letzten Millimeter, die seine Haut von ihrer trennte. Seine Hände fuhren unter ihr Oberteil, glitten die Kurven ihrer Taille entlang. Als er ihre Gänsehaut unter den Fingern spürte, erschauderte er. Ihr Kopf sank auf seine Schulter.

»Bitte«, flüsterte sie in seiner Halsbeuge. Augenblicklich griff er ihre Taille und zog sie ein Stück höher zu sich auf den Schoß. Ihre ungleichmäßigen Atemstöße brachten sein Herz zum Rasen. Rose' zweite Hand zupfte zögerlich am Saum seines Shirts. Verblüfft sah Jonah sie aus geweiteten Augen an: Er war schon mit so vielen Mädchen zusammengewesen. Aber so etwas hatte er nie zuvor gespürt. Er nickte kurz, da sie ihm auch die Sprache verschlug, und ihre zitternden Finger schoben sein schwarzes Shirt Zentimeter für Zentimeter nach oben.

Sie hielt den Atem an, als sich die Muskelstränge seines Bauches einer nach dem anderen entblößten. Sie wusste, Jonah beobachtete ihr Gesicht, während sie zum ersten Mal seinen nackten Körper ansah. Doch sie konnte nicht aufsehen. Einen Blick in seine Augen würde sie nicht aushalten. Das Shirt spannte um seine Brust und Rose zog es darüber, automatisch hob Jonah die muskulösen Arme über den Kopf. Einen wunderbaren Moment lang, als sie das Shirt über sein Gesicht zog, hatte sie ihn ganz für sich. Diesen vollkommenen Mann, dessen Hülle so makellos und rein war und dessen Inneres zerrüttet, weshalb sie ihn, so attraktiv er auch war, noch lieber innen berühren würde als außen. Sie streifte das Shirt über seinen Kopf und seine Arme, er warf es achtlos ins Dickicht, ohne seinen Blick von ihr zu wenden.

Da saß er nun vor ihr, in jedem Sinne entblößt. Sie legte die Hand so sacht wie möglich auf seine Brust, spürte sein Herzjagen. Auch wenn es mehr zum Ausziehen gegeben hätte, war die Intimität schon jetzt so intensiv, dass Rose nicht wusste, ob sie mehr als das ertragen könnte.

Entweder ging es Jonah ähnlich oder er spürte ihr Zögern. Langsam beugte er sich vor und beruhigte sie, indem er ihre Lippen mit seinen schloss. Er schmeckte das Salz ihrer Tränen, die wieder zu fließen begonnen hatten, und seine eigenen mischten sich dazu. Rose umschlang seine Hüfte mit den Oberschenkeln, klammerte sich an ihn und berührte ihn überall. Arme, Nacken, Brust. Sie strich seinen Bauch hinab, während ihre Lippen mit Küssen zu kämpfen schienen, als würden sie den Gefühlssturm in sich endlich freilassen.

Ihre Hände stoppten kurz über seinem Hosenbund, Jonah schien das Stöhnen in seiner Brust nicht länger zurückhalten zu können. Er knurrte an ihren geschwollenen Lippen, sodass es in Rose' Bauch zu kribbeln begann. Plötzlich spürte sie seinen Griff an ihren Handgelenken. Vorsichtig führte er ihre Hände und sie ließ ihn gewähren. Er wusste genau, wo er sie haben wollte, und legte ihre rechte Hand vorsichtig ab. Rose ertastete den Hosenknopf unter ihren Fingern, den gewölbten Reißverschluss, die Naht. Sie hielt inne und blickte in Jonahs glasige Augen, die nichts anderes mehr sahen als sie.

»Du glaubst, ich bin in deinem Strudel gefangen?«, wisperte Rose. Sie bemühte sich, die Finger still zu halten, während sie in seinen Augen versank. Es gelang ihr nicht, sie bebte.

»So tief, dass du nie wieder zurück an die Oberfläche finden wirst«, antwortete Jonah, wie er es schon einmal getan hatte. Sie hörte den Zweifel in seiner heiseren Stimme. Zweifel und Angst.

»Nun …« Rose' Finger zuckten. Daran, wie sich Jonahs Augen kurz weiteten, erkannte sie, dass er es bemerkt hatte. »Ich hoffe, du hast recht.«

Ein erleichtertes Seufzen fuhr über Jonahs Lippen, die sich zu einem atemberaubenden Lächeln formten. Er verschränkte die Hände in ihrem Rücken und zog sie an sich, lehnte sich erneut mit der Stirn an ihre. Er wollte so viel sagen. Sie musste so viel über ihn wissen. Doch das Chaos in seinen Gedanken wollte sich nicht lichten. Vielleicht brauchte es das auch gar nicht.

»Rose«, raunte er und fuhr mit den Händen über ihre zierlichen Glieder. »Rose.«

Sie lächelte. »Ich weiß. Ich auch«, und machte sich mit vor Aufregung zitternden Fingern daran, die Knöpfe zu öffnen.

Sie zogen sich aus. Die Jeans, ihr Shirt, den Rock. Jonahs Herz drohte aus seiner Brust zu platzen, als Rose das Höschen über ihre atemberaubenden Beine streifte, vorbei an jenem Muttermal, das er nun endlich betrachten durfte. Es hatte die Form eines kleinen Sterns.

Irgendwie schaffte es Jonah, aus ihrer Kleidung eine Unterlage zu formen, ohne von Rose zu lassen, und sie darauf zu betten. Sie. Das Mädchen, das auf seine so unvollkommene Art perfekt war, dass es die vierundzwanzig Jahre Warten wert gewesen war. Gott, er würde hundert Jahre auf sie warten, tausend!

Sie schliefen miteinander. Langsam, verzweifelt, erlösend. Sie hielten einander fest. Und dann trieben ihre Atemzüge einander wieder an. Langsam und voller Hingabe, als wäre die Zeit stehen geblieben, kosteten sie jede Faser Zweisamkeit aus. In ihr sein fühlte sich an, wie immer wieder versprochen zu bekommen, dass jemand ihn hielt, wieder und wieder und wieder und wieder. Wie füreinander bestimmt.

Sie glitten auf einen Ort zu, der nicht auf dieser Welt lag, einen Ort, wo es nur sie gab.

Rose näherte sich der Schwelle, ihr Herz quoll bald über. Als sie die Grenze übertrat, riss sie Jonah mit sich.

Haltlos stürzte er hinter ihr her, die Gefühlswellen rollten über ihn, überwältigten ihn. Die Welt hob sich aus den Angeln, die Erde unter ihm erschütterte und Jonah ließ es einfach geschehen.

KAPITEL 42

Schuld

NOCH 12 MINUTEN

Rose und Jonah lagen auf dem Waldboden wie Seesterne, Arme und Beine von sich gestreckt, nur ihre Fingerspitzen berührten sich. Eine dünne Schweißschicht überzog ihre Körper, sie trugen nichts als Unterwäsche. Durch die Baumkronen schimmerte rötlich die Abendsonne.

»Woanders fallen Kometen vom Himmel«, murmelte Rose in die Stille. »Und hier liegen wir.« Sie wandte den Kopf zu Jonah. Die Pflanzen und Äste unter ihr piksten durch den Stoff ihrer Kleidung in ihre erhitzte Wange.

Jonah blickte weiterhin gen Himmel und fragte: »Wie meinst du das?«

Sie zuckte die Schultern. »Keine Ahnung. Es kam mir in den Sinn. Ich stelle mir vor, wie woanders Kriege geführt werden, Teller fliegen gegen Wände, Ärzte kämpfen um Leben, Protestaktionen geraten außer Kontrolle. Die Welt ist ein Chaos. Und wir liegen hier so … still.«

»Meine Welt ist auch chaotisch. Und sogar im Krieg finden die Menschen zwischendurch Zeit für … Sex.«

»Du hättest auch Liebe sagen können«, entgegnete Rose, bemüht, sich ihre Verletzung nicht anmerken zu lassen. Sie wandte den Blick ab. »Aber du hast dich für Sex entschieden.«

»Ja.«

»Weil es rationaler klingt?«

Jonah zögerte. »Ja.«

»Ich muss dich leider enttäuschen, Sturkopf«, flüsterte sie und rutschte auf ihrem Bett aus Kleidern näher an Jonah. »Das gerade war nicht im Geringsten rational.«

»Stimmt.« Er drehte den Kopf, sodass sie Nasenspitze an Nasenspitze lagen. »War es denn Liebe?«

Sie lächelte und fuhr mit den Fingern seinen Kiefer entlang. »Ich würde sagen, es war ein geglücktes Experiment.«

Er zog die Augenbrauen hoch. »Scheiße. Ich hab's gewusst. Du wolltest die ganze Zeit schon nichts als meinen Körper.« Rose kicherte. »Da warst du ja gerade noch rechtzeitig.«

Ihr Kichern verwandelte sich in eine traurige Grimasse. »Was war das eben?« Sie schluckte. »Ein Abschied oder Neubeginn?«

Puh. Er blies geräuschvoll die Luft aus. »Ich weiß es nicht.«

»Willst du wissen, was ich glaube?« Sie tastete nach seiner Hand. Ihre Finger verschlangen sich mit seinen.

»Hm.«

»Es war mein Schicksal«, Rose schluckte, »mich in dich zu verlieben. Wir gehören zueinander, Jack, irgendwie. Und all das hier wäre total sinnlos, wenn du in den nächsten paar Stunden einen Todescocktail einwerfen würdest.«

»Mein Name ist Jonah.«

»Ob Jack oder Jonah ist mir egal«, entgegnete Rose und drückte seine Hand. Sie rollte auf die Seite. »Wie auch immer du heißen magst, *das* hier macht dich aus.« Sie pikste ihm in die Brust. »Nicht dein Name. Wir wissen doch beide, dass du weiterleben willst. Du musst es nur zulassen.«

Mit einem Mal zerrte er seine Hand aus ihrem Griff, sprang auf und klaubte seine Jeans aus dem Unterholz. Als könnte er sich nicht schnell genug von ihr abschotten, stieß er seine Füße durch die Hosenbeine.

»Du erwartest zu viel, Rose.« Er riss den Hosenbund nach oben und friemelte in Windeseile den Knopf durch die Lasche. »Wir kennen uns nicht mal einen Tag. Du kommst daher und stellst eine Entscheidung infrage, die ich vor Monaten getroffen habe. Du stellst mein Leben auf den Kopf, deinetwegen werden meine Albträume wahr, ich sehe Richard und Emma und Robin und dazu forderst du …«

»Du hast Angst.«

»Was, vor dir?«

»Vor deinen Gefühlen.«

»Scheiße, nein.«

»Dann fällt es dir leicht, zuzugeben, dass du dich in mich verliebt hast?«

Jonahs Ärger verpuffte auf einen Schlag. Er sah zu ihr hinab, sein wunderschönes Mädchen, das an einem Baumstamm lehnte und zögerlich in sein Oberteil schlüpfte. Auf einmal wirkte sie unsicher und verletzlich. *Sie* war es, die Angst hatte.

»Nein«, hauchte er mit kratziger Stimme und räusperte sich.

»Das heißt, du empfindest nichts für mich?«, hakte sie nach, das Wackeln in ihrer Stimme unüberhörbar. Sie verlagerte das Gewicht im Sitzen von links nach rechts und zog sich den Rock über die Hüften. Das Muttermal verschwand unter den Stoffwellen.

Jonah schluckte, wandte sich ab. Raufte sich die Haare und ließ sich schlussendlich neben ihr ins Gras auf die Knie fallen. Scheiße, verdammte! Er umklammert sie, drückte das Gesicht in ihre Haare und inhalierte jede Duftnote, die er heraussaugen konnte.

»Eventuell schon.«

»Dann bleib bei mir.«

»So einfach ist das nicht.«

»Aber es läuft darauf hinaus. Kürzen wir die Sache ab.«

»Nein, Rose.« Er nahm sie bei den Schultern und schob sie sanft von sich. »Versteh doch: Ich habe den Tod dreier Menschen, die ich einmal geliebt habe, zu verantworten. Bee hat sich meinetwegen umgebracht, die Polizei sucht nach mir …«

Rose atmete tief durch. »Okay.«

»Okay?«

»Du weißt, ich muss das jetzt tun.«

»Was tun?«

»Dich deiner Illusionen berauben, hinter denen du dich so wunderbar verstecken kannst.« Jonah rümpfte die Nase und ließ sich gegen den Baum sinken. Rose begab sich auf die Knie und knetete ihre Hände im Schoß. »Ich weiß gar nicht, wo ich anfangen soll.«

»Vielleicht bei den Illusionen, hinter denen ich mich deiner Meinung nach verstecke.«

Sie schüttelte den Kopf. »Nein. Noch vorher. Weißt du, Jonah … Manchmal ist es einfacher, sich die Schuld zuzuschreiben, als etwas zu verzeihen, von dem man meint, man hätte es verhindern können.«

»Komm mir nicht mit diesem Psychopalaver.«

»Dann eben geradeheraus.« Rose faltete die Hände im Schoß und korrigierte ihren Sitz auf ihren Fersen. »Bee hätte sich so oder so umgebracht. Du bist nicht allein für ihre Entscheidung verantwortlich.«

Jonah zuckte zusammen, seine Kiefermuskeln verspannten sich. Das Terrain, das sie betrat, war so was von tabu. *Area 51* der verbotenen Worte. Er würde nichts auf Bee kommen lassen. Nicht einmal Rose, die beschwichtigend die Hände hob.

»Lass mich ausreden. Du hast mir erzählt, dass Bee dieses Barbiturat eines Schweizer Freitodvereins geschluckt hat. Um dahin zu gelangen, muss sie unheimlich viele Schritte durchlaufen haben. Sie musste sich darüber informieren, Optionen abwägen, die Entscheidung treffen für einen Suizid ihrer Wahl. Musste eine Möglichkeit finden, das verbotene Medikament zu bestellen, musste auf die Lieferung warten …«

»Stopp.«

»… die Lieferung annehmen und das Mittel schlucken. Es war keine Kurzschlussreaktion. Sie hat alles geplant.«

»Fuck, Rose!« Als er merkte, dass er von ihr wegstürmte, hielt Jonah an und drehte sich um. Er stand bestimmt zehn Meter von ihr entfernt zwischen den Bäumen und hatte keine Ahnung, wie er dahin gelangt war. »Scheiße! Warum tust du das?«

»Damit du es endlich *siehst*, Jonah.« Sie sprang auf und rauschte ihm entgegen. »Das alles ist grausam, ja, und deine dämlichen Nachrichten haben ihren Schmerz mit Sicherheit nicht gelindert. Du warst dumm, so richtig dumm. Aber du hast nie gewollt, dass sie allem ein Ende setzt. Genau genommen hast du dir sogar die ganze Zeit gewünscht, sie wäre an deiner Seite und würde mit dir um Fynn und Jack trauern. Sonst hättest du nicht bei jeder Gedenkstätte an sie gedacht und ihr geschrieben. Ist es nicht so?«

Ein Schrei so markerschütternd zerriss die Eintönigkeit des rauschenden Flusses, dass Rose dachte, etwas in ihr musste sterben. Jonah brach zwischen den Bäumen und Felsen zusammen. Endlich hatte Rose den

Punkt getroffen, wo es wehtat. Er hatte Bee geliebt. Auf irgendeine Art hatte er sie geliebt.

Vorsichtig stellte sich Rose an seine Seite und griff nach seiner Hand. Sie fühlte sich kraftlos an, wie ein eiskaltes Stück Fleisch. Rose erschauderte. »Du bist nicht schuld«, murmelte sie wieder und wieder. »Es war ihre Entscheidung. Du warst dumm, aber du bist nicht schuld.«

Der Himmel hatte sich lila gefärbt, als Jonah den Atem wiederfand. Seine Augen waren winzig und rot gerändert. Jeder andere Mensch in dieser Situation wäre einfach umgefallen, hätte man ihn auch nur angepustet, dachte Rose. Aber nicht Jonah. Er saß aufrecht wie ein Felsen, die Arme um die Knie geschlungen, als würde er lediglich eine Trinkpause beim Footballtraining machen und jeden Moment wieder auf das Feld stürmen. Wahrscheinlich würde Jonah Raiders Körper über das Barbiturat nur lachen. Er war so stark. Nur wusste er es nicht.

Rose wechselte von Jonahs Seite in eine Position ihm gegenüber und schob die Beine unter seinen durch. Er öffnete die Knie und sie rutschte nach vorn, bis sich ihre Schenkel berührten, wie beim Schiffschaukeln. Sie griff nach seinen Fingern und verschränkte sie mit ihren. Erleichtert spürte sie, wie er den Druck erwiderte.

»Darf ich dich was fragen?«, wisperte sie.

»Na los. Viel kaputt machen kannst du nicht mehr.«

»Jonah …«

»Im Ernst.« Er sah sie aus müden Augen an und drückte ihre Finger. »Vollkommene Ehrlichkeit ab jetzt. Keine Lügen. Keine Geheimnisse. Weder voreinander noch vor uns selbst.«

Sie nickte. »Du hast die ganze Zeit gewusst, dass die Polizei nicht wirklich nach dir fahndet, oder? Dass dir nicht wirklich die Todesstrafe droht?« Er blickte zu Boden und schwieg. »Jacks Kreditkarten, seinen Ausweis, den du benutzt hast … Sie hätten dich längst gefunden, wenn sie gewollt hätten. Wie hättest du unentdeckt drei Monate durch Amerika reisen sollen? Außerdem haben sie die Konten offengelassen. Deine Mutter hat dich ziehen lassen. Ganz bewusst.«

»Das war, bevor sich Bee umgebracht hat«, brummte Jonah finster.

»Das ist nicht wahr. Du hast irgendwo in einem Internetcafé von der Suche nach dir erfahren. Du hast den Namen deines Bruders gegoogelt.

Nicht viele Menschen außerhalb Hamboroughs machen das. Nur eine einzige Seele Hunderte Kilometer von der Stadt entfernt. Wenn sie gewollt hätten, hätten sie dich gefunden.«

»Und warum bitten sie die Öffentlichkeit um Hilfe, wenn sie nicht nach mir fahnden?«

»Liegt das nicht auf der Hand?« Rose lächelte und strich sacht über seine straffen Oberschenkel. Sie waren bis in die letzte Faser angespannt. Morgen würde er Muskelkater haben. Wenn es denn ein Morgen gab. »Sie hatten Sorge, dich zu verlieren. Deine Mum hat Angst, dass du dir etwas antust. Sie suchen dich, weil … weil du selbstmordgefährdet bist. Und du *weißt* das.« Sie drückte seine Hände so fest, dass es wehtun musste. »Du weißt das. Du hast die Postings auf Facebook und Instagram und weiß Gott wo sonst noch doch gelesen, oder?«

Er hob den Kopf. »Nein. Nicht wirklich. Ich hab sie überflogen. Du?«

Rose' Mundwinkel sanken herab. »Na klar.«

»Wann …«

»Ich habe im Schwesternzimmer im Krankenhaus nach dir gegoogelt. Nach Jack Raider, besser gesagt. Das Facebook-Posting der Polizei Hamborough wurde über eintausendachthundert Mal geteilt, Jonah. Sie suchen nach dir, weil es *Hinweise auf Suizidabsichten* gibt. So formulieren die das. Du bist kein Mörder. Du gehörst nicht in die Todeszelle und niemand hat das je behauptet. Der Einzige, der es gern glauben möchte, bist du.«

»Und Robin«, wisperte Jonah.

»Um ehrlich zu sein … Ja. Das stimmt vielleicht.«

Sie schwiegen einen Moment, lehnten den Kopf in den Nacken und lauschten dem beruhigenden Brausen der Fluten.

»Ich habe eine letzte Frage.« Rose räusperte sich. »Wer ist Cara?«

KAPITEL 43

Wer ist Cara?

NOCH 1 MINUTE

Vielleicht hatte er sich verhört. Vielleicht hatte sich Jonah einfach nur verhört. Vielleicht hatte sie Carolina gesagt und nicht Cara, denn es konnte nicht sein. Das war unmöglich. »Sag das noch mal.«

Rose sah ihn zweifelnd von der Seite an. »Ich habe gefragt, ob du eine Cara kennst, und wenn ja, wer sie ist.«

Er hatte diesen Namen nie laut vor ihr ausgesprochen. Jonah war sich zu einhundert Prozent sicher, dass er ihn ihr nie gennant hatte. Er hatte ihn nicht einmal gedacht. Denn ihn zu verwenden brach ein Versprechen, das Jonah sich selbst gegeben hatte: Caras Name war zu heilig, um ihn zu benutzen. Zu intim, zu schmerzhaft, um ihn zu hören.

Jetzt, da sie tot war.

Jonah nannte sie stets nur bei ihrem Spitznamen, selbst in seinen Gedanken. *Bee*. Caras Spitzname lautete Bee.

Und nun hatte er ihren echten Namen gehört, laut und deutlich, mit seinen eigenen Ohren. Er dachte ihren vollen Namen, den er nicht mehr in seine Gedanken hatte dringen lassen, seit Robin sein Herz vor drei Monaten gebrochen hatte: »Sie ist tot, du gottverdammter Scheißkerl. Cara ist tot!«

Die Erinnerungen an die letzten Monate, Tage, Stunden wirbelten auf. Was hatte Rose mit Cara zu tun?

Jonah riss die Augen auf, als sich die Synapsen in seinem Hirn verbanden. Erleichternd und entsetzlich zugleich begriff er, was ihn all die Zeit unbewusst beschäftigt hatte. Was hier nicht stimmte.

Rose war neunzehn. Genau so alt, wie Cara – Bee – heute wäre. Sie sah fast so aus wie Cara. Nein. Sie sah *aus wie Cara. Die gleichen braunen Wellen. Die riesigen Augen, die dichten Brauen und vollen Lippen. Das Muttermal an ihrem Innenoberschenkel – Jonah hatte es schon Hunderte Male gesehen. Bei jedem Freibadbesuch, auf jedem Picknick an der Hamborough Bay, immer wenn die Temperaturen in Hamborough über schweißtreibende dreißig Grad gestiegen waren. Er hatte das Muttermal gesehen. Bei Bee.*

Jonahs Blickfeld verschwamm und er tauchte ab in seine Erinnerungen an die letzten achtzehn Stunden. Da waren sie, die Momente mit Rose, in denen er einen Kloß im Hals gehabt hatte. In denen seine innere Stimme geflüstert hatte *hier stimmt was nicht*, ohne dass er gewusst hatte, warum. In Lichtgeschwindigkeit raste Jonah durch seine Erinnerungen: Brücke. Frachtschiff. Krankenhaus. Unfall. Stammzellenspende.

Er fühlte sich der Lösung ganz nah – da passierte es. *Klick*, als würde ein Schalter umgelegt. Er hatte diesen Moment schon ein paar Mal von außen betrachtet. Wenn ein Patient am entscheidenden Punkt seiner Therapie ankam und seine Gedanken an einen Wendepunkt gelangten.

Die Geschehnisse der letzten Stunden klinkten sich ineinander, der Nebel lichtete sich. Vorsichtig drang Jonah in ein Gebiet seines Bewusstseins, das er lang gemieden hatte. Der Weg könnte schmerzhaft sein, doch Jonah war fest entschlossen, über alle Grenzen zu gehen. Vielleicht würde dies die Erkenntnis seines Lebens.

Er kniff die Augen zusammen und konzentrierte sich. Er sah nichts, fühlte nichts. In seinem Kopf erklang der monotone Piepton wie bei einem Herzstillstand. Und Jonah verstand. Er verstand, weshalb er die ganze Zeit schon das Gefühl gehabt hatte, dass etwas mit Rose nicht stimmte. Er verstand, was mit ihm selbst nicht stimmte. Jonah riss die Augen auf.

»Du bist«, krächzte er und hustete, er bekam keine Luft. Rose sah ihn nur verständnislos an. Ihr Gesicht verschwamm vor seinen Augen. »Du bist«, setzte Jonah erneut an und nahm allen Mut zusammen, das auszusprechen, was ein Teil seines Unterbewusstseins schon seit Stunden aus vollem Halse schrie. Nur hatte Jonah es nicht hören wollen. Jetzt gab es keinen Weg mehr daran vorbei. Er musste es laut sagen. Nur dann konnte er das hier in Ordnung bringen. Er musste es aussprechen. *Jetzt!*

»Du bist eine Halluzination, Rose«, stieß Jonah hervor. »Du bist nicht echt.«

KAPITEL 44

Selbsterhaltungstrieb

Er hatte von so etwas schon gelesen.

Kurz bevor Menschen wie er ihr Leben beenden wollten, litten manche von ihnen unter Halluzinationen, die wie aus dem Nichts auftauchten. So glaubte beispielsweise ein Mann, der kurz davorstand, aus dem siebten Stock zu springen, seine verstorbene Mutter zu sehen, die in der Zimmertür stand und ihm beruhigend zuredete. Man nannte das teleologische Halluzinationen. Jacks Vermutung nach eine vom Selbsterhaltungstrieb ausgelöste Reaktion auf die Angst vor dem Tod.

KAPITEL 45

Deshalb

In der Unicafeteria hatte Jonahs Doktorvater ihm einmal von einem suizidgefährdeten Patienten erzählt.

»Der Leidensdruck bei Suizidalen ist eine Spirale, Jonah, eine Abwärtsspirale. Es gibt keinen Weg raus. Das Leiden blockiert die Fähigkeit, objektiv zu denken. Selbst wenn der Betroffene eine analytisch denkende Person ist, denkt er weder unabhängig noch zielorientiert in Bezug auf seine Probleme. Er bleibt in den Bahnen der Spirale. Und die Spirale filtert, Jonah. Sie lässt nur solche Gedanken zu, die den Betroffenen nach unten ziehen. Andere Gedanken, positive, hoffnungsvolle, manipuliert sie so lang, bis auch sie ins Bodenlose führen.«

Professor Tanner hatte recht gehabt. Jonah hatte sich in einer Spirale befunden, hatte sich im Kreis bewegt und dabei immer weiter in die Tiefe. Er war an seinem Leidensdruck fast kaputtgegangen. Aber eben nur fast.

Sein Gehirn, sein brillantes Gehirn, hatte einen Weg aus der Spirale gefunden. Auf der *Pearly Gates Bridge* hatte Jonah keinen Ausweg mehr gesehen. Die Spirale, die er *die Dunkelheit* getauft hatte, hielt ihn fest im Griff, er war gefangen gewesen. Und als er nur eine Haaresbreite vom untersten Ende der Spirale entfernt gewesen war, kurz bevor er losgelassen hatte und gefallen wäre, hatte sich sein Unterbewusstsein einen genialen Schachzug überlegt: Wenn die Spirale nur Gedanken erlaubte, die ihn in den Abgrund zogen, musste er alle anderen Überlegungen eben auslagern.

Er vermochte es nicht, mit positiven Gedanken gegen seine negativen zu steuern – also musste es jemand anders für ihn tun. Es musste jemand sein, der seinem Intellekt gewachsen war. Jemand, der über sein Verständnis von der Psyche verfügte und über sein Wissen über den Tod. Jemand, dessen Grips seinen Überlegungen folgen konnte. Der immer das Richtige sagte. Jemand, der ihn faszinierte, sodass er das Interesse nicht verlor. Und vor allem musste es jemand sein, der ganz und gar das Gegenstück zu ihm selbst bildete.

Keine lebendige Person hätte diesen Ansprüchen gerecht werden können. Wahrscheinlich hätte es auch keine lebendige Person vermocht, ihn von seinen Suizidplänen abzubringen und auf ein Frachtschiff zu springen, verdammt. Das Krankenhaus zu besuchen, in dem Fynn sein Leben gelassen hatte. Vor dem Haus zu stehen, in dem Bee aufgewachsen war – auf der Straßenseite seines eigenen Zuhauses. Sich unter Tausende von Menschen zu wagen.

Es gab nur eine Person, die das hatte schaffen können: er selbst.

»Was redest du da, Jonah?«, fragte Rose alarmiert und rutschte im Sitzen eine Armlänge von ihm weg. »Was soll das heißen, ich bin nicht echt?«

Er sah sie immer noch. Jonah wusste Bescheid, doch er sah sie vor sich sitzen aus Fleisch und Blut, ihre geschwungenen Konturen und die vertrauten Gesichtszüge. Sie sahen genau so aus wie Caras, sie könnte ihr Zwilling sein. Was geschah in seinem Gehirn, dass seine Halluzination existierte, obwohl er sie entlarvt hatte?

»Du bist eine Halluzination, Rose«, wiederholte Jonah und erschrak vor seiner eigenen Stimme, die blechern klang und tonlos. »Du existierst nicht wirklich, nur in meiner Fantasie. Ich habe versucht, mich durch dich selbst zu therapieren. Und jetzt musst du verschwinden.«

Rose lachte auf. »Okay, *jetzt* bist du durchgedreht. Wie kommst du denn auf den …«

»Ich habe Bees richtigen Namen nie vor dir erwähnt. Sie hieß Cara. Und du hast selbst gesagt, du hast über sie nichts in den Krankenakten gefunden. Du hättest ihren Namen gar nicht kennen dürfen. Aber du hast ihn ausgesprochen. Nicht nur das: Du siehst auch aus wie Bee.

Ihr tragt sogar das geiche Muttermal am Innenschenkel. Ein seltsamer Zufall, nicht wahr? Es ist … Es ist vorbei, Rose. Ich weiß selbst nicht, warum ich … Verdammt, ich diskutiere gerade mit meiner eigenen Halluzination!« Jonah sprang auf und strich sich die Haare aus der Stirn.

Neben ihm sprang auch Rose auf. »Hey«, wisperte sie beschwichtigend und streckte ihm ihre schlanken Hände entgegen. »Beruhige dich. Dafür gibt es bestimmt eine ganz logische Erklärung. Nimm meine Hand.«

»Nein, fass du mich an«, ranzte Jonah und hielt ihr auffordernd seine Hand hin. »Los.« Ihre Augen weiteten sich und sie schreckte zurück.

»Du kannst es nicht, stimmt's?« Sie blickte von der Hand in seine Augen und wieder zurück. Wich nach hinten. »Wenn ich mich verdammt noch mal irre, Rose, dann berühr mich, *jetzt!*«

Rose hob die zitternden Finger und bewegte sich auf ihn zu. Wenige Zentimeter bevor sie seine Wärme spüren konnte, begann ihre Hand zu zittern. Sie stockte, versuchte es erneut. Es war, als gäbe es eine unsichtbare Wand zwischen Jonahs Fingern und ihren. Wie in einem verfluchten Fantasyfilm.

»Ich kann es nicht«, japste sie, als könnte sie es selbst nicht glauben. Tränen traten über ihre Lider und rannen ihre Wangen herab.

»Warum nicht, Rose?«

»Ich … Ich weiß nicht, es geht einfach nicht.«

»Dann lass es mich dir erklären: Es gibt dich nicht.«

Rose taumelte zurück, als hätte er sie ins Gesicht geschlagen. In ihr kochte Wut hoch, gemeinsam mit Ungläubigkeit und einem stechenden Schmerz in der Brust. »Was ist das für ein Bullshit, Jonah? Bist du übergeschnappt? Das alles ist doch verrückt. Du hast mich geküsst. Wir haben … miteinander geschlafen. Gott, ich habe alles für dich getan in den letzten achtzehneinviertel Stunden, ich …«

»Woher weißt du so genau, dass es achtzehneinviertel Stunden waren? Hast du eine Uhr dabei?«

»Ich …« Sie öffnete den Mund und schloss ihn wieder.

»Weil du dich aus meinem Verstand formst, Rose. Was du sagst, entspringt meinen Gedanken. *Ich* zähle im Kopf die Stunden und Minuten. Deswegen kennst auch du die Zeit, die vergangen ist, seit du aus dem Nichts gekommen bist.«

»Du … Das ist Wahnsinn, Jonah!« Sie schüttelte den Kopf. *Das war doch völlig abgedreht. Sie, eine Halluzination? Und wieso sollte sie aussehen wie Cara?* Rose spürte ihre Beine, ihre Zunge an ihrem Gaumen, ihre Lider, die einander berührten, wenn sie blinzelte. Sie war real bis in die Fingerspitzen. Sie versuchte erneut, nach seiner Hand zu greifen. Seine Konturen verschwammen hinter ihren Tränen und sie griff ins Leere.

»Jede absichtliche, bewusste Berührung bislang ging von mir aus, Rose.« Jonah sah sie ernst an. »Ich habe dich angefasst und du hast es erwidert, hast reagiert. Aber niemals hast du mich bewusst zuerst berührt. Ist dir das nicht aufgefallen?« Er schüttelte traurig Kopf. »Mir hätte es früher auffallen sollen. Das und all die anderen Anzeichen, die darauf hindeuten. Ich hätte viel früher merken müssen, dass etwas nicht stimmt. Dass etwas mit mir nicht stimmt.«

Es begann schon bei ihrem Namen. All die Zeit hatte er sie mit einem selbst erdachten Spitznamen angesprochen. *Sein Eichhörnchen.* Wie sie wirklich hieß, hatte er erst erfahren, als ein Pfleger im Krankenhaus annahm, er würde Rose oder Caitlyn suchen. Hatte sein Unterbewusstsein einfach den schönsten dieser beiden ausgewählt, um seiner Halluzination einen Namen zu geben? Rose. Ein Name, der damals so lächerlich gut zu seinem passte. Jack und Rose – eine Legende. Wer's glaubte.

Dass Rose eine Halluzination war, erklärte so viele Merkwürdigkeiten:

Deshalb hatte sie einen schweren Autounfall unverletzt überlebt – und fünf Stunden später war nichts mehr davon am Unfallort zu sehen bis auf eine demolierte Laterne.

Deshalb war Rose genau in dem Moment aufgetaucht, als er sie am meisten gebraucht hatte.

Deshalb hatte sie so viel über Nahtoderfahrungen gewusst und seine Ausführungen anzweifeln können.

Deshalb nutzte sie Begriffe wie *Partialbruchzerlegungen*, die ganz und gar nicht zu einer Krankenschwester passen wollten, wie sie angeblich eine war.

Sie hielt bei der Flucht vom Frachtschiff mühelos mit ihm Schritt, obwohl sie kleiner und augenscheinlich unsportlicher war.

Sie blieb bei ihm, nachdem er ihr versichert hatte, dass er ein Mörder war.

Jonah war an nur einem Tag mit drei Unfällen konfrontiert worden, mehr, als selbst der größte der Zufall erlaubte. Sein Hirn hatte fantasiert, wie Rose von einem Auto überfahren worden war – von einer silbernen Limousine. In genau so einer Limousine hatten sie in jener Herbstnacht gesessen.

Tom, der Krankenpfleger, hatte ihn nie gemeinsam mit Rose gesehen. Selbst auf dem Festival vor dem Spendenstand hatte er nur in Jonahs Richtung gewunken. Als hätte er Rose überhaupt nicht bemerkt. Niemand hatte Jonah je erwiesenermaßen mit Rose zusammen gesehen. Bis auf ein sechs- oder siebenjähriges Mädchen, das mit dem Tod rang und mit Schmerzmitteln vollgepumpt war, und einen Matrosen, der, rückblickend betrachtet, sie zu keinem Zeitpunkt angesprochen oder auch nur registriert hatte.

Deshalb hatte er immer wieder das Gefühl gehabt, dass etwas nicht stimmte.

Weil sie eine Halluzination war. Gespeist aus seinen Gedanken. Unecht.

Genauso wie alles, was er in ihr gefunden hatte.

Hoffnung.

Vertrauen.

Liebe.

Einen Weg, seine Schuld mit jemandem zu teilen, der ihn verstand.

In Wahrheit hatte Jonah seine Schuld mit sich selbst geteilt. Alles war eine Illusion gewesen, jeder Satz, jede Silbe, jedes Wort.

Zwar hatte er Hoffnung in sich gefunden, ja. Jeder Therapeut wäre vor Stolz in Tränen ausgebrochen. Die Frage lautete jedoch, warum er Hoffnung geschöpft hatte: wegen eines Mädchens, das aussah wie seine beste Freundin, die sich seinetwegen getötet hatte. Ein Mädchen, das sich verhielt, wie er sich die Frau seiner Träume immer vorgestellt hatte – eben weil sie nichts war als das: eine Vorstellung.

In Form von Rose hatte sein Gehirn einen einzigartigen Selbstrettungsmechanismus erfunden, der alles verband, was Jonah brauchte: Caras Gestalt und seinen eigenen Verstand projiziert in eine Person, durch die er alle Gedanken und Argumente aussprechen und analysieren konnte, die die Spirale blockierte.

Jonah wusste um die unermessliche Kraft der Psyche, kannte ihre Tücken, ihre Macht über das Kontrollzentrum. Aber dies hier war schier unglaublich. Es war genial. Und krank.

Mehr und mehr Puzzleteile setzten sich zu einem Bild des Verstehens zusammen. Dass Jonah nichts von seiner Irrung gemerkt hatte, lag daran, dass er sich vor der Wahrheit geschützt hatte, indem er behauptete, er wäre Jack. Er hatte Erinnerungen an die schlimmsten Tage seines Lebens im Keim erstickt. Er hatte sich geschworen, der Vergangenheit nie wieder Luft zu geben und alles zu beenden. So konnte sein Verstand Rose erschaffen, eine Retterin aus dem Nichts, einen Raum ohne Grenzen für seine Gedanken. Sie fand die richtigen Worte. Sie stützte ihn dort, wo er Halt brauchte. Sie heilte Wunden, die er gar nicht gekannt hatte. Sie brachte eine Farbexplosion in seine schwarz-weiße Welt.

Er hatte sich verliebt. Zum Teufel, ja, Jonah liebte sie wie verrückt. Vielleicht hätte es eines Tages gereicht, die Kraft zu finden, die dunklen Gedanken zu überwinden.

Nur gab es sie nicht. Er hatte sich in sein Hirngespinst verliebt.

Würde er auf Professor Tanners Therapiecouch liegen, die in dessen Büro stand, obwohl er schon seit Jahren nicht mehr praktizierte, hätte dieser ihn sicherlich gefragt, ob seine Liebe zu Rose bedeutete, dass er lernte, sich selbst zu lieben. Tat es das? *Nein.* Denn Rose war nicht wie er. Sie war wertvoll.

Er nicht.

»Jonah«, riss Rose ihn aus seinen Gedanken. Sie war noch da. Genauso klar und deutlich wie seit dem ersten Moment stand sie breitbeinig, als müsste sie sich einem Sturm stellen. »Vielleicht war das alles zu viel. Vielleicht war es naiv, zu glauben, wir könnten das allein in den Griff kriegen. Ich glaube, wir sollten uns Hilfe holen. Du brauchst Hilfe, Jonah. Wir brauchen Hilfe.«

Jonah lächelte schwach. Sein Überlebensinstinkt personifiziert in Rose ließ sich nicht unterkriegen. Aber die Halluzination wurde schwächer, das merkte er daran, dass sie immer stärker zitterte.

»Ich kann dir erklären, wie ich auf Caras Namen gekommen bin«, fuhr sie fort. »Ich hatte diese Nahtoderfahrung, wie du weißt. Da gab es diese Tallandschaft, sie war mein persönlicher Himmel. Ich habe dort niemanden gesehen, bis zwei Menschen auf mich zugestürmt sind. Sie haben es nicht zu mir geschafft, vorher wurde ich schon wieder zurückgeholt. Aber ich habe ihre Namen aufgeschnappt. *Cara und Fynn*. Sie hießen Cara und Fynn, ich schwöre dir beim Himmel, so war es. Deshalb kannte ich ihre Namen. Deshalb weiß ich auch, seit ich Fynns Namen in seiner Krankenakte gelesen habe, dass … dass unsere Begegnung kein Zufall war.«

»Gib es zu, jetzt hörst du dich etwas durchgeknallt an«, flüsterte Jonah und seufzte. »Hör zu, Rose. Ich sehe keinen Ausweg. Stell dir vor, ich hole mir Hilfe und gehe in ein Krankenhaus. Dort diagnostizieren sie meine Psychose und stecken mich in die Geschlossene, was wahrscheinlich am vernünftigsten wäre. Ich erkenne den ganzen Unsinn, den mein krankes Hirn verzapft. Erlange Gewissheit, dass du nur in meinem Kopf existierst, und nach und nach sorgen die Medikamentenbomben dafür, dass ich dich nicht mehr sehen kann. Was die Medikamente nicht tilgen können, ist meine Schuld am Tod dreier Menschen, die ich geliebt habe. Wie soll ich damit leben? Ohne dich?«

»Und wenn sie das Gegenteil beweisen? Dass ich lebe, so wahr ich hier vor dir stehe?« Sie streckte ihm ihre Unterarme entgegen, als wären ihre taubenblauen Pulsadern der Beweis für ihre Existenz. Kurz überlegte Jonah, ob er sie anfassen sollte. *Nein*. Halluzinationen gab es nicht nur visueller Natur. Sie konnten auch das Spüren beeinflussen, das Hören, das Riechen. Menschen konnten Gespräche halluzinieren, Erlebnisse, Beziehungen.

Ihr Verstand konnte ihnen sogar die Wahnvorstellung vorspielen, mit jemandem geschlafen zu haben.

Egal, was sie im bot, es bewies gar nichts.

»Wieso holen wir uns nicht den Beweis?«, fragte Rose, als hätte sie seine Gedanken gelesen. »Bevor du dich auf eine Idee versteifst, die, gelinde gesagt, wirklich irre ist, lass mich dir beweisen, dass es mich gibt, dass ich *bei dir* bin. Wir gehen gemeinsam unter Leute und du wirst feststellen, dass du nicht der Einzige bist, der mich sieht.«

»Glaubst du denn daran?«

»Was?«, fragte Rose, um Zeit zu schinden. Die Frage fühlte sich falsch an.

»Glaubst du, du bist real, Rose?«

Rose hielt den Atem an. Natürlich glaubte sie an ihre Existenz. Selbstverständlich. Wer zweifelte schon daran? Sie war hier, auf der Erde, man hatte sie sogar absichtlich hierher zurückgeschickt, um eine Aufgabe …

»Auf die Antwort bin ich auch gespannt«, sagte eine Männerstimme hinter Rose. Sie klang zu tief, um Jonahs zu sein.

KAPITEL 46

Ein Streit und zwei beschissene Stunden

Liam trug eine Hornbrille.

Eines von diesen modernen Dingern, groß und schwarz glänzend, wie man sie in der Unibibliothek trug, wenn man dazugehören wollte. Mit dem Ding auf der Nase erweckte er zumindest den Anschein von Weisheit – was vorteilhaft war für jemanden, der von sich behauptete, Gott zu sein. Viel mehr an ihm wies nämlich nicht darauf hin, dass er das wohl wichtigste Wesen des Erdballs, vielleicht des ganzen Universums darstellte. Er lehnte an einem Baum, die sonnengebräunten Arme lässig verschränkt, einen Fuß an den Stamm gestellt, und grinste. Als Rose sich nach Sekunden der Schockstarre weder rührte noch die Sprache wiederfand, stieß er sich vom Baum ab und schlenderte auf sie zu. »Na? Wie läuft's so?«

Rose wirbelte herum zu Jonah. Sie befand sich genau zwischen den zwei Männern, wie in der Mitte zweier Strommasten, deren geballte Energie sich auf sie konzentrierte. Jede Faser ihres Körpers stand unter Spannung. Sie fing Jonahs Blick auf, der sie unverwandt anstarrte. Nur sie. Als gäbe es niemand anders.

»Oh!« Liam stellte sich an ihre Seite und machte eine wedelnde Handbewegung in Jonahs Richtung.

»Er da sieht mich nicht. Na ja. Noch nicht.«

Ihr Kopf fuhr herum zu Liams schönem Gesicht, dessen Züge so auffallend entspannt waren, dass sich Rose' Gesichtsmuskeln ein wenig entkrampften. »Was zur Hölle …«

»Bitte nicht die Hölle.« Liam zog ein angeekeltes Gesicht. »Keine harten Kraftausdrücke.«

Rose merkte, dass ihre Kinnlade heruntergeklappt war, schloss sie und sah zwischen Jonah und Liam hin und her.

»Was machst du hier?« Die Ehrfurcht lähmte sie. Liam strahlte auf eine unnatürliche, wundersame Weise, wie man sie sonst nur bei Kleidung in Waschmittelwerbungen zu sehen bekam.

»Ich dachte, du könntest etwas Hilfe gebrauchen.« Er zog die Brauen hoch.

Rose nickte. »Da kommst du genau zum rechten Zeitpunkt.« Sie wandte sich an Jonah. »Glaubst du mir jetzt?«

Er schüttelte verständnislos den Kopf. »Was?«

»Na …« Rose deutete auf Liam und ließ die Hand sogleich wieder sinken. Jonah konnte ihn nicht sehen. Und sie selbst versuchte gerade, einem Suizidgefährdeten zu beweisen, dass sie keine Halluzination war, indem sie ihm Gott in Gestalt eines Hollywoodstars vorstellte, der aus dem Nichts aufgetaucht und nur für Rose sichtbar war.

»Du hast mir noch nicht auf meine Frage geantwortet«, sagte Jonah.

Rose begann zu schwitzen, obwohl die Abendluft den Tag abkühlte. »Deine Frage?«

»Ob du selbst daran glaubst, dass du real bist, Rose.«

Ihr Blick wanderte wieder zu Liam, der sie in seinem Licht fluoreszierend abwartend ansah, genau wie Jonah, der wiederum Liam nicht sah. Konnte das real sein? »Nein«, murmelte Rose. Mittlerweile war sie über gar nichts mehr sicher. Vielleicht war *sie* es, die halluzinierte. Sie war die Verrückte hier.

Jonahs Züge wurden hart. »Da hast du's«, knurrte er heiser. »Es ist vorbei.«

»Warte, Jonah.« In ihrer Verzweiflung packte Rose Liams Arm zu ihrer Rechten – und griff durch ihn hindurch. Sie schrie auf und stolperte einen Schritt zurück. Liam verdrehte die Augen, als könnte er so viel Dusseligkeit nicht ertragen, und zupfte sein T-Shirt zurecht.

Jonah schüttelte den Kopf, verständnislos, fast mitleidig, und wollte sich abwenden. Doch etwas in ihm wehrte sich. Er blieb stehen.

»Weißt du, wie Frage Nummer dreiunddreißig lautet, Rose?« Sie schüttelte den Kopf. »Tja, ich schon. Seltsam, was? Die Frage ist in meinem Kopf, ganz deutlich, einfach so, obwohl ich dachte, ich hätte nie zuvor von diesem Experiment gehört. Sie lautet: ›Wenn du heute Abend sterben würdest, ohne die Möglichkeit mit jemandem zu sprechen, was würdest du bereuen, jemandem nicht gesagt zu haben? Warum hast du es noch nicht gesagt?‹« Rose hielt die Luft an und trat einen Schritt vor, um Jonah besser zu verstehen. »Meine Antwort wäre folgende: Ich würde bereuen, dir nicht gesagt zu haben, dass ich mich in dich verliebt habe, Rose. Ich bereue schon jetzt, dass ich es dir nicht gesagt habe, als das echt war zwischen uns. Ich hatte Angst vor dem, was passieren würde. Mittlerweile weiß ich auch, warum. Da die Frage in meinem Fall zutreffend und die Wahrscheinlichkeit hoch ist, dass ich heute sterbe, sage ich es dir jetzt.« Jonah holte Luft. »Ich habe nicht mal zwei Stunden gebraucht, um mich Hals über Kopf in dich zu verlieben, Rose. Einen Streit und zwei beschissene Stunden. Die ganze Zeit habe ich mich gefragt, wie das sein kann, welche Erklärung es dafür geben könnte. Jetzt weiß ich es: Ich bin einfach nur ein selbstverliebter Narzist mit einer verdammt guten Fantasie.«

Rose taumelte. Alles drehte sich, der Wald verwandelte sich in verschwommene schwarze Flecken und ein ebensolcher zog sich beißend über ihr eiskaltes Herz. *Sterben.* So musste sich sterben anfühlen, wenn man noch nicht bereit dafür war. Nur kam beim Sterben irgendwann die Erlösung.

»Ich wünschte, Rose, du würdest einfach leben«, schloss Jonah und es fühlte sich an wie der letzte Dolchstoß mitten in ihre Brust. »Denn ich brauche dich, ich brauche dich wirklich. Aber nicht so.« Ohne ein weiteres Wort hob Jonah die Hand zum Gruß und verschwand zwischen den Bäumen.

Er war weg.

Einfach weg.

KAPITEL 47

Ebenen

»Warum hast du dich ihm nicht gezeigt?«, schrie Rose und es war ihr egal, dass sie Gott anbrüllte. Gott hatte Scheiße gebaut. Das war keine Blasphemie, es war die Wahrheit. Gott war nicht da gewesen, als Jonah ihn am meisten gebraucht hatte.

»Weil wir uns hier in deinem Glauben befinden, Rose«, erklärte Liam ruhig, während er durchs Unterholz streifte, die Daumen in die Hosentaschen gehakt. »So, wie du an mich glaubst, siehst nur du mich. Jonah sieht mich in seinem Himmelsreich, in seinem Glauben – wo er sich gerade leider nicht aufhält.«

»Ach, und *ich* befinde mich im Himmelsreich?«

Liam zuckte die Schultern. »Sag du's mir.«

Nicht mal ein Hauch von Bedauern schwang in seiner Stimme mit, was Rose noch mehr in Rage brachte.

»Woher soll ich das wissen? Ich weiß ja nicht einmal mehr, wer ich bin, geschweige denn wo! Ich weiß nicht mal, ob ich *echt* bin. Oder warum ich in Jonahs Augen aussehe wie eine verstorbene Person. Was ist nach dem Unfall wirklich passiert, als du mich in den Himmel geholt hast? Wenn es mehr war als eine Nahtoderfahrung, sag es mir lieber gleich!«

»Sonst was?«, fragte Liam, seine Augen funkelten belustigt.

»Sonst …«, blaffte Rose, »sonst … sonst verliere ich endgültig mein Vertrauen in dich.«

Liam hob die Brauen und legte den Kopf schief. »Weißt du, Rose«, begann er, schlang seinen warmen Arm um ihre Schulter und trieb sie sanft an, ihn zu begleiten. »Ihr Menschen misstraut einander. Warum? Jonah misstraut dir, du misstraust seinen Entscheidungen. Und noch viel schlimmer: Ihr misstraut dem, was das Schicksal euch bringt. Ihr könnt nicht verstehen, warum manche Dinge passieren, sosehr ihr euch auch bemüht. Weil ihr keine Antwort auf eure Fragen findet, wertet ihr mein Handeln als Verfehlung – anstatt darauf zu vertrauen, dass es manchmal Niederschläge bedarf, um herbeizuführen, was passieren muss.«

»Was *warum* passieren muss?«

Liam warf den Kopf in den Nacken und lachte. »Da wären wir wieder bei dem, was kleine Menschenmädchen auf der Zwischenebene verstehen können und was nicht. Kurz: Mein Vorhaben würde dein Menschengedächtnis überfordern. Das Spiel des Lebens ist kompliziert. Ihr alle seid winzige Spielfiguren auf einem Brett. Jeder Spielzug löst eine Kettenreaktion aus und das gesamte Spielfeld ordnet sich neu. Du kannst nicht wissen, wie – aber du kannst darauf vertrauen, dass es am Ende gut sein wird.«

Liam spielte auf den Schmetterlingseffekt an, aber es war etwas anderes, das Rose aufhorchen ließ.

»Was meinst du mit Zwischenebene?«

»Ihr kennt drei Ebenen der menschlichen Existenz. Leben, Tod und den geheimnisvollen Bereich dazwischen. Dann gibt es noch eine vierte Ebene, über die ihr euch nicht sicher seid. Ihr nennt sie *Das Übersinnliche*. Medien, Geister, Engel. Ich aber kenne viel mehr Ebenen, Rose. Auf einer davon bewegst du dich gerade.«

»Was heißt das genau?«, fragte sie atemlos. »Warum war ich im Himmel? Und was ist mit mir passiert, als ich zurückgekommen bin?«

Liam seufzte. »Wie ich hörte, müssen Menschen erst ihre Aufgaben erledigen, ehe sie an den Ort kommen, den du Himmel nennst. Das habe ich dir doch erklärt. Du warst in einer Art Vorzimmer.«

»Und ich bin zurückgekehrt auf eine Zwischenebene, weil ich eine Aufgabe …« Sie hielt inne und ließ sich die Bedeutung des Wortes auf der Zunge zergehen. *Zwischenebene.* Wozwischen?

Sie erschrak. Dann endlich sprach Rose den Gedanken aus, der ihr in Worte geformt einen Stich versetzte.

»Der Autounfall.«

Liam nickte.

Nein. Auf Anhieb begann Rose' Herz zu rasen. Sie wand sich aus Liams Arm und stellte sich ihm in den Weg.

»Wo befinde ich mich gerade für meine Eltern?«

»Auf der Intensivstation«, antwortete Liam leise und drückte ihre Schulter.

Ein brennender Schmerz explodierte in Rose' Brust, ihr wurde übel. Was seltsam war, denn nach ihrem Unfall hatte sie nicht die kleinste Andeutung von Schmerzen gespürt. Das war also der Grund dafür – die *Zwischenebene*. Es bedeutete, zwischen zwei Ebenen zu schweben. Zwischen Leben und Tod.

Die Luft schien plötzlich zu wenig Sauerstoff zu enthalten. Sie atmete ein, aber es reichte nicht, um die Silberpunkte vor ihrem Blickfeld zu vertreiben. Sie dachte an die Gesichter ihrer Eltern, wie blass und ausgemergelt sie in Cassandras letzten Wochen ausgesehen hatten. »Ich muss sie sehen«, keuchte Rose. »Jetzt sofort.«

»Sie sind bei dir, Rosalie, bei deinem menschlichen Körper, schon seit Stunden. Sie sind direkt ins Krankenhaus gekommen und weichen nicht von deiner Seite. Aber du kannst jetzt nicht zu ihnen. Sie können dich nicht sehen, da, wo du bist.«

»Und wo *bin* ich?« Es kam als hysterisches Kreischen heraus.

»Auf der Zwischenebene. Wo deine Aufgabe auf dich wartet.«

»Und wenn ich die bescheuerte Aufgabe erledigt habe? Was dann?«

Liam zögerte. »Das kann ich dir nicht sagen. Es kommt ganz darauf an.«

»Ich will nicht sterben, ich *kann* nicht sterben«, brach es aus Rose hervor und ihre Knie zitterten gefährlich. »Ich liebe das Leben. Das kann ich meinen Eltern unmöglich zumuten, sie würden es nie verkraften. Ich *will* leben.«

»Tust du doch. Vielleicht anders, als in deiner klassischen Vorstellung vom Leben, aber noch bist du da.«

»Was muss ich machen, um nicht zu sterben?«, sprudelte Rose los. »Wie muss ich die Aufgabe erledigen?«

»Vielleicht erst mal damit anfangen?«, schlug Liam vor. »Du hast nicht mehr viel Zeit.«

Schlagartig erinnerte sich Rose an Jonah, der sie verlassen hatte und auf dem Weg war zu einem Ort – *dem* Ort. Sie drehte den Kopf in die Richtung, in die er verschwunden war. Ihr Magen krampfte sich zusammen und sie schluckte den beißenden Gallensaft in ihrer Kehle herunter. *Jonah*. Er war er auf dem Weg zu den *Hamborough Falls*. Kein anderes Ziel kam infrage.

Sie musste zu ihm.

Rose drehte sich zu Liam, um sich zu verabschieden, doch statt sie zu bestätigen, musterte er sie nur nachdenklich. Rose stutzte, eine Gänsehaut zog sich über ihre nackten Arme und Beine, die das Abendlicht der langsam untergehenden Sonne reflektierten.

Etwas stimmte nicht.

Und wie sie ihn so ansah, im Grün des Waldes, während goldene Sonnenstrahlen auf ihn herabfielen, kam ihr eine Idee, was es sein könnte: »Warum habe ich Cara und Fynn auf dieser Wiese im Tal gesehen, aber nicht Jack?«

Etwas in Liams Augen schien sie noch eine Spur aufmerksamer zu beobachten. »Gute Frage«, sagte er gedehnt. »Ich nehme an, du hast sie an jenem Ort getroffen, um zu verstehen, worin deine Aufgabe liegt. Du hast Caras Namen gebraucht, um eine Reihe entscheidender Fragen zu stellen. Du hast Fynns Namen kennen müssen, um ihn im Krankenhaus als Jonahs Bruder zu identifizieren.«

Rose' Herz pochte schneller. »Ich verstehe, wieso Caras Name für meine Begegnung mit Jonah wichtig war. Mittlerweile kann ich mir sogar vorstellen, warum ich für ihn aussehe wie sie: Er hat mich im irdischen Leben nie getroffen. Also versetzt sein Gehirn meine Gestalt auf der Zwischenebene in einen Körper, den es kannte. Oder wie du es mir erklärt hast: Es ist seine Möglichkeit, mich für seinen menschlichen Verstand greifbar zu machen.

Aber warum Fynn? Ich hätte auch auf anderem Wege von ihm erfahren. Ich musste seinen Namen nicht in den Krankenakten finden. Vielmehr hätte ich von Jack wissen müssen, denn schließlich war er Jonahs Zwillingsbruder und Jonah hat seine Identität angenommen.«

»Denk nach.« Liams Blick war so intensiv, dass sich sämtliche Härchen an ihrem Körper aufstellten. »Denk nach, Rose. Wieso musstest du Fynns Namen kennen? Was wäre im Krankenhaus geschehen, hättest du Fynns Namen nicht in den Akten entdeckt? Konzentrier dich.«

Ihre Augen verengten sich. Rose sah das Krankenhaus genau vor sich, die grellen Flure und die Leuchttafel über der Empfangstheke des Stationszimmers. *Station C5F. Kinderstation akute myeloische und lymphatische Leukämie.*

Was wäre passiert, hätte ihr Fynns Name in den Akten nichts bedeutet?

Sie hätte nicht verstanden, was Jonah mit dem *St. Anne's Memorial Hospital* verband. Sie hätte nicht so lang im Schwesternzimmer gebraucht, wodurch Jonah nicht so lang allein im Flur gestanden hätte. Wahrscheinlich wäre er nicht von Tom angesprochen worden und der hätte Jonah nicht zu Marie geführt.

Jonah und Marie hätten sich nicht kennengelernt.

Da fiel es Rose wie Schuppen von den Augen.

KAPITEL 48

Letztes Stück Sommer

Als würden zwei Welten aufeinandertreffen. Das hatte Rose gedacht, als sie Jonah und Marie einander gegenüber auf Krankenhausbetten sitzend sehen hatte. Rose war im Türrahmen stehen geblieben, so intensiv war die Energie zwischen den beiden gewesen. Sie hatte sich auf so erdrückende Art außen vor gefühlt, dass sie einen Moment in Erwägung zog, wieder zu gehen. Dann war sie doch in Maries Krankenzimmer getreten, einer spontanen Eingebung folgend, die sagte: Marie sollte es wissen.

Marie sollte es wissen.

Das war es gewesen, all die Zeit.

»Es geht nicht um Jonah, richtig?«, japste Rose, während sie wirre Kurven im Geäst lief, weil ihre Beine nicht still halten konnten. Nichts an ihr konnte ruhig bleiben. »Es ging nie um ihn. Immer wenn das Schicksal oder der Zufall oder du oder sonst wer eingegriffen hat, ging es um Marie. Ich habe Fynns Namen erfahren, damit Jonah genug Zeit hatte, Marie allein kennenzulernen. Ich habe Jonah ganz bewusst heute am Tag der Spendenaktion kennengelernt, damit er dort sein und helfen konnte. Ich … ich habe ein Stück Himmel gesehen, um Marie davon erzählen zu können. Der Person, deretwegen ich nicht bei dir im Himmel habe bleiben wollen. Deretwegen ich zurück auf die Erde gekommen bin.« Rose sah auf. In Liams Blick erkannte sie die Gewissheit, dass sie endlich richtiglag. »Ich habe an der Unfallstelle Maries

Anhänger gefunden«, fuhr sie fort. Ihre Stimme zitterte, sie spürte, wie sie überlief. »Er war ein Hinweis an mich. Bei meiner Aufgabe geht es um sie, stimmt's? Meine Bestimmung war es, ihr vom Himmel zu berichten, damit sie die Kraft und Hoffnung daraus schöpfen kann, gesund zu werden. Meine Aufgabe war es, Jonah zu ihr zu führen, weil sie ihn braucht. Und …« Rose stutzte. Der nächste Gedanke wurde ihr erst jetzt klar, da sie ihn aussprach. »Und weil Jonah Marie braucht. *Sie* ist Teil *seiner* Aufgabe im Leben.«

»Er hat ihr versprochen, sie morgen wieder zu besuchen«, sagte Liam.

»Marie soll Jonah vom Sterben abhalten. Nicht ich. Sie ist … ich …«

Rose fehlten die Worte, doch Liam verstand trotzdem jedes einzelne. Ihren Schmerz bei der Erkenntnis, dass Marie für Jonah bestimmt war – und nicht sie. Die Frage, die ihren Kopf beinahe zum Bersten brachte: *Warum? Warum? Warum?*

»Oh Rosy, ist das nicht offensichtlich?« Liam verschränkte die Hände am Hinterkopf. »Warum braucht Jonah Marie?«

»Um einen Unterschied zu machen«, antwortete sie aus einem Impuls.

»Hervorragend. Und warum könnte Marie ihn brauchen?«

»Er gibt ihr Hoffnung.« Bei diesem Satz regte sich ein merkwürdiges Gefühl in Rose' Magengegend und ohne es zu wollen, spürte sie, wie sie die Nase rümpfte. Sie war doch nicht *eifersüchtig* auf Jonah? Bislang war sie diejenige gewesen, die Marie aufgebaut und ihr Zuversicht geschenkt hatte. Sie zuckte aufgrund ihrer eigenen Gedanken zusammen: bislang.

»Er gibt ihr Hoffnung, wenn ich es nicht mehr kann«, wisperte sie. »Das bedeutet …«

Es bedeutete, dass ihre Aufgabe nicht darin lag, sich in Jonah zu verlieben. Sie hatte sich geirrt. Das Schicksal hatte sie zueinander geführt, damit Rose das Bindeglied bildete zwischen Jonah und Marie, die zusammengehörten, weil dieses achtjährige, an Leukämie erkrankte Mädchen aus unerfindlichen Gründen einen zynischen Geniestudenten zu benötigen schien – und er sie. Marie brauchte Jonah. Nicht Rose.

Es bedeutete auch, dass Jonahs Interesse an ihr gewöhnlich gewesen war. Zwischen ihnen gab es keine gottgewollte Anziehung, keine urgewaltigen Gefühle, keine Verbindung über Raum und Zeit. Sie waren einfach nur ein Junge und ein Mädchen, die gemeinsame Verzweiflung mit Liebe verwechselt hatten.

»Es ist verrückt«, flüsterte Rose. In ihrer Brust schmerzte es höllisch. »Ich dachte wirklich, er wäre glücklich mit mir.«

Liam zuckte entschuldigend die Schultern. »Die Dinge müssen passieren, wie sie passieren.«

Rose nickte tapfer und wischte sich eine Träne von der Nasenspitze. »Ich muss zu ihm.« Daran führte kein Weg vorbei. Nicht ihretwegen, nicht seinetwegen – sie würde sich später die Zeit nehmen müssen, darüber nachzudenken –, sondern für Marie. Sie musste es tun, *musste.* Rose straffte die Schultern.

Wir alle sind winzige Spielfiguren auf einem Brett.

»Was wirst du jetzt tun?«, erkundigte sich Liam.

»Was bleibt mir schon.« Rose flüsterte, den Blick in die Ferne zwischen die Bäume gerichtet. »Es durchziehen.«

»Das ist mein Mädchen.« Grinsend nahm Liam die Hornbrille von der Nase und klemmte sie in seinen Ausschnitt. »Worauf wartest du noch?«

Rose wollte losstürzen, aber ihre Beine waren wie zu Stein erstarrt. Wenn sie jetzt loslief, bestand die Gefahr, dass sie ihre Aufgabe erfüllte und Liam sie nicht mehr auf Erden benötigte. Ihre Eltern ... Rose hatte das Gefühl, ihr Herz Faser für Faser reißen zu spüren. *Oh Gott, ihre Eltern. Wenn sie nicht mehr da war ...* Sie bedeuteten Rose alles. Wer sie war, verdankte sie ihren Eltern; was sie besaß, verdankte sie ihren Eltern; ihr Leben verdankte sie ihren Eltern. Für sie würde Rose die Welt aus den Angeln heben – für sie und ihre Schwester. Und für das Mädchen, das für Rose wie eine Schwester war und sterben würde, wenn sie sich nicht endlich beeilte!

Der Gedanke an Marie sprengte die Fesseln um ihre Beine. Rose stolperte los in die Richtung, in der Jonah verschwunden war – und drehte sich nach ein paar Schritten um.

»Jetzt mal ehrlich, Gott.« Ihre Stimmbänder waren rau vom Weinen. Der Wind wehte um ihre Nase und trug den Duft des verblühenden Sommertages an ihr vorbei, süßlich und ein bisschen nach Regen. »Eins musst du mir verraten.« Sie malte einen Halbkreis in die Luft, der alles umfasste, den Wald, Gott, sie selbst, den vergangenen Tag.

»Was hiervon ist echt?«

Liam legte den Kopf in den Nacken und seufzte. »Echt, echt, echt. Immer geht es euch nur um wahr und unwahr.« Er rang die Hände, kehrte ihr den Rücken zu und spazierte in die entgegengesetzte Richtung. »Ich frage mich, wann ihr Menschen endlich lernt, die Kraft eurer Gedanken zu erkennen.« Er trat zwischen zwei Bäumen hindurch und der Erdboden verschluckte ihn.

Rose blickte ihm ein paar Sekunden hinterher, der Wald blieb reglos und still. Als wäre dort nie jemand gewesen.

Rose füllte ein letztes Mal ihre Lungen mit Luft. Sie sog jede Sekunde des Tages heraus, jeden Sonnenstrahl, jedes Lachen, jede Wärme, jedes Licht. Nun gut. Man musste die Dinge nehmen, wie sie kamen.

Sie seufzte, dann rannte sie los.

Sterben

Er würde sterben wie Marilyn Monroe. Oder wie ein alter Gaul.

Das konnte Jonah sich jetzt aussuchen. Die Stilikone hatte nämlich wie auch Tierärzte zum Einschläfern jenes Barbiturat verwendet, das Jonah gerade in einer winzigen Ampulle zwischen den Fingern drehte. Er musste es nur noch mit ein wenig Flusswasser vermengen, damit es sich löste. Schon wäre er fertig, sein schmackhafter Todescocktail. Jonah hatte gleich dreißig statt den empfohlenen fünfzehn Gramm des weißen Pulvers abgefüllt, obwohl schon zwei Gramm reichten, um einen Menschen binnen drei Minuten in einen komatösen Tiefschlaf zu versetzen, in dessen Verlauf Herzschlag und Atmung aussetzten. *Sicher ist sicher.*

Jonah schauderte und schlang die Arme um die Knie. Sein Hosenboden und die Schuhsohlen waren durchnässt, weil die Gischt den Felsen, auf dem er saß, in regelmäßigen Abständen mit Wasser flutete, das sofort ablief und den Stein feucht und glitschig hinterließ.

Drei Minuten.

Jonah hatte in seinem Leben alles gezählt. Wie sie wohl sein würden, die letzten einhundertachtzig Sekunden seines Lebens?

In jedem Fall hatte Jonah genau durchgeplant, worüber er in seinen letzten Sekunden nachdenken wollte. Würde er seinen Gedanken freien Lauf lassen, könnte ihn das Adrenalin vom Weg der Vernunft abbringen und zu unlogischen Überlegungen führen. Deshalb hatte er einen Leitfaden entwickelt: Die perfekte Mischung aus Erinnerungen, warum er das hier tun musste und wieso seine Entscheidung die einzig sinnvolle war. Außerdem würde er im Geiste Checklisten durchgehen, ob er an alles gedacht hatte. Den Grabstein zu organisieren zum Beispiel. Oder die Beisetzungsstelle, die er mithilfe von Jacks Kreditkarte reserviert hatte. *Auf dich, Bruderherz.* In seinem Rucksack, den er gestern unter einer Geröllansammlung bei den *Falls* versteckt und nun neben sich platziert hatte, steckten die Trauerfeiereinladungen. Man brauchte nur das Datum handschriftlich eintragen. Die Kapelle hatte Jonah schon gewählt.

Blumen. Nicht dass er Wert drauf legte, aber seine Mutter tat es. Wie er sie kannte, hätte sie ewig für die Auswahl gebraucht. Wenn man *Blumen Beerdigung* googelte, tat einem die Suchmaschine nämlich nicht den Gefallen und schlug ein paar Kränze vor. Erst einmal galt es, das Gestrüpp mit der richtigen Bedeutung auszumachen. Rosen für die Liebe und eine weitere Symbolik, je nachdem, welche Schattierung sie trugen. Schwarz für Verzweiflung, pastell für Zärtlichkeit, weiß für die Reinheit. Lilien für die Hoffnung, Narzissen für Schlaf und Tod (*bitte eine Lasterladung davon*) und Efeu als Sinnbild der Unsterblichkeit und Hoffnung auf Auferstehung. *Tss. Kein Efeu.*

Weil Jonah keine Pflanze gefunden hatte, die für Idiotie und Entbehrlichkeit stand, hatte er sich für Tulpen entschieden. Die Hauptaussage der Tulpe im ursprünglichen Sinne lautete: »Du bist zu keinen echten Gefühlen fähig«. Wer Tulpen verschenkte, sagte, dass er sich in Gegenwart der beschenkten Person wie im siebten Himmel fühle. Außerdem symbolisierte die Tulpe zwei Gegensätze: die erfüllte sowie die enttäuschte Liebe. Er hoffte, seine Mutter würde die Blumenauswahl verstehen. Sie liebte Metaphern.

Name und Telefonnummer des Floristen, bei dem Jonah den Auftrag vorgemerkt hatte, standen auf einer Liste im Vorderfach des Rucksacks. Gleich daneben steckte die Gästeliste, auf die er auch Robin, Em und Richard gesetzt hatte. Jonah hatte wochenlang überlegt, ob es hämisch wirken könnte, sie zu seiner Beerdigung einzuladen. Am Ende war er zu dem Entschluss gekommen, dass er es auch nicht bleiben lassen konnte, denn sie würden keine Gelegenheit mehr haben, sich bei ihm darüber zu beschweren. Außerdem wollte er Robin die Möglichkeit geben, so richtig auf sein Grab zu rotzen.

Jonah ging die Checkliste im Kopf noch einmal durch. Die E-Mail an die Polizei, an die Körperspendenstelle und an seine Mutter würde fünf Minuten nachdem er auf Senden getippt hatte, verschickt werden. Jonah hatte den Text über Wochen hinweg auf dem Handy verfasst, das er ebenfalls in dem Rucksack bei sich trug. Er las die E-Mail zum bestimmt hundertsten Mal Korrektur und blies geräuschvoll die Luft aus. Der Ablauf war klar: Barbiturat anmischen, E-Mail abschicken, Handy in die Büsche werfen, die tödliche Flüssigkeit schlucken. Auf geht's.

Jonah drehte die Ampulle auf. Das kristalline Pulver rieselte zu einer Seite und bildete eine Schräge in dem Glasröhrchen. Er roch daran.

Geruchsneutral. Löslich in Wasser oder Alkohol. pH-Wert 9 bis 10,5. Molekulargewicht: 248,26. Summenformel: C11H17N2O3Na.

Jonah kannte alle Fakten – bis auf zwei. Den Geschmack und die Wirkungsdauer von dreißig Gramm Pulver in seinem eigenen Körper.

Eine Armlänge vor seinen Knien hatte das Wasser eine Kuhle in den Felsen gespült und sammelte sich nun darin. Er schöpfte eine Handvoll und ließ es vorsichtig in das Röhrchen fließen. Seine Hand zitterte wie die eines unterzuckerten Diabetikers, weshalb er eine zweite und dritte Fuhre benötigte, bis die Ampulle ausreichend gefüllt war. Jonah schnaubte. Er war eindeutig unterzuckert, deshalb zitterte er. Er hätte mehr als nur den Burger am Nachmittag essen sollen. Ja, das hätte er.

Jonah verschloss das Röhrchen mit dem winzigen Deckel und schüttelte, bis sich kein Körnchen mehr im Wasser abzeichnete. Das Blut in seinen Adern pulsierte.

Was würde er eigentlich tun, wenn das Barbiturat nicht wirkte?

Nein. Auf diesen Gedanken würde er sich gar nicht erst einlassen. Genau solche außerplanmäßigen Ideen hatte er mit seinem Gedankenleitfaden vermeiden wollen.

Und was, wenn das Gegenteil eintrat? Wenn das Barbiturat zwar wirkte, er aber nicht wirklich tot war?

Die Wissenschaft konnte bis heute nicht bestimmen, wann die Phase des reversiblen Todes in den irreversiblen Tod überging. Über Jahrtausende definierte man den Tod auf einen klaren Zeitpunkt. Den Moment, in dem das Herz zu schlagen aufhörte. Seit die Medizin die Reanimation kannte, war der Tod kein Augenblick mehr, sondern ein

Prozess, der sich nach und nach durch das Gewebe des Körpers fraß. Manche Forscher glaubten, die Wissenschaft könnte in zwanzig Jahren Menschen reanimieren, die seit zwölf oder sogar vierundzwanzig Stunden tot waren. Was bedeutete heutzutage schon ein Herzstillstand? Und was bedeutete überhaupt der Hirntod? Alle medizinischen Tests zur Diagnose des Hirntods prüften ja lediglich, ob die *Funktion* des Gehirns erloschen ist. Nicht, ob die Hirnzellen tatsächlich abgestorben waren.

Jonahs Herz klopfte wie wild, es sprang ihm bald aus der Brust.

»Schluss jetzt«, knurrte er und rieb sich die weißen Knöchel seiner Faust, mit der er das Röhrchen umklammerte. Er hatte all die Zeit nicht über diese Fragen nachgedacht und jetzt war es zu spät. *Pech gehabt, Raider.* Er musste mit diesem Nonsens aufhören. Andernfalls würde sein verrücktes Gehirn wieder auf Ideen kommen, die …

»Stopp!« *Oh, bitte nicht.*

Jonah schloss entnervt die Augen und drehte den Oberkörper in Richtung der Bäume, von wo die Stimme gekommen war. Das hatte er nun davon. Kaum erlaubte er seinem Verstand einen Augenblick des Zweifelns, stürzte dieser sich darauf wie ein ausgehungerter Streuner auf ein Stück Rumpsteak. Zwischen zwei Baumstämme projizierte sein kranker Geist ein ungeschicktes Wesen, dessen Rock schräg saß, dessen Knie aufgeschürft waren (ernsthaft? Sein Hirn besaß einen Hang zur Dramatik) und dessen Haare in alle Richtungen abstanden. Und nach wie vor verhöhnte ihn sein Verstand, indem er dieses Mädchen mit einer unerklärlichen Anziehung umwebte.

Jonahs Schultern sanken herab, er vergrub das Gesicht in den Händen. »Verschwinde.«

»Werde ich«, versprach sie. »Bald. Ich muss. Ich hatte einen Unfall, Jonah.«

Moment. Was? Sie war sein Überlebensinstinkt. Ihr Job war es, ein paar gute Argumente auf den Tisch zu knallen, weshalb er seinen Hintern schnellstmöglich weg von der Felskante bewegen sollte. Stattdessen sagte sie, sie würde verschwinden – hatte jetzt sogar sein eigener Instinkt keinen Bock mehr und gab auf? Nicht dass es Jonah stören würde. Eigentlich war es verdammt angenehm, dass Engelchen nun einer Meinung mit Teufelchen war und alle Parteien ein schnelles Ende befürworteten.

Sie würde verschwinden. Bald.

Rose würde verschwinden. Was gab es in diesem Fall eigentlich noch zu überlegen?

»Scheiße, Jonah, *nicht!*«, brüllte das Mädchen und schoss zwischen den Bäumen hervor auf ihn zu. Er nahm sie nur aus dem Augenwinkel wahr, denn sein Blick, das wurde ihm selbst erst jetzt bewusst, sein Blick haftete an dem runden Boden des Röhrchens, das er offensichtlich aufgedreht und an seine Lippen angesetzt hatte. Denn es war leer. Die Flüssigkeit in seiner Mundhöhle schmeckte bitter.

»*Nein!*«

Ohne dass Jonah sich bewusst dafür entschied, schluckte er. Ein Reflex.

Für einen Moment stand die Zeit still.

Er hatte es getan, wirklich und in echt. Die Lösung floss seine Kehle herunter wie ein gewöhnlicher Schluck Wasser. Es war ganz einfach gewesen. Die Welt fühlte sich an, als würde jemand am Sturmregler drehen. Alles in Jonah wurde ruhig und irgendwie wattig. Seine Schultern entkrampften sich. Die Geräusche verschmolzen zu einem. Lediglich die Stimme des Eichhörnchens war so penetrant, dass er sie immer noch raushörte.

»Du verantwortungsloser Idiot«, quiekte Rose und fiel vor ihm auf die Knie. Wie in Zeitlupe drehte er den Kopf in ihre Richtung. Er sah sie wie beim allerersten Mal und kannte sie doch in- und auswendig. Sie war so … *außergewöhnlich*. Eine außergewöhnliche Halluzination. Irgendwie interessant in allem, was sie tat. Sogar während sie ihn an den Schultern rüttelte. Hätte Jonah sich nur ein Forschungsobjekt aussuchen dürfen, dem er sein ganzes Leben hätte widmen müssen, er hätte sie gewählt und ihm wäre nie langweilig geworden.

»Spuck es aus«, schrie sie ihn an. »Komm schon, Jonah, spuck das wieder aus. Bist du eigentlich *bescheuert?*«

Die Geräusche separierten sich wieder in ihre Einzelteile. Baumkronenrauschen, Flussreißen, Rose' Schreie. Es war fast traurig, als Jonah erkannte, dass dies nicht das Ende gewesen war, sondern lediglich das Rauschen seines eigenen Blutes in seinen Ohren.

»Jonah …« Die Tränen strömten Rose' rot gefleckten Wangen herunter. Es änderte nichts. Rose würde fortgehen und er wäre wieder allein. Besser, er verschwand zuerst. Er schloss die Augen, aber ihre Worte konnte er nicht ausblenden.

»Du bist so dumm«, wisperte sie. »Du brauchst immer Beweise.« Schluchzte. »Und jetzt, da ich endlich einen habe«, sie umklammerte seine Hand. Berührte ihn. Zuerst. Bevor er sie berührt hatte. »Ist es zu spät.«

Jonah riss die Augen wieder auf und die Hand zurück. Ihr Gesicht löste sich in Wellenlinien auf. Die Geräusche wurden wieder zu Watte.

Nein. Nicht jetzt. Er war dabei, eine bahnbrechende Entdeckung zu machen. Sie hatte ihn berührt. Sie hatte ihn *zuerst* berührt. Seine These stimmte nicht mehr. Was geschah hier?

Plötzlich knipste jemand das Licht der Erde aus, alles wurde schwarz. In flatternden Bildern kam die Welt wieder zurück. Rose' Gesichtszüge verschwammen vor seiner Netzhaut. *Nein, nein, nein …* Ein betäubendes Kribbeln wuchs im Zentrum seines Bauches und floss in alle Richtungen. Es umspülte seinen Magen, seine Lunge, sein Herz. Alles, was Jonah ausmachte, schien sich zu entspannen. Es war angenehm. Seine Lider wurden schwer.

»Nicht, Jonah«, hauchte Rose, »nicht.« Und er spürte ihre Arme leicht wie Federn um seinen Körper, obwohl er durch halb geschlossene Lider in ihrem angestrengten Gesicht erkannte, dass sie ihn beinahe zerquetschen musste. Plötzlich verschwand aller Druck. Wie in Zeitlupe kippte Jonah nach hinten und schlug unsanft mit dem Körper auf dem Stein auf. Zumindest vermutete er das, denn Jonah spürte nichts mehr. Doch, da war etwas – zwei Hände auf seinem Bauch. Sie pumpten. Hätte er die Kraft gehabt, hätte Jonah die Augen verdreht. Eine Krankenschwester, wenn Halluzinationen denn Berufe erlernten, sollte den Solarplexus von seinem Herzen unterscheiden können. Wehe, sie machte etwas kaputt. Die Körperspendenstelle sollte seinen Körper im Ganzen … *Fuck!*

»Maries Anhänger«, brach Rose hervor. Sie schrie es ihm ins Gesicht, als wären dies die Zauberworte, bei denen das Barbiturat seine Wirkung verlor. Aber das tat es nicht. Und das war eine Katastrophe. Denn Jonah hatte *verdammt noch mal vergessen, die verdammt-verdammte Mail an die Körperspende abzuschicken,* damit sein Leichnam gefunden würde! Damit seine Mutter eine Abschiedsnachricht erhielt.

»Maries Anhänger«, wiederholte Rose unbeirrt, »ich habe ihn am Unfallort gefunden und in ihrem Krankenzimmer vergessen. Der Anhänger ist dein Beweis, Jonah. Der Beweis, dass es mich gibt. Dass es uns gegeben hat. Bitte, Jonah. Du musst ins Krankenhaus gehen.«

Nein, das musste er nicht. Der Anhänger würde nicht dort sein. Marie hatte ihn im Krankenhaus aufgefordert, den Anhänger für Rose mitzunehmen. Und das hatte er getan. Seine Nasenflügel blähten sich auf und sein Körper versteifte, als Jonah etwas einfiel. Er hatte eine dritte Sache vergessen, neben der E-Mail und dem Herzanhänger.

Etwas viel, viel Schlimmeres.

Das Medikament gegen die Übelkeit.

Jonah konnte nicht aufhören zu kotzen. Der giftgelbe Mageninhalt schoss ihm über die Lippen, er machte den *Hamborough Falls* Konkurrenz. Schwall um Schwall erbrach er alles, was sein Körper hergab, beide Hände auf den glitschigen Felsen gestützt, wo sich die Galle mit Wasser vermengte und über die Kante in den Fluss floss. Sein Inneres krampfte sich zusammen, Tränen verschleierten seinen Blick. Der Kampf wollte nicht aufhören, er brauchte Luft, Luft, Luft.

Endlich ließ sein Magen los. Jonah nahm einen tiefen Atemzug, nur um einen erbärmlichen Rülpser auszustoßen.

Er wischte sich mit dem Handrücken über den Mund und spuckte den letzten Rest Ekelgeschmack über die Kante in die Fluten. Die leere Ampulle rollte zwischen zwei Unebenheiten auf dem Felsen hin und her.

Rose war weg.

Was sonst. Scheiße.

Ächzend rollte sich Jonah auf die Knie, die Hände wie am Stein festgewachsen, dann streckte er die Beine durch wie beim Yoga. Die unsicherste Brücke der Welt. Langsam versuchte er, sich auf die wackligen Füße zu stellen, doch er überschätzte seinen Gleichgewichtssinn und kippte zur Seite. Ein normaler Mensch hätte sich problemlos mit einer Hand abgefangen, Jonah bremste den Sturz lieber mit dem Gesicht. Er hievte seinen verdrehten Körper auf den Rücken, wischte sich die Kiesel von der Wange, die Hände an der Jeans trocken und starrte himmelwärts. Der Horizont über ihm färbte sich in ein wolkenloses, dunkles Lila.

Fuck. Fuck, fuck, fuck.

So war das nicht geplant. Er hatte seinen Gedankenleitfaden nicht eingehalten. Das Barbiturat war weg. Sein Magen schmerzte, als hätte man ihn von innen verödet. Von dort aus kroch der Schmerz bis in die letzte Faser seines Körpers, als wollte er unterstreichen, wie lebendig er war. *Fuck.*

Mit zittrigen Händen fingerte Jonah das kitschige Herz aus seiner Hosentasche und hielt es vors Gesicht, sodass sich das Licht des Himmels auf der Rückseite brach. Vielleicht war etwas eingraviert?

Nein.

Er stützte sich auf die Ellbogen. Der Felsen unter ihm begann, sich um sich selbst und zusätzlich im Kreis zu drehen, wie diese Tassen auf Kirmeskarussells. Jonah schloss die Lider, wartete, öffnete sie. Schon besser. Dämlicher Felsen.

Mit beiden Händen tastete er den Anhänger ab. Er lag schwer in seiner Hand, kalt, zerkratzt, und roch nach körperwarmem Metall. So was konnte man sich nicht einbilden, oder? Er wendete den Silberanhänger in den Fingern, ließ ihn auf den kantigen Steinuntergrund plumpsen und lauschte dem metallischen *Pling*. Wie ein geistig gering bestückter Menschenaffe. Er schüttelte über sich selbst den Kopf, konnte sich aber nicht zurückhalten, das Herz in die Luft zu werfen und aufzufangen.

Das Ding war echt.

Er konnte es sogar überprüfen, denn es gab jemanden außer ihm, der Rose gesehen hatte. Der bestätigen konnte, dass sie alle in einem Raum gewesen waren, der Anhänger und Rose und er selbst: Marie.

Jonah setzte sich auf. Wenn der Anhänger real war, was entsprach dann noch alles der Wahrheit? Adrenalin zuckte durch seine Adern, als ihm einfiel, was Rose gesagt hatte: *Ich hatte einen Unfall, Jonah.*

Er hatte die verbogene Laterne selbst gesehen. In der Hand hielt er kalt und hart den Beweis, dass all das nicht nur in seinem Kopf passiert war – falls er nicht gerade völlig durchdrehte und sogar den Anhänger fantasierte. Doch selbst wenn das der Fall wäre: Dann durfte er erst recht nicht aufgeben, oder? Wenn er halluzinierte, hatte er nichts zu verlieren.

Jonah richtete sich auf, mühselig und wacklig, aber es klappte. Er stand auf beiden Füßen und seine Beine trugen sein Gewicht. Sie hatten schließlich keine andere Wahl.

»Rose?«, rief Jonah in die tosenden Wassermassen, die am Fuße der Klippen in den Fluss krachten und seine Stimme einfach verschluckten. »ROSE!« Natürlich kam sie nicht. Sie war nicht hier. Sie war verschwunden, wie sie es vorhergesagt hatte. Aber wohin?

Ich hatte einen Unfall, Jonah.

Ihn überkam eine Ahnung, wo Rose sein könnte. In seinem Kopf klang es abgedreht, aber sein Gefühl sagte ihm, dass er richtigliegen könnte. Jonah bog sich zur Seite und erbrach noch einmal alles, was sein Körper in den vergangenen Minuten hatte auftreiben können.

Er wischte sich den Mund mit dem T-Shirt ab. Dreißig verfluchte Gramm. Idiotisch. Er hätte von vornherein wissen müssen, dass sein Magen eine solche Dosis ohne ein Medikament gegen Übelkeit nie hätte drin behalten können.

KAPITEL 50

Marie

Die gläsernen Feuerschutztüren auf Station C5F des *St. Anne's Memorial Hospital* schwangen für gewöhnlich durch einen automatischen Bewegungsmelder auf. Jonah ging das nicht schnell genug, weswegen er ungebremst gegen die Flügeltür rannte. Der rechte Flügel flog auf, krachte gegen die Wand und erbebte. Gleich darauf prallte Jonah selbst gegen den Putz, fing sich wieder und stolperte den Stationsflur entlang. Seine Beine wollten nicht so wie er. Doch auch wenn in seinen Venen keine Nachwirkungen des Barbiturats wüten würden, hätte Jonah unkontrolliert gezittert. Vor Angst und vor Sorge.

Der Empfang war unbesetzt, zum Glück. Niemand hätte ihn hier vorbeigelassen, ohne die Security zu rufen. Jonah hatte es in der Spiegelung der Eingangstür gesehen: Er sah aus, als hätte er gesoffen, gekifft und gespritzt zugleich. Wieso hatte er sich vor zwölf Stunden gefürchtet, man könnte meinen, er wäre aus der Irrenanstalt ausgebrochen? Lächerlich. Im Vergleich zu jetzt hatte er blendend ausgesehen.

Jonah schloss den Griff fester um den Herzanhänger in seiner schweißnassen Hand. Das alles war verrückt, unglaublich verrückt. Aber verrückte Dinge passierten, nicht wahr? *Nur weil du es nicht erklären kannst, bedeutet das noch lange nicht, dass es nicht sein kann.* Wenn die Rose in seinem Kopf nur recht haben mochte.

Jonahs Schuhsohlen quietschten, als er vor der weißen Tür mit dem abgerundeten Plastikgriff und dem Türschild mit der Aufschrift

M. Porterville abbremste. Er hob die Hand, um zu klopfen, doch im letzten Moment verharrte sein Knöchel über dem Türblatt. Er ließ die Hand wieder sinken.

Das war er also. Der Moment, der später einmal alles in vorher und nachher teilen würde. Entweder in: *Bevor und nachdem Jonah feststellte, dass er irre war*, oder in: *Bevor und nachdem Jonah herausfand, dass ein Wunder geschehen war.*

Hinter dieser Tür wartete die Wahrheit.

Sein Hals brannte wie Feuer, sein Magen schien sich selbst auszuwringen und Jonahs Glieder wogen schwer wie Blei, als er die Hand hob und dreimal an der Tür klopfte. Niemand antwortete. *Scheiß drauf.* Entschlossen drückte er die Klinke nach unten und die Tür flog nach innen auf.

Das vordere Bett war leer. Mit Klarsichtfolie überzogen, *damit es hygienisch bleibt,* bereit für den nächsten Patienten. Auf dem hinteren Bett saß – Marie. Um ihren winzigen kahlen Kopf trug sie einen mintfarbenen Seidenschal gewickelt. Sie sah aus wie eine kleine Schlangenbeschwörerin. Marie und Murphy der Esel sahen ihn aus wachsamen Kulleraugen an. Ebenso taten es die beiden Erwachsenen, die auf Maries Bett saßen: eine hochgewachsene Mittdreißigerin und ein Bulle von einem Mann, fast genauso groß wie breit. Wahrscheinlich könnte er Marie auf einer Hand tragen. Ihre Eltern. Das offenkundige Misstrauen, das Maries Vater durch sein Stirnrunzeln an den Tag legte, verriet Jonah, dass er seine Gefühle nur schwer im Zaum halten konnte. Von den Dreien regte er sich als Erster, stand auf und baute sich zu seiner vollen Größe auf. Er reichte Jonah kaum bis zum Kinn.

»Wer ist das?« Der Vater trat einen Schritt auf ihn zu, die Muskeln in seinen Händen zuckten, bereit, seine Familie vor dem irren Junkie zu beschützen.

Wie es sich für Mütter gehörte, schien Maries Mum nur drei Blicke zu benötigen, um die Lage zu durchschauen: Der erste Blick traf Jonah und ihre Augen weiteten sich schockiert, der zweite huschte zum roten Notrufknopf am Kopfende des Bettes ihrer Tochter und der dritte – in deren Gesicht. Maries Augen glitzerten vor Freude.

»Das ist Jack«, quiekte die Kleine und schlang die Arme um Murphys Hals. Hätte er gekonnt, würde der Stoffesel nach Luft schnappen. »Er schenkt mir seine Haare.«

Jonah sog scharf die Luft ein. Sie erinnerte sich. Keine Einbildung. *Keine Einbildung!*

»Ja, das, äh, stimmt.« Er hüstelte. »Du kennst mich?«

Ihre Eltern starrten schockiert und erwartungsvoll zugleich ihre Tochter an. Marie legte den Kopf schief. »Du wolltest doch erst morgen kommen. Ist schon morgen, Mama?«

Ihre Mutter legte sacht eine Hand auf Maries Kopf und blitzte Jonah aus zusammengekniffenen Augen an. »Was genau wollen Sie von unserer Tochter? Wenn ich Ihren …« Sie deutete auf Jonahs Antlitz von Kopf bis Fuß. Da klebte Erbrochenes auf seinem T-Shirt. »Ihren Aufzug richtig deute, sind Sie nicht in diesem Krankenhaus angestellt und haben hier zu dieser Zeit nichts zu suchen. Und sonst auch nicht.«

Jonah bemühte sich um seinen höflichsten Schwiegersohn-Ton. »Ich habe nur ein paar Fragen.« Er trat einen respektvollen Schritt zurück. »Bitte.«

Mr und Mrs Porterville protestierten nicht, was Jonah als Einverständnis deutete. Er wandte sich an Marie. »Als wir uns das letzte Mal gesehen haben – heute Morgen«, fügte er in Richtung der Mutter hinzu. »Waren wir da allein?«

Mrs Porterville schnappte nach Luft und krallte sich in die Bettdecke. »Also das ist doch …«, setzte Mr Porterville an. *Oh nein. Das klang falsch, völlig falsch!*

»Nein«, antwortete Marie und platzierte den Esel neu auf ihrem Schoß. »Murphy war dabei.«

Der Stimmung im Raum eskalierte auf einen Schlag. Maries Vater stapfte auf Jonah zu und sprudelte unverständliche Sätze heraus, während Mrs Porterville bemüht ruhevoll auf Marie einredete. »Marie, Schatz, wer ist dieser Mann? Ein neuer Pfleger? Was hat er denn so mit dir gemacht?« Jonah versuchte derweil, die Situation mit inhaltslosen Wortfetzen richtigzustellen.

»Ich … Nein … Sie verstehen das falsch …«

Da fiel Marie noch etwas ein: »Und Rose natürlich.« Maries Vater blieb in der Mitte des Raumes stehen. Alle hielten inne. Das Rauschen in Jonahs Ohren stieg an. »Rose war da. Rose ist immer da.«

Keine Einbildung! »Haben Sie das gehört?«, rief Jonah an den Vater gerichtet, der zusammenzuckte und ihn aus großen Augen musterte.

»Wovon reden Sie?«

»Ihre Tochter sprach von einem Mädchen namens Rose. Haben Sie das auch gehört?«

»Ich bin schließlich nicht taub. Und jetzt ... Hey!« Jonah hatte ihm längst den Rücken gekehrt und stürzte aus dem Raum. Die Krankenhaustür donnerte gegen die Wand. »Hiergeblieben, junger Mann! Erst möchte ich wissen ...«

Den Rest verstand Jonah nicht mehr. Seine Füße flogen über den Krankenhausflur, seine Gedanken rasten.

Er mochte vielleicht verrückt sein. Aber er hatte nicht jeden Bezug zur Realität verloren. Das sagten wahrscheinlich alle Irren, doch Jonah wusste einfach, dass es stimmte. Marie und ihre Eltern waren real. Sie hatten ihm bestätigt, dass er nicht durchgedreht war. Marie hatte ihn sogar Jack genannt. Rose war keine Halluzination. Und wenn Rose keine Halluzination war, bedeutete es, dass ihre Worte der Wahrheit entsprachen. Alle.

Er legte eine Vollbremsung hin und schlitterte um ein Haar an der Empfangstheke vorbei, hinter der nun eine junge Krankenschwester saß und Listen ausfüllte.

»Rose«, bellte Jonah sie an und japste, weil es ihm sogar für dieses eine Wort an Luft mangelte, so hart pochte sein Herz auf seine Lunge und seine Atemwege.

Das Mädchen sprang vom Stuhl auf und wurde aschfahl. Die Gesichtszüge entglitten ihr, sie sah erschöpft aus. »Sie sind ...«

»Ein Freund«, unterbrach er unwirsch. Wenn sie doch nur endlich mit der Sprache rausrückte!

»Oh Gott.« Ihre Stimme zitterte, kippte. »Es tut mir so leid ...«

»*Was* tut Ihnen leid?«

Die Augen der jungen Schwester glitzerten feucht. »Es ... es sieht nicht gut aus um sie. Sie liegt auf der Intensiv im *Middlesex Hospital*, das ist ungefähr ...«

Zwanzig Minuten. So lange würde er mindestens brauchen, wenn er ein Taxi nahm. »Was ist passiert?«

»Sie hatte einen Autounfall. Gestern Nacht hinter der Brücke. Aber ...«

»Danke«, rief Jonah, ohne zu merken, dass er schon um zwei Ecken gerannt war und die Krankenschwester ihn unmöglich noch hören konnte.

KAPITEL 51

Rose

Natürlich war Rose nicht wirklich verschwunden, als Jonah auf dem Felsen an den *Falls* gezappelt hatte wie ein Fisch auf dem Trockenen. Sie hatte ihn aus dem Schatten der Bäume beobachtet. Sein Schrei in die Wasserfälle hatte ihr um ein Haar das Herz aus der Brust gerissen, aber er musste das allein schaffen. Eine unendliche Minute lang beobachtete sie seine wirren Gesten, dann endlich torkelte er los, wacklig, aber wild entschlossen. Ihre Schultern entspannten sich. Er war auf dem richtigen Weg.

Erst dann war Rose fortgegangen, in die andere Richtung. Weil sie all ihre Kraft zusammennahm, schaffte sie es, nicht zusammenzubrechen und zu laufen. Solange sie lief, konnte die Angst sie nicht einholen.

Das Alleinsein tat gut, um ihre Gedanken zu ordnen. Um zu verstehen, was in den letzten Stunden geschehen war und was sie als Nächstes tun sollte. Die Antwort war leicht. Nichts.

Sie hatte alle Bemühungen unternommen, um ihre Aufgabe zu erfüllen. Sie hatte ihr Bestes gegeben, Jonah zur Seite zu stehen. Er war jetzt auf sich selbst gestellt. Was mit ihr passierte, lag in Schicksals Hand.

Sie hielt an. Rose löste den Blick vom Asphalt und sah auf, musste den Kopf in den Nacken legen, um zu erkennen, wo sie sich befand: an der Kirche, in der sie getauft worden war. *Sehr witzig*.

Sie trat durch das hölzerne Kirchportal ins kalte Foyer. Der muffig-modrige Kirchbankduft stieg ihr in die Nase und wie immer überkam

Rose eine Mischung aus Ehrfurcht, Kummer und schlechtem Gewissen. Die hohen Gewölbe gruselten sie mehr, als dass sie Schutz boten. Nur einmal im Jahr kam Rose gern her, wenn sich die Kuppel bis in die Spitze mit Liebe und Freude füllte: am Weihnachtsabend. Aber wenn sie ehrlich war, bedeutete ihr das Kirchgebäude an sich für ihren Glauben rein gar nichts. Rose war überzeugt, dass Liam sie auch außerhalb der Kirche gut hören konnte – und dass er sein Gotteshaus ebenfalls anders designt hätte.

Ihre Schritte hallten in den Gängen. Rose ließ den Blick zur Decke gleiten, wo sich Ornamente umeinander rankten. Es war wunderschön. Über dem Altar hing Jesus am Kreuz. *Für uns gestorben. Auferstanden von den Toten.* So leer kamen Rose die Phrasen mit einem Mal gar nicht mehr vor.

Vorsichtig ließ sie sich auf einer der Bänke nieder und starrte in den Altarraum.

Sie war hier. Es gab sie noch. Nur verstand sie nicht, warum. Sie hatte ihren Teil der Aufgabe erfüllt. Sie hatte Marie von ihrer Begegnung mit Gott berichtet, damit Marie Kraft und Hoffnung daraus schöpfen konnte, um gesund zu werden. Sie hatte Jonah zu Marie geführt, weil die Kleine ihn brauchte, wenn Rose sie verließ; aber auch, weil Jonah sie brauchte, damit sie ihn vom Freitod abhalten konnte. So würde es laufen. Rose war sich sicher. Nur warum war sie dann immer noch da?

Sie war so verdammt nah am Himmel.

Aber es war noch nicht vorbei.

Es kommt ganz darauf an, hatte Liam auf ihre Frage geantwortet, was passieren würde, sobald sie ihre Aufgabe erledigt hatte. *Es kam darauf an.* Worauf? Worauf wartete sie?

Wie vom Donner gerührt richtete Rose sich auf, als ihr ein Licht aufging. Es kam auf *sie* an. Ob sie starb, hing von ihr ab. Zu sterben war *ihre* Entscheidung.

Es würde passieren, wenn sie bereit war.

Und sie hatte sich bislang nicht von ihren Eltern verabschiedet.

KAPITEL 52

Was wirklich wichtig war

Wie zu Stein erstarrt stand Jonah vor den drei Stufen, die zum Eingangsportal des *Middlesex Hospital* führten. Um die Laternen neben der Tür schwirrten Mücken und verfingen sich in Spinnennetzen, die zwischen den Lampen und der bröckeligen Hauswand spannten. Jonah konnte nachempfinden, wie sie sich fühlen mussten. Das Krankenhaus kam ihm vor wie sein persönliches Spinnennetz. Alles in ihm sträubte sich, hineinzugehen. Jonah kniff die Augen zusammen.

Middlesex war das kleinste Krankenhaus in Hamborough, eine Altbau-Villa inmitten eines Waldes, der wie so viele Wälder hier an den Fluss grenzte. Mächtige Eichen berührten beinah die Fenster, so nah wuchsen sie am Gebäude, und wenn es windig war, peitschten die Zweige gegen die Scheiben. Jonah hatte es selbst erlebt, als er mit ungefähr zehn die Mandeln entfernt bekommen hatte.

Es war ein freundliches Krankenhaus gewesen. Doch jetzt lähmte ihn die Angst, sie drückte auf seine Lunge, quetschte seine Atemwege zusammen und betäubte seine Beine. Er öffnete die Augen und blickte die stuckverzierte Fassade hinauf. Hinter einem dieser Fenster lag sie. Ein Mädchen namens Rose, das einen Unfall hinter der Brücke gehabt hatte, gestern Abend. Er war der Wahrheit so verdammt nah.

Nur – wollte er sie wirklich kennen? Diese Frage hatte sich Jonah noch nie gestellt. Sein Leben lang hatte er aus Prinzip wissen wollen, warum die Dinge waren, wie sie waren. Und jetzt …

Er schwitzte.

Jonahs Füße machten auf dem Absatz kehrt und trugen ihn knirschend den von Lampions erleuchteten Kiesweg hinab. Kurz bevor er auf die Hauptstraße traf, machte der Weg eine Gabelung. Jonah bog nach rechts ab. Dieser Pfad war weniger gut ausgeleuchtet, doch Jonah kannte ihn gut. Er lief ihn seit er denken konnte mindestens einmal pro Jahr, jedes Mal ausschließlich, nachdem er ausgiebig protestiert hatte. Jonahs Mutter hatte stets nur müde gelächelt und seine Fliege zurechtgezupft. Weihnachtsgottesdienst war im Hause Raider Pflicht, genauso wie der Sonntagsgottesdienst. Zu Letzterem hatte seine Mum zum Schluss jedoch nur noch Fynn zwingen können, der sehnlichst auf den Befreiungsschlag seines achtzehnten Geburtstages gewartet hatte. Und ihn nie erlebte.

Fynn …

Mit einem Ruck zog Jonah an dem eisernen Griff des Eingangsportals und trat in den Vorraum der Kirche. Er fröstelte. Die Arme um den Körper geschlungen, schlenderte er zu den Bankreihen und sah sich um. Ein paar letzte Sonnenstrahlen fielen durch die Buntglasfenster und warfen farbige Lichtpunkte in den Mittelgang. In Wandhaltern flackerten dicke Kerzen, deren Wachs bereits Wellen schlug, so weit waren sie heruntergebrannt. Erstaunlich, wie wenig Licht einen Raum zu füllen vermochte. Jonah konnte bis in die erste Reihe sehen, wo eine einzelne Person saß und den Kopf gesenkt betete. Seine Füße trugen ihn zum Platz am Gang in der letzten Reihe und Jonah ließ sich nieder.

Fynn. Jack. Jonah.

Sie alle drei waren hier getauft worden. Jonah zuerst, er war der Älteste, wenn auch nur sechs Minuten vor seinem Zwillingsbruder geboren. Wie Fynn bis zuletzt hatte Jonah achtzehn Jahre jeden Sonntag diese Kirche besucht, mit nur einer einzigen Ausnahme, da hatte er Windpocken. Seit er neun war, hatte Jonah jedes Mal auf genau diesem Platz gesessen, in der letzten Reihe, dem Ausgang am nächsten. Es war sein stiller Protest gewesen und seine Mum hatte ihn geduldet, solange er sich während der Messe nicht heimlich aus der Kirche stahl.

Jonah hatte die Kirche schon immer gehasst. Er wollte um keinen Deut glauben, dass auch nur eine der biblischen Geschichten stimmte. Irgendwann hatte jemand versucht, ihm zu erklären, dass er sie metaphorisch verstehen müsse, doch wenn dem so war, wieso tat trotzdem jeder so, als wären die Dinge so passiert? Als hätte tatsächlich eine Jungfrau den Sohn eines Gottes in einer Krippe geboren und wäre von drei Königen besucht worden, die einem magischen Stern hinterhergerannt waren?

Richtig schlimm wurde es nach Jonahs neunten Geburtstag. Kurz nachdem sein Vater mit dessen neuer Liebe ans andere Ende der USA gezogen war und seine Frau und drei Söhne in einem riesigen weißen Haus in Hamborough zurückgelassen hatte. Die Trennung seiner Eltern ist nicht das Schlimmste gewesen. Es waren die Jahre danach. Als sein Vater wieder einzog und nach einer Woche wieder aus. Als er ankündigte, zu Jack und Jonahs Geburtstag zu kommen, und nie auftauchte. Als er sie einlud, ihn über die Ferien zu besuchen, und dann selbst auf Reisen ging. Als er versprach, Jonah könnte ihn immer anrufen, und dann nicht ranging, als Jonah ihn gebraucht hätte.

Hoffnung war etwas Furchtbares.

Sie zu unterdrücken, hatte sich Jonah deshalb fünfzehn Jahre lang antrainiert, bis es in Fleisch und Blut überging. Lieber vertraute er auf Dinge, die sich beweisen ließen. Die sich in Zahlen ausdrücken ließen, wo die Antwort *null oder eins* lautete und nicht *ja* oder *nein* oder *vielleicht* oder *beim nächsten Mal* oder *es tut mir leid, Jonah, kommt nicht wieder vor* oder irgendwas dazwischen.

Und jetzt? Jonah hatte all seine Prinzipien binnen weniger Stunden über Bord geworfen.

Die logischste Erklärung dafür, wie ein Mädchen namens Rose gestern nach einem Unfall ins Krankenhaus eingeliefert worden sein und gleichzeitig die letzten Stunden mit ihm verbracht haben konnte, lautete, dass ihre Begegnung nur in seinem Kopf stattgefunden hatte. Eine Verdrehung seines Gehirns. Doch Jonah wünschte, es wäre anders. Er wünschte es nicht nur – er hoffte es. Was hatte sie nur mit ihm gemacht?

»Was würdest du tun?«, flüsterte Jonah in die Stille und vergrub das Gesicht in den Händen. »Was würdest du tun?«

Das Knacken einer Holzbank hallte in der Kapelle wider und Jonah schreckte auf. Die Person in der vordersten Reihe erhob sich, strich ihren Rock glatt und wandte sich zum Mittelgang. Jonah fuhr zurück und stieß mit dem Steißbein gegen die Rückenlehne.

Die Haare. Das Profil. Der bestimmte Gang.

Aber wie konnte das sein? Rose hatte einen Unfall, sie musste in einem der Krankenzimmer liegen, sie konnte nicht …

Das Mädchen betrat den Mittelgang. Jonah erhob sich wie in Zeitlupe, konnte die Augen nicht von ihr reißen. Nach ein paar Schritten bemerkte sie, dass jemand sie anstarrte. Sie wandte den Kopf in seine Richtung und … blieb wie angewurzelt stehen.

Das Herz schlug Jonah bis zum Hals. Wie in Trance trugen ihn seine Füße auf das Mädchen mit den vollen Lippen und den tiefen Grübchen zu. Seine Schritte donnerten auf dem Marmorboden, ihre dämpfte der Teppich. Er wurde schneller, sie wurde schneller, bis sie in der Mitte aufeinandertrafen, atemlos, sprachlos. Ihre Blicke glitten über die Gesichtszüge des anderen. Rose blieb an seinen Lippen hängen, der Stirn, streifte über die Schultern, die Augen. Jonah fiel auf, dass sie immer diese Reihenfolge wählte, wenn sie ihn ansah.

»Du?«, flüsterte Rose. *Lippen, Stirn, Schultern, Augen.*

»Ich glaube, das hätte ich fragen sollen«, murmelte Jonah.

Sie schüttelte den Kopf. »Ich dachte, das mit uns wäre vorbei.«

»Dachte ich auch«, antwortete Jonah. Ihm kam eine spontane Eingebung. »Aber wir waren ja gar nicht fertig.«

»Womit?«

»Den Fragen.« Jonah suchte ihren Blick und hielt ihn fest. Sofort überkam ihn dieses Gefühl, in ihre Augen hineingesogen zu werden wie in einen Strudel. »Wir haben ein paar Fragen nicht gestellt. Ich hatte es dir aber versprochen. Mindestens eine sollten wir noch beantworten.«

»Okay?«

Jonah griff nach ihrer Hand und zog sie in eine Bankreihe, wo er sich niederließ und ihr zuwandte. Sie tat es ihm gleich. »Die letzte Frage. Nummer sechsunddreißig. Ich fange an.« Rose hielt erwartungsvoll die Luft an. Jonah stützte die Unterarme auf die Knie, faltete die Hände und richtete den Blick in den Altarraum. Für diese Frage brauchte er keinen Zettel. »Frage sechsunddreißig«, begann er. »›Berichte deinem Partner von einem persönlichen Problem und bitte ihn um Rat, wie er oder sie das Problem lösen würde‹.« Jonah holte tief Luft. »Stell dir vor, Rose, du hättest dich in ein Mädchen verliebt. Von dem Moment an, als du es zum ersten Mal gesehen hast, hat sich dein Leben um hundertachtzig Grad gedreht. Wenn du ihre Hand hältst, erhält dein Leben einen Sinn. Wenn du sie lachen hörst, hast du das Gefühl, du könntest es schaffen. Ja, denkst du, mit ihr an deiner Seite könntest du der Herausforderung namens Leben irgendwie die Stirn bieten.

Doch dann sagt dir dieses Mädchen, dass es dich verlassen wird, Rose. Mit einem Mal bist du nicht mehr sicher, ob sie lebt, ob sie jemals nachweislich existiert hat. Denn sie sagt Dinge, die sie nicht wissen kann, und sieht haargenau so aus wie jemand, der dir einmal etwas bedeutet hat. Was rational betrachtet nicht möglich ist.

Du bekommst Angst, unbändige Angst. Denn dich beschleicht die Vermutung, dass du dir die Zeit mit ihr nur eingebildet hast. Vieles spricht dafür. Zum Beispiel, dass dich niemand jemals nachweislich zusammen mit ihr gesehen hat. Oder dass sie bei dir war, als sie längst im Krankenhaus gelegen haben müsste.

Sag mir, Rose: Würdest du versuchen, die Wahrheit über dieses Mädchen herauszufinden, wobei die Chance besteht, dass dich die Wahrheit auf einen grausamen Boden der Tatsachen holt? Oder würdest du die Frage nach der Wahrheit dem Schicksal überlassen und dich selbst belügen, damit du weiter an eine unsterbliche Liebe glauben kannst? Was würdest du tun?«

Er sah sie an. Sie hatte die Lider leicht zusammengekniffen, dachte nach.

Sie schwiegen einen Moment.

»Weißt du, Rose, ich bestreite gar nicht, dass es verrückt klingt. Aber ich glaube, dass irgendwo da drinnen auf der Intensivstation«, er nickte in Richtung des Krankenhauses, »ein Mädchen liegt, das Rose heißt und du bist und gestern Nacht einen Autounfall gehabt hat.«

Rose nickte und dachte noch einen Augenblick lang nach. Dann sah sie auf. »Weißt du, Jonah, ich sehe das so: Du hast zwei Möglichkeiten. Möglichkeit eins. Du gehst deinen Weg wie gehabt. Vertraust auf das, was du belegen kannst, und versuchst Wahrheiten aufzudecken, die der irdischen Logik entsprechen. Vielleicht gehst du dafür hoch in dieses Krankenhaus oder fragst Tom nach einem Foto von mir. Was du vorfindest, ist ein Mensch, der äußerlich nichts gemein hat mit dem Mädchen, das du kennst. Denn für dich, in deinem Universum, gleicht mein Aussehen Caras. Die Rose in dem Zimmer sieht aus wie ich in meinem irdischen Leben – und für dich völlig fremd. Das ist dein Beweis. Die Erkenntnis zerreißt dich zwar innerlich, trotzdem zwingst du dich zu der Einsicht, du hättest dich geirrt. Du hättest dir mich eingebildet und du und ich wären nie passiert. Weil du es schwarz auf weiß hast.

Die andere Möglichkeit ist: Du vertraust darauf, wenn ich dir jetzt sage, dass ich liebe und lebe. Dass es mich gibt, auf einer Ebene, die unsere Vorstellungskraft übersteigt. Du vertraust mir, wenn ich dir sage, dass Cara und Fynn glücklich sind, dort wo sie sind. Und Jack ist es mit Sicherheit auch.

Diese Möglichkeit hat einen Nachteil. Du wirst das, woran du glaubst, niemals beweisen können. Du wirst niemals jemanden davon überzeugen können, dass wir zusammen waren, als mein Körper längst im Krankenhaus gelegen hat.

Welcher Weg der richtige ist, liegt bei dir, Jonah. Die Frage ist: Möchtest du lieber an etwas glauben, das dir Hoffnung gibt, aber womöglich nicht der irdischen Realität entspricht? Oder möchtest du alles verleugnen, weil es unbeweisbar ist, und die Chance, deinen Frieden zu finden, verpassen?« Rose wartete einen Atemzug ab. Jonah kämpfte. Flüsternd fügte sie hinzu: »Am Ende deines Lebens kommt es darauf an, ob du glücklich warst, Jonah. Nicht ob du recht hattest.«

Eine Träne rollte Jonahs Wange hinab. »Ich weiß. Aber ich kann nicht. Ich kann einfach nicht.«

»Was?«

»Glücklich sein.« Ein zweiter Tränentropfen folgte, ein dritter, die stillen Schluchzer schüttelten seinen Körper in ungleichmäßigen Schüben.

Rose rutschte näher an ihn heran, schob den Arm unter seinem durch und legte den Kopf an seine Schulter. Jonah fühlte ihre Haare auf seiner Haut kitzeln, ihren warmen Atem in seinem Halsausschnitt. *So real.*

»Manchmal müssen schreckliche Dinge geschehen und wir wissen nicht, warum. Du hast dir selbst verboten zu hoffen, Jonah. Du gestehst dir kein Vertrauen in eine höhere Gewalt und in eine Existenz nach dem Tod zu. Du kannst nicht akzeptieren, wie das Schicksal gespielt hat, weil du meinst, du hättest es verdient, die Bürde allein zu tragen. Du glaubst, du müsstest dich bestrafen. Aber das stimmt nicht.«

»Und was soll ich deiner Meinung nach tun?«

»Anfangen zu vertrauen. Hoffen.«

»Vielleicht vertraue ich dann in eine Lüge.«

»Und was, wenn nicht?« Daran, wie sich ihr Gesicht an seiner Schulter verzog, spürte er, dass sie schmunzelte. »Vielleicht sind Nahtoderfahrungen oder das Schicksal physikalische Prozesse, die die Quantenphysiker mit ihren heutigen Methoden noch nicht entdecken können. Nur weil die Menschheit etwas nicht erklären kann, muss es nicht gleich falsch sein. Stell dir vor, eines Tages kommt dein Ende und du stellst fest, dass du dein ganzes Leben lang auf das falsche Pferd gesetzt hast. Dass deine Attitüde für die Tonne war. Wie blöd du aus der Wäsche schauen würdest.« Sie hob den Kopf und grinste. »Und wie traurig es wäre um all die positiven Gedanken, die dir entgangen wären. Mal andersrum betrachtet: Stell dir vor, du hast dein Leben lang in eine höhere Macht vertraut und stellst bei deinem Tod fest, dass doch nichts mehr kommt. Hätte es rückwirkend einen negativen Effekt, dass deine Annahmen falsch gewesen sind? Nein. Die logische Schlussfolgerung lautet daher: An eine positive höhere Macht zu glauben, ist immer vernünftiger, als es nicht zu tun.« Sie lächelte von einem Ohr zum anderen.

Jonahs Gedanken wirbelten in seinem Kopf umher wie Papiertüten in einem Orkan. Ihre Erläuterung war absurd. Aber sie ergab auch Sinn.

Hoffnung.

Jonah lief ein eiskalter Schauder den Nacken hinab. Es hatte ihn fünfzehn Jahre gekostet, sich diese menschliche Schwäche abzutrainieren. Wollte er diese Mühen wirklich binnen weniger Stunden aufgeben?

War es logisch, an einen Gott zu glauben?

War es logischer, auf sein Herz zu vertrauen als auf seinen Kopf?

War es überhaupt wichtig, logisch zu denken?

Was war wirklich wichtig?

KAPITEL 53

Hoffnung

Deshalb war sie noch da.

Rose saß den Arm mit Jonahs verschlungen auf der kalten Holzkirchbank. Sie hatte die Knie angezogen. Draußen war es stockfinster, nur wenige Kerzenlichter erleuchteten das Gewölbe.

»Danke«, flüsterte Jonah in die Stille.

»Wofür?«

»Für alles.« Er wandte ihr den Kopf zu. »Dass du mir gezeigt hast, wie man die Welt außerdem betrachten könnte.«

»Keine Ursache.« Sie drückte sich an Jonahs warmen Körper. Er war ihr so vertraut, als hätte sie sich schon tausend Leben an ihn gepresst, als hätte er im Laufe der Jahrhunderte eine Form angenommen, in die sie perfekt hineinpasste. Ein Mensch wie für sie gemacht.

Jonah hielt die Finger der einen Hand mit ihren verschränkt und zerquetschte sie fast. »Mit der Hoffnung auf das Schicksal oder Gott, oder wie auch immer du es nennen magst, ist das so eine Sache.« Er klang erschöpft. »Sie ist … anders als andere Arten von Hoffnung. Unerschütterlich bis zum Schluss. Nicht so wie die Hoffnung in einen Vater, der nie auftaucht. Nicht so wie die Hoffnung, meine Brüder könnten leben … was sie nie wieder tun werden.« Sein Blick huschte zu dem Tisch mit den Opferkerzen. »Ob diese Hoffnung enttäuscht wird, erfahre ich erst ganz zum Schluss. Das ist verdammt unsicher. Aber auch beruhigend.«

»Es ist nie zu spät, um mit dem Glauben anzufangen«, ergänzte Rose und vergrub das Gesicht in seinem T-Shirt. Es war bis in die letzte Faser durchgeschwitzt und schmutzig, aber an manchen Stellen duftete es immer noch nach ihm.

Jonah nickte. »Und jetzt?«, stellte er kaum hörbar die Frage, die Rose das Blut in den Adern gefrieren ließ. Wie auf Kommando begann ihr Sichtfeld eigenartig silbern zu flimmern. Der Kloß in ihrem Hals schmerzte höllisch.

»Für mich wird es Zeit.«

Jonah versteifte sich. »Was auch immer du damit meinst: abgelehnt.«

Rose entknotete ihre Gliedmaßen und stand auf, Jonah erhob sich ebenfalls. Seine Hand streifte ihre und hinterließ ein warmes Prickeln.

»Ich bin froh, dass ich noch hier bin«, sagte sie, strich über ihren Rock, schob sich aus der Bankreihe und wanderte auf dem Teppich durch das Mittelschiff in Richtung Kirchenausgang. Jonah folgte ihr. »Ich habe geglaubt, ich hätte meine Aufgabe erfüllt. Du und Marie … eure Wege mussten sich kreuzen. Dafür habe ich gesorgt und alles hätte vorbei sein müssen. Dachte ich.«

Jonah schüttelte den Kopf, doch in seinen Augen blitzte etwas auf, woran Rose erkannte, dass er sich nicht gänzlich gegen den Gedanken wehrte, ihn entgegen aller Vernunft in Erwägung zog.

»Aber ich bin noch da. Meine Aufgabe war nicht wirklich zu Ende. Der Himmel oder wer auch immer für das hier verantwortlich ist, hat gewollt, dass wir gemeinsam hier sind, du und ich, dass wir reden, dass du meine Sicht der Dinge verstehst, und wir …« Sie stieß das Kirchportal auf. Die warme Sommernachtsluft schlug ihnen entgegen. »Das hier gehörte zu meiner Aufgabe.« Rose wandte sich ihm zu und lächelte zu ihm hinauf. »Schließ die Augen.« Während Jonah tat, wie ihm geheißen, sah er durch seine Wimpern, wie sie die Hand an sein Gesicht hob. Dann spürte er ihre Wärme auf der Haut, als würde sie ihn überall zugleich berühren.

»Das hört sich jetzt vielleicht kitschig an«, fuhr sie fort, »oder nein – streich das vielleicht. Es hört sich kitschig an. Aber du solltest es wissen: Ich werde immer da sein, Jonah. Okay? Ich bin immer da. Auch wenn du mich nicht siehst. Jetzt und hier. Morgen. Wo auch immer du sein magst. Auch dann, wenn du mich längst vergessen hast.«

Ein Stechen in seiner Brust ließ ihn zusammenfahren. Jonah öffnete die Augen, hob die Hände, um ihr Gesicht darin zu betten, trat einen Schritt nach vorn …

Da war niemand.

Er sah sich um.

Sie war nicht da. Nicht auf den Stufen, die zur Kirche hinaufführten. Nicht auf dem schwach beleuchteten Kiesweg. Nicht zwischen den schwarzen Silhouetten der Eichen, nicht vor ihm, hinter ihm, neben ihm.

Er war allein hier.

Jonah lief die Stufen hinunter, setzte blind einen Fuß vor den anderen.

Rose war weg.

Der Kies knirschte unter seinen Sohlen.

Rose war weg.

Kein Stern blitzte durch die pechschwarze Himmelsdecke.

Rose war weg.

An die Kirchmauer hatten irgendwelche Jugendlichen ein Graffiti gesprüht. Auf braunem Backstein prangte in neon-weißen Lettern:

FUCKIN' PRAY

Jonah hielt inne, las die Worte wieder und wieder und wieder und brach unter der Last der letzten neun Monate vor dem Kirchtor zusammen.

Rose war weg.

EPILOG

Rosalie Clearwater war neunzehn Jahre alt, als sie am Sonntag, 13. August 2017, im *Middlesex Hospital* im Kreise ihrer engsten Familie verstarb.

Das hatte Jonah die Traueranzeige im *The Hamborough News Chronicle* verraten. In derselben Ausgabe hatte ein winziger Artikel über den Unfall berichtet. Rosalie Clearwater hatte nachts auf der Rückfahrt von einer Freundin völlig unerwartet während der Fahrt einen Herzinfarkt erlitten. Als ihr Auto am Mast einer Laterne zerschellte, stand ihr Herz bereits still.

Ein Jahr war seit diesem Tag vorübergegangen. Es war das turbulenteste Jahr in Jonah Raiders Leben gewesen, mehr sogar als das davor. Damals hatte er lethargisch wie ein Roboter gewartet, bis der Morgen zum Abend wurde und umgekehrt. Das letzte Jahr hingegen war intensiv. Er hatte nachgedacht. Mit Leuten gesprochen. War gelaufen, viel gelaufen. Hatte an der Kante der *Falls* gesessen und noch mehr nachgedacht. Begleitete seine Mutter hin und wieder in die Kirche.

Seine Mutter. Der beste Mensch, den er kannte. Carolina Raider hatte gewusst, dass Jonah Ausweis und Kreditkarten mit denen seines Bruders vertauscht hatte. Mithilfe der Polizei ließ sich schnell herausfinden, wo er sich aufhielt. Carolina veranlasste jedoch, dass die Karten nicht gesperrt wurden. Sie wollte Jonah Zeit geben, sich auf der Reise seiner Gedanken klar zu werden. Ihr mütterlicher Instinkt stellte sich als richtig heraus. Knapp neun Monate später, als Carolina um ein Haar durchgedreht war vor Sorge, stolperte ihr Sohn, verschwitzt und mit Erbrochenem besudelt, durch die Haustür wie ein Betrunkener – wenige Stunden nachdem Em und Richard und einige andere Nachbarn gemeldet hatten, sie hätten Jonah in ihrer Straße gesichtet.

Es hatte viele, viele psychologische Tests gebraucht, um festzustellen, dass Jonah weder an einer bipolaren Störung noch an Schizophrenie litt. Zweimal wöchentlich besuchte er einen Psychologen, dem er die Wahrheit erzählte und der ihm kein Wort glaubte. Dafür bat er Jonah jedes Mal, einen Roman oder ein Drehbuch aus seiner Geschichte zu schreiben, da man sich so etwas eigentlich nicht ausdenken konnte. Wenn Jonah daraufhin beteuerte, dass die Begegnung mit Rose wirklich so geschehen sei, schob ihm der Psychologe eine Kopie der Krankenakte von Rosalie Clearwater mit dem Zeitpunkt ihrer nächtlichen Einlieferung ins Krankenhaus über den Tisch. Er schaute ihn strafend über den nicht vorhandenen Rand seiner Brille an und hatte keine Ahnung, dass es mal ein Mädchen gegeben hatte, bei dem Jonah bei diesem Blick der Arsch auf Grundeis gegangen war.

Gegen Jonah lief kein Gerichtsverfahren und keine Klage. Der Inspektor, der in Bees Fall ermittelt hatte, teilte ihm mit, dass es für die Polizei keine Rolle spielte, die Person aufzutreiben, mit der Bee Nachrichten ausgetauscht hatte: Alle SMS, gegen die man hätte vorgehen müssen, stammten von Bee selbst. Sie hatte Sachen geschrieben wie: *Ich hasse dich dafür, dass du sie umgebracht hast. Ich hoffe, du wirst dir nie verzeihen. Nur das wäre gerecht.*

Jonah war es eiskalt den Rücken runtergelaufen, als er davon erfuhr. Er hätte schwören können, er selbst hätte diese Nachricht an Bee geschickt. Stattdessen war es andersherum gewesen und Bee hatte ihm diesen Vorwurf gemacht. Jonah konnte sich nicht entsinnen. Die Erinnerungen gehörten in eine Zeit, die er sicher verschlossen in einer mentalen Kiste im hintersten Eck seines Gedächtnisses hütete und nur häppchenweise auspackte, immer gerade so viel, wie er ertrug. Tag um Tag wurde ihm dabei mehr bewusst, dass er die Verantwortung für Bees Entscheidung nicht trug. Kein Mensch besaß so viel Macht, die Wege des Schicksals zu beeinflussen.

Aber Jonah wollte es wenigstens versuchen. Er wollte einen Unterschied machen, wie Rose es ihm aufgetragen hatte. Dafür erschien ihm nur ein einziger Weg sinnvoll: Jonah überredete seinen Psychologen, einem Praktikum in dem Krankenhaus zuzustimmen, in dem sein jüngerer Bruder verstorben war. Jonah nannte es Aufarbeitung seines Traumas, sein Psychologe nannte es eine Schnapsidee. Jonah ließ nicht locker. Monatelang bearbeitete er tagtäglich den Krankenhausdirektor und holte psychologische Gutachten ein, ehe man seinem Praktikum vor zwei Monaten endlich zustimmte. Er ließ sich für Station C5F einteilen, gegenüber der Station, in der Fynn sein Leben gelassen hatte. Tom und die Stationsbesetzung nahmen Jonahs Marotte schulterzuckend hin und integrierten ihn so herzlich ins Team wie jeden anderen auch. Wie Tom sagte: »Irgendeinen Lattenschuss haben wir doch alle. Wenn ich an deiner Stelle wäre und ich hätte meine Brüder und zwei Freundinnen verloren und dies wäre meine einzige Macke, wäre ich verdammt stolz auf mich.«

Sie unternahmen viel zusammen, Jonah, Tom, Cat, Libby, die ihn damals ins *Middlesex Hospital* geschickt hatte, und manchmal sogar Keith, wenn er nicht für irgendeine Prüfung zum Assistenzarzt büffelte. Jonah hatte sich nie getraut, die anderen nach Rose zu fragen, und sie wiederum ließen ihm seinen Raum. Wer weiß, vielleicht würde die Zeit irgendwann reif sein. Es war schließlich gerade mal ein Jahr her.

Das Wichtigste von alldem: Jonah sah Marie nun fast jeden Tag. Vor ein paar Wochen hatte sie ihn gemeinsam mit ihrer Mum zu einem Friseur begleitet, der auch kurze Haare zu Spendenzwecken annahm. Der Friseur band Jonahs Haare erst zu vielen kleinen Zöpfchen, was Marie mächtig Spaß bereitete, und schnitt sie dann ab. Die Haare wurden an Perückenhersteller für krebskranke Kinder gespendet. So war es tatsächlich ein wenig, als hätte Jonah sein Versprechen gehalten und Marie seine Haare geschenkt.

Er trug sie wieder raspelkurz.

Es war nicht so, als wäre seit jenem Tag vor einem Jahr alles nur rosig. Schwarze Tage gab es weiterhin, insbesondere, wenn Herbststürme über Hamborough fegten. Jonah hatte im letzten Jahr mindestens ein Geschirr-Set zertrümmert und einmal sogar eine Tür aus den Angeln gerissen. Immer wieder drohte er zusammenzubrechen, doch er ließ sich jetzt von den Menschen um ihn herum auffangen. Da gab es seine Mum und seinen Dad, der sich seit Jonahs Rückkehr weigerte, wieder nach Seattle zu fliegen, und eine kleine Wohnung im Stadtkern bezogen hatte. Tom, Libby und Cat. Professor Tanner, der Jonah umsorgte wie ein Großvater und nicht müde wurde, ihm zu versichern, Jonah könne jederzeit wieder an seinem Lehrstuhl anfangen. Marie, die Jonah mit ihren altklugen Weisheiten regelmäßig sprachlos machte.

»Jack?« Sie nannte ihn immer noch Jack. »Wenn die Welt aus dieser *Energie* besteht: Welche Energie macht das Leben in uns rein? Ist das dann Gott?«

Wenn jemand Jonah auf seine Zeit mit Rose ansprach, fehlten ihm die Worte, was daran lag, dass so viele Fragen offenblieben. Jonah wusste selbst nicht, was stimmte und was nicht. Ob ihre gemeinsame Zeit echt gewesen war oder Einbildung. Beides war möglich. Wenn Jonah die Szenarien durchdachte, kam er jedes Mal auf mindestens zwei mögliche Antworten:

Das Krankenhaus zum Beispiel. War es Rose gewesen, die ihn ins *St. Anne's* gezogen hatte – oder seine Trauer? Die Leukämiestation befand sich direkt gegenüber von der Unfallchirurgie, in die Fynn eingeliefert worden war. Die Möglichkeit bestand, dass sein Unterbewusstsein ihn von ganz allein dort hingeführt hatte. Es konnte reiner Zufall sein, dass er in seinem Traumawahn in die Station gegenüber der seines Bruders gewankt war und genau zu dem Zeitpunkt eine Rose, die normalerweise auf der Station arbeitete, im Sterben lag.

Jonah hatte verwirrt im Flur gestanden, als Tom ihn aufgabelte und fragte, ob es Rose oder Caitlyn sei, auf die er wartete. Möglich war, dass der junge Pfleger ihm so unbewusst einen Namen für das Mädchen in seinem Kopf gegeben und Jonah sich fortan eingebildet hatte, sie hätte schon die ganze Zeit schon so geheißen.

Die Begegnung mit Marie. Tom hatte Rose nicht nur einen Namen verliehen. Er hatte Jonah auch zu Marie geführt. All das war ohne ihr Zutun geschehen. War die Begegnung zwischen Jonah und Marie also das Ergebnis einer Sammlung irrwitziger Zufälle? Doch wie wahrscheinlich war es, dass so viele Zufälle aufeinandertrafen?

Marie. Das kleine Energiebündel blieb felsenfest bei ihrer Meinung, Jonah hätte sie an jenem Morgen besucht – was stimmte. Schließlich hatten Mr und Mrs Porterville beide gehört, wie Marie seinen Namen genannt hatte, als er wie ein Geisteskranker mit besudeltem T-Shirt und nass geschwitzt vom Scheitel bis zur Sohle in ihr Zimmer gestürmt war.

Allerdings bestand Marie auch darauf, Rose wäre an jenem Morgen ebenfalls da gewesen – was nicht sein konnte, da sie zu jenem Zeitpunkt bereits im *Middlesex* gelegen hatte.

Hatte Marie in ihrer kindlichen Welt so fest daran geglaubt, dass Rose immer noch bei ihr war, dass sie sich ihre Freundin eingebildet hatte? Die Kleine besaß eine blühende Fantasie, sie konnte sogar Stoffesel zum Leben erwecken. Vielleicht hatte sie etwas durcheinandergebracht. Oder aber war wirklich ein Mädchen mit ihnen im Zimmer gewesen, obwohl es allen Naturgesetzen widersprach?

Wenn Jonah Marie danach fragte, antwortete sie nur unbekümmert: »Rose ist immer da, Jack. Auch wenn wir sie nicht sehen.« Als hätte Rose die gleichen Abschiedsworte an Marie gerichtet wie an ihn. Jonah lief es jedes Mal kalt den Rücken hinunter.

Kein logisch zu erklärendes Indiz sprach dafür, dass die echte Rose nach ihrem Unfall noch weitergelebt hatte. Und doch hatte er es eigens miterlebt.

Jonah konnte nicht sicher wissen, was an jenem Tag vor einem Jahr geschehen ist.

Alles war möglich.

Jonah seufzte und sog die salzige Luft bis tief in seine Lungen. Obwohl die Sonne vom Himmel knallte und seine Oberarme verbrannte, wehte starker Wind hier oben, fünfundvierzig Meter über dem Meeresspiegel. Er zog die Knie an, stützte eine Hand auf den Metallbalken der Brücke und lehnte sich zur Seite, um an seine Gesäßtasche zu gelangen. Mit einem Ruck zog Jonah einen Gegenstand aus seiner Jeans. Das Notizbuch. Sein Herz klopfte ihm bis zum Hals.

Mit zittrigen Fingern blätterte Jonah zur *Top-Ten-Orte-zum-Sterben-*Liste. Eine Seite dahinter befand sich – sein Herz setzte einen Schlag aus – Rose' *Memories-To-Do*-Liste. Die fünf Zeilen waren zittrig und eilig geschrieben worden, nicht so sorgfältig wie die *Top-Ten-Liste.* Die Buchstaben schwammen vor seinen Augen. Jonah vermochte einfach nicht zu sagen, ob es seine Schrift war oder die eines anderen Menschen.

Doch darum ging es auch nicht. Die *Top-Ten-Orte-zum-Sterben-*Liste und die *Memories-To-Do*-Liste waren nicht die einzigen beschriebenen Seiten in diesem Buch. Nahezu die gesamte erste Hälfte des

Notizbuchs war vollgeschrieben in winzigen, ordentlichen Buchstaben. Er hatte diese Seiten bisher bewusst übergangen und Jonah spürte, es war an der Zeit, sie endlich anzuschauen. Seine Hände bebten, als er zum Anfang des Notizbuchs blätterte. Er schloss die Augen, die Sonne brannte auf seinen Lidern. Er öffnete sie wieder und las, was sich ihm offenbarte, Wort um Wort, Seite um Seite.

Das halbe Buch war vollgeschrieben mit *Memories To Do*. Hunderten, tausend vielleicht.

Auf den Hollywood-Buchstaben sitzen wie bei Freunde mit gewissen Vorzügen. Den Film hatten Fynn, Jack und er gemeinsam gesehen.

House Running von der Space Needle. Sie waren als kleine Jungs mit ihrem Vater dort gewesen und hatten ein junges Paar beim House Running beobachtet, waren selbst jedoch zu jung gewesen. Deshalb sind sie zu viert hinaufgefahren, auf die Aussichtsplattform der *Space Needle*. Fynn, Jack, Jonah und ihr Dad.

Den höchsten Wasserfall der Welt besichtigen (Salto Ángel).

Cara irgendwann in ein paar Jahren an den Hamborough Falls einen Heiratsantrag machen.

Jonah blätterte nach vorn zur Innenseite des Buchdeckels. In seiner ordentlichen, geschwungenen Handschrift hatte der Besitzer des Notizbuchs seinen Namen auf die erste Seite gesetzt.

Fynn Raider.

Ihm hatte dieses Notizbuch gehört. Er hatte es mit Erinnerungen gefüllt, die er zu den seinen zählen wollte. Der unverbesserliche Romantiker.

Obwohl Jonah in seinem Inneren bereits gewusst hatte, was ihn erwartete, tat die Wahrheit weh. Mit verschleiertem Blick blätterte Jonah zurück zu der Seite mit den *Top Ten Orten zum Sterben.*

Jonah hatte das Notizbuch nicht auf seiner Reise an einer Tankstelle gekauft, wie er Rose erzählt hatte. Er hatte es von zu Hause mitgenommen und im Rucksack bei sich getragen. Außerdem hatte er behauptet, er hätte diese Orte gewählt, weil er hieran schöne Erinnerungen mit seinen Brüdern hatte. Zum Teil stimmte das – aber es war nicht der Grund, warum er die Orte für seine Sterbeliste auserkoren hatte. Er hatte sie gewählt, weil Fynn sie auf die ersten Seiten dieses Notizbuchs geschrieben hatte. Weil Fynn die Orte etwas bedeutet hatten.

Mit einem Knall klappte Jonah das Notizbuch zu und legte es neben sich. Er wischte sich über die Augen und schob sich ein Stück nach hinten, bis er das Geländer der Brücke im Rücken spürte. Er zog die Beine noch näher an, die Unterarme stützte er auf seinen Knien ab. Die Luft flimmerte in der Sommerhitze, das Sonnenlicht glitzerte verführerisch auf der Flussoberfläche. Wie herrlich es wäre, einfach hineinzuspringen, durch die kühlenden Fluten zu gleiten, zu spüren, wie die Strömung an seiner Kleidung zerrte, während er gegen den Strom tauchte. *Versuch's doch. Na los, spring schon. Machst du eh nicht.* Jonahs Mundwinkel zuckte. So was in der Art hätte sie gesagt, die Hände in die Hüften gestemmt und genervt mit den Augen rollend. *Rose.*

Bis heute wusste Jonah nicht, wie die echte Rosalie Clearwater ausgesehen hatte; die, deren Züge nicht wie Cara aus dem Gesicht geschnitten waren. Sein Psychologe hatte unzählige Male darauf gepocht, dass Jonah sich Fotos von ihr anschaute oder die Bilder der Überwachungskameras aus dem Krankenhaus an jenem Morgen besorgte. Er hoffte, zu sehen, wie er das Krankenhaus allein betreten hatte, würde Jonah helfen, seine Erlebnisse zu verarbeiten. Auch hätte Marie ihm ein Bild zeigen oder Tom ihre Rosalie beschreiben können, wenn Jonah darum gebeten hätte.

Aber wenn Jonah ganz ehrlich zu sich war, wollte er von diesen vermeintlichen Beweisen nichts wissen. Er wollte nicht riskieren, dass das Mädchen auf dem Foto anders aussah als jenes, das er auf der Brücke beim Tanzen beobachtet hatte. Er wollte nicht feststellen, dass die Rose, die im Krankenhaus gearbeitet und jeden Tag Marie besucht hatte, nicht seine Rose war.

Denn es würde nur wehtun.

Und letzten Endes doch nichts beweisen.

»Interessante Entscheidung«, bemerkte eine helle Stimme neben ihm. »Du überraschst mich.« Jonah sah nach rechts. Ein Mädchen machte es sich am Rand der Brücke bequem und schwang die Beine über die Kante. Zur Begrüßung warf sie ihm ein Lächeln zu. Jonah zuckte nicht einmal zusammen, er hatte ihre elektrisierende Anwesenheit bereits gespürt. Genau genommen hatte er gehofft, sie würde auftauchen. Nur deshalb war er heute hergekommen, ein Jahr danach.

»Wie geht es dir, Jonah?« Tiefe Grübchen erschienen auf ihren Wangen, während sie ihn anstrahlte und die Füße baumeln ließ. Ihre Augen glänzten – ihn zu sehen bewegte etwas in ihr.

»Ich habe eine Frage«, kam Jonah gleich zum Punkt.

»Nein, du hast Tausende.«

»Ich bin hier der Klugscheißer.«

»Na ja, und ich eine Ausgeburt deiner Genialität«, neckte ihn Rose. Ihr Grinsen breitete sich über beide Wangen aus. Jonahs Kopf kippte auf seine Brust und er sah mit gerunzelten Brauen zu ihr auf. »Zu meiner Frage«, überging er ihren Spott. »Ich habe einen Anruf erhalten.«

»Faszinierend.«

»Von der AKMS. Der Amerikanischen Knochenmarkspende.« Nun gewann er Rose' ehrliche Aufmerksamkeit, ihre Füße hielten in der Luft inne. »Jemand brauchte meine Stammzellen.«

»Wow«, hauchte Rose. »Die Wahrscheinlichkeit, innerhalb des ersten Jahres nach der Typisierung spenden zu dürfen, liegt bei etwa einem Prozent.«

»Stimmt.«

»Wann hast du es erfahren?«

»Ungefähr acht Wochen nachdem wir uns hier auf der Brücke getroffen haben.«

Rose lächelte traurig, ihr Blick verlor sich in der Ferne. »Das ist wunderbar.«

»Ja.« Jonah zupfte einen Faden von der Naht seiner Jeans ab.

»Aber?«

»Marie hat eine Zusage bekommen.«

»Was?« Rose sprang auf, schwankte auf dem schmalen Brückensims, erhaschte eine der Zaunstreben und fing sich wieder. »Sie hat … Ist das wahr?«

»Ja.« Jonah regte sich kaum. »Marie hat einen Spender.«

»Mein Gott.« Sie bedeckte ihren Mund mit der Hand. »Wann haben sie es ihr gesagt?«

Er wandte den Kopf herum und beobachtete Rose aus zusammengekniffenen Augen. »Ungefähr zehn Wochen nachdem wir uns auf der Brücke getroffen haben.«

»Vor fast einem Jahr? Dann ist die Knochenmarktransplantation schon vorbei, hat es …«

»Es hat funktioniert. Marie bleibt vorerst im *St. Anne's*, aber ihr geht es gut. Da wachsen kleine blonde Puschel auf ihrem Kopf.«

Rose war kreidebleich. »Gott … Gott sei Dank. Sie hat es so sehr verdient.« Sie sah zu Jonah herab. »Du sagst gar nichts.« Jonah schwieg.

Da fiel Rose auf, dass er ihr noch gar nicht die angekündigte Frage gestellt hatte. Sie ließ sich langsam am Gitter nieder und schob die Füße über den Rand. »Was möchtest du wissen, Jonah?«

Die Antwort platzte augenblicklich aus ihm hervor. »Musste ich deshalb am Leben bleiben?« Er wirbelte zu ihr herum. Dabei stieß er gegen etwas, das neben ihm lag. Aus dem Augenwinkel nahm Rose wahr, wie das Notizbuch über die Kante der Brücke rutschte und in den Abgrund stürzte. Das Buch fallen zu sehen, verpasste ihr einen Stich, Jonah bemerkte es nicht einmal. Er war ganz in seinen Gedanken gefangen.

»Du schleppst mich zu dieser Spendenaktion. Sechs Wochen brauchen sie für die Typisierung und den Prüfprozess. Zwei Wochen später stellen sie fest, dass jemand meine Stammzellen benötigt. Kaum dass sie mich untersucht haben, erhält Marie die erlösende Botschaft. Sag's mir, Rose: Musste ich deshalb hierbleiben? War all das notwendig, damit ich Maries Spender sein konnte?« Jonahs Augen glänzten, so sehr hoffte er auf eine Antwort.

»Ich weiß es nicht«, gab Rose zu. Sie legte ihre Hand mit der Handfläche nach oben auf seinen Oberschenkel, Jonah ergriff sie und atmete tief durch.

»Es dauert zwei Jahre, bis die dämliche Anonymitätspflicht abläuft und sie mir verraten, ob es Marie war, die meine Spende erhalten hat. Zwei Jahre, Rose. Ich ertrage ja nicht mal eins. Ich drehe bald durch.«

»Ist es denn wichtig? Du hast das Leben eines Menschen gerettet. Du hast ihn gerettet, einfach nur, indem du existierst. Es kommt nicht drauf an, ob es Marie war.«

»Stimmt, es kommt nicht darauf an. Aber ich wäre so gern derjenige, der ihr das Leben zurückgeschenkt hat.«

»Hast du doch. Du hast Marie deine Haare versprochen.« Jonah schnaubte und wollte etwas erwidern, *was waren schon ein paar Haare gegen ein Leben*, aber Rose kam ihm zuvor.

»Du hast ihr damit Hoffnung gegeben.« Sie hielt inne. »Manchmal reicht ein bisschen davon schon aus.«

Er nickte. Hoffnung. Manchmal reichte schon ein bisschen, um jemandem ein Leben zu schenken. Es würde dauern, bis sein Kopf verstehen würde, woran sein Herz schon glaubte. Seit einem Jahr, um genau zu sein.

Jonahs Blick glitt über seine angezogenen Knie hinweg, über die im Sonnenlicht funkelnde Wasseroberfläche bis ans Flussufer zu den Hochhäusern der Stadt. Das Wasser reflektierte ihre Silhouetten und malte ein verzerrtes Spiegelbild der Skyline auf den Fluss. Das Panorama raubte Jonah den Atem. Trotzdem war es nichts gegen den Anblick, der sich ihm zu seiner Rechten bot. *Rose.*

»Ich vermisse dich«, flüsterte er.

Rose blickte auf, direkt in seine Augen. Sie funkelten, irisierten, ein Feuerwerk gefangen hinter der eisblauen Regenbogenhaut. Sie sah Jonahs Kraft in den Nebelschwaden hinter seiner Linse, seinen Lebenswillen, seinen Kampfgeist – und seine Trauer. Es würde dauern, bis der Schmerz der vergangenen zwei Jahre erträglicher wurde. »Weißt du, was das Gute ist?«, wisperte Rose, legte den Kopf auf seine Schulter und atmete ihn ein. Er roch besser als der Himmel. »Der Tod ist nur eine Trennung auf Zeit. Was sind schon fünfzig oder sechzig oder siebzig Jahre, wenn danach die Ewigkeit auf uns wartet?«

Jonah verzog einen Mundwinkel zu einem Lächeln und nickte. Er hoffte mit aller Macht, dass es stimmte. Er musste sich daran klammern. Ansonsten würde er an dem Gedanken zerbrechen, dass er nie erfahren würde, ob sich ihr Haar im Regen kräuselte. Wie sie aussah, wenn sie einen Lachanfall hatte. Zu welcher Musik sie tanzte und ob sie grüne oder rote Paprika bevorzugte. Wie ihr Traumhaus aussah. Ob sie lieber umarmt oder in Ruhe gelassen wurde, wenn sie traurig war. Mit welcher Schokolade man sie glücklich machte. Wie sie ihren Kaffee am Morgen trank. Ob sie gern ins Kino ging. Ob sie es mochte zu reisen oder ihr Zuhause zu schnell vermisste. Ob sie lieber Bücher las oder sich Geschichten ausdachte. Ob sie lieber hörte, wie schön er sie fand, oder wie sehr er ihre Meinung schätzte.

Wenn er daran glaubte, all dies eines Tages zu erfahren, konnte er vielleicht seinen Frieden finden. Irgendwann.

»Übrigens«, brach Rose die Stille. Sie sah ihn an, der Schalk blitzte in den Lachfältchen um ihre Augen. »Man braucht eine Menge Fantasie, um sich eine Verstorbene wie mich so lebendig vorzustellen wie du.«

Jonah lachte trocken auf. »Entweder eine Menge Fantasie ... oder einen Dachschaden.«

Sie nickte. »Oder einen starken Glauben.«

Er hob den Arm an, sodass Rose in die Kuhle an seiner Schulter rutschte. Er drückte sie an sich, so nah es nur ging. Der Sturm tobte noch immer in Jonah, und manchmal, ganz selten, zog ein Fetzen der Dunkelheit vor seinem geistigen Auge vorbei und lähmte ihn für einen Moment. Doch wenn er an sie dachte, wenn er in Gedanken bei Rose war, legte sich der Wind. Jonah sog die Meerluft ein, die der Fluss durch die Stadt trug.

Es ging ihm gut.

Er bekam Luft, wenn er atmete. Er hatte die Hölle durchlebt, aber es ging es ihm gut. Eines Tages könnte er es schaffen. Vielleicht.

Jonah sah nach links. Die *Pearly Gates Bridge* erstreckte sich mit ihren kraftvollen Pfeilern und Balken über den Fluss, auf ihrem lackierten Metall spiegelte sich das Sonnenlicht. Sie sah wunderschön aus, von dieser Perspektive. Stark und unerschütterlich. Sein Fels in der Brandung, wo er seine Gedanken ordnen konnte, wenn sie ziellos in seinem Kopf umherirrten. Wo er Ruhe fand.

Jonah sah zu seiner Rechten, wo soeben noch ein Mädchen in einem weißen Rock gesessen hatte. Jetzt war der Platz leer. Jonah war wieder allein. Doch das war okay. Wo auch immer Rose sein mochte – wenn er an sie dachte, spürte er ihr Lächeln, sah das Funkeln ihrer Augen vor sich, hörte ihre Worte.

Wir sind glücklich, dort, wo wir sind.
Wir warten auf dich.
Alles wird gut, Jonah. Alles wird gut.

Hab nur ein bisschen Vertrauen.

NACHWORT

28. APRIL 2018, 16:53 UHR MEZ

Liebe Leserin, lieber Leser,

die Begegnung von Rose und Jonah ist fiktiv. Die wirklich wichtigen Dinge, um die es in dieser Geschichte geht, sind es nicht.

Erinnerst du dich an die Szene auf der Brücke, in der sich Rose und Jonah ein Wortgefecht über Nahtoderfahrungen liefern? Was du gelesen hast, entspricht dem aktuellen Stand der Wissenschaft. Bei der Recherche konnte ich es selbst kaum fassen: Bis heute gibt es keine stichhaltige Erklärung für Nahtoderlebnisse. Forscher haben unzählige Thesen zu deren Entstehung formuliert, doch bislang wurde jede widerlegt. Die Beispiele, die Rose aufzählt, beruhen auf wahren Begebenheiten: der Mann mit dem verschwundenen Gebiss. Der Psychologe, der die Sicht auf die Erde aus dem Weltall beschrieb, obwohl die Technik solche Bilder noch gar nicht zuließ. Ebenso der Realität entnommen sind Rose' Argumente, mit denen sie Jonahs Versuch, Nahtoderfahrungen logisch zu erklären, zunichtemacht.

Das Experiment der sechsunddreißig Fragen ist in den Neunzigerjahren tatsächlich so durchgeführt worden. Mein herzlichster Dank gilt Professor Arthur Aron, der sein Einverständnis gegeben hat, die Fragen in diesem Buch zu verwenden und den vollständigen Fragensatz diesem Buch anzuhängen. Ich kann jedem nur ans Herz legen, sich einen geliebten Menschen zu schnappen oder einen, der es werden soll, und einander die Fragen zu beantworten. Ihr werdet überrascht sein, was ihr über euren Partner erfahrt. Sogar wenn ihr geglaubt hat, ihn besser zu kennen als euch selbst.

Etwas, von dem ich wünschte, es wäre erdacht, sind Jonahs Gefühle. Doch sie sind real. Suizidgedanken betreffen unzählige Personen jeden Alters, jeden Tag. Halte Augen und Herz offen für Menschen in deinem Umfeld, die den Glauben an sich und das Leben verloren haben. Sei für sie da und versuche sie zu verstehen. Manchmal kann das alles sein.

Solltest du dich selbst einmal in der Abwärtsspirale gefangen fühlen und den Weg aus der Dunkelheit nicht finden, rate ich dir, dich jemandem anzuvertrauen. Wenn es niemanden gibt, mit dem du sprechen möchtest, informiere dich online über die *NummergegenKummer* oder das *Sorgentelefon*.

Ebenfalls echt ist die Krankheit, gegen die Cassandra verloren und Marie gewonnen hat. Pro Jahr erkranken in Deutschland rund 13.700 Menschen an Leukämie. Vier Prozent davon sind Kinder unter fünfzehn. Die Chance, dass deine Stammzellenspende ein Menschenleben rettet, ist höher, als du dir vorstellen kannst. Drum bitte, falls du es noch nicht getan hast: Registriere dich als Knochenmarkspender, beispielsweise bei der DKMS. Wie Marie sagen würde: Es könnte mein Leben sein, das du rettest.

Am Erscheinungstag von *Verdammt nah am Himmel* ist es genau zwei Jahre und neunzehn Tage her, seit ich das erste Wort geschrieben habe. Zwei Jahre, und noch immer stelle ich mir die gleichen Fragen wie Jonah: Was ist wahr? Gibt es ein Leben nach dem Tod?

Dieses Buch handelt von Nahtoderfahrungen und eigentlich auch nicht. Es geht um mehr, nämlich um die Frage nach dem Schicksal, einem Gott, einer höheren Macht, die unsere Wege vorzeichnet. Um das Geheimnis, ob der Himmel existiert, und wenn ja, ob man nach dem Tod dort hingelangt – oder früher, wenn man ganz genau hinschaut.

Jeder muss für sich entscheiden, woran er glaubt oder nicht. Ich persönlich glaube. Ich bin mir noch nicht ganz sicher, woran genau (wer kann schon sagen, was dieses große Etwas ist). Zweifelsohne glaube ich aber an das Leben. An das Schicksal. Daran, dass alles gut werden wird. Ich weiß, dass ich vertrauen möchte. Vertrauen macht uns stark. So stark manchmal, dass wir uns verdammt nah am Himmel bewegen.

Am Ende kommt es nicht darauf an, ob sich unsere Hoffnungen bewahrheiten. Sondern darauf, ob man glücklich war.

Wären wir hier bei der Bachelorette, ginge nun die Rosenvergabe los – und ich habe viele Schnittblumen zu verteilen:

Die meisten Autoren kennen diesen einen Menschen, der wie aus dem Nichts in ihr Leben getreten ist und dank dem die wundervollsten Dinge geschehen. Die klassische Heldenreise bezeichnet eine solche Person als Mentor. Mentoren tauchen im Leben des Protagonisten auf, um ihn dabei zu unterstützen, sein persönliches Abenteuer anzutreten. Auch auf meinem Weg als Autorin gab und gibt es diesen Jemand. Du hast nicht nur Memories To Do für den Drachenmond Verlag gefunden und mir die Tür in die Welt der Autoren geöffnet; du hast nicht nur dieses Buch mit Liebe lektoriert und seinem Kleid deine Worte geschenkt; du bist nicht nur ein herzensguter Mensch – du bist ein Vorbild. Danke, Ava, für alles.

Wenn sie *Mother of Dragons* hören, denken viele Leute an eine starke Frau mit hellblonden Haaren und Feuer im Blut, die die Welt aus den Angeln heben würde für das, wofür sie brennt. Wenn sie wüssten, wie recht sie haben. :-) Danke, Astrid, für deine Motivation, dein unendliches Vertrauen, dein Bauchgefühl und für Schmetterlinge. Danke, dass *Verdammt nah am Himmel* ein Zuhause gefunden hat und ich ein Drache sein darf.

Der fantastischste Alexander Kopainski aller Zeiten hat wieder mal gezaubert – mitten in der Nacht und auch noch, als ich völlig blind war. Danke für deine Geduld und dieses perfekte Cover.

Michaela, ich danke dir fürs Feinschleifen meines Buches. Jeder Fehler, den du auf die letzten Meter gefunden hast, fühlt sich an wie ein kleiner Sieg.

Ich hatte das Glück, dass ein großartiger Experte zum Thema Nahtodterfahrungen seinen versierten Blick auf die wissenschaftlichen Szenen geworfen hat. Ich danke Ihnen, Herr Professor van Laack, für Ihre wertvolle Unterstützung.

Lea und Michi haben die Geschichte von Rose und Jonah als Erste testgelesen und mir das Vertrauen geschenkt, sie in die Freiheit zu lassen. Danke, Michi, für dein fachmännisches Urteil. Danke, Lea, für deine Herzlichkeit und deine Freundschaft. Ich bin immer für dich da.

Von Herzen Danke auch an dich, Babette – die du mehr für mich und meine Leidenschaft fürs Schreiben getan hast, als du ahnst.

Ich habe früher nie verstanden, warum Autoren in Danksagungen mehr Personen huldigen, als es Ziegel für ein Hochhaus braucht. Dank doch auch noch deinem Hund, dachte ich mir schon häufiger. Mittlerweile weiß ich, dass ein Roman zwar im stillen Kämmerlein geschrieben wird, aber alles andere als eine One-Woman-Show ist. Ich hätte kein Kapitel beenden können, wäre ich nicht von den Menschen unterstützt worden, die mich lieben und an mich glauben:

Danke, Mama, dass du mir Mama-Essen kochst, wenn ich mich tagelang in meiner Welt verkrieche. Dass es okay ist, wenn ich auf Ja-Nein-Fragen eine Dreiviertelstunde später antworte, weil ich eben noch den Satz zu Ende schreiben muss. Danke für unzählige Botengänge zu Post und Druckerei und Danke für all meine Kinderbücher, die du ohne mit der Wimper zu zucken an die Kasse getragen und mir vorgelesen hast. Ich könnte ewig weitermachen, deshalb muss ich hier abkürzen: Danke, dass du stolz auf mich bist und mein größter Fan.

Danke, Anna, dass du dich meinetwegen für Bücher begeisterst und Motivationsbriefe schreibst, die so schön sind, dass sie gerahmt auf meinem Schreibtisch stehen. Die Verbindung zwischen Rose und Cassandra kann ich nur deshalb fühlen, weil ich dich so sehr liebe.

Danke an meinen Papa, der mir beigebracht hat, für meine Träume zu kämpfen und meine Bücher voll Stolz an Kollegen verschenkt. Danke, dass du meinen Buchmesse-Unterschlupf mit Notfall-Twix ausstattest und in meinem Auto immer eine Wasserflasche zu viel liegt.

Ich danke dir, Marius, der du immer an meiner Seite bist und alles gibst, damit ich schreiben kann. Eis bringen, zudecken, Kopfhörer tragen, allein lassen, herkommen, trösten, Marietta holen. Danke, dass du mir geduldig zuhörst, wenn ich erkläre, welches Buch aus der roten Reihe im Regal mein liebstes ist. Und aus der blauen und der gelben ... Wir sind ein verdammt gutes Team. Ich liebe dich.

Und ich danke meinem Hund Holly. Selbstverständlich.

Um ehrlich zu sein, ist es nicht das Schreiben, was mir am meisten Freude bereitet. Mein Herz geht auf, wenn Leser mit mir lachen, weinen und mitten in der Nacht Nachrichten schreiben, weil Rose und Jonah sie ebenso bewegt haben. Für mich ist das Teilen meiner Geschichten der beste Part am Autorsein. Ohne euch wäre das nicht möglich. Deshalb gilt mein größter Dank den Buchhändlern und Buchhändlerinnen, die sich dafür einsetzen, dass Rose und Jonah noch mehr Menschen erreichen. Er gilt den großartigen Bloggern, Instagramern und Influencern, die nicht ahnen, was für ein Gefühl es ist, den Feed durchzuscrollen und von einem Bild seines Buches überrascht zu werden. Und er gilt dir, lieber Leser, dafür, dass du sogar die Danksagung gelesen und Rose und Jonah deine Zeit geschenkt hast. Ich finde keine Worte dafür, wie viel mir das bedeutet.

Danke.

36 FRAGEN NACH A. ARON

1. Wenn du zum Dinner einladen dürftest, wen auch immer du möchtest, wen würdest du wählen?
2. Wärst du gern berühmt? Wenn ja, wofür?
3. Wenn du jemanden anrufst, legst du dir manchmal die Worte zurecht? Warum?
4. Stell dir deinen perfekten Tag vor. Wie würde er aussehen?
5. Wann hast du das letzte Mal für dich selbst gesungen? Und wann für jemand anderen?
6. Stell dir vor, du wirst neunzig Jahre alt. Würdest du lieber deinen Geist oder deinen Körper ab deinem dreißigsten Geburtstag behalten?
7. Hast du eine geheime Vorahnung, wie du einmal sterben wirst?
8. Benenne drei Dinge, die dein Partner und du deiner Meinung nach gemeinsam haben.
9. Wofür in deinem bisherigen Leben bist du am dankbarsten?
10. Wenn du etwas an deiner Erziehung ändern könntest, was wäre das?
11. Nimm dir vier Minuten Zeit und erzähle deinem Partner deine Lebensgeschichte so detailliert wie möglich.

12. Stell dir vor, du könntest morgen mit irgendeiner neuen Eigenschaft oder Fähigkeit aufwachen. Welche hättest du gern?
13. Wenn du in einer Kristallkugel die Wahrheit über deine Zukunft, dich selbst oder etwas anderes sehen könntest, was würdest du wissen wollen?
14. Was wolltest du schon immer mal machen, hast es aber noch nicht getan?
15. Warum hast du es noch nicht getan?
16. Was ist bisher der größte Erfolg deines Lebens?
17. Was ist dir in einer Freundschaft am wichtigsten?
18. Wie sieht deine wertvollste Erinnerung aus?
19. Und was ist deine schlimmste Erinnerung?
20. Stell dir vor, du wüsstest mit Sicherheit, dass du in einem Jahr plötzlich stirbst. Würdest du etwas an deiner Lebensweise ändern? Wenn ja, was? Warum?
21. Was bedeutet dir Freundschaft?
22. Welche Rolle spielen Liebe und Zuneigung in deinem Leben?
23. Sagt euch abwechselnd, welche positiven Charakterzüge ihr an eurem Gegenüber bereits erkannt habt. Jeder nennt fünf Stück.
24. Wie nah bist du deiner Familie? Hast du das Gefühl, deine Kindheit war glücklicher als die vieler anderer?
25. Beschreibe die Beziehung zwischen dir und deiner Mutter.
26. Jeder von euch macht drei wahre »Wir«-Aussagen. Zum Beispiel: »Wir sind beide in diesem Raum und fühlen uns …«
27. Vervollständigt den folgenden Satz: »Ich wünschte, ich hätte jemanden, mit dem ich teilen könnte, dass …«
28. Wenn du mit deinem Gegenüber eng befreundet sein wolltest, was müsste er unbedingt über dich wissen?
29. Sage deinem Partner, was du an ihm magst. Sei diesmal ganz ehrlich und sage auch Dinge, die du einer Person, die du zum ersten Mal triffst, normalerweise nicht sagen würdest.

30. Berichte deinem Partner von einem extrem peinlichen Moment in deinem Leben.
31. Wann hast du das letzte Mal vor einer anderen Person geweint? Wann hast du das letzte Mal allein geweint?
32. Sage deinem Gegenüber, was du jetzt schon an ihm oder ihr magst. Worüber sollte man keine Witze machen?
33. Wenn du heute Abend sterben würdest, ohne noch einmal mit jemandem gesprochen zu haben, was würdest du am meisten bereuen, nicht gesagt zu haben? Warum hast du es noch nicht gesagt?
34. Dein Haus mit allem, was dir gehört, fängt Feuer. Nachdem du deine Liebsten und deine Haustiere gerettet hast, bleibt dir noch Zeit, um genau einen Gegenstand zu holen. Was würdest du retten und warum?
35. Der Tod welches Familienmitgliedes wäre für dich am schlimmsten? Warum?
36. Erzähle deinem Partner von einem persönlichen Problem und frage, wie er oder sie damit umgehen würde. Bitte deinen Partner auch darum, zu reflektieren, wie du dich mit dem Problem zu fühlen scheinst.

Linda Schipp

Memories To Do – Allies Liste

ISBN: 978-3-95991-432-1, kartoniert, EUR 12,90

In ein Schwimmbad einbrechen, zu einem Candle-Light-Dinner ausgeführt werden, mich an meine Hochzeit erinnern … Eine seltene Form von Amnesie hat Allies Erinnerungen an die vergangenen 17 Jahre ausgelöscht. Im Herzen noch ein Teenager steht sie ahnungslos vor ihrem zweijährigen Sohn, einem Ehemann, den sie nicht liebt, siebenhundert unbekannten Facebook-Freunden und einem verdächtig dunklen Nebel, der sich über ihre Vergangenheit zieht. Im Leben der 34-jährigen Allie ist nichts mehr von dem übrig, was ihr als Teenager wichtig war – nicht einmal ihr Name. Um den Geheimnissen der geschwärzten siebzehn Jahre auf die Spur zu kommen, reist sie zurück in die amerikanische Kleinstadt, in der ihre Erinnerungen enden. An ihrer Seite der Mensch, der ihr am nächsten und nach jahrelanger Trennung am fernsten zugleich ist: Luis. Nur ein Freund, wirklich. Ihr bester Freund.

Damals zumindest.

Plus Allies Erinnerungsliste »Memories To Do« im Anhang

Rune L. Green

Lieder von Morgen

ISBN: 978-3-95991-432-1, kartoniert, EUR 12,90

In diesem Moment, da du mich in deinen Händen hältst und von allen Seiten begutachtest, fragst du dich, was mich von den anderen Büchern unterscheidet. Ich? Ich bin eine Geschichte, wie jede andere – und doch bin ich etwas Besonderes. Ich bin keine Liebesgeschichte – aber eine über die Liebe zum Leben. Ich bin kein Fantasyroman – aber ich enthalte eine besondere Magie, die in den Herzen lebt, und werde dich zum Träumen anregen. Ich bin kein philosophisches Sachbuch – aber ich werde dich zum Nachdenken bringen. Ich bin kein Notenblatt – aber ich werde dir eine Melodie schenken, die du am Ende unserer Reise verstehen wirst. Ich bin kein Spiegel – aber ich werde dir das nackte, entblößte Spiegelbild deiner Seele zeigen. Ich kann dir nicht versprechen, dass ich für dich besser als meine Geschwister sein werde – aber ich verspreche dir, dass ich nachwirken und ein Teil deiner Gedanken- und Gefühlswelt bleiben werde.

Denn das ist, was ich sein möchte: ein Gedanke, der bleibt.

»Träume sind nicht »Nichts«. Sie sind alles.«